图书在版编目（CIP）数据

拜占庭英雄血脉 / 龙语者著. -- 北京 : 中国言实出版社, 2014.7
ISBN 978-7-5171-0635-7

Ⅰ. ①拜… Ⅱ. ①龙… Ⅲ. ①长篇小说－中国－当代 Ⅳ. ①I247.5

中国版本图书馆CIP数据核字(2014)第131866号

责任编辑： 李　生

出版发行 中国言实出版社
地　址：北京市朝阳区北苑路 180 号加利大厦 5 号楼 105 室
邮　编：100101
编辑部：北京市西城区百万庄大街甲 16 号五层
邮　编：100037
电　话：64924853（总编室）64924716（发行部）
网　址：www.zgyscbs.cn
E-mail：zgyscbs@263.net

经　销 新华书店
印　刷 徐州市特快特彩色印刷有限公司
版　次 2014 年 7 月第 1 版　2015 年 12 月第 2 次印刷
规　格 787毫米×1092毫米　1/16　58.5 印张
字　数 772千字
定　价 204.00元(全三册)　　ISBN 978-7-5171-0635-7

关于《拜占庭英雄血脉》

陈志强

不久前，我突然收到一封来自王勇的信件，感到十分诧异，因为我并不认识这位同志。

令我感到诧异的还在于他以龙语者为笔名发表了小说，书名叫做《拜占庭英雄血脉》。后来的几封信使我对他有了些了解，因为热爱拜占庭历史与文化而自学专研，有了许多心得，并以小说的形式集结出版。

这确实令我感动，故为小说写序言，因为我通常既不请人为自己的书写序言，也不给其他人的作品写序言，除了自己的博士生出书外。我深知，每个人从事的研究都是独特的，其他人未必了解其中的奥秘，所以写出来的序言十之八九是褒奖有加而空洞无物，或者词不达意地评论上两句，貌似懂行实则外行。而我除了为王勇的热情而感动，也对他描写的这段历史有些研究，对其中的人物也有些了解。但我这里不想就此多说，只是想就王勇撰写涉及拜占庭故事的小说这件事说两句感想。

拜占庭历史与文化博大精深，长期以来受到世人的关注，自15、16世纪，欧洲的文化人就开始对其文明、文化、文物、文献感兴趣。起初这批有闲阶级在沙龙里谈论拜占庭宫廷秘史，在古旧市场把玩拜占庭金币，在教堂里膜拜拜占庭圣像，在书斋里研读拜占庭文献。后来他们发现，在欧洲地中海世界中古时代，拜占庭帝国像一个巨大的文化宝藏，里面有取之不尽用之不竭的珍稀宝贝。学术研究特别是历史研究循迹追踪，专门找那些古物古书堆积的地方，而拜占庭帝国就是这样的场所，这个号称仅次于中国的天下第二大古籍大国满足着学者的渴求。特别是在近现代的欧洲，这个数百年前就已经被异教的奥斯曼土耳其人灭亡的帝国笼罩着的神秘感，更激起了他们无尽的遐想。在追求时髦的帝王君主贵族富商支持下，学者们的研究逐渐揭开了这个神秘帝国的面纱，一个曾经无限辉煌的千年帝国出现在人们眼前。那个富丽堂皇的帝国京城就像梦幻中的城堡，让多少人为之神魂颠倒，也令他们惊讶万分。惊喜伴随着求知的欲望，拜占庭历史与文化研究从此长盛不衰，至今是国际热门学问，拜占庭学俨然是国际学界最大的分支之一，每当国际历史科学大会召开的时候，人们都会惊讶地看到拜占庭圆桌人丁最为兴旺。我国的拜占庭研究起步虽晚却起点颇高，发展迅速，从30年前我们只能找到一本从俄文翻译过来的拜占庭简史，到今天相关中文书籍多达40余种；从过去几十年发表的论文不足40篇，到今天每年发表的论文超过40篇；从昔日没有专门的研究者到今天专业队伍达到近百人；从学府课堂上没有拜占庭课程到今天

在多所大学建立了从本科到博士的完整培养机制。我们由衷地感到高兴，我国拜占庭学正在快速发展。

王勇（龙语者）的这本书从另一个侧面证明了我国拜占庭历史与文化知识的扩展，他不仅热爱拜占庭的故事，更亲身参加到了我国拜占庭学发展的活动中。我历来认为，人类的知识不应该只是局限在学者中，更应该普及到百姓中，拜占庭的故事也不应该仅仅是学者在象牙塔里欣赏的传闻，还应该是平常人茶余饭后的谈资。一个古老的文明蕴藏着多少人类的智慧，哪怕它是异国他乡的产物，哪怕它是宫廷阴谋的诡计，哪怕它是隐士留下的只言片语。拜占庭的故事有着无穷的乐趣，等待着像王勇一样的作者去共同开放，提供给我们的人民。我们有着共同的目标和爱好，我们都在为拜占庭历史知识的发掘与普及在努力工作。

我虽然还没有细致地读完王勇这本书，但是我的感觉是他并不外行，在许多重大事件和人物的描写上，他有自己独到的创作，反映出他在研读相关历史事件中的感受和心得。就小说的写作而言，确有其困难之处。不仅是因为我们生活在遥远的东方，并不特别了解这个博斯普鲁斯海峡上的帝国生活的细节。更由于这个中古帝国已经消失了500多年，我们不十分清楚那个时代那个地方的人所思所想。而历史文献留给我们的只是零散片面的记载，其传达的真实生活信息非常有限，大到皇宫建筑的柱廊和皇帝宝座的高台，小到皇子公主们所穿袜子的颜色和皇家痰盂的型号，还有宫廷礼仪中跪拜大礼是如何具体举行的，是屈身下跪还是匍匐在地，他们日常吃什么饭菜喝什么汤，怎样吃喝，等等，等等，都是作家需要掌握的。小说嘛，就应该从细节入手，描写才能真实，创作的形象才能鲜活。我们希望这样的困难能够逐步得到克服，使得像《拜占庭英雄血脉》这样的文学作品更接近那些古代的生活。

王勇的探索非常有趣。首先是他的兴趣本身十分有趣，他以一个作者的身份能够关注这个陌生的古代国度，肯定是兴趣使然。我在南开大学校园里已经快40年了，但我并非从一开始就对拜占庭史感兴趣。说来可笑，我们这一代人习惯于服从组织安排，当初就是教育部一个指令，我就放下自己钟爱的专业，前往希腊学习希腊语和拜占庭史。随着学习的深入，我越发喜欢上了这个专业，因为那个逝去的大帝国有太多神奇秘事吸引着我。后来，我的半辈子都与这个古老的“新娘”相伴，“我们的生活”也有滋有味的，至今我还乐此不疲。我猜想，王勇也一定是被拜占庭帝国的神奇魅力所吸引，而兴趣是追求的最大动力，就此而言我非常欣赏王勇，希望他在自己的人生之路上、跟着兴趣走，让自己的精神世界充实，也带给读者愉快和知识。

2014年仲夏夜于南开园

拜占庭英雄血脉

The blood of Byzantine hero

匈牙利王国
The kingdom of Hungary
拜占庭帝国 1180
Byzantine Empir
底拉乌姆
Dyrrachium
塞萨罗尼卡
Thessalonica
爱琴海
Mediterranean Sea
克里特岛
Crete

黑海
Black Sea
君士坦丁堡
Constantinoplo
特拉伯森
Trebizond
安卡拉
Ancyra
尼西亚
Nicaea
士麦那
Smyrna
突厥罗姆苏丹国
Sultanate of Rum
曼德尔河谷平原
Meander Valley
科尼亚
Iconium
阿达纳
Adaba
安条克公国
Principality of Antioch
安条克
Antioch
塞浦路斯岛
Cyprus

Contents

目录

Preface

序言

公元 1176 年、距西罗马帝国①灭亡已有七百年，整个黑暗时代的欧洲大陆唯一保存着高度文明的东罗马帝国②也已经在欧亚大陆上抵御了四面来袭的异族入侵八百四十六年。对于东罗马帝国，西欧人习惯称呼为“拜占庭帝国”。

这是一个危机四伏的时代，也是一个曾属于谋略家的时代，双头鹰的守护者，伟大的阿历克塞大帝③把即将破碎的千年紫色帝国重新铸就，继承者约翰④再次让帝国的荣耀遍及东欧和小亚细亚。罗马帝国的继承者们似乎又看见了统一的曙光。

二十年又过去了。

罗马帝国没有复生。

西方王国纷纷崛起，十字军国家⑤已在东方林立，在叙利亚与埃及，则蕴涵着强大的力量⑥。在远东，更巨大的毁灭性势力⑦即将降临。

谋略家的时代过去了，罗马的时代过去了，这是英雄的时代。

帝国统一的前途依然黯淡。

无论是谋略家的时代还是英雄的时代。

对于继承罗马帝国衣钵的拜占庭帝国来说，追逐统一的希望一直包含着两个内容，两种可能。

“两个罗马”或者“没有罗马”。

荣耀。

或者毁灭。

① 罗马帝国于公元 395 年正式分裂成西罗马帝国与东罗马帝国。西罗马帝国于公元 475 年被蛮族之一的西哥特人灭亡。

② 东罗马帝国（又称拜占庭帝国）在西罗马帝国灭亡之后，成为整个黑暗中世纪欧洲唯一拥有高度文明与文化的国家。拜占庭皇帝们也依旧以罗马皇帝自居，曾在 6 世纪之时反攻蛮族，疆域横跨三大洲，控制了整个地中海，但在 7 世纪时又被兴起的阿拉伯帝国击败，失去了大量领土。10—11 世纪拜占庭帝国重新兴盛，击败了阿拉伯人，达到了最强盛的黄金时代。但在 11 世纪末被兴起的突厥人所击败并引发内乱，使得帝国的国力大衰。

③ 阿历克塞大帝：这里的阿历克塞大帝指的是阿历克塞一世，他于公元 1081 年即位，当时突厥人已经占领了帝国东部所有的领土，正值帝国内忧外困之际，他力挽狂澜，依赖军事与外交手法击败了入侵的西方强敌诺曼人，并借助十字军东征的力量削弱了小亚细亚半岛突厥人的力量，恢复帝国的国防军，并反过来压制住十字军并击败了沿海地区的突厥人，使得濒临灭亡的帝国又恢复成欧洲第一强国的身份。

④ 约翰即是阿历克塞一世的儿子约翰二世，他扩大了父亲的成果，击败了佩切涅格人，十字军以及突厥人，战场指挥评价很高，平时谦和温良，意志坚定，只有在必要时才表现出残酷甚至被称为“拜占庭帝国的马克奥略留”。

⑤ 十字军国家：在教皇的号召下，在拜占庭皇帝阿历克塞一世的引导下，西欧国家纷纷发动了以宗教战争为名的十字军东征，他们穿过拜占庭帝国的领土，击败了尼西亚、安条克、耶路撒冷等地的突厥人，但未如约将安条克城交付给拜占庭皇帝。并在中东等地建立了许多领主统治的国家，如安条克公国、耶路撒冷王国等。

⑥ 这里说蕴含的巨大的力量，叙利亚那里指的是“圣者”努尔丁，他延续其父亲赞吉的政策，对入侵的西方十字军发动了穆斯林的“吉哈德”圣战。击败了入侵的十字军，成为强大的封建军事王朝，并成为穆斯林世界的精神领袖。而埃及那里是原来努尔丁派遣到那里的将领萨拉丁，后来打败了十字军，并推翻了原来在此地的法蒂玛王朝，控制了埃及，成为努尔丁的对手，但名义上还臣属于努尔丁。

⑦ 更巨大的毁灭性势力，指的是即将崛起的蒙古帝国。

Chapter 1

经过权衡利弊，性格积极进取的东罗马帝国皇帝曼努埃尔一世的决定是冒险东征，占领帝国丢失长达一百年的安纳托利亚高原[1]，东部边境将永远免遭突厥人的侵袭与劫掠，帝国将获得更多的土地与人口，更强壮的战马与更强大的骑兵。如果收复成功，他将拥有资源来平衡贵族与农兵[2]的利益。重新在安纳托利亚高原上恢复黄金时代的秩序，这将成为一把钥匙，重新开启黄金时代大门的钥匙……

议事宫中的干练和激昂无法掩饰内心的惆怅与不安，当最后一个将军离开大殿，饰有金星的沉重宫门在曼努艾尔身后轰然合拢，真实才逐渐回到这位皇帝的身上。

卸下沉重的金冠与紫袍，曼努艾尔③拢了下漆黑的长发，不经意地照了照铜镜，曾经英俊的面容变得可怕的瘦削，浓重的黑眼圈包围了整个眼眶。

年轻时代他是一位勇敢的骑士，礼貌的绅士，激情洋溢的演说家。他是约翰大帝四个儿子中最小的，也是最聪明与英俊的，气度不凡。他可以在骑枪比赛中击败最不可一世的骑士，也可在君士坦丁堡④大道上轻易让最骄傲的贵妇人送来柔媚的秋波。

他也是约翰大帝临终前毫不犹豫的指定继承人。

先帝似乎给曼努艾尔留下一个相当有希望的帝国，罗斯公国们的依附，匈牙利的联姻，塞尔维亚的占领，威尼斯公国的贸易，诺曼人⑤、突厥人的溃败，十字军天主教国家，特别是古代重要城市安条克的臣服。当然还要包括与德意志帝国康那德三世的同盟。

① 安纳托利亚高原：其实准确地说是在现在土耳其中部，一大片由高原与草原组成的地形。这里在11世纪末拜占庭帝国衰落时期被突厥人占领，是良马的产地。

② 农兵：拜占庭帝国边界军队主要组成部分，拥有自己的土地，战时出征，帝国强盛之时农兵的数量非常庞大，且装备精良训练有素，而11世纪末衰落时期农兵制度已经破产，帝国军队由军事贵族控制，对此约翰二世与继承者曼努埃尔一世都在不动摇帝国统治的基础上做了一些恢复农兵的努力。

③ 曼努埃尔：即曼努埃尔一世，是前面提到的阿历克塞大帝的孙子，约翰的儿子，号称“罗马的战争皇帝”，年轻时就骁勇善战。之后最大的功绩就是再度强化了复兴的东罗马帝国军队，使之各兵种齐全且装备精良，并重建了强大的海军。但他在位时期为了恢复罗马的荣光而强行扩张，虽然胜多败少，但也极大的损耗了国力。后期统治才变得实用而谨慎。

④ 君士坦丁堡：即现在土耳其的伊斯坦布尔，从公元330年开始，由罗马皇帝君士坦丁大帝所建。这所巨城被称为“众城之女皇”，是文化和学术的中心，富饶而强盛的代名词，一直作为东罗马帝国的首都。

⑤ 诺曼人：他们最早来自中世纪的法国北部，有一部分北欧血统的族群。并逐步建立了强大的重装骑兵队伍，创立了最早的“站立式冲锋”战术，诺曼人之后占领了西西里岛，建立了西西里王国，在东罗马帝国11世纪末衰落之际进行猛攻。

民众对曼努艾尔的期望也越来越高，他们看到的全是政治、军事、贸易上一个又一个胜利，阿历克塞与约翰预示着东罗马帝国的重新崛起，而更出色、更受欢迎的曼努艾尔必能带给紫色帝国更大的荣耀：

两个罗马、东罗马与西方罗马再次合二为一。

但民众看不到一个又一个胜利所付出的代价。

曾经年轻的曼努艾尔也没看见，他也曾相信罗马将在他手中再次合二为一。他们会称呼他为当代的查士丁尼⑥。

他继续执行着毫不犹豫的扩张政策，早期卓有成效，保加利亚人的再次叛乱被果断镇压，诺曼人的入侵被阻挡，亲自指挥的瑟尔米乌姆会战更是给重新反对帝国的匈牙利骑士以毁灭性打击。曼努埃尔还组建了可以与威尼斯公国相抗衡的强大海军，这是父亲约翰大帝都没成就的盛况，拜占庭海军的紫色旗帜又一次在东地中海四面飘扬。

远征的时候到了。

但罗马早已不是五百年前掌握在哥特蛮族时候的罗马，现在，罗马教皇⑦的宗教威力能玩弄很多西方大国于股掌之间，也能聚集他们的力量来反对天主教会的敌人，而现在曼努埃尔就是他们的敌人。拜占庭皇帝曾经最忠实的西方盟友与私人朋友德意志皇帝康拉德三世换成了横暴的红胡子菲特烈大帝⑧，他的野心是成为新的罗马皇帝，当然不理会曼

⑥ 查士丁尼：公元 6 世纪实现了罗马短期复兴的拜占庭皇帝，麾下名将贝利撒留与纳而塞斯，以及美貌而坚强的皇后狄奥多拉都名震一时。他实现了将地中海重新成为东罗马帝国的内陆湖，但这只是昙花一现。

⑦ 罗马教皇：罗马的（注：东罗马帝国并不掌握罗马城，他们与罗马教会虽然同属基督教，但势力是分裂的，教义也不同）主教，天主教会的领袖，这个时期他们实际的权力在西方国家众国王之上，在 11 世纪末号召发动了十字军东征。

⑧ 红胡子腓特烈大帝：神圣罗马帝国（当时大部分领土就是今天的德国部分，帝国诸侯林立，组织相对松散）的皇帝，进攻意大利是他军事生涯的主要组成部分，并参加了第三次十字军东征。

努艾尔而坚决地站到了教皇一边。面对敌视的态度则是曼努艾尔愤怒的远征。

远征初期很成功，意大利的南部几乎被拜占庭人全部占领，但西方联军不断联合反击，西西里的诺曼人又不断用海上游击战打击东罗马军队。更重要的是，曼努埃尔发现他的帝国已经无法支撑岛上越来越高的人员与物资消耗，对雇佣兵薪水的亏欠甚至造成了大规模哗变，就连西线最优秀的老将兰帕德斯也无法控制局面，筋疲力竭的帝国军队只能撤退。

曼努埃尔这才发现，他所谓走向复兴的罗马帝国经济基础是如此的脆弱。

西西里征服的失败成了压垮帝国的最后一根稻草，原本帝国复兴的根基就并不坚实，曼努埃尔建设的庞大海军与一个接一个的胜利消息无形中挖空了帝国的心脏。虽然经过数十年的战争，曼努埃尔再度扩张了约翰大帝的领土，可他也发现整个帝国的经济依旧命悬一线，帝国的诺米希玛金币[9]在不断贬值，帝国中庞大的，由贵族与雇佣军构成的军队耗尽了帝国的金币，却不能像黄金时代的农兵那样带来富足的财政收入。他貌似辉煌的王朝在依靠战争胜利勉力支持。一旦有所失败，灾难就将像瘟疫一样无情蔓延。

在西方，匈牙利与塞尔维亚的胜利使得拜占庭帝国的西线得到了少有的安定，但在东方，突厥人在一个叫努尔丁的统帅下再度崛起，这个优秀的统帅利用吉哈德的圣战的精神让之前一盘散沙的突厥人团结起来，让他不仅成为突厥人的领袖甚至是阿拉伯世界的精神领袖。现在他在东

⑨ 诺米西玛金币：拜占庭帝国金币，曾长期作为欧洲与西亚通用的硬通货币，后期因帝国的衰落而贬值。

方向空虚的帝国发起了风暴般攻势，而"雄狮"亚尔斯兰，突厥人在西方的罗姆苏丹国⑩大统帅，原先是罗马人的盟友，现在成为努尔丁的开路先锋。

阿历克塞与约翰那些让突厥人胆寒的时代一去不复返，帝国东线的人民与财富遭到惨重的损失，可怕的突厥骑兵来去如风，直至防守严密的大城市才罢休，许多地区遭到劫掠，使得帝国本来捉襟见肘的经济入不敷出。

走过卧室，曼努艾尔斜着看了一眼端坐在那里喝茶的皇后玛丽亚，面无表情的走了过去，自她从安条克嫁过来之后，尽管在公众与艺术家面前两人都伪装成圣洁无比的楷模，但实际上两次政治婚姻早已让她的爱意与激情消耗殆尽，他一生的婚姻早已让位与皇权与帝国，现在曼努艾尔开始怀疑帝国指定继承人身份是否真正是一种奖励。

走进书房，曼努艾尔才感到一种真正的保护，他需要力量的支持，需要那些已经逝去的伟大先辈的支持。

书房正中挂着祖父阿历克塞的画像，狡猾的嘴唇，坚定而深邃的目光，曼努艾尔凝视许久，"如果把你与你自己崇拜的战神巴西尔二世⑪相比较谁更加伟大？我们会选择谁？强盛辉煌还是力挽狂澜？"曼努艾尔喃喃自问，一百七十年前，战神巴西尔二世的黄金时代夺目璀璨，无数个伟大的军事胜利，装备优良的大量农兵坚定的驻扎在边界，保卫帝国并带来富足的财政收入。

⑩ 罗姆苏丹国：是突厥人在公元11世纪末击败了拜占庭帝国并在安纳托利亚建立的国家。现在的首领苏丹是亚尔斯兰。他们长期占领着中部高原与草原地区，而拜占庭则占据着两侧的沿海部分。

⑪ 巴西尔二世：是10世纪末至11世纪中期统治东罗马帝国的皇帝，被称为"战神"，他统治下的帝国达到了极盛。

但毕竟，这伟大的基础却是他母亲塞奥发诺的[12]上两个情夫尼奥弗鲁斯与基米斯基[13]打下的，他俩可不只会与妖艳美丽的皇后颠鸾倒凤，他们都是令阿拉伯人与西方蛮族畏惧至极的出色统帅。让年幼的巴西尔得以学习，也让夺权后的巴西尔可以施展他巨大的抱负。而曼努埃尔的祖父阿历克塞接手时的帝国濒临崩溃，没有收入，没有军队，却依靠天才般的谋略与军事才能让拜占庭重回一流大国的行列，虽然，依旧危机四伏。

危机四伏的时代让他的祖父知道该何时何地进退，就如同一只夹缝中生存的狐狸。

曼努艾尔记得小时候祖父说过："光复罗马，收复整个意大利是很多有识之士的梦想，但实力不允许，我不会用自己的前程去冒险。我根本不在乎能不能收复罗马，罗马对我来说只是个政治幌子。伟大的查士丁尼就曾经收复了罗马，那又怎么样？一堆伟大的废墟？没过多少岁月就让给了蛮族。罗马的光辉时代已经过去了，就像衰老的美妇人一样永远不能用妆饰来抵抗岁月的侵蚀。我们的首都和灵魂是君士坦丁堡。过去是，现在是，将来也是。她和帝国的安定，美丽，荣耀才是我们该去追逐的。"

他现在记起了这些话，他父亲也遵循着这一格言，但他曾经忘记。也许是他的年轻时代太顺利，也太安全了。

阿历克塞画像边上挂着就是父亲约翰的画像，画像下的木桌上平放

⑫赛奥法诺：前面提到的"战神"巴西尔二世的母亲，以美貌与杀夫而著称。

⑬尼基夫鲁斯和吉米斯基：说的是尼基夫鲁斯二世与约翰一世，他们是巴西尔二世的前任，他们与巴西尔二世的时代被称为拜占庭帝国最强大的"征服者时代"。

着一张精美的军事地图，这正是这位先帝最喜欢观察的器物。从军事角度来说他表现得比阿历克塞更为成功，约翰精力十足，他击败并安置了保加利亚境内的佩切涅格人⑭成为农兵，让诺曼海盗与突厥人闻风丧胆，甚至还占领了东方最重要的城市安条克，逼迫这些十字军国家承认拜占庭的宗主国地位。拜占庭帝国的地位如日中天，但即使这样也未欺骗约翰这理性聪明的君主，他继续着稳步的扩张政策，一有机会就安置农兵，甚至为了陆地上的胜利而不惜放弃海军忍受威尼斯海军的频繁侵扰。但最终连续胜利的瑰丽花环把帝国装饰得如此美丽，欺骗了他雄心勃勃的继承者，无形中带给曼努埃尔复兴罗马帝国这沉重的希望。

曼努埃尔大半生为恢复罗马帝国的努力终于破灭，他该在接受帝国的第一天就应该想起祖父的教诲，并继续坚持父亲为重建农兵制度的不懈稳固的努力，而不是奢望成为两个罗马合二为一的皇帝。

时间已经逝去，结果无可挽回，拜占庭帝国再一次面对东西方的联合危机，曼努艾尔感到莫大的孤独感，而神圣罗马帝国的“红胡子菲特烈”，安条克公国⑮的博希蒙德，耶路撒冷的鲍德温，突厥人的领袖努尔丁，还有努尔丁曾经的部将现已基本控制埃及的萨拉丁，都是无比强悍的对手。

那么曾经伟大的东罗马帝国机会在哪儿？他想起父亲临终前对他的两句遗言：

“必须重建军区农兵，必须从突厥人手中夺回安纳托利亚高原。”

重建黄金时代的军区制度，让土地财富集中在民众手中，减轻贫富

⑭ 佩切涅格人：游牧民族，擅长弓马，公元 10 世纪时到达了多瑙河与顿河下游，11 世纪与 12 世纪与拜占庭帝国交战，12 世纪前期被约翰二世彻底击败。

⑮ 安条克公国：安条克是叙利亚境内的古城，曾经是巨大而重要的城市，十字军东征时被占领，在此地十字军建立了安条克公国。

差距。让那些平时耕种，战时用良好装备参战的农兵代替贵族与雇佣军成为军队主力，这是帝国未来唯一的希望。可是他的帝国已经是一台安装在悬崖上的巨大战争机器，而贵族与雇佣军正是这台机器运转最主要的零件！一旦打破天平的平衡，或者是让机器停止运转，沉重的砝码将会坠下，将整个帝国瞬间砸垮掉。

那么如何平衡这一切？怎样在必须得依赖贵族军队与雇佣兵的条件下发展农兵基础？曼努埃尔深邃的眼神逐渐变得坚决起来。他的目光长久停留在父亲最喜欢的地图东方，帝国的东方是被突厥人控制的安纳托利亚高原，那里是最佳的战马产地，也是比保加利亚与匈牙利地区更好安置农兵的地域。

几十年的征战并非一无是处，危险的匈牙利臣服，彪悍的保加利亚被占领。多事的塞尔维亚也趋于平静。西方联军虽然成功阻止了曼努埃尔占领意大利南部，但也筋疲力竭，短期无法对皇帝构成危险。从来都是两线作战的拜占庭帝国现在有了一个伟大的机会。集中所有力量单线作战的机会。

东征！占领东罗马帝国丢失长达一百年的安纳托利亚高原！东部边境将永远免遭突厥人的侵袭与劫掠，帝国将获得更多的土地与人口，更强的战马与更强大的骑兵。如果收复成功，他将拥有资源来平衡贵族与农兵的利益。重新在安纳托利亚高原上恢复黄金时代的秩序，这将成为一把钥匙。开启黄金时代大门的钥匙。

一切取决于将所有力量集结于东线，不惜一切代价，由六十岁的自己亲自统帅。愿上帝保佑这次东征成功。也希望是自己最后一次成功的远征。

如果成功，他将超越父亲与祖父，他的名字将与巴西尔大帝这样的战神并列，述说东罗马帝国重新辉煌的第二个黄金时代。

如果失败，曼努埃尔倔强的摇了摇头，他不能去想失败，因为他已经别无选择。

他已经为这次战争调集了最好的军备与统帅，曼努埃尔的王牌就是他重建了享誉欧亚大陆五百年之久的拜占庭铁甲圣骑兵⑯，这一度成为帝国陆军辉煌的象征，虽然现在人数仅有一千五百人，但每名骑兵都身穿由锁子甲、绵甲、扎甲组成的三层复合装甲，战马也全身包裹着重札甲，无论对于刀剑还是箭矢都有极其超卓的防护力。骑兵们还装备着四米长的长矛，冲锋起来无人可挡。最得意的设置莫过于曼努埃尔为骑兵们配备的精钢钉锤，这些恐怖的武器曾经在1167年给匈牙利骑士以毁灭性的打击。可以这么说，这些骑兵们除了速度慢，并没有特别的弱点。

除了精锐的军队，为了此次东线大战役，曼努埃尔也调来了东西线所有的著名将领，但他只赋予其中一名比自己战争资历还老的英雄特殊使命，他就是亚美尼亚人⑰凯纳斯，拜占庭安妮公主的夫婿。虽然公主安妮已经去世，这并没有影响这位亚美尼亚贵族的忠诚，他继续小心翼翼守卫拜占庭北疆特拉柏森城堡这块危险而宝贵的土地。王子虽已不再年轻却仍精力充沛，他带领的亚美尼亚重骑兵依然是那个地区颇有威慑的

⑯ 铁甲圣骑兵：东罗马帝国千年历史中最有名的精英部队，也随着时代的变化而不断改变战术，曾一度统治重骑兵的历史。11世纪末帝国衰落曾被解散，在曼努埃尔一世的努力下重新组建，并借鉴了西方诺曼骑兵的“站立式冲锋”技术，重新成为当时最强大的重装骑兵。

⑰ 亚美尼亚人：亚美尼亚人在东罗马帝国长期服兵役，甚至几个著名的拜占庭皇帝都是亚美尼亚人血统。

⑱ 瓦朗尼亚卫队：根据各地的发音不同，也叫做瓦良格卫队或瓦兰吉卫队，或者根据来源区域叫做北欧卫队。拜占庭帝国最有名的禁军步兵，兵员来自遥远的挪威、瑞典、丹麦、罗斯以及英格兰地区，即保留着一定的北欧海盗传统，也接受了东罗马帝国的训练与装备，擅长使用战斧与重剑，以凶猛及忠勇而著称。

⑲ 这是曼努埃尔父亲约翰二世在公元1122年对佩切涅格人的一场决战，此战之后佩切涅格人再无独立势力，这场战斗中皇帝麾下北欧卫队的凶猛攻击发挥了决定性作用。

力量，他的威望让曼努艾尔决定授予他巨大的权力。

想到亚美尼亚人凯纳斯，曼努埃尔就不能不痛心地想到当年与凯纳斯齐名的另一位英雄，瓦朗尼亚卫队[18]的司令官："金发王"哈拉尔德。

瓦朗尼亚卫队，也称作北欧卫队，他们的指挥是丹麦人哈拉尔德。曼努艾尔对他印象并不坏，在祖父阿历克塞麾下的将军中，只有哈拉尔德的年龄和他最接近，而在非战争的日常生活中，哈拉尔德称呼他为弟弟，教过他用剑，也带给他各地稀奇的小玩意，甚至还偷偷把他从皇宫里接出去在酒馆彻夜狂欢。曼努艾尔了解这个哥哥的抱负和野心，并认可这种合理性，曼努艾尔一直认为让哈拉尔德进入皇室并没有什么可指责的，拜占庭的皇室确实有一批优秀的俊才，也不缺乏浪费俸禄补贴的废物，至少哈拉尔德不会辜负这种头衔，而且从忠诚性上，这位所谓野心勃勃的北欧人野心也是有限的。

正常情况下哈拉尔德不会破坏北欧卫队的铁则，叛变或者逃跑的北欧卫队会被整个帝国耻笑，而拜占庭人也永远不会接受一个纯粹的北欧人做他们的皇帝，这些哈拉尔德都是心知肚明的。

但约翰本人长期负责东线战场，指挥的主要是骑兵部队和本国的普罗诺埃步兵部队，他并不像阿里克塞或曼努艾尔那样信任北欧人作指挥官，他更愿意自己来指挥北欧卫队。

"这是我那伟大父亲的失策。" 曼努艾尔自言自语道，北欧卫队曾经是整个欧洲最令人生畏的步兵，而在众多的拜占庭英雄中，哈拉尔德也是最年轻最富有传奇色彩的，在祖父阿里克塞大帝麾下就立下了盖世奇功，在约翰大帝指挥下哈拉尔德带领的北欧卫队这支令人畏惧的禁军以微乎其微的伤亡用恐怖的双手战斧对保加利亚的佩切涅格敌军以毁灭性打击[19]，他娶了约翰的妹妹，那位美丽得能让人窒息的公主伊林尼，年纪轻轻就位及人臣，他野心勃勃，目标显然是进入拜占庭皇室，这引起约翰的反感。君士坦丁堡总督老曼西穆斯曾经是约翰与哈拉尔德之间最好的缓冲剂，在总督死后，这种平衡不复存在，最终哈拉尔德带着倾心于他的公主与一批北欧卫队的死党精英向北方出走，利用在拜占庭学习的步兵战术，在丹麦建立起一支精锐的军队，东征西讨，残酷杀戮，恢复昔日维京雄风，卷起让北欧封建君主们都头痛不已的海盗风暴，现在已经与佣兵们基本控制了丹麦北部海岸的海泽比交易城镇，并拥有自己的城堡。

他的出走，拜占庭帝国损失了北欧卫队的一大半精英，而且祸不单行，罗斯人与鞑靼人的战争也让从罗斯来的北欧卫队兵员质量与数量大减，虽然他们仍是皇帝最忠诚的卫队，但却没有合适的强人管束，他们整天在君士坦丁堡的酒馆里喝的烂醉，疏于训练。这就让曼努埃尔更加想念哈拉尔德。

“可是他也老了，”曼努埃尔从嘴唇中冒出了喃喃自语，至少从来信中的文风来看是这样，那个手持冰川之刃冲锋陷阵的传奇已经进入了暮年，即使哈拉尔德回心转意返回拜占庭也无计可施。但值得注意的是，哈拉尔德提到了他的大儿子雷拉格。这是“金发王”与拜占庭公主伊琳妮的孩子。

这个混血儿自他十岁之后跟随父亲哈拉尔德回到丹麦后。曼努埃尔就再也没见过他。但小家伙童年的几件不寻常的往事还是给皇帝留下了深刻印象。更何况，哈拉尔德的来信中提到了几件重新引起皇帝注意的事。

北方维京人⑳越来越难以劫掠了。雷拉格则重建了丹麦古镇海泽比，以毛皮与海象牙贸易来筹集资金，并带领年轻的新兵开垦荒地。贸易资金与农产品则可以让他为自己的士兵装备更好的武器与盔甲，并按照东罗马帝国的步兵教程来训练他们。

这很有意思，也许这是个前途远大的年轻人，正值用人之际，曼努埃尔可不希望他被丹麦国王争取过去。他已经为此派遣了重要的使者，对于这个前往北方的使者，因为完成过更重要的任务，皇帝觉得他应该信任使者的办事能力，毕竟，东征在即，自己应该戴上沉重的头盔，把精力用在更重要的军事事务方面。

来吧！为了帝国，孤注一掷的远征！成败在此一举！

曼努艾尔走近窗前，独自站立在精致的大落地窗前极目远眺，他的视线远远的穿过华贵的圣宫，穿过繁华的提奥多西广场，越过高耸的古代方尖碑，越过君士坦丁堡北面巨大的城墙，飞过亮光闪闪的金门，飞过波涛汹涌的金角湾，飞向一望无垠的安纳托利亚高原，飞向墨绿色浩瀚深沉的黑海。

也飞向了冰雪覆盖的壮丽北欧斯堪的纳维亚山脉㉑。

那是哈拉尔德的地方。

⑳ 维京人是公元6~11世纪劫掠欧洲沿岸的北欧海盗，在本文的这个时代，12世纪的维京人已经走到了尽头，他们要么"漂白"成为封建主，要么就依附于国王，或者远涉重洋充当别国的佣兵。

㉑ 斯堪的纳维亚从地缘上说是挪威和瑞典，从文化上说也包括丹麦，在12世纪时是荒凉、寒冷与危险的北地。

拜占庭

The blood of Byzantine hero

英雄血脉

Chapter 2

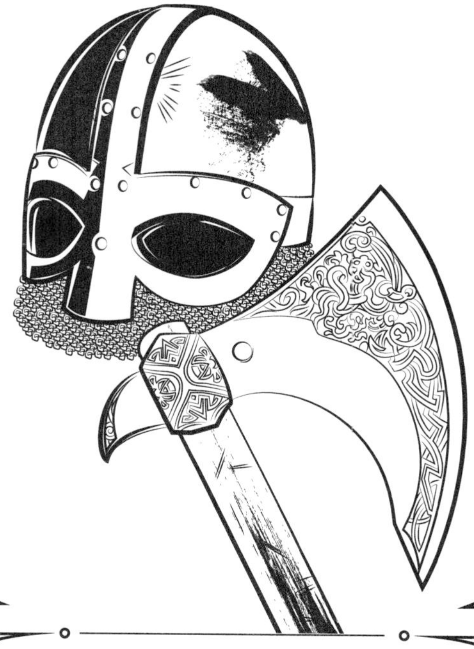

哈拉尔德露出一丝无奈的苦笑，“曼努埃尔需要我们，在君士坦丁堡作为禁军效力于东罗马皇帝不是件坏事，起码青史留名，在那些古老的石柱和方尖碑上刻上我们的名字、绘上我们的镶嵌画。在我们化成灰烬以后的一千年，还会有人记得我们。”

斯堪的纳维亚山脉与丹麦冰碛平原①之间的海面上陈列着无数巨大的浮冰与小岛，茫茫白色让外行人根本无法分辨之间的区别，更何况是雾气笼罩北地世界的季节。

一只毛绒绒的北极狐凝视着冰面下的状况，在大部分场合下它是标准的机会主义者，寻找被狼与北极熊吃剩的死尸是它的拿手好戏，它现在所关心的是，那只扣在冰面上的人手不会突然间滑下水去。

手艰难的动了动，随后臂膀也渐渐露出水面，冰冷的海水中一个全身透湿的人慢慢把自己挪动到了冰面上，湿漉漉的黑发披散开遮住了头脸。他努力呼着身体里最后一点热气，瘫倒在冰面上。

停顿了几秒，就开始全力向前爬，他很清楚停顿过久的结局，黑发人甚至还看了一眼北极狐，加快了爬行速度，他所在的小岛有冰岩洞，而这是最后一根救命稻草。

但近在咫尺的山洞竟然变得如此遥远，他越来越用力，速度却越来越慢，黑发人注意到北极狐慢慢地挪动到了他的前面神色专注地盯着自己，北极狐可爱漂亮的白色长毛掩盖了凶残的本性，在这食物匮乏的季节，它不会放过任何一只受伤的大动物。

他爬不动了，像一只衰老的驯鹿那样停了下来，生命即将完结，身体也仿佛不那么冷了，大地开始旋转，眼前的小岩洞似乎渐渐变成了高山，父亲哈拉尔德的话也空灵地回响在自己的耳边。

“北欧之王奥丁②与他的子孙在这冰雪之地孕育了我们这个民族，”

① 丹麦的冰碛平原就在丹麦的北部，北海的南岸，北岸就是挪威的陆地。

② 奥丁是北欧古典神话中的主神。

哈拉尔德说道，淡金色的浓浓胡须随着寒风飘动，他端坐在以他名字命名的城堡西方山顶上，身边站着一位肩膀宽阔强健的黑发武士，有一双北欧人不常有，习惯深思熟虑的栗色双眼，“我们是极度强壮的民族，也无比坚韧，我们毫无畏惧，在可怕的困难与危险面前大笑，”说到这里金发丹麦人嘴角露出一丝自得的微笑，“而你父亲，”哈拉尔德左手大拇指指向自己，“则是所有北欧战士中最强大的，他在南方为东罗马帝国皇帝效忠，在东欧、南欧、小亚细亚连续作战，死在他剑锋下的强大敌人数不胜数，他没有敌手。”哈拉尔德眼中闪耀着光芒，从背后巨大的剑鞘中抽出巨剑——冰川之刃，丹麦人骄傲着凝视着这件对于他来说既可以单手，又可以双手使用的称手利器，“所以他曾经认为自己是全世界最强悍的。”

“他效力于一位伟大的皇帝，这也是你这位骄傲的父亲唯一真心敬服的人，他认为自己已从这位皇帝身上学到了够多的东西，他的战术谋略已经让许多罗马将军自叹不如，在和这位皇帝的继承者决裂后，他回到北欧，想建立自己的功业，成就一个与东罗马皇帝相媲美的功绩。

“他在北欧无数次东征西讨，希望通过维京人的方式建立自己的强大帝国。”

几缕飘散过眼前的白发终止了哈拉尔德的意气风发，他渐渐回到了自己不愿面对的现实中。

“可当奥丁之神被基督击败③之时，你会怎么看？”哈拉尔德冲着

③ 这里指的是12世纪末维京人的势力逐步瓦解，而北欧建立了诸如丹麦王国这样信仰天主教的国家，北欧人的信仰也逐渐从古典多神教转化为天主教，但实际上北欧众神在北欧人心中仍很有地位。

黑发武士自嘲的一笑，“维京人的时代过去了，北欧各国的封建王国越来越强大，连丹麦人都开始信奉基督，我们的劫掠多数以失败告终，无数的岁月在失败的征服中消逝，当年天下无敌的北欧战士也上了年纪，我变胖了，杀心也消逝了，挥舞利剑也不似年轻时那么灵活，而我依然只是可怜的老海盗。”

“您控制着海泽比与哈拉尔德堡，”黑发武士用低沉的声音缓慢说道，“就算是海盗，也是北欧所有海盗中最令人敬畏的那一个。”

“哈！你就别再恭维我了，”哈拉尔德摇摇头，“真正最伟大的海盗王也叫哈拉尔德④，不过是挪威的那个而不是我，而他在一百年前已经在英格兰的斯坦福桥战役中被杀死，所以才轮到我，知道现在哥本哈根的丹麦国王瓦尔德玛一世⑤吧？他想要统一北海，早就想处理我们这些个海盗毒瘤了，你这可怜的父亲就像是北欧海盗的旗帜，一旦我再倒下，北欧海盗的时代就真结束了。”

“我们现在无法对抗瓦尔德玛一世，他对我们来说太强大，”黑发武士思索着，“但是他有他的问题，瓦尔德玛的大军和舰队正在对付萨克森北部⑥的温德族海盗，一时半会还顾不上我们，咱们可以利用这点。”

“他的军队现在顾不上但金钱可以弥补，”哈拉尔德望了黑发武士

④ 他说的这个已经死去的哈拉尔德是指的是挪威的哈拉尔德，他也当过拜占庭帝国的禁军，并攻克过西西里岛主要城市，之后他又回到了北方，在公元1066年企图征服英格兰的斯坦福德桥战役中被杀死，他的死一般标志着北欧海盗时代的没落。

⑤ 瓦尔德玛一世：公元1157年~1182年统治丹麦的国王，他在位的时候统治着挪威地区，并剿灭四处零散的北欧割据势力。

⑥ 萨克森北部：现代德国北部离丹麦的接壤处。

一眼，“有件事情你可能会吃惊，我们的老对手挪威海盗哈格里夫⑦，已经宣布效忠瓦尔德玛。这会让挪威同行得到比我更多的资源支持，当然了，条件肯定是哈格里夫必须拿到我的头颅。”

黑发武士想说什么又忽然闭上了嘴，紧紧地盯着父亲。

“雷拉格，”哈拉尔德凝视着身边的长发披肩的儿子，他乌黑的长发与淡栗色双眼拜南方帝国的母亲所赐，而坚定的鼻梁和嘴唇则和父亲一模一样，“你是长子，也是我最出色的儿子，我教给你高超的剑术，强壮的体魄，生于君士坦丁堡的母亲则教给你北欧所没有的文化知识，现在它是你的了，”哈拉尔德示意年轻人跪下，把巨大的双手剑交到雷拉格手中，“这把剑曾经在血战中破损，现在，已由北欧最伟大的铁匠大师重新铸造，这把带有神秘寒气的剑锋无人能敌。他应该有个更锋锐的主人。”哈拉尔德紧紧盯着雷拉格，“这把剑也包含着责任，我希望你会用行动来表示你是值得拥有它的。”

雷拉格的眼神却显得有点紧张与不安。

“我们连续几次的劫掠失败已经让我们的战士士气降到了最低点，”哈拉尔德无助地说，“我们必须得到足够的金币来维持，东罗马帝国现在的皇帝曼努艾尔曾经是我最亲的兄弟，他只要需要我们，金币就会源源不断，瓦朗尼亚卫队是最高薪水的雇佣军。”

“你将作为一位瓦朗尼亚卫队首领回到拜占庭，就像父亲年轻时做过的那样，”哈拉尔德嘴角间闪现一丝难以琢磨的笑容，“在我所有的军队当中，你的那一千人是最训练有素与装备最精良的，你在他们身上

⑦ 挪威人当时没有自己的国家，挪威海盗要么是零散割据势力，要么就得为瓦尔德玛一世服务。

花了很大的工夫，你把你所有毛皮与海象牙贸易赚来的金币给他们购置了最好的双层重锁甲⑧与整个北地工艺最精湛的战斧。”

一丝阴云略过雷拉格的脸，但他依然凝视着剑柄上精致的骷髅雕饰接过巨剑，面向北方把巨剑插入结实的冻土中对英烈祠中女武神⑨做着祈祷来完成这个仪式。

“你似乎疑虑重重。”哈拉尔德王不太满意地看着雷拉格的表情，“也许我应该听听儿子的建议。”

“这种方法风险很大”， 雷拉格看了一眼父亲，“我们不能保证在得到金币以前不会被瓦尔德玛雇佣的哈格里夫攻击，而如果瓦尔德玛大军征服温德族海盗归来，我们腹背受敌就全完了。”

现在轮到哈拉尔德王满脸阴云密布地看着雷拉格。

“我们可以考虑投靠瓦尔德玛，”雷拉格鼓足勇气说道，“您是北欧现在最具影响力的海盗，对于瓦尔德马来说您会比挪威海盗哈格里夫更有价值！”

“你的意思是让我投降？”哈拉尔德上前一步，淡蓝色的眸子狠狠瞪视着儿子。

“看看跟我们一样的维京英雄们的结局吧！”雷拉格高声说道，“你也说过维京时代在过去，维京英雄不是死亡就是投奔了国王们，现在英格兰、法兰克、丹麦，都建立了强大的封建王朝，拥有我们无法对抗的军队数量，我们的军队确实非常精锐，但人数太少，现在我们已经无处劫掠！我们攻克

⑧ 重锁甲：锁子甲是由铁环连连相扣构成，优点是重量轻，便于活动，比皮制装甲防御好，甚至可以穿多层甲来加强防御效果，缺点是工艺繁琐，价格昂贵，且对抵御弓箭和重击不够，但在12世纪，钢甲还远未出现之时，工艺精湛的锁子甲已经是非常好的盔甲了。

⑨ 女武神：名为瓦尔基莉，是北欧神话中引领英勇战死的武士进入瓦尔哈拉圣殿的女神，一般是身披铠甲骑白马的女武士形象。

不了那些防守严密戒备森严的城堡！也许依靠海泽比的毛皮与海象牙贸易我们还能支撑一阵子，但不会太长久，”雷拉格栗色的双瞳望着父亲，“瓦尔德玛早都对海泽比垂涎三尺想要加以统治，我们对抗不了丹麦国王和挪威海盗的联军！”

“闭上你的嘴！”哈拉尔德两眼充满着怒气，“我看你已经忘记了谁才是首领。”

雷拉格微微低下头，表示着顺从。

“说到军队嘛，”哈拉尔德不无讽刺地说，“你的那支军队，他们实在是过于精锐了，你对他们的装备与训练已经完全超过了我其他的战士。”

“这是跟您学的。”雷拉格谦虚的说。

“我了解你不情愿去东罗马帝国的真实想法，”哈拉尔德露出狡黠的微笑，“你担心自己在此地拥有的权力，你想投奔瓦尔德玛我可以理解，像你这样拥有勇武智谋的年轻人，而且带着整个北欧都找不到的精锐部队，一定会比我这样一个老东西在一个正在东征西讨的丹麦国王那里受到更多的重视。”

“父亲！您的声望远高于我，瓦尔德玛需要您的声望来快速统一丹麦与挪威的海盗，建立北海大帝国！”雷拉格叫道，“我对您的忠诚会通过时间来证明的，我的军队也永远属于您！”黑发武士提醒道，“而我担心的是我远赴东罗马帝国的这段时间里谁来保护您呢？我并不觊觎您的王冠，我担心的是您的安全。科劳恩与他的母亲并不是安分守己的人。”

“你的父亲还没有老到挥不动剑的地步，你也用不着诋毁你的兄弟，我的安全，我自己会当心，”哈拉尔德生硬地说，“当然我现在不会告诉科劳恩我的决定，我是觉得你更能理解我所以先告诉你。”

“那我应该，”雷拉格眼睛瞥了一眼父亲，冷冷地说，“受宠若惊。”

“别再挖苦你父亲了，这件事情就这么定了，我有自己的难处，”哈拉尔德痛苦地摇晃着脑袋，“在克伦镇，哈格里夫用瓦尔德玛给他的钱雇佣了一个很难对付的阿拉玛诺[10]（德意志北部的日耳曼人）雇佣兵首领，好像叫什么巨人艾里克，如果你要保护我，就先带领你的那支精锐军队先去对付他们。”

“阿拉玛诺人的麻烦处理之后，”哈拉尔德痛心这种决定，“你与他们就前往东罗马帝国，用这种方式来给我们的未来国家赚取金币。”他瞥了一眼已经交给雷拉格的冰川之刃，“我交给你我的剑，并不代表我一定会交给你我的王冠，科劳恩也是我的儿子，而且他是一个纯正的丹麦人，你的拜占庭血统会给你继承我位置造成很多反对的声音与麻烦。这件事情我还会再考虑，你现在可以离开了。”

“如你所愿，我的陛下，”雷拉格淡栗色的眸子中看不到一丝感情，“我会听从你的命令离开丹麦去东罗马帝国。”说完转身准备离开。

“等一下，我的儿子。”哈拉尔德说。

雷拉格转过身，吃惊地望着哈拉尔德忧伤的脸，他的刚强的父亲眼睛里竟然噙着点点泪花，也许他是真的老了，“我的孩子，王位？哈！海盗的王位，还能坐几天？坐到瓦尔德玛大军消灭我们为止。”

哈拉尔德露出一丝无奈的苦笑，“曼努埃尔需要我们，在君士坦丁堡作为禁军效力于东罗马皇帝不是件坏事，起码青史留名，在那些古老的石柱和方尖碑[11]上刻上我们的名字、绘上我们的镶嵌画[12]。在我们化成

⑩ 阿拉玛诺：这是东罗马帝国对于雇佣的德意志雇佣军的一种称呼，不同于北欧卫队作为皇家禁卫军长期雇佣的状态，他们一般都是短期雇佣。

⑪ 方尖碑：古埃及崇拜太阳的纪念碑，一般由花岗岩制成，重量达到几百吨，古埃及灭亡后很多方尖碑流落到其他的国度。

⑫ 镶嵌画：拜占庭艺术，有色石子、陶片、珐琅或有色玻璃小方块等，嵌成的图画，常用于建筑的装饰，东罗马帝国有大量关于北欧卫队的镶嵌画作品。

灰烬以后的一千年，还会有人记得我们。”

“你的母亲跟着我吃尽了苦，”哈拉尔德疲惫地望着天空，“我也希望你照顾她，带她返回自己的国土吧，让她过几天温暖的舒服日子。”

雷拉格默默地望着自己的父亲良久，鞠了一躬后平静的离开了山顶，走向哈拉尔德堡。

城堡的大门西侧，黑发武士与另一个与自己身材相仿的老战士擦肩而过，这个老战士披散着乱糟糟的长发，肩扛长柄战斧，正带领着自己的战士前往训练场，有意抱起满是刺青的强壮胳膊，不友善地望着他，雷拉格知道他不是针对自己，而是讨厌自己的血统，老法斯特讨厌一切非纯血统的维京人。而自己很不幸只能算是半个。

“你把勇猛的维京人变成了只会躲在盾牌之后的胆小鬼！”法斯特直视雷拉格的双眼，毫不掩饰对后者的蔑视，“从南方带来的罗马战术在这里根本行不通，所以我们才会抢不到东西！”

雷拉格精光四射的眸子回瞪了老战士一眼，思索着抽出冰川之刃和他打一架的可能，但最终还是放弃了。哈拉尔德现在境况窘迫，需要每一位战士都活着。黑发武士向法斯特绷紧了自己强壮的右臂肌肉，亮出皮肤上深深刻入的暗色女武神瓦尔基莉的刺青，表明自己也是维京传统的忠实信仰者，“记得我说的话，法斯特，”雷拉格压低着嗓音，“终究有一天，你与你的人要靠你看不起的罗马战术来拯救！”

法斯特仰天大笑了一声，把一口痰重重吐在地上来表示自己的不屑，然后他就带着自己的人离去。雷拉格无奈的摇摇头继续向城堡内走。法斯特也许不是个坏种，但自己的血统与特别推崇的罗马战术确实会把这个人推向自己兄弟科劳恩那一边。

雷拉格来到城堡街道铁匠铺与马房的交界处，一个把稀疏白色头发梳成许多小辫、并有着短粗络腮胡的巨汉紧紧地盯着他，雷拉格装作什么也没看见继续大步走向铁匠铺，接着，他与巨汉在拐角处突然消失了。

“那么说，老头子还是想把位置交给科劳恩咯？”巨汉来到一所无人注意的小木屋前，以他身材不相称的低声问道，他斜着眼睛盯着雷拉格背上珍贵的冰川之刃，“我看到你背着剑就有预感，哈拉尔德不会把剑与首领位置同时给一个人。”

雷拉格没有说话，他只是看着巨汉，用手指撩起一缕黑色的头发⑬。

“该死，我才不在乎这个。”巨汉低声发着牢骚，“你有王上的血统，而且还是长子。最关键的问题是，你要比那该死的科劳恩强的多，哈拉尔德年纪大了，我们需要一个有力量的人来领导。”

“也许他只是错误的估计了形势，”雷拉格说，“他不同意我们暂时投奔瓦尔德玛，也许这样会让他觉得给维京海盗蒙羞，而且他讨厌在晚年还要被其他人所统治。”

“城堡里有什么新情况？”雷拉格问。

“气氛越来越紧张，”巨汉不安地看着周围，“几次劫掠失败就少了一大笔油水。城堡里到处是浓重的怨气。”

“老头子希望我与我的人去东罗马帝国当雇佣军来补充这个亏空，他指望我解决完克伦镇的阿拉玛诺人后就走。”雷拉格叹了口气，“他还觉得你我训练的瓦朗尼亚精锐部队打破了一些平衡。”

“什么！”巨汉几乎要叫出来了，“这对你不公平！”

⑬ 这里雷拉格暗指自己拥有一半南欧人的血统。

"奥拉多姆，"雷拉格拍拍巨汉的肩膀，"但无论如何，我们不能反对哈拉尔德，我想他还是爱我的，也许，"雷拉格咬了咬嘴唇，"我不会离开的那么快，答应我，保护好王上，更要保护好你自己。"

"你也是，我们都指望着你呢。"

雷拉格希望自己在出征克伦镇前见一个人，但对方似乎与自己心有灵犀，早就在城堡内庭中等待他。温柔而雪白的手划过自己的脖颈，帮他系好披风的领结，还像自己童年时那样用手指抚摸着浓密的黑发。曾经的拜占庭公主，现在哈拉尔德的妻子伊琳妮，他的母亲，儿子心中的智慧女神，如果不是她，他不会辨识希腊语与拉丁语⑭，学习不到地理、历史、天文学。也无法看懂《战术学》《战略学》⑮这些东罗马帝国最优秀的著作。

他紧紧拥抱着自己的母亲，雷拉格自小被训练善于压抑自己脆弱的情感，自成年以来，他从未像今天这样感觉到自己是那么的依赖母爱。

"你的父亲比许多完全不识字的北欧海盗已经强得多了，"伊琳妮公主黑发下略带忧郁的面容挤出一个笑容，"可他只愿意看《战术学》，对《战略学》以及各位皇帝治国的文献不屑一顾，也许这就是他到现在都不能成为真正国王的原因吧。"

"老头子这一生可能就只有这个见识了，"雷拉格尖刻的评论道，转而面部表情又变得柔和起来，"至少我懂得，你当年给我有关于帝国

⑭ 希腊语是当时东罗马帝国的标准语言，因为帝国也有大量拉丁裔，所以拉丁语也比较重要。

⑮ 《战略》是拜占庭皇帝莫里斯在6世纪编写的军事著作，而《战术》则是皇帝利奥六世在10世纪编写的军事著作。

贸易与农兵开垦的文献，就非常有用。我们现在劫掠连续失败，收入完全依靠贸易在支撑。”

“别这么说你父亲，”伊琳妮轻轻的责备道，“他年轻的时候很有魅力，也是一位了不起的英雄，只是现在步入暮年了。”

“但我看他仍精力充沛，”雷拉格不怀好意的讽刺道，“甚至有能力面对第二个妻子⑮，而把你这位来自紫色帝国的尊贵公主放在一边。”

“那个丹麦女人比我年轻，更懂得怎么讨好哈拉尔德……”

“我觉得哈拉尔德就是个蠢货！”雷拉格脸上的怒气在提升，“还让这该死的丹麦婊子养大了另一个儿子科劳恩！”

伊琳妮公主轻轻闭上了嘴，他知道在这个问题上最好不要与雷拉格辩论，那么，她安慰自己发怒的儿子，“你有什么好消息么？”

“对您来说有一个，”雷拉格努力控制自己的怒气，在母亲面前嘴角泛出一丝微笑，这让伊琳妮感觉儿子在平和时样子还是蛮可爱的，“父亲想让我回到东罗马帝国干他的老本行：瓦朗尼亚禁军。还说要带您一起回去，您终于可以回到故乡了，那个富裕、美丽、充满文化与知识的国度了。”

出乎雷拉格的预料，伊琳妮公主不安地望了他一眼，然后踌躇着踱着步，在一把石椅前缓缓坐下。

“我已经来北地二十年了，”公主喃喃自语，“我最好的年华就在这里度过，我还有你这么个令我骄傲的儿子，我没有遗憾，”伊琳妮温柔的嘴角在颤动，“回到故乡，这个想法是那么的诱人，我简直不敢想，可是我还爱着你的父亲，有的时候我会幻想他还是年轻时的样子，眼中

⑯ 北欧人在完全皈依天主教之前，是一夫多妻制度，每个妻都拥有一定的地位。

没有其他的女人……我不知道自己会做什么选择，如果这就是他的计划……等你从克伦镇回来，我们再讨论这个问题吧。”她的神情突然变得坚决起来，“去吧，儿子，安全回来。”

伊琳妮公主疲惫的身体斜靠在石椅上，渐渐合上了眼睛，因此她没有听见离去儿子深深的叹息。

刺骨的暴风雪席卷整个冰碛平原，却丝毫不能动摇冰原战场上战士沸腾的血液和斗志，曾经的北欧卫队统帅，现在的丹麦“金发王”哈拉尔德披散着淡金色长发与胡须，身着深黑色半身重铠甲与华贵的紫色披风，雪豹一样冷酷的眸子平静仔细地关注着战局，战场上无敌的狂暴战士已不再年轻，现在作为整个军队统帅哈拉尔德已经不会随意的冲锋陷阵，他需要的是坐镇后方纵观大局进行指挥，哈拉尔德决心给投奔瓦尔德玛的挪威海盗的一个教训，罗马人的战术技巧与训练给丹麦军队带来了很多好处，他与他的那些从东罗马帝国归来的瓦郎尼亚指挥官第一次带给了那些普通的丹麦战士以纪律、队型、盾墙等概念，让丹麦人面对优势数量敌人攻击时依然有机会颠覆不利的局面。

“挪威海盗的执斧骑兵！好像有五百人！”一个丹麦战士望着远方叫道，挪威骑兵血红色的火龙旗帜开始向丹麦人的侧翼迂回。他的叫声引起了丹麦人的高度警惕，他们就要面对克星，“杀戮者”挪威海盗哈格里夫大王的精锐骑兵，这些骑兵携带有单手战斧与大盾牌，身穿锁甲，冲锋砍杀势不可挡，在步兵战失利后，哈格里夫决定以王牌骑兵在两翼冲刺挽救战局，毕竟，铁蹄在这种平原地形下对以步兵为主的丹麦人一直是毁灭利器。

或者说曾经是。

“孩子们，别慌，别慌！”哈拉尔德麾下最富经验的的猛将，奥拉多姆，一个把稀疏白色头发梳成许多小辫，并有着短粗络腮胡的巨汉大笑着向年轻的战士们吼道。他轻松自信的表情与大笑足以安定部下的忧虑。“这是英烈祠中的不朽巨人战士，我父亲的罗严塔尔之斧！”奥拉多姆高举起自己最心爱的武器，“他现在正和我说话，”奥拉多姆挥舞着自己手中比别人长一倍的大战斧，巨大的斧刃在寒风中闪耀着热切的光芒，“知道他在说什么吗？”奥拉多姆眯着眼望着身后的丹麦战士高吼道，“他说他又要喝人血啦，现在就要！”

士兵们哈哈大笑。

“把盾牌撑住！”奥拉多姆喊道，“把长柄战斧的那一端在土里踩住！列成盾墙！头都给我压低点！别让他们手中的小斧头弄乱我们的发型！”巨汉放声大笑，“相信我，孩子们！这些骑手只是我们胜利最后的甜点！”

挪威海盗的骑兵越跑越快，火龙旗帜在寒风中伴随着沉重的马蹄声震慑着整个战场。呐喊声震响整个战场，他们认为敌人的两翼会在战马踩踏下瞬间崩溃。

挪威的骑兵全部加速，撞向丹麦人盾墙。

马蹄与盾墙和战斧林在这一刻伴随着骇人的巨响重重的撞在一起。

列成四排的巨盾轻易顶住了挪威骑兵的撞击，这些没有骑枪的骑兵冲刺对北欧卫队根本造不成任何威胁，反倒是挪威骑兵被厚实的盾墙牢牢阻挡而在撞击中大批摔下马来，丹麦战士把身体安全地藏在盾牌阵之后，挪威骑兵用单手战斧挥动砍杀，无法砍开大盾阵的防御，马蹄在战斧与盾牌林中速度渐缓，冲锋过第二排时就基本停滞，而进退两难的挪威骑兵，即将迎来步兵战神们毁灭性反击。

哈拉尔德举起了胸前巨大的号角吹响，啸声响彻长空，这是全面反击的讯号。

奥拉多姆咆哮着挥动着巨大的长柄战斧，在盔甲碎铁片与血肉横飞中让一个又一个挪威骑兵几乎断成两截，北欧卫队们纷纷放下大盾牌，拔出插在冻土中的大战斧，无数把巨型战斧在雪地间晃动，闪烁着耀眼的光芒，大战斧们开始了令人恐惧的疯狂横扫，对这些直接在南方帝国面对过真正王牌骑兵的瓦朗尼亚人来说，挪威骑兵⑰只是小菜一碟，无马铠与轻装甲几乎成了挪威骑兵的死穴，骑兵们在血肉横飞中很快溃不成军，肝胆俱裂的挪威骑兵没命的向后逃窜，甚至连把自己残余的步兵踩死也在所不惜，骑手们的哀号与战马的悲鸣也为这场一边倒的战斗很快画上句号。火龙旗帜轰然倒下，在丢弃了数千支离破碎的尸体后，残余的挪威人纷纷向海岸狂奔而去。

海岸是挪威人现在唯一安全的地方，能得到海上巨大的龙头战舰⑱上重弩手的支持，可以保证这些残兵败卒不会遭遇丹麦人致命的反击，“杀戮者”挪威哈格里夫大王站在船舷边，双手抱臂，铁青着脸审视着这次惨重的失败，这会让他在新主子瓦尔德玛面前颜面尽失，而且他得到瓦尔德玛有限的资金支持也因为雇佣其他军队共同对付哈拉尔德而所剩无几——再这样下去他会无法统领饥饿的群狼。

“我们必须放弃，也许让我们雇佣的巨人艾里克或是斯塔姆的阿拉玛诺雇佣军来对付哈拉尔德会更好些。”一个部下喃喃说道。

哈格里夫转头瞪视着发言者，把他高大的身体面对着胆战心惊的部下，挪威王浓密的的胡须由于愤怒而颤动，凶悍的眼神逼迫着部下低下

⑰ 挪威骑兵：中世纪北欧人除了使用浅水战舰作战外，也骑乘马匹，但他们一般喜欢下马作战，对于骑兵作战技巧并不高超。北欧卫队为东罗马帝国长期服役，而当时无论是东罗马帝国还是帝国的对手，都擅长骑兵作战。因此，他们这些方面的经验见识要比普通北欧人多的多。

⑱ 龙头战舰：维京人使用的浅水战舰，以船首像使用龙头雕塑而闻名，特点是吃水浅，速度快，转向灵活，缺点是没有船舱与甲板，不能抵挡大风浪，但12世纪时代的北欧战舰的吨位已经大了很多，有了甲板与船舱。

头，但随即换上了自嘲的微笑，“也许我确实不能在战场上击败他，”哈格里夫像是对部下说，又像是自言自语，“但最终胜利还会是我们的，相信我。”

部下没有反驳，但掩饰不了脸上的疑虑。

“哈拉尔德已经油尽灯枯，”哈格里夫冷笑了一声，“维京时代已经结束，他还想继续充当海盗英雄，没有劫掠就没有收入，就一个海泽比的贸易养不了他的军队，他这么顽固会失去部下的支持，没有足够的支持，就是哈拉尔德也会失败。”

“可是哈拉尔德的部下似乎对他很忠诚。”部下壮着胆子说到。

这次挪威王没有发怒，冷酷的嘴唇露出一丝狡猾的微笑，“让我们看着吧。”他轻轻地说。

胜利的宴饮持续到很晚，但哈拉尔德并没有因此开怀畅饮，形势并未因为胜利而好转，因失败而停止的劫掠让他很多部下的荷包大为减少，触犯了他们的切实利益，他只能让雷拉格去填补这个空缺，也只有雷拉格训练的军队才真正达到了拜占庭帝国要求的禁卫军标准。经过这次对挪威人的胜利，哈格里夫应该不敢轻易进犯海岸，瓦尔德玛的大军也因与温德族海盗的战争而脱不开身，这都是雷拉格离开的必要条件。

他希望，雷拉格训练的优秀军队能让自己早点从曼努埃尔那里得到佣兵的定金，更重要的是，雷拉格离开会缓和王位争端，现在的麻烦已经够多的了。

他突然感到对原配妻子的歉意，为了过渡时期的稳定，牺牲了他们最优秀的儿子，他只是希望，雷拉格会在拜占庭帝国像他年轻时候一样得到荣耀，而这些荣耀所带来的金币可以支持他对抗瓦尔德玛，起码可以支持他与这位强大的基督丹麦国王签订一个自己可以承受的条约。

他要去见他曾经最爱的人：拜占庭的公主，他的结发妻子伊林尼，他要像一个普通而年迈的丈夫那样在她面前请求原谅。

长长的城堡长廊中的灯光比往常少了一些，一阵冷风透过深灰色石窗刮进长廊，哈拉尔德不禁打了个寒颤。

走进卧室，厮杀一生的金发王感受到一丝暖意，在温暖舒适的拜占庭皇宫长大的金枝玉叶，拒绝了无数贵族的求婚，甘愿为了他来到冰天雪地的北地吃苦受冻二十年，直到风华不在之时，依然是个可怜的老海盗的妻子，却毫无怨言。

他走进伊林尼公主床前，要把妻子唤醒。

冰凉的触感让酒意顿消。

湿漉漉的鲜血粘在哈拉尔德手上，大惊失色的金发王点亮了油灯，伊林尼已经倒在床上，胸口插着一把匕首。

“不！”金发王咆哮着，他不敢相信眼前的情景，他紧紧抱起妻子，猛的冲出门去，正撞上了蓝眼睛的小儿子科劳恩。

“科劳恩！”哈拉尔德叫着与他长着一样淡金色头发儿子的名字，“赶快叫医生！叫卫兵！城堡里有……”

“我的天哪！”科劳恩恐惧地望着哈拉尔德怀中的女人，结结巴巴地喊道，“我这就去叫医生！”

哈拉尔德转过身，发现平时护卫自己的卫兵都不见了，按照纪律没有他本人的命令卫兵绝对不允许私自离岗。更奇怪的是，走廊远处有个生面孔，他不是城堡里的人，但仿佛又在哪里见过。

克劳恩蓝色的瞳孔中有一丝奇怪的光芒闪过，眼神中似乎还有些悲哀的成分。

久经沙场的哈拉尔德敏锐的直觉已经意识到了危险，但双手在死亡降临的一刹那却不愿意放开哪怕有一丝生存希望的伊琳妮，科劳恩手中的匕首毫无遮挡地插入金发王的胸口。

哈拉尔德仍紧抱着妻子，踉踉跄跄地退到墙边，曾经强大的力量和生命一起在流逝，他一句话都说不出，只是用不相信的眼神死盯着儿子，他想把金冠最终戴在这个人头上，而他竟然愚蠢到真会亲手弑父。

他与他的丹麦母亲一定以为我会把剑与王冠都交给雷拉格，我的头可以让克劳恩来讨好瓦尔德玛，即获得丹麦基督国王的保障也扼杀了同父异母兄弟的机会，同时也与哈格里夫结盟，把竞争对手雷拉格在几方势力的共同努力下置于死地。

也许雷拉格才是真正值得信任，也许他也不是，谁又知道呢。

完全信任就等于死人和傻瓜。

哈拉尔德突然想大笑，却重重地咳出了胸腔里的鲜血，拜占庭皇帝阿历克塞的名言此时用在自己身上真是分外贴切。

科劳恩的样子惊慌失措并语无伦次，似乎他才是中了致命一击的人，“不是我！不是我！是我母亲指使的，你会把王位传给雷拉格！”

哈拉尔德根本没在听儿子说什么，他在看走廊远处闪现出的生人，他现在想起这个人来了，他是哈格里夫大王的亲信。

“你干的很不错，我们希望你能代替哈拉尔德，”挪威人眼中的惊喜根本不加掩饰，“他老了，竟然在国王的时代还想要维持维京英雄生活，没有劫掠收入这让他的支持力下降到了极点，要是平时，我们哪能近得了身，哈格里夫大王很高兴和你做了一笔好交易，等瓦尔德玛国王征服胜利归来后我们都会得到自己的那份。”

哈拉尔德抱着已经死去的伊琳妮公主卷缩在墙角，眼中生命之光如蜡烛般熄灭，嘴中却仍喃喃自语。

“他在说什么？”挪威人问。

科劳恩没有转身，他听见了父王临终前最后的遗言，望着父亲渐渐变冷的躯体，丝毫没有夺权成功的胜利感，身体控制不住一个劲在发抖。

“他到底在说什么？”挪威人不耐烦的说。

“他说的是，”科劳恩发着抖，“雷拉格会让你们所有人死无葬身之地。”

“只能说他希望如此，”挪威人笑道，“我已经用你父亲的名义发出了命令，让雷拉格带着他的士兵停止围攻克伦镇回哈拉尔德堡，雷拉格才会死无葬身之地。”

“我并没有允许你们去……”克劳恩徒劳地抗议道。

“算了吧，”挪威人不屑地说，“你为了王位与生存已经干掉了自己的父亲，还会在乎自己同父异母的哥哥吗？哈格里夫王会派阿拉玛诺雇佣军去了结这些事情，巨人艾里克一直就是干这事的好手，你就继任你父亲的位置吧，当然在此之前得把哈格里夫王该得到的给他。”

寒风冷冷地吹动着哈拉尔德漂亮的金发，片片雪花飘散在再也不会有生气的面孔上。诉说着北方的英雄已经陨落。但在数千里之外的南方，黑海之滨，那位与哈拉尔德曾经齐名的拜占庭英雄，亚美尼亚人凯纳斯，对此则毫不知情，因为他所有的注意力都集中在帝国当前一场最重要战役的准备上。

Chapter 3

尽管宫廷中的诗人对这支带来统一罗马帝国希望的大军极具美誉之词，但作为一个六十岁懂得天命的老人来说，皇帝已经不会像年轻时代对自己精心组建的军队抱有不切实际的幻想。

军队现在过于依赖于不事生产的贵族与雇佣军，已经给整个帝国带来无比沉重的负担战争胜利带来的掠夺能满足这些军人的胃口——反之则是灾难。他本人如同一个技巧精湛的杂耍演员在走高空钢丝，每一次成功都能带来喝彩声——但只要一次失败就会成为一堆肉泥。

悬崖边苏美拉修道院①内精美的壁画诉说着令人神往的历史，他的背后就是拜占庭帝国东北部最坚固巨大的城堡，特拉伯森②坐落在黑海之滨巨大峡谷之间平坦的陆地上，希腊语为“桌子”很好的诠释了该处的地形，在东罗马帝国丢失了亚美尼亚与安纳托利亚高原的大片土地之后，地势险要的特拉伯森已经成为帝国东北方最重要的前哨站。

黑色的亚美尼亚良驹在城堡外草地上尽情奔驰，但这一点都难不倒背上的骑手，坐骑每一次的加速都在他掌控之中。似乎与主人心灵相通，战马也毫不为难主人，跑得又快又稳，每一次转弯都发出兴奋的长嘶。骑手驾驭着战马一个灵活的转弯，飞快冲进靶场，微微减速后，敏捷地从背后抽出复合弓，拉弓射箭，连连命中靶子。

“殿下，我们为东罗马帝国服务已经四十年了，无论从行为还是做派都是罗马人，可您的萨亚斯既不像个罗马人，甚至不像亚美尼亚人，他现在就仿佛一个来自高加索的阿兰人③，天天与他们混在一起，”一个黑衣的老者盯着骑手的英姿感慨道，“阿兰人被罗马人称为‘最好的东方轻骑兵’，而萨亚斯则是他们中最出色的一个。”

“阿兰人只敬重那些箭术与马术比他们更强的头领，”头发已经花白的亚美尼亚人凯纳斯王子转过身，看着身边他最忠实的老仆人奥多万，“而我们成了标准的特拉柏森人，”王子自嘲道，“已经有十年了吧？

① 苏美拉修道院：建筑在特拉柏森城北部临海山崖之上，当地最重要的古迹之一，至今仍是著名旅游景点，相传为6世纪拜占庭名将贝利撒留所修缮。

② 特拉柏森：即今天的土耳其东北部临黑海的特拉布宗，当今是著名的旅游城市。

③ 阿兰人：居住在黑海东部地区的游牧民族，这个时代大量充当拜占庭帝国的雇佣骑兵，擅长弓马与突袭，曾被称作“最好的轻骑兵”。

在这里我们只能看到特拉伯森人与一些来自故乡的亚美尼亚人，还有偶尔到来的希腊人，”凯纳斯顿了一顿，“我的骑兵作战方式已经完全罗马化了，擅长冲刺与砍杀，倒是萨亚斯的阿兰弓骑兵擅长骑射，可以在作战时与我的亚美尼亚重骑兵相得益彰。”

“萨亚斯是好样的，他的阿兰弓骑兵来去如风，弓马娴熟，”奥多万恭维道，“将突厥北方将领阿布杜尔杀得大败，突厥人已经很久没有入侵边境。阿兰人在战场上的表现完全不逊色于对手的土库曼弓骑兵④，在未来肯定会是您的好帮手。”

“或是代替，我已经老了，这里需要一个年轻的总督，”凯纳斯的脸上挤出一个笑容，“我有新位置了，曼努埃尔陛下刚册封我为北方军团总司令官，并向我增加了二个重装步兵纵队⑤。甚至还有一支数量可观的攻城工兵，拥有大量的床弩，投石车，弹弩。”

“攻城器械！”奥多万不由得提高了嗓音，“帝国东线数年来也只建立了一支大型工程部队，难道说，您的进攻方向才是主攻……”

凯纳斯皱了皱眉头，挥手止住了奥多万的话，“不要透露任何事情，即使对萨亚斯也是如此，这次进攻将由帝国步兵军团、我的亚美尼亚骑兵军团，以及萨亚斯的阿兰骑兵来完成。计八千名步兵与四千名骑兵。当然，还有无数的攻城器械。”

④ 土库曼骑兵：突厥族的一支，擅长弓马，长期作为各国佣兵，大部分信仰伊斯兰教并为西亚及中亚各势力服务，但也有一部分信仰基督教为拜占庭帝国服务。

⑤ 纵队：东罗马帝国的军事编制，一般步兵纵队是3000~5000人，骑兵人数减半，但实际上战争期间人数的波动非常大。

“看来，陛下对于您拿下安卡拉城⑥是信心十足。”奥多万低声说道。

“出发以后你不用跟着我，我需要你照顾萨亚斯，急躁的年轻人总是需要忠告。”凯纳斯补充道。

“我会像服侍您那样保护萨亚斯。”奥多万正色说道，亚美尼亚王子向他点了点头。

萨亚斯已经转回，在凯纳斯王子附近一个敏捷的动作翻身下马，然后他亲热地抱着坐骑的脸小嬉闹一番。战马也亲热的把脸在主人的怀抱中摩擦。

“要告诉他现在的局势么？萨亚斯可以为您分担忧愁。”奥多万说道。

“不，”凯纳斯坚决地说，“今天是他的生日，也是他母亲的生日，明天军事会议我们会让他和其他将军一起知道这些事情，他母亲已经去了，我想给他双倍的父爱，别让他今天担心。”

萨亚斯走近父亲，给了老父亲一个最热烈的拥抱，“天哪，”年轻的将军叫道，“这礼物太昂贵了，他简直是亚美尼亚最好的战马。”

“我以后一定能给你找来更好的坐骑，不过我坚持认为，你才是上天赏赐给我最完美的礼物。”凯纳斯笑着回报儿子的拥抱，“回城堡去吧，午饭在等着你。”

萨亚斯望着父亲略带湿润的眼睛，他从少年时代就与当地的特拉柏森人与阿兰轻骑兵打交道，和这些优秀的弓箭手与骑手一起，养成了弓马娴熟、性情直爽的风格。他希望能与父亲一起参加战斗，最近几天父

⑥ 安卡拉：就是今天土耳其的首都安卡拉，当时为突厥罗姆苏丹国所占据，安卡拉在北、科尼亚在南，是罗姆苏丹国最重要的两座城市。

亲总是特别多愁善感，他知道帝国军队最近一定有规模巨大的行动，他问过但从未得到过答案，最终萨亚斯只好选择沉默，牵着他的坐骑消失在父亲的视野中。

“进攻南方的科尼亚⑦还是北方的安卡拉，看来陛下已经做出了选择。”奥多万望着萨亚斯消失的背影，“您有信心能拿下安卡拉？在那里突厥苏丹任用了一位叫巴夏的将领来统领突厥军团，似乎传闻他不太好对付。”

“这是一次精心计划的军事行动，”凯纳斯模棱两可地说道，“自从我们失去了安纳托利亚，我们就失去了帝国最重要的优质战马产地，而我们现在要夺回来，无论是安卡拉还是科尼亚，都是打开安纳托利亚高原的门户。”

“据我所知。陛下对意大利的远征最终还是失败了，帝国已经开始入不敷出，难以支持两线庞大的军队开销，我不明白，为什么要在东线发动这么大规模的进攻呢？”奥多万不解道。

“因为这是帝国获得千载难逢的单线作战机会，”凯纳斯的下巴坚定地弓起，“虽然陛下无法占领意大利南部，但那里的敌人损失惨重，精疲力竭。不会威胁科林斯⑧与雅典城。匈牙利、塞尔维亚、保加利亚也会暂时蛰伏，”王子顿了一下，“这也许不是最好的从突厥人手中夺取安纳托利亚的机会，却也是唯一的机会，帝国已经集结了东线全部兵力发起两路进攻。”

“让曼努埃尔陛下的数万大军为您在南方科尼亚吸引敌军主力，”

⑦ 科尼亚：现土耳其中南部城市，当时为突厥罗姆苏丹国首府，易守难攻。

⑧ 科林斯：现希腊南部海港城市，曾是东罗马帝国最重要的丝织品加工地。

奥多万感叹道，“可见陛下对您的信任。我相信您一定能成功，成为帝国历史上载入史册的英雄。”

但凯纳斯显然做不到意气风发，一丝阴云掠过凯纳斯的嘴角。“帝国会成功。”白发苍苍的亚美尼亚王子长长叹了口气，奥多万注意到凯纳斯换了个主语，“也只能成功。”

在北线发动攻击的同时，拜占庭帝国与突厥罗姆苏丹国边界一座叫阿摩里阿姆⑨的小城也突然沸腾起来，这里在短时间内就集中了大量的人员马匹和物资。帝国的南线，曼努埃尔同样集结了一支庞大的军队，这是一支巨大而令人生畏的军队，也是自阿历克塞大帝重建国防军以来本国军人人数最多的一次集结：一万名骑兵与三万名步兵。骑兵包括二千名重骑兵，四千名本国轻骑兵与四千名由土库曼人组成的外族弓骑兵。

而步兵中除了八千名同时可以担任轻步兵任务的投枪兵与弓箭手之外，几乎都是装备精良的重装步兵。在重装步兵中，拥有最双层精良铠甲的普罗诺埃⑩重步兵达到五千名，装备鳞甲扎甲⑪与皮环甲的重装步兵则达到了一万五千人，除此之外还有帝国来自北欧的禁军精锐瓦朗尼亚卫队二千人。因为禁军司令位置的空缺，他们完全由皇帝本人来指挥。

这支庞大而优秀的军队是曼努埃尔祖父，父亲与他三代人精心经营80年的结晶。80年前曾经辉煌的拜占庭帝国几乎灭亡，曼努埃尔祖父阿

⑨ 阿摩里阿姆：小城，遗址在土耳其中南部，当时处于拜占庭帝国与罗姆苏丹国的边界。

⑩ 普罗诺埃：拜占庭帝国当时的一种制度，由于农兵制度的破产，帝国只能依赖小土地贵族来服兵役，而这些贵族所换取的土地不能被继承，依旧为国有，所以有别于西欧的封建制度。

⑪ 扎甲：当时的一种重型盔甲，拜占庭扎甲是在皮垫上用绳索将厚铁片反向重叠串联，优点是对防御弓弩非常优秀，近战效果也不错，就是重量比较重，活动也不是很方便。

历克塞大帝力挽狂澜，并依靠狡猾而灵活的外交争取了重建国防军的时间，他的父亲约翰被称为“东罗马帝国的马克奥略留⑫”，凭借出色的战术指挥收复大片疆土，重振帝国雄风，而他，曼努埃尔，则将军队重新组建为数量庞大，装备精良，战术素养极高的正规军。

但作为一个六十岁懂得天命的老人来说，皇帝已经不会像年轻时代对自己精心组建的军队抱有不切实际的幻想，尽管宫廷中的诗人对这支带来统一罗马帝国希望的大军极具美誉之词，甚至将他们于巴西尔二世的黄金时代军队加以相比。但曼努埃尔知道问题在哪儿，一百多年前，由于敌人的入侵，土地贵族们趁机兼并，那些曾经为帝国军队中流砥柱的农兵大量破产，根本无法依靠，军队现在过于依赖于不事生产的贵族与雇佣军，已经给整个帝国带来无比沉重的负担。战争胜利带来的掠夺能满足这些军人的胃口——反之则是灾难。他本人如同一个技巧精湛的杂耍演员在走高空钢丝，每一次成功都能带来喝彩声——但只要一次失败就会成为一堆肉泥。

但看见披着整洁的猩红色披风，身穿闪亮铠甲，精神抖擞的将军们纷纷走进位于阿摩里阿姆指挥部的议事厅时，皇帝不禁努力扔开那些阴郁的想法，说服自己应该信任这些部下。拜占庭帝国拥有全欧洲最先进的军事教育学院，他的将军们要么就是贵族军事学院里的高材生，要么就是没上过学院，却身经百战，经历无数血雨腥风的的老兵。要么兼而有之——如同历史上那些最优秀的将军。

⑫ 马克奥略留：公元 2 世纪古罗马帝国的贤君，他在位期间帝国达到极盛，同时他也是个品德高尚的哲学家，著有《沉思录》。

有点谢顶的兰帕德斯就是这么一位骑兵将军。他曾经在对匈牙利的战争中带领一千铁甲圣骑兵，在数千匈牙利骑兵即将接近军队阵线时发起反击，恐怖的骑兵钉头锤砸得对方人仰马翻⑬。而在意大利战局不利的局势下，也是他依靠着冷静与坚韧，保护了大多数帝国主力部队的撤离而没有造成更加严重的损失。所以皇帝把帝国装甲最厚，也是最昂贵的铁甲圣骑兵交与他指挥。

“上次的箭伤还没有好透吧？”曼努埃尔冲跟随自己征战三十年之久的老部下点了点头。

“感谢陛下的关心，”兰帕德斯轻轻立正，以一贯简短迅捷的语速回答，“这既不会困扰我骑马，也不会困扰我把突厥人踩成碎片。”

曼努埃尔给了老将军一个微笑，把目光转向年轻的约翰维塔斯，他是皇帝的骑兵卫队长，如同他的出身一样，约翰拥有令许多同僚喜爱的贵族军人气质。约翰指挥的是帝国的贵族骑兵，这些骑兵一般都有不错的“普罗诺埃”封地来供给自己的装备⑭，盔甲仅稍逊于全欧洲装甲最厚重的铁甲圣骑兵，但不同的是，马匹的装甲要轻得多。有的马匹干脆没有护甲，他在战役中将寸步不离皇帝，保卫陛下的安全。

“我也许让你的骑兵穿得太漂亮整洁了，”皇帝微笑着对约翰说道，并环视了一眼其他众将，“这是总在我身边的坏处，这次你要让突厥人的污血来弄脏他们！”

⑬ 这里指的是1167年拜占庭帝国与匈牙利王国的战争，最终拜占庭大胜，重装的铁甲圣骑兵发挥了决定性作用。

⑭ 普罗诺埃贵族军队往往由财产与土地的多少来决定他们服役的兵种，服役重装骑兵显然是最为昂贵的。

“莫里斯皇帝在《战略》说过，整洁的军服与军容可以提升战士们的士气。”约翰维塔斯不禁有点难为情的涨红了脸，“战场上我一定让突厥人的鲜血给军服增加新的颜色！”

皇帝友善的拍了拍他的肩膀，转向两个准本国人，“两位神箭手，”曼努埃尔轻声说道。因为追根溯源来说，他俩拥有突厥血统。两个特拉柏森人⑮，身材魁梧拥有络腮胡的瓦塔瑟斯与身材瘦长将希腊式长发束在脑后的马库斯分别担任轻步兵的正副指挥，特拉柏森人都是神射手，而他们则是最棒的两个，他们带领着帝国的步兵弓箭手部队与投枪兵，投枪兵由希腊南部人组成，而弓箭手全由来自黑海之滨的特拉伯森人与居住在草原上的希腊人组成。他们虽然盔甲轻薄，但凭借手中的远程复合弓，在对射中完全不惧同样精通弓箭的突厥人。一旦突厥人使用惯用的游击战术，他们就是对突厥骑兵的最佳远程杀伤力量。

拜占庭帝国曾经奇缺弓箭手，对于轻步兵，本国人更愿意提供传统的古典式标枪兵的服役，这曾经造成了1071年曼西克特会战拜占庭庞大的军阵在塞尔柱弓骑兵箭雨下无计可施的悲惨场面。而曼努埃尔皇帝大量招募黑海之滨的特拉柏森人和居住在草原上的希腊人改变了这一情况，已经为帝国陆军组建成一支非常不错的弓箭手队伍。

禁卫军出身的肯塔克眼看皇帝走近，立刻挺直了厚实而肌肉发达的胸膛，他是是帝国最好的长矛手。不像一般的罗马人，要么留着希腊化的别致长发，要么就是罗马传统军人的平头短发，他将自己的头发剃的精光，身型比一般罗马人要高大强壮许多，他勇猛的作风也给他指挥着

⑮ 特拉柏森（特拉布宗）地区当时有大量擅长弓箭的猎户，曼努埃尔皇帝将他们中很多人训练成为步兵弓箭手。

的拜占庭矛兵部队带来了可观的士气提升。

希望通过胜利来改变自己的命运的拜占庭矛兵装备着有名的“肯托斯”长矛与塔盾⑯，有的人腰间还配备着罗马式佩剑，对于维持阵线非常优秀，但他们的盔甲由于财产的窘迫而比黄金时代大为落后，普通扎甲与皮环甲很难抵御突厥人的利箭，但他们在大军中人数众多，对于帝国的军队非常重要，曼努埃尔无力改变所有士兵的装备，因此让肯塔克这样的勇士来统帅他们。

皇帝用手轻轻地捅了一下他的胸肌，“我毫不怀疑你的勇猛，”曼努埃尔郑重地告诫他，又回头望了望两名特拉柏森人，“但对付草原上狡猾的塞尔柱骑兵⑰，一定要注意与弓箭手们的协同，他们的性命就在你的手里！”

寡言少语的肯塔克一个立正，向曼努埃尔敬了个举手礼。

皇帝在走向下一位将军时，余光瞥了一眼在议事厅角落里，假装心不在焉的乌古鲁，他的打扮与罗马人完全不同，上唇处留着浓密的八字胡，一头乱糟糟的黑色长发随意披散在脑后，再用头盔固定住，他仿佛故意让自己远离罗马人的将军，不愿意和他们过分亲近。并时刻对周遭保持着警觉。

曼努埃尔可不会忽视他，因为乌古鲁统帅着四千外族雇佣弓骑兵，帝国极其缺少本国的马上弓箭手，而他们的对手罗姆苏丹国则拥有铺天盖地、能射来漫天箭雨的弓骑兵。因此他的军队对于帝国来说非常重要。但皇帝同时认识到，这支军队的忠诚度直接由战场上的顺利程度而定，

⑯ 肯托斯长矛：一种源自波斯长约 4 米的长矛，拜占庭当时的塔盾是三角形，并覆盖住脚的大型盾牌，长矛与盾牌紧密排列，构成帝国步兵主要的阵型。

⑰ 塞尔柱是当时对于西亚中亚的突厥人的一种称谓。

他只能轻轻的叹口气，不管怎么说乌古鲁虽然是突厥人，但也算是基督徒，当前也只能这样了。

曼努埃尔现在转向一位身材瘦削、相貌文静的年轻将军，皇帝的神色变得温和起来，他是普罗诺埃步兵指挥，也是君士坦丁堡市长老曼西穆斯的长子，大家喊他“小曼西姆斯”，但绝不是纨绔子弟。年轻军官对策论，格斗，阵型都很有造诣，他最引起曼努埃尔重视的则是塑造了“普罗诺埃”重步兵军团，这些军人原是巴西尔黄金时代最被重视的精锐重步兵，没落后不少士兵破产，有的甚至窘迫到卖掉传家曲身剑与重铠。小曼西穆斯用父亲的财产赎回了他们的一部分装备，并鼓舞他们的士气，亲自带领他们参加训练。这些没落贵族在战场上重新找到了自我，并依靠战功获得了小块封地。他们被称为普罗诺艾步兵，并且可观的扩大了人数，曼西穆斯还注意引进新装备，他要求这些重装步兵除了携带自己习惯使用的“帕拉麦恩”单刃曲身剑⑱以外，还必须熟练掌握钉头锤，用来对付装备着一样甚至更厚装甲的对手。

“你父亲一定会为你的慷慨感到自豪，”曼努埃尔紧紧地拥抱了小曼西姆斯的肩膀，在这个帝国财政困难的时代，任何能提供资金组建精锐军队都是对皇帝莫大的支持，更别说小曼西姆斯还组建了五千人，“我为这些军人感谢你。”

“他们是靠自己在匈牙利和塞尔维亚的战功赢来的荣誉和土地，”曼西姆斯谦虚地说，“我只是在他们困难的时候帮了个小忙。”

⑱ 帕拉迈恩曲身剑是拜占庭特有的单刃军刀，比东方阿拉伯弯刀直，与西方剑相比剑身略带弯曲。

皇帝仅仅依靠嗅觉，就能敏锐感觉到小曼西姆斯身旁阿尔维斯对皇帝拥抱的妒意。始终拥有自信面容，有一对灵活小眼睛的阿尔维斯是帝国军队中本土轻骑兵[19]的指挥者，他在约翰大帝的指挥下在闪击第拉休姆的战斗中立下了汗马功劳，他麾下的军人与小曼西姆斯的一样，都是小地产拥有者，只不过后者没有用来买盔甲而是买了马匹。曼努埃尔毫不怀疑他讨厌曼西姆斯，阿尔维斯始终认为曼西姆斯是依赖着老爹的地位与金钱而不是战功才年纪轻轻跻身于高级军官行列。

“还在花钱为你的步兵添置更重的盔甲而不是马匹？”阿尔维斯轻描淡写地向小曼西姆斯提问，仿佛想用这种语气就能削弱对方部队的地位。“他们能追得上塞尔柱人的骑兵吧？”

“他们本身就是重步兵，而重装步兵依靠与弓箭手的相互配合来作战，”曼西姆斯转身向特拉柏森弓箭手的总指挥瓦塔瑟斯点点了头，后者也表示同意，“利奥皇帝在《战术学》中的教程，”曼西姆斯平静地望了阿尔维斯一眼，“我想你可能记得。”

“我当然记得，”阿尔维斯哼了一声，“但那是说像肯塔克麾下那些灵活的，擅长移动的重装长矛手，”他眼睛转了转，故意把肯塔克拉到了自己这一边，“而不是几乎无法移动的……”他故意隐藏掉最后那个所有人心知肚明的词来表示自己的涵养。

“他们可以更好的维持阵线，他们也可以更好的杀伤对方的步兵，尤其是精锐步兵，他们还更适合对付重装部队。”曼西姆斯的声音亦如往常平和却透着执拗，“未来他们还会得到可以骑乘的马匹。”

[19] 这里所说的本土轻骑兵实际上是一种准重装骑兵，身披一定的铠甲而马匹无保护，这些骑兵在不同时期表现差异非常大。

“哈，步兵骑乘作战的马匹！”阿尔维斯吹了一声口哨，“这是巴西尔大帝时代北欧卫队才有的权利，连陛下现在的北欧卫队都没有[20]！”

“未来。”曼西姆斯不再继续看他，只是耐心的重复一遍。

“我需要曼西姆斯的精锐重装步兵保护这支大军的补给与辎重，”曼努埃尔打断了他们，“也需要阿尔维斯的轻骑兵来掩护大军的侧翼与履行斥候的职责，帝国军队的优势就在于军事素养与协同作战，每个兵种都很重要，”皇帝不希望在这个事关帝国兴亡的大战前产生任何隐患，他环顾了一眼议事厅的众将，“据来自特拉柏森军情处的消息，北方军团统帅凯纳斯已经做好了一切准备，现在我这里众将也均已到齐，该公布作战计划了。”

伊克塔，在阿拉伯语的意思是分割，在现在突厥人统治的小亚细亚罗姆苏丹国，意味着拥有封地的军事贵族，这些军事贵族早已将原本仅仅分封的土地变为私有与世袭。而阿布杜尔在这些军事贵族中也算是非常富有的，他在北部的安卡拉城拥有最大的宅邸，也拥有大量的财富与歌妓。

阿布杜尔对于一个军人来说身材实在是胖了些，但他可以用精美的华服来掩饰，安卡拉城的九月还颇为炎热，现在他正盘腿快乐地坐在绒毯上，两个仅包裹的轻纱，曲线毕露的歌妓正在争相用巨大的酒杯向他的口中递来解渴的葡萄酒。四周则是另一批蒙着面纱身穿长裙的女人，用优美的琵琶声来配合这位贵族的雅兴。

但这一切美好的景象被一个带着狡黠笑容的中年人打破了，他身披

[20] 他的意思是在拜占庭帝国全盛的巴西尔二世时代，连皇帝的禁军步兵都拥有马匹骑乘，这样，这些北欧人就可以驾乘战马，跟随骑兵一起发动长途奔袭，当时的帝国已经没有这样的财力了。

闪亮的鳞甲[21]与墨绿色的披风，故弄玄虚轻手轻脚地推开阿布杜尔的房门，那姿态就像是害怕自己沉重的战靴打扰了这一美景。但他本人有一种冰冷的，残酷而强大的气场，与欢乐似乎格格不入。他的到来让音乐声戛然而止，就连阿布杜尔的脸上也变了颜色。

中年人极度夸张地向阿卜杜尔弯腰行了礼，接着面部表情像变戏法一样突然严厉起来，从口中吐出像抽鞭子一样的命令，“让婊子们滚蛋。”

阿布杜尔重重叹了口气，他恨死这个人了，但根本不敢得罪他。他与自己一样是一名高级伊克塔军事贵族，但不同的是，他深得罗姆苏丹国首领亚尔斯兰的信任。主人挥了挥手，歌妓们忙提起衣裙收拾乐器，像得到大赦一般飞奔出门。

“巴夏，”阿布杜尔决定找回一些自尊，“你从科尼亚来专程打扰我的好梦么？”

“不，”巴夏让自己坐在阿布杜尔对面的绒毯上，从盘子里抓起一个苹果在口中咀嚼，“我来拯救你。”

“从美酒和女人中把我拽出来？”阿布杜尔讽刺道，“那可真是……”

“凯纳斯率领的东罗马帝国北方大军已经进发，他集结了特拉柏森与黑海南岸的兵力。共有一万两千人。”巴夏没有耐心继续听他的讽刺，“曼努埃尔皇帝在南方也同样集结了一支大军前往科尼亚，罗马人[22]看起来是想一举消灭罗姆苏丹国，彻底收复安纳托利亚高原。”

“这不可能！”阿布杜尔叫道，“安卡拉和科尼亚都是防守严密的要塞，没有大量的攻城机械根本不可能攻克！”

“凯纳斯这次配备了大量我们从未看见过的攻城器械。”巴夏声调

[21] 鳞甲与扎甲制作方式很接近，但鳞甲的甲片小而细。

[22] 拜占庭帝国实际上是一种学术上研究的称呼，以区分古罗马帝国，其实当时他们对自己公民的称谓都是延续了古罗马帝国的称呼“罗马人“，外国人一般也会这么称呼他们，当然，蔑称的时候除外。

平静，整理着自己漂亮而精心修剪的八字胡。

“你的情报来源……”

“我的情报来源绝对可靠。”巴夏不屑地说。阿卜杜尔不安地望了一眼巴夏，显然后者不会透露情报来源。

“我在安卡拉仅拥有四千正规军，其中三千人是骑兵，”阿布杜尔尖叫挥舞着手臂，“我该怎样对抗一万二千人？我现在就要派人向苏丹请求援军！”

“骑上你的马。”巴夏不耐烦地挥手制止了他，“我带你去一个地方。”

对于一个相等职务的人来说，这句话的口吻乃至内容都相当无礼，但为了能保住他在安卡拉的财富与官邸，忍耐是必要的，“好吧，你等我换件衣服就来。”

阿布杜尔骑乘快马，紧跟巴夏身后，在安卡拉以东二十里的平原上，他们追上了一支骑兵，这支骑兵人数并不多，而且队形分散，时而加速，时而停歇。有的时候会突然登上附近的高地进行瞭望。显然，这是一批骑兵斥候。

军人的职业习惯告诉阿布杜尔没这么简单，这是一批土库曼精锐弓骑兵，他们作战经验丰富，携带着强劲能射穿重甲的复合短弓，还穿着比一般突厥轻弓骑兵更完备的盔甲，他们在突厥帝国中总是承担比斥候重要得多的任务，使用他们充当侦察兵已经充分说明了这支军队的份量，他的心跳开始加快。而当巴夏傲然从他们中间飞驰而过，土库曼骑兵们全都在马上欠腰行礼，这又让他心生恶感。

阿布杜尔继续紧跟巴夏前行，军马行军的噪杂声越来越强，看起来他们追上了土库曼骑兵护卫着的主力部队，这足以让他目瞪口呆，这是一支非常强大的骑兵部队，人数多到数不清，除了一眼望不到边，经常活跃在安卡拉北部的轻装突厥弓骑兵外，军队中甚至还包括几千人的伊克塔重装精锐弓骑兵㉓，这是他统帅下服役的伊克塔弓骑兵的数倍。这些弓骑兵均由突厥军事贵族组成，穿着与拜占庭骑兵相比都毫不逊色的重鳞甲，连面部都有链甲保护，既能向对手射出准确的箭雨，又能挥舞弯刀在敌群中砍杀。

当他们来到大军的中心时，阿布杜尔的惊讶已经加入了敬畏的成分，因为巴夏的军中竟然有一千多名哈珊精锐重骑兵㉔，这些骑兵原本只为亚尔斯兰苏丹提供卫队服务，训练有素，盔甲保护比伊克塔骑兵更加厚重，装备着长矛，弯刀与能砸穿重甲保护下头颅的狼牙棒。他的惊讶引起了哈珊精锐骑兵指挥的注意，阿布杜尔在亚尔斯兰的宫廷中见过这个身材高大的将军亲手处置犯人，并且对他有些惧怕，他叫赛利姆，用弯刀出手特别快。割苏丹敌人的头颅就如同切水果。后者则用略带轻蔑的眼神瞟了一眼阿布杜尔。

"连哈珊骑兵都来到了北方？"阿布杜尔转向嘴角挂着一丝得意笑容的巴夏，"这些可是能与罗马人贵族骑兵对抗的精英部队，难道苏丹本人已经到了？"

"不，"巴夏用狡黠的笑容朝阿布杜尔一笑，"只有他的卫队，苏丹本人还在科尼亚准备对抗曼努埃尔的大军。"

"苏丹竟然会在南方科尼亚同样遭遇强敌入侵时把卫队与大批精锐军队调给北方的你指挥？"阿布杜尔脸皱成了一团，努力理清这件毫无逻辑的事情。

巴夏斜睨了一眼身边身材高大塞利姆，后者向他会意地点点头，显然他们暂时不准备向阿布杜尔透露更多的事情，"我们是将军，无权干

㉓ 伊克塔刚才说过是阿拉伯语分封贵族的意思，当时这些突厥贵族为苏丹服役最常见的就是重装弓骑兵，这与西方贵族或拜占庭贵族主要提供近战骑兵的习惯不同。

㉔ 哈珊卫队意思也就是突厥的苏丹卫队，装备精良的重骑兵，但与最重装的拜占庭铁甲圣骑兵相比仍有一定差距。

涉苏丹的决定，”巴夏迅速转移了话题，“你立刻召集你在安卡拉的军队加入我，”巴夏毫不客气地对阿布杜尔命令道，“我现在用拥有八千名轻装弓骑兵，二千名土库曼骑兵，三千名伊克塔贵族和一千名哈珊重骑兵，再加上你统帅的五百名伊克塔骑兵与二千五百名轻弓骑兵。再招募附近的长矛手与投枪兵。可以凑足将近二万名士兵。”

“有了二万大军，我们要给凯纳斯的东罗马北方军团来个血淋淋的欢迎仪式。”巴夏的右手在空中划出一个优美的弧形，眼中闪现出一丝兴奋的光芒。

“没错，”塞利姆开口表示同意，阿布杜尔看得出他对巴夏的崇拜神色，这就让他更为烦恼，“巴夏大人已经有了一个非常详尽的计划。”

拥有二万大军来保护自己在安卡拉的财富与地产，阿布杜尔当然不会反对，他不禁望向巴夏那张难以捉摸的脸，心中既感激又嫉妒。但他疑惑的是巴夏如何做到了这一切，他到底对亚尔斯兰苏丹释了什么魔法，能让苏丹在面对曼努埃尔大军进攻的时候反而将大批精锐交给巴夏调到北方来指挥？

入夜巴夏的军队开始扎营休息，当他掀开自己休息的大帐之时，一位身穿墨绿色长袍，身材修长的人已经端坐在绒毯上等待他，巴夏几乎就要拔出腰间的弯刀，但他警觉的扫了一眼绿袍人，当他瞥见对方腰间镶着一把三枚绿宝石而刀柄雕刻成眼镜蛇的短剑时巴夏按住刀柄的手才缓缓放松，他知道，对于这个人来说，无论是他的大帐或是其他什么地方，都来去自如。

“主人有新的指示？”巴夏的声音有令人惊讶的温和，甚至还有一定的讨好成分。

“没有，”拉低的绿色斗篷遮住了来者的面孔，巴夏能感觉到斗篷下带有讽刺的笑容，这银铃般美妙的女声让巴夏感觉到不适应，他喜欢表里如一的人，对于这个女人获得的名声而言，该是一种如同抽鞭子般的冷酷音调才对。

“那么是派你来监视我？”巴夏轻轻咬着下嘴唇，思考着各种可能。

“主人需要一切都在掌握之中我只是来看看你是否正在顺利执行计划，”女人冷冷地说道，“看起来你似乎干得不错，阿布杜尔虽然不喜欢你，但只能对你唯命是从，你的军火库里又多了五百名伊克塔骑兵与二千五百名轻骑兵。”

“这对我来说并不太难，”巴夏哼了一声，随即进行了反击，“但我希望你们给予的情报确定属实，我需要确定东罗马军队真正的主攻方向。”

“凯纳斯的北方军团中有大量投石车与攻城器械，”女人的声音不容质疑，“曼努埃尔自己统帅的军队却没有。”

“科尼亚与安卡拉都是坚固的城塞，”巴夏同意地点点头，“而且粮食储备非常充足，任何国家都没有能力对它们进行长期围困。没有投石器就只能望城兴叹，这确实是一条衡量罗马人主攻方向的标准，你的情报对亚尔斯兰苏丹还是‘主人’都是价值连城。”他若有所思地打量着女人被遮住的面孔，希望能找到一些事情的联系，“主人这次对亚尔斯兰苏丹的支持力度似乎有些不太寻常。”

“我对主人直接负责，你不用管自己职权范围外的事情。”女人对他的评判与试探不屑一顾，“别忘了，如果不是我，你的麾下根本不会集中这么多的精锐部队，而这些是我帮你从苏丹那里弄来的。如果不是这样，你麾下的军队连阿布杜尔都不如。”

“我会做好自己的事情，”似乎这下击到了巴夏的软肋，让他平和下来，“主人对于我们的苏丹亚尔斯兰，到底是什么打算？”他执着地希望自己能问到点对自己有价值的情报。

“我在南方还有重要的事，”女人站起身，轻掸长袍的尘土准备离开，就像没有听见他的话，她的高傲让巴夏额顶上的血管在肾上腺素的作用下不满地涨起却只能强行压制，“主人希望在东方能得到你的好消息。”

Chapter 4

特使在篝火熊熊的大帐中卸下沉重的驯鹿皮大衣与斗篷，高挑的身材微微后仰，深栗色长卷发随即披散到纤细的腰间，雷拉格注意到她细长的颈项上挂着一个项坠式的椭圆形精致小盒子，“我是君士坦丁堡的特使索菲娅，我们千里迢迢从南方帝国来到这里是想寻求曾经在帝国担任禁卫军司令的哈拉尔德王的同盟与支持……”

临近丹麦冰碛平原的海滩上，北极狐突然惊恐地跳开，就像是遇上了更强大的掠食者，一个身批厚厚驯鹿毛皮甲的巨人出现在冰原上，他身背一把剑刃宽大的巨剑，剑套里似乎还有另一把双手剑；他一只手提着一只嚎叫的黑色野猪，另一只手紧抓着一些枯树枝，沉重的战靴踩得冰面滋滋直响。他向这个几乎冻僵的黑发男人走去，腾出一只手抓住他的衣领，把他拎进了冰岩洞穴。

巨人将枯树枝堆起来在冰岩洞穴里升起一把火，接着他把自己身上驯鹿毛皮脱了下来离火堆一定距离后铺好，再把黑发人放在上面，接着他抽出巨剑，忽地一下切掉了仍在嚎叫的野猪的头。

他一只手倒提起野猪，把猪颈动脉里的鲜血倾洒在黑发人的脸上与身上，用一大块热乎乎沾满鲜血的肉擦着黑发人的脸与胸口，然后摘下头盔把里面装满雪水在火上烤，再用这些温水擦拭着黑发人的脸。

黑发人疲惫地睁开栗色的眼睛望着巨人的脸，巨人蓝色的眼睛在召唤他的记忆，思考让他无比头痛，“你真是个强壮的家伙，”巨人笑道，“我不能保证你一定能活过来。”

黑发人又昏昏沉沉地合上了眼睛，回忆伴随着巨人的蓝眼睛回到了丹麦北部的克伦镇。

克伦镇是丹麦北部冰碛平原上一个不起眼的小村镇，简陋的村镇几乎无险可守，但因为有大路通向丹麦北部最重要的贸易城镇海泽比，所以经常被挪威海盗们占据，被挪威海盗雇佣从西南部平原上进军的一支日耳曼雇佣军——阿拉玛诺佣兵就驻扎在这里，在得到哈格里夫挪威主力军败退的消息后，佣兵首领艾里克决定按兵不动，而包围他们则是雷拉格麾下最精锐的一千名瓦朗尼亚人。

墨色乌鸦图案的红色战旗[1]在寒风中猎猎作响，旗帜下，雷拉格披挂厚重而精致的黑色重扎甲，身背锋利的冰川之刃，左臂绑着精钢圆盾，口中哈着白气，栗色的眸子凝视着阿拉玛诺人的防御阵型。身后的瓦朗尼亚人队形齐整，士气高涨，惨淡阳光下的双手战斧反射着无穷的杀气。

“我们已经把他们团团包围，挪威人的失败让阿拉玛诺人也士气低落，这可是个全面歼灭他们的好机会。”一个部下提议道。

如果是在往常，雷拉格会采纳这样的意见，他估计这次进攻会付出一百人的代价，然后全部歼灭这五百阿拉玛诺人包括他们的首领。

从父亲交给他冰川之刃的那一天起，他突然感觉自己训练的这支瓦朗尼亚军特别宝贵，就连他们用的大战斧、锁子甲、大盾似乎都拥有了自己的生命，仿佛他并不是为父亲未来国家而训练他们。他不想损失任何一个人，更重要的是，哈拉尔德要他立即返回，现在他与父亲的关系很微妙，他不想这个时候违反父亲的命令，他没有时间了，必须进行一次收益巨大的冒险。

“我是指挥官雷拉格，‘金发王’哈拉尔德的长子！要求与你们的首领进行决斗！”雷拉格向空中高举着拳头，向对方阵营大吼，“你们没理由拒绝！我现在正占据绝对优势！”

“我们不用冒险！”一个部下小心地望了望雷拉格的脸，仿佛他中了什么邪，“没人愿意与艾里克决斗！”

这样的宣布在两军阵前都引起哗然，阿拉玛诺人的惊喜与瓦朗尼亚人的担心瞬间笼罩了整个雾气蒙蒙的战场。

① 红色的盾牌中墨色的乌鸦是去东罗马帝国当过禁军的北欧人特有的，一般北欧人是不用的。

“如果艾里克胜了，我们会立刻撤离，如果我胜了，”雷拉格远远盯着阿拉玛诺人战熊旗帜下那个身材高大的领袖，继续大声叫道，“你们要离开挪威人加入我们！”

对方极其爽快的答应了这一条件，阿拉玛诺人的阵型中间渐渐分开，给他们的首领也是最强壮的武士让出一条路。所有阿拉玛诺人都带着敬畏望着他们身材高大的领袖。

“如果我艾里克胜了，你们必须撤军。”他的对手用浑厚的声音提醒他。

雷拉格盯着眼前这个手臂上纹满靛蓝色刺青、短金发的巨大对手，就算是在日耳曼人中也算是够巨大沉重的，肌肉虬结的手臂简直能撕碎北极熊，淡蓝色的双眼中闪烁着自信的光芒，浓密的胡须骄傲地卷起，他所持双手巨剑②将近二米长，巨宽的剑刃让这把怪兽与其说是剑不如说是重锤，他硕大的战靴每一次踩在冰面上都让两军为之肃然，日耳曼人和我们一样，雷拉格微笑地想，喜欢那种顶天立地、力大无穷的巨汉，可以在战斗中完全震慑对手。

“当然，不过如果你输了，你们也得遵守诺言。”雷拉格闪亮的双眸掠过对方的剑刃，这把巨剑已经久经战争却缺乏足够细致的保养，这在蛮荒时代的北欧是常事，雷拉格从不相信什么自己那把“冰川之刃”③所带魔法，所谓魔法，所谓锋利无敌，完全是打造时拜占庭与北欧最佳工匠的精细打造与维修，还有哈拉尔德十年如一日的精心保养，每天父亲

② 艾里克的双手巨剑显然是为他个人的气力特制的，就是他自己也必须双手持握才能作战。

③ 冰川之刃名义上说是一把双手剑，长约1.5米，但实际也可以算是一种“一只半手剑”，也不排除像雷拉格这样力量过人的家伙用单手挥舞，这样的好处是可以使用左臂上绑缚的盾牌。

在剑上都要花上一个时辰去擦剑、盘剑、上油。“艾里克，”雷拉格平静地盯着日耳曼巨人的双眼，“我们丹麦人和你们阿拉玛诺人一样，都是讲信用的。”

每一次精彩战斗都会让他的手心出汗，这并非出自恐惧而是一种让他沉迷的紧张感与兴奋感，雷拉格舒展着从少年时代就强化起来的身躯和手腕，以便出手时快捷准确，战争并不仅仅是北欧与日耳曼人眼中力量的对撞，更是智慧与装备的较量，雷拉格的扎甲选自最好的甲片，强壮的左臂还紧紧绑缚着精钢制成的圆盾，虽不巨大，但足以抵挡任何重锤的猛击。

双方震耳欲聋的助威声中，巨人艾里克已经开始攻击，伴随着沉重的步伐，巨大的双手剑带着呼啸暴风骤雨般袭来，对于这样强力的打击，雷拉格甚至不敢用盾牌格挡，只能向后跳跃，连连后退，巨人的优势引起了日耳曼人中的一片叫好声。

雷拉格已经躲开了艾里克好几次猛击，但对手控制巨型武器的技术显然超出了他的预想，一次横扫攻击差点把他拦腰截成两段，引起丹麦人中的一片惊呼，他必须加快这场比赛的节奏，巨人一次急促的呼吸声让他找到了微小的破绽，冰川之刃的迅速侧劈已让艾里克无暇躲闪，这次攻击给巨人腰上开了条不大不小的口子，这让瓦朗尼亚战士们兴奋不已，但他们很快就发现，这种轻伤对巨人简直不值一提。

雷拉格必须修改计划，但他仍执拗地要坚持完成他之前的目标，又一个回合后，他突然移动到了艾里克正手的位置，这让艾里克欣喜不已，对方这样的错误的走位将是致命，雷拉格再灵活也无法躲闪开这个位置的终结攻击。

艾里克大吼一声，横扫挥砍攻击呼啸而至，他期待对手在他的巨剑下粉身碎骨。

雷拉格向右跃了出去，在跃出去的空中，左手盾牌格当这雷霆之击。

沉重的撞击竟然让精钢盾牌完全粉碎，分裂的铁块在空中飞舞，但雷拉格并没有停下来，他在雪地上顺着艾里克攻击的力道灵活地翻了个跟头，武器直扫艾里克的额头。

艾里克大吃一惊，之前被他巨剑击中的对手就算有盾牌和重铠甲保护往往也会完全丧失战斗力，这使他对之后的情形失去判断，但依仗惊人的反应，他还是架住了雷拉格的攻击，不过仓皇中，他并没有把剑刃的正确面来招架，而他武器保养的习惯让他巨剑的使用寿命走到了尽头。

巨剑的剑刃在冰川之刃的重劈下断成两截。穿过断刃的碎片，雷拉格又一个敏捷的旋转，冰川之刃已经架在了艾里克颈项上。

艾里克平静眯起眼睛，一个职业雇佣兵早已估算好自己的命运，死亡并不令他意外，意外的是，雷拉格收回了剑刃。

“艾里克并没有输给我，他只是兵器断了！”雷拉格对两边的战士们大吼道，但控制不住自己受伤的手臂在颤抖，他用全身的力量压制自己的痛苦，嘴角露出坦然的微笑盯着日耳曼巨人不解的神情，“好汉，我这里有巫医可以给你治伤。怎么样？你可以换兵器继续打。”

巨人淡蓝色的双眼不相信地上下打量着雷拉格，对方的情况比他糟得多，低垂左臂上仍绑缚着的盾牌残片下汩汩地流着鲜血，雷拉格才是现在最需要医治的人。当然立刻再更换武器继续战斗艾里克自信一定能赢，不过在北地的决斗中这样趁人之危将会被永远钉在耻辱柱上，这也是艾里克自己不齿的。

又一阵眩晕向雷拉格袭来，加上左臂的重创，让强振精神的他也踉跄了两步，在部下上前抢救之前，一只大手扶住了他。

“你才是胜利者，丹麦人，”艾里克盯着他的双眼，“你的美德让我汗颜，我们会遵守诺言，从今以后，我由你率领，”巨人转身看着自己的日耳曼战士们，“如果你能付得起他们的军饷，那么他们也是。”

骑兵们在北地辽阔的雪原上只是一些不起眼的小黑点，纷飞的大雪增加了这些旅行者们的困苦，百来匹战马的马蹄无力地踩踏在厚厚的积雪上，拜占庭骑兵联队④长迈克尔·阿斯庇塔斯脸上充满了悔意，“这就是迟到的灾难，将近一年的旅行，哈拉尔德竟然已经死了。”

他的话不错，从君士坦丁堡先到北方遥远的诺夫哥罗德，再从诺夫哥罗德出发到丹麦的海泽比，北地可不是游山玩水的好地方，城镇之间相距遥远，之间的道路还经常被大雪覆盖，一连几天的暴风雪遮天蔽日，没有指北针就会迷途。一次穿越峡谷时他们差点被雪暴永远湮没，再加上时不时有强盗的袭击，当然，训练有素的近卫骑兵击溃了盗贼们的袭击，但这依旧让他们很沮丧，而哈拉尔德那唯一可能充满着友善与温暖的城堡曾是他们长途旅行的唯一希望。

走海路当然要快得多，不过本来他们就有重要事情在诺夫哥罗德停留，加上海路很可能遇上意外，骑兵队长不能保证这些马背上的战士在海上碰上数量占绝对优势的海盗时还能这么有自信。

“你的怨气已经超过一个又老了一岁并且还被流放的女人了。”走在最前面的骑手发出无奈的笑声，她全身裹着厚重的驯鹿皮大衣和斗篷，掩住了温热的身体。“我已经浪费了一年的宝贵时间，冻得死人的美妙旅行让我已经已经安心顺从命运安排，我们现在要去见的是哈拉尔德的长子雷拉格，离这儿只有一里路。”

④ 拜占庭的编制是三个联队等于一个纵队，骑兵联队长大概可以统帅500~800名骑兵。

"流放像你这样一个出色的女人，"迈克尔盯着女人的背影，语气中充满了敬慕与愤愤不平，"让您同我们这些士兵一起辛苦受累甚至历险，帝国需要您的机会还多着呢。"

"我自己吃些辛苦没什么大不了，再说，有你们在我身边我就安心多了，"女人转身真诚地说道，让迈克尔端坐在马上的胸膛都挺了挺，"我得感谢你们在诺夫哥罗德安置好我的母亲。"

"愿令堂会喜欢诺夫哥罗德⑤，但说实话那里确实有些冷，这都是陛下的安排，我只是在履行陛下的命令而已，"迈克尔叹了口气，"我想陛下在这个时候让你们离开君士坦丁堡也是出于无奈。"

"谢谢你，迈克尔，"女人说，"这让我想起陛下以前告诫我的话，说我会遭受危险是因为我的对手没有朋友，但却有盟友，而我有朋友，却缺乏盟友。"

"我就是你的盟友啊。"迈克尔琢磨着这番话但显然没有弄懂，他决定把话题引到当前的事务上来。

"哈拉尔德已经死了，我们在寻求一个自身难保的人帮助，"迈克尔摇摇头，"您相信他会对我们的事业有价值？"

女人对着骑兵队长转过身，昂起下巴，从厚厚的斗篷中露出白皙而精致的脸，却遮挡住了眼神，依旧红润的嘴唇微微闪现出一丝笑容，"那就相信我们的曼努埃尔陛下吧。"

"你醒了，雷拉格，"岩洞中火堆的光芒下，艾里克盯着黑发人的脸，"在你睡着的时候我一直担心女武神瓦尔基莉⑥会把你召唤走。"

⑤ 就是今天俄罗斯境内的诺夫哥罗德城（现在是个工业城市），这个城市从中世纪起就是该地区最重要的城邦，由于盟国及信仰的关系，罗斯人与拜占庭人的关系密切。

⑥ 在北欧的神话中，每个死亡的勇士都会在女武神瓦尔基莉的引导下进入英烈祠——也是他们的圣殿。

“我还欠她很多，她才不会这么容易饶过我，”雷拉格睁开眼睛，努力撑起身体坐起来。

“你怎么料到哈拉尔德堡来的人是想要你的命？” 巨人艾里克说，“那你为什么只带十个人？”

“我不能确定，”雷拉格老实地承认，“哈拉尔德王的态度最近很难揣测，我既不想被克劳恩抓住把柄，也不能冒险把我的人都带回城堡置于危险之地，所以，”他看了一眼单手托着腮的巨人，“我就把自己的命交给了你，只是可惜了我那十个勇士。”

“难怪你在克伦镇不肯让我立即加入你的队伍，你更希望挪威人以为我一直在为他们服务，”艾里克点点头，“我主动要求追杀你，才能演出这场戏，不过我们演得也太像了，你很可能被冻死，而我如果背叛你的话，你的命就真的没了。”

“这边土地对我来说就像是家一样，”雷拉格抬头望着冰岩洞穴顶由于海水作用造就的美丽纹理，“我记得每一个岛屿岩洞与他们之间的距离，不过我确实差点冻死，”他喘息着顿了一顿，“现在哈拉尔德堡一定出了大乱子，不知道谁在控制局势，父亲不可能派人追杀我，哈！我的敌人现在可真多，不喜欢我的法斯特，还有他支持的克劳恩，再加上哈格里夫，说不定还要算上瓦尔德玛国王，如果你再跟着我也会成为他们的敌人。”他盯着艾里克的眼睛，“你是北地最信守诺言的战士，我相信你，但我们俩一人一条命，已经互不相欠，所以你可以离开我了。”

巨人怔住了，眉毛由于愤怒而慢慢地扬起来，艾里克气愤地冲过去，猛抓住雷拉格的衣领，“你这个混蛋！我艾里克说过的话从不反悔，我说过由你统领，就是你来统领！除非你死掉！”

“我都快被你给掐死了，”雷拉格虚弱的脸上冒出一丝笑容，“我的剑，还在吗？”

艾里克放下雷拉格，从背后毛皮包裹的剑套中带着敬畏的表情抽出寒光闪闪的冰川之刃，放在雷拉格面前，雷拉格握住带着骷髅雕饰的剑柄，凝视剑刃良久，把它收进背后的剑套中，然后挣扎着爬起。

“你要去哪？”艾里克问，“你还没完全恢复。”

“回去找我们的人，”雷拉格嘴角露出一丝微笑，“路上我就可以慢慢恢复，还记得你说由我来统领吗？我不能让你这么顽固的支持者失望。”

雷拉格麾下的克伦镇大营守卫看见满脸血的雷拉格时吓了一大跳，直到他意识到那不是雷拉格自己的血才松了一口气。雷拉格与艾里克发现营地附近等待着一支足有数百人的队伍，骑乘着小巧灵活的南方马，因为惧寒而披着比北欧人更重的毛皮，他们貌似就是在等待他。

“东罗马帝国的使者要见你。”卫兵结结巴巴地说。

“让他们先进大帐暖暖身体，”雷拉格望着其中那个身材修长，嘴唇红润的使者，抹了抹脸上的血迹，而对方也好奇地从斗篷下观察着他，“我需要冲洗一下，”雷拉格冷笑了一声和艾里克说，“我可不想吓坏来自南方帝国娇滴滴的女人。”

雷拉格用一桶雪水冲洗了脸部，换上他最精致的黑色重扎甲与猩红色的披风，这才重新走进大帐。据卫兵的消息他们是从诺夫哥罗德而来，从遥远的君士坦丁堡出发再绕到这里要走上近一年，这么说，远赴拜占庭帝国这件事情看起来哈拉尔德已经策划许久，父亲曾经派出的信使看来是前往拜占庭的，而他竟然在最后一天才知道答案，雷拉格不禁又重重的叹了口气，他现在只是希望能知道哈拉尔德堡的真实情况。

特使在篝火熊熊的大帐中卸下沉重的驯鹿皮大衣与斗篷，高挑的身材微微后仰，深栗色长卷发随即披散到纤细的腰间，雷拉格注意到她细长的颈项上挂着一个项坠式的椭圆形精致小盒子，“我是君士坦丁堡的特使索菲娅，我们千里迢迢从南方帝国来到这里是想寻求曾经在帝国担任禁卫军司令的哈拉尔德王的同盟与支持，我们已经去过了哈拉尔德堡。”索菲娅碧绿色的双眸向上微挑，对雷拉格充满着审视，刚才那头血迹斑斑的野兽转眼变身成外貌俊秀的北欧王子确实令人意外，这让他的拜占庭血统给她留下更深刻的印象，“我们恐怕给您带来了坏消息，殿下。”

“雷拉格刚接近城堡就遭到克劳恩的人追杀，”艾里克担心地说，“显然哈拉尔德王已经完全不能控制局势，你们有金发王的消息？”

“他与皇后一起，都在叛乱中死了。”索菲娅谨慎地望了一眼雷拉格说道。

仿佛巨大的重锤同时砸向双耳，虽然从哈拉尔德堡里追杀他的军队向他冲来时雷拉格就预料到不测，但亲耳听到这些依然很刺激雷拉格的神经，哪怕国王可以死，王后不能死，母亲不能死，他还要带她返回君士坦丁堡过几天温暖的好日子。这甚至让他视线都有些模糊，但这只是外乡人的消息，还没有得到证实。

雷拉格慢慢的让自己麻木的身体坐下来，卫兵又进入大帐通报，但这次，卫兵眼神中的惊恐清晰可见。“奥拉多姆到了，殿下。”

“他为什么不自己来见我？”雷拉格疑惑着看卫兵。

“他，他受了伤，”卫兵惊慌地望着他的首领，“他是逃出来的，科劳恩外通哈格里夫王叛乱，国王与王后被刺杀了。”

索菲娅大气也不喘地盯着雷拉格的眼睛，后者栗色的瞳孔混乱地旋转着，轻轻抓着自己的喉咙，胸膛不停起伏，曾一度出现了精力涣散的迹象，那一刻，仿佛生命的活力都从双眼中消失，但这只持续了十几秒钟时间，血色慢慢回到雷拉格脸上，眼神也不那么呆滞了。

“为我倒杯酒。”雷拉格缓缓对一个卫兵说道，声音低沉的可怕，卫兵应声而去。

索菲娅望着一个父母双双被杀的人强行控制住自己不走出情绪崩溃的边缘，微微摇头叹息，这让她回忆起往事，她真的不想再继续叙述，仿佛重新经历自己六年前那段撕心裂肺的痛苦与刻骨铭心的仇恨，“抱歉，殿下，如果您想独处的话……”

“不，不，你们别走，”雷拉格缓慢的说道，“把你们知道的告诉给我听，这样我就不用让奥拉多姆再给我讲一遍了。”

雷拉格静静地听完索菲娅他们在哈拉尔德堡所得的消息，只问了一句话，“你们能肯定我的父母已经死了么？”他顿了一顿，“并且可以肯定科劳恩杀死了父亲？”

“是的，”雷拉格的安静倒是让索菲娅有些不安，她鼓足勇气说道，“哈拉尔德王的尸身就被倒吊在城门上，”她必须让雷拉格知道确切的消息不再抱有任何幻想，“哈格里夫认为这样可以让哈拉尔德的亲信们失去抵抗的斗志。”

“我的母亲呢？”雷拉格声音微微带着颤抖问道，上下牙齿却咬得吱吱作响，“他们并不一定得伤害她。”

“她死在哈拉尔德王之前，是被一把匕首暗杀的，我想杀死王后是为了在混乱中更容易对国王下手，”她小心的斟酌词句，“科劳恩的母亲让人把她的尸体扔进了护城河，”她注意到雷拉格听到这里的时候痛苦地大口喘着气，她想起了自己已经安居在诺夫哥罗德的母亲，不禁为雷拉格感到难过，也许自己只是运气好一些而已，“恶妇的妒忌有时候很可怕。”索菲娅说。

真是个好交易，提前动手杀死哈拉尔德就得到了比雷拉格更充分投奔瓦尔德玛国王的条件，同时也堵塞了雷拉格投奔瓦尔德玛国王的机会，并且联盟了挪威哈格里夫与他那颇为强大的雇佣兵势力，既把雷拉格逼到了从道义上必须复仇的位置，也把他的势力逼到了孤立无援的境地。

雷拉格也没有条件带着自己的一千名瓦朗尼亚人跟着拜占庭人向南方逃跑，他们以重装步兵为主，移动速度无法保证，肯定会在撤退中被兵力占绝对优势同时又控制水路的哈格里夫和科劳恩追上。那个时候一切都结束了。

但这个好交易并非无懈可击，弑父同时会产生巨大的副作用，雷拉格努力在理清混乱无助的思绪，科劳恩眼睁睁看我得到了剑，以为我也会顺理成章拿到王冠，采取了冒险的策略，这种过分极端的手段虽然会较快取得优势，但会在父亲老部下中失去太多支持者，甚至原来一些因父亲劫掠失败而怨恨的人现在也会站在自己的一边。

“你们是来与哈拉尔德结盟的，”雷拉格缓缓说道，“但我父亲已经死了，现在那里的主人是哈格里夫和科劳恩，今后可能是丹麦国王瓦尔德玛一世。而且我很怀疑他们会有与东罗马帝国结交的意愿，恕我直言，你们历尽辛苦几乎一年的跋涉，就要无功而返了。”

索菲娅认为雷拉格的话不错，瓦尔德玛正在用人之际，显然不会愿意把丹麦人输出进入遥远的拜占庭帝国担任雇佣兵，至于哈格里夫与科劳恩就更没有考虑的必要了，而罗马人也不会接收一支毫无忠诚可言的佣兵玷污北欧卫队的称号。

索菲娅同意他的分析，敬佩这样的气度与镇定，不过形势如此被动，她估量很难完成曼努埃尔的使命。虽然作为曼努埃尔对母亲保护的回报，她会尽自己的全部努力，但也觉得成功的可能比较渺茫。

也许这就是雷拉格自己应该对面对的天命，虽然有点可惜，索菲娅无奈地望着雷拉格，我不是帝国皇帝，没有在这里力转乾坤的力量，听从命运的安排吧。

她的目光突然间锁定在雷拉格的黑色重扎甲上，接着她又以一种很专注的目光扫射了雷拉格其他几名手下的穿戴，这让她碧绿的眼中轻轻掠过一闪的光泽，停顿数秒后她慢慢仰首望着雷拉格，语气中竟带有微微的挑衅意味，“我们的无功而返不关乎生死，可您打算怎么办呢？”

雷拉格抬起混乱的眼神，栗色的眼珠盯着面前的索菲娅。

“如果阁下感兴趣的话，”雷拉格面无表情地站起身，对索菲娅做了一个邀请的动作，“就请您与属下随我走出大帐看一看我打算怎么办。”

索菲娅好奇地望着雷拉格一眼，跟随他走出大帐，她看见那些知道内情的瓦朗尼亚人都围了上来，他们希望早点知道雷拉格的决定。

“哈格里夫与科劳恩加起来确实人多势众，”雷拉格对大家宣布，“艾里克加入了我们，这有五百名阿拉玛诺战士，再加上我们一千人，这就是我们的全部兵力，我们曾经勇冠三军的奥拉多姆被科劳恩暗算，受了重伤。”

“科劳恩竟然暗算我们最有名的武士奥拉多姆？”一个丹麦人气愤地喊道，“真是个卑鄙小人！”

“没错，”雷拉格看了一眼自己的属下，对这样的效果很满意，然后他继续说，“哈格里夫只在丹麦海岸就拥有三千名挪威海盗，再加上科劳恩的死党五百人和帮助哈格里夫的其他阿拉玛诺战士一千五百人，敌人拥有近五千人，但是——”

“天命虽不可违，但人心更不可违。”雷拉格转而环视着众人，提高了声音，“科劳恩是个无耻而懦弱的叛徒，是为了权力勾结敌人杀死自己的亲生父亲的人，如果他与他那该死的母亲统治，我们就会被挪威海盗任意屠杀，别忘了哈格里夫可是我们的手下败将，他一定会对真正的瓦朗尼亚勇士进行报复！”

战士们的情绪被鼓动起来，雷拉格的话挑起了他们最看重的勇士自尊，都在点头称是。索菲娅仍安静地默默望着雷拉格。

“有哪一个有尊严与荣誉感的人，会甘受手下败将的凌辱呢？”雷拉格环视着战士们吼道，“又有哪一个有尊严与荣誉感的人，会遵从一个把父亲出卖给敌人的头领呢！”

“永远不会！”一群丹麦战士高叫着。

索菲娅不禁环顾四周，她感觉到北欧战士们烈火一样的爆发力在慢慢积蓄。

“科劳恩是个婊子养出来的！”一个瓦朗尼亚人喊道，“我们要把他们与哈格里夫的头来血祭！”

“还要加上所有挪威海盗的头！”另一个战士叫道。

“自助者天助！”雷拉格望了一眼索菲娅碧绿的眸子说道，这句话突然让索菲娅震动了一下，她不禁默默地念着这句话，雷拉格拍着一个瓦朗尼亚人的肩膀，而勇士也热切地望着自己的头领，“哈格里夫和科劳恩以为他们可以依靠瓦尔德玛国王这座靠山，可别忘了丹麦国王的大军正在几百里外讨伐温德族海盗呢，这是我们的最好时机！”雷拉格环视着战士们，“我的身边是一千名同进退共生死的好汉，我们都是按东罗马帝国禁军标准训练出来的勇士！每一个人都能至少砍翻五个挪威海盗！我们曾经杀得他们最精锐的骑兵溃不成军！”雷拉格转身看了一眼身后严肃的巨人，“北地决斗的最强者，巨人艾里克也站在我们一边！而且他拥有五百把勇敢的剑！”

“我向大家保证，向女武神瓦尔基莉发誓，”艾里克抖动浓密的胡须，高声吼道，“永远站在雷拉格这一边！”

“我不会辜负勇士们的心！”雷拉格栗色的眼睛似乎燃烧着烈焰，高声吼道，“我宣布，这是复仇之战！是维京勇士的生存之战！不惜一切代价！我现在所有的金币将分散给大家，给每一位可以取得恶徒头颅的勇士们！”

“您的金币已经给予我们够多的了！”一个瓦朗尼亚人叫道，“让我们为你再打一场漂亮仗！”

索菲娅紧紧盯着雷拉格，北地王子的演说让她想起了另一个男人，她碧绿色的眸子在眼眶中打着转，似乎在敦促自己下决定。

情绪高涨的瓦朗尼亚人挥舞着战斧，高喊着雷拉格的名字，只听他一声令下，就准备发动这场复仇之役。

“我愿意帮忙！”索菲娅提高了声音突然说道，清脆的女性声音在北欧人雄性战吼声中非常突出，所有北欧人都诧异地望着她，这让她不好意思地望了一眼周围。

“非常感谢，”雷拉格淡淡看了一眼索菲娅背后站立着的骑兵战士，他们都是希腊罗马人，远不及北方的勇士高大强壮，“我倒是愿意算上你英勇的骑兵们，不过他们人数实在太少，你们是我父亲的客人，现在就是我的客人，你们不必牵扯进来。”

“我们不是千里迢迢来北欧做客，”索菲娅响亮地说道，“我们是来寻找盟友，我认为我找到值得结交的盟友，并且完成了皇帝的使命。”

“阁下，”迈克尔小心地提醒索菲娅，“我们不用牵扯进来，出发前陛下要我一定保证你的安全！”

“这是陛下的命令，”索菲娅声调温和语气却不容置疑，“我认为他们能赢，陛下派我们来北欧不就是来寻找这样的军队的吗？”

“谢谢您的支持，”雷拉格斜着眼睛看着索菲娅，就像是在屈尊俯就望着一个说大话的小孩，“您在大帐中，为我们即将面对的战斗向你们的圣父或圣母虔诚祈祷的话，一定帮助巨大，”雷拉格语气中露出一丝揶揄，“其实我更想得到东罗马帝国享有五百年盛名的铁甲圣骑兵的援助，三百铁甲圣骑兵就可以把哈格里夫与他的所有走狗瞬间就踩成肉酱，”他双手做了一个一扫而尽的手势，并有意停顿了一下，“可惜的是他们都在数千里之外帮不上什么忙。”

北欧勇士们纷纷露出不以为然的表情，索菲娅依然平静，但胸部则在不停起伏。

“安排我们尊贵的‘盟友’休息，”雷拉格转身对一个瓦朗尼亚人说，又转而面对索菲娅，“如果你的骑兵要参战，我会和你的队长谈。”

“你是和我谈，”索菲娅说，“不是我的队长。”

雷拉格眯着眼睛望着索菲娅，“我可没想到拜占庭的女人比丹麦女人还好战啊。”

“你以为我看见血会昏倒吗？”索菲娅厉声说道，不能再容忍雷拉格这种轻慢的态度，怒气使脸颊泛起透明的红晕，“我经历过战争，动手杀过人，并且还亲眼看着亲人在自己的面前被杀！”

这让雷拉格有点尴尬，而大营里则鸦雀无声。

在众人的观望中，索菲娅捏住挂在颈项上项坠般的精致小盒子两边的搭扣，带着金属花纹的小盒子两边自动打开，从里面伸出一个工艺精巧的放大镜片，她走近雷拉格，弄的北地王子有些不知所措。

“你身上的黑色重扎甲的内衬实际上是半身精密锁子甲⑦，”索菲

⑦ 锁子甲因为重量轻，合体舒适，精密的锁子甲经常被作为其他铠甲的内衬，不过一般这样设计的一套盔甲在当时都价格惊人。

娅举起镜片，用一只眼睛观察着雷拉格盔甲上的叶片与露出的内衬，同时证实了自己的猜想，“保证穿着的舒适性同时也增强了防护，肩膀上使用的昂贵的钢条肩甲⑧设计，这件黑色重扎甲的胸部增加了皮垫，内部填充着棉絮，这样可以支持沉重盔甲叶片的重量又同时增加了对箭矢的防御力，应该说，这种盔甲不会大量生产因为过于昂贵，生产周期太长，应该不会超过三件传入北地，您的父亲应该也有一件。”

雷拉格与艾里克都吃了一惊，愣在那里。

“你的部下们穿着的是双层重锁子甲，”索菲娅转身望了一眼身边表情惊奇的巨人艾里克继续说，“但肩关节与肘关节都使用了皮垫链接，使出手更加灵活，这批锁子甲的特点是对大腿与腰部都增加了重扎甲保护，这批甲虽然大量生产过，但也价格昂贵。”

“我帮助你是因为你与你的人值得帮助而不是其他原因，”索菲娅嘴角微微上挑，“一个肯为士兵装备花这种心思与代价的指挥官是不应该输掉一场战争的。”

“我们这些盔甲是从诺夫哥罗德的罗斯人那里高价买来的，”雷拉格说，“我当时想这种严谨的手艺似乎不是他们的风格。”

“当然不是，”索菲娅说，“这些盔甲是军情处督管下在君士坦丁堡重甲工坊里铸造的，我们把一部分卖给了北方的罗斯人，而他们又转卖给了你。

“它们全是由我父亲的重甲工坊监制。”索菲娅顿了一顿，长吸一口气，“你可以看自己的胸甲底部，上面刻有‘*Sophia*’，我名字的简写，

⑧ 钢条肩甲是因为当时的技术还不能像中世纪晚期或文艺复兴时期打造整块的钢甲，所以一般用钢条排列的方式来保护肩部。

是我本人设计的，当然，如果你识字的话。”

所有的北欧战士均目瞪口呆的愣在那里。

“我隶属于东罗马帝国军情处，曼努埃尔陛下授予我挑选北方勇士的权力，”索菲娅微微昂起精致的下巴，“我可以决定他们是否达到了皇帝陛下的标准，也可以决定帝国将拿出多少金币来招募，除非你们认为我没有挑选与支持的资格。”

雷拉格望了望周遭的士兵，舔了舔干涩的嘴唇，才打破了沉默，“请您原谅我的唐突与粗鲁，长期在冰天雪地的生活几乎让我忘记了礼貌，如果您的怒气还未消，我将再次向您道歉。”雷拉格点了点头，真诚地说，“如果您接受我诚挚的歉意，请坐的再近一点，我们下一步的作战计划需要一位专家的建议。”

“我接受你的道歉，”索菲娅微微点点头，大方的撩起长袍，坐在雷拉格的对面，转身望了并不太情愿的骑兵队长，“迈克尔，愣在那里干什么，赶快坐过来。”

迈克尔看了一眼周围，重重叹了口气走近大家。

受伤的奥拉多姆已经清醒过来并参与讨论，强壮的白发巨汉虽然还不能挥舞他的长柄战斧，却可以参加会议，“哈拉尔德王麾下最精锐的军队都是由雷拉格与我共同训练的，”奥拉多姆用嘶哑的低沉语气说，显然，他的伤势不算轻，“他们的精锐是毋庸置疑的，但人数不够多，我们得解决最令人烦恼的人数问题。”

“海泽比，”艾里克尊敬地向奥拉多姆点了点头，自己与后者均被认为是萨克森人与丹麦人中最凶猛的武士，而后者的成名更早，“离克伦镇并不远，整个北欧最大的城镇与贸易集市，大部分时间就是个大雇佣兵营，最近那里没找到活干的阿拉玛诺人就有五百人。也许哈格里夫没有这么多钱雇佣他们。”艾里克皱了皱眉头，“但这帮人听斯塔姆的，而斯塔姆的一千五百人正在为哈格里夫效力，这是个棘手的问题。”

“斯塔姆，他是谁？”索菲娅突然发问，“如果可以让他的一千五百人加入我们这边，所有的问题都迎刃而解。”

“我提醒你，姑娘，”艾里克和蔼地望着她，“斯塔姆和我不一样，虽然我们都是阿拉玛诺人，他却是北地最阴险狡诈的雇佣兵首领，他没有政治信仰，只认金币。为了金币他可以出卖自己的父母。”

“哈，斯塔姆，我可了解这个年轻人，”奥拉多姆喜欢喊所有比他小五岁以上的人年轻人，“你们可千万别被他玩世不恭、放浪形骸的样子给骗了。多少敌人因为轻视他被他干掉了。他带兵与剑术都非常不错，是个好手。”

“罗马人喜欢面对只谈金币的对手，事情变的容易了。”索菲娅摊开双手。

“首先，我没有钱雇佣海泽比那的五百人，再次，就算你有钱，”雷拉格皱着眉头，“我们也不能接近斯塔姆，哈格里夫不是笨蛋，他会派人监视斯塔姆，打草惊蛇后我们是攻不下哈拉尔德堡的。

索菲娅咬着嘴唇思索着。

“我们要派人接近斯塔姆，得到他的信任，还要私下见面，并且不被挪威海盗们警觉，这太困难了。”艾里克说。

“我想一种人可以接近斯塔姆，”索菲娅低着头，啪的一声合起胸前包裹着的凸透镜的精致小盒子，不经意地自言自语，“海盗们不会拒绝女人，特别是这个女人不算太难看的话。”

迈克尔突然感到不安的情绪发散到了自己全身。

“阁下，”他结结巴巴地对索菲娅说，“我们只是来招募军队的，您用不着冒这个风险，我担不起这个责任，如果你有什么三长两短，皇帝陛下一定会扒了我的皮！”

“现在这种情况，”索菲娅淡淡地说，“你以为我们还能和雷拉格的军队一起安全的前往君士坦丁堡么？”

雷拉格静静望着他俩，没有说话。

“殿下，”迈克尔转身对雷拉格说道，他这么称呼是因为考虑了后者生母的身份，“这虽然是你们北欧人的战争，但我们既然是盟友，就会施以援手，我与骑兵们会为你冲锋陷阵，但别让索菲娅去冒险！”

“你怎样单枪匹马对付斯塔姆呢？”雷拉格也突然向索菲娅问道。

“盟友之间也该有些小秘密，”索菲娅淡淡一笑，“我会用罗马人惯用的方式。”

雷拉格微微颔首突然忽地站起身，长时间认真打量着索菲娅的脸，“你为我做的这些，我将怎么回报你？”他对索菲娅说道。

“做帝国的盟友，也做我的朋友，”索菲娅平静地说，“帝国需要忠诚的服务。”

雷拉格郑重地对索菲娅点了点头，转身望着艾里克与迈克尔，“如果南方帝国女人们都这么有骨气，那么我们该做点什么呢？”北地王子的手拍在巨人的肩膀上，“召集你的兄弟们，”雷拉格混乱的眼神在得到噩耗之后第一次有了生机，“为了索菲娅的计划，我们应该干一杯，然后抓住这个难得的战机！”

“我会在行动中尽最大努力保证索菲娅的安全，”雷拉格转身对迈克尔说，“我发誓。”

迈克尔长长叹了口气，不再继续争辩。

“北地地图。”他转身迅速对卫兵说道，“我们现在需要的是一个详尽的计划。”

索菲娅轻轻的抿着嘴，为自己选择的冒险心跳不已，骰子已经掷出，如果雷拉格失败或者被杀死，她也很难安然离开这个冰雪覆盖的世界，也许还会惹上大麻烦。

大帐顶在索菲娅碧绿的眸子中慢慢旋转，一个男人的声音慢慢在她的耳边响起。

“你会遭受危险是因为你的对手没有朋友，但却有盟友，而你有朋友，却缺乏盟友，你要寻找到自己的盟友。”

“自助者天助。”

索菲娅站起身，轻轻抚摸着她颈项上的小盒子，任凭那个声音在自己的脑中回荡，思考着一件事：她究竟是为了什么做出的最后决定？是仅仅为了完成使命，还是为了雷拉格与她近似的经历，由于死于非命的亲人？她自己也未必知道。

拜占庭

The blood of Byzantine hero

英雄血脉

Chapter 5

两名突厥轻骑兵猝不及防地背起弓箭，抽出弯刀前来抵挡，但他的速度比萨亚斯慢了太多。年轻的亚美尼亚人左手的弯刀击飞了一名突厥骑兵的的武器，右手的弯刀则利用战马疾奔的高速在另一名突厥骑兵的喉咙上划出了一条喷射血雨的创口。

习习凉风越过安纳托利亚高原西北部，穿过群山间的深切谷地与陷落盆地。这是当地这个时候罕见的凉爽天气，让在狭窄平原上进军的士兵们感觉到惬意。

但拜占庭北方军团的统帅，亚美尼亚人凯纳斯不会有这样的感受，这种地形，正是对手突厥骑兵发起伏击的理想区域。他的精神高度集中，怀疑每一处高地，无数次派遣萨亚斯带领他的阿兰轻骑兵前去哨探以确保大军的安全，年轻人已经开始怀疑他曾经在战场上狂放冲杀的父亲是不是已经变得胆怯了。

“这样的行军速度，”萨亚斯向父亲抱怨道，“我们得花几个月才能到达安卡拉，这样的话，亚尔斯兰早就能集中他的军队来抵挡我们的进攻了。”

“我们已经进入了最危险的区域，”端坐在白色战马上的凯纳斯警告他，“我在先皇约翰大帝的带领下在这里打过仗，我像熟悉你一样熟悉这片高原。突厥人一定会利用这一点，”他仔细观察着远方一个树木不多，面积很广和地势平缓的高地，挥手让士兵们停止向前，“比如那里。”

“我带阿兰骑兵们再过去看看。”萨亚斯说。

“不用，”凯纳斯警觉聆听着远方的声响，注意到树林里的鸟儿正在杂乱无章地飞向高空，“原地立即列阵。”

很快一阵清扬的马蹄声传入凯纳斯的耳鼓，远方黑压压包裹着头巾，手持劲弓的骑手们成散阵密密麻麻出现在凯纳斯与拜占庭士兵的视线中，突厥人没有浪费这个地形，高地上阿布杜尔一勒胯下的黑色骏马，向后挥舞着手臂，簇拥着绿色星月旗帜的突厥弓骑兵们携带着烟尘向高地下方涌去，并且越跑越快。

三千轻装突厥弓骑兵从高地上飞驰而下，决定利用这个良好的地型给凯纳斯一个教训，突厥骑兵们敏捷绕开了正在列阵的拜占庭重步兵，准备以一阵箭雨后再冲击拜占庭人的弓箭手。①

出乎预料，拜占庭这些来自草原与黑海之滨的步兵弓箭手毫不惊慌。显然他们有对付突厥骑兵充分的经验，他们的复合长弓比对手的射程更远，而且处于静止状态射击时精准度高得多。他们很迅速地列队拉弓，瞄准着飞驰的突厥骑兵。

“放箭！”随着弓弦的惊响，拜占庭弓箭手们立即射出铺天盖地的箭雨，漫天箭雨划破长空向敌骑兵飞去，突厥人弓骑兵弓箭射程不够无法还击，立即在这些步兵神箭手面前被射的人仰马翻。

“第一纵队与第二纵队重步兵立即向前！”凯纳斯望着已经列阵完毕的重装步兵高声叫道。

两列重装步兵立即向前奔跑，盔甲与战靴发出隆隆巨响，他们绕过弓箭手的阵型，排成两列阵型，整齐的举起他们的三角形塔盾，架起长矛，保护住弓箭手的阵列。②

阿布杜尔的突厥弓骑兵冲入自己弓箭射程之内，边奔驰边向拜占庭步兵阵型射击，但他们的箭大部分被重装步兵的塔盾牢牢护住，几乎没给军阵造成什么伤亡。

阿布杜尔企图绕开拜占庭人长矛如林的重步兵，但重步兵们在凯纳斯的指挥下迅速转移位置，牢牢保护住弓箭手。虽然在移动中也有部分重步兵中箭阵亡或受伤，但队形完全没有慌乱。阿布杜尔无法让他的骑兵面对闪亮的矛尖冲锋。而拜占庭弓箭手们似乎对己方重装步兵的保护

① 突厥轻骑兵的最大的特点就是速度快，并且可以根据对方军阵的情况选择近战突袭或是弓箭袭扰，但同样，他们非常不擅长对严阵以待的军阵硬拼。

② 这种阵型拜占庭步兵常用来对付敌方弓骑兵，重步兵的盾牌可以保护自己与后阵的弓箭手，而密集的长矛阵也让对方不敢所以突袭，但需要提前列阵。

很有信心，始终保持稳定射击，飞翔的箭雨伴随着突厥弓骑兵与战马的的惨叫，阿布杜尔放弃了继续对射或冲击的念头，转身撤离。

然而他的后军出现了极大的慌乱，后方袭来的箭矢如一阵飞蝗般钉向后阵突厥骑兵的背面，人与马成片翻倒，阿布杜尔刚刚拨马向后，部下已经告知他噩耗，“拜占庭人的轻骑兵绕上了高地，他们正在攻击我们的背面！”

就在步兵弓箭手与阿布杜尔对射之时，凯纳斯就已经派遣萨亚斯带领阿兰骑兵绕到了突厥人的背后，精锐的阿兰轻骑兵从高地上纷纷冲下，边奔驰边开弓放箭。而萨亚斯在张弓射死三个突厥人之后，他的亚美尼亚良驹已经冲进了突厥的阵型，年轻骑射手以最快的速度背上复合弓，左右手几乎同时以抽出寒光闪闪的两把弯刀。在空中划动出优美而犀利的弧线。

两名突厥轻骑兵淬不及防地背起弓箭，抽出弯刀前来抵挡，但他的速度比萨亚斯慢了太多。年轻的亚美尼亚人左手的弯刀击飞了一名突厥骑兵的武器，右手的弯刀则利用战马疾奔的高速在另一名突厥骑兵的喉咙上划出了一条喷射血雨的创口。而他身后的骑兵们，也高举雪亮的弯刀呐喊地冲杀进突厥人的阵型。

阿兰轻骑兵无论是射术还是刀法，都比对手更加精湛，突厥骑兵的队形被完全打乱，并在冲锋与砍杀下纷纷落马，凯纳斯看见萨亚斯缠住了阿布杜尔，命令自己的亚美尼亚重骑兵合围敌人接应年轻人，重装步兵也列队向前，阿布杜尔随意瞟了一眼凯纳斯，很清楚继续坚持的下场，他没命地驱马向后逃去，而他的背后留下了五百多具突厥骑兵的尸体。

萨亚斯正准备带领阿兰骑兵追击，但凯纳斯很干脆的制止了他，“这很可能是诱敌。你的骑兵只有二千人，不要去冒险。”

年轻人气恼的转过身，拨马来到护送攻城器械的奥多万身边寻求安慰，

“是他的年纪大了变得胆怯，还是因为我是他的儿子，他不许我冒任何险？”

“如果他不信任你，”奥多万咳嗽了一声，对他露出笑容，“就会把你留在特拉柏森城堡而不是带领你一起发动进攻。”这句话让年轻人哑口无言，“他确实谨慎，但也必须谨慎，如果你追击他们，突厥人也许会偷袭我们的攻城器械。没有这些机器，我们的北方军团就一文不值。”

“你说得对，”萨亚斯只能承认道，“可我希望有场痛快淋漓的战斗！”

“会有的，”凯纳斯突然出现在儿子的背后，“直到现在都没有出现巴夏的旗号，但我知道他在，只要他在这里，就会有大战发生。”

当阿布杜尔撤退到一座小山山顶，他发现巴夏正背着双手，笑眯眯地望着自己的狼狈相，后者随意清点了人数，语气中竟然有满意的成分，“还不错嘛，你只损失了五百人，我原以为会折损一千骑兵。”

阿布杜尔气恼地望着他，把句话当成了赤裸裸的讽刺，但巴夏根本没有时间去理会他的情绪，“凯纳斯根本没有追过来？”他问道。

败军之将看着别处点了点头。

“亚美尼亚老狐狸一向谨慎，这倒是合情合理，”巴夏自言自语，“我再给你三千轻骑兵，”他转向垂头丧气的阿布杜尔，“而且我允许你带领本部的五百名伊克塔重装弓骑兵迎战，这样你就不会在对射中畏惧敌人的步兵弓箭手了！”

阿布杜尔不相信地望着巴夏的眼睛，也许这个人没有这么令人讨厌。“我会立即带领他们粉碎凯纳斯的军队！”他宣布道。

“好，好，”巴夏敷衍地点点头，“不过让我们都休息几天，凯纳斯进攻安卡拉的路线再向东会经过一片山地，那里有茂密的丛林。丛林的南方有一片面积不大的平原，你知道那里，对吗？”他轻轻用手摩擦着下巴上的胡须，“你就带领军队在那里袭击他们。”

几天之后，阿布杜尔的第二次骑兵袭击也同样被仔细的凯纳斯所预料，和往常一样，拜占庭军队继续摆出了重步兵与弓箭手配合良好的阵型，被预计的突袭从逻辑上来说必定破产。但这次不同的是，阿布杜尔拥有身穿重鳞甲的伊克塔贵族弓骑兵，五百伊克塔弓骑兵训练有素，摆出了环形阵③与他们的对手对射。更何况这些骑兵的铠甲比拜占庭弓箭手的皮环甲厚得多。拜占庭步兵的伤亡人数急剧上升。眼看贵族骑兵得手，阿布杜尔命令第二波次的三千突厥轻骑兵也加入战斗，这次对射的境况与上次遭遇战似乎相反，拜占庭人处于劣势，重步兵们只好藏在大盾下，在对手箭雨下围成环形将骑兵、弓箭手、辎重与攻城器械保护在阵中。

“让我带领阿兰骑兵去干掉那些突厥贵族！”萨亚斯恼火地吼道，因为在这个距离下，阿兰骑兵的复合短弓④毫无用武之地，只能被动在阵中躲避箭矢。

“还不到时候，”凯纳斯摇摇头，“你换上长弓，先给我解决掉那个突厥人的掌旗手！”随即向掌旗手命令道“弓箭手维持阵型！射击那些轻装的突厥骑兵！”

萨亚斯精通绝大多数远程武器，特别是长弓与短弓，他在一名重步兵的盾牌保护下换上长弓，很快找到了他的目标，年轻的亚美尼亚人拇指紧扣弓弦拉满弓放箭，来回奔跑的突厥轻骑兵的掌旗手应声而倒。

“干的漂亮，孩子！”凯纳斯赞许道。

拜占庭弓箭手在他们的将军鼓舞下，忍受着对方的箭矢造成的伤亡，振

③ 环形阵：这是当时弓骑兵在与对方有保护的步兵弓箭手对射时的一种阵型，跑动成环形边跑边射，优点是可以减少己方的伤亡，缺点是比较容易让战马疲惫，且己方射击的命中也较差。

④ 复合短弓：携带重箭头的弓，一般为骑兵弓箭手使用，优点是穿甲与破坏力超过一般弓箭，缺点是射程短。

作士气，向突厥轻骑兵射去一阵又一阵箭雨，阿布杜尔的突厥轻骑兵由于财富的窘迫，一般不披甲或仅披轻甲，很快遭到了重大伤亡，即使来回奔跑躲避箭矢也无济于事。凯纳斯则一直紧盯着敌军骑兵，当他看见已经有突厥轻骑兵因伤亡而军心不稳，稍有退却迹象时，缓缓向身后的儿子点了点头。

“轮到我了吗？”萨亚斯焦急地喊道，他一直就在等待这一时刻。

“步兵列阵！”凯纳斯高举右手命令，“阿兰骑兵出击！”

训练有素的重步兵与弓箭手立即变阵，给大圆阵中的骑兵们空出一条出击的道路，萨亚斯换上复合短弓，以轻盈的身姿与其他阿兰骑兵高速翻身上马，向突厥人处于右翼的伊克塔贵族骑兵猛冲而去。

在一轮奔驰中，萨亚斯的骑兵用复合短弓射出了他们的死亡箭雨，即使是牢固的重鳞甲，也不能阻挡阿兰人的拥有巨大杀伤力的重箭头。在人喊马嘶中，伊克塔贵族骑兵成片被射倒。阿布杜尔知道在射术上很难与阿兰人抗衡，就命令贵族骑兵们换上弯刀，列队向阿兰人扑来，他很明白伊克塔贵族骑兵自小训练刀法，坐骑与铠甲都占有绝对优势，在肉搏中绝不会落于下风。

阿兰骑兵们只能也换上弯刀迎敌，但对手的铠甲有效的挡住了许多刺杀，更何况富有的伊克塔骑兵给坐骑头部与胸部加装了皮甲披挂保护，使得萨亚斯就更处劣势，在伊克塔骑兵凶猛的弯刀砍杀中，阿兰人纷纷落马。正当年轻的亚美尼亚人一筹莫展之际，他听见了父亲的越来越近的狂吼，“罗马万岁！”

凯纳斯带领的亚美尼亚重骑兵⑤，平举四米多的长矛，趁阿兰骑兵

⑤ 亚美尼亚重骑兵：亚美尼亚地区长期为四周国家，特别是拜占庭帝国提供骑兵，12世纪的亚美尼亚重骑兵借鉴了西方骑士的技巧，冲击非常凶猛，且速度也很快，但他们不会像拜占庭重骑兵那样披挂特别厚重的铠甲。

缠住伊克塔骑兵之际对其发起了猛烈的冲锋。与萨亚斯的阿兰骑兵不同，这些亚美尼亚人更专精的是高速冲击，他们的冲刺就是相比起优秀的西方骑士也绝不逊色，骑兵们呐喊着杀入伊克塔贵族骑兵的阵型中，不少外围的贵族骑兵被锋利的长矛直接刺穿，凯纳斯瞄准了一个连马匹头部都加装皮铠甲的突厥人，长矛直接击飞了对手血淋淋的半个肩膀，被重创的敌人来不及挥舞弯刀反击，凯纳斯就用敏捷的左手抽出长剑，削掉了敌人半个头颅。

伊克塔贵族骑兵在很短的时间内就陷入困境，阿布杜尔立即命令四周的突厥轻骑兵前来支援，围攻拜占庭的突击骑兵，可他们已经在拜占庭人的箭雨下伤亡惨重，军心浮动，根本不愿上前，拜占庭的重装步兵们也越过弓箭手，列出进攻队形，冒着箭矢挥舞着长矛向前冲锋支援他们的骑兵，阿布杜尔毫无悬念的进行了第二次逃亡，可这次的运气并不好，凯纳斯很快发现了他的位置，并挥舞着长剑驱马向他冲来，给他的背部狠狠来了一下，如果不是铠甲保护，阿布杜尔很可能立即丧命当场，现在对于罗姆苏丹国的军队，无论是指挥官，还是士兵，都没命地向背后的密林里逃去。

“这次应该追击！”萨亚斯赶紧提议到。

凯纳斯凝望着眼前的这片密林，阿布杜尔逃向那里是符合逻辑的，他们的伊克塔贵族骑兵速度比阿兰人慢，如果从平原逃跑肯定会被追杀的一个不留，而突厥人并没有在密林中伏击的习惯，他们更喜欢从高地伏击，因为树木的牵绊会影响他们擅长驾驭的战马。亚美尼亚王子思索了一下，把奥多万喊来嘱咐了几句，这才点头同意萨亚斯的意见，“步兵与弓箭手跟上！”

追击中不停有突厥士兵被赶上杀死，凯纳斯注意到一些看起来膘肥体壮的战马在林间乱跑，明显他们的主人已经被杀死或逃亡，从各种迹象来看，这是真正的溃逃而非诱敌，“追上他们！”凯纳斯吼道，“抓住他们的贵族！”

拜占庭军队追击逃亡者进入了密林，凯纳斯的亚美尼亚重骑兵追得越来越近，阿布杜尔几乎魂飞魄散，连头巾和弯刀都丢弃在地。而他脊背上的伤势似乎越来越疼，让他几乎不能骑乘。他已经在怀疑巴夏是不是想借助凯纳斯的手来除掉他，从而吞并他的军队。

一名亚美尼亚重骑兵几乎已经接近了阿布杜尔，正要用长矛向他直刺过去，这时一把标枪从树林中呼啸着飞了出来，正中重骑兵的左胸，惨叫着摔落下马。

突厥人的喊杀声突然充斥着整个树林，滂沱大雨般标枪从树木间飞了出来，这些沉重的掷矛让本作为追击者的亚美尼亚重骑兵在瞬间损失惨重，这些骑兵被树木牵绊，移动缓慢，几乎全部成为活靶子。凯纳斯慌忙拨马转身，但他也看见了对手，这些隐藏起来的突厥标枪兵衣衫褴褛，在开阔地形下对骑兵的威胁不值一提，但在现在这种地形下，一名标枪手可以用他们的标枪和投石索杀死好几名骑兵⑥。

凯纳斯急忙调集跟上来的重步兵发起反击，肉搏战突厥标枪兵可不是训练有素步兵的对手。但拜占庭重步兵刚涌上来，亚美尼亚统帅才发现，所有林间的有利地形已经被突然冒出的大批突厥弓箭手占据，他们从高地纷纷向拜占庭军队抛射箭雨。重步兵们纷纷倒下。

“这些突厥弓箭手都是骑兵打扮！”萨亚斯在身旁高叫。凯纳斯则

⑥ 自从拜占庭帝国丢失安纳托利亚腹地之后，当地的山民就开始为突厥人服役了，他们的装备很差，大部分都不穿铠甲，但精于标枪射击，而沉重的标枪甚至可以击穿厚重的盔甲。

注意到的是远处高地上站着的突厥人统帅，面带一丝冷冷的微笑，在星月旗簇拥下，正在整理上唇胡须的巴夏。

看起来那些在林间乱跑的战马就是巴夏故意让骑兵们放弃的，而这些下马弓箭手与那些突厥标枪步兵早就准备好了伏击的位置。也就是说，这不是溃逃，是一次计划周密的诡计。

凯纳斯一秒钟都没有耽误，他尽量维持秩序让军队不会崩溃，亚美尼亚人带领着重步兵们护卫着剩下的骑兵边抵抗边撤退，渐渐向南退出了密林。

刚来到树林南方的平原，拜占庭军队再一次听见了突厥人的喊杀声，令凯纳斯与萨亚斯万分吃惊的是，他们看见了在罗姆苏丹国中只有苏丹才配备的哈珊卫队，这些骑兵身穿更重的铠甲，在领头的塞利姆的带领下，平端三米长的锋利长矛，以最快的速度猛冲向刚退出森林的拜占庭军队。拜占庭重步兵的矛阵本是对抗他们的利器，但队形混乱根本无法抵抗，在哈珊卫队的冲锋下被撞得血肉横飞。哈珊卫队冲进拜占庭步兵的阵型，立即丢弃长矛，挥舞着弯刀与狼牙棒乱砍乱杀。拜占庭整个军阵都有崩溃的危险。

凯纳斯与萨亚斯发疯一样的挥舞刀剑抵抗着哈珊骑兵的攻击，这多少鼓舞了士气没有让撤退变成彻头彻尾的溃逃。但情况越来越危险，林间的突厥标枪步兵与弓箭手们也冲了出来，巴夏驾驭一匹深灰色骏马也冲出了森林，“杀啊！真主的勇士们，”他右手高高向空中挥舞着弯刀，黑色的眼珠中流露出疯狂的神色，“别留情，要让他们全军覆没！”

凯纳斯带领着剩下的亚美尼亚重骑兵断后，尽管损失惨重，却延缓了哈珊卫队的攻击。巴夏也紧紧地跟在突厥的追击军队背后督战，他注意到，凯纳斯正在带领军队向离树林最近的一处小山撤退。

山顶上突然打出了拜占庭军队的旗号，一名老者坐镇指挥，步兵弓箭手们利用高处向追击的哈珊骑兵发射箭矢，尽管骑兵有重甲保护，但马匹的连续中箭仍让哈珊骑兵们纷纷中箭翻倒，快速赶来的巴夏则赶紧制止了哈珊骑兵们的追击，命令他们退到一个安全的地域。

“这些箭矢挡不住我的哈珊骑兵！”塞利姆有些不满，“我可以冲上山把这些罗马人连窝端掉！”

巴夏一言不发，用手轻轻指着山顶上的敌人军队，塞利姆很快发现山顶上除了弓箭手之外，还有拜占庭重装步兵在列阵，这就是当初凯纳斯带领军队进入密林前对奥多万的嘱咐，带领一千弓箭手与二千重步兵在高地上列阵接应，已备追击不测，而对于突厥人来说，这确实不是一个彻底消灭敌人的时机。

“我不会把你与你的精锐部队牺牲在不正确的战场上。”巴夏对塞利姆说，这是他能想到对部下最温柔的关照了，塞利姆同意地点点头。这时他听见后面的呻吟声，强壮的哈珊骑兵队长换上了鄙夷的脸，望向身后蹒跚而来，叫苦不迭的阿布杜尔。

“天哪，如果凯纳斯那狗娘养的马再快一点儿，”刚包扎好背部剑伤的阿布杜尔叫唤着，“我就能从胸口看见自己的后背了！”他向后扫视森林南端平原上成片被哈珊骑兵撞倒后杀死的拜占庭重步兵，似乎敌人的损失让伤口不显得那么的疼痛，“不管怎么说，”阿布杜尔避开塞利姆不屑的眼神，小心翼翼地望着巴夏的脸，“如果不是我败退回树林，你也不会轻易的胜利吧。”

但塞利姆立即发出惊人的大笑立即让阿布杜尔的自尊受到了重大打击，巴夏没有笑，他只是在轻轻掸掉手中头盔上的灰尘。“他一定是认为我们突厥人不会在森林里伏击，因为这不符合我们的一贯的马弓手传统，我这才让骑兵们丢弃马匹诱敌，在森林中步行与标枪手联合伏击他们，而罗马人最佳的撤退路线就是向南的小路，等他们一出森林，塞利姆的骑兵就去收割。”

“你早知道我会失败？”阿布杜尔怒气冲冲地几乎忘了背上的伤痛，“你让我带领伊克塔贵族骑兵出战，你竟然让我，一个尊贵的高等贵族，和这些精锐军队做赌注！”

“你算不上赌注，只是诱饵而已，”巴夏尖刻地回应，“伊克塔贵族骑兵出战败退，亚美尼亚老狐狸才会上当，”他不怀好意地靠近阿布杜尔，突然将手按在后者背部的伤口上，享受地注视着阿布杜尔发出了杀猪般的尖叫，“而且凯纳斯怎么会拒绝追击你这如此狼狈的诱饵？”

“下一步，我们该怎么办？”塞利姆推开阿布杜尔，向巴夏询问道。

“下一步，”巴夏遥望着远处的高地，拜占庭士兵们已经完全消失在山顶的密林间，“以凯纳斯携带着大量的攻城器械来说，他们一定是在砍伐树木建造营寨长期住下来，”他顿了一顿，“我们暂时也没有能消灭他们的机会，包围他们，盯住他们，机会终究会有的。”

不远处的高地上，黯然的萨亚斯收起弯刀，开始清点人数，亚美尼亚重骑兵损失了五百多人，而重步兵伤亡最重，拜占庭步兵在平原上丢弃了二千多具尸体。阿兰骑兵则损失不大，他们虽然是雇佣军，但由于萨亚斯的个人魅力，这些人继续对自己表示信任，这让他稍微宽心。他又望了一眼父亲，白发苍苍的凯纳斯正在指挥步兵与弓箭手砍伐树木打造营寨。而那些珍贵的攻城器械被安置在最为安全的营寨中心，就在凯纳斯自己的帐篷边。

“放宽心，儿子，”凯纳斯走过来安慰他，“我们还没有损失到无法迎敌的地步，重要的是他们都在，”亚美尼亚统帅有意看了一眼营寨正中均用帆布掩盖的攻城器械，“突厥人的攻坚能力并不足够强悍，他们攻不破我们的营寨。”

“巴夏这个混蛋竟然能让亚尔斯兰把那些精锐的哈珊卫队都从南方调拨给他，他是怎么做到的？”萨亚斯诧异地问，还是很悲观，因为很明显，突厥人的防御军队数量已经超过了他们的进攻部队，而且还是精锐军队。那么对于攻克安卡拉，他不知道父亲怎么才能完成这样艰难的使命。但父亲看起来似乎不太担心这一点。

“我们还有其他麻烦，”萨亚斯再次提出自己的忧虑，“如果陛下在南线也同时在进攻科尼亚，他将没有多余的兵力支援我们，虽然突厥人不能攻破我们的营寨，但他们也可以将我们饿死，我们的粮食并不多。”

“这你不用担心，我的儿子，”凯纳斯轻轻拍拍他的肩膀，“粮食会有，我们也会成功的。”说到这里，他似乎有意无意地向南方望了一眼。

萨亚斯还想再继续追问下去，疲惫的父亲已经利用战斗间歇时间倒在军营里的草垛中进入了梦乡。

安纳托利亚高原最南端的科尼亚盆地西部，是高原中难得一见一马平川的草原，既便于放牧，更适合突厥骑兵们纵马奔驰。这里的地形仿佛就是东方曼西克特⑦的翻版，地势平坦无险可守，虽水草丰美却农庄稀少难以补给，简直是定居民族大军的噩梦。在那里，并不遥远的一百多年前，拜占庭帝国大军精锐“职业军人之花”惨败于亚尔斯兰一世统

⑦ 曼西克特：这里指的1071年的曼西克特会战，拜占庭大军败于突厥人，之后帝国又出现军事贵族内战，由盛转衰。

帅的塞尔柱军队，在突厥骑兵的强弓与战刀下，标志一个黄金时代的由盛转衰。

“亚尔斯兰”在土耳其语可以译为“山狮”或者“狮剑”，而值得拥有此名的突厥统治者，都是凶猛与富有侵略性的代言词。罗姆苏丹国的现任苏丹亚尔斯兰二世现在端坐在宫廷的华丽绒毯之上，做梦都想像自己的祖父一样，在这里与曼努埃尔的数万大军正面对决，并将对手完全击溃，从此他的姓名将与东方的突厥圣人努尔丁并列，也许还能取代。

梦想的真实影像或许只是不切实际的狂想，亚尔斯兰从不祈望复制祖父的胜利。拜占庭帝国经过三代杰出君王的力挽狂澜，虽然无法企及黄金时代的辉煌，但也已经恢复了一支庞大而精锐的军队。这支军队有对抗突厥人的充分经验，他们知道该怎么用轻骑兵来侦查突厥弓骑兵的突袭，知道怎么在后者的箭雨下保护自己宝贵的弓箭手，也知道何时出动精锐重装部队彻底的瓦解对手。总之，对方的胜算要高得多。

但苏丹有一个重要的情报，一个可以推翻一切的情报，一个可以让东罗马帝国庞大军队无计可施的情报。

他已经了解了曼努埃尔的南方大军没有攻城器械，而北方进攻安卡拉的凯纳斯却有，因此他知道该怎么办，他将精锐部队调动给他信任的北方统帅巴夏，阻挡住凯纳斯的进攻。

所以他不会愚蠢到对曼努埃尔这支庞大的军队发动正面反击，科尼亚要塞在他手中经营十多年，无论是防御与存粮都能让拜占庭人不可能靠围困或强攻来夺取。苏丹也清楚对方庞大的军队绵延数里，每日消耗的粮食与费用惊人，金币会像流水一样消耗掉，没有任何国家能支付得起。

从拜占庭帝国边界至科尼亚是一段可怕而冗长的道路，其中城镇与村庄非常稀少，那么他们的补给线也一定惊人的漫长而易于受到攻击。

“尊敬的苏丹，”两名身穿鳞甲的武士走进大殿向他致意，一名身材高瘦，却非常结实，衣着举止颇有贵族风采，另一名身材矮壮，小眼睛中渗透着精明。

“穆斯塔法，”他对那位身材高瘦的武士绽放出少见的笑容，“我将赋予你在于罗马军队交战一项重要的使命。”

穆斯塔法赶紧低头，“谨遵苏丹的吩咐。”

“东罗马大军已经进入科尼亚盆地最西侧，他们的补给线长得惊人，”亚尔斯兰盯着他的眼睛，“我交给你五千轻骑兵，希望你能绕道烧毁他们的辎重，曼努埃尔的军队必将军心动摇。”

“拉金，”亚尔斯兰又望向身材矮壮者，“我需要你去给罗马人行军路线上的井水下毒，烧毁庄稼，等穆斯塔法得手，带领本部的骑兵接应他。”

穆斯塔法在这个时候皱了皱眉头，拉金从来都不会积极的接应自己，他不满意这个安排，“苏丹大人，”他努力让自己的声音听起来平静，“曼努埃尔的这支军队拥有对抗我军的丰富经验，我认为偷袭他补给线成功的可能性是很小的。”

亚尔斯兰干笑了两声，“那么，我的将军，”苏丹不满意地瞥了瞥嘴，“我现在的判断将是‘胆怯’这个词，”他看见穆斯塔法脸色变了，却没有放弃的意思，“我本想给你的突击队配备最快的马匹，但现在看来没必要，”他有意望着拉金，后者赶紧对苏丹报以谄媚的笑容，“也许该把你与拉金的职责换一换。”

“我很愿意带兵对罗马军队的补给线发起攻击，”拉金小眼睛转了转，赶紧对苏丹表达自己的立场，“如果穆斯塔法将军有疑虑的话。”

这样来说对穆斯塔法就不是一道选择题了，他知道因为自己来自东部家乡摩苏尔⑧，那里离穆斯林圣人努尔丁的统治中心更加接近。而亚尔斯兰很显然不那么信任东部人，所以他会更信任巴夏，或者拉金。苏丹同时也会把危险的任务交给自己而不是别人，他不由得轻叹一口气，但还是要保持自己的贵族风度，“我是一名伊克塔贵族，”他冷冷地回答苏丹，“只知道打仗，不懂得胆怯。请忘记我说过的话。”他弯腰行了礼，“我只是希望拉金将军记得接应我。”穆斯塔法抖了抖浅黄色的披风大踏步走出宫廷。

亚尔斯兰望了一会儿他的背影，然后摆了摆手让拉金也出去，他知道无论如何，南线科尼亚他只能防守与拖延曼努埃尔的大军而无力将他们歼灭。所以他更加寄希望于巴夏，希望他不仅阻止北方拜占庭军团的进攻而且能将其歼灭，这样，巴夏就可以回援科尼亚，与他合军，彻底地改变安纳托利亚高原的形势。

⑧ 摩苏尔：现伊拉克北部的一座城市。

Chapter6

大衣下是北地从未见过的黑色丝绸内衣，做工精美的半透明内衣轻托着傲人的丰满胸部，半露的酥胸、白皙细腻的肌肤与黑丝映衬，呈现出迷人的光泽。一时间，石堡里的空气凝滞了。

女人嘴角露出一丝轻微的嘲讽，“除非你喜欢有观众。”她对斯塔姆说道。

斯塔姆长长吸了一口气，只对卫兵说了一个字“滚”。

丹麦冰雪覆盖的哈拉尔德堡以西数里有个不起眼的小石堡，石堡最高处的房间中，在低沉的烛火下，一个深灰色短发、面色阴沉的男人不安的踱来踱去，无论从相貌还是身材，斯塔姆都更像是一条蛇，而不是北欧萨克森军人。

他的不满是有理由的，正当“杀戮者”哈格里夫与他的手下们在哈拉尔德堡搜刮“金发王”的金银财宝时，他却被排挤在外，在城堡外的小石堡里郁闷地喝酒，他向哈格里夫提议他要参与瓜分这些财宝，可以少一些，作为报答，他会把海泽比的五百人也招募到他的帐下，这是“杀戮者”曾经同意的条件，但现在哈格里夫断然拒绝，理由很简单，战争已经结束，分赃时刻不需要这么多参与者。这让斯塔姆非常失望，看来，作为北欧海盗们在丹麦国王瓦尔德玛统一前的最后一杯羹，斯塔姆已经被踢出了分享圈子，佣兵头子已经有点后悔帮助了这个抢劫犯。

他走向窗前，看了一眼石堡下巡逻的士兵，除了他身背双手剑与阔剑的阿拉玛诺战士，还有几个身背战斧的挪威海盗，显然，他们是眼线，为了防止斯塔姆违约。当然，斯塔姆手下只有一千五百人，也没有向哈格里夫违约的本钱。

一辆支支哑哑作响的小马车与两个轻装骑手静静地穿过了石堡的小路，这引起了斯塔姆的注意，他注意到车夫与两个骑手还与自己的卫兵说笑了一会，接着，两个卫兵的手中就多了一瓶酒。

一个披着斗篷、曲线优美的女人掀开马车帘布伸出一条诱人的长腿，接着，他的卫兵就笑嘻嘻地进来通报了。

哈格里夫王的补偿？斯塔姆阴沉的想，这不能补偿真正的损失，但应该可以让今夜变的不那么无聊。

女人披着黑色的大衣，就站在斯塔姆面前时，这着实让他吃了一惊，他在整个北地就没见过气质与相貌如此出众的美女，甚至在富庶的南方巨城君士坦丁堡都没有见过！这是个可以让男人窒息的美人儿，连通报的卫兵都呆立在原地。女人美丽灵活的碧绿色眼睛瞥了一眼呆若木鸡的卫兵，转过头微笑地盯着斯塔姆，轻轻地解开大衣的扣子。

大衣下是北地从未见过的黑色丝绸内衣，做工精美的半透明内衣轻托着傲人的丰满胸部，半露的酥胸、白皙细腻的肌肤与黑丝映衬，呈现出迷人的光泽。一时间，石堡里的空气凝滞了。

女人嘴角露出一丝轻微的嘲讽，“除非你喜欢有观众。”她对斯塔姆说道。

斯塔姆长长吸了一口气，只对卫兵说了一个字“滚”。

现在是独处了，斯塔姆走近女人，上下打量着这天香国色，目光久久停留在那裹着黑纱的迷人胸脯上，“太美了，”佣兵头子喃喃自语，“如果换成是粉色那就更绝了。”

“不喜欢黑色？那就换掉，”女人面带微笑，突然从大衣怀里掏出一个东西，轻轻向斯塔姆掷过去，“金色的怎么样？”

斯塔姆接在手中的是一枚精美的诺米西玛金币，上面清晰可见拜占庭皇帝的头像。

斯塔姆蛇般的身体一跃而起，女人不禁有些紧张，另一只束在大衣口袋中的手紧紧握了握粹有剧毒的精致小匕首。但斯塔姆只是跳向窗边，向下警觉地扫了一眼，卫兵们还照常巡逻，护送女人来的侍从则在与那几个挪威海盗为哈格里夫大王的健康干杯。

“你是南方帝国什么人？”佣兵头子眼光犀利地上下打量着女人，“我早该想到的，护送你来的骑手无论骑术与做派都有军人的影子。”

“东罗马帝国的特使，”女人轻轻说道，“为你增加钱袋中的财富而来。”

斯塔姆露出无法置信的微笑，“就一枚金币？”

“我不可能带着成吨的金银珠宝在北地旅行，那我早都被抢光了，这是信物，”索菲娅笑了，“更多的金币会源源不断。”

“我从不赊帐，这是规矩，”斯塔姆面无表情，“我需要的是现钱。”

“帝国从不拖欠佣兵的工资，这也是规矩，而且从巴西尔二世开始这条规矩已经履行了一百年①，而且如果你能多了解现在的皇帝曼努艾尔的话，他的信用决不逊色于先辈。”

“我这里可有一千五百人，雇佣他们是一大笔钱，但是，”斯塔姆皱了皱眉头，“我南方的朋友说你们远征西方吃了败仗，还在安纳托利亚高原与突厥人打着消耗战，你们的财政不会太宽裕吧。”

“不要听信谣言，战争中的小失败不可避免，这种小问题不至于影响到帝国的支付能力。”索菲娅神情自若，“曼努艾尔还要长期雇佣北欧卫队，你南方的朋友应该了解这样顶尖雇佣兵的价格。”

“那么，帝国希望我们什么时候履行服务呢？”斯塔姆拢起双手。

“现在，”索菲娅走上前一步，紧紧盯着斯塔姆的眼睛“我需要你的帮助来援助哈拉尔德的长子雷拉格，夺回哈拉尔德堡。”

斯塔姆长长的吹了口哨，对这种大话不以为然，“哈格里夫可是不好对付呀，有三千海盗在哈拉尔德堡，而且他现在还算是瓦尔德玛国王的人，我可不想惹怒他，而且你这等于是让我毁约。”

“可是，”索菲娅说，“哈格里夫毁约在先呀，如果他真是值得效力的，

① 巴西尔二世时期是帝国的极盛时期，全国军队数量庞大，但实际上的佣兵成分并不多。

应该把哈拉尔德堡的财富与你分享，这可是海盗们在北欧最后一次分财宝的机会了。”

这一击打中了他的痛处，斯塔姆的脑子在飞快的计算着。

“克伦镇的巨人艾里克，现在已为雷拉格服务了。”索菲娅又不经意说道。“海泽比的雇佣兵，现在也愿意归附，只要你点个头。”

“艾里克在雷拉格一边？”索菲娅从斯塔姆的表情中看的出他非常关注这个砝码。

“皇帝授权我全权负责北地的雇佣兵事宜，”索菲娅走近佣兵头子，在他耳边说道，她决心给对手会心一击，“当重新夺回哈拉尔德堡后，我可以给你分享那里财宝的权利。”

斯塔姆瞪着眼睛盯着索菲娅，“可你忘记了一件事，美人，在我看来，打败你比打败哈格里夫容易得多，”他说道，看见索菲娅的脸色变了变，“如果我把你与你的计划交给哈格里夫，他一定会让我分享哈拉尔德的财宝。”

“卫兵可以进来了，”斯塔姆打了个响指，两个面无表情全副武装的卫兵走进房间，“你们准备和这位小姐去一趟哈拉尔德堡，”佣兵头子露出一丝冰冷的微笑，“美人儿，我想今天晚上我已经为你找好睡觉的地方了。”

大雾笼罩在北临日德兰海岸的海泽比的上空，这个丹麦北部最重要的商品生产基地、交易中心与港口。从这驶出的商船装满了令南方帝国们垂涎的北地特产，包括最受欢迎的皮毛与海象牙。城镇内分布着无数狭窄的木质街道，排列着许多无窗的作坊，工匠们在里面加工着刀柄、珠宝、陶器等各式各样的商品，海泽比还是北地最大的雇佣兵聚集地，来自挪威、瑞典，丹麦的维京水手以及北萨克森的日耳曼雇佣军经常会停留在这里，边用烧酒与美貌女奴麻醉神经一边等活干，游荡者太多，酒馆中一句挑衅就引发的斗殴致死事件时有发生，城镇围墙的四个木堡里驻扎的士兵就是为了保证这类事件不会无限扩大。

一个骑手马不停蹄地几乎是冲进了海泽比西部日耳曼士兵的居住区，他几乎一直冲到阿拉玛诺人头目的面前才翻身下马，“斯塔姆与艾里克要你们的服务。”骑手气喘吁吁地说。

“很好，他俩的名字很管用，”头目努努嘴，“但钱还是一分也不能少。”

“薪金是你们要求的二倍，”骑手喘了口气，“但要求你们所有人天黑之前到达克伦镇与那里的军队会合，在那里你可以找到艾里克，就知道我说的是不是真的了。”

“二倍？”头目瞬间眉开眼笑，咧开满是黄牙的大嘴，“那不用等到天黑了，我们现在就出发。”

骑手长长呼了口气，实际上他只说了一半实话，他并不知道斯塔姆的态度。

黄昏降临，在海泽比以东的海滩，几十艘巨大的龙头战舰无聊地停靠在滩边，甲板上操作弩炮的挪威海盗警卫们昏昏欲睡，而突然到来的一队人马让他们有些措手不及，纷纷拿起武器与盾牌戒备，当他们看清楚来人是巨人艾里克与他手下的阿拉玛诺战士时，都松了口气。

“你把雷拉格那小子的脑袋敲碎了没？”一个挪威海盗愉快地冲着艾里克喊道。

“没有，”艾里克遗憾地摇摇头，“这个无胆的鼠辈竟然跳进冰海里逃跑，也许已经喂鲸鱼了吧，他手下人的就没那么幸运了，几乎被我们的好汉剁成了肉酱。”

“对于雷拉格真是个不幸的一天。”挪威人戏谑到。

“我想确实如此。”艾里克盯着挪威人的眼睛，忽然露出憨厚而真挚的微笑，“我想，我带来了一些好酒，也许你们挪威人也愿意为我们阿拉玛诺人的胜利干一杯……”

“当然，那再好也没有了。”挪威人舔舔干涩的嘴唇。

一箱箱上等的蜂蜜酒被阿拉玛诺战士们搬运过来。

“这一口是为哈格里夫大王干的，”艾里克举起酒瓶对挪威人说，“你知道，我是个老雇佣军，我希望我的雇主了解我的每一场胜利，我想，你们中应该有人会愿意代我去哈拉尔德堡那里告诉哈格里夫我把雷拉格赶进冰海这个好消息，”艾里克浓密的胡子扬了扬，“哈格里夫大王正在城堡里瓜分金子，带去好消息的部下总是受欢迎的。”

艾里克说完斜着眼睛看着挪威人，挪威人脸上则是一副被启发的模样。

刚刚入夜，哈拉尔德堡里却喧声震天，哈格里夫的手下们把曾经属于哈拉尔德王的一箱又一箱金子搬到大厅，堆放在“杀戮者”哈格里夫面前，他自得地紧握着哈拉尔德曾经佩戴的黄金王冠玩弄着，欣赏着他数量庞大的战利品。挪威海盗王并不是个缺乏思虑的人，按他谨慎的计划，还是先应该派自己人确定雷拉格已死的消息，他可不想给雷拉格也有投奔瓦尔德玛的机会，他在哥本哈根②的眼线已经透露出瓦尔德玛一世也有招募雷拉格的意向。

② 哥本哈根当时已经是新兴丹麦王国的首都。

但麻烦在于他之前与哈拉尔德一样连续劫掠失败，而瓦尔德玛给他的钱大部分用来雇佣了斯塔姆和艾里克助战，现在如果还不能把所欠的鲜肉给手下海盗们补齐的话，哗变可能会提前开始。这让海盗王作了妥协，毕竟雷拉格手上只有一千多人，而刚刚从战舰那里赶来的挪威人报告雷拉格被艾里克赶进了冰海，这让哈格里夫改变了计划，就算他没死，分赃一结束，就可以立即展开追击，只要封锁住为数不多的几个村镇，雷拉格也会活活冻死或饿死在雪原中，毕竟，这里是蛮荒的北地，他还能躲到哪里去呢？

所以他不让斯塔姆进城堡分一杯羹的另一个原因是他需要这些阿拉玛诺人在城堡四周戒卫而不是进城堡来制造混乱，这样对于提防雷拉格来说，可以算万无一失了，虽然斯塔姆也许会不乐意，但谁敢当面反对杀戮者呢？

相对于哈拉尔德堡里的喧闹声，城墙外是一片死寂，借助夜色的掩护，身穿黑色重扎甲的雷拉格以与负重极其不相称的速度，飞快地登上了离城堡最近且观测起来最为清晰的一个高地，在这个高地上观察，甚至可以借助敌人手中的火把看清城墙上士兵的脸。拜占庭骑兵队长迈克尔站在他的身旁，身背复合长弓，腰间配挂着一种剑刃稍微弯曲的“帕拉迈恩”军刀。队长身后则是索菲娅的护卫骑兵，那些马匹头部与胸部包裹着扎甲的骑兵。

“防守够严密的，”雷拉格望了一会评论道，“哈格里夫还不赖嘛，连分钱都这么小心。”

“这些海盗都是乌合之众，我从这儿都能听见他们分财宝的叫喊声，”迈克尔的语气中带着些许优越感，“根据利奥皇帝陛下的《战术学》教程，这可是一个攻击他们的好机会，”他评论时又故意补上了一句，“对不起，利奥皇帝是……"

"他是巴西尔大帝③的长子，被罗马人称为智者，这句话在第十二大章第十小节，"雷拉格打断了他的话，并斜睨了他一眼，"不过这本书更像是基本的概念和方向，而不是让我们教条的去打仗，如果《战术学》这么有用，占领叙利亚的皇帝就应该是他而不是之后的巴西尔二世，"他有意顿了一顿，"如果我都按书里写的干，那我早就死了。"

"你还看得懂希腊文？"迈克尔更惊讶了。

"你以为我平时写信的时候画北欧符号④？"雷拉格的语气中略带嘲讽，"我十岁之后才来到父亲的家乡，之前一直是在君士坦丁堡宫廷中度过。"

"抱歉，"迈克尔尴尬地搓着手，这才意识到对方并不完全是个年轻的海盗首领，如果从他生母的关系来看，他还应该算是拜占庭皇族。还好雷拉格没有让他的窘态持续太久，北欧人反问骑兵队长，"你一直都在南方？"

"我是个马其顿人⑤，父亲是个骑兵，在和突厥人的战斗中死了，"迈克尔说，"我使用他的剑与马，很小就随同皇帝的骑兵在小亚细亚打仗。"

雷拉格向他点点头，他把注意力转向城堡，突然他栗色的眼珠瞪大了。因为一批挪威海盗离开了大门的岗哨。城内则走来一批士兵在换防，从后者兴高采烈的表情上来看，显然他们已经分到了财宝。

③ 这里说的巴西尔大帝是指开创了马其顿王朝的巴西尔一世（注：他可不是巴西尔二世的父亲！）

④ 北欧人当时的文盲率应该在95%以上，很多事情用符号记载。

⑤ 马其顿：希腊北部，现在是独立的国家。

“你注意到换防的人数少很多吧？”他拍了拍迈克尔的肩膀，“多数海盗拿到钱后就不会为首领拼命，只会保护自己和钱袋。”

“这算是机会。”迈克尔紧紧按住剑柄。

“没错，”雷拉格换上了挪威人红白相间的披风，“带上你最好的十五名骑兵弓箭手跟我来，只要我们动作够快控制城门，我的人就会一拥而上进城。”

迈克尔的十五名弓箭手与雷拉格的十名战士在肩并肩走着，在夜晚与厚厚的毛皮包裹下，没人会注意到北欧人与希腊人的差异，雷拉格一面走，一面从斗篷下盯着城门口挪威人二十多名士兵的位置，确保可以以最快的速度将他们击杀，这个时候，他突然怔住了，脚步停在了雪地中，其他人停了下来。

“怎么了？”迈克尔低声问道。

“该死，”雷拉格低声诅咒道，“因为他看见浑身刺青，身材强壮的法斯特正在带领约五十名士兵向大门走来，这下他不再那么肯定他与迈克尔的二十五人能迅速控制局面，法斯特长柄战斧的威力就是没受伤的白发巨汉奥拉多姆也不一定能胜得过，他们一定能坚持到援军到来，把他与迈克尔在城门口砍成肉酱。

“我们原路返回，别跑，保持这个速度走回去。”雷拉格低声对迈克尔说道，“这样不会露出破绽。”

迈克尔则站在原地，雷拉格可以感觉到他的怒气在升腾，“你这个胆小鬼，索菲娅真是看错了你。”

“你不明白，”雷拉格望了一眼周围，向迈克尔伸出一只手低声说道，“那里来的是法斯特，他如果控制了城门……”

“我不需要明白，”迈克尔挡开雷拉格的手，怒气冲冲地说道，“索菲娅现在正在游说斯塔姆加入我们的阵营，你的放弃会给她带来危险，你必须坚持原先的计划！”

“我的父亲与母亲死在哈格里夫的手上，”雷拉格贴近迈克尔，栗色的瞳孔仿佛要爆炸，下巴几乎顶上了迈克尔的鼻子，“就是死亡也不能让我放弃计划！但我要它万无一失，”他又望了一眼城门，法斯特似乎在与挪威士兵高声喊着什么，挪威人似乎也不愿与老战士多争执，纷纷离开了城门。但仍有五名挪威士兵留在城门。这一幕景象让雷拉格的心跳加快，他脑海里飞速地在盘旋着一个计划。

“跟我来，迈克尔，”雷拉格嘱咐道，这句话让后者也松了口气，“进了城门听我的命令再动手。”

“快放下吊桥，”岗哨上的挪威斥候喊道，“我们的巡逻队回来了！”

大门的吊桥被拉开，法斯特与他的五十名士兵簇拥在城门四周，他们冷冷地看着眼前的“挪威巡逻队“从眼前经过。

“我们也许应该分完金币再走,”法斯特一个部下小心的对他提议道，“看得出哈格里夫对您很看重，他说他为您在丹麦国王瓦尔德玛一世那里保证谋求到将军的职位。”

“呸！这些金币沾着哈拉尔德王的血！”法斯特地吼道，部下赶紧住嘴，“我们不能拿这些钱！谁稀罕那狗娘养的将军职位？科劳恩真让我失望，我愿意帮他继承哈拉尔德的位子，但他竟然杀死了亲生父亲！”

斗篷下的雷拉格脚步有意放缓了下来。

“可我们现在别无选择，”部下小心的提醒，“我们只能跟着哈格里夫与科劳恩来干，仅凭你的力量还对付不了哈格里夫。”

也许是他的声音大了些，被岗哨上的挪威人听见了，“就凭你们还想对付哈格里夫？”一名挪威士兵不屑地说，“从瓦尔德玛国王那里谋求到一个职位已经是你法斯特的最好结局了！”

气恼的法斯特似乎不能反驳这句话，“还有你们这些挪威人，”他把怒气转发到挪威巡逻队身上，“去大厅里拿你们的脏钱吧！不快点从我眼前消失就吃我一斧！”

“干掉岗哨上的挪威人，”斗篷下的雷拉格低声对迈克尔说，“动手。”

迈克尔的拜占庭骑兵们猛然掀起红白相间的斗篷，举起藏在里面的复合弓，十五名训练有素的弓箭手们瞄准了不同的方向，一齐开火，挪威斥候根本来不及反应纷纷中箭从台阶下滚下。

雷拉格沉静地面对着法斯特掀开了斗篷，这个动作让惊愕不已的法斯特以及他的部下纷纷抽出了武器。

但雷拉格没有抽出他的冰川之刃，而是大踏步地走向法斯特，这让后者有些不知所措。

“我知道你不会拿那些脏钱，”他盯着法斯特的眼睛，“勇士是不会拿背叛者的脏钱的。”

这句话似乎震撼了老战士，他挥手让部下放下高举的武器。

“你要维京人的勇气，我给你带来了，”雷拉格用浑厚的声音说道，“你要维京人的忠诚，我也带来了，而科劳恩，这两样都没有！”他撩起自己额项的一缕黑发，“我知道你讨厌这个，那么血统还是传统，你还是抓紧时间自己挑一个吧。”

“他们是谁？”法斯特望向他背后的那些希腊人。

“他们是来自东罗马帝国的战士，”雷拉格看了迈克尔一眼，“他们是南方帝国的精锐骑兵。”

“连东罗马帝国那种冲起锋来地动山摇的重骑兵都从南方赶来来帮你？”老战士惊讶地问。

雷拉格觉得没有必要向他解释拜占庭骑兵与拜占庭铁甲圣骑兵的

区别⑥，也许这样更好，“没错，”他点点头，“他们人数很多，战马都在城外守候。”他上前一步，“帮我吧，法斯特，站在正确的一边！”

“我不能为你去对付科劳恩。”法斯特为难地说。

“那么就为我去对付我们的仇人哈格里夫，这不算背叛科劳恩！”雷拉格的栗色眼珠紧紧盯着老战士的淡蓝眼睛，“我知道你喜欢贸易港口海泽比，如果你帮我，将有一半海象牙与毛皮分到你与你的人名下！”

法斯特紧张的抽着气，回头望了一眼自己那些同样心神不定的手下，“好吧！”老战士咬了一下牙，“其实我从来就不喜欢你！雷拉格！”强壮的老头儿高喊着，“我讨厌你的黑头发，讨厌你那些书！讨厌你把维京战士训练成了什么罗马军队！但是，起码你不会把我们出卖给哈格里夫！所以，我们一起来干掉他们这些个狗娘养的！”

“太好了！”雷拉格紧紧拥抱法斯特，这让后者有点不适应，接着他转身面对迈克尔。

“我要召集我的人进城！”雷拉格饶有兴趣地望了老战士一眼，“那就赶快召集你的军队吧，能召集到多少就召集多少，我们要趁夜把哈拉尔德堡闹个天翻地覆！”

他走近法斯特，抛出了自己最后一个砝码，“如果我成功，”他紧紧盯住老战士的眼睛，“哈拉尔德的一切都是我的，也就是说你分得的所有金币与财宝，不是脏钱，全都名正言顺。”

⑥ 拜占庭铁甲圣骑兵的恐怖与超卓整个欧洲与中亚都闻名，但实际上人数并不太多，迈克尔他们带领的普通的拜占庭骑兵，但经常会被外国人混淆，从而高估他们的战力。

Chapter 7

顶端包裹着金色双头鹰战旗，如同密林一般的四米长矛，伴随着沉重的马蹄声出现在乌古鲁的背后，那不可能是轻骑兵的脚步，接着长矛们的主人，一千名帝国最强大的精英，全身连人带马身披重铠，只露出炯炯有神双眼的铁甲圣骑兵出现在亚尔斯兰的视线里。

通向科尼亚的道路是如此的漫长，海拔越向东越高，军人们的疲惫指数急剧上升。行走于面积广大的陷落平原与不停绵延起伏的高地几乎让所有人昏昏欲睡。没有城镇，甚至村庄都很少出现，只有发出讨厌鸣叫声的高山兀鹫在翱翔。这里就是荒凉的安纳托利亚高原的中部，一个完全不同于安纳托利亚西部富饶、平和、热闹喧嚣景象的危险地域。

但作为曼努埃尔皇帝精锐大军的成员，身材瘦长将希腊式长发束在脑后的特拉柏森人马库斯还是充满着信心，如果不是这位拜占庭皇帝，他可能还是黑海之滨一个默默无闻的猎户，是皇帝让他与他的家乡人成为受人尊重的正规军。他的表兄，那位身材魁梧、留着络腮胡的瓦塔瑟斯，已经成为这支精锐大军的步兵弓箭手总指挥。

他作为步兵弓箭手副指挥，担任着护送辎重的重要使命，远征科尼亚，后勤就是大军的心脏与血液。在这片贫瘠的土地上作战，完全不能指望城镇与村庄提供足够的给养，没有淡水、草料与粮食，再精锐的军队也会快速灭绝。

但马库斯自己本人并不是这支帝国大军心脏的主要负责人，为此他不由得用疑虑的眼神望了望吱吱呀呀走在他面前的马车，他从未见过战争中坐在马车里的将军。他知道，就连五十八岁高龄的皇帝出征都是乘骑战马，而眼前这位仿佛让他想起了含羞出嫁的年轻姑娘。

文静的曼西姆斯在行军期间的一半时间都在马车里看书，而且可以大半天不发出一点声响，似乎对他所负责的帝国大军命脉不特别关心，不似一般军人，大声喧哗与下流笑话才应该是行军间的主题。马库斯不由得怀疑一旦作战，这位“学者”是否有勇气骑上他的战马。

但奇怪的是他麾下的那些重装步兵——携带钉锤与弯剑，身穿重铠的普罗诺埃步兵，似乎都对他沉默的风格非常信任，也许这是对恩情的报答吧——马库斯知道曼西姆斯的金钱帮助他们度过了难关。但交情归交情，马库斯皱了皱眉头，他必须得在战场上证明自己才行。

“将军，”马库斯忍不住拨马上前再次掀开了曼西姆斯马车的挂帘，这个动作让他自己都感觉别扭，因为里面迎接他的并不是一位贵妇或者姑娘，曼西姆斯似乎刚从书间文字中游离开，带着一丝迷茫的眼神望着马库斯，这让后者觉得更沮丧。

“这是突厥哨骑第三次窥探我们的补给队了，”马库斯警告他，“我认为他们想袭击补给队。”

“我想也是，”曼西姆斯点点头，然后继续低下头看书。

“将军？”马库斯惊愕的语气提升了好几倍，“这里是陷落平原地带，如果对方一旦骑兵突袭，我们……”

“哦，”曼西姆斯再次不情愿的抬起头，“我安排过了，马库斯，如果突厥人攻击我们，就按照平时训练的规程做就可以了，他甚至还不好意思的停顿了一下，“请帮我把马车帘布拉好。”

去他妈的训练规程，马库斯在心中咒骂，看来作战要靠自己了。

“这个地形非常完美，毫无牵绊，”一名伊克塔贵族在一处高地露出半个脑袋，观察着拜占庭大军的补给队，“他们没有任何骑兵保护。”

“看来比起亚尔斯兰，我过于谨慎了，”身材高瘦的穆斯塔法目不转睛地盯着补给队中间那辆另类的小马车，“我从未料到曼努埃尔会用这样的人来保护补给队。”他有些自嘲的说，“苏丹的运气实在太好，发动进攻。我要送罗马人一个特别的礼物。”

“突厥人！”马库斯大声喊道，他的紧张不是没有道理，因为敌人的队伍并不是一般的骚扰轻骑兵，从旗帜与装备上看，他们中有不少精锐的伊克塔贵族，“弓箭手向前列阵！重步兵……”

他还未转身命令，普罗诺埃重步兵们已经迅速从行军队形中四散开，非常熟练的排列成一个个方阵。先就位的步兵则向空中高举起盾牌，挡住奔驰的突厥骑兵射来的箭矢。

突厥骑兵在穆斯塔法的带领下排列成冲击中心的楔形队，处于前列的是他亲自带队的伊克塔精锐骑兵，这些精锐部队的坐骑头部与前胸还加挂了扎甲。在向拜占庭军队猛射一阵箭矢后，骑兵们纷纷抽出马刀，以最快的速度猛冲而来，在这样的陷落平原地形下，步兵们将毫无悬念的血肉横飞。

但在拜占庭军阵中，另一些普罗诺埃步兵在大盾的掩护下开始推动覆盖帆布的辎重车辆，他们以惊人的效率整齐的将车辆排列成防御工事。几百车辆很快组成了无法撼动的“车阵”。经验丰富的马库斯一秒钟都没耽误，立即让弓箭手们奔向车阵内隐藏起来，而刹不住速度的前列突厥骑兵，纷纷撞击在车辆组成的工事上人仰马翻。

普罗诺埃重步兵们将翻倒在地上的突厥骑兵拖进车阵，然后利落地抡起恐怖的钉锤，即使伊克塔骑兵厚重的鳞甲也无法抵挡这样的武器，立刻出现了成片伴随着脑浆横飞的惊心惨叫。

马库斯注意到这个时候小曼西姆斯才从马车跃下，手持佩剑与一面大盾。后者灵活地与士兵们一起躲藏在车阵与盾牌的保护下，依然保持沉默。

“你不需要给你的士兵命令？”马库斯疑惑道。

“我和他们平时怎么做，”曼西姆斯耸耸肩，“现在就怎么做，这些人可都是与突厥人作战的老战士了。”

“躲在盾牌后面让你的人使用低平射击，”曼西姆斯终于发布了这场战斗开始后的第一个命令，“首先保证我们的人不遭受损失，援军随时会到。”

穆斯塔法命令后阵骑兵转向停止冲击，换上复合弓向拜占庭步兵阵型拉弓猛射，但大盾与车阵组成了牢不可摧的防线。普天盖地的箭雨头一遭没有造成任何伤亡成果。相反，马库斯指挥的拜占庭弓箭手在盾牌与辎重车的缝隙中不停射出致命的冷箭，一名又一名突厥骑兵中箭翻身落马。

时间一分一秒过去，虽然突厥人的伤亡并不大，但似乎小曼西姆斯很有耐心这样相持下去。不过穆斯塔法可不这么想，他绕道拜占庭大军后阵发动对补给线的突袭，每一秒都有被包围歼灭的危险。看来，这个坐在马车里看书的中年人比看起来难对付得多。

“将军，”一名伊克塔贵族焦急的叫道，“我们的弓箭现在对他们毫无伤害！”

“继续射击，我只要让他们无法随意射击。”穆斯塔法向后看了一眼，一些轻装突厥骑兵不带弓箭，正在其他突厥骑兵的掩护下准备一些东西，他的嘴角露出一丝笑容，“箭雨继续掩护，是送给罗马人礼物的时候了。”

数百人的突厥轻骑兵以极快的速度在箭雨掩护下向车阵掠来，马库斯吃惊的发现这些轻骑兵连弓箭都没有装备，“他们这是玩的什么花样？”

曼西姆斯没有回答，只是紧紧盯住他们的动作。

当这些突厥骑兵冲得更近时，马库斯发现了他们手中的陶瓶，而且还在丝丝地燃放着火光。

“弓箭手挡住他们！”马库斯惊恐的大声吼叫道，“那是‘拿法’①燃烧瓶！”这是一种非常危险的混合易燃油脂液体，“不能让他们烧

①拿法的燃料成为是一种易挥发的轻质油品，易燃具刺激性，其蒸气与空气可形成爆炸性混合物，遇明火、高热能引起燃烧爆炸，不能用水扑灭。

毁车辆！”

相对于拜占庭弓箭手的速度，突厥轻骑兵显然更快，他们高举起装满着‘拿法’燃烧剂的陶瓶，投掷在拜占庭步兵用于防御的辎重车辆车阵中，冲天大火立即纷纷熊熊燃起。

“也许该向苏丹报告我们的成功！”穆斯塔法哈哈笑道，“东罗马的精锐大军现在只有饿死或撤退可以选择了！”

但他惊喜的声音还未能持续多久，他看见曼西姆斯的普罗诺埃步兵们不慌不忙从车辆下取出了一罐罐的黄沙，然后把他们倾倒在燃烧的车辆上，冲天大火又戏剧性的很快熄灭。

“保护在车辆上的帆布表面有干泥，可以隔绝燃烧的高温，”曼西姆斯对惊喜不已的马库斯说道，“罐中的黄沙是混合着酒醋的，可以很快扑灭他们的燃烧剂。”

“你怎么能预料到这些呢？”马库斯咽了一口唾液，无比佩服地问道。

“我不能预料，”曼西姆斯老实回答，“但作为一个以保护补给队为第一任务的称职指挥官，这些是应该准备的。”

马库斯轻轻点点头，他想自己以后不会再反感曼西姆斯那辆原先看来有些碍眼的马车了。

“杀啊！”不知道过了多久马库斯听见了突厥阵型中的叫喊声，“杀啊，小伙子们！”

马库斯从盾阵中探出头，隆隆作响的马蹄声中，阿尔维斯的轻骑兵援军到了，骑兵们架起长矛，左手持三角型大盾以楔形密集队形向突厥骑兵冲击，曼西姆斯看见援军已到，也命令重装步兵从车阵中列阵出击。

穆斯塔法已经见识过曼西姆斯重装步兵的厉害，不会愚蠢到在夹攻中拼死抵抗。突厥军队开始撤退，但阿尔维斯的轻骑兵拥有帝国的快速战马，他们的速度虽然不及突厥轻骑兵，却比装备良好的伊克塔贵族骑兵更快，突厥人贵族骑兵往日的优势成为累赘，在拜占庭轻骑兵的长矛突刺下纷纷落马。阿尔维斯的轻骑兵换上长剑在敌军背后挥砍追杀，砍死与俘获了大量的伊克塔贵族。

阿尔维斯跟在突厥骑兵之后不停追击，但当它追赶到陷落盆地的东部边缘时，无数突厥星月军旗高高举起，穆斯塔法甚至看见了亚尔斯兰，苏丹与拉金带领整个科尼亚的驻军前来接应自己，亚尔斯兰的周围环绕着大量伊克塔贵族骑兵与突厥轻骑兵，也包括数量不少的突厥长矛步兵与投枪步兵，“骑兵出击！”罗姆苏丹国的苏丹命令，“拔掉穆斯塔法背后那根刺！”

现在该阿尔维斯惊慌了，幸好他的骑兵速度够快，拜占庭轻骑兵们纷纷掉头向后撤去，反而是亚尔斯兰，拉金与穆斯塔法在穷追不舍。

眼看速度最快的的突厥骑兵在一处微微隆起的光秃秃高地处追上了阿尔维斯，正当轻骑兵指挥一筹莫展之际，高地上突然冒出许多扎着黑色头巾的身影，阿尔维斯以为那是突厥人埋伏的骑兵，惊得魂飞魄散，黑色头巾们突然拉起弓弦，瞄准的目标却是阿尔维斯背后的突厥轻骑兵。

一阵箭雨从高地上泻下，突厥轻骑兵纷纷落马，阿尔维斯疑惑地紧盯着高地上方，最终，他看见了一头乱糟糟的黑色长发随意披散在脑后的乌古鲁——拜占庭大军中土库曼佣兵的首领。

“该死的乌古鲁你还活着？”山坡下勒住战马缰绳的亚尔斯兰也认识这个投靠罗马人的突厥人，“你这个穆斯林的叛徒！竟然为了罗马人和我们打仗！”

“我是雇佣兵，只为一件事情打仗，”乌古鲁冷淡的右手在空中划出一个圆圈，“再说，”他嘴角露出一丝微笑，“我现在是个基督徒。”

土库曼佣兵首领看见半山腰的阿尔维斯用一种疑惑的眼神望着自己，

不由得又是一笑，“放心，”他用生硬的希腊语说道，“我发过誓，永远不再帮助亚尔斯兰。”

“你这条反复无常的狗确实发过誓，”亚尔斯兰弓起下巴，“或者你认为你乌合之众的土库曼骑兵可以单独挡住我的军队？”

“单独阻挡我做不到，”乌古鲁的神情看起来并不慌张，“所以……”他向身后看了一眼。

顶端包裹着金色双头鹰战旗②，如同密林一般的四米长矛，伴随着沉重的马蹄声出现在乌古鲁的背后，那不可能是轻骑兵的脚步，接着长矛们的主人，一千名帝国最强大的精英，全身连人带马身披重铠，只露出炯炯有神双眼的铁甲圣骑兵出现在亚尔斯兰的视线里。他们环绕着骑兵以及整个帝国的主人——身披重铠，头戴拜占庭皇冠的曼努埃尔皇帝。皇帝身边则是圣骑兵的指挥，强壮谢顶的老将军兰帕德斯。

乌古鲁用欠身向皇帝尊敬的行礼，并且向山下惊恐不已的亚尔斯兰发送了一个收敛的微笑。

亚尔斯兰当然明白曼努埃尔的到来意味着什么，紧接着，皇帝背后那些常驻在拜占庭的北欧人，或者他们的希腊裔后代——均称为北欧卫队也出现了，身背恐怖双手战斧，身穿重扎甲的禁卫步兵簇拥在皇帝身边。紧接着，高地上的金色条纹和双头鹰军旗越来越多。最后约翰维塔斯的贵族骑兵与肯塔克的重装矛兵都赶到了。密密麻麻的大军一直蔓延至山脚下。

② 双头鹰战旗：双头鹰是东罗马帝国的国徽，表示一只头望向西方，一只望向东方，现在是俄罗斯的国徽。

“别得意得太早！”亚尔斯兰决定不在场面上示弱，“你大军的辎重已经被我派遣的骑兵烧掉了，你们全都会饿死在这片荒凉的土地上！”

“多谢提醒，‘狮剑’，”曼努埃尔有意揶揄亚尔斯兰父辈的称呼，以对比他现在的窘境，“你提醒了我要嘉奖辎重队的指挥小曼西姆斯！”

亚尔斯兰疑惑地望了穆斯塔法一眼，后者狼狈的神色已经完全说明结果了。

“我整个大军唯一的弱点就是漫长的补给线！”拜占庭皇帝努力压制住满意的微笑，“你封死了大量水井，还给部分井水下了毒，都是为了拖垮我的军队。所以我预料到你一定会袭击我的补给线。如果不拿辎重车辆做诱饵，怎么引得出你的主力？”曼努埃尔大声对山脚下的亚尔斯兰喊道，“你的骑兵确实很难抓，但抓到了也就没有什么了。”

曼努埃尔不再与亚尔斯兰做口舌之争，皇帝微微一摆手，背后的掌旗官向山下挥舞旗帜，接着，各路军旗纷纷响应，大军地动山摇的马蹄与脚步声开始向山下涌动。

亚尔斯兰之前已经将自己的哈珊卫队调给了北方军团的巴夏，即便没有调动，他也无法在正面与曼努埃尔的精锐大军正面抗衡。“狮剑”采取了一个理所应当的策略，他的伊克塔贵族骑兵与突厥轻骑兵当先向东方逃去。在他的背后，自己的长矛步兵与投枪兵被拜占庭铁甲圣骑兵沉重的马蹄成片踩成肉泥。那些被踩伤的人又被北欧卫队与肯塔克的长矛步兵补上一斧或一矛。而阿尔维斯的轻骑兵与乌古鲁的土库曼骑兵则发挥了高速骑兵追击战的特长——他们的长剑与弯刀俘获或杀死了大量伊克塔贵族与突厥轻骑兵。

曼西姆斯则在后面慢吞吞地赶上大军，他明白自己那些身穿双层重铠的普罗诺埃步兵在追击战中毫无作用，倒不如保存体力用来保护珍贵的辎重车。他也很清楚追击战中获得的人头与俘虏意味着什么——更高的战功与更多的战利品。但指挥官对此只是淡淡的叹了一口气。马库斯则制止了部下参加追击战的要求，谨慎地守卫在曼西姆斯附近。

阿尔维斯骑乘着战马出现在他们的面前，扎甲与战马鬃毛均沾满了敌人的鲜血，从他志得意满的神情来说，一定是斩获颇丰。轻骑兵指挥官缓缓靠近曼西姆斯与马库斯，翻身下马，并有意用挑衅的眼神望着他们，“你们杀死了多少突厥人？”

“就在刚才，”曼西姆斯不卑不亢地说，“一共杀死了七十五名突厥骑兵，重步兵杀死了二十名，马库斯的弓箭手射死了五十五名。”

“那么说你精心训练的重步兵只杀死了二十名敌人？”阿尔维斯故作惊讶地睁圆了双眼，“五千人只杀死了二十名敌人？”

曼西姆斯觉得没有必要向他辩解他的五千人是分散在漫长的补给线上的。也没有义务向他普及重步兵面对轻骑兵的战术，普罗诺埃步兵指挥自嘲地笑着摇摇头准备离开，但马库斯显然对阿尔维斯的语气很不满，“我们的任务是保护辎重车辆。”他加重语气提醒阿尔维斯。

“你知道我的人刚才一共杀死了多少突厥人？”阿尔维斯仍不依不饶。

“我不想知道。”马库斯不屑地说。

“你们应该知道。”阿尔维斯尖刻地说，“我们一共斩获了一千五百名突厥人，每名勇士的战马都悬挂着突厥人的头颅与战利品。”

“您应该向陛下报告这些，”曼西姆斯突然不紧不慢地说道，他的语气中出现了一点点屈尊俯就与嘲讽，“毕竟，嘉奖不是从我这儿领取。”

这句冷淡的反击让阿尔维斯哑口无言僵在原地，而马库斯发出了一阵愉快的大笑则让前者更觉得颜面扫地，“听说一会儿陛下会为你保护辎重车辆来嘉奖你，”阿尔维斯一提起这个自己都觉得恼怒，“为了你杀死二十名敌人来嘉奖你。”他尽可能的挖苦，“我现在明白你为什么不为部下添置战马而是盔甲，因为这可以让你们龟缩在重铠之后远离战争或受伤，反正杀死二十名敌人一样可以获得奖赏。”

“我获得奖赏是因为辎重完好无缺，”曼西姆斯觉得自己的怒气在缓缓升腾，“而且只有三人受轻箭伤。”

“哈！我看是你在躲避战争，”曼西姆斯的怒气让阿尔维斯兴奋起来，“一碰上战争就躲进马车里，我想你的父亲能从一个普通的枪骑兵最后荣登君士坦丁堡总督的职位，这种避重就轻的处事态度也许是你们家族的传统。”

但这番刻毒的话说完他就后悔了。

貌似文静的中年军官猛扑过去，闪电般掐住了阿尔维斯的脖子，好几个冲进来干涉的轻骑兵军官都拉不开像铁钳一样扣在阿尔维斯脖子上的愤怒公牛。阿尔维斯的骑兵们纷纷抽出了长剑，而曼西姆斯的步兵则抽出了弯刀。

“你可以批评，甚至羞辱我，”小曼西姆斯最终放开了阿尔维斯的喉咙，怒火凝结在棕色的瞳孔中，死死盯着阿尔维斯，“但我绝对不容许你随便诬蔑我的父亲。”

“你想杀死一名资历与职务都高于你的高级军官？”阿尔维斯心有余悸地抚摸着喉咙，挥手制止了扑上来的轻骑兵，“你就等着陛下给你处罚吧，我保证这个处罚会让你杀死二十名敌人的可怜功劳一文不值。”说完，他翻身上马，带领骑兵们离开。

马库斯叹了口气，他知道阿尔维斯肯定会在皇帝面前告曼西姆斯一状，说不定还会牵扯自己，但他不在乎，而且他更喜欢曼西姆斯生气的样子。

他拍了拍普罗诺埃步兵指挥的肩膀以示支持，后者报以友善的微笑，接着，曼西姆斯又登上了他自己的马车，队伍继续开始行军。马库斯知道，如同往常一样，将继续由书籍陪伴这位年轻、文静的军官度过漫长的一天。

安卡拉以西的密林中。

自突厥北方军团的包围开始，萨亚斯一直处于高度紧张中，他发现与坐立不安的自己不同，虽然被巴夏紧紧包围，父亲凯纳斯似乎仍胸有成竹。他每天只是例行公事的检查营寨，并安抚自己的士兵，也许是他坚信巴夏军团的攻坚能力不足以攻克营寨，但萨亚斯担心的是更重要的问题。

“我们的粮食不多了，父亲。”萨亚斯忧心忡忡地说，“我看见您仍没有突围的打算，所以我想应该提醒您。”

“曼努埃尔的南方大军应该快到科尼亚盆地了吧。”凯纳斯一如既往的沉静，他思索着，“过来儿子，我给你看样东西，是可以揭秘的时候了。”

萨亚斯跟随父亲来到营寨的正中，凯纳斯掀开了遮挡抛石机，石弩和大型配重式投石机③的帆布，还未安装的大量炮架与木梁出现在萨亚斯面前，有的木梁甚至达到了十五米长，这是最新型配重式投石机的杆臂。使用时只要将他们组装起来。凯纳斯递给他一把钉锤，“来吧，孩子，对准装配木梁的箱子。砸开他。”

③ 配重式投石机：一种最大型的投石机。利用杠杆原理，一端装有重物，而另一端装有待发射的石弹，发射前须先将放置弹药的一端用绞盘、滑轮或直接用人利拉下，而附有重物的另一端也在此时上升，放好石弹后放开或砍断绳索，让重物的一端落下，石弹也顺势抛出。

“整个帝国东部最好的投石器都在我们这里，”萨亚斯难以置信的望着父亲，“而你要我砸坏它？”

“没错，”凯纳斯点头，“砸。”

萨亚斯疑惑地挥动着钉锤，砸开了最粗大的木梁，另他吃惊的是，木梁很容易就被砸开了，似乎其中是中空的，他又挥砸了一次，这次粗大的杆壁折断了，里面倾洒出大量的小麦粒。

“粮食！”萨亚斯惊喜出声，他随后又迅速翻动了一个本来安装绞盘的箱子，结果没有绞盘，没有滑轮，也没有连接用的绳索，撬开之后只有沉甸甸的小麦粒。也就是说，他们手中的所谓的帝国攻城机械只是大量普通的木梁与装满粮食的木箱。

“我不知道你敲开来的这箱会不会生虫，”凯纳斯嘴角露出一丝微笑，“但仍密封在箱子与木梁中的小麦保质期可是两年多。”

“那帝国军队那些宝贵的攻城机械在哪？”萨亚斯问道。

“你现在已经都知道了。”凯纳斯用手指轻轻放在唇边做了个噤声的手势，“在我们的粮食吃完之前，曼努埃尔陛下早就已经攻克科尼亚，那个时候，巴夏的包围会自然解除。”

对于安纳托利亚高原的九月来说，这是个令人感到舒适的天气。曼努埃尔在南方展开的数万大军在击败亚尔斯兰之后继续前进，现已将近科尼亚盆地。如今他们到达了科尼亚以西60公里处的贝伊谢西尔湖，艰难跋涉而危险的长途山路旅行即将结束。

这一天，曼努埃尔要求小曼西姆斯展示他所保护的“辎重”，后者当着众将的面掀开了车辆们的帆布。只有小型运粮车装备着粮食与草料。大型运粮车中满是巨大的木料，滑轮，绞盘和绳索。而且主体部分已经被良好的安装在一起。拜占庭大军中的工程兵们已经开始对一些小型的石弩④开始组装，而大型的配重式投石机则准备在科尼亚城附近再行组装，虽然科尼亚城确实是坚固的要塞，但配重式投石机十五米长的横杆可以将一百公斤重的巨大石块掷出两百多米，足以摧毁任何砖石结构的防御工事。

“这是个非常精妙的计谋，”曼西姆斯望着士兵们在组装石弩时的壮观景象，“亚尔斯兰以为您把投石机配备给了凯纳斯的北方军团进攻安卡拉，所以才调动他最精锐的哈珊卫队去增援北方。这样我军进攻科尼亚的阻力就会更小。”

“没错，”曼努埃尔很难掩饰心中的得意，收复整个小亚细亚是他近六十岁最重要的事，为此他已经准备了十年，“军情处干的很不错，他们透露给突厥人假情报，极大的干扰了亚尔斯兰的判断，”皇帝有意的停顿了一次，“而军情处还派出了他们的王牌。这也许会让已经濒临绝望的亚尔斯兰得到最后一击。”

平静的安纳托里亚高原深夜，科尼亚以西突厥军营上空却仍因拜占庭大军的即将到来而弥漫着高度紧张的空气。前次的战败让士兵们士气低落，夜巡士兵频繁的走来走去，谨防奸细与破坏者潜入。而空气中的紧张气氛越浓烈，就越发令尼塞卡感到自得，他是一名外貌俊俏、身材瘦长的黑发男子，现在正穿着突厥哨兵的军服，悠然端坐在高高的哨塔上，一分钟前刚用流利的库尔德语⑤回复了其他哨兵的口令。如此戒备森严的

④ 石弩：依靠扭绞绳索产生力量弹射的投石机，比配重式投石机轻便，当然，威力也小很多。
⑤ 库尔德人：现居住在中东各国的民族，当时小亚细亚地区的部分库尔德人已经为突厥帝国服兵役了。

大营，他竟然凭借自己的身手来去自如，他低下头，轻轻望了一眼匍匐在他脚下那个真正的库尔德人卫兵，他正在熟睡——进行着永恒的长眠，脖子上的那发剧毒小弩箭则是罪魁祸首。

他不用担心尸体的处理方式，因为他今晚就将离开，去另一个军营制造混乱，但之前，他应该完成最重要的工作。尼塞卡花了几个星期仔细地观察罗姆苏丹亚尔斯兰大营的运作方式，紧握着他最心爱的武器，一把来自远东的宋国昂贵的小连弩，这把武器射程很短，但它使用的是箭匣而不是单发弩箭，这样可以在一瞬间连续发射十多枚致命的箭矢，还能迅速装填，而自己又为它们不厌其烦的全煨了剧毒。但他还是一直在琢磨，自己怎么才能用这把手弩一连击倒集中在一起的十几个卫兵却不能暴露。

亚尔斯兰则郁闷地在大营中踱来踱去，与曼努埃尔交战失败还不是让苏丹感到心情最沉重的事，他最恼火的莫过于那位大人物支持的——假情报，整个西亚唯一能与拜占庭帝国军情处媲美，有些方面还具备更高水准的机构竟然给他的是假情报，让他调动了自己最精锐的哈珊卫队交给北方的巴夏！这是一个致命的错误，现在拜占庭大军即将濒临城下。巨大的数百具投石机将毁掉科尼亚的防御。没有任何东西再能挡得住东罗马帝国这位“战争皇帝”的脚步。

他现在不想管东方那位宗教领袖在想什么，亚尔斯兰决定不再听从远在数百里大人物的指示，他毕竟才是这片西部土地的主人，他应该收拾行囊，放弃科尼亚。撤向北方的安卡拉，拜占庭大军的步兵人数很多，不会追得上他。而他的军队和北方巴夏军团合军之后，足以保护同样拥有坚固城防的安卡拉。

“您的咖啡⑥，大人，”亚尔斯兰接过了卫兵手中的杯子，在这被动的时刻，只有这种强力饮料还可以振奋自己的神经，充满苦香味的液体缓缓滑过喉咙，似乎压抑的气氛都被驱散了。

他皱下了眉头，这咖啡不该这么苦，也许他该让自己的私人厨师下次多加点糖。

突然，剧烈的窒息般疼痛集中在自己的双肋，接着从内部不断扩散到全身，直到打击得他弯下腰再也没有任何气力起身，他想喊叫，喉咙却无助的一点也发不出声音，不过他能听见自己卫兵的惊呼与求救。几个士兵扶住他，并向他的嘴里灌着什么液体，但无济于事，吞咽功能已经完全失效，很快全身都开始拼命抽搐。卫兵们围着他，最终绝望地望着汩汩的鲜血从统帅的鼻腔、眼睛与耳朵里不断涌出。

不远的厨房里，他的私人厨师无声地歪倒在咖啡壶边，厨师长袍已被人剥掉，脖子上则清晰可见一支小小的弩箭。

当然，咖啡壶里还有另一支。

突厥大营外西南处的一个小灌木丛边，尼塞卡轻轻甩掉厨师的长袍，把一封信牢牢地拴在一只雪白的鸽子脚上放飞，他满意地看着信使向西南方向飞去，接着，他轻快跨上早已准备好的骏马，悠然离去，任凭草原的微风抚过自己得意的脸庞，一位苏丹竟然轻易死在自己手中⑦，亚尔斯兰的两个副统帅拉金与穆斯塔法现在应该是热锅上的蚂蚁——他们必须用为数不多的军队来防御科尼亚，更别说还要应付拜占庭大军中恐怖的巨型投石器。现在大营里的混乱可想而知，帝国大军应该再次加快速度了，这是收复小亚细亚的的最佳时机，他尼塞卡的名字，拜占庭军情

⑥ 当时咖啡这种饮料仅在中东穆斯林世界的上层社会中流行。

⑦ 历史上罗姆苏丹国苏丹亚尔斯兰并未因为刺客的谋杀而身亡，此为情节需要的虚构。

处的名字，将伴随着这次胜利流传千古。

但尼塞卡并没有注意到，从他赶到灌木丛至纵马离开，他都被一个全身绿色长袍的人在不远处的高地上观察着，观察者一直等到尼塞卡离开，长袍笼罩下的嘴角露出一丝笑容，接着，观察者的手中变戏法一样出现了一件非常美丽而罕见的武器——一把镶着三枚绿宝石而刀柄雕刻成眼镜蛇的锋利短剑，她用这把短剑切了一小段绳子，把一个东西轻巧地绑在一只灰色鸽子的腿上后放飞，然后，默默地看着鸽子消失于东南方向的天际。

Chapter 8

哈格里夫高举起战斧与阔剑，带头冲杀。一个企图用盾牌拦截他的瓦朗尼亚人被哈格里夫用右臂战斧重重砸在盾牌上，海盗王左手的阔剑却灵活地钩翻了瓦朗尼亚人的双脚，受伤的武士企图挥起单手斧砍向哈格里夫，却被他用右手战斧卸掉了盾牌的防御，哈格里夫迅速上前一步，一个干净利落的十字交叉攻击卸掉了对手的头颅。

踩着厚厚的积雪，跟随大量强壮的北欧人涌入哈拉尔德堡的城门，拜占庭骑兵队长迈克尔·阿斯比塔感觉到紧张的心跳渐渐舒缓，他并不过分担心自己在战场上的安危，他所顾虑的是他们每一次的计划都将关系还在斯塔姆那里游说的索菲娅。他也不认识法斯特，但从老战士在哈拉尔德堡的召唤力来看，这个粗鲁的大汉是个相当有能耐的人。

“根据《战术学》，”迈克尔这一次并不是在讽刺，而是提议，“我们应该集中法斯特手上所有的人加入我们，集中兵力进攻哈格里夫所在的内堡，在这些海盗猝不及防之际就结束战斗。”

“忘掉战术学吧，”雷拉格轻轻眨了眨眼睛，转而招呼法斯特，“让我们的人在哈拉尔德堡的马房，铁匠铺，在每条街道中分散，传我的命令，只要不是你我的人在街道，建筑中携带武器，就立即格杀勿论！”

“另一件事情！”法斯特正要转身，雷拉格又再次嘱咐道，“不要攻击携带德式双手剑的阿拉玛诺人，那是我们的人。”

“斯塔姆也背叛哈格里夫加入你的队伍了？”法斯特钦佩的语气是装不出来的。

“当然，”雷拉格的栗色眼珠轻轻转动着，“艾里克和斯塔姆的阿拉玛诺人，都是我们的人，快行动吧。”

“黑发美人，你派法斯特去杀人，却把我扔在克伦小镇睡大觉。”雷拉格的背后传来一声浑厚的抱怨，奥拉多姆摇摇晃晃从城门边跟了上来，受伤的白发巨汉眼中冒着执着的光芒，“我可是要为你父亲与我自己算这笔账。”

“我就是甩不掉你这个老家伙，”雷拉格紧紧拥抱着巨汉，“就连受伤也一样，法斯特已经去城堡西边了，那你去就去东边，”他的眼睛紧紧盯着巨汉脸上新的刀伤，“但你一定得听我的！我需要你组织我们的人在街道上杀人，而不是身先士卒拼杀，”雷拉格停顿了一会儿，语气坚决，“如果你不乱来，我就会把最好的给你。”

迈克尔望着法斯特与奥拉多姆离开的背影，看见雷拉格本来集中在城门边的兵力在离开，一种不安全感充满了全身，“那你打算留下多少人跟随我们一起行动？”

“对于哈拉尔德堡并不宽敞的石子路来说，”雷拉格思索着，“七十个人足够了。再说你手上还有一百名弓箭手呢。让五十名骑手在城门边看守战马，另外五十名跟我们来。”

“我认为你犯了一个错误，”他吃惊地望着雷拉格，“你在分散我们的兵力。”

“哈格里夫绝不可能被我们用突袭的方法干掉，”雷拉格耐心地解释，“如果我们直接集中兵力进攻在内城的哈格里夫，他就会用利用内城建筑来坚守，并招呼分散在城堡四周的海盗进城包围我们。”

“你说过你麾下都是最精锐的步兵，哈格里夫没有这么好的军队，”迈克尔仍有些执拗，“质量可以顶替数量。”

“千万不能把他当做傻瓜，”雷拉格坚决地说道，“一旦我们在内城那里集中了全部精锐步兵，他就会坚守哈拉尔德堡的内城，我们没有投石车，也没有撞城锥。无法强攻攻克。内城存放着大量的粮食和酒，足可以坚持到城外他的爪牙到来，甚至是他的主子丹麦国王瓦尔德玛，现在这里没有人能对抗瓦尔德玛。”

“如果哈格里夫只看见我的七十人与你的一百人接近内城，”雷拉格栗色的眼珠在左右转动，“以我对他个性的分析，他一定会主动从内城出击，这样我们才有机会。”

“他只是一个北欧海盗而已，”迈克尔皱起脸，不解地问，“有必要对他做如此精妙的战术分析吗？”

雷拉格长吁了一口气，“你认识我的父亲，对吗？”

“当然，”迈克尔惊异地看着他，“当我还是个少年的时候，你的父亲哈拉尔德已经是帝国北欧卫队的统帅了，我当然知道他。”

“那我告诉你，”雷拉格冷冷地说道，“哈格里夫当时也是北欧卫队的一员，他是我父亲最得力的副手。”

昏暗的松脂火把下，哈格里夫王站在城堡大厅中央试图为自己戴上“金发王”哈拉尔德的黄金王冠，但王冠的束带让他有些不舒服。不过没什么关系，只是一顶帽子而已。就如同往日的拜占庭帝国禁军司令也只是个头衔而已。他把王冠紧紧抓在手中，接着视线停留在一个正在检查铁箱里宝物的参谋身上，就是这个以智谋著称的挪威人劝说克劳恩杀死了自己父亲哈拉尔德。

“我们还需要给克劳恩多少？”哈格里夫漫不经心地问参谋。

“四分之一，他要保留自己的军队，这是一笔好买卖，”参谋笑嘻嘻地说，“而且我还从他那里拿到了这个，”他指着一顶精美的水晶皇冠，每个尖角都镶着蓝宝石，“这是哈拉尔德的拜占庭妻子戴的，克劳恩把它送给了我。”

“那就算是你的吧，”哈格里夫哼了一声，“给你最喜欢的女人好了。”

群狼得到了肉，他们可以用这些来快活好几个月，哗变的威胁解除了，这也是他投靠丹麦国王的资本，哈格里夫满意地望着喧闹地等待在铁箱子面前急切的手下们，突然一些吵杂声从城堡的街道冒出声来，叫喊声越来越响，甚至还有兵器的碰撞声。

“外面有吵嚷声，你去看看，该死的对分得油水总不满意，最后就用斧与剑来解决争端，”哈格里夫烦躁地对参谋说，“就他妈的像狼群分肉，总是吼声不断。”

“该死！不是我们的人为分赃内讧！”参谋的脚步刚到大门口就停住了，“有军队攻进来了！”

哈格里夫迅速抽出腰间的战斧和脊背上背负的阔剑，双持剑斧的海盗王一个箭步冲向石窗边，在他的视线中，整个哈拉尔德堡在瞬间冲天火光四起，街道上到处都是他的手下与进攻者混战，小小的哈拉尔德堡突然间挤满了军队。他的人分赃之后散落在城堡各处街道酒馆找乐子，被袭击者杀的猝不及防，惨叫声四起。进入城堡的军队显然训练有素，有些装备精良者更是如高效杀人机器，他们在街道上将醉醺醺的海盗直接用双手斧砍翻，而后迅速去寻找下一个牺牲者。

“他们是雷拉格的人，”哈格里夫迅速判断，因为在所有北欧军人中，只有雷拉格亲自训练的步兵才装备如同他在拜占庭帝国那时保护嘴部的金属面甲。他开始悔恨自己的轻率，“那些该死的人是谁？”他指着一些装备相对粗糙些，却也在街道与建筑中卖力砍杀的丹麦人。

“是法斯特，他的人背叛了你！”参谋叫道。

“狗娘养的法斯特，”哈格里夫大喊，“我竟然还在丹麦国王那里为他争取将军的职位，我就知道丹麦人信不过！”

“我看见雷拉格了！”参谋提醒哈格里夫，“他就在街道的正中央，他们正朝这里过来！”

哈格里夫顺着参谋的指向观察着，“看起来他身边没有多少人嘛，”杀戮者思索着，“也许他认为自己的剑术足够高超，这是我们干掉他的机会，你听着，”他向参谋发布命令，“五百精锐亲兵最后再分赃，就是为了防止这种事件发生。我要带领他们干掉雷拉格！”他接过参谋递给他的头盔戴好，“你去招呼四散在城堡中我们的人，能招呼多少就招呼多少。同时发信号给斯塔姆，他拿了我的钱，就得帮我杀人！”

雷拉格狂吼着挥舞着锋利的冰川之刃，他与身后的七十名士兵在街道上所向披靡，阻挡他们的海盗非死既伤，有的甚至连人带盾牌都被劈得粉碎。迈克尔带领骑兵弓箭手步行紧跟在他身后，看见受伤或掉队的敌人就补上一箭或一刀。他们很快接近了哈拉尔德堡的内城。

随后他看见了自己最不愿意看见的景象，哈拉尔德王的尸体被倒吊在内城墙上，几只乌鸦在啄着尸体的眼睛，一时间，雷拉格转过身，浑身发抖，好一会他才尽了全力控制住自己。

“让我们冲进城去把哈拉尔德王放下来！”一名瓦朗尼亚战士愤怒地高叫着。

“我们有的是时间干这件事，”雷拉格的牙齿轻轻摩擦着，“在拿到哈格里夫的脑袋以后。”

他冷静的一挥手，无需他多说任何一句多余的话，身后七十名重装步兵立即列阵，前列步兵手持短斧与大圆盾铸成一道钢铁的盾墙，后阵的步兵则举起双手战斧预备。

“到我们的身后去，”他斜睨了迈克尔一眼，“哈格里夫就要来了。”

哈格里夫带领他最精锐的五百名亲兵，咆哮着从内城杀出，和一般的海盗不同，这些海盗身穿完善的锁子甲，手持战斧与大盾，装备精良。但他们还未冲近雷拉格，迎接他的就是一阵箭雨。

即使有锁甲保护，海盗们也纷纷中箭翻倒在地，一支流箭闪电般袭来，哈格里夫用与他年龄不相称的速度躲避，身边一名士兵则喉部被穿透。钉死在原地。

哈格里夫疑惑地望着死掉士兵喉部的箭杆，精妙的手工肯定不出自北欧，北欧人历来不重视弓箭。他们更没有这么好的工艺。

“他在疑惑，”盾牌后的雷拉格仔细观察着哈格里夫的表情，感受到一丝冷酷如谋略大师般的快感，“迈克尔，”他回头招呼骑兵队长，“把你们的双头鹰旗帜竖起来，我要让他更摸不着头脑。”

拜占庭骑兵们高举起双头鹰的紫色旗帜，并向哈格里夫射来更凶猛的箭矢。

“难道雷拉格已经投靠了帝国成为新的禁卫军司令？”哈格里夫心中的不安在加剧，“难道东罗马军队已经远赴北欧来帮助他作战？”

在箭矢不断飞行中他已经没时间考虑这个问题，哈格里夫命令海盗继续冲击，海盗的猛冲在第一道盾墙面前被阻拦，在敌人冲击停滞之际，雷拉格那些手持双手斧的战士则跃过盾墙，高举起恐怖的巨斧，在海盗群中挥出漫天血雨。

哈格里夫这才发现在这条狭窄的街道上作战，五百人与一百人并没有什么太大的不同，而他的军队远不如雷拉格精锐。他知道必须做些什么来打破僵局。他高举起战斧与阔剑，带头冲杀。一个企图用盾牌拦截他的瓦朗尼亚人被哈格里夫用右臂战斧重重砸在盾牌上，海盗王左手的阔剑却灵活地钩翻了瓦朗尼亚人的双脚，受伤的武士企图挥起单手斧砍向哈格里夫，却被他用右手战斧卸掉了盾牌的防御，哈格里夫迅速上前一步，一个干净利落的十字交叉攻击卸掉了对手的头颅。

“他的战技真是厉害，”迈克尔惊叹道，并庆幸自己没有上前与他交战。

“其实我父亲最大的长处是训练军队，”雷拉格低声说道，“如果论单打独斗他不一定能对付得了比他更年轻的哈格里夫。”

哈格里夫行云流水般挥舞着战斧与阔剑，连续干掉了四名瓦朗尼亚战士。他个人超凡的战技弥补了海盗们训练的不足，雷拉格的盾墙防御被四处撕裂，海盗们一拥而上，纷纷与雷拉格的士兵展开混战，混战中五百人对一百人的优势很快就显现。这下连迈克尔也只好抽出弯剑上前，挡住海盗们的攻势。

雷拉格不能再给对方更多的机会了，“哈格里夫！”黑发武士高吼道，猛地跃过一个瓦朗尼亚人的大圆盾，双手高举起锋利的冰川之刃，巨大的剑刃向哈格里夫猛劈过来。

哈格里夫右臂费尽全力才挡住这伴随着巨响的雷霆一击，脚步都有些向后踉跄，但他经验非常丰富，不会在力量上与年轻的雷拉格硬拼，杀戮者立即一个转身闪过了雷拉格的连续横斩并靠近了对手，他的双持短兵器在近距离要比雷拉格的冰川之刃发挥更多的优势。但雷拉格也对此早有警觉，一个纵身向后保持着距离，并招架住哈格里夫的剑斧双重攻击。

“步法还不赖嘛，”哈格里夫狞笑着评论道，并伺机打击着雷拉格的士气，“可就是你父亲哈拉尔德也是我的手下败将！”

这句话多少还是对雷拉格造成了点影响，他努力压抑着自己的情绪，因为他知道这样只会给哈格里夫杀死自己带来机会。杀戮者的右手战斧又再次袭来，当他招架之际，杀戮者的左手的阔剑又是一个快速的下盘斩。其实雷拉格已经做出了反应，但阔剑还是透过胫甲削开了皮肉，如果他再慢半拍，他就只剩下一条腿了。雷拉格蹒跚的向后退去。

“虽然他更爱自己的小儿子而不是你，但我还是送你这丹麦希腊杂种去见父亲吧！”哈格里夫咆哮着继续追击，并用语言继续刺激雷拉格，“我只希望你能认得出他已经被乌鸦啄烂的脸！”

雷拉格似乎被他的挑衅激发出所有气力，发出震天狂吼，猛力挥舞着冰川之刃靠近了哈格里夫。

“去死吧，杂种！”哈格里夫评论道，他为激怒雷拉格感到欣喜，因为短兵相接的战斗只能对他更有利，他在向左闪过雷拉格一记斜劈之后，右手战斧削向对手的喉咙，而左手的阔剑紧接着斩向腰间，雷拉格笨重的冰川之刃不可能敏锐到防御这么迅捷的双重攻击，杀戮者期待一个裂成两截的死敌。

但巨大的响声确是战斧重重被金属盾牌格挡住的声音。

哈格里夫的右臂却震得发麻，因为雷拉格的冰川之刃斜劈之后的瞬间换成单手持握架住了他的阔剑，而他右手的斧砸在雷拉格左臂绑缚的精钢圆盾上而毫无所用，一般使用双手武器的武士是不使用盾牌的。这打破了哈格里夫的格斗常识。并对年轻武士能单手挥舞这么沉重的武器非常惊奇。

但杀戮者依旧认为自己在近距离格斗占据优势。他再次使用左手阔剑去压制雷拉格单手使用的冰川之刃，因为再强壮的武士也只能临时单手持握这种武器而不会太灵活，但雷拉格左臂绑缚的盾却抢先一步猛撞在哈格里夫的脸上，连续的盾击向后者连续后退，出现了让雷拉格喜爱的格斗距离。当恼羞成怒的哈格里欧夫挥起战斧向他砍来时，他的盾牌边缘勾住了斧刃，大吼一声猛用力一拉卸除了战斧。右手的冰川之刃则一气呵成猛劈过来。

哈格里夫用最快的步法向后疾退，但斜劈还是斩开了胸前锁子甲的防御。鲜血从锁甲的碎裂片中渗出，但没有伤到筋骨。杀戮者飞快地退到自己一个亲兵的身边，抢过一把战斧重新拉开了架势，但他能感觉汩汩的鲜血滴在地面上，并因碎铁片卡在伤口中而万分疼痛。

“你以为我会因为你的挑衅而愤怒么？”雷拉格不屑地向地上唾了一口，“蠢货，我只在我应该愤怒的时候愤怒。”

“那你在南方二十多年都学到了什么？”现在轮到雷拉格嘲讽了，“我的父亲得到了步兵禁卫军司令的位置，训练最精锐的重装步兵，而你年老力衰之时还只条无家可归的狗？并且连他的儿子都不如。”

这句看似不经意的话对于骄傲的哈格里夫来说可能是最大的打击了。杀戮者狂吼一声，挥舞着斧剑又要迎上前，突然看到内城街道边急匆匆赶来数百名士兵，从他们身穿皮环甲与手持明晃晃的萨克森双手剑来说。

应该是阿拉玛诺人无疑，“杂种，”哈格里夫捂住胸口的剑伤，回头望向招呼他们的参谋，参谋则对杀戮者做了个欣喜的肯定手势。“别笑得太早，斯塔姆会从背后把你们给割开！”

雷拉格没有理他，他关心的是刚才被哈格里夫以个人战力冲开的盾墙队形又恢复完好。赶来的阿拉玛诺人并没有拥有艾里克告诉他斯塔姆惯用的旗帜——一条绿色的双头蛇。他也不继续向哈格里夫主动挑衅，冷静的静观其变。

阿拉玛诺剑士们拥挤在内城门边，哈格里夫的参谋打开大门迎接他们，“你可赶到了，”参谋不满的叫道，他没看见他认识的指挥官，便对着领头的一个满是黄牙的头目说道，“你们的首领斯塔姆在哪？”

黄牙刚一靠近挪威人参谋，就用剑刺穿了他的心脏，“斯塔姆在哪？”他皱了皱眉头自言自语重复挪威参谋的话，“拿到两倍薪水后我从不关心这些次要问题。”海泽比雇佣兵头目招呼他的手下，“控制内城门，援助雷拉格，我们要让雇主的高薪花得物有所值。”

在哈格里夫目瞪口呆的视线下，阿拉玛诺剑士呐喊着从背后向挪威海盗发动进攻，明晃晃的双手巨剑瞬间砍翻了一片海盗，把海盗攻击雷拉格的右翼逼了回去。哈格里夫则认出了满是黄牙的雇佣军头目，“他们不是斯塔姆的人，这是海泽比兵营里我没花钱雇佣的五百杂种！”哈格里夫目瞪口呆地望着这些卖力的佣兵，得到双倍薪金当然会卖力，海盗王咬牙切齿地说道，“典型的阿拉玛诺人。①”

“撤出街道！”哈格里夫大喊，“在侧城门边重新集结！”

① 整个中世纪德意志地区的政治结构都是非常松散的，各个侯国林立，也导致德意志雇佣兵效忠于各个不同的国家，经常转换雇主。

雷拉格又打了个不同的手势，他的士兵立即转换了攻击队形，双手持斧者在前，盾墙在后，精锐的重装步兵在背后不停地追击砍杀哈格里夫撤退向侧城门的手下，把那些惊恐万状的敌人在大力挥砍下剁成两截。“迈克尔，现在去拿你们的马匹吧！“黑发武士招呼骑兵队长，“别在城门口阻挡突围的敌人，等他们出城之后在背后追杀！”

而这个时候老法斯特也从城边追杀逃窜的海盗迂回过来和雷拉格回合，战场上的优势让他庆幸自己没站错边，“我们就在这里把这些敌人了结！”老战士大吼道。

雷拉格背后传来号角声终止了老法斯特的意气风发。迈克尔带领的拜占庭骑兵企图从正门出城也被不停涌进的大批陌生武士挡住了。

“不知道是敌还是友，”雷拉格抹了抹沾满血迹的脸，转身望着背后，一面杀气腾腾的旗帜从北欧卫队背后徐徐升起，旗帜上明晰可见一条绿色双头蛇，这才是斯塔姆特有的标志，但黑发武士没看见索菲娅，“我不确定索菲娅已经成功，”雷拉格对身旁的迈克尔说，不禁对她的命运有所担心，“法斯特！”雷拉格喊着老战士的名字，“你尽力挡住斯塔姆从我们背后的攻击！能支持多久就多久！我要以最快的速度干掉哈格里夫王！这样斯塔姆就没那么坚决了！”

法斯特点了下头，立即带领部下转向队伍后方，毫无畏惧的丹麦人面对着街道上越来越近的斯塔姆手下，那些阿拉玛诺剑士。

“头领，斯塔姆带着他的雇佣军赶过来了，足有一千多人！”一些拼死抵挡住雷拉格进攻的海盗向哈格里夫喊道，“我们有救了！”

从人数上看，斯塔姆一千五百人已经全军出动，从城堡的正门涌进，并占领各条街道。逐渐向雷拉格背后靠拢，如果他们全军向雷拉格的背后突击，即使强大的北欧卫队，也会遭遇惨重的损失。

“斯塔姆，”哈格里夫看见领头的正是瘦长的雇佣军首领，他可知道后者最关心什么，“帮我杀光雷拉格的人！我们可以平分哈拉尔德的财宝！”

斯塔姆看见了已经撤退至城边门的哈格里夫，心有余悸的瞥了一眼迈克尔带领着弓箭手正瞄准他拉开着弓弦。又望着怒视着自己的老战士法斯特，视线又转向还在不断冲杀的雷拉格，眼珠始终在眼眶里打着转，“该死，”他一个部下喊道，“首领，是做选择的时刻了！”

“也许这个选择会让我后悔，但他妈的就这么定了！”斯塔姆咬牙叫道，高举阔剑急急在空中划出道圆弧，这是进攻方向的暗号，“战士们，进攻！”

潮水般冲锋的阿拉玛诺战士们突然一个另人匪夷所思的转向，最终选择向海盗背后发动了致命的攻势，哈格里夫绝望地望着这批锋利的双手剑们从背后冲杀进自己军队的队形中，利剑挥舞中，无数海盗被砍翻，撤退逐渐变成溃逃，哈格里夫连杀掉了几个逃亡的士兵都不能制止败兵，“你这该死的叛徒，”哈格里夫冲斯塔姆大叫道，“我要把你的心挖出来吃掉！”

“是你先违了约，”斯塔姆叹了口气，“这让我对你的信用产生怀疑而投奔了新的雇主，兄弟们，”佣兵头子的舌头舔了舔嘴唇，“东罗马皇帝还是丹麦国王，雷拉格还是哈格里夫，南方还是北方，我们已经做出了选择，”他擦了擦脸上的汗水，“我爱商业信誉。”

美丽的月夜下，斯塔姆曾经居住的石堡几乎已经空无一人，阿拉玛诺人已经全军出动，两个解除化装的拜占庭骑兵正在几个醉死趴在地上的挪威海盗眼线边徘徊——喝醉了背后被插上一把匕首当然会醉死。

下面的事情她就帮不上什么忙了，她不会跟斯塔姆或是雷拉格一起在战场上见识血腥，这种事情还是男人们去干好了。索菲娅拢了拢棕色长发，款款走下石堡阶梯，一边思量对于一个阿拉玛诺雇佣军头目来说，委任拜占庭帝国安纳托里亚总督这个许诺是不是太慷慨而且也太早了点儿。②

“你们拒绝执行我的命令？”哈拉尔德的小儿子克劳恩在城堡后厅王座上向自己的部下吼叫道，“我命令你们援助哈格里夫，向雷拉格反击！”

部下都木然地望着他，他们才不傻哩。

一个部下叹了口气，“我们现在对你的最大忠诚就是不会用你的头向雷拉格去邀功，你还是想想自己该怎么办吧。”

哈格里夫带着剩下的数百名残兵冲出城门向海岸没命的跑去，海盗们的轻甲这时候占据了移动速度的优势。雷拉格为一千名瓦郎尼亚战士全部购置的双层铠甲让他们在这次血腥的城市巷战中伤亡甚微，但沉重的装备影响了有效追击，斯塔姆的阿拉玛诺雇佣军移动速度更不理想，因为他们中有不少人已经在打海盗死尸身上金银细软的主意。

所有人都明白，一旦哈格里夫撤退到海岸，就会得到来自海岸上近八十艘龙头战舰上弩炮的重火力支持，没有任何士兵能在这么多弩炮的射击下接近战舰，接着哈格里夫就会扬帆出海，然后功亏一篑。

“该死！要被这狗娘养的跑掉了！”老法斯特大声吼到。

② 当时的安纳托利亚地区中的大部分还在突厥人手中，所以说许诺早了点儿。

“我已经安排好了。”雷拉格遥望着远处，“这在计划之列。”

隆隆作响的马蹄声中，百名骑兵在拜占庭骑兵队长迈克尔的率领下从后面掩杀过来，他听从了雷拉格的意见卸掉了所有的马铠来保证速度与灵活性，骑兵们先是一阵弓箭乱射，接着挥剑呐喊着冲杀进海盗们的撤退队伍，把惊恐万状的敌人冲得七零八落。被堵截的海盗们只好在人砍马踏中用“之”字型另选逃跑捷径，但这样瓦郎尼亚人就全追上来了。

龙头战舰边的海盗小头目努力让嘴唇离开酒瓶，因为他听见海岸远处有人马嘈杂声，他转脸看了看也正在痛饮的艾里克，后者脸上则是一副不以为然的表情。

“还记得我刚才为哈格里夫大王的健康干杯么？”艾里克放下酒瓶。

“记得，怎么了？”挪威人疑惑地说。

艾里克忽地抽出背后的巨剑，一剑把挪威人头目的头颅在挥洒的血雨中整齐地卸了下来，身后的阿拉玛诺战士也纷纷挥起武器，冲上龙头战舰，对烂醉如泥的海盗警卫们展开屠杀，鲜血染红了甲板。

“我说谎了。”艾里克老实地承认。

哈格里夫在部下的拼死护卫下终于杀到了海岸边，巨大的龙头战舰就在眼前，求生的希望火焰在海盗头目眼中燃烧，“我们得救啦！”杀戮者转身向部下大叫道。

但部下都用绝望的眼神望着他，哈格里夫皱了皱眉头，正要再次叫嚷，发现一口气提不上来，他一低头，发现后背已经被一发弩炮直接射穿。

战舰与弩炮已经不再是海盗的了。

杀戮者的视线模糊起来，一只膝盖跪倒在地上，他已经看不见四周部下的逃散，他只能看见一个模糊的身影，慢慢地靠近他，他看不清来人的面孔，但他知道那是谁。

哈格里夫用左手的战斧掷向敌人，被对手的双手剑格开，接着他用尽最后的气力挥舞阔剑，也被雷拉格的双手剑击飞。

“你这杂种确实比你父亲更强，”自知死期已到杀戮者死盯着对方的眼睛，最终给了老对手儿子一个肯定的评价，“但公平决斗你一定不是我的对手。”

“蠢货，我只在乎最后谁还活着站在胜利者的位置上，”雷拉格凑近哈格里夫耳边露出最后的阴沉微笑，紧接着他大吼一声，巨大的双手剑对准仇人的头颅迎头劈下，“冰川之刃”的锋利程度令人赞叹，“杀戮者”的身体从头到裆连同衣甲在喷洒的鲜血中被劈成了整齐的两截，可他的一只手还紧紧抓着哈拉尔德的黄金王冠。

“公平决斗？”他向半截尸体唾了一口，耸了耸肩膀，“也许吧，但谁在乎？”

“事情结束了。”斯塔姆赶到雷拉格身边，回头望着艾里克带着他的人从海岸上向他们这里赶来，而胜利者们在海滩上进行最后的复仇，哈格里夫的手下非死即降已经被消灭殆尽。

“还没有，”雷拉格面无表情地用剑刃削掉了还紧抓着王冠的哈格里夫手指，拿回了王冠，“我还有事要做。”

科劳恩瑟瑟发抖地缩在城堡后厅“金发王”曾经的王座上，甚至丧失了逃跑的勇气，他明白外面已经完全被北欧卫队控制，他们不杀自己只是也许雷拉格还有话和自己说，他在绝望中等待自己命运的降临。

后厅沉重的大门被推开了，先走进来的是两个面无表情的瓦郎尼亚人，他们只是举着战斧，侍立在大门边，就像没看见科劳恩一样。

接着，克劳恩看见了他几次噩梦中的景象，雷拉格披散着黑色长发，身着沾满血迹的沉重的铠甲一步一步走了进来，战靴每一次踩在地上都发出不详的吱吱声，他表情阴沉得可怕，更另人恐惧的是，他一手抓着一个人头——应该说是一个半人头，因为左手上哈格里夫的人头只有一半——左脸的那一半，右手上则是科劳恩母亲的，女尸的眼珠就像烂水果一样令人反胃，而且脖子切口处还滴洒着鲜血，显然刚砍下来不久。这些恐怖景象刺激着科劳恩的消化器官，他趴在王座上大呕。

雷拉格把右手的人头轻轻抛向科劳恩，吓得科劳恩大声嚎叫，“今天我要为家里算总账。”他低声说道。

“是她与哈格里夫密谋的，我只是被胁迫的，你知道，我爱我的父亲，我爱我们的父亲，我也是受害者！”

“你为了首领的位置以及向丹麦国王讨好而杀死父亲，当然，是即将交出去的首领位置，”雷拉格轻轻冷笑了一声，“你们以为老奸巨猾的丹麦的国王瓦尔德玛会需要你这样的废物？”

“父亲只是给了我剑，并没有交给我王冠，”雷拉格嘴角露出阴沉的笑容，他想观赏绝望的神情，“他希望我离开这里去东罗马帝国，他是想把王冠交给你。”

“你说什么？！”

“我说父亲想把王冠最后交给你。”

科劳恩发出一声雷拉格所听到过最悲惨的哀鸣。

雷拉格微笑地盯着科劳恩的表演，用低沉的声音打断了他，“你该走了。”

科劳恩的恐惧突然笼罩了全身。

“我是你的弟弟，饶过我吧。”科劳恩哀求着，“我们曾经是一家人。”

“是的，”雷拉格默默地说，“我们曾经是一家人。”雷拉格环顾着四周的宫殿内墙，“快滚，在我改变注意之前，我不想再看到你。”

科劳恩望了一眼雷拉格，抓住了大赦的机会，头也不回的跑了出去。

科劳恩刚走出后厅外，一个绳索就准确地套在了他的脖子上，一双包满绷带的大手紧紧勒着绳子，而科劳恩就像是打翻的金鱼缸里的金鱼一样两脚乱踢，绳子却只是不断收紧，毫无怜悯。两个瓦郎尼亚士兵冷冷地看着，如果科劳恩会挣脱绳索的话，他们就会剁掉那乱踢的双脚。不一会，湿滑的液体逐渐从科劳恩的口鼻里流了出来，而双脚也只剩下了最后的抽搐。

白发巨汉奥拉多姆松开绳索，满意地舒了口气，“雷拉格说把最好的给我，他没有食言。”

野外的丹麦村民在河道中找到了哈拉尔德妻子伊林尼的尸体，幸好尸身还完好，“也许父亲希望母亲回到拜占庭，可我知道母亲的心愿，她会无怨无悔地跟随着父亲。”雷拉格说，瓦郎尼亚人把她与哈拉尔德王并排躺在一起，举行传统的火葬仪式。

载着父母的小船点着火后在祭祀的悼词声中慢慢驶出港口，火焰逐渐吞噬了整个小船，阴沉地在水面上跳动着，这可怜的老海盗，没让母亲享受一天好日子，她的学识，容貌、地位该让她得到的多的多，雷拉格悲哀地想。当复仇完成之际，他发现自己甚至有些可怜哈格里夫王，他与父亲都曾在拜占庭帝国中担任令人羡慕的禁卫军，因为梦想与命运再次返回北欧进行厮杀，战争与谋杀最终只是生意，哈拉尔德那被乌鸦啄坏的残破的身体最终还是得到了归宿，而哈格里夫被砍成两截的尸体正在哪只狼的胃里消化都不为人所知。而发生的这一切惊心动魄的事件，一切痛苦、忍耐、谋杀、复仇、荣耀、只有不识字的吟游诗人在传诵，对于南方那些大帝国而言，连茶余饭后的谈资都不如。

哈格里夫与父亲一样，最后的两个维京国王在丹麦冰渍平原上魂飞瓦尔基莉，维京人的时代终结了。

“您有什么打算？”索菲娅打断了他的思路，“现在有两个选择，一是等丹麦国王瓦尔德玛征伐温德族海盗返回成为他的麾下，一是和我一起回南方，成为帝国的禁卫步兵司令。”

在君士坦丁堡作为禁军效力于东罗马皇帝不是件坏事，起码青史留名，在那些古老的石柱和方尖碑上刻上我们的名字、绘上我们的镶嵌画。在我们化成灰烬的一千年后，还会有人记得我们。③

“如你所愿，也是家父所愿，更是家父那些荷包变空部下的愿望，我选择和你一起返回君士坦丁堡协助曼努艾尔皇帝，这里就交给奥拉多姆和法斯特打理，他们可以联系两地的事务。”

“明智的选择，”索菲娅昂起下巴，望着雷拉格的脸，“你得到的会比你想象的更多。”

“这场胜利可以用来当做与瓦尔德玛谈判的筹码，也许可以保留海泽比这座交易城市，”雷拉格望着远处即将烧成灰烬的小船，“艾里克与斯塔姆愿意与我一起去，特别是斯塔姆，我不知道你许诺了什么让他这么兴奋。”

索菲娅红润的嘴唇闪现出一丝微笑。

③ 这是在雪山顶上哈拉尔德曾经劝诫雷拉格的话。

“哈格里夫在海岸上的龙头战舰都是我们的了，这让我们可以走水路穿越第聂伯河进入黑海，当然进入第聂伯河主干流之前我们的龙头战舰需要一段时间的道路行船，不过维京人习惯了这种方式，不会有什么问题。那里平原附近的松林原木可以帮我们做到这一点，”雷拉格回忆少年时代父亲与母亲带他从君士坦丁堡前往北方的一幕。

“东罗马帝国得到了数千北欧的精锐勇士。如果可以保留海泽比的话，以后就会有更多的北欧人横跨大陆至帝国继续服役，”索菲娅碧绿的眸子紧紧盯着眼前这个人，“当然最重要的是帝国得到了最好的盟友，这个人将是未来北欧卫队的统帅。”

“这个人不会忘记你对他做的一切，他还是你的盟友，”雷拉格转过身，望着索菲娅碧绿的眼睛，长长叹了口气，默默地向远方走去。“我却永远失去了我的父亲与母亲。”

索菲娅站立着静静地望着他的背影，回想自己痛失亲人的那个下午，思绪已经回到久违的君士坦丁堡皇族们休息的达夫纳宫。她的流放也因任务的圆满结束而完结。终于可以返回她熟悉的那个热闹、温暖与壮观的南方巨城了。

拜占庭英雄血脉

The blood of Byzantine hero

Chapter 9

旅行者读完信笺，嘴角露出一丝微笑，这让他优雅的胡子都不由得扬了一下，他的背后突然砰然作响，但他毫不在意，根本没有回头，但这还是让他决定结束祈祷，旅行者俯下身体，喝了几口溪水，掸掸了黑袍上的尘土然后翻身上马镶着绿宝石的右手向后做了一个前进的手势。

阿布杜尔是很容易紧张的人，但没有哪件事比现在这个更令他担心，当他莽撞地冲进巴夏的指挥大帐时，强壮的塞利姆几乎已经抽出了弯刀。而巴夏则盘腿坐在毯子上安静地盯着一张用羊皮做成的安卡拉以西地形图。

“不经通报就冲进来？”巴夏抬起眼漫不经心地望了阿布杜尔一眼，“从您敏捷的动作来看，背上的伤应该好的差不多了。”

“亚尔斯兰的军队在南方被曼努埃尔击败了，东罗马皇帝的大军已经兵临科尼亚城下。”

“而我也应该原谅你，”巴夏继续保持着同样的语气，“因为我们是平级，而我也不经通报经常闯入你在安卡拉的宅邸，这下我们扯平了。”

“我们被骗了！包括我们的情报部门！”阿布杜尔在尖叫，不明白是什么力量能使巴夏保持镇静，“凯纳斯的北方军团就是个幌子，他们所谓的攻城器械都只是伪装的运粮车而已，而南方曼努埃尔大军中庞大的辎重车队伍中才隐藏着攻城器械！这下科尼亚危险了。”

“这些我已经知道了，”巴夏露出玩世不恭的笑容，“你应该高兴才对，如果罗马人的主攻方向不是安卡拉，你的地产就安全了。”

“可曼努埃尔如果攻克了科尼亚就等于砍断了罗姆苏丹国的一只手臂，”阿布杜尔不觉得这有什么好笑，“他的大军可以从科尼亚出发进攻安卡拉！”

“你终于说道重点了，”巴夏叹了一口气，有些无奈地望着塞利姆，“我们刚才也在为这件事情而踌躇，是否南下增援亚尔斯兰的军队。”

“我们都是罗姆苏丹国的军人，”塞利姆说，“我们应该为苏丹效忠，并提供保护。”

“让我们先来分析，”巴夏冷静地望着他俩，“如果你们是苏丹，刚吃了败仗，而科尼亚又无法坚守，你们会怎么做？”

"撤向更安全的地方，保存兵力。"塞利姆回答。

"比如安卡拉。"阿布杜尔插嘴。

"那我们就更不应该南下了。"巴夏坚决地说，"因为亚尔斯兰会希望和我们合兵一处。而且，如果我们南下，狗娘养的凯纳斯一定会趁机进攻安卡拉。"

"不南下增援亚尔斯兰很可能会遭受非议，"塞利姆提醒巴夏，"甚至会影响您的前程。"

巴夏心中有一个计划，但并无十分的把握。因为之前的作战计划是通过那个绿袍女人与他背后的主人做出的。而最近不知道什么原因，她根本不露踪影。也许还在南方援助亚尔斯兰作战。他只能靠自己来完成这一切。

"我们有个计划，可以利用这次南方的失败，"巴夏的黑色瞳孔扫视着阿布杜尔和塞利姆，"需要你们密切配合，或多或少可以挽回一部分战局。"

清澈的溪流横穿科尼亚盆地中郁郁葱葱的绿洲，一名罩着黑色长袍的旅行者正蹲在一匹极其神骏的灰马边，手捧溪水，虔诚地仰天向信仰的神灵无比虔诚的祈祷。他黑色的斗篷遮住了他大部分脸孔，却依然散发出凛然不可侵犯的气质。

旅行者向往天空的视线中，一只从天而降硕大而壮实的灰色鸽子最终打破了祈祷者的思路，旅行者悠然伸出一只手臂，让鸽子乖乖地停在自己身上，接着，他打开了鸽子所携带的信笺。

旅行者专心读信，并没有注意到两个荒原盗贼早就在打他的主意，盗贼们携带着短刃，残忍的目光死死盯着旅行者右手上巨大的绿宝石与他那匹让人垂涎欲滴的骏马，他们无声无息地从背后接近旅行者，并嘲笑他的愚蠢。

科尼亚盆地东部可不是个适合独自旅行的地方。

旅行者读完信笺，嘴角露出一丝微笑，这让他优雅的胡子都不由得扬了一下，他的背后突然砰然作响，但他毫不在意，根本没有回头，但这还是让他决定结束祈祷，旅行者附下身体，喝了几口溪水，掸掸了黑袍上的尘土然后翻身上马，镶着绿宝石的右手向后做了一个前进的手势。

近百手持锋利刀刃，身穿绿袍，杀气腾腾的潜行者们从他们隐蔽的大树与长草中无声无息显现出来，这些人都蒙住头脸，只露出炯炯有神的双眼，训练有素的潜行者们像一个人一样保护着旅行者，他们其中一个人的弯刀刃上只是沾上了少许血迹。

“该死的，你让我能怎么办？我们必须向安卡拉撤退！”拉金冲着穆斯塔法大声吼道，“亚尔斯兰就这么被刺客干掉了，而东罗马大军正在逼近，曼努埃尔拥有我们无法比拟的兵力与精锐！我们不可能取胜。”

“可是我们不能放弃科尼亚，这里是整个罗姆苏丹国的首府！”穆斯塔法争辩道，“贵族们就会对我们完全丧失信心，而曼努埃尔绝不会放弃这个分而治之的机会！当我们撤向安卡拉的那天，罗马皇帝的力量将比现在变得更加不可阻挡。”

“那么，我交出我的军事指挥权，由你迎战东罗马军队，怎么样？”拉金的嘴角露出一丝嘲讽，“看看你能不能应付曼努埃尔还未变得不可阻挡的力量？”

穆斯塔法叹了口气，不再争辩，其他将领也默然，虽然他们不太愿意直接放弃经营多年的坚固要塞科尼亚，但他们确实畏惧敌人声浩势大，更不用说对方拥有可以在数百米外摧毁要塞防御的巨型配重式投石机，谁都不想在这个时刻承担一个注定失败的巨大责任。

“既然没有其他人反对，那我们就决定撤向……”拉金突然注意到三个人未经自己士兵通报就掀开大帐走进指挥所，就仿佛他们才是这里的主人。

“你们他妈的是谁？”拉金诧异地看着三个陌生人，两边的陌生人身穿绿袍，手持弯刀，中间那个身着华贵的黑色长袍，他右手拇指上有一颗硕大的绿宝石，仍用斗篷遮着脸。

“卫兵，卫兵哪里去了！”拉金叫道，“把他们都抓起来！”

“你刚才说你打算撤向安卡拉？”黑袍者问。

“这不关你的事，”拉金抽出弯刀，“把他们先抓起来！”

“杀掉他。”黑袍者低声说。

黑袍者右边那个绿袍人手飞快地从刀鞘里抽出弯刀，寒光一闪，眼不眨的又把刀收回鞘中。

拉金仍手持刀剑，却茫然无助地望着黑袍者，拉金的喉咙中间出现了一个致命的血点，然后越扩越大，这是动脉被扎破的迹象，接着，他无助地按住自己的伤口，鲜红的血液如泉水般涌出，他摔倒在地上，只剩下死亡前最后的抽搐。

大惊失色的穆斯塔法与众将纷纷拔出了武器。

“等一下，”出生在摩苏尔的穆斯塔法脑中突然出现了一个印象，他盯着出手的绿袍人，“这样的出手，使用的弯刀，不可能是别人，只能是……”

“哈萨辛！”

哈萨辛是具有悠久历史的伊斯兰精英谋杀组织，这些狂热，嗜血，忠诚的杀手都是万里挑一的勇士，而能在战场上护卫领袖的哈萨辛更是他们中精英中的精英。

哈萨辛们护卫的主人，只可能是一个人。

"主人！圣者！努尔丁领袖！"

身穿黑色长袍的努尔丁在众将面前掀开斗篷，穆斯塔法带领将士向他纷纷拜倒，他的身材比一般西亚人要高大，年近五十依然英姿飒爽，气度不凡，漆黑而执着的瞳孔中爆发出令年轻战士都妒忌的汹涌活力，"你们真的让我很失望，"努尔丁瞪着胆战心惊的众将，"我与萨拉丁那个该死的叛徒谈判，为的是让他进攻耶路撒冷王国①来保证鲍德温不会威胁我们东部土地的南翼，"他顿了一顿，"我在血腥之地②大败安条克的骑士军团，为的是逼他们签定有利于我们的条约，"他看了一眼死在地上的拉金，又冷冷望着心惊肉跳的穆斯塔法，"我给亚尔斯兰统领西部的权力，甚至保证你与拉金成为首席大贵族，给你们加官进爵，一切都为的是你们在安纳托利亚这片土地的统治，但你们却，"努尔丁又转身看了一眼众将，"无所作为。"

"我并不想撤退，"穆斯塔法辩解道，"这只是拉金的个人想法，我们只是因为亚尔斯兰的死……"

"亚尔斯兰，他实在是过于自大了，"努尔丁打断了他的话，"我已经派人多次告诫他，不要在我到来之前主动进攻曼努埃尔。而他竟然以为一支截断补给线的轻骑兵就能让曼努埃尔大军不战自乱，"穆斯林领袖冷笑一声，"他是'狮剑'亚尔斯兰③的孙子，不代表他就可以复制祖父的胜利，仅沾上伟人血统是成为不了伟人的。"

"我们的情报有重大失误，被罗马人欺骗了，"穆斯塔法小心翼翼

① 耶路撒冷王国是十字军攻克此地后建立的王国，当时的国王已经是《天国王朝》电影中带面具麻风国王鲍德温四世了，不过更年轻些。

② 血腥之地：是指努尔丁在公元1151年大败安条克公国的军队。

③ 亚尔斯兰：是现在亚尔斯兰的祖父，突厥苏丹，在1071年曼西克特会战大败拜占庭军队，成为东罗马帝国的历史转折点。

地斟酌词句，尽量不要扯上努尔丁手下的哈萨辛，“亚尔斯兰得出判断，敌人的主攻方向是安卡拉，还调集了他最精锐的哈珊卫队交给北方司令官巴夏。让我们这里的情况雪上加霜。”

“而我的袭击也遭到失败，”穆斯塔法的语气中充满了懊丧，“如果我去偷袭罗马人的辎重车时阴差阳错烧毁他们的投石机械就好了。”

“你不必自责，”努尔丁走过穆斯塔法身边时轻轻用手掌碰触后者的额顶，“因为这是个不可能完成的使命。”他又环视了一眼众将，“都起来吧。”

“其实我早就知道曼努埃尔用辎重车隐藏攻城器械的把戏，”努尔丁的眼中闪现出一丝光芒，“调集哈珊卫队去北方增援也是我一手策划的。为的是让曼努埃尔以为他的计划已经成功了。”

穆斯塔法与众将站起身，不解地望着主人，但很显然努尔丁并不打算解释明白给他们听，圣者很快转移了话题。

“我们现在的对手曼努埃尔皇帝，曾是他父亲约翰大帝手下最出色的将领，‘战争皇帝’之称号对他来说并不过誉。”努尔丁用肯定的语气说道，“他不可能被这么简单的方法击败。”

“因为你们不了解他真正的弱点。”努尔丁继续说。

众将都目不转睛地望着他。

“他的优势在于这支精锐的庞大军队无可匹敌，”努尔丁嘴角露出一丝狡黠的微笑，“而弱点也在于他的庞大而精锐。”

“就拿我们的军队来说，”努尔丁盯着一群茫然的脸，“我问你们，为什么我们不让所有的人都获得如同伊克塔贵族骑兵一样优良的装备？”

“因为我们的金币无法维持。”穆斯塔法抬起头说道。

“没错！”努尔丁点点头，“而曼努埃尔则在维持一支更加昂贵的军队，这支军队甚至依赖非常麻烦的贵族与更加麻烦的雇佣军。这已经超过了他的负担能力。超过了东罗马帝国的支付能力！他们早已不是二百年前的巴西尔大帝④时代那个富足的帝国了，却养活着昂贵得多的军队。这就是他的赌博，也是曼努埃尔最大的弱点，他连一次失败都承受不起！”

“您是说如果曼努埃尔不能迅速攻克科尼亚的话……”穆斯塔法恍然大悟。

“他那入不敷出的庞大军费将会反噬他，连骨头都不剩。”努尔丁冷冷地断言。

“但罗马人那些攻城器械依然存在，”穆斯塔法还是得提出他的忧虑，“他们可以直接进攻城堡，以曼努埃尔现在的力量可以迅速攻克科尼亚。攻克科尼亚后，掠夺苏丹的财富后他有足够的金币来满足他的大军。”

“关于如何拖延他的大军，那是我的事。你们只要遵从我的命令作战就可以，”努尔丁淡淡的说，然后环视着众将，“我们来先解决一些军营内部的事。”

“我是圣者，传达真主的旨意与对你们的警告！”努尔丁眼中露出近似疯狂的虔诚神色，向空中优雅的摊开双手，每名将军应声又跪了下来，“在真主眼中，每一名战士都是宝贵的，无论是轻骑兵，还是伊克塔贵族，”他顿了一顿，“甚至是亚尔斯兰不重视的安纳托利亚投枪兵或是他不喜欢的库尔德人。他们贫穷，他们装备不佳，但只要愿意为真主奉献生命的人，都会得到同样的尊重与救赎！”

④ 巴西尔大帝：这里的巴西尔是指的是巴西尔二世，本文的巴西尔大帝未特别说明，都是指二世，拜占庭帝国在他统治期间达到极盛。

“赞美真主！”众将惶恐地齐声喊道。

“我来的时候去过军营中投枪兵与库尔德人的营地，这些英勇的战士竟然士气低落，我知道亚尔斯兰一向不愿善待他们，说不定还克扣了他们的军饷，”努尔丁冷冷地说，“我从东方给他们带来了军饷，现在他们士气高涨，我知道这些装备低劣，却无所畏惧的勇士们与他们的掷矛与战斧，是值得这些金币的。”

“穆斯塔法，你必须调集所有的伊克塔贵族骑兵与突厥轻骑兵，”努尔丁转了个身，“如果他们在战斗中令我不满意，我的哈萨辛们将会毫不犹豫割断你的喉咙。”

“永远不会，我的主人，”穆斯塔法带着万分敬畏望着他的领袖，“您来了我们就再也无可畏惧，就是死，我们也会把你要我们做的一切都安排好。”

“很好，”努尔丁带着两个哈萨辛战士走出大帐，“所有军队集结后向贝伊谢西尔湖开进，进入一个叫密列奥塞法隆的废弃要塞，在那里，会有些来自东方的朋友加入你们。”他突然顿了一顿，“之前我隐藏自己的身份，是不想让曼努埃尔有任何准备，现在可以公开我到来的消息了，可以极大提升我军的士气。”

“圣者努尔丁到了。”

身穿绿袍的女人腰间别着珍贵的眼镜蛇短剑，在荒原间如幽灵般行走，而其他的绿袍人来到她前面，谦卑地听从指示再默默地去行动。每过一会儿，她就在一定距离以外审视保护全身的手下在拖拽与掩埋尸体，大规模屠杀竟然必须进行的如此小心翼翼，在她的行动中也是第一次。有的时候，女人会讽刺地望向衣袋中的那些刺鼻的块茎状食物，她从未想过这种西亚人普遍喜爱的调味品会成为她行动必备的道具。

拜占庭大军已经濒临贝伊谢西尔湖⑤湖畔，对于已经长途在不停起伏的安纳托利亚高原旅行的帝国军人来说，这里可真算得上一个水草丰美的地区。对于曼努埃尔则有更重大的意义。穿过贝伊谢西尔湖，再经过几处不多的山区，他们的目标——科尼亚就在眼前。

拜占庭人也终于看见了久违的村庄，这里村民的生活是以放牧与种植相结合。士兵们既看见了羊群，也看见了大量黄澄澄的小麦田。这让皇帝与麾下的将军们都松了口气。大军已经在供应减半的条件下行军数天——从帝国边境至科尼亚的补给线实在是太长了，即使是曼西姆斯也忙不过来。

村民们早早就向浩浩荡荡的大军打出了投降的旗号，并派他们的代表，一个看起来颇具学者风度的老人来传达他们的态度。曼努埃尔亲自接见了他，“我是罗马人的皇帝曼努埃尔·科穆宁，我们需要你们村庄的粮食与羊群，”皇帝开门见山地说，“当然，我们会用金币与银币来购买，你们已经投降，我会用骑士的风度来接纳你们，从今天起你们就是帝国的臣民。”

老者赶紧欠身向曼努埃尔行礼。

“我知道你们是穆斯林，”曼努埃尔决定让老者安心，“虽然罗马人信仰基督，但我不会干涉你们的信仰，在东罗马帝国，无论是东正教信徒，还是天主教信徒，或是穆斯林，多神教信徒，都可以获得合法的公民身份，在帝国的统治下，任何公民不会因为宗教的分歧而遭受迫害，这是帝国一贯的宗旨。⑥”

⑤ 这里的贝伊谢西尔湖就是现代土耳其中南部的贝伊谢西尔湖。

⑥ 相对于当时狂热的天主教十字军信仰，东罗马帝国的东正教则对世俗的影响小的多，而且君士坦丁堡也习惯于接纳来自世界各地的居民，但同样，帝国也很难用宗教的名义来发动战争。

“我们对帝国宽宏的宗教政策早有耳闻，”老者彬彬有礼的说，“陛下的宣讲更是打消了我们的疑窦，我们这里所有人都将服从陛下的命令，提供给陛下所需要的一切。只要陛下能保护我们的安全。”

“这是帝国皇帝的责任，”曼努埃尔和蔼地点点头，“这样的话，我的大军将在村庄附近驻扎，我们只休整数天，你们村庄的生活就可以恢复原先的规律。”

“不胜荣幸，”老者又欠了欠身，“衷心祝愿陛下的大军旗开得胜。”

“请带我去看看你们村庄的水井。”曼努埃尔突然说道。

“水井？”老者好像有点不太明白，随即做出恍然大悟的表情，“好的，陛下，请跟我来。”

曼努埃尔带领众将，跟随老者来到一口水井边，“这是村庄中最大的水井，”老者告诉他，“如果还想看其他的，就在村子的西方和北方。”

“亚尔斯兰没有对这些井水做过什么吧？”曼努埃尔随意地说道。

“没有，也许是他没有时间，”老人回答，“他被陛下击败之后，部队直接溃逃进了科尼亚盆地，可能苏丹希望用那里的要塞来挡住陛下吧。”

“请从里面打一些水，我突然觉得口渴。”皇帝随意地说道。

老人遵从他从井中吊起一桶水递给曼努埃尔，井水还算清澈，闻起来也没有什么不同，皇帝接过老者手中的瓢，刚从桶里舀起水，秃顶的兰帕德斯就拦在陛下的身旁，“你自己也感觉到口渴吧？”老将军的眼睛紧紧盯着老者的脸。

老者咧开嘴笑了，“您说得对，将军，”说完就将瓢中的水一饮而尽。

“我们自己去看看其他的水井吧，”曼努埃尔望了老者一会儿，对老者展开一个笑容，“回家去吧，非常感谢你的帮助。”

老者刚离开，曼努埃尔就示意骑兵卫队长约翰维塔斯走近些，“你派人盯住这个老头，”皇帝对约翰嘱咐，“如果他有什么异常的动静，就过来报告我。”

约翰点点头，就在这个时候一个身穿深灰色短装便服的斥候骑马向他们这里奔来。奇怪的是没有任何士兵问他口令。

他正感觉有些奇怪，老将兰帕德斯就在耳边低声提醒年轻的骑兵卫队长，“他是军情处的人，说不定正有什么好消息向陛下汇报。”

灰衣人在曼努埃尔面前翻身下马，并喘着气向皇帝鞠了一躬，从衣袋中翻出一件东西。

约翰蹭的一声抽出了腰间的佩剑，但被皇帝制止住，他向皇帝点点头，并走向灰衣人身边接过那件东西递给皇帝。

灰衣人则立即翻身上马离开。

那是一枚镶嵌着珐琅狮首图案的精美戒指，皇帝盯着戒指看了一会儿，然后笑容开始出现在嘴角。

“我们的尼塞卡成功了，”曼努埃尔把戒指展示给大家看，他要让众将分享这狂喜的一刻，“他寄给我这枚戒指的意思就是：‘狮剑’的首级已经取得，哈！他干掉了罗姆苏丹国的苏丹！”

“这下科尼亚肯定乱成一团，”兰帕德斯笑道，“没有任何东西能阻挡住我们大军脚步。

“那么就不能浪费命运女神的眷顾，”曼努埃尔转身招呼肯塔克，高大强壮的光头重装步兵指挥，“肯塔克，安排步兵们扎营休息，军队可以驻扎在贝伊谢西尔湖湖畔，湖面很大，那个已死的亚尔斯兰做不了什么手脚，如果小曼西姆斯到了，告诉他不用专门押运补给品了，我需要他与他手下那些精通攻城器械车辆的技师。跟随我们一起进入最后一片山区，再经过一个突厥人废弃的要塞，科尼亚就在眼前了。”

“东罗马帝国未来的命运就在眼前了。”皇帝低声喃喃自语。

小亚细亚北安卡拉以西的丛林中。

“父亲！巴夏的包围撤退了，”亚美尼亚人萨亚斯急忙向父亲报告，“我们的斥候仔细观察过他们大军废弃的营地，突厥人带走了所有的东西。”

“你观察过森林附近是否仍有炊烟？”凯纳斯问儿子。

“已经观察十天了，没有任何突厥人还住在密林里的迹象。”萨亚斯回答。

“南方陛下取得了胜利，已经濒临科尼亚城，”凯纳斯长长地舒了口气，“而且亚尔斯兰也被我们军情处的顶尖刺客干掉了！巴夏的北方军团肯定南下前往增援科尼亚，但这已经不能再挽回整个战局了！”

“帝国的胜利也有我们的功劳。”凯纳斯轻轻拍着儿子的肩膀。

“那么我们需要追击巴夏吗？”萨亚斯问。

“不，十天了，他早就走远了，”凯纳斯思索了一会儿，“我们的骑兵不够多，还是继续沿大路向安卡拉开进，虽然我们没有真的攻城器械，但还是可以封锁安卡拉，牵制那里的守军，直到陛下在南方得到决定性胜利。”

“那就这么干吧！”萨亚斯点点头，“我去带他们拔寨起行。”

虽然已经进入秋季，但仍干旱而燥热，即使在密林间也一样。对安纳托利亚高原西北部地区来说，这已经是一片相当大的密林了。拜占庭北方军团的士兵在密林间行走，通向安卡拉的大路很快就会出现在他们的面前。

萨亚斯努力调动麾下的骑兵四处分散哨探，但他最终发现这是徒劳之举，在密林间行走之际，因为树木的牵绊，他快速的阿兰骑兵们并不能做到为整支大军提供哨探的工作在这个地形下他们的速度并不比步兵快多少。但这危险的森林之旅即将结束。之后他就不用考虑这令他烦恼的问题了。

一名士兵突然被绊倒了，他跌倒在湿漉漉的草地上。接着另一名骑兵的战马也翻倒在地，这几乎摔昏了马鞍上的骑手。在这个不停有小溪流穿越的密林，并不是什么新鲜事。潮湿的溪边岩石甚至能让山羊与鹿蹒跚。萨亚斯命令扶起摔倒的士兵继续前进，但一丝危险的信号已经出现在凯纳斯的脑中。

凯纳斯翻身下马，疾步上前，抚摸湿滑的草丛，这种不详的腻滑感似乎不太寻常，他用手掌蘸了一点儿，放在鼻前嗅了一嗅。

恐惧顿时笼罩了凯纳斯的整个脸，“散开！”他呼叫着儿子，“萨亚斯，命令大家散开，向后退，离开这个区域！”

雨点般的陶瓶突然从丛林中掷了出来。

陶瓶一碰那些腻滑潮湿的草丛，立即爆射出冲天的火光，瞬间将靠近的士兵全部笼罩在充满惨叫声的火焰中⑦。火借风势，向聚集在密林里的拜占庭士兵涌过去，并因为干燥枯枝的加入而扩大火势。仅仅几分钟，纪律严明、训练有素的拜占庭步兵与亚美尼亚重骑兵就乱成一团，在森林中躲避燃烧而乱跑。

⑦ 这种“拿法”掷油瓶，上文已经介绍过了。

当躲避火焰后撤的拜占庭士兵们拥挤在西边林间小路时，无数突厥弓箭手与掷矛兵涌了出来，弓箭手大都是下马作战的骑兵，他们向凯纳斯军团倾射出可怕的箭雨。无数拥挤在道路上的拜占庭士兵成片倒下，接着掷矛兵接近了拜占庭大军，利用掷矛毫无顾忌的对付拜占庭北方军团中最精英的亚美尼亚重骑兵——因为对方没有任何重步兵或骑兵可以威胁到他们的射击，几乎每名掷矛兵的投枪都弹无虚发——他们杀死了五倍于自己的敌人。拥挤在道路上的亚美尼亚重骑兵纷纷落马。

凯纳斯从惨景中很快了解了他的对手，也明晰对方计划的要点所在——一旦帝国军队被大火所狙击而惊慌，人群必将向西边后撤并拥挤在该地的小路上，再被无情的突厥弓箭手作为箭靶而收割。亚美尼亚老将发布了他当时唯一可以发布的正确命令，“沿小路南方撤出密林！”

但在巴夏面前，仅仅正确永远是不够的。

当损失惨重的凯纳斯军团即将从南方小路撤出密林时，早前佯装撤退——现在在平原上等候多时的塞利姆回军发动了最后的冲击，塞利姆精锐的哈珊卫队则在他的指挥下将战马驱使至最高速，咆哮着冲向毫无阵型可言的敌手，并在血肉横飞中将他们冲得七零八落。拜占庭士兵开始成片逃亡。

凯纳斯的眼中全是乱跑的士兵，但他看见了一个人，就像即将溺死者发现了救命的希望，沮丧的眼中瞬间充满了光芒，“萨亚斯！”他呼喊着儿子，“和奥多万一起，带领你的阿兰骑兵们，马不停蹄撤向特拉柏森城堡⑧。记得一定要在突厥人之前到达特拉柏森，不然我

⑧ 特拉柏森在战场的东北方向，临近黑海。

们就全完了！”

“我不能走！”萨亚斯疯狂地在战马上挥舞着双刀，切开了一个刚猛冲过来的哈珊重骑兵的咽喉，“父亲你怎么办！”

“我们不能一起突围！”凯纳斯挥舞着沾满鲜血的长剑，站在一面土坡上，向萨亚斯指着山脚下，“我的亚美尼亚骑兵还在拼杀，我和他们将从东南方突围，记住！儿子，我俩在特拉柏森城堡会合！”

“快走吧萨亚斯！”奥多万在一边催促道，“你再不走就会害死你的父亲，因为他们也不会走！”

萨亚斯重重地向父亲点点头，眼神却久久不愿离开凯纳斯的脸，最终大吼一声，拨马挥舞双刀带领阿兰骑兵们向东北方向杀去。

凯纳斯看见萨亚斯离开，轻轻地闭上眼睛舒了口气，然后转身望着山脚下那里一名亚美尼亚重骑兵都没有，只有不停涌来的突厥士兵，他们早已全军覆没，他只剩下一个人，他只能默默地向天父祈祷，萨亚斯能够在厄运降临之前赶到特拉柏森。

祈祷完毕，他转身挥舞着沾满敌人鲜血的长剑，狂吼着加入最后的战斗，他的士兵已经所剩无几，但他依然在疯狂的战斗着，刺倒砍翻了一个又一个突厥士兵。

突然一件重物击中了他的头颅，很可能是钉锤，恍惚中凯纳斯可以感觉到额顶留下来的鲜血遮挡住了视线，他的力量在丧失，长剑摔落在地，模糊的视线中，他看见了一张脸，一张冷酷、自信、坚决的突厥将军面容，那是巴夏掩饰内心狂喜的脸。

接着黑暗完全笼罩了他的视觉。

面容消瘦，甚至有些病态的巴夏静静地端详着倒在他面前还在最后抽搐的凯纳斯，一面从战靴边抽出匕首，从自己腿上挑起一条还沾着鲜血的水蛭。他的皮肤上布满了各种昆虫的叮咬，并泛出不健康的黄黑色。

“这就是干掉你这个老东西的代价，”巴夏甚至咳嗽起来，他望了一眼赶到身边的哈珊骑兵指挥塞利姆，“除了你的精锐骑兵，我让自己的整支军队离开营地，没有造饭的烟火，没有清澈的饮水，全是毒虫叮咬与冷干粮，足足十天隐藏于恶劣的密林之间，”他顿了一顿，轻轻闭上眼睛，“但这一切都是值得的。”

“您成就了我们想都不敢想的功绩，”塞利姆发出由衷的敬佩，“我们歼灭了整支东罗马人的北方军团！凯纳斯这位亚美尼亚名将的军队竟然在我们的战马与弯刀下全军覆没，这完全超越了苏丹对您的希望。”

“那么，我们现在可以打扫战场了？”阿布杜尔也来到他身边，望了一眼面色疲惫的巴夏。

“你抓住凯纳斯的儿子萨亚斯了？”巴夏毫不客气地转身盯着阿布杜尔。

“没有，”阿布杜尔抬起眼睛有些紧张地望了他一眼，“他向东北方向逃跑了，也许正带着他的阿兰骑兵飞奔向特拉柏森。”

“所以打扫战场这种美事轮不到你，”巴夏冷冷地打断他，“所有辛苦在林间埋伏的军人都将得到最多的战利品，”他不容置疑地命令，“而你，阿布杜尔，从现在就开始带领你的轻骑兵马不停蹄地追击萨亚斯，一直追到特拉柏森城下。”

阿布杜尔用嫉恨的眼神偷偷扫了巴夏一眼，然后叹了口气离开。

“塞利姆，你带领哈珊骑兵跟上他，”巴夏对塞利姆的态度显然好了很多，“帮我看好他，别出差错。”

“将军，”塞利姆有些不解，“我们已经获得了全胜，凯纳斯北方军团的威胁已经不复存在，我们为什么不向南增援苏丹呢？”

“因为我们要一起把北方的事情干完，”巴夏眼中闪烁着狂热的光芒，他用力拍了拍哈珊卫队指挥的肩膀，“现在曼努埃尔已经濒临科尼亚，我们来不及支援，不如集中力量彻底取得北方的胜利，我要让萨亚斯疲于奔命，完全无法建立起任何抵抗，这可是我们名垂青史的好机会！”他顿了一顿，脸上掠过一丝狡黠的神色，“所以暂时别管什么南方苏丹的命令。”

待到塞利姆也领命而去，巴夏就望着自己的士兵们打扫战场，自己疲惫地坐在一块石头上。面无表情地望着用来追击萨亚斯的突厥骑兵在一队队开拔，他低下头，缓缓从怀中掏出一件东西仔细端详。

那是他最近刚得到的一枚镶嵌着雄鹰图案的精美戒指，由另一位领袖颁发的北方军团司令官戒指，他会在适当的时候把这个展示给阿布杜尔与塞利姆，当然，从此以后，他不用再听从亚尔斯兰的命令了。

Chapter 10

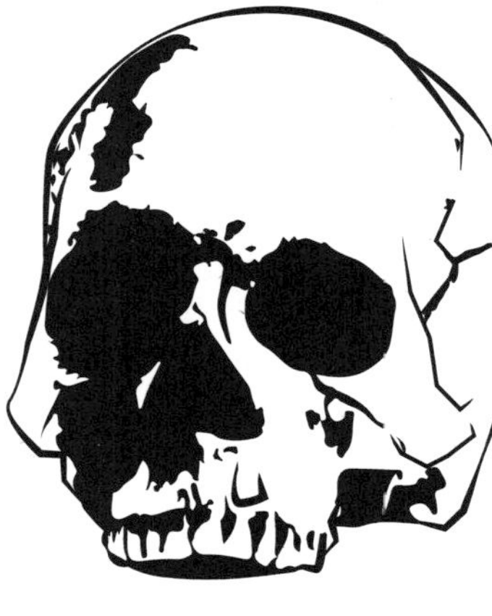

皇帝披上上衣，顺手从床边抽出双头鹰之剑，拨开帐帘，前往军营查看。这个时候，匆匆赶到的老将兰帕德斯正要报告，曼努埃尔吃惊的发现久经沙场的兰帕德斯脸上充满着惊慌这是以往从来没有过的。

“怎么回事?”皇帝厉声问道。

“不知道,陛下,我们已经尽力了,”兰帕德斯的瞳孔因恐惧而放大，“我们就像是被恶魔诅咒了……

曼努埃尔做了一个梦，一个关于他完全收复小亚细亚的梦，很多苏丹都匍匐在他的脚下，宣布从此归顺帝国。帝国的疆域又回复到黄金时代的盛况，大主教则带领无数僧侣在圣索菲大教堂①给自己的胜利祝福。他则终于可以休息了，将帝国交给一个信得过的继承人。

这个信得过的继承人是谁呢？皇帝在梦中猛然想到，即使收复了小亚细亚，他也不能将国家交给自己的儿子，安条克皇后玛丽娅②生的小亚历克塞，那个纨绔子弟，所有辛苦夺回的土地会像浮云一样瞬间消散。

该将帝国交给谁？曼努埃尔痛苦地想着，几乎想破了头，这个时候，四周开始传来哭声，并且哭声越来越响，如同许多苍白的哀嚎着的亡灵，瞬间包围了自己。

满头大汗的曼努埃尔一个翻身从噩梦中惊醒，但他很快意识到，哭声并不是仅存在于梦境。

皇帝披上上衣，顺手从床边抽出双头鹰之剑，拨开帐帘，前往军营查看。这个时候，匆匆赶到的老将兰帕德斯正要报告，曼努埃尔吃惊的发现，久经沙场的兰帕德斯脸上充满着惊慌，这是以往从来没有过的。

“怎么回事？”皇帝厉声问道。

“不知道，陛下，我们已经尽力了，”兰帕德斯的瞳孔因恐惧而

① 君士坦丁堡最壮丽的宗教建筑，使用大穹顶的设计，在现在土耳其的伊斯塔布尔，依然是标志性建筑和最著名的旅游景点。

② 曼努埃尔的妻子玛丽娅皇后来自十字军公国安条克公国的西方人，事实证明，她是一位很不称职的皇后。

放大，“我们就像是被恶魔诅咒了，很多士兵……”

“带我去看。”曼努埃尔招呼两个卫士跟上。

诅咒是从肯塔克密集驻扎在村庄边缘附近的两个重步兵纵队中蔓延开的。现在就连营地内的阿尔维斯轻骑兵所部也开始出现各种异状。当曼努埃尔赶到时，已经有不少士兵呼吸衰竭而死亡。有些士兵因严重的腹泻而身体脱水以致休克或昏迷。更多的士兵因发高热，腹部出现剧痛在营地中翻滚。而军队与村庄的大量骡马，牛羊依然健康如同什么事也没有发生一样，在营地里安详的吃草，构成了非常诡异的画面。

曼努埃尔疾步走进一所营房，病痛的哀嚎声已经笼罩着整个军营，望着麾下昨天还生龙活虎，对战争充满必胜信念的士兵，今天却成为了担架上一具具毫无生气的尸体，活着的士兵也躺在营地里痛苦地捂着腹部翻滚，整个身躯都在颤抖。

“是从昨天夜半开始的，”跟在后面的兰帕德斯难以置信的摇着头，“先是肯塔克的步兵，然后是阿尔维斯的骑兵，不可能是中毒，我们所有的井水都检查过，贝伊谢西尔湖的水军营里的牲口都喝过，安然无恙。可我们的士兵却……这一定是魔鬼对我们的诅咒！”

“不是中毒，也不是魔鬼的诅咒，”曼努埃尔额顶的血管在急速跳动，强烈的绝望情感几乎使得一阵苦涩的胆汁都涌入口腔。皇帝用发抖的手从怀中抽出手帕捂住嘴，“我见过这种情形，”他想起了第二次十字军东征时神圣罗马帝国皇帝康拉德三世类似的病症，那次病症是在君士坦丁堡被治愈的，但这次军营里爆发的很明显要严重得多，“是痢疾，”皇帝痛苦地一字一顿地说，“我们的军营中爆发痢疾了。”

“那我们的牲口，它们……”

“这种痢疾不会传染给动物③，”曼努埃尔用自己所能坚持的所有力量嘱咐兰帕德斯，“我们需要把得病的士兵隔离起来，可以给它们提供药品与食物，但不能接近，更不能在共同的区域吃东西或者排泄。”

“遵命，陛下，我马上去办。”

“有没有高级军官得病？”曼努埃尔问道。

“有，重装步兵指挥肯塔克得病了，”兰帕德斯几乎不敢看曼努埃尔的眼睛，但他赶紧补充道，“但肯塔克很强壮，他的病不算很严重，不会危及性命，他还能走。”

“让他与所有士兵立即向南离开这个区域！”曼努埃尔痛苦地将手指插进黑色的头发中，“显然这个村庄里就是瘟疫的蔓延区，必须赶紧离开这里。”

“是的，但奇怪的是这个村子的村民没有什么动静。”兰帕德斯疑问道。

“这不可能！”曼努埃尔叫道，“你带两个人跟我进村看看！”

村子里还是一如既往的宁静，甚至比平时更加安静，无人照看的骡子与牛在院子或村边小路旁悠闲地吃着草。曼努埃尔的卫士一脚踹开了一间农户的房门，恶臭扑鼻而来，映入眼帘的是两具倒在床下刚死不久的尸体，尸体皮肤惨白，失禁的粪便中甚至有重重的脓液，他们看起来像是一对年长的夫妻，他们扭曲地趴在地面上，像是在死前忍受什么巨大的痛苦。

③ 这实际上是一种中毒性菌痢，比一般的痢疾病发与传染都要严重，主要依赖食物与粪便传播，不过不会传染给动物。

死者似乎身下压了一卷经书，有个卫士刚想用靴子去拨，曼努埃尔厉声阻止了他，“别碰他们，去下一家！”

其他的农户也同出一辙，只有尸体，终于有一家还有个女人奄奄一息，但已经完全说不出任何话。

“他们看来也是中痢疾而死，”兰帕德斯不明白，“可为什么他们不向我们求救？”

曼努埃尔浑身一震，似乎想到了什么，“你去安排士兵分批次向南转移，我要问约翰维塔斯一件事。”

当皇帝赶到村子中心时，骑兵队长约翰维塔斯正在那里等他，“我让你看着那个老头儿，”快步赶来的皇帝急匆匆问道，“他就住在这里？”

“是的，”约翰回答道，“自从那天我们见面后，他一直就在家里没出过门。”

皇帝一脚踹开了房门，带着卫士冲了进去。他们看见房间里到处都是污物。而和上次接待他们、礼貌和蔼、精神矍铄的形象不同，他们在屋里看见一个奄奄一息的老人。一个浑身水肿、肤色苍白以致溃烂的家伙，但他抱着一卷经书，冲着曼努埃尔轻轻的微笑。

巨大的震惊之后却显现出平静，因为曼努埃尔心中已经有了答案，“你笑什么？”他不动声色的问老者。

“我是真主的使者，”老人没有回答皇帝的问题，仍像中邪一样喃喃地说道，“我是真主的使者，圣者的仆人，他们派我来惩罚邪恶的异教徒，所有的异教徒都要下地狱。”

“你证实了我的猜想，”皇帝紧盯着老者的脸，“看来这不是一次命运的灾难而是诡计，在我们到来之前，村里已经开始蔓延痢疾了对吧？”

“没错！没错！”老人疯狂地用力点着头颅，几乎每一次都要让自己的身体散架，“本来我们以为是真主降灾给我们，是因我们的罪而惩罚我们，但我们现在觉悟了！”老人的眼中闪现着光芒，“圣者让他的仆人告诉我们，这是真主赋予我们进入天国乐园的机会！我封锁了消息为真主效力，就能永久远离末日地狱之火！”

“难道全村都像你一样是疯子？”曼努埃尔疑问，“那些正常点的村民都在哪儿？”

“拒绝为真主效力就是背叛，我把不愿意留下的人带到村子的南边，在那里圣者的仆人集中解决了他们，”老者眼神中的光芒似乎黯淡下来，但依然由于偏执而努力瞪着前方，“我的两个女儿，她们拒绝效力，她们想逃离村子，圣者那些身穿绿袍的仆人就处决了他们，没错！她们都得死！”他咬着牙大吼道，似乎是想说服自己，“就得像个异教徒那样死去！”

“这么说，努尔丁已经到了小亚细亚，”曼努埃尔默默地叹道，“效忠他的哈萨辛刺客们也到了。”

“圣者的仆人还带来了其他的人，他们自愿为真主而献身，他们得到了永久救赎的机会！”老者继续说，枯涸的脸幻化出光彩，“我让他们假扮村民，给你们做饭提供食物，并把病人的粪便少许倒入水井，哈哈！这不是毒药，用牲畜都无法试出真相，这次，异教徒军队可凶多吉少了！”

“你这个魔鬼。”曼努埃尔一字一顿地说。

“所有的异教徒才是魔鬼！”一股惊人的力量让老者竟然站了起来，颤颤悠悠地张开双手，向曼努埃尔扑了过去，“如果我让魔鬼大军的首领染上痢疾死亡，真主将赐予我天园，永享幸福！”

曼努埃尔急忙向后退，约翰维塔斯抽出长剑，大喝一声，一剑将老者砍翻在地。

“别碰他的身体，”曼努埃尔嘱咐约翰，“我必须让大军立即向南转移。”

曼努埃尔大军的营地北侧，贝伊谢西尔湖边的一个小土坡前，身穿绿袍的一个身材修长的女人静静地望着几天前还士气高涨，井然有序，拥有必胜信念的拜占庭大军处于惶恐与混乱，丢下无数因患病死亡的士兵尸体向南转移，知道她与手下已经成就大功，主人的计划已经成功。她一面望着，一面从怀中掏出一些块茎状的食物咀嚼着，尽管她从来都不喜欢这种食物的味道。

这让她轻轻触了触腰间的眼镜蛇短剑，也许她应该更仔细点，将那些因办事而可能染病的手下一起杀掉。

曼西姆斯与马库斯的军队仍沿着大路在行军，而他们这次护送的是真的粮草辎重，也是最后一批由他亲自护送的给养，之后他指挥的军队将增加帝国宝贵的攻城机械，攻城部队需要他这个帝国最专业的机械师。

之前他得到的消息是曼努埃尔的大军在一半供给的状态下连续行军数天，后来的消息是他们在贝伊谢西尔湖附近得到了补给，那么曼西姆斯也就没这么心急了。

"陛下的信使来了！"一名士兵报告曼西姆斯。

信使在普罗诺埃重步兵指挥的马车边翻身下马，递给他一封信，然后又上马离开。

曼西姆斯眉头紧锁着看完了信。

"信上说什么？"马库斯在一旁问，因为他不识字。

"陛下让我加快速度赶到他那里商议军情，对了，马库斯，让大家把补给品中的大蒜都翻出来！"小曼西姆斯嘱咐他，"每个人都必须生吃，军官监督，拒吃者军法处置！"

"大蒜，"马库斯做个了厌恶的鬼脸，"我讨厌那玩意儿，特拉柏森人不喜欢大蒜。"

“必须吃，”曼西姆斯坚决地说，“因为陛下的大军中爆发痢疾了。④”

“陛下，我建议撤退，”这是曼努埃尔大军向南方转移后他们的第一次军事会议，大家围绕在皇帝的大帐中，发言者是老将兰帕德斯，“这次的痢疾爆发太严重了，肯塔克的重装步兵死亡尤为惨重，而重装长矛步兵一直是我们的步兵主力。现在整支大军士气低落，如果我们撤回城市，生病的士兵将得到救治。我们仍控制着攻城机械，我们可以明年再发动进攻。”

“我同意兰帕德斯的意见，”说话者是弓箭手的总指挥，满是络腮胡的瓦塔瑟斯，“我的弓箭手也有大量染病，死亡者虽然不多，但失去战斗力的人太多了。士兵们现在想的都是回家。”

曼努埃尔望了他们一眼，没有说话。

“从另一个方面来考虑，”轻骑兵指挥阿尔维斯提出不同意见，“我们之前的胜利使突厥人损失了大量军队和他的苏丹，敌人也许比我们更加混乱。我们不应该浪费这次机会，再说，”他顿了一顿，“如果我们攻克科尼亚，那也算是个大城市，药品，补给，什么都有了，患病的士兵就可以在当地得到休整与治疗。”

“可圣者努尔丁到了，”兰帕德斯反驳他，“他现在据说已经代替了亚尔斯兰的位置。”

“他一个人有什么可怕的，”阿尔维斯不以为然，“他也就是个东部地区的苏丹而已，充其量还是个神棍，难道他能用带有蛊惑的演说来挡住我们的军队？”

④ 大蒜可以算是预防痢疾最有效的食物了。

“阿尔维斯？”曼努埃尔终于开口了，“肯塔克的身体怎样了？”

“已经好了。”阿尔维斯赶紧说道，又加上了一个肯定的表情，“他非常强壮，现在已经能自由活动了。”

“他恐怕还仅仅是能自由活动吧。”兰帕德斯婉转的责怪他没有说出全部实情。

“约翰，你怎么想？”阿尔维斯想争取骑兵队长的支持。

“陛下说怎么办，我就怎么办，”约翰不好意思地说，“我是卫队长，一切以保护陛下的安全为首要任务。”

“我的意见也与维塔斯将军一样，”在一旁稍远处的土库曼雇佣军指挥乌古鲁插嘴说，“陛下说怎么办，我们就义不容辞，当然，陛下，”他轻轻舔了舔舌头，“至于我们服务的金币……”

“这次战役结束你们的金币就会全额支付，一分不少。”皇帝向他保证。

乌古鲁点点头，但他又斜睨了一眼曼努埃尔的表情，皇帝紧锁的眉头似乎在回避什么问题，但土库曼骑兵指挥装作没看见，继续退回到角落中。

众将都望着皇帝，等待着他的决定。曼努埃尔低着头望向地面沉默不语。

“曼西姆斯到了。”一个侍卫进来报告。

皇帝就像是从沉睡中苏醒了一样，他有点恍然地望着众将，“这件事让我再考虑一下，”曼努埃尔努力让脸上挤出一个微笑，“我先和曼西姆斯谈谈。”

阿尔维斯很奇怪为什么这样重要的决定要争取一个运粮官的意见，但他还是和众将一起离开了。

疾步赶来的曼西姆斯掀开皇帝大帐，仅仅过了十天，目光中曼努埃尔的样子已经苍老了许多。本来在他的印象中，皇帝虽然年近六十，但始终拥有积极进取的精力与信心。但现在展示在他面前的是一个真正的老人，一个需要支持的老人。

“你已经给我带来了补给品与药品，这样我们就不用呆在那个危险的村庄了，”皇帝像拥抱孩子那样轻轻拥抱了他，停顿了一下然后望着他的眼睛，“而这些都不是我想问你的，你知道我想询问你什么。”

“兰帕德斯和瓦塔瑟斯他们的意见呢？”曼西姆斯想了一会反问。

“他们希望我撤退，”皇帝用手掌轻轻抹着自己的脸，“阿尔维斯希望我继续进军，在攻克科尼亚后再让士兵得到补给与治疗。”

“陛下的意思呢？”曼西姆斯低着头缓缓问道，虽然他大概已经知道答案了。

“我想要继续进攻。”皇帝说完这几个字后紧紧地抿着嘴唇。

“是因为陛下为此准备了十年么？不愿就此放弃？”曼西姆斯不露声色，“还是因为这是帝国千载难逢可以单线作战的机会？”

曼努埃尔在大账中徘徊，时不时会斜睨一眼曼西姆斯，而后者一直在安静地等待皇帝的回答。

“其实这都不是最主要的原因，”皇帝最终停下脚步低语，并确定不可能再有第三个人听见，最终曼努埃尔的脸上泛起了苦笑，“因为我没有钱了。”

曼西姆斯理解的点点头，长吸一口气，并把自己的反对意见咽了回去。

“这次大军出征已经透支了帝国的军费，”曼努埃尔不自然地眨了眨眼，叉起双手，也只有这个时候曼西姆斯才能察觉皇帝内心的不安，“特别是贵族精英军队和雇佣兵军费，佣兵的薪水我暂时还欠着。如果我们就此打道回府，即使安全回到首都，拖欠军饷很可能导致军队哗变。”

“但如果我们攻克科尼亚，”曼努埃尔面色凝重，“我可以接手亚尔斯兰宫廷里的一切，我可以将这些东西全部分给将士们，所有的一切都将得到补充，军队薪水、粮食、清洁的水源以及当前最重要的药品。”

“你怎么看战局？”皇帝挤出一个笑容，尽量表现出轻松，望着曼西姆斯。

“如果陛下希望军队继续作战的话，”年轻的军官仔细思量着，“必须冒一些风险，这里至科尼亚城还有最后一段地形复杂的路线要走，而我军爆发痢疾，不可能像往日一样稳步扎营进军，必须进行危险的强行军，那么陛下的斥候就必须负担起更加仔细与有效率的侦查任务，发现每一处来自伏击的危险。如果我军经过这段山路并在科尼亚盆地完全展开，”他顿了一顿，“科尼亚城应该就是我们的了。”

“进军的最大的有利条件就是亚尔斯兰已死，而科尼亚地区残余的突厥军队还无法与我们相抗衡。”曼努埃尔思索着，“所以同时，我们必须选择强行军，一定要趁科尼亚得到突厥北方军团支援前攻克科尼亚。”

“是的，如果我们能做到的话。”

“以后粮草辎重由别人负责，现在你的重装步兵负责保护我们的攻城机械，”曼努埃尔抬高了声音，拍了拍曼西姆斯的肩膀，“特别是在肯塔克的重装步兵遭到痢疾重创之后，也许你还得负担更多的事务。”

“为了胜利，陛下。”曼西姆斯重重敬了一个举手礼。

“为了胜利，”曼努埃尔还礼，突然想起一件事，“你知道努尔丁已经到达科尼亚了么？”

“那个穆斯林圣人，东部摩苏尔大片领地的苏丹？”曼西姆斯轻轻皱了下眉头，“我们不知道这件事，他从东部带军队来了么？”

“据我们军情处的情报，他仅带了卫队。”皇帝说。

“那还好。”曼西姆斯松了口气。

帝国大军很快起寨拔营，继续前行。但和往日精神抖擞对胜利充满信心的气势迥异，军队里充满了因大量人员由于痢疾而死亡的悲哀气氛。皇帝实际上与所有人一样悲伤，甚至更加痛苦。但他必须鼓舞士气，依然显出胜利就在眼前的信心，并让大家相信进入科尼亚后所有的一切都会得到。

曼努埃尔在行军途中警惕地环视四周，紧张而仔细观察着大军进入这片危险的区域。此地确实是个很适合轻型游牧骑兵突袭的地形，没有过多树木遮挡，而又绵延起伏。

皇帝庆幸这次痢疾并没有影响他最得力的军队：铁甲圣骑兵、北欧卫队与约翰的贵族骑兵部队，他们由于在营地中心地带离村庄稍远没有使用那里的食物与饮水。他将这些可以依赖的战士布置在整个大军的后方，一旦遭到突然袭击，这些精锐可以稳住阵脚，防止不利情况扩大。

作为帝国大军的斥候，阿尔维斯与他的轻骑兵基本翻越了这片土地的每一座山坡。所有战马与骑手都大汗淋漓。而阿尔维斯所焦虑的还不止这些他的军队受到痢疾的影响损失很大，现在很多人需要药品与清洁的水源。而只有加快速度才能让这些人得救。

“这里是哪儿？”阿尔维斯登上一座小山坡，指着一座砖石结构的堡垒问另一名轻骑兵。

“这里叫密列奥赛法隆，是一个突厥人废弃的要塞。”

“废弃的？”阿尔维斯问，“有敌人的踪迹么？”

“没有，看起来已经很久没有被使用了。”

“如果突厥人连这座堡垒都放弃的话，”阿尔维斯判断，“那敌军就没留下什么军队了。”

“大军的行进速度取决于我们的侦查速度，”一名骑兵提议，“如果我们快点，就能让弟兄们早点进入科尼亚城！”

阿尔维斯仔细地搜查了密列奥塞法隆要塞四周，“什么都没有，”他自言自语道，“让大伙儿加快速度！”他的提议被骑兵们所响应，阿尔维斯一夹马肚，催促坐骑向东继续前进，“给山下发信号，没有任何情况！”

轻骑兵们继续向东前行，要塞周围的草丛中突然睁开一双灰色的眼睛。

两名速度最快的拜占庭轻骑兵身背军旗，已经越过了两个山头，这片林地的灌木比前几个山坡都要高大，树林的牵绊与高度疲劳的身躯让他们逐渐停下坐骑的脚步，从披风掩盖的轻鳞甲下掏出水壶。这里还是一如既往，什么都没有。可以向阿尔维斯报告了，再向前就是科尼亚盆地的边缘，突厥军队一定全撤进了科尼亚要塞，这样会对帝国军队有利。

林地间突然飘出一团高速移动的绿色幻影。幻影的顶端则是闪着寒光的一柄短剑。

拜占庭轻骑兵的手指甚至都来不及触及腰间的剑鞘，胸部鳞甲就被完全扎穿，他在临终前都没弄清楚对方怎么会也骑在他的马鞍前方，一只手还紧握着致命的短剑在他的心脏处致命的搅动。

另一名轻骑兵拔出了长剑，但这些动作，在这些迅捷的幽灵眼里，太慢了，实在太慢了。又一团带着弯刀的绿色幻影降临在他的马鞍后方。

轻骑兵颈动脉喷洒出的鲜血染红了幽灵们的绿色长袍。

使用弯刀的幽灵用靴子紧紧踩住濒死者的嘴，以免他发出最后的呼救声，因为其他巡哨的轻骑兵就在不远的山间。这时，第一个使用短剑的绿袍者走了过来，即使长袍也不能掩饰她健美修长的身躯，女人随意望了一眼躺在地上的尸体，又远远望着另一个山头的轻骑兵。这是一名土库曼骑兵，属于拜占庭军队中乌古鲁的雇佣轻骑兵，与阿尔维斯的轻骑兵一样，也负责哨探任务。

要把他也一起干掉吗？使用弯刀的幽灵打着手势请示道。

“不，留下他，”女性幽灵低声问道，“你一直在观察罗马人，会他们的旗语么？”

“只要是他们使用过的。”弯刀持有者自信地说。

“快速穿上罗马轻骑兵的军服，”女人命令，“给他们发信号：一切正常。”

帝国大军沿山脚下的大路穿越密列塞奥法隆要塞，其实很多将领与士兵均担心这座险要的要塞驻扎有突厥人的军队，但随着废弃要塞被抛至身后，紧张的神经逐渐缓和下来。

但相对于其他人，曼努埃尔的心脏却渐渐开始越跳越快，因为在视线中，他的大军由于地形越来越狭窄而行军成了一条长线他已经无法看清前列士兵的身影，对于他这样一个打了一辈子仗的老兵来说，这是个非常可怕的破绽，他几乎要命令大军停止前进，只是轻骑兵与雇佣弓骑兵部队不停地发送着安全的旗号，而正在染病士兵的哀号声也敦促他继续向前。

当罗马人穿越地形险峻的山谷之际，在他们的东方，科尼亚盆地的边缘地带，身旁站立着身材瘦长的将军穆斯塔法，一身黑袍下身穿金色鳞甲的穆斯林圣人努尔丁，正在听取为他效命的哈萨辛报告。

“罗马人已经有一半进入了山谷，”穆斯塔法小心地询问主人，“要等待他们所有军队进入吗？”

“这个口袋可以捕获十只公牛，但却无法抓住像曼努埃尔这样的猛虎，他的冷静、经验与利爪以及强大的力量会撕开口袋反噬猎杀者，”努尔丁望着西方的山谷，“但我们可以让惊慌失措的十只公牛，踩翻口袋外的那只猛虎。”

“我明白了，”穆斯塔法佩服地说，“我将亲自率领骑兵部队对进入谷内的罗马人发起攻击！”

“你必须歼灭罗马人的轻骑兵与重步兵，”努尔丁嘱咐，“隔开他们的重骑兵，其他的事情我来做。”穆斯林圣人一撩披风，翻身上马，“开始吧。”

整个山谷似乎在瞬间沸腾起来，突厥人的呐喊声压制了拜占庭人惊慌的叫喊声，高地上冒出了大量投枪兵，滂沱大雨般的标枪掷向阿尔维斯的轻骑兵，接着，不知从哪儿倾射下密集的箭雨。骑兵们纷纷中枪箭落马。接着，密集而衣衫褴褛的库尔德斧兵高举起战斧冲向帝国骑兵们，在狂吼声中把那些翻身落马的轻骑兵在血肉横飞中剁成肉酱，遭到突然打击的阿尔维斯肝胆俱裂，扔下无数翻倒在地的手下催促坐骑向后逃命。

另一支突厥轻骑兵在穆斯塔法的安排下，在他们熟悉的战场上追击着他们的敌人，惊慌失措失去指挥的拜占庭轻骑兵们要么就被砍倒，要么被箭矢射翻。也算是报了之前的一箭之仇。

几乎在同时，对于在山谷之中的拜占庭军队打击开始，突厥军队从山谷上方纷纷现身，居高临下向拥挤在山路上的帝国士兵抛射下极为可怕的箭雨。突厥轻装下马骑兵弓箭手使用远距离复合弓，用最远的抛物线射击打击曼努埃尔后方精锐部队中最靠前的约翰维塔斯，他的贵族骑兵虽然身披重铠，但马匹一般不着马甲，纷纷在乱箭中落马。而兰帕德斯指挥位于后方最精锐的铁甲圣骑兵虽然不畏弓箭，却因为落马的贵族骑兵堵塞了道路，担心踩伤他们而无法向前。重骑兵在山谷口拥挤成一团，皇帝身边的北欧卫队也无法顺利参战。

沉默寡言的拜占庭勇将肯塔克之前刚刚病愈，身体虚弱，但遭到突然袭击之后仍毫不畏惧。他回首冷静望了一眼拥挤在一起的后阵，明白这个时候下令后撤是自取灭亡，步兵指挥立即命令所有士兵严守本阵。但痢疾造成的巨大损失使得士气锐减，拜占庭重步兵不再如往日般纪律森严。这时，一批位于前列的突厥步兵开始投掷巨石，雨点般巨大的石块顺着崎岖的山坡向下滚动，如磨盘般碾翻了一片又一片密集站队的步兵，而伴随着重步兵们的惨叫，那些不太大的石块就直接砸在他们的头顶。肯塔克重步兵最靠近山坡的一个联队在瞬间就崩溃了，又叫又跑的步兵很快又冲散了后两个联队。

一个行军锅大小的石块击中了肯塔克的头顶，砸飞了他的头盔，鲜血顺着伤口从光头顶流了下来，但他已经没有时间在意，重步兵指挥回身迅速环顾了一眼混乱的局势，向掌旗官大吼，“维持队形！先向后转，离开突厥人的投石区域！”

那些已经崩溃的步兵与轻骑兵在山谷间乱冲，踩倒了数不清的士兵，一些狂叫乱跑的士兵向肯塔克亲自指挥的联队冲来，肯塔克一手持大盾，一手高举长矛，猛地一矛刺穿了领头逃命的一个军官的胸膛，其他逃兵被光头硬汉的凶猛所震慑，纷纷向两边逃跑，又被肯塔克率领的其他矛兵架起的长矛所阻挡。

肯塔克背起长矛，反手一掌重重地揍在一个已经不知所措联队长的脸上，打得他当场翻倒，“报告你的军衔！”光头罗马硬汉把他的披风领子揪住，拉到自己还在流血的狰狞脸边。

“第三步兵联队联队长卢卡斯向您……”

“你是帝国的重步兵联队指挥！逃命全部格杀勿论！”肯塔克吼叫

道，吐沫星飞溅到对方的脸上，但狂怒之中的重步兵指挥也并非完全不讲策略，“突厥人在谷口全是军队，只有跟着我才能活命！”

“是的长官！”

“命令你的人结成枪阵！布置在我的侧翼，跟我走！”

“是的长官！”

“那他妈的就快点去！”肯塔克一脚将他踹向他自己联队的方向。

“我们要不要成分散队形来躲避突厥人的箭雨？”另一名已经受三处箭伤的联队长向他报告。这时，又有一块巨石砸进了步兵方阵，在惊叫与盾牌的碎裂中碾翻了无数士兵。

“不行！必须结成密集阵型向后退！”肯塔克是跟随曼努埃尔久经沙场的老兵，知道接下来必然要应对的状况，“突厥人很快就要冲阵了！”

雨点般的箭矢与石块刚刚停歇，穆斯塔法就带领他麾下的精锐伊克塔贵族骑兵居高临下对肯塔克的步兵方阵发起冲击，大量的轻装突厥骑兵则位居两翼，突厥骑兵们一边奔驰一面向拜占庭步兵倾射箭雨，并在高速冲击中抽出弯刀，希望在箭雨与巨石造成大混乱的同时以一阵凶猛的冲锋立即造成对手的崩溃。

但令他们吃惊的是不断退却的帝国步兵起码有三个联队依然结成着充满纪律的方阵，拜占庭士兵组成盾墙，长矛就架在盾侧的一边，闪亮的矛尖瞄准着奔驰而来的突厥骑兵，而骑兵们的高速奔跑也无法刹住疯狂的马蹄。

几名拜占庭步兵被突厥战马撞翻在地，但突厥骑兵也陷入了他们所最不愿意面对的长矛阵，肯塔克高举起长矛，猛的一矛直刺一名身披重铠甲的伊克塔贵族，即使精美厚重的鳞甲也无法阻挡他的神力，突厥贵族高举弯刀的手僵持在空中，胸口盔甲碎裂处飚出泉涌般的鲜血，毫无声息地栽倒在马下。

又有一名伊克塔贵族催马向肯塔克冲来，希望借助马匹的力量挥舞弯刀在他的喉咙上来次绝杀，但反应依旧敏锐的肯塔克高举大盾，挡住了这致命一刀，并在一瞬间长矛出手，刺中了对手的后背。使突厥贵族落下马来。

突厥贵族不顾背上的伤痛，翻身爬起高举弯刀准备再战，肯塔克壮硕的身躯已经像战车一般冲了过去，三角形的巨盾将突厥贵族碾翻在地，接着，重步兵指挥高举沉重的盾牌，不停向对方的脑袋上砸去，橙黄色的脑浆不停飞溅在战靴上。

重装步兵指挥的神勇让处于困境的矛兵们士气大增，他们结成紧密的方阵，抵挡着突厥贵族骑兵潮水般的猛攻，冲入枪阵的突厥骑兵被纷纷从马上拉下杀死，穆斯塔法原先以为拜占庭人山谷中的重矛兵会在第一时间被冲垮，但现在却陷入了麻烦的混战，在这种混战中罗马步兵的人数将扭转整个形势。

穆斯塔法撤下了伊克塔贵族骑兵，退向山坡，边退边向拜占庭步兵方阵拉弓射箭，位于两翼的轻装突厥骑兵也纷纷开弓射击，箭雨倾射在拜占庭步兵的头顶上，不少士兵中箭阵亡。但肯塔克的矛兵将大型三角盾紧密排列架在头顶，最大限度减少了伤亡。穆斯塔法又想让山坡上的突厥步兵投掷石块，才发现肯塔克的步兵已经退在石块的射程之外。

他明白自己的机会在于利用混乱，而肯塔克正在拖延时间，拖延将使拜占庭人庞大的军队稳定军心，而那个时候吞噬肯塔克就会变成一件哽喉的使命。

事实上肯塔克干得比他想得还多，看见自己亲自指挥的联队已经稳定，强壮的光头罗马人就跑向更加轻装的弓箭手部队，找到了他们的指挥，满脸络腮胡的瓦塔瑟斯，“你的弓箭手现在还能结阵吗？”

“没问题！”瓦塔瑟斯向他保证，“只要你步兵的盾阵帮我挡住他们的弓箭就行！”

帝国步兵弓箭手比肯塔克想象中还要快的速度列阵，他们大都来自草原或特拉柏森，虽然铠甲轻薄，却拥有一张射程非常远的复合弓，“孩子们！”瓦塔瑟斯大吼，“也让我们用弓箭给突厥人一些教训吧！”

随着一片弓弦惊响，一阵箭雨回击向正在山坡上射箭的突厥轻骑兵，轻装的突厥骑兵纷纷中箭落马，穆斯塔法只得让他们向回撤，但这样一来只有数量有限的伊克塔贵族继续向山下射箭，之前拜占庭人被严重压制的幅度减轻了，穆斯塔法甚至看见之前因为突袭而狼狈逃窜的一些拜占庭步兵重新结成了方阵。

这还不是最严重的事情，山谷外由曼努埃尔皇帝亲自率领的最精锐军队，现在已经稳定了军心，双手持巨斧的北欧卫队与连人带马浑身披挂重甲的铁甲圣骑兵，以约翰重整的贵族骑兵为先锋，已经退出山谷并从小路绕上高地，穆斯塔法很明白他在那里其实只有轻装的步兵弓箭手与投枪手，而这些人是无法从正面抵挡重装骑兵与北欧卫队的双重突击的。

一旦曼努埃尔占领高地，陷入山谷的拜占庭步兵就将与皇帝里应外合，穆斯塔法的骑兵反而会被包围在半山腰——一个可以装十头耕牛的口袋确实不应该装一只强壮的猛虎，因为它会毫不客气地用利爪撕破口袋并将口袋的主人生吞活剥。

Chapter 11

突厥人的马蹄声邻近耳畔，他的身边只剩下四处逃散的步兵弓箭手，曼西穆斯毫无选择，出于本能开始拔出佩剑自卫，而周围全是突厥骑兵的喊杀声，一个突厥骑兵纵马向他冲来，气力放尽的他几乎完全虚脱，无力躲避，眼睁睁被战马撞翻在地。

穆斯塔法已经将近绝望，这时他望向密列奥赛法隆要塞后的山顶，一面巨大的星月王旗升起在高地上，一名气宇轩昂的贵族身穿金色鳞甲与黑色长袍，乘骑着灰色的神骏战马在旗帜下抽出了寒光闪闪的弯刀。

努尔丁骑在灰色的骏马上飞驰，黑色长袍随风飘动，他向空中挥舞着弯刀，以最快的速度从库尔德步兵队列追赶上了穆斯塔法停在半山腰的骑兵，“我是圣者努尔丁，真主的勇士们，都跟我来！”

“邪恶异教徒的头颅就在我们的刀下！胜利就在我们的掌中！”努尔丁向士兵们大吼道，“真主在上，他的两位天使在空中审视着我们，记录着我们的英勇与懦弱！跟随我！勇敢地再冲一次！异教徒的大军就会全面崩溃！从此整个安纳托利亚将会是我们永久的牧场，所有的勇士，死后都将进入天国乐园永享幸福！”

“真主在上！我听见了圣者的预言！”穆斯塔法被圣者的召唤所鼓舞，抽出马刀与战锤，刚才还在迟疑的轻装突厥骑兵也纷纷背上弓箭抽出雪亮的弯刀。而正在浩浩荡荡向山下蜂拥的狂热库尔德斧兵无疑加强了这种力量，整个山谷都笼罩在疯狂的气势之下。

“全体冲锋！”努尔丁仰天大吼。

“真主万岁！”穆斯塔法高声叫道。

突厥骑兵们马蹄踩踏发出惊天动地的震动。整个山谷都为之震撼。骑兵们冒着瓦塔瑟斯的箭雨向前猛冲，即使人仰马翻也在所不惜。穆斯塔法一手持弯刀，一手持战锤，带领伊克塔贵族骑兵冲在最前面，前排的骑兵被肯塔克的长矛刺翻，后排的骑兵继续冲上，利用战马的冲击力将拜占庭步兵踩倒在地，雪亮的弯刀砍向重步兵们的头顶。

利用战马发挥到极限的加速，穆斯塔法的弯刀在血雨喷洒中削开了一个矛兵的喉咙。又砸向另一名士兵的头顶，虽然敌人昏厥翻倒在地，他的弯刀也立即断折，但在狂热的召唤下他毫不在意，迅速使用左手的战锤砸开一柄长矛的突刺，并在长矛主人的额顶砸开一个脑浆崩裂的大洞。

刚才被肯塔克稳定的拜占庭重矛兵防线又四处告急，被冲开了一个又一个缺口，强壮的罗马将军亲自迎战，但依然处于被动。

“怎么回事！”瓦塔瑟斯受挫地吼道，“突厥人连以前只愿意游击的轻装骑兵都在挥舞弯刀拼命！”

“我不知道！”肯塔克皱了皱眉头，肠道中一阵绞痛，这阵剧痛甚至让他的头颅一阵眩晕，这对最强壮的罗马人肯塔克可是从来没有的事，他妈的，可千万别是现在，他暗自咒骂道，努力抬起眼睛望向前方，“瓦塔瑟斯，你要当心！成群的库尔德斧兵马上就冲到了！”

狂热的轻装库尔德斧兵高速涌了上来，第一排被肯塔克训练有素的矛兵全部刺倒，接着第二排也全部被刺倒，但之后的斧兵如同毫无知觉地继续狂吼着冲锋，终于冲进了矛兵的队形，疯狂的斧兵胡乱挥舞着战斧，在拜占庭矛兵队形里砍出一条血肉横飞的道路，一些矛兵被肯塔克重新建立的士气再次崩溃，开始逃命，这样又把瓦塔瑟斯的弓箭手暴露在敌人的攻击之下，库尔德人与突厥骑兵一起乱砍乱杀，使得不善肉搏的瓦塔瑟斯也只得拔出短剑来自卫。

但登上高地的曼努埃尔精锐军队怎么办？狂热拼杀的穆斯塔法已经完全不去考虑这个问题，他即将前往永恒的天国乐园，死后的战事就交给真主与他的天使们好了。

约翰维塔斯带领着没有因箭伤而失去马匹的贵族骑兵，冒着突厥人的弓箭向外围高地发起仰攻，突厥人大部分弓箭手都布置在山谷另一侧，因而火力并不足够猛烈。约翰明白速度的重要性——肯塔克的步兵与瓦塔瑟斯的弓箭手都依赖于此才能获得生存的机会。

约翰的视线中，对面的突厥步弓手已经开始逃离阵地，他们显然不愿意与装备精良的拜占庭贵族骑兵对持，贵族骑兵指挥回头望了一眼身后，由兰帕德斯指挥的铁甲圣骑兵和皇帝亲自指挥的瓦兰吉卫队由于速度较慢被拖在后面，但并没有太大关系，一旦占领高地一侧，山谷中的拜占庭步兵们就能得救。

高地上突然升起数面星月旗帜，而密集如林的长长骑矛也出现在高地顶端。约翰知道这种长度可不是轻骑兵的骑矛！他下意识的一勒战马，亚尔斯兰的哈珊重骑兵不都交给北方的巴夏军团了么？突厥人从哪儿带来的这么多重骑兵？

突厥人的重装骑兵逐渐出现在约翰的视野中，那不是亚尔斯兰的哈珊骑兵，他们的鳞甲比哈珊骑兵更加精细而厚重，有的骑兵还拥有面甲护住头脸，圆盾上雕刻着华丽的图案，战马与东罗马帝国的铁甲圣骑兵一样披挂着厚重的扎甲。与拜占庭人不同，他们的骑矛一般是双手持握而非单手，突厥重装战马踩踏在高地上发出地动山摇的巨响，在呐喊声中，排列成密集冲锋阵型的突厥重骑兵长矛一齐平举。

“古拉姆宫廷骑兵！①”约翰发出惊叫，“只有努尔丁才有的东方卫队！”

这些来自东方穆斯林省份最精锐的宫廷骑兵，居高临下猛冲向猝不及防的拜占庭贵族骑兵，宫廷骑兵的长矛透过精良的锁子甲与鳞甲，刺穿了数十名拜占庭骑兵胸部的肺叶。接着，这些自小熟练武艺与马术的

① 古拉姆原意为“经过训练的奴隶”，而宫廷古拉姆则是突厥苏丹的贴身奴隶护卫，自小习武，到了这个时代已经成为最精锐的突厥军队，他们的装备可能是穆斯林世界中最出色的。

战士扔下折断的骑矛，从腰间拎起沉重而恐怖的狼牙棒，在对方的阵中猛烈挥舞，将贵族骑兵们砸得人仰马翻。

拜占庭贵族骑兵拥有在帝国军中非常精良的骑兵装备——除却最精锐的铁甲圣骑兵，但他们毕竟是地方绅士，往往只有在顺利的时候才能发挥出精良战备的效能，而在一些危机或惨烈的场合，他们的战斗意志远不如铁甲圣骑兵可以依赖。贵族骑兵们挥舞着长剑象征性抵抗了一阵，便开始向山下崩溃，就连约翰都完全无法控制局面。

高地上的突厥步弓手也因宫廷骑兵的加入而站稳脚跟，向山下曼努埃尔的圣骑兵与北欧卫队倾射箭雨，虽然这对重装部队不会造成太大的杀伤，但也足以阻挡他们的前进。

穆斯塔法从激烈的肉搏战中撤了下来，但不是因为畏惧战斗而是更换死亡的军马，这已经是他更换的第三匹战马了。为此他心有余悸地望了一眼处于后阵中几个身穿绿色长袍的哈萨辛，他们是主人派来的监军，如果能够坚决执行圣者努尔丁的命令，响应真主的号召最好，如果不能，他们就在战场上立即处决逃亡者。

“我是来更换战马的！”穆斯塔法赶紧向他们叫道。

“我知道。”一名哈萨辛面无表情的说。

穆斯塔法刚跨上了一匹新战马，就听见西方高地传来战马奔腾的喊杀声，显然拜占庭最精锐的军队已经被堵在了山谷之外，“那里都是什么人？”他问一名哈萨辛。

“主人说过，”哈萨辛嘴角露出一丝自得的微笑，“他有些来自东方的朋友会加入你们。”

约翰依照曼努埃尔的命令已经与残余的贵族骑兵撤下山头，突厥人的箭矢依旧在皇帝身旁发出嗖嗖的划破空气的回响，他的北欧卫队已经从背上取下大圆盾结成盾阵保护着他。但曼努埃尔已经丝毫不感觉恐惧，他安静着望着高地，突然感觉到身心俱疲，只有这个时候他才意识到自己已经是一个五十八岁的老人，他的腿感觉很重，甚至缓缓坐倒在突厥人箭雨覆盖的地面上。

这是肯塔克的重步兵，瓦塔瑟斯的弓箭手能够安全撤出最后的希望，努尔丁来自东方的宫廷骑兵让这完全破灭。他不可能在这种不利的地形下用圣骑兵仰攻同样强大的宫廷骑兵。这是他数十年军旅生涯中从未碰见过的不利局面，他失败了。

他遭受了前所未有的惨败，十年的准备毁于一旦，这次失败之后，他不知道还有没有再看见这片土地的机会。

他开始对危险有些漠然，但兰帕德斯可不会让突厥人的弓箭真的射中皇帝，虽然身穿重铠的老将军已经身中数箭而受伤，还是在曼努埃尔身边翻身下马，紧紧抱着皇帝的肩膀，将他扶了起来，“陛下！”他叫道，“请继续发布命令！”

曼努埃尔茫然的望了他一眼，身体摇晃着咽了一口唾液，胸口则在不断起伏。

“我们还有机会撤出被包围的军队！”兰帕德斯恳求他，“还有小曼西姆斯，他带领的普罗诺埃重步兵还在山谷的外围，只要他还能约束住军队，一定还有人能撤出来！”

曼努埃尔身躯微微一震，凝望着身边的这支精锐军队，这是他祖父，父亲与他三代共同努力数十年的成果，无论如何，即使自己永远也不能踏入科尼亚盆地，也要让这些军人安全回国，这是帝国最后的希望。这些跟随他无数次出生入死的将士，决不能为自己哪怕一分钟的悲伤与软弱而冤死疆场。

"兰帕德斯！"皇帝声音仍微微颤抖但恢复了坚决，"你带领铁甲圣骑兵，作为后卫且战且退，我的北欧卫队将提供掩护。"

"是的，陛下！"老将军以最快的速度翻身上马，皇帝为战局恢复信心让他感到欣慰，"我想努尔丁的宫廷卫队还不敢独自攻击由北欧卫队护卫的重骑兵！"

"回到山脚后我要你立即带领圣骑兵去接应曼西姆斯，"曼努埃尔继续嘱咐，"任何战局都不能让这些纪律铁军动摇，现在骡马与车辆一定堵塞了谷口，你要带人把他们清理出来，"皇帝顿了一顿，"我不知道山谷中的境况如何，如果肯塔克与瓦塔瑟斯还活着，就把他们活着的人救出来。曼西姆斯现在应该与帝国的辎重车和攻城器械在一起。他们的位置应该更靠近谷口外，先把他接出来。"

"乌古鲁现在还有四千骑兵在山谷内，"兰帕德斯说，"他也许能带领雇佣骑兵帮肯塔克。"

"去吧。"皇帝没有正面回答他。

当帝国军队遭到袭击时，曼西姆斯的普罗诺埃重步兵正排列在山谷离谷口不远的位置。那里堆积了他们所护送的辎重车辆与攻城器械，也许是惧怕谷口外曼努埃尔的精锐军队支援，那里的突厥人攻击不是很猛烈，加上普罗诺埃重步兵全身披挂重铠并且有大盾护身，几乎没有人受伤。

曼西姆斯对敌人攻击只观察了十秒钟就很快明白在这种情形下决不能强行进军——越向前山谷就会越拥堵，只会挤在一起成为突厥人的活箭靶。他立即命令两侧重步兵们大盾掩护，其他人向后调转车辆及攻城器械向山谷后退却，并把多余的车辆推开，因为一旦肯塔克的重装步兵与瓦塔瑟斯的弓箭手撤出山谷，胡乱丢弃的车辆和机械就会阻挡住他们的生命之路。更何况，这些攻城器械是帝国最昂贵的装备，决不能随意丢弃。

小曼西穆斯在谷外目睹了这场灾难，当他看见突厥人在努尔丁的召唤下爆发出全部潜能全力冲击肯塔克的步兵与弓箭手，几乎浑身发抖，因为他知道事情已经达到了极坏的效果，这支庞大的军队曾经是三代人共同努力的结果，包括阿历克塞、约翰、曼努艾尔三代伟大的君王，也包括他为帝国步兵建设鞠躬尽瘁已经病逝的父亲。这场惨败也许会让从阿历克塞时代重建的国防军基础完全毁灭。

他蛮喜欢在长途行军中与他在一起的弓箭手副指挥马库斯，可他现在编制在瓦塔瑟斯的弓箭手阵中被一起陷在山谷中，曼西姆斯不知道他怎么样了，也无法前去营救。自己首要的任务是将车辆移开并且将攻城器械撤出山谷，眼下也只能替他默默的祈祷。

肯塔克的重步兵损失越来越大，尽管他们给突厥的攻击者也造成了巨大的伤亡，有的突厥轻骑兵甚至成建制全部被杀伤在阵前。但重步兵们在圣者努尔丁亲自鼓舞下的又一轮猛攻已经抵不住。拜占庭步兵开始了第二次崩溃，肯塔克侧翼的联队都在逃命，就连英勇无畏的他亲自迎战也无济于事。

强壮的罗马光头硬汉除了头部的伤口外，肩膀，腿部都受了伤，其中腿部的刀伤最重，而腹部依旧很疼痛，可他却连弯腰的时间都没有，他的长矛已经折断，现在正在拔出长剑在拼命杀敌，他的面前倒下了成片的突厥人，但即使如此，他还是沮丧地看见，多数的步兵正在逃跑，而他已经无力阻挡。

弓箭手阵列已经被疯狂的库尔德斧兵在几处同时冲开。但他们的指挥瓦塔瑟斯还是派人挤到了肯塔克的身边，“将军让我告诉您，”一名传令官大喊道，“曼西姆斯已经在清理谷口的道路与车辆，而皇帝与兰帕德斯的精锐军队也正在进入谷口进行援救！”

肯塔克知道这肯定算是一个好消息，只是不知道还来不来的及，更换第四匹战马的穆斯塔法已经亲自带领伊克塔贵族骑兵冲击肯塔克的近卫联队。光头罗马人紧抓住一根长矛，用力向正在冲杀的穆斯塔法抛出，被后者眼疾手快用右手的弯刀拨落。接着，穆斯塔法一手挥舞钉锤，一手挥舞弯刀向肯塔克杀来。

现在就连肯塔克亲自率领的联队也在止不住向后退却，这时，山谷中突然喊杀声大起，一起与阿尔维斯轻骑兵担任斥候任务的拜占庭雇佣骑兵将领乌古鲁出现了，而且看起来他麾下的四千土库曼骑兵并没有遭到损失，乌古鲁在奔驰的战马上抽出长剑，带领雇用骑兵很快冲近了两军殊死拼杀之地。

“乌古鲁！”肯塔克向他大叫道，“我掩护你的侧翼！皇帝的卫队已经到达了谷口，让我们一起冲杀出去！”

乌古鲁喉咙中重重的应了一声，很快来到了肯塔克的身边，突然，他借助战马的急加速，长剑迅速向肯塔克的喉咙抹去。而他的四千土库曼雇佣骑兵，也冲向他们的原雇主，从背后将剩下的拜占庭步兵完全冲垮。

山谷中的拜占庭军队已经完全崩溃，猝不及防的肯塔克颈部被乌古鲁的长剑撕裂开一条不停冒着血泡的长伤口，不屈的重步兵指挥左手丢弃盾牌，捂住自己致命的创口，右手挥舞着长剑，向叛将刺去。

穆斯塔法催马赶到，大喝一声一记钉锤锥进肯塔克的肩胛骨，他原以为光头罗马人会立即毙命，但拜占庭重步兵指挥在生命最后一刻发挥出全部气力，紧紧握住锥入自己颈项的钉锤将突厥将军拖下马来。

肯塔克双手像铁钳一样紧紧握住穆斯塔法的喉咙，想用最后的力量掐死他，穆斯塔法又举起左手的弯刀，刺穿了罗马人的心脏。肯塔克这才缓缓失去生命的迹象，铁掌的巨大握力渐渐放松，他的尸身摔倒在地，但一双僵直的双眼依旧死盯着穆斯塔法的脸。

穆斯塔法心有余悸摸了摸喉咙，望了一眼临阵倒戈的拜占庭土库曼骑兵指挥乌古鲁，似乎是想要确认他现在确实是自己人，他转身向半山腰的哈萨辛监军望了一眼，就连这些绿袍人也在点头向乌古鲁致意。

“我记得你发过誓永远不再帮助亚尔斯兰？”穆斯塔法尽量让自己保持友好的表情，但却禁不住带着些许嘲讽，因他一直认为忠诚是一名军事贵族基本的素质，他并不太喜欢两面三刀的雇佣军。如果要他选择一个人当朋友，他宁可是刚才还扣住他喉咙的肯塔克 ，“你现在难道不是个基督徒么？”

“我现在效力于努尔丁，不是亚尔斯兰，”土库曼雇佣兵头领狡辩，“这次战败后他们的曼努埃尔皇帝不可能有能力支付我的金币，”乌古鲁坦诚说道，“而你们的主人可以。”他削瘦的嘴角泛起一丝让穆斯塔法讨厌的笑意，“得到这些金币后，真主的形象在我的心中立即超越了上帝，无限高大起来。”

曼西姆斯依旧守在谷口位置，冒着箭雨带领普罗诺埃重步兵清理道路，推开车辆。重步兵中的一部分已经按照他的命令，护送着帝国宝贵的攻城器械向后退却，几乎已经退出了山谷。突厥人虽然非常想毁掉这些器械，但他们的主力军要么正在纠缠曼努埃尔的精锐军队，要么正在围歼山谷中的拜占庭军队，谷口的突厥士兵大都只是弓箭手而且人数并不多，不会对普罗诺埃重装步兵造成威胁。

曼西姆斯在前方接应从山谷中溃退下来的步兵，从那些步兵嘴里已经得到了肯塔克阵亡以及乌古鲁反叛的消息，他不时向背后张望，期盼皇帝的精锐军队能够早点赶到，这时他注意到一个问题：他接应的步兵中几乎全是肯塔克溃退的重步兵联队，弓箭手则很少。

“陛下的圣骑兵和北欧卫队为什么还没有赶到？”一名部下焦急地说。

“陛下的圣骑兵与北欧卫队一定是被努尔丁的援军挡住了，看起来他们不会很快赶到这里。”曼西姆斯说，一面继续端详从山谷中逃出来的拜占庭步兵，弓箭手依旧很少。

曼西姆斯打定了主意，他一个翻身骑乘上一匹白色的军马。

“将军？”一名部下惊愕地看着他。

“放心，我不会独自逃命，”曼西穆斯冲部下开了个玩笑，“我想把尽可能多的弓箭手撤出来，他们在拼死抵抗，但显然很混乱，他们需要有人组织。”

“多亏快速疏通了道路，能将一部分步兵撤出已经是万幸了，”部下不同意他的计划，“不能再冒风险让我们的人再陷在山谷中！”

“所以，”曼西姆斯加重了语气，“你们继续护送攻城器械与跑出来的士兵，我一个人去。”

“就凭您一个人？”部下不相信地望着他，“为什么一定要冒这个风险呢？”焦急使得他顾不得礼貌，“难道是因为弓箭手副指挥马库斯是您的朋友？”

“当然不是，”曼西姆斯紧紧盯着部下们的脸，温文尔雅富有学者气质的中年人消失了，他的士兵们看到了他不屈，执拗，大胆的另一面，“东线战场中弓箭手非常重要，我们可以用一年时间迅速在希腊地区重新组建重装步兵，却无法训练哪怕是十分之一的弓箭手①，”他顿了一顿，提高了嗓音，“我们这一仗打败了，可我还想下一场从突厥人这里找回来！”

① 不似他们擅长弓箭的对手，东罗马帝国境内的希腊人往往多服重步兵军役，他们的步兵弓箭手一般是从北方黑海沿海或掌握有限的草原地区雇佣，重大损失后很难恢复。

“我们跟随您一起杀进去！”一名重步兵叫道。

“我可是有一匹好马，你们却没有。”曼西姆斯微笑着说，转而换上了严厉的神色，“人多了反而会坏事，传我的命令！将车辆转向山谷口，有一处向东南方向转弯，地势险要的拐角，可以利用来挡住突厥人的弓箭，你们就在那里准备接应我，并且等待陛下的卫队！”

“如果你们和陛下会合后我依然没有出现，”曼西姆斯放低了声音，“全部人马立即跟随陛下全部离开谷口。”

曼西穆斯单枪匹马返回被乱箭与混乱笼罩着的山谷中，呼喊着弓箭手指挥官瓦塔瑟斯的名字，四周都是狂暴的库尔德战士的身影，他一个不小心左腿还被战斧砍中，所幸没伤着骨头，小曼西穆斯挥着剑，冒险在敌群中东砍西杀，或多或少让即将陷入崩溃的弓箭手们稳定住了心绪，最终他找到了一起在补给线共事的特拉伯森人副指挥马库斯，他的一只眼睛已经被斧子砍中完全失明，满脸都是鲜血，重伤让他的神志完全混乱，仅凭借意识狂叫着持短剑乱砍乱杀，曼西穆斯刚跳下马，就差点被他刺中，普罗诺艾重步兵指挥低头躲开了这个狂人的一击，一个转身挥拳把他打翻在地。

“异教徒！异教徒！我杀死你！我杀死你！”满脸鲜血的特拉伯森人副指挥狂叫着，挣扎着拣起短剑又向曼西穆斯扑来。

曼西穆斯大吼一声，把他撞翻在地。按住了他的短剑，“冷静点！我是自己人，是罗马人指挥官！”他叫道：“我是曼西穆斯！”

特拉伯森人逐渐冷静下来，突然爆发无助的哭泣，眼泪搀和着血水顺着脸颊向下流淌。

“冷静点，瓦塔瑟斯在哪？我要你们的总指挥！”

“他死了！他死了，”特拉波森人副指挥叫喊着，“我亲眼看见他死的，他被库尔德人砍成了肉酱，血肉横飞，他们就这样一直在砍……我们完了，我们完了！”

“你给我听着！”曼西穆斯叫道，“山谷那里我已经完全清理干净，现在我任命你为弓箭手总指挥，你给我想办法把弓箭手们撤出去，那里有我的人接应你！”

“可我们这里的重步兵阵线已经全部崩溃！”特拉伯森人哀叹道，“没有任何一支长矛来保护弓箭手们，突厥轻骑兵会撵着屁股杀光我们！”

曼西穆斯快速看了一眼局势安慰他，“突厥轻骑兵与库尔德人都贪恋装备与财物，他们会优先杀死与俘获身价更高的重步兵，突厥人可不缺弓箭手！”

“我尽可能把他们带出来！”马库斯鼓起了勇气，但仍心存疑虑，“你只有五千人，而且移动缓慢，如果突厥骑兵打扫完毕战场继续追击怎么办？”

“你快去吧！”曼西姆斯催促他，一阵无可奈何的苦笑掠过嘴角，“到时候我还会有办法。”

“在山谷内侧还有一个联队弓箭手！他们有乌古鲁的骑兵陪伴，应该能坚持的时间更长，你要想想办法！”马库斯转身前恳求。

看来马库斯有很多事情都不知道，曼西穆斯决定撒个谎，“你先带外围的弓箭手离开，山谷内侧那个联队我会救他们出来！”

他当然知道，在乌古鲁骑兵背信弃义的砍杀下，山谷内侧不会有任何活着的拜占庭步兵弓箭手了。

夕阳出现在半空，烟尘逐渐消散，喊杀声渐渐沉寂，镶嵌着紫色十字架的无数大盾牌被随意堆砌在成为屠宰场上的山谷中，超过二万具尸体的鲜血把成片秋季泛黄的青草染成了绛红色，突厥士兵正贪婪的从一具又一具尸体上把拜占庭重步兵衣甲扒下来，然后再把无用的尸体随意丢弃。

肯塔克与瓦塔瑟斯两员大将阵亡于山谷之中，近一万名重步兵折损，近一半步兵弓箭手被突厥骑兵或库尔德步兵砍成了肉酱，数千轻骑兵除阿尔维斯和极少数人逃跑之外几乎全军覆没。游牧式突厥骑兵的速度在最后的收割中起了决定性作用。

这个离科尼亚不远的地名叫密列奥塞法隆②，努尔丁想到他今后一定会记得这个名字，这次大战决定着拜占庭大军之前取得的优势完全化为泡影，这使得突厥人重新获得如一百年前曼西克特战役后的进攻态势。

根据哈萨辛的情报拜占庭人的攻城器械依然存在，这些武器与机械就如同悬挂在科尼亚与安卡拉头顶的一把达摩克利斯之剑。其他诸如建制完好的拜占庭五千重装步兵集中在谷口，而一部分步兵弓箭手也成功逃脱，这些都是圣者要继续摧毁的东西。

他首先要摧毁的是那些即将逃脱的拜占庭弓箭手，努尔丁注意到带领他们逃跑的是一个消瘦的罗马人步兵军官，他正焦急地招呼着他们向山谷口跑去，他那狼狈连滚带爬的样子让他感到好笑，他命令一支突厥轻骑兵部队，迅速追上去送他们去见自己的上帝。

曼西姆斯与逃亡者们来到了山谷边缘，但这并不代表他们获得了生机，突厥轻骑兵以极其惊人的速度追赶上来，轻骑兵们边奔跑边向拜占庭人开

② 历史上的1176年密列奥塞法隆战役使得曼努埃尔一世企图收复小亚细亚的计划化为泡影，战争进程总体大致与本文相同，但突厥方面的实际指挥者是亚尔斯兰二世（就是上文被毒死的苏丹），而不是努尔丁，此为情节需要的虚构。

弓射击，位于后方的弓箭手纷纷被射倒。这引起了惨败之后的又一阵慌乱。

曼西穆斯像疯子一样在败兵堆里冲来冲去，冒着被突厥弓骑兵射死的危险，把一个又一个因慌乱而跑散的弓箭手重新拉回队伍，独眼特拉伯森人副指挥马库斯也四处呼喊并指挥着撤退的行动，他们的努力让弓箭手们没有完全崩溃，并在突厥弓骑兵追上之前撤入了谷口拐角处。

拐角处一片死寂，这让曼西穆斯感到恐惧，惨败之余丢下指挥官的军队举不胜举，面对兵败如山倒的局面，普罗诺埃重步兵全体逃命在情理之中，只不过这样此地就是他与马库斯最后的葬身之地了。

突厥人的马蹄声邻近耳畔,他的身边只剩下四处逃散的步兵弓箭手，曼西穆斯毫无选择，出于本能开始拔出佩剑自卫，而周围全是突厥骑兵的喊杀声，一个突厥骑兵纵马向他冲来，气力放尽的他几乎完全虚脱，无力躲避，眼睁睁被战马撞翻在地。

突厥骑兵从马上弯下身体，准备用弯刀给曼西穆斯最后一击，他闭起眼睛默默祈祷，引颈就戮。

一个沉重的物体扑倒在曼西穆斯身上，这让他吃了一惊，他睁眼看见了令他恶心的画面，一个头部粉碎，脑浆迸裂的突厥士兵正用完好的半只眼睛盯着他。这明显是钉头锤的杰作，接着，他听见了熟悉的普罗诺埃重步兵喊杀声。

他们没有逃跑,一直听从自己的命令接应他并对敌人前锋进行伏击！是他曾经用自己财产拯救出来的战士。他们也是他曼西穆斯训练出来的勇士，这让重步兵指挥感觉一丝羞愧。

全副武装的普罗诺埃重步兵纵队从拐角隐蔽处杀出，他们身穿的重铠可以在肉搏战中良好抵御突厥人的弯刀，而手中沉重的钉头锤可以轻易敲穿盔甲，砸出头盔保护下头颅里的脑浆，帕拉迈恩弯刀则可以削开敌人的喉咙。一时间，喊杀声大起，突厥骑兵纷纷在恐怖的钉头锤下落马，曼西穆斯在自己士兵的鼓舞下鼓足最后一丝力气，他看见了前队突厥轻骑兵的掌旗手，大吼一声向他冲去，在对方猝不及防之际，他的剑插进了敌人的心脏。

突厥轻骑兵在遭遇损失之后立即拉开与重步兵们的距离，继续用他们传统的“回马箭”射来箭雨。拜占庭重装步兵们立即高举起大盾维持住阵型。

还能作战的弓箭手在马库斯不懈的努力下重新建立阵型，并向突厥轻骑兵发射复仇的狙击箭矢，箭矢在谷口上空笼罩了一层死亡火力网，无数突厥人被射得翻身落马。突厥弓骑兵则用他们的弓箭还击，但几乎都被曼西姆斯前沿的重装步兵大盾所阻挡，但突厥轻骑兵依旧执拗着不撤退，“突厥人好像在等待什么？”马库斯叫道。

“他们在等待打扫战场的主力军队到来，在山谷口这里把我们全部吃掉。”曼西姆斯回答，他的视线却转向背后，失望的目光中，皇帝与他的禁军依然没有踪影。

“陛下与兰帕德斯一定是被努尔丁的宫廷卫队给缠住了。”曼西姆斯的额项冒出几颗汗珠。

“那我们可以撤退吗？”马库斯问。

“不行，”曼西姆斯断然否决，“如果我们一撤退，突厥轻骑兵就会立即转入追击，我们必将全军覆没。”

“那怎么办！”马库斯又焦虑起来，“你说过你有办法！”

“我确实有办法，”曼西姆斯的表情却痛苦与茫然，一点都不像胸有成竹的样子。

这个不知姓名的重步兵指挥未让他的军队趁机撤退，在努尔丁看来是另一种无能的表现。也许是惨烈的失败已经将他吓傻了。现在努尔丁几乎所有的军队都可以腾出手来处理几个最后的麻烦，而且麻烦还在一处地点可以集中处理。

他的宫廷骑兵已经达到了牵制曼努埃尔铁甲圣骑兵与北欧卫队的任务，现在已经返回。而打扫战场完毕的伊克塔贵族骑兵、突厥轻骑兵也已经完全做好了准备，库尔德斧兵、步兵弓箭手、投枪兵也在山谷中重新集结完毕。

摧毁拜占庭人的投石机械、还留在战场上的五千重步兵，并把所有逃出谷口的弓箭手全部杀光。

努尔丁骑乘着神骏的灰色战马在军阵面前奔跑，让所有人都能看见他黑袍飘动的身形。他向空中挥舞着弯刀，再次传达圣者的意志，所有的士兵在他的召唤下爆发出惊天动地的吼声，浩浩荡荡向山谷外涌去。就连远在谷口的曼西姆斯都能听见这慑人的震撼。

“陛下的援军仍没有到，”马库斯当然也能听见这来自地狱的回响，他已经几近绝望，“我们该怎么办？”

曼西姆斯没有回答他，而是唤来他的部下，“把谷口的所有投石器推回来，堆在谷口。”

在其他重步兵大盾的掩护下，士兵们很快做到了这一点，“扯开投石器的防火帆布，把油浇在上面。”他继续命令。

“你要做什么？”一个部下抗议道，“你要烧毁帝国组建了五年的攻城器械？”

“对。”曼西姆斯轻轻闭上眼睛，“这些木质器材燃起的大火足可以封锁住整个谷口。”

“可我们都会为此被军事法庭审判，没人敢烧毁这么昂贵的装备！”一个军官惊叫道。

“我是这里的最高指挥，”他坚决地说，“所有的一切罪名都由我一个人承担！快点动手！”他盯着自己的部下，“再晚就来不及了！”

熊熊大火自山谷口燃起，冲天火焰将整个山谷口封住，隔开了突厥人与拜占庭人的分界，突厥骑兵也经不住热浪而徐徐向后退却，仿佛就连努尔丁大军地动山摇的追击声都被这无限的灼热所掩盖。曼西姆斯比任何人站得都近，火苗几乎要烧焦他的头发，而他仍茫然而痛苦地盯着这道火墙。

“没有了这些，帝国四年之内恐怕都不可能再染指安纳托利亚，”马库斯评论道，“在这件事情上我支持你，可返回帝国之后，一定会有人攻击你没有坚守保护它们等待陛下到来。”

“从这场战役一开始，我和你的任务就是全力伪装它们与保护它们，到了最后竟然是我亲手烧毁它们，但是，”曼西姆斯长长叹了口气，朝马库斯看了一眼，“我依然认为你们这些弓箭手比这些木头贵重得多，”他这句话让后者不禁露出自嘲的笑容，“有人，就还有机会，”削瘦的罗马人依旧语调平静，“我要先保护人。”

“至于我的罪，则是陛下与法官的问题，我所关心的是我尽到了自己的本分，”曼西姆斯转身离开，“来吧，马库斯，让我们利用这段宝贵的时间，去与陛下会合。”

努尔丁冷冷盯着面前的火墙，这一手不得不说有些创意，至少，杀死剩下的重步兵与弓箭手是不可能的了。但毕竟，拜占庭人宝贵可以威胁科尼亚的攻城器械将在熊熊大火中灰飞烟灭。

“主人，”穆斯塔法催马追赶上来，“我们需要立即扑灭火焰，追赶罗马人的败兵么？”

努尔丁鹰隼一样的双瞳在不停地转动，斟酌追击的可行性，敌人已经成功撤出三千至四千名弓箭手，与眼前撤退毫无损失的五千名重装步兵会合，这就能组织一支令人生畏的军队，更何况，曼努埃尔基本未遭损失的最强精锐：铁甲圣骑兵与北欧卫队很快将与他们汇合。

他虽然获得了全胜，但总体兵力少于拜占庭人，伊克塔贵族与突厥骑兵、库尔德斧兵在歼灭肯塔克重步兵的激烈鏖战中也已经疲惫不堪，遭受了不小的伤亡，需要修整。

而且还会有一些非军事原因。

“大军撤回科尼亚修整！”努尔丁转身向欢呼胜利的将士们喊道，“我保证有最丰盛的宴会与最妖艳的舞女等待着你们！”

穆斯塔发也与其他将领一起欢呼着，但嘴角却露出一丝捉摸不定的微笑，他明白主人的心意，突厥军队的团结很有限，而往往只有主人真人现身才能保证这一点。

努尔丁是名义上的穆斯林领袖，他真正完全掌握在手心里的统治中心是东部的摩苏尔地区，而这里的贵族还没有完全附庸于他。至于亚尔斯兰这个罗姆苏丹国苏丹的死更是微妙，他一直不太服从东部宗教领袖的管辖，努尔丁拥有哈萨辛们，早就掌握了一些拜占庭最精英刺客的动向却丝毫没有任何应对，主人貌似在回避一些问题。

这能让他更容易把势力植入安纳托利亚。

他很明白主人的心意，努尔丁已经年近六十，他希望自己能一手掌握安纳托利亚高原，以此为根据地，在有生之年最终攻陷君士坦丁堡，达到数百年来所有穆斯林伟大先辈们都没有完成的丰功伟绩。③

③ 公元678年、公元718年，处于兴盛的阿拉伯大军两次围攻君士坦丁堡均告失败。

Chapter 12

塔莉亚从这个房间转到那个房间，仔细检查着自己的作品，只有在这个与死神共舞的时刻，她才能感受生命的意义与活力，她最后在史密斯与伯德的面前停了下来，审视良久，最后从桌上拿起一瓶葡萄酒，从两具尸体的头顶上把酒浆全部倒下去，完成了自己的最终杰作。

白发苍苍的奥多万跟随着萨亚斯，以及剩下的阿兰骑兵们在沿黑海南岸的大路上向特拉柏森城堡纵马飞奔，老仆人确实应当感谢曼努埃尔皇帝在年轻时修建的罗马公路，更感谢凯纳斯在最后一刻让萨亚斯及时撤退，因为在他们的背后，巴夏的骑兵就在跟随急追。

但阿兰骑兵号称高加索最快轻骑兵并非徒有虚名，萨亚斯在巴夏之前还是先到达了只剩下少量弓箭手与民兵护卫的城堡，“快关上城门！”奥多万等到骑兵刚一进城，就用嘶哑的声音大声喊道，“所有弓箭手上角楼！”

萨亚斯顾不得几近崩溃的疲惫，三步并作两步登上城楼，扶着角楼的砖墙大口喘着气，巴夏的突厥骑兵不久尾随而至，看起来突厥北方军团司令官抛开了自己的步兵，带着所有骑兵兵临城下。

他从不奢望自己的父亲能在巴夏犀利的追击战中逃出生天，萨亚斯远远盯着星月旗林立的突厥军阵，他看见了他们的总指挥巴夏、阿布杜尔以及哈珊骑兵的指挥塞利姆。敌军高级指挥官基本到齐，如果他的父亲还活着，应该会商讨交换俘虏的事宜。当然如果交换凯纳斯的话，城堡所付的代价必然极其高昂。

但他等待许久，依旧没有看见突厥人派遣使节来商谈，他看见巴夏与阿布杜尔正在向城堡移动，难道他们的主帅想直接与他谈判？这不符合突厥人的一贯做法。

巴夏与阿布杜尔的坐骑停了下来，几个力士走近他们，力士们高举着托盘，并当着所有人的面打开托盘。而巴夏则把托盘里的东西高高提起。

雷鸣般的巨响震响着萨亚斯的鼓膜，他眼前一黑，昏倒在城楼上。

托盘里是凯纳斯血淋淋的人头。

“我们不用靠得这么近，”阿布杜尔有点担心地向巴夏说道，他可不想长途跋涉来到特拉伯森然后中支流箭，“这是在对方弓箭手的射程内。”

“哈，没关系，”巴夏笑道，“现在城堡里一定是哭声震天，我只是希望凯纳斯的脑袋能在他的视线中更清晰一点，我了解萨亚斯，他是个火暴脾气，也许会找机会杀出来，这样我们就在城外埋伏，把他那些阿兰骑兵全干掉。”

“我们的步兵都被你甩在了身后，如果他真的能被引出，”阿布杜尔疲惫地说，“那对我们攻陷特拉伯森城堡可大有益处。”

巴夏微笑着不语，他从女刺客那里已经得到消息，他的新主人，颁发他北方军团司令官戒指的努尔丁在密列奥塞法隆刚刚获得大胜，这会让曼努艾尔皇帝根本无暇估计北部地区，而他将夺取小亚细亚东北拜占庭人最重要的城堡。加上之前对凯纳斯北方军团的歼灭，努尔丁会对他印象无比深刻。毕竟亚尔斯兰已经死了，努尔丁的基础是东方，他将会需要一个有才能的西部地区代言人。

城堡里的暗室内，萨亚斯清醒过来的第一件事就是去摸自己的两把弯刀与复合弓，他使用武器的习惯与一般骑兵不同——他拥有灵巧的手指与反应协调的神经，他更喜欢双持弯刀攻击而不是单持，但他所有的武器竟然被一个老者挡住了，老者由于过度伤心显得更加衰老与病弱，但他仍靠着一口气支撑坚定阻挡着萨亚斯。

“没有人可以阻止我，”萨亚斯血红的眼睛像要穿透老者的身体，“谁阻止我就杀了他，就连你也不例外，奥多万。”

“我不是担心你的危险，”奥多万坚定的说，“我是担心你报不了仇，你若死前不能报这个仇我将死不瞑目。”

萨亚斯喘着粗气，但已经不像刚才那么坚决了。

“突厥人给我们看你父亲的头颅就是为了激怒你，”奥多万边咳嗽着边用嘶哑的声音继续说，“他们在城堡外早就埋伏好了，如果你去了，我们家族就没有人再能复仇了。”

“我该怎么办？”萨亚斯绝望地望着暗室的四周。

“我们也不能继续防守这个城堡，我得到消息，皇帝的主力在密列奥塞法隆被突厥人击败，”奥多万能感觉到这件事对萨亚斯的震惊，“短期内他们不可能援助这里。我们的粮食会吃光，我要你放弃这个城堡。”

“我不能放弃，我的父亲就不会放弃。”萨亚斯痛苦地摇着头。

“你的父亲已经去了，我们必须放弃。”奥多万又爆发了一阵激烈的咳嗽，“城堡内只有阿兰骑兵部队和少量特拉柏森弓箭手，但周边还有不少阿兰人和特拉柏森人可以雇佣，巴夏刚占领这里，统治不稳固，你一定要出去，在他们中招募义军。”

“我们怎么才能出去？”

“特拉伯森城堡地形复杂，这里有一条古代的隧道，隧道直通黑海沿岸，里面甚至可以穿越战马，这个隧道连接我们城堡地下室，地点只有我与凯纳斯王子才知道，我们带着士兵们从隧道趁夜出去，不会惊动巴夏。”

“你会跟我来的对吧？”萨亚斯问道，奥多万是他唯一的亲人了。

“除非你嫌弃我这个又弱又病的糟老头子，”奥多万褶皱的脸上冒出苍白的微笑，“不然我永远在你身边，记得，一定要保住自己的命才能复仇。”

这是个没有月亮的西亚之夜，萨亚斯与奥多万带着阿兰骑兵与特拉柏森弓箭手从地道里成功撤出，远道而来的巴夏大军也因疲劳而放松了警惕，他们的逃亡没有惊动任何突厥军队，在清晨到来之际，巴夏最终兵不血刃的拿下了这个拜占庭黑海沿岸最重要的城堡。巴夏却因没有抓住萨亚斯异常恼怒，在派遣信使向努尔丁报功同时，他颁布了一条法令。

大批居住在特拉伯森城堡附近的的阿兰人与特拉柏森人被成批成批的吊死，为了他们不与突厥人合作而长期担任东罗马帝国的兵员供给者。当然他们与帝国合作的更多原因是出于待遇和宗教信仰，但这些对巴夏并不重要。

他要在这里制造恐怖的气氛，威吓所有不服从的居民。

另一个重要原因是，他的父亲当年就是突厥骑兵指挥官，在这片土地上被约翰大帝指挥的阿兰骑兵击败并杀死在战场上。

恐怖政策在短期内起到了效果，城堡在大屠杀后似乎变得相当安静。

他可以在这里静待主人丰厚的奖赏。

但他并没有想到，他的政策也起到了另一个效果：他让阿兰人与特拉柏森人更加仇恨突厥人，萨亚斯与奥多万就更容易招募义兵。

得胜后的密列奥赛法隆附近突厥大军的军营

除了保持警戒的士兵外，几乎所有士兵都在为巨大的胜利狂欢，努尔丁没有食言，他除了为士兵准备了丰盛的宴席外还准备了大量的侍女，丰满的侍女们戴着面纱，扭动着腰肢与肚皮在篝火边翩翩起舞，而两个最妖艳美丽的舞女胴体上仅仅覆盖着薄薄的轻纱，轻纱下柔软丰满的胸部不停随着舞姿疯狂晃动，挑动着所有士兵的情欲。

一只长相呆滞的小狗穿过欢呼的士兵，茫然的寻找人们扔在地上的残羹冷炙。谁都不会去注意它，它只是在寻找食物。

尼塞卡一直认为自己是顶尖聪明的人，现在还是这么想，他穿着突厥人的军服，用最流利的库尔德语唱歌与大家一起欢呼。而那两个最妖艳美丽舞女的第二职业就是间谍，这让她们可以得到比与客人上床多得多的酬劳，至于那只外貌傻乎乎的狗则嗅觉极其灵敏，它闻过最昂贵的麦加咖啡豆正在寻找相似的气味，而整个突厥军营中有权利并有习惯饮用这些咖啡的人只有一个。

圣者的住所被保护的很好，尼塞卡毫无机会，但尼塞卡观察过穆斯林领袖喜欢到处走动，尽管这些地点非常隐蔽，但他认为自己可以抓住哪怕是唯一的机会，现在尼塞卡注意小狗走进了一所像仓库般的营房。

他会在这里？似乎有点匪夷所思，但尼塞卡还是决定潜行进去看看，大军惨败的消息已经传来，尼塞卡一直认为忠诚是刺客应该遵循为数不多的信条之一，他把这次目标定得更高，也只有这个目标才能挽救整个安纳托利亚的颓势。

他一个人单枪四马挽救了帝国？这个功绩将无法估量，干完这一票，皇帝应该册封他为君士坦丁堡总督或者执事长官。

尼塞卡紧握着他惯用的中国小连弩，潜进了营房，营房里有一个简易书桌，上面掌着油灯，这说明有人刚离开不久，尼塞卡感觉自己的心跳加快了，他可以等。

书桌上有一封卷帛，尼塞卡精通突厥文字，好奇地走向灯下打开并观看，但越看越让冷汗从额头上不停涌出。

卷帛是一封备忘录，上面详细写明了突厥人对拜占庭帝国王牌刺客间谍们的详细资料，他尼塞卡的名字就在第一页，资料中甚至有他情妇的名字，他的资料而且还特别全部用红字钩出。

突厥人什么时候知道了一切？如果这样，他怎么能这么轻易的杀死亚尔斯兰？

尼塞卡下意识地望了一眼桌脚，大惊失色的他发现桌子脚下摆着几粒上好的麦加咖啡豆。

尼塞卡一秒都没有耽误，他要迅速离开这个营房，营房边已经隐约出现人影。

他举起剧毒的连弩，向对方猛烈射击，对方敏捷的一个纵身冲进了营房内，利用营房的武器架与辎重袋躲避着致命箭矢的连射。尼塞卡的眼神够快的了，但他还是看不清对方的面容，只注意到对方穿着一件翠绿色长袍。

尼塞卡也一个翻身，躲进了武器架后方，并以最快的速度给自己的箭匣里充满箭矢。

他小心的从藏身处的反面挪出，冷静的眼睛上下扫射着营房里每一个细节。

他没有太多时间了，他必须在这个人叫来帮手之前干掉他。他不知道这个人为什么自信到没有呼唤援军。

突然一个旧货架处有些细微的动静，但这逃不脱尼塞卡的眼睛。

尼塞卡从藏身之处现身，向目标猛烈射击，他满意的听见十余支毒箭纷纷发出“璞璞”的射穿软物的声音。

一发实际上就够了。

尼塞卡走上前，满怀希望的掀开货架上的旧布，希望看见一具刺猬般的尸体。

他看见的只是一大捆被弩箭射穿的丝绸。

他的下意识感觉死神正在逼近。

一只黑暗中伸出的手紧紧握住了他的连弩。

尼塞卡的反应非常快，整个人高速后仰，几乎就要躲开这次攻击，但对方的速度更快，一把镶着三枚绿宝石而刀柄雕刻成眼镜蛇的短剑闪电般准确地插进了他的喉咙正面，鲜血四溅在灰色的墙面上，凶手在他耳边留下了最后一句银铃般悦耳却让他死不瞑目的调侃：“你做刺客是做业余的么？”

谋杀者抖掉绿色的长袍，别好短剑，黑色的长发披散下来，深色紧身夜行衣让窈窕的身材暴露无疑，修长的双腿上几乎没有一块赘肉，她在黑暗中逐渐显现出苗条健壮的身型与美丽的容貌，微挑的冷冰冰的灰色双目显示出说一不二的气质。

另两个手持短刃的绿袍者静静出现在营房门口，他们似乎对眼前的情景习以为常。

“要我们向主人报告么？”一个绿袍者向女人问道。

“不必了，”女人果断的向后一摆手，“主人有更重要的事情去操心，别用小事打扰他，对方的谋杀计划已经被终结，这就够了。”女人依然没有转过身，“把营房打扫干净。”

“遵命，首领。”一个绿袍者带着敬畏必恭必敬的说道。

塔莉亚从她幼年之日起，从浩劫余生的祖母那儿就了解了当年十字军东征耶路撒冷大屠杀①的历史，但她也仅仅把这些当成故事，或者是传说，因为就她的认知而言，耶路撒冷城是个不错的地方，城市富裕，鲍德温三世②的统治颇为开明，主要是基督徒，也允许像她这样的穆斯林居住、礼拜。她与妹妹经常蹲在彩色圆顶的房子前，托着下巴，看着父亲与大哥笑着赶着商队骆驼从远方回来，给她带来糖果与其他地方各种各样的小玩意。

① 是指1099年十字军攻下耶路撒冷圣城后，进行了惨绝人寰的大屠杀，穆斯林平民不分男女老少的鲜血染红了整个城市，甚至很多当地基督徒也在屠杀中遇难。

② 鲍德温三世：电影《天国王朝》中铁面王鲍德温四世的前前任国王，在他统治期间，耶路撒冷王国较为兴盛。

这一天她一如既往的等待，父亲与骆驼始终没有回来，她只等到了父亲手下唯一幸存的两个逃回来的仆人。

他们遇上了强盗。

与一般的强盗不同，这些强盗们穿着明亮的、闪闪发光的铠甲与雪白的斗篷，斗篷上有绣的相当精致的红色十字架。

这些强盗还有动听的名字：圣殿骑士③。

塔莉亚与哥哥在事发现场找到了父亲与一大堆商队护卫随从的尸体，可怜的老人被削掉了半个脑袋，所有财物不翼而飞。

但受害人有活下来的目击者，侥幸活下来的仆人指证耶路撒冷圣殿骑士头领之一的雷纳尔德手下的骑士史密斯与伯德，他们看见了他俩的旗帜，也看见了他俩的脸。

他们一定是没钱花了，没钱就去抢劫穆斯林商队是很多圣殿骑士的选择，屡禁不止，但抢劫并杀戮自己城市的穆斯林的案件并不多。

“我们要让法庭来审判这两个残忍的杂种。”他的哥哥说。

法庭拖了很久受理这件案子。

一个月后，这件事情有了结果。

结果是这样的：一帮圣殿骑士径直闯进塔莉亚的家中，一个骑士用流星锤打碎了她母亲的脑袋，他的哥哥大吼着与闯入者搏斗，但寡不敌众，在刺死了一个敌人后，被乱剑砍死，老祖母算是幸运的，心脏只中了一剑。

那一天塔莉亚明白了祖母口中的耶路撒冷大屠杀不再是传说。

塔莉亚只是个小女孩。

③ 十字军占领耶路撒冷后建立的骑士团，属于三大骑士团之一，他们建立的最初原因是保护基督的朝圣者，之后多次与穆斯林作战，并得到大量的财富，后被法国国王菲力清洗。

小女孩发疯一样的扑向一个挥舞屠刀的骑士，在对方淬不及防之际，她咬下了对方的耳朵。

惨叫的骑士挥拳打昏了她。

醒来以后她发现自己遍体鳞伤躺在荒漠中，这是想让她在干渴与伤口化脓之后慢慢死亡，她被杀死的家人尸体像破口袋一样被随意丢弃在旁边，她没找到她的妹妹，也许这些凶手把她带走了。雷纳尔德是耶路撒冷王国的头等骑士之一，史密斯与伯德也声名显赫，而他们家只不过是一个无足轻重的穆斯林商人家庭，他们竟敢向这些人讨公道。对方用这种方式冷酷地嘲弄她，嘲弄她对于穆斯林在耶路撒冷生活的定义，明确的向他宣布穆斯林在这里的生活是没有任何保证的，生命，权利，自由，什么东西都不会有保证，法庭不会保护他们，也不会触犯那些圣殿骑士利益。

鲍德温三世的统治颇为开明。

这足够讽刺，但塔莉亚根本没时间去想，因受伤而蹒跚的她在不停的赶开从空中降落要把他家人遗体当美餐吃掉的黑压压的秃鹫，而且她也很明白，这是徒劳的，因受伤而疲劳不堪的她自己也很快会步入这个行列。

直到一队突厥骑兵经过这里。

领头的骑兵头领叫阿姆沙，他发现了这个姑娘，并不感到奇怪，作为巡逻的骑兵，看见被袭击的商队的惨境次数实在是多如牛毛，他只是看了一眼，通常他会漠然离去。

也许是塔莉亚的美丽，更是他说不出这姑娘身上一些其他的东西吸引住了他，他喊士兵把她带到自己的面前，也许家里需要一个好长相的女仆。

他注意到女孩子的手中有东西，“手里是什么东西？”他问她。

塔莉亚向他摊开手心，里面紧紧攥着她咬下来的圣殿骑士的耳朵。

他改变主意了，他带走了她，把她交给了自己的主人——努尔丁。

“我从不训练女人当刺客，我认为她们适合当助手，”哈萨辛的最高领袖，“山中老人”息南对努尔丁说道，“她们的美貌能比剑杀死更多的人。”

“但这次我想听从这个姑娘本人的意愿，”努尔丁说，大部分穆斯林苏丹都仇视哈萨辛或是哈萨辛刺杀的目标，而他是圣者，与哈萨辛关系密切，对哈萨辛来说，他们依靠这样强大的背景则更容易展开行动，而努尔丁则得到了这些顶尖刺客的服务。

“那他就得按男性刺客的方式去训练，”息南努了努嘴，“我的训练方式是非常残酷的，死在训练中的人不计其数，我对她不会有任何额外的照顾，她最好想清楚这一点。”

“她的全家死在耶路撒冷王国骑士手上，我想给她这个机会。”努尔丁说。

结果令息南非常吃惊，塔莉亚以他从未见过的毅力通过了所有残酷的试炼，在一段时间的磨合期后，塔莉亚开始展示他惊人的能量，而且她几乎用饥渴的态度在“山中老人”的秘密城堡中学习她要学习的一切，侦测，追踪，潜行，迷惑，烟雾，爆炸物，毒药，特别是剑术，这美丽的姑娘似乎对短剑的使用有与生俱来的天赋，除了一件事情让息南不满意，她不喜欢弓弩与飞镖这些远程武器，她更喜欢看见自己短剑造成鲜血四溅的场景。她的身体反应与爆发力相对于很多优秀男刺客也是无疑伦比的，更重要的，她似乎要比他们更具备忍耐力，她在残酷的生存训练中胜过了所有人。

“你怎么做到的？”一次努尔丁来看她的时候问道。

“因为我没什么可以失去的。”塔莉亚平静的说。

“那你想得到什么呢？”努尔丁问。

“帮助你占领耶路撒冷，”塔莉亚说，“消灭所有中东的圣殿骑士。”

“他们中只有史密斯与伯德杀死了你的家人。”努尔丁说。

“我已经想的很清楚，”塔莉亚说，“只要圣殿骑士在中东一天，我家人的悲剧还是会不断发生，只有消灭他们才是一劳永逸的方法。”

努尔丁盯着她看了好久。

“我希望你完成息南的训练后来为我服务，”努尔丁的嘴角露出一丝微笑，“我希望有自己的哈萨辛，这样不用每件事情都要去麻烦山中老人，他的麻烦已经够多的了。”

“非常乐意，我的主人。”

“这次你与努尔丁手下的阿姆沙一起执行任务，”息南微笑着对塔莉亚说，“阿姆沙是领袖的得力助手，我相信你还记得他。”

她记得自己的恩人，比自己大不了多少，而且从少女的记忆来看，阿姆沙是个颇有魅力的男子，他的妻子刚刚得病去世。

塔莉亚也是魅力十足的女人。

“绝大多数的哈萨辛要么死于非命，要么孤独终老，”息南对塔莉亚说，“我祝福你们的婚姻。”

婚姻后塔莉亚与阿姆沙一起联合行动的机会显著增多了，这当然也是努尔丁的安排。

两年以后的一天，努尔丁在摩苏尔城堡的地下室里接待了塔莉亚，塔莉亚现在只向主人报告而不用通过“山中老人”，当然，努尔丁知道她一定有重要的事情向他报告。

努尔丁没有从塔莉亚的脸上看出任何讯息，这让他稍许有些不快，塔莉亚把一个包袱放在他的面前，并当着他的面打开了包袱。

包袱里是阿姆沙血迹斑斑的人头。

“是谁杀死了阿姆沙？”努尔丁大吃一惊。

“是我，”塔莉亚面无表情的说道，“阿姆沙背着我把我军的情报卖给安条克公国与耶路撒冷王国，他出卖了我们，他现在是一个间谍。”塔莉亚吸了一口气，“如果您还想看证据，我这里也有，我全带来了。”

努尔丁现在已经不想看证据了，他环顾自己左右两个哈萨辛护卫，他们也都是千里挑一、杀人不眨眼的刺客，但此刻，他们的头顶上也冷汗直冒。

“我想说的是，”努尔丁认真地盯着塔莉亚看了好一会，“愿意做我的哈萨辛首领么？”

“这次的任务是我送给你作为礼物的。”两个月后努尔丁再次召见了塔莉亚，把一张写着史密斯与伯德名字的羊皮纸放在了她的面前，“我认为你会高兴。”

塔莉亚面无表情的盯着羊皮纸看了一会，并没有表现出异乎寻常的兴奋，“我要一个人干这件事。”

“你要注意安全，这对我很重要。”努尔丁嘱咐道，从怀里拿出一把寒光闪闪的短剑，短剑的刀柄镶着三枚绿宝石，整个被雕刻成眼镜蛇的形状，样子显得非常名贵，“这曾经是波斯人送我的礼物，现在它是你的了。”

“多谢主人的恩赐，”努尔丁欣喜的注意到塔莉亚露出了鲜见的喜悦，

"我会好好用它。"

"关于这次行动，我认为还是再派……"

"再过一个星期就是春分，"塔莉亚说，"而春分后第一个满月的星期日就是他们的复活节，我的人观察过他们的习惯，史密斯与伯德是世交，他们会一起过这个节日。"

"这么说我还是晚了一步，"努尔丁笑了，"那么让真主保佑你行动顺利。"

城市里复活节中狂欢的嘈杂声很好的掩饰了发生在伯德家里的大屠杀，伯德的父亲就长眠在自己的床上，嘴角里还不停地冒着恶心的泡沫，这是因为酒精里特殊药物的副作用。史密斯与伯德的夫人就并排趴在烤炉上，已经连人带衣被烤的半焦，这是因为烤炉里被人添加了奇怪的"拿法"成分会冒出让人躲避不及的噬人火焰，家中的仆人东倒西歪的躺在地上，他们不是脖颈就是胸口中了致命的一剑，但地板上滑腻腻的鲜血已经让塔莉亚这样熟练的刺客感觉牵绊。

来到大厅，史密斯与伯德就在餐桌前互相对视着，但仔细观察，就发现他俩根本无法真正对视，因为双眼已经被挖去，嘴巴都痛苦的张得很大，几乎要撑开自己的下巴，他们的喉咙也早就被切断，只是因为被绳子固定在椅子上才没有倒下去，塔莉亚从这个房间转到那个房间，仔细检查着自己的作品，只有在这个与死神共舞的时刻，她才能感受生命的意义与活力，她最后在史密斯与伯德的面前停了下来，审视良久，最后从桌上拿起一瓶葡萄酒，从两具尸体的头顶上把酒浆全部倒下去，完成了自己的最终杰作。

她离开大厅，来到无人察觉的院子，但一声带粗嗓音的儿童稚气提问竟然让她胆战心惊，"你是来找我的爸爸妈妈的么？"

这是一个男孩子的声音，伯德的晚年所得的儿子。

一时间，幼年那彩色圆顶的家恍惚出现在她的面前，那些甜蜜的糖果与稀奇的玩具，妹妹的依偎，大哥的拥抱，带着胡须的父亲式亲吻，母亲带来的新衣，还有祖母的唠叨，这些东西让她不禁颤抖。

“不，”她认真的和男孩子说，准备转身离开，“我走错门了。”

男孩子不再理他，玩他自己的游戏，小孩子挥舞着一把木剑，嘴里叫喊着，“我是骑士，我是骑士，杀死穆斯林骑兵，杀死穆斯林，杀死他们，杀死他们。”

塔莉亚的脚步停住了。

她转过身，对小男孩展开了一个女人最亲切的微笑，“我其实是你父母的朋友，”她笑容可掬地对小男孩说道，“我和你母亲为你准备了一些特别的玩具，要不要跟我进房间看看？”

Chapter 13

著名的圣索菲大教堂面前，大主教泽诺斯心有余悸转头望了望四周几个严肃的拜占庭士兵，“陛下，教会内我所能做的都做了，”大主教望着正在大教堂顶攀爬的士兵对曼努艾尔说道，“但我还是要提醒您，您是在玩火，这个国家的一半都是用宗教在支撑着，你会毁掉自己。”

东罗马帝国自从约翰大帝执政之后几乎在陆地上就没有打过败仗，“战争皇帝”曼努埃尔也几乎保住了这个记录，虽然他们曾在意大利南部最终撤军，但也是因为财政与雇佣兵的薪水。这支恢复往日帝国荣耀的军团从未在正面战场上失败过，无论在塞尔维亚，保加利亚，匈牙利或者是在小亚细亚，但今天帝国军队的名望被折辱，并且损失惨重。

拜占庭帝国两员名将殒命，老将兰帕德斯也受了箭伤，同时损失了数以万计的重装步兵与弓箭手。三代君王复兴的帝国正规步兵几乎毁于一旦，本国轻骑兵也几乎全军覆没，土库曼佣兵则趁机反叛投奔了新的主人，贵族骑兵也遭到一定的损失。而政治上的损失也是显而易见的，安条克与耶路撒冷这些两面三刀的十字军公国很快态度又会有所不同①。

所幸皇帝最精锐的铁甲圣骑兵与北欧卫队还都健在，曼西姆斯麾下的重装步兵几乎没有遭到损失，而他还救出了大量弓箭手。这让得胜的努尔丁不会继续猖狂的追击他们，也是帝国军团将来重新复兴的一线希望。

曼西姆斯正在与皇帝一同行军，刚开始几天曼努埃尔一直沉默不语，但随着部队安定下来，双眼中才恢复了部分活力，虽然他知道回到帝国境内还有一堆由此引发的危险等着他。

皇帝也已经知道是曼西姆斯下命令烧毁了所有的攻城机械，也只是对此淡淡一笑了之。相反却对他与马库斯救出了大量弓箭手赞赏有加。

① 在曼努埃尔一世统治时期，由于拜占庭帝国的实力恢复，压制十字军王国中的安条克公国成为仆从国，但此次军事失败会让十字军王国动摇立场。

“我有的时候甚至想，”皇帝望着身边与他骑马同行的曼西姆斯，“我军事生涯上的这次失败能与一百年前那一次，曼西克特我们的大军惨败于突厥人相比。”

“我个人认为两者不能相提并论，”曼西姆斯坚决地否定了曼努埃尔的话，“一百年前突厥人全歼我们的军队，并俘虏了皇帝本人，这引起灾难式的崩溃。但此次会战，我军只是因为损失惨重而撤退，最精锐的军队还忠实在您的麾下。而且努尔丁为什么不追击我们？因为他损失肯定也不小。”

皇帝轻轻的闭了一下眼睛，对此表示赞同，“就快要到达尼西亚了，”曼努埃尔喃喃地说，“兰帕德斯已经老了，他的箭伤需要调养，我需要你在尼西亚重新整顿军队，约翰则跟随我回首都。我想，我们得为努尔丁将来的进攻做好准备。”

曼西姆斯点了点头。

“我得感谢你和马库斯，”皇帝认真地说，“你们挽救了大量的弓箭手，这是将来防御突厥人进攻的重要保证，说到马库斯，你还是赶紧去看看他吧，听说他因眼伤而发了高烧。”

“马库斯？”曼西姆斯想起了他的朋友，“我马上就去。”

曼西姆斯骑马向前，找到了弓箭手以及伤员的行军阵列，他走近一个担架上半张脸包满绷带的人身边，亲自抬起他的担架，对方由于伤口化脓发着高烧，担架被震动后又迷迷糊糊醒来，“我们这是到哪里了？”马库斯虚弱地问道。

“快到尼西亚了，”曼西姆斯安慰他，“我们已经到家了。”

“一个月了，已经过了一个月了，终于进了尼西亚，”伤员喃喃地说，“那就是说，”伤员用全身力气扭动着头颅望着小曼西姆斯，“我们终于把活着的弓箭手兄弟们都安全带回来了？”

“对，没错，他们都被安全带回来了。”曼西姆斯微笑着说，眼睛里却有些东西在滚动。

“太好了，我就算是死也对的起活着的兄弟们了。”伤员欣慰地说，完好的半张脸泪水直流。

“嗨嗨嗨，”曼西姆斯赶紧说，“马库斯，你听着，”小曼西姆斯说，“你不会死，等我们回去，我要请你去君士坦丁堡提奥多西大市场②那里的伊琳娜餐馆喝酒，你还要带上你的妻子，说定了，我不反悔。”

“哈，伊琳娜餐馆菜可是贵的要命。”伤员用嘶哑的声音微笑着。

“我说话算话。”

“将军，”一个士兵报告，“有些僧侣往这里来了，看起来是自己人！”

“僧侣？”曼西姆斯说 ，“我去看看。”

一名身穿深色法袍，面色和蔼稳重的老人骑马走在僧侣的最前方，曼西姆斯从未料到年近古稀的泽诺斯大主教骑术如此娴熟，“什么风把您吹来了？”

“伤员风，皇帝的信是十万火急送到我这里的，”泽诺斯大主教严肃的说，“我带来的这些僧侣不仅会布道，他们也都是非常出色的外科医生。还带来了大量药品。”

“外科医生与药品，我们太需要了，”曼西姆斯笑了，“也许他们

② 提奥多西大市场：君士坦丁堡最繁华的商业区，几百年内都是欧洲最热闹的地方。

都是跟您学的。”

“有一部分是，”泽诺斯主教用长辈的目光望着小曼西姆斯受伤的腿，“我先给你看看，不要拒绝我，别忘了我当年几次把你父亲的命从死神那里拽回来。”

“谁叫你们是最好的朋友呢。”曼西姆斯说，然后指着一个担架，“不过，我希望您先帮我的一个朋友。”

“他是谁？”

“特拉柏森弓箭手的副指挥官，马库斯，”曼西姆斯说，“伤口化脓已经昏迷好几次了，他已经失去了一只眼睛，我不希望他再失去生命。”

“好的，我尽力，”泽诺斯大主教说，“陛下在哪儿？”

“陛下在军团的后方位置，这里的东边，”曼西姆斯解释说，“陛下坚持本人带领精锐军队断后。”

“这是他的作风，从年轻时起就这样，”泽诺斯大主教说，“我现在得和他谈一谈。”

泽诺斯超过皇帝年龄十多岁，曼努埃尔翻身下马来迎接帝国大主教，而他的卫士也知趣地离开一小段距离给他们以独处的空间。两位老人的见面非常安静，甚至没有多余的问候，大主教轻轻拥抱了一下皇帝表示安慰，仅沉默了一小会儿，话题很快转向了事务方面。

“您的加急信我已经收到了，”泽诺斯大主教有些不安地望着曼努埃尔的眼睛，担心焦虑影响皇帝的判断，“我对这种处境表示理解，可您如果真打算这么做，我就要提醒您，这是在玩火，这个国家的一半都是用宗教在支撑着，你会毁掉自己。”

“在给您写信的前一天，”曼努埃尔努了努嘴，“我收到了一个好消息，就算是好消息吧，特别是在当下，”皇帝略带自嘲地笑了笑，“我派向北方的特使索菲娅已经完成了任务，她与哈拉尔德的儿子以及四千士兵已经到达了第聂伯河的河口区域，正在砍伐原木为他们的龙头战舰进入河流做准备。”

“您能肯定努尔丁会趁势发动进攻吗？”泽诺斯大主教提出另一个可能，“也许他只是想击退我们？”

“我能肯定，”曼努埃尔点点头，“因为这是他一生中唯一一次可以插手安纳托利亚的机会，亚尔斯兰刚死，他的西部教众们奉他为神明，而我们又刚遭到大败，他绝不会放弃。”

“为了保护帝国，”泽诺斯大主教拢起双手，“保护教会，您需要这支军队，需要金钱，如果努尔丁拥有这边土地，会烧光所有的教堂。”

“是的。”

“那么您得应付在这个不利时刻的一切反对声音，”大主教说，“我所能做的就是尽量安抚教会内的声音，而其他的，都要您自己去面对了。”

长时间的疲惫行军终于结束，曼努埃尔终于回到了他所熟悉的君士坦丁堡达夫纳宫③，在他整顿好思绪之前，他拒绝见任何人。皇帝整个人瘫倒在金色的宝座上，用肘部力量支撑自己沉重的头颅，伟大的冒险失败了，恢复黄金时代的冒险失败了。他却已经这么老了，安条克皇后玛丽娅为他生的儿子还不成器。他根本没有时间等待，帝国的恢复却需要时间，他感觉希望正在从手心中飞逝。

皇帝终于下决心定了定神，让内侍为自己倒了一杯酒。一饮而尽之后，

③ 达夫纳宫是君士坦丁堡圣宫中专为皇室成员休息的部分。

生气又重新缓缓出现在脸上。他用力以手掌搓着脸颊。转身走近自己床前的一只小铁箱面前，用钥匙打开了铁箱，皇帝从里面翻出一张已经发黄的羊皮纸，再次阅读羊皮纸上的内容。

“尊敬的曼努埃尔·科穆宁陛下，你的来信让我相信你并未嫌弃我这个老海盗朋友，那么我就以老朋友的身份给你回这封信，这让我想起了很多我们年轻时一起的美好时光，但好日子一去不复返。

我的身体已经大不如前，局势操劳让我心神俱疲，也许我终究不能在北欧建立自己的国家，也许我就快要被丹麦真正的国王瓦尔德玛歼灭，也许……我真的已经步入老年。

你比我幸运，因为比我年轻五岁。按照我们的约定，我的长子雷拉格，也是伊琳妮公主的孩子，是个像我当年一样勇猛的武士，他将带领完全按照东罗马禁军标准训练的丹麦人来帝国服役，当然，他们高昂的薪水也可以弥补我这里捉襟见肘的亏空。

你来信中也提到了我本人返回君士坦丁堡的事，可惜我已经太老，就让我这个老顽固像个古老的维京人一样在小船上死去吧，反正伟大的东罗马帝国历史中已经有我的足迹。

愿我们在有生之年还能再相见。

哈拉尔德

“比你幸运”这句话不禁让曼努埃尔发出无奈的笑声，在这个位置上，死掉有的时候才是一种幸运，而生者必须面对更多。

也许对于雷拉格而言，他只是个十岁以后就从未谋面的舅舅，但对于曼努埃尔，则在不停地与哈拉尔德的信件中了解他的底细，有的时候这真让他妒忌。皇帝的儿子多半时间处在皇后玛丽娅的庇护中吃喝玩乐，从不理解与分担父亲的苦衷。而哈拉尔德竟然不懂得珍惜，因为一个更年轻的丹麦妻子，浪费雷拉格这么优秀的继承者。

皇帝的北欧卫队自从哈拉尔德出走之后就没有北欧裔的统帅了，可纯粹的希腊人④得不到他们的信任，也无法真正带领他们。除非皇帝自己亲自出面。曼努埃尔需要士兵，更需要一个优秀的统帅，当然他得证明自己足够出色，能统帅这支全欧洲最精锐的禁卫步兵。

雷拉格有一半拜占庭血统，就连曼努埃尔自己也很难确定这到底对帝国是利还是弊。

一年后的今天，曼努埃尔再读了一遍信，把羊皮纸扔进火炉，望着火苗一闪一闪在跳跃。

“索菲娅终于安然返回了，我正担心她呢，”曼努艾尔喃喃自语，“突厥人很快就会在安纳托利亚发动反攻，我急需要训练有素的统帅与士兵，不过，”曼努艾尔皱了皱眉头，“这样来说，我需要一大笔钱来让他们为我服务，起码服役到打退努尔丁的进攻，可我到哪里去弄这笔钱呢？对西方失败的远征几乎已经掏空了整个帝国。”

曼努艾尔转过头去，透过达夫纳宫的落地窗外，意味深长着望着圣索菲大教堂镶金的十字架。

如泽诺斯大主教所言，这将是个极其威胁自己统治的决定，但也许可以让帝国活下去。

④ 帝国北欧卫队既有纯北欧裔的，也有以前北欧卫队在君士坦丁堡所娶希腊女子生育的后代，但没有纯希腊罗马人。

著名的圣索菲大教堂面前，大主教泽诺斯心有余悸转头望了望四周几个严肃的拜占庭士兵，“陛下，教会内我所能做的都做了，”大主教望着正在大教堂顶攀爬的士兵对曼努艾尔说道，“但我还是要提醒您，您是在玩火，这个国家的一半都是用宗教在支撑着，你会毁掉自己。”

“我知道，”曼努艾尔正望着自己的士兵把大教堂上十字架镶嵌的黄金贪婪地扒下来，在僧侣们的咒骂声中把一箱箱的财宝从教堂里搬出来打包上马车，“我别无选择，我必须维护帝国的声誉，支付给北欧卫队与阿拉玛诺剑士薪金，我需要这些人长期对抗努尔丁风暴般的攻势与西方联军的威胁，与其帝国被突厥人与十字军这帮杂种毁灭，”曼努艾尔的目光直楞楞地望着远方，眼神露出与年龄不相称的疯狂之光，坚决地说，“不如我自己毁掉自己。”

“这他妈的是什么鬼天气？”斯塔姆高声叫道，无数乌云像千军万马般咆哮着在半空中旋转，强劲的飓风仿佛魔鬼的巨掌一样不间断的撕裂着海面，数十艘巨大的龙头战舰随着翻滚的海浪摇羿，每一次摇晃都伴随着乘员们的惊呼，“你说过这条航线是近路，但我看像死路！”

“你以为每片水域都像上个星期的蜜月第聂伯河之旅？这叫布拉风⑤，黑海特有的风！”雷拉格扶着桅杆喊道，“准确的说是小布拉风，如果我们绕道走海岸，就会碰上他的父亲，他的父亲在西北海域那里可以吃掉比我们大五倍的船！”

⑤ 布拉风：是一种从山地或高原经过低矮隘道向下倾落的寒冷暴风。常出现在黑海地区。

"我们那里的海上有雾，有冰山，但是没有这狗娘养的大风！"斯塔姆对雷拉格说，"你别在我面前充内行说'布拉风'这名词，你和我一样从来就没来到过黑海！"

"书上说的！我母亲的书！"

"我看了你的书，我怎么就没看到这一章？"

"因为你不识字！只看插图！"

一个大如巨鲸的浪头冲向龙头战舰的尾部侧翼，舵手一个趔趄松开了舵桨，倒在甲板上，然后整个人飞速滑向船只的另一侧，巨大的战舰在侧偏，整个世界都在旋转，雷拉格眼疾手快猛扑了过去，忍受着难以站立的摇晃，一把紧紧抓住舵桨的尾端，整个手臂的肌肉都鼓了起来，大吼一声重新掉转船头的方向。

"艾里克！和几个最强壮的兄弟把绳子从船尾放下去！"雷拉格大叫道，"粗绳子，越粗越好！越长越好！绕成大圈，减低海浪的冲力！"

"是！船长！"巨人艾里克高声叫道。

"我想我可以帮忙！"拜占庭骑兵队长迈克尔的声音。

雷拉格难以置信地转身看着这个被冻得瑟瑟发抖的南方战士，军人的荣誉让他很难袖手旁观，虽然这有点可笑，"我很感动，"雷拉格说，"但你最好回到船舱里去，如果海面突然出现需要骑马的场合我会让你帮忙，"但这句话面对着表情真诚的骑兵队长说完似乎又有点后悔，"你和你的人负责保护好仓内的武器与战马，特别是那些克拉斯重战马，那是我送给皇帝的礼物！"

"我也可以帮忙！"混身透湿的索菲娅在一边叫道。

雷拉格回头望了一眼她透湿裙装内的迷人景象，栗色的眸子突然很难转移视线，"索菲娅，回到舱里去！"

索菲娅脸上泛起红晕，但她仍不回避雷拉格的目光，忽然弯下腰，一把撕扯下裙子的下摆，露出修长光洁的大腿。接着扑向主桅杆，顺着扶梯冒着被风暴吹入大海的危险向上攀登。

雷拉格手掌舵桨怔在原地。

“我可以帮忙！”索菲娅冲着雷拉格喊道，她努力去抓住主帆帆绳，“我可不仅仅是乘客，我也是水手，我跟海军大将泰格修斯的舰队多次出海航行！”

“你用什么迷住了泰格修斯？”斯塔姆微笑着问。

“别在那里说风凉话了！”雷拉格冲斯塔姆喊道，“扔给索菲娅一卷绳子，别让她被卷到海里去！”

斯塔姆拿起一卷绳子，扔给一个阿拉玛诺人，“把它固定好！”接着他一个漂亮的纵身，三步并作两步登上主桅杆，扶住索菲娅雪白的腿，把绳圈系在了她的腰间。

“你只需把绳子扔给我就好，”索菲娅看起来并不领情，“你最好下去抱着桅杆，这样不会晕船。”

“把主帆降下来后都给我下来！”雷拉格观察着远处，“立刻就会有个滔天巨浪！在十秒之后！”

索菲娅惊慌地看了一眼桅杆扶梯，十秒钟她下不来。

斯塔姆不由分说的一只手紧紧抱住索菲娅的腰，另一只手抓住纤绳，“拴紧绳索！”他冲着手下大喊道，然后带着索菲娅顺着主桅绳索直接高速滑向甲板。索菲娅闭上双眼大叫，并紧紧搂住了斯塔姆的腰。

斯塔姆几乎是砰的一声撞在甲板上，而索菲娅就骑在他的身上，那股滔天巨浪随即击中粗壮的主桅，整个战舰都在晃动。

索菲娅赶紧整理衣裙站了起来，而斯塔姆还保持原有姿势坐在甲板上。

“你抱桅杆确实够紧。”索菲娅说。

“那也要看桅杆是谁。”斯塔姆眯着眼睛说。

“你不可能只从书看上过这些，”索菲娅转身盯着全身贯注掌舵的雷拉格，难以掩饰她的敬佩，这个巨浪之后风浪似乎在渐渐减弱，“你经验丰富。”

“我与老头子南下在诺曼底海岸与当地人做买卖的时候碰上过大风暴。”雷拉格说，“是我来掌舵。”

索菲娅细长的眉毛轻轻动了动，“交易？没看出你有任何商业才能。有人雇佣你们做商队护卫？”

“我们维京人交易的意思是，”雷拉格咽了一口唾沫，“抓住那里的贵族再卖还给他们家人。”

索菲娅干涩地笑了两声，不再问了。

“风浪在减弱，船长！”艾里克转头说道，“我们就要通过危险水域了！”

空中乌云渐渐散去，一束久违的阳光透过厚实的云层辐射在海面上，这让黑海上所有湿漉漉的旅行者们都松了一口气，虽然四周还不时有一个接着一个巨浪翻滚过整支舰队，但这已经是强弩之末了。

“大家都没事吧？”雷拉格转身数着船只，单手掌舵，“看来这就是躲避大布拉风的代价，方向也没错，再向前就是博斯普鲁斯海峡，我们的确走了近路。”

“拜占庭就要到了。”

君士坦丁堡皇宫内就如当天博斯普鲁斯海峡天气般阴沉，“黄金议事宫”⑥里的气氛压抑到了极点，曼努艾尔无力的半靠在紫色的王座上，

⑥ 黄金议事宫：君士坦丁堡圣宫中一段长形的建筑，有点像教堂的设计，皇帝的宝座设置在议事宫大厅半圆形顶点的圣坛上，宝座是由用象牙、黄金、珍珠和宝石做成，非常华贵，自然，这是皇帝议事的地方，今天去伊斯坦布尔旅游可以看到。

阴郁地用手掌托着自己的腮。皇后玛利亚与宫廷总管尼西塔斯也意识到了当前局势的严重性，大气也不敢喘地站在皇帝身边，但他们的眼睛都紧紧盯着跪在王座下这个浑身颤抖的将军。

“你拥有数千名轻骑兵，可对于密列奥塞法隆高地的哨探，毫无察觉，”曼努艾尔做了一个无奈而痛苦的手势，“你们就如同孩子郊游般从敌人的身边经过。”

“他们……是哈萨辛，”阿尔维斯根本不敢看皇帝的眼睛，“这些人都是来自东方隐蔽的高手……”

“突厥投枪兵与弓箭手也是隐蔽的高手？你从他们身旁路过，竟敢向山谷下报告一切安全？”曼努埃尔哼了一声。

“那个时候……我认为他们没有伏兵……所以……”

“你认为？”曼努艾尔发现无法控制自己的声音在慢慢提高，“那么请你告诉我，你认为我为什么在大军进入山谷前要求你做最仔细的哨探？”

“陛下……”

“跟我讲话的时候你要看着我的眼睛！”曼努艾尔从王座上站了起来，浑身似乎要燃烧出烈焰，“一个无能之辈，他既不能发现敌人密探的踪迹，也发现不了普通投枪兵与弓箭手的位置，那么，在遭遇伏击之后，你起码应该坚守岗位，将你的后阵骑兵下马列成枪阵抵御攻击，向我这里发信号！只需要一个小时，我的圣骑兵与北欧卫队就可以到达高地支援你！我只需要你顶住一个小时！而不是像只受惊的兔子屁滚尿流扔下你的军队逃回来！”

阿尔维斯不敢回话，只是跪在大殿里瑟瑟发抖。

“我现在想问你的是，你怎么会回来？你怎么竟敢回来！”曼努艾尔走向阿尔维斯对他大声咆哮，他向跪着的将军愤怒的伸出手掌，每个手指都颤抖，仿佛用手指就可以狠狠的抓进阿尔维斯的脑壳，抓出头颅内的脑浆让他当场毙命，“你的轻骑兵失去了他们的主帅，像惊慌失措的绵羊在高地上被突厥人宰杀，导致我们在遭受伏击时以最快的速度丢失了最重要的高地，突厥人利用你丢失的高地打了场真算完美的伏击战！也许你应该见见肯塔克与瓦塔瑟斯的妻子和孩子，他们和那些阵亡在山谷中的无数孤儿寡母一起，就在我的大殿下哭号！”

“我确实应该在战场上自杀，”阿尔维斯喃喃地说，“但这样大的罪我已经丧失了自杀的权力，我必须把这具身体带回来，交给陛下裁处。”

曼努艾尔仇恨的目光简直要穿透阿尔维斯的身体，他的手悬浮在获罪将军的头顶上，似乎随时都会狠狠的抓下去，他的手掌最终降在阿尔维斯的肩膀上，轻轻的拍了拍。

“你还能在首都与希腊地区组建多少本国轻骑兵？”曼努艾尔冷冷的说，“一个月之内。”

“一个纵队，我的陛下，不会少于一个纵队！”阿尔维斯抓了救命稻草般高叫道。

“那就快去，这是你唯一赎罪的机会。”

“仁慈的陛下！”阿尔维斯几乎要痛哭流涕。

“快滚。”

“阿尔维斯，真是个老狐狸，”曼努艾尔阴沉着自言自语，“他知道现在我缺少人手，他自信可以在我面前保住这条性命。”

“陛下，来自北方的消息！”

一个信使快步穿过繁复三级斑岩⑦台阶，经卫士的允许后走近大

⑦ 斑岩：具有斑状结构的火成岩，比较坚固，常用于建筑材料。

殿，他低着头进入大厅，根本不敢看曼努艾尔的眼睛。只偷偷地看着宝座两旁镀金的铜狮。

“说吧。”

“特拉伯森城堡失守了，”信使惊恐地说，“凯纳斯率领的北方军团遭到突厥司令官巴夏的包围全军覆没，军团司令凯纳斯殉国。之后巴夏又连续袭击了特拉柏森城堡，现在城堡已经失守并遭到洗劫。”

曼努艾尔呆立在信使面前，长长的抽着气。

“我们北方最重要的城堡，”曼努艾尔喃喃地说，低着头在王座前踱着步，“整个黑海南岸最重要的堡垒，我该怎么办，”他茫然地看着宫殿墙壁，“我该怎么办？”

宫殿外突然爆发出一些雷鸣般的巨响，曼努艾尔望望天空，天色依然阴沉，却没有降雨的迹象，看来，这些响声来自宫殿外街道之中。镶嵌着星星紫金相间的大门边，几个卫士在黄金议事宫大柱前交头接耳，似乎在争论谁更合适通报这个消息。

“到底什么事？”曼努艾尔问道。

“陛下，”一个卫士慌张的说，“首都发生了民变，市民们走上街道，还包括大批僧侣，进行大规模的游行，他们云集在提奥多西广场与君士坦丁广场上，指责您的军事失败，谴责您藐视上苍拿走了教堂里的黄金。”

拿走圣索菲教堂的金子果然会带来厄运，尽管这笔金子全部用在了维护帝国本身上，多少失眠的夜，曼努艾尔为这个帝国贡献了自己的一生加一切，年轻时被民众与教会的拥护与崇拜似乎只是过眼烟云，失败让民众与教会终于开始背叛他，一些被民众认定为拯救者与圣人的领袖，转瞬间就会是他们口中的暴君，他记得一些拜占庭皇帝的下场：被愤怒的民众扔下高墙活活摔死。

他不知道这样的命运会不会发生在自己的身上。

帝国就要完蛋了。

“我建议为了陛下的安全，”皇后终于开口了，玛利亚不安地望着皇宫外，“趁民众游行没有升级为叛乱，先离开首都，去尼西亚⑧避难，那里有陛下刚返回的军队，能控制局面。”

“为了陛下的安全，还是就守在皇宫内，”宫廷大总管尼西塔斯说，“皇宫内有陛下天下无敌的皇家铁甲骑兵卫队，还有最忠诚于陛下的北欧卫队，以及大批卫戍部队，他们能保护好皇宫，叛民们根本攻不进来。”

“你们的办法是为了你们自己的安全，”曼努艾尔冷冷地斟酌着，“而无论我放弃首都，或者龟缩在宫殿里，都会有野心家利用这次失败，他们会在我不在的地方组织叛乱，当他们明白东部的帝国军队已经崩溃，就不会有人来阻止他们，而这么一来，我曾经打败过的匈牙利人，诺曼人，还有威尼斯人，这些虫子都会趁机来蚕食我。”

曼努艾尔又望了一眼皇宫之外的阴郁天气。

“我要直接面对这些叛民，”曼努艾尔盯着玛利亚与尼西塔斯惊恐的脸，“这也是唯一的办法，我倒要看看他们会不会把我这个他们爱戴过，尊重过，崇拜过的君主在我自己的城市里撕成碎片。”

这是你的帝国，是你牺牲所应享受的一切而为之奋斗一生，投入一切的帝国，当帝国击败匈牙利人、诺曼人、威尼斯人之时，当帝国

⑧ 尼西亚：今天土耳其境内，小亚细亚西北部古城，拜占庭帝国时期重要的城市，著名的公元325年的基督教大会会议就在此地召开。

打击土地贵族与腐败官员把土地与公正还给民众之时，迎接你的是欢呼、掌声、庆祝与无尽的崇拜与荣耀，而当灾难来临之际，责难、谩骂、诽谤、叛乱、崩溃就接踵而至，但无论何时，你都只能一个人去接受与面对，没人可以分忧你的重担，没人可能帮助你。在这历史的长河中，即使有人攻击你穷兵黩武，即使有人诬蔑你亵渎神灵，即使有人评价你罪大恶极，你依然是一个勇敢的皇帝，一个有雄心的皇帝，一个有作为的皇帝，一个对国家问心无愧的皇帝。一个坚强到面对一切悲伤与无助的皇帝。

曼努艾尔叹了口气，整理了下紫袍，大步走出宫殿，迎接自己的命运。

Chapter 14

“暴君滚出去！”人群中爆发出吼声，越来越集中挤向广场中央，“无能者，谋杀犯，抢劫教堂的强盗！”

“把教堂里的黄金还回去！”一些僧侣大喊，显然泽诺斯大主教不能控制所有的牧师，“那样你也许会被上帝宽恕，但我们可不需要被神灵抛弃的君王！”

禁卫骑兵队长无助地望着汹涌的人流，徒劳的呼喊着指挥着防御，曼努艾尔虽然额头上已满是汗水，依然镇定自若，只是眼中带着淡淡的忧伤……

墨蓝色的海水逐渐淡去，火龙形状的船首像在博斯普鲁斯海峡中乘风破浪，七十五艘龙头战舰顺风行驶高速接近港口，他们的四周则是由拜占庭海军上将泰格修斯指挥护送的拜占庭近海舰队四十艘舰只。一百多艘航行中的战舰组成蔚蓝海洋上一副足够壮观的景象。索菲娅披散着棕色如波浪般的卷发，长裙随风飘舞，迎着海风赞叹舰队的盛容，而雷拉格、斯塔姆、艾里克和所有的北地好汉都被更璀璨夺目的目标把注意力完全吸引。

这是全世界最巨大、也是最坚固的城墙，如巨神一样端坐在博斯普鲁斯海峡的咽喉，巨浪频繁冲上城堡岸边，与坐落在高地上显赫的城墙相比如同沧海一粟，根本望不到尽头的城墙上筑造了九十多座防御塔楼，三百多座角楼与碉堡，每隔数十米就有防御坚固的箭塔，所有箭塔都拥有十几个射击孔，守军可以用强弓硬弩在这里让兵临城下之敌全都有来无回。再加上一望无际的城堡三面环海，在拜占庭海军的保护下，几乎可算是万无一失。

“我看到了城市里圆顶上巨大的十字架！”巨人艾里克在桅杆的最高点，视线越过高高的城墙，兴奋地喊道，“好一个巨型圆顶！可能有三十米高！”

“圣索菲教堂，全世界最大的教堂，查士丁尼大帝时期所建！”雷拉格一只手在空中划出优美的弧线，“那是罗马人特有的巴西利卡式建筑①，用大理石与花岗岩修建，整个圆顶被设计成华美的大穹隆，有五十多米高，非常壮丽，顶甚至可以当灯塔用。”

①巴西利卡式建筑：是古罗马时代的一种公共建筑形式，其特点是平面呈长方向，外侧有一圈柱廊，主入口在长边，短边有耳室，采用条形拱券作屋顶。

“还有一个长条型的大广场，中间有个巨大的方尖碑，里面有跑道！一眼望不到边！”艾里克说。

“那是大赛车竞技场，”雷拉格也不禁为这些美景心旷神怡，“里面可以同时容纳八排赛车一起奔驰，而中间那个巨大的方尖碑据说是从埃及运来的神器。中心的椭圆地带以前经常有盛大血腥的角斗表演，不过据说现在只有马戏与音乐会。”

“那可太可惜了！”艾里克嘟囔道，“我更喜欢看角斗！”

“这又是你母亲书里说的？”斯塔姆问。

“你也可以去查，”雷拉格斜着眼睛看了他一眼，“这些全都有插图。”

雷拉格拉住绳索，踩着阶梯登上主桅杆，他要仔细看看他母亲记忆与记录中最伟大的那些建筑。

史诗般的巨大建筑与他在书中看到的一模一样，令北地瓦朗尼亚首领惊叹不已。

雷拉格突然皱了皱眉头。

他注意到巨大十字架上镶嵌的黄金被剥去了，这让他大吃一惊，在他所知中，再大胆子的拜占庭盗贼也不敢打圣索菲教堂上黄金的主意，因为在传说中这会给他们带来厄运。

雷拉格又观察整个君士坦丁堡东部的环海城墙，城墙上的箭塔与防御塔楼非常壮观，但上面并没有驻扎太多防御的士兵，对于一个正在进行战争的帝国来说，这有些反常。

他看了一眼在拜占庭旗舰上的泰格修斯的表情，海军上将的神色似乎非常紧张，手臂不停向城墙方向比划着，有的时候还指指北欧人的龙头战舰，仿佛与部下在激烈讨论着什么。

“有麻烦了，”当雷拉格从桅绳上滑下他与索菲娅交换了下眼色，证实了自己的担忧，“让伙计们从舱里把武器都拿出来，”他招呼着艾里克与斯塔姆，低声说道，“帝都这里似乎不像想象中太平。”

“发生战争的位置不会就是这儿吧，”斯塔姆的手就轻轻搭在腰间阔剑的剑柄边，“我祈祷咱们的金币来源不会因此而发生意外。”

“最好不要是这里，”雷拉格低声说，“我可不希望雇主的家变成战场。”

“首都出事了，”索菲娅正忧心忡忡地望着泰格修斯的拜占庭舰队，他们正加速越过雷拉格他们的龙头战舰，似乎要抢在北欧人之前靠港，“我们也得快靠港，我要知道到底发生了什么事。”

“罗马人给了我们旗语，”桅杆上的艾里克说道，“他们似乎希望我们在最近的圣巴巴拉门②那里靠港。”

“圣巴巴拉门离皇宫还很远，”索菲娅不安地看着雷拉格，“泰格修斯的船明明在向南行使，他们自己要去离皇宫最近的巴切里奥门③登陆，看来他们不希望我们离皇宫太近。”

雷拉格与斯塔姆对望了一眼。

“皇帝如果有麻烦，”雷拉格对索菲娅说，“我想我们可以帮忙，毕竟瓦郎尼亚人自巴西尔大帝之后一直就是皇帝最忠诚的禁卫军，但我们刚到拜占庭，还没有得到足够的信任，也不想惹麻烦，所以，我希望你来决定我们在哪里靠港。”

“帝国主力军队离首都很远，”索菲娅望着城墙，“首都里一定发生了大事，任何事情都不能与皇帝陛下的安全相比，我信任你们，我们一起来惹这个麻烦！”

② 圣巴巴拉门：君士坦丁堡东北角的临海城门，再向西就可以进入城市北岸的金角湾。

③ 巴切里奥门：君士坦丁堡南部的临海城门，离皇宫比较近。

索菲娅一手卷起裙边，一手抓住主桅绳尽全力爬了上去，一直登到艾里克的身边，好让泰格修斯旗舰桅杆上的水手看见自己，一边呼唤着甲板上的骑兵队长，“把我的旗帜升起来，我想这管点用，”然后对艾里克说，“打旗语告诉泰格修斯，我以军情处的名义，要求这支舰队也在巴切里奥门靠港！”

从黑海与第聂伯河交界处小城科齐④出发再将近半个月的海上颠簸之后，雷拉格他们终于登上了久违的陆地，他奇怪的看到已经登陆的泰格修斯依然在与人争吵，这次与他争吵的是个衣衫华美的胖子，但昂贵的绸缎竟然脏兮兮以最邋遢的方式披在身上，当雷拉格经过他们的时候，他看了一眼胖子，对方也好奇的望了他一眼，雷拉格发现这个胖子的眼睛特别大。

“我说过把船上的那些装置给我！”胖子向泰格修斯叫道，“给我那些东西，经过我的改装，再给我一百人，我就能把陛下救出来！”

“你给陛下惹的麻烦已经够多的了！”泰格修斯丝毫不肯让步，“除非有陛下的命令，你休想拿走它们！”

“你怎么会在这？”索菲娅走上前望了一眼胖子突然说道，“真心希望这次动乱和你的实验没有任何关联。”

“我当是谁呢，”胖子转身防御式地望着索菲娅，“这不是军情处装备部的索菲娅吗？专门进行无用铁皮的保管与维护？我保证我设计的产品会以很快的速度把你天天整理的废物盔甲淘汰掉。”

④ 科齐：现乌克兰南部临海的城市，当时是一个小城镇，连接第聂伯河河口与黑海，而再向南跨越整个黑海，就可以到达君士坦丁堡。

“我在六年前就从装备部调走了，你最好给我记清楚。”索菲娅威胁的看了胖子一眼。

胖子哼了一声，转过头去不再理她。

看着雷拉格他们走近，泰格修斯努力压制着自己的脾气，“你们是君士坦丁堡远到而来的客人，我应该对你们礼貌，而你们也应该尊重主人的意愿，在圣巴巴拉门停留！”

雷拉格眉毛向索菲娅扬了扬，“她不是客人。”

索菲娅严肃地看着泰格修斯，“这是我的决定。”

泰格修斯不安地看着雷拉格，又用更怀疑的神色看着斯塔姆，“军情处要为你的决定负责。”他对索菲娅说。

“会的，”索菲娅快速的说，“现在告诉我首都出了什么事。”

“陛下的大军在科尼亚以西惨败,”泰格修斯说,“城市里发生了民变，更有好事者与野心家在一旁煽风点火，陛下出皇宫面对叛民，现在被围在了君士坦丁广场，民众与僧侣越聚越多，情况已经很难控制。”

“城市里的军队在做什么？他们为什么不隔离开人群？陛下的安全怎么保证？”索菲娅着急地说道。

“这是陛下的命令，”泰格修斯说，“也许陛下担心出动大群军队会造成城市混战，他不想毁了这个他付出一生努力的城市，他只带了自己的皇家铁甲骑兵卫队，但是这些重甲骑兵，在广场上根本施展不开，我正想带着海军登陆进入街道，但人群太多，根本进不去。”

“陛下不愿派遣纪律性得不到保证的卫戎民兵，可为什么不派遣北欧卫队保护？这本来就应该是他们的工作！”索菲娅皱了皱眉头。

“恕我直言……”泰格修斯叹了一口气，“如果只讨论纪律性可能卫戎民兵还更好点！现在的北欧卫队可不同于哈拉尔德在的时候，他们现在更适合在战场上砍杀敌人，但在城里就是一群只知道痛饮的暴徒！”

雷拉格本来在全神贯注观察地形，因为这个词斜睨了泰格修斯一眼。失去他父亲统帅的北欧卫队现在成了问题禁卫军，这显然不算好消息，但也许同时是一个机会。

“确实令人羞愧，”索菲娅微微摇头，“可我见过这个人率领的军队，他们虽然一直在丹麦，却拥有首都北欧卫队所没有的罗马式纪律！”她向泰格修斯介绍雷拉格，“我想让他进城去控制局面！”

“雇佣兵在战场上也许训练有素且勇敢，”泰格修斯看了雷拉格一眼，显然对这个陌生人不太信任，“可对于城市暴乱控制……”

“他的父亲是哈拉尔德，”索菲娅努力说服他，“而他训练的军队比它的父亲更具备纪律性。”

这个名字还是对泰格修斯造成了影响，他向雷拉格点了点头，因为从血统上说，他至少还算是位皇族，“可就算我放你们进去，”他妥协地说道，“你们也根本进不去，梅塞大道⑤被人流堵塞得水泄不通。”

“我说过了把那些装置给我！”胖子突然插嘴嚷道，“再给我一百人，我就可以……”

“看在上帝的份上给我闭嘴！”泰格修斯叫道，“这里的乱子已经够多的了！”

索菲娅望向雷拉格，“你怎么看？”

“我可以进去。”雷拉格说。

“天方夜谭，”泰格修斯不屑地说道，“每条街道都堵上了。”

⑤ 梅塞大道：君士坦丁堡市中心最宽大的主干道。

“不过只有够胆量的人才能进去。”雷拉格转身面对斯塔姆，眼神中露出一丝狡黠，“我说的对吗？”

“为什么问我？”斯塔姆眼珠转了转，脸皱成一团。

“因为在这时候在皇帝面前表现出英勇举动收益巨大，”雷拉格真诚地转动着栗色的眼珠，低声说，“想想那些金币，想想安纳托利亚总督。”

“为皇帝陛下效力我义不容辞，”斯塔姆正色对索菲娅说，“进城算我一个。”

“还有艾里克，”雷拉格向背后刚上岸的巨人招呼着。“都过来听听我的计划。”他特别对斯塔姆露出一个灿烂的微笑，“我们回船上取些玩具。”

广场上的民众与僧侣越聚越多，回皇宫的梅塞大道已经被完全堵上了，很多人是在圣索菲大教堂刚刚祈祷过，然后望着被剥掉黄金的十字架愤怒的向西加入到示威的群众中去，人群越来越拥挤与激愤。皇家铁甲骑兵卫队毕竟人数有限，他们最后只得放弃马匹步行维持秩序，但形势越来越难控制，别有用心者不停煽动民众对曼努艾尔的攻击，只有皇帝本人倒是镇定自若。他甚至没有穿盔甲，只是穿着紫袍，空手面对着黑压压的人群。

“陛下，”皇家禁卫骑兵队长约翰维塔斯望着不停挤入的人群，不安地提议，“让卫戍部队那些长矛民兵也出动吧，他们人数众多，能顶得住人群的压制。”

“我之所以把生命交给你们是因为你们纪律严明，”曼努艾尔望着骑兵队长，“卫戍部队一拥而上容易演变为镇压，那样我的计划就全完了，只是这样太为难你们。”

“为陛下效力，万死不辞！”禁卫骑兵队长激动地说，他一手持着大盾牌，防止人群中向曼努艾尔射来流箭。“你，你，还有你！”他对几个骑兵说道，“你们带上几个人，快去梅塞大道东，去帮忙堵住那里，他们使用砖块砸开了一个缺口，有人正要冲进来！”

“看这个装腔作势的暴君！”有人在人群里大喊，“他把圣索菲神圣殿堂上的黄金，把神灵赋予我们的信任，变成了他紫袍上闪闪发光的金饰！变成他私人穷凶奢侈的淫乐！”

曼努艾尔对这样的攻击感到可笑，他高举双臂，面对着人群，“公民们，你们可以看见我的皇袍，饰品都是染上金色的皮革，宝石是彩色玻璃，珍珠则是普通水晶！”曼努艾尔大声说，“因为我已经把一切的一切给了君士坦丁堡，给了我们的军队，给了我们的帝国！”

一些挑拨者沉默了，另一些又起，“他把我们的钱扔进了战争旋涡，还打了大败仗！这就是我们那伟大的皇帝！”人群高叫着，“他让我们上万名父兄在科尼亚血流成河！他喝光了我们亲人的血，再用它们把安纳托利亚高原染红！”

“暴君滚出去！”人群中爆发出吼声，越来越集中挤向广场中央，“无能者，谋杀犯，抢劫教堂的强盗！”

“把教堂里的黄金还回去！”一些僧侣大喊，显然泽诺斯大主教不能控制所有的牧师，“那样你也许会被上帝宽恕，但我们可不需要被神灵抛弃的君王！”

禁卫骑兵队长无助地望着汹涌的人流，徒劳的呼喊着指挥着防御，曼努艾尔虽然额头上已满是汗水，依然镇定自若，只是眼中带着淡淡的忧伤。

雷拉格与斯塔姆，向西越过空无一人的大赛车场跑道与埃及方尖碑，爬上黑色大理石铺地的奥古斯都广场⑥的外墙，外墙很窄，但通过两个人没问题，他们在外墙上一直背负着沉重的装备奔跑到顶头，外墙消失了，而对面则是呼喊的，黑压压的人群。

“好一条路！”斯塔姆说，“现在我们该怎么办？从人群头顶踩过去？”

“拿起我们的船上的缆绳钩，这些玩具该派的上用场了！”雷拉格指着梅塞大道边上的柱廊，“爬上去，不过注意别掉下来！”

雷拉格与斯塔姆爬上柱廊顶端，斯塔姆发现柱廊间被人完全钉上了一直通到君士坦丁广场⑦的木板，如果小心一点、缆绳钩固定好，木板顶上正好可以容一个人通过。

“谁钉的木板？”斯塔姆说，“真该给他些金币奖赏！”

“是东罗马皇帝，”雷拉格回答，“这是他们皇帝的传统，这些木板本来是为了保护城里露宿街头的穷人不被东北风冻死，不过这能帮我们大忙！”

“你怎么什么都知道？”

“那还是我们航行在第聂伯河的时候，”雷拉格一边用缆绳钩固定住巨大的木板，嘲讽溢于言表，“当你在船边向索菲娅频繁献着殷勤的时候，我则在船舱里，与三张君士坦丁堡地形图打交道。”

“你看起来有些吃醋，”斯塔姆微笑着把缆绳钩固定好，“我可以把她让给你。”

⑥ 奥古斯都广场：由黑色大理石所铺垫，此处树立着“Milion”，即帝国公路的零里程标志。

⑦ 君士坦丁广场：在奥古斯都广场的东面，是君士坦丁堡的政治活动中心，很多集会都在这里举行。广场中心耸立着一座数十米高的巨型花岗石圆柱，顶端是从雅典运来的太阳神阿波罗铜像。

“好了，”雷拉格望着木板下乃至远方一眼望不到边的人群，“我们现在就这样跑到皇帝身边，别告诉我你会不小心摔下去！”

“按照你的计划，艾里克应该能及时带我们的人接应咱们俩，”斯塔姆担忧地说，“我可不希望与一个疯狂的北欧小子两人面对君士坦丁堡数万名暴民！”

“是疯狂的北欧——罗马小子，”雷拉格纠正道，“我相信艾里克粗壮的胳膊足够有劲，他只要听我的穿上瓦朗尼亚人的装备带人从大赛车场绕过来！”

“那我就信你一次！看谁先到君士坦丁广场中心，先到的可以得到索菲娅，怎么样？”

曼努艾尔无法推卸战争失败的责任，人群变的越来越愤怒，已经开始有人向皇帝投掷杂物与石块，对于这些，曼努艾尔只是默默承受着，肉体痛苦的感觉已经淡薄，皇家骑兵队长约翰维塔斯则在拼命带人封堵失控的人群，用盾牌格开向曼努艾尔扔来的石块。但慌乱之中忽视了保护自己，一块大石块不偏不倚砸中了约翰维塔斯的太阳穴，顿时鲜血直流昏倒在地，如果不是头盔保护，恐怕性命难保，但这依然造成了混乱。一些本来正在封堵的骑兵转而来帮助他们的队长，人群则冲得离皇帝越来越近。

在人群的众目睽睽之下，雷拉格与斯塔姆顺着高高的木板从人群正头顶飞奔，离君士坦丁广场中心越来越近。但他俩没有穿拜占庭军人的制服，而大家都在拥向广场，也没人去管他们。但随即他们发现了问题，暴民们为了能更快涌入广场中心，把最后这段木板拆掉了。

“这下怎么办？”斯塔姆向下环视着人群，“地图上可不会标注出被拆掉的木板！”

他发现雷拉格正望着广场中心顶端发呆。黑发武士盯着那个身穿紫袍的老人，在混乱、杂物、乱石块、威胁、叫嚣中镇定自若，空手安抚着要把自己撕成碎片的群众，还替这些暴民祈福。一边时不时帮助手下的骑兵把受伤的骑兵拖回圈里不让暴民伤害他们。

“你到底怎么了？”斯塔姆不解地望着雷拉格惊呆的脸。

“看到那个身穿紫色长袍的人没有？”雷拉格指着广场中心，“他真是一个真正的男子汉！我就做不到能空手面对这样的威胁而镇定自若，我觉得所有北欧战士加起来都不及他强壮，如果谁要伤害他，我们就把谁杀掉！”

“强壮，这老头？”斯塔姆眯着眼睛望着人群中的曼努艾尔，“也许吧，虽然我们距离已经不远，但我们怎么过的去？”

“还记得你自己对我说的话么？”雷拉格转身望着斯塔姆，栗色的眸子里闪烁着疯狂的神色，“从人群头顶踩过去！”

“跟我来吧！”雷拉格大吼一声从木板末端高高跃起，重重踩在一个看热闹的人头顶，没等这人倒下，他又踩上了另一个人头顶，然后用盾牌做平衡，摇摇晃晃向曼努艾尔疾奔。

“你这个该死的北欧——罗马疯子！”斯塔姆大声诅咒着，也紧跟着跳了下去。

形势越来越混乱，暴民们冲进防御圈，一些骑兵被人流冲翻在地，就立即有大群人上去踩踏，曼努艾尔冒着被冲倒的危险，撞进人群，不顾脸上被飞来石块划伤的疼痛，把自己受难的战士从人群中拉出来，人群一拥而上，骑兵们完全控制不了局面，突然曼努艾尔混身一震，接着向后退几步，混身都在颤抖。

一把匕首插进了他的肚子。

刚被击昏倒地的约翰维塔斯还没完全清醒，这时候也发疯似的向人群冲过去，一把扶住遥遥欲坠的皇帝陛下，大吼一声抽出长剑，要把凶手当场处决。

曼努艾尔用惊人的毅力挡住了骑兵队长，接着，他摇摇晃晃地走近谋杀者，谋杀者反而用惊恐的眼神望着眼前这个受伤却依然镇定的皇帝。

曼努艾尔一只手按在鲜血直流的伤口上，在无数人不安与诧异的眼神中，缓缓伸出另一只手，轻轻的按在刚刺杀他的这个人头顶，“孩子，我宽恕你的罪行，我不怪罪你，别被人蒙蔽，我依然是你的皇帝，你是我的公民，回家吧。”皇帝轻声说道。

凶手与暴民都呆立当场，公民们并不想在广场上真的杀掉他们自己的皇帝，这个刺杀者直愣愣地望着皇帝的眼睛，突然扑通一声跪倒在地上放声痛哭，不停地吻着皇帝紫袍的边缘请求宽恕。

“杀死这个装腔作势的皇帝！”一些人见势不妙突然继续煽动着，“他杀死了我们的兄弟与父亲！”但效果已经不如刚才这么有效了。

一些人互相使了个眼色，又开始拥了上来，这次他们手中全是明晃晃的匕首。

一记重拳重重的砸在一个刺客脸上，伴随着他飞出去匕首的则是带着污血的两颗门牙，没等对方反应过来，猛扑过来的雷拉格就一脚重重的跺在这个人脸上，让他瞬间失去了知觉。

又一个刺客挥舞着匕首冲来，随即赶上的斯塔姆敏捷地猛击他持握匕首的手腕，在对方武器落地的同时一个后撤步，左脚一绊把他整个人拉倒在地上，然后左肩暗暗猛一发力，在刺客的惨叫声中折断了这个人的右臂。

雷拉格又是一阵闪电般的快拳打翻了一个刺客，接着一个重重的后手摆拳几乎把这可怜的家伙整个人都打得飞了出去，另一个刺客的匕首向雷拉格胡乱挥舞，雷拉格迅速转身，目不转睛，看准对方的破绽，猛地一掌砸在对方手臂上，接牢牢扣住对方的前臂，一把拉过来一个转身扛在肩上，又一个旋转把大声惊呼的牺牲者高高扔了出去。

当几个刺客被揍得满地找牙之际，皇家禁卫骑兵们又趁机迅速集中起来，把受伤的皇帝围在圈子中间。

“你是？”受伤的皇帝带着询问的眼神望着雷拉格。

“我是雷拉格，陛下，”北地王子抽空转身说道，“罗斯卫队长杰罗托夫的长孙，哈拉尔德的长子，北欧卫队的头领！那个瘦子是斯塔姆，”他指着正在狠揍一个刺客的佣兵头子说道，“北地日耳曼野战军的统帅。”

“天哪，哈拉尔德的儿子，我那兄长的儿子！英雄之子！”虚弱的皇帝感叹着，“孩子，保护好自己，别让这些人伤着你。”

“陛下，有我们在，谁也别想再伤害你！”雷拉格坚决的说 ，并转身呼喊着约翰维塔斯，“请保护好陛下，我来呼喊我们的人！”

“没问题，好汉！”皇家骑兵队长叫道，招呼着自己人，“继续收缩队型，把盾牌都撑起来！”

人群在混乱中又开始骚动，他们有人想挤进来，但被盾墙牢牢挡住。

雷拉格继续阻挡着汹涌的人群与可能出现的潜伏凶手，眼神却一直望着遥远的赛车场，当他看见绣着一个红色乌鸦的金色旗帜在赛车场观众看台上升起，就知道时机已到。他高高踩在两个刚被击昏不能动弹的刺客身上，以便自己能站得比人群更高，接着，他从胸前举起号角，并吹响了它。

巨大的号角声回响在君士坦丁广场上空，这引起了西边赛车场一阵震耳欲聋的整齐战吼声作为回应，这吼声仿佛来自上古的奥林匹斯山众神，胜过红色巨龙的咆哮，既整齐又威严，被震慑的君士坦丁堡公民们纷纷转身，望见赛车场方尖塔那里旌旗招展。

巨人艾里克一手一个抓小鸡一样抓住两个妄图阻挡北欧战士队伍的暴民，把他们高高举起扔回了人群中，这个干净利落的动作甚至在市民群中都引起了一片叫好声，艾里克发出令君士坦丁堡市民熟悉的山崩地裂般吼声，“皇帝陛下的禁卫军到了！”

雷拉格从怀中拿出父亲那座金光闪闪的王冠束戴在头顶，从背后慢慢抽出寒光闪闪的冰川之刃，把它高高举向空中，剑刃闪耀着刺眼的光芒，北地王子站在君士坦丁广场最高点，大吼道：“北欧卫队就在这里！”

群山般高大伟岸的瓦朗尼亚战士们，傲然的目光完全无视气势汹汹的暴民，他们清一色亮光闪闪的双层锁子甲，身披紫色披风，一手持巨大的双手战斧，一手持镶嵌着红色乌鸦带金边的大圆盾，踩着整齐骄傲的步伐，进入君士坦丁广场，巨人们每一次整齐的跺地都让广场建筑为之震撼。有人胆敢阻挡他们的脚步，就被巨人们轻松的用大盾挤出梅塞大道，这是雷拉格的计划，让北欧战士们从城市南面绕过拥挤混乱的君士坦丁广场，从空无一人的奥古斯都广场与赛车场那里直接进入中心地带，接应自己与斯塔姆。这些勇武的外族武士，让广场上的所有公民都出现了炫目的幻觉，似乎巴西尔大帝时代时光倒流，勇士们正如公元980年⑧那时一样，源源不断涌入首都拯救帝国，吵闹暴躁的民众不禁折服于这庄严的景象，除了瓦朗尼亚战士们齐刷刷的口令与脚步声，其他的一切都渐渐沉寂。

跟在瓦朗尼亚战士后的是斯塔姆与艾里克手下的阿拉玛诺剑士，他

⑧ 这里指的巴西尔二世统治前期，发生了小亚细亚军事贵族的大规模政变，直接威胁君士坦丁堡，巴西尔二世带领着公元980年来到君士坦丁堡的第一批北欧卫队作为主打，击败了叛军，确定了自己的统治地位。

们高举着斯塔姆特有的绿色双头蛇旗帜，背负着锋利的德式双手剑，紧跟其后，两支军队之间是索菲娅，她一边跑一边向人群高喊：“他们是北欧卫队！全世界最勇敢的武士！他们是来帮助帝国对付敌军的入侵！”

“他们是来镇压民众的，是暴君的工具！”人群有人喊到。

“你的无知让我感到可怕！”雷拉格向他回敬道，“北欧卫队从来都是罗马人民抵御外敌的工具！这里每个人都知道，这是我一个北欧人都明白的道理！”

“你们人数不够多！对付突厥人需要成千上万的军队！”又有人喊道。

“看着我的王冠！”雷拉格吼道，“再看看我的剑！我是丹麦国王雷拉格！这是挪威大统帅斯塔姆！”他指着斯塔姆，又转而指着巨人艾里克，“看这顶天立地的好汉！他是瑞典公爵艾里克！整个北欧战士都站在我们这边，所有的北欧领袖都在这里，他们都服从皇帝的指挥，你们还会担心军队的人数吗？”

雷拉格注意到艾里克脸上出现了个可爱的红晕。

“挪威大统帅，”斯塔姆轻声插嘴，“你真行。”

“他们不会知道我们那里的情况。”雷拉格偷偷说。

“皇帝的大军全军覆没了！”另一个人叫道，“仅仅凭你们也不能打败突厥人！”

“我们的精锐都在，铁甲圣骑兵没有损失，重装步兵则还……”约翰维塔斯高声辩解道。

“这全是谣言！”雷拉格瞟了约翰一眼，赶紧顺着大声说，“帝国大军确实遭到失败，但主力都还在！包括最精锐的铁甲圣骑兵和重装步兵，也许你们的父兄还在与敌人浴血奋战！你们难道要伤害你们自己的皇帝，而他正在调兵遣将去帮助你们的父兄，告诉我，你们会这么做吗？”

群众们开始交头接耳，情绪慢慢被感染起来。

“君士坦丁堡的公民们！”雷拉格环顾着渐渐安静下来的群众，“这正是抵御异教徒，带给帝国安宁生活最重要的时刻！你们愿不愿给我一个机会，给你们还在战场上浴血的父兄一个机会，给所有支持你们的北欧人一个机会，给你们的陛下一个机会！也给你们自己一个机会！那就是，让皇帝陛下带领我们，带着他新组建的军队，开赴战场，救援你们的父兄，粉碎敌人的入侵！”雷拉格右手持剑，左手握拳高举向空中，仰天大吼，“众神就在我们的身边！正义就在我们的身边！伟大的帝国万岁！北欧卫队万岁！皇帝陛下万岁！”

“罗马万岁！帝国万岁！”人群中有人喊道。

“皇帝陛下万岁！”又有一群人喊道。

人群中爆发出一阵阵拥护的吼声，反对者渐渐默然。

“精彩的演讲，”斯塔姆打着哈欠轻声说，“现在怎么办？”

“形势已经初步控制了，赶快扶陛下回达夫纳宫休息，喊御医，”雷拉格着急地说，一边望着虽然依旧镇定，但因失血过多而脸色发白的曼努埃尔，一把扶住皇帝的腰，“让索菲娅来一起照顾，再拖延下去陛下就不行了。”

“别担心我，孩子，”曼努埃尔一只手搭在雷拉格宽阔的肩膀上，用虚弱嘶哑的声音微笑道，“从我年轻的时候开始就有很多人要杀死我，如果死，也是天意，不必为我悲伤。”

“陛下！”雷拉格望着摇摇欲坠的皇帝，栗色双目中闪烁着些什么东西，“我父亲已经过世了，可他有句对您祖父阿历克塞大帝的话，我一直都记得，这也是北欧英雄经常相传的俗语，虽然不具文采，但希望您愿意听我说。”

“说吧，孩子，你说的我都愿意听。”

雷拉格冷冷地坚决说道：

“杀不死我们只能让我们变得更坚强。”

Chapter 15

“军人的荣誉，太好了，”雷拉格发出爽朗的大笑，“我真替你高兴。”

雷拉格以极快的速度从背后抽出了冰川之刃，斯塔姆反应也够快，他几乎同时与雷拉格拔剑，但他的阔剑刚从刀鞘中抽出，冰川之刃已经架在了他的脖子上。

索菲娅与艾里克目瞪口呆的望着他们俩。艾里克的嘴里还嚼着一块糕。

经过御医治疗，曼努埃尔仍坚持回到黄金议事宫而不是返回达夫纳宫休息，他招呼雷拉格，斯塔姆，索菲娅与艾里克同去，“这把匕首幸好没插坏我的肠子，毕竟我没有休息的时间，”曼努埃尔因疼痛有些虚弱，但态度仍非常坚决，“我现在不会死，起码我不是死在这里的。”

但索菲娅仍执拗的搀扶着皇帝，一面不放心地望着陛下腰间包扎过的伤口，曼努埃尔只是微笑着，轻轻抚摸着她头顶的棕色卷发。

从君士坦丁广场前往黄金议事宫需要回到竞技场大门，经过达夫纳宫饰有金星的两扇巨大宫门，再穿越一大片鲜花绽放的高台与各种动物形状的大理石喷泉。最终在圣宫偏西雷拉格他们望见了传说中的黄金议事宫，宫室完全按教堂模式设计，宝座位于三级斑岩台阶之上，非常华贵典雅。而皇后与宫廷大总管尼西塔斯就在这里不安地等候着皇帝的归来。曼努埃尔注意到他们已经换上了出行的衣服，没来得及脱下来。

“您没事吧，我都快急疯了。”皇后叫喊道。“天哪，什么人敢向至尊的陛下动手！应该把他们都抓起来绞死！”

“我们非常担心陛下的安危，但被暴民堵在皇宫里根本出不去！”尼西塔斯看了一眼皇后，用焦急的声音说。

“我很感动，”曼努埃尔冷冷的说，“你们可以离开了。”

皇后的神色黯淡下来，深深向曼努埃尔鞠了一躬，转脸用妒妇目光死死盯着搀扶着皇帝的索菲娅离去，索菲娅假装没注意她；尼西塔斯则用嫉妒的目光瞪了皇帝新宠一眼，而雷拉格用淡淡的栗色眸子轻蔑的斜着眼睛看着他，直到他离开。

“这是做皇帝的难处，”曼努埃尔注意到雷拉格的表情，露出一丝微笑，“他必须容忍大量的小人在宫中横行，大家随便坐吧，不用太拘束，”皇帝自己坐在两只金色铜狮包围的紫色宝座右边，索菲娅则坐在皇帝宝座右边最近的椅子上。

"孩子，你帮了我大忙，"曼努埃尔向雷拉格点点头，"我回到达夫纳宫的第一天就发布了动员令，把莱迪西亚与士麦那①整个爱琴海东岸的的希腊裔弓箭手全都组织起来，组建了一个纵队弓箭手，以及留守首都的一个纵队重步兵全部前往尼西亚，前去与曼西姆斯和兰帕德斯他们的军队会合。"

"你带来的这些无畏勇士，一千五百名北欧人和二千名阿拉玛诺人，给了我希望。我本人还拥有北欧卫队二千人，这些人在战役中并未遭到损失。这样步兵毕竟勉强可以对敌，虽然敌军人数还是多得多。"

对于曼努埃尔麾下的北欧卫队，雷拉格想到了拜占庭海军将领泰格修斯描述的一个词"暴徒"，这已经说明他们的状态了，但他决定还是先沉住气不提这件事。

"突厥人还拥有他们恐怖的刺客'哈萨辛'，我们在密列奥塞法隆这次可真是见识过了，这些人都是伊斯兰千里挑一的高手，而努尔丁是为数不多联合哈萨辛集团的伊斯兰领袖，对于这些幽灵我们还得时刻提防。"

"骑兵方面则太糟了，"皇帝接着说，"阿尔维斯损失了我们全部的轻骑兵，我也开始在色雷斯平原招募塞西亚人②，虽然都是马背上射箭的顶尖好手，可他们听闻了密列奥塞法隆的失败与特拉伯森城堡失守都士气低落，招募非常困难。"

"贵族骑兵遭到惨败之后就再无战心，"曼努埃尔无可奈何地摇摇头，"他们像松鼠一样飞快地逃回到自己的松树上，只要局势没有好转，

① 这两座城市现在都是土耳其境内重要的旅游城市，位于小亚细亚西南部，其中士麦那临爱琴海。是当时小亚细亚农作物的主要产地，而莱迪西亚则位于士麦那东部，离突厥罗姆苏丹国的边界较近。

② 塞西亚人是东罗马帝国对于从南俄草原进入色雷斯平原的游牧民族的称呼，他们当时很多已经获得了帝国公民身份，为帝国服轻型弓骑兵军役。

我想他们是不会出现的③。我已经让约翰维塔斯转而指挥我手上的皇家铁甲圣骑兵。”

“铁甲圣骑兵只有一个纵队兵力，而且部分马匹不合格。”

“据最新的军情处消息，努尔丁将北方军团的一万名士兵调向南方科尼亚，看来他的决心已定，哈！这次努尔丁在南方可真是集中了所有的力量，强大的宫廷卫队和阴险的哈萨辛以及数万名士兵，”皇帝的神色中甚至有佩服的成分，“而且穆斯林圣者的召唤力往往能让战场的胜负向我们意想不到的方向转变。”

“来自安条克更遥远的消息。”曼努埃尔环视着众人的脸，“努尔丁的第二批援军，人数可观的哈珊卫队和伊克塔贵族，据说也在向西部进发，这些哈珊贵族就是下马也是步战的好手。突厥人现在已经与安条克公国签订了停火协议，所以肆无忌惮。”

“安条克公国的博希蒙德公爵怎么能允许异教徒大军就这样从他的眼皮下底下通过进攻我们呢？”索菲娅问道。

“因为他在血腥之地被努尔丁打的大败，”曼努埃尔解释，“他们被迫签订了条约，博希蒙德虽然心有不甘，但他的贵族中除了“圣墓守护者”安德鲁瓦与弟弟朱里奥持反对意见，其他贵族都同意让努尔丁借道进攻我们，因为这样可以削弱帝国在安纳托利亚东部的势力，也许安条克公国可以摆脱我们这个宗主国完全独立，又不用遭受损失。”

“真是够卑鄙的。”索菲娅不屑的说。

“这点上我与博希蒙德公爵也算得上彼此彼此，”曼努埃尔嘴角闪

③ 当时帝国的中央集权以较两百年的黄金时代削弱，各地少量的贵族骑兵代替了军区骑兵，他们虽然装备精良，但往往不听中央调遣。

出自嘲的微笑，“不算卑鄙，只是短视，因为如果我们真的被完全赶回君士坦丁堡，就轮到他们了。”

索菲娅愁容满面的环视了大家一眼，雷拉格低着头若有所思，斯塔姆眼珠旋转着似乎在盘算着什么，艾里克则若无其事的望着议事宫墙壁上精致的细密画。

“陛下，”雷拉格突然开口说道，“能看下地图么？”

“当然，迪亚斯，地图。”曼努埃尔呼喊着一个内侍的名字。

一个黑发，皮肤黝黑的内侍走进大厅，摆放好了地图，并转身离开。

“让我们开始吧。”曼努埃尔说。

“如果努尔丁集中兵力在东海岸发动全面攻势的话，在尼西亚正面对敌以我们现有的兵力确实捉襟见肘。”雷拉格望着地图也愁容满面，“特别是又刚失去了北部的特拉伯森城堡。”

“就是这里！”斯塔姆突然指着地图嚷道，把大家吓了一跳，都以为他有什么新发现，“原来这些地方都是安纳托利亚！”

曼努埃尔向上翻翻眼睛，“没错，它一直就在那从来没有移动过。”

“那么安纳托利亚是刚刚被努尔丁攻克的喽？”斯塔姆问。

“当然不是，”曼努埃尔吃惊的看着斯塔姆，“在我继位之前一百年就被突厥人占领了，我祖父与父亲努力恢复了一部分，但内地重要据点科尼亚与安卡拉现在还都在突厥人手中。”

雷拉格奇怪地望了斯塔姆一眼，站起来走到巨大的落地窗前，望着皇宫外的景色，看着马尔马拉海④上频繁出没的商船。

④ 马尔马拉海：意思为“大理石”，以附近马尔马拉岛上盛产大理石而闻名，北部临近君士坦丁堡，南部至著名的爱琴海，是世界上最小的海域。

斯塔姆恨恨地看着索菲娅，索菲娅赶紧望向别处。

“我有个计划，虽然很冒险，但形势如此我们别无选择，”雷拉格说，他的眼神停留在一艘向东高速行驶的商船，“我们派遣一支精锐部队，突袭特拉伯森城堡，成功后将从北方威胁安卡拉城，让突厥人首尾不能相顾，那里的郊区还是大量土库曼人与突厥人家属的居住区。

努尔丁军中拥有大量的土库曼人，这样他在前线的军队就会军心动摇，不能专心进攻东海岸，陛下利用这段时间集中所有能集中的军队，防守尼西亚到阿拜多斯的防线，挖壕沟，铸角楼，吸引敌人主力进攻我们坚固的防线，发挥我们步兵的防御优势，我们的重骑兵则伺机反击，而攻克特拉伯森的部队，则在城堡虚设旗帜，高速返回从北面支援陛下的主力军队。”

“这不可能做到，”曼努埃尔摇头，“我军以步兵为主，还没等那支精锐部队到达特拉伯森，突厥骑兵恐怕已经进入尼西亚城了。”

“可以做到，”雷拉格坚决的说，“我们有船，而且是非常快速的龙头战舰，突厥人在黑海一艘战舰都没有。”

曼努埃尔乌黑的眸子中闪烁出一阵光芒。

“即使是骑兵的马匹也必须休息，而且努尔丁如果真的想拿下而不只是抢劫南方的阿拜多斯与北方的尼西亚，一定得等待自己的步兵。”雷拉格继续说，声音都有些为这个大胆的设想颤抖，“而我们用的是战舰，船员们可以轮换着驾驶船只不停歇航行，黑海南岸遇不上布拉风，气候不会影响我们！”

“看那些商船的帆！”雷拉格指着窗外马尔马拉海上的船只，“这几天将会有连续的西南风，能最大限度的加快我们船只的速度。”

“可以试一试，”曼努埃尔乌黑的眸子转了转，吸了口气望着雷拉格，“你觉得多少军队进攻特拉伯森比较合适？”

“小而精锐的军队，不能太占用尼西亚主力军队的兵力，”雷拉格说，“而且必须全是熟练水手，我们没有时间在旅途中培养新手海员。”

曼努埃尔的眼睛紧紧盯着雷拉格的栗色眼珠。

“我想这支拯救帝国的精锐小部队，我已经找到他最合适的指挥官了。”曼努埃尔望着雷拉格的眼睛说道。

“承蒙陛下的信任。”雷拉格微笑着鞠了个躬。

“我要跟他一起去。”索菲娅坚决地说，望了一眼雷拉格。

“对于特拉柏森的要求我根本就无法拒绝你，”曼努埃尔望了一眼索菲娅，叹了口气，喃喃说道，“对你而言那里发生了太多事，”他继续看着雷拉格的眼睛，“我会派索菲娅跟你一起去，你可要保护好这位姑娘的安全，同时也是你们在黑海沿岸向导，她在那儿呆过八年，特别熟悉特拉柏森附近地形。”

索菲娅把目光投向东方，神情突然有些黯然。

“在我们那里，姑娘大都是路盲。”斯塔姆插嘴说。

“那么看起来确实存在遗传，”索菲娅烦躁地看着斯塔姆，“特别是对于安纳托利亚地区。”

“我也跟你去，雷拉格！”艾里克说，“进攻城堡算我一个！”

“既然你们都去，我就跟陛下的主力军队走，”斯塔姆说，“陛下需要一个武艺精湛的人来保护。”

雷拉格的脸上掠过一丝阴云。

“你确实是个优秀的格斗家，”曼努埃尔想起了君士坦丁广场上的情景。

“我不但是个优秀的格斗家，”斯塔姆微笑着说，“还是个优秀的战阵指挥，陛下会需要我的帮助的。”

“嗯，也许吧，”曼努埃尔点了点头，“那么就这么定了，雷拉格，你需要多少军队？”

“我将带走自己带来的一千名北欧人，艾里克与‘黄牙’会带领他们的一千五百名阿拉玛诺战士，他们都是熟练的海员，斯塔姆的人归陛下指挥。”

“太少了！”曼努埃尔叫道，“尽管在密列奥塞法隆战役之后，努尔丁从北方调动了一万人去南方，但在特拉伯森的敌军仍有一万人，而且几乎全是骑兵！”

“再调动陛下的主力尼西亚军团兵力就不够了，”雷拉格望着曼努埃尔的眼睛，“如果努尔丁攻破了陛下在尼西亚与阿拜多斯的防线，一切就全完了。”

“好吧，我还有二千名北欧卫队在首都，就由斯塔姆全权调度。”曼努埃尔说。

雷拉格没有回答，脸上又略过一丝阴霾。

“陛下！”一个侍卫进来，“泽诺斯大主教和曼西姆斯将军到了。”

“自从让他在尼西亚顶替受伤的兰帕德斯整理军务，他一直就忙的不可开交，”曼努埃尔以手加额，“但这个时候必须把他弄到首都来。”他转身看着雷拉格他们，“我得问他们一些事，你们先在这里讨论下战术细节，我们一个时辰后见。”

曼努埃尔离开议事宫后气氛突然沉闷下来，似乎大家都对雷拉格这个疯狂的主意充满疑问，但又没有更好的代替方法。艾里克在享受仆人们送来的精美点心，雷拉格却一反常态，淡淡的眸子紧紧盯着斯塔姆的脸。

“怎么了？北欧——罗马疯子？”斯塔姆问。

“哦，我有个小疑问，”雷拉格皱着眉头，“你为什么坚持要跟陛下一起去正面战场呢？”

“我不知道是不是那里充满金子或是美丽的肚皮舞娘，但你们都抢着去特拉柏森城堡，而陛下身边必须有人保护。”斯塔姆严肃的回答。

“以我对你的了解，”雷拉格眼神中现出捉摸不定的笑意，“你是很厌恶打正面战争的，打这场正面战争会损失很大，而且因为是防御战不会掠夺到太多战利品，突袭特拉柏森就不同，小规模战斗，占领城堡，可以掠夺，你竟然会放弃这么好的机会。”

“你说的一点都没错，”斯塔姆微笑着说，“但我又转念一想，就像你自己说的，陛下是一个真正的男子汉！我觉得和他呆在一起比较安全，虽然美丽的索菲娅可以为你那边增加不少砝码，但这抵消不了你那个疯子般的计划再加上你这疯子般的人给我带来的恐惧。”

“那么，你真的愿意把这个好机会让给艾里克？”雷拉格真挚的微笑着，“事情结束后，我和艾里克都不会把战利品跟你们分享。”

“哦，没关系，”斯塔姆认真的说，“我更看重军人的荣誉。”

“军人的荣誉，太好了，”雷拉格发出爽朗的大笑，“我真替你高兴。”

雷拉格以极快的速度从背后抽出了冰川之刃，斯塔姆反应也够快，他几乎同时与雷拉格拔剑，但他的阔剑刚从刀鞘中抽出，冰川之刃已经架在了他的脖子上。

索菲娅与艾里克目瞪口呆的望着他们俩。艾里克的嘴里还嚼着一块糕。

“你身上什么都有，”雷拉格的音调转眼变得冷冰冰，“就是没有一丁点军人的荣誉。”

“艾里克！”斯塔姆斜着眼睛望着巨人，“雷拉格想把我们都杀了，把阿拉玛诺雇佣军并进北欧卫队的队伍，他早有企图了！”

吃惊中巨人艾里克忽地站起身，吐掉点心，抽出巨剑，对准了雷拉格。

房间内的动静引起了门外的注意，那个曾经为他们摆放地图的黑发，皮肤黝黑的内侍迪亚斯向房间这里挪了挪，他不会被允许继续接近房间，虽然听不到雷拉格他们在说什么，但是可以看见房间里人们的动作。

“这可是在皇宫！”索菲娅吃惊地看着他们，“你们都疯了吗？”

“我来说真实原因，”雷拉格紧盯着斯塔姆闪烁的目光，“你想去投奔突厥人。”

“什么？”索菲娅的脸阴沉了下来。

“这完全是污蔑。”斯塔姆说，“想吃掉我与艾里克的军队还给我泼脏水。”

艾里克的巨剑又离雷拉格近了点。

“在北地，索菲娅曾许诺你可以得到安纳托里亚总督对吧？”雷拉格说，“当然她没说谎，只是没告诉你一些次要细节，比如帝国丢失安纳托里亚高原的重要据点已经长达一百年。”

“那个时候我以为陛下的大军会攻克科尼亚。”索菲娅的脸上泛起一阵红晕，“所以我许诺了。”

“你发现收复安纳托里亚的机会渺茫，”雷拉格继续说，“而且最主要是你认为我们不会赢。你从来就不相信我那个疯子般的计划能成功。”

“你知道艾里克一定会抢着跟我去特拉柏森城堡，所以你干脆就等他先表态，然后顺水推舟的跟陛下去主战场，找时间与突厥人联络并倒戈。”

“艾里克，”雷拉格转脸对着巨人，“如果他在主战场倒戈，那本来处于劣势的帝国军队就根本毫无胜算了，皇帝会惨败。那就会是巨大的灾难，从此美丽的爱琴海东海岸就只能任凭突厥军队任意屠戮了。”

艾里克又狐疑地望着斯塔姆。

“嘿，艾里克，我们可是同乡，雷拉格是丹麦人，”斯塔姆叫道，“相信我！”

艾里克转过身，也把巨剑架在了斯塔姆的脖子上。

“你在干什么？！”

“我相信雷拉格，”艾里克下了决心，“正因为我和你是同乡，我才比较了解你。”

索菲娅望着斯塔姆，目光中闪动些东西，她想起他们一起的第聂伯河与黑海之旅，斯塔姆在主桅杆上的奋不顾身，这让她不禁无奈的摇头，上扬的嘴角泛出一丝自嘲的微笑，“斯塔姆，你用不着对帝国像北欧卫队一样忠诚，但我真的想不到你会投奔突厥人。”

斯塔姆眼睛回避索菲娅转到一边，雷拉格与艾里克都冷冷地盯着他。

“好吧！我是想去投奔努尔丁，这又有什么错？”斯塔姆向雷拉格叫道，“虽然君士坦丁广场你的疯子主意成功了，但现在你的新疯子主意一点都行不通，进攻特拉柏森？用二千多人去进攻一万人驻守的坚固城堡？那是自杀，还谈什么战利品？而正面战场罗马人刚遭大败，士气低落，对手则是整个穆斯林世界领袖带领的精锐部队，人数又占绝对优势，皇帝七拼八凑出来的军队怎能取胜？我只是一个雇佣军，佣兵就是投资，当然要投向赢的一方。”

“就连皇帝自己都没有胜利的信心，”斯塔姆继续说，“只是因为如果他放弃东海岸逃回君士坦丁堡，暴民们会再起来一次民变，这一次恐怕皇帝陛下真要在街道上被撕成碎片了，所以他只能硬着头皮迎战，他别无选择。”

“但我们是佣兵，”斯塔姆加重了语气，“我们有选择。”

“这种选择会让你成为我的敌人，”索菲娅感觉到怒火在慢慢从身体沿着手臂向头顶上升，她从怀里拿出明晃晃的小匕首，架在斯塔姆的脖子上，“我不会原谅任何一个想投奔突厥人的叛徒！”

“嗨，嗨，你的匕首离我远点！”斯塔姆喊道，“这把刀有毒！”

索菲娅有些诧异地望着他。

“别这么看着我，我早都知道了，”斯塔姆斜着眼睛望着索菲娅，“在北欧哈拉尔德堡的石堡那里我从你的大衣领口就看见这玩意儿放在你双峰之间，只是我没让人把它搜走，奉劝一句，胸部丰满的女士再藏什么东西也别藏在怀里！”

索菲娅收起匕首，狠狠的给了他左脸一记耳光。

“你们别胡来。”斯塔姆威胁道，“我手上也有二千人，别忘了‘黄牙’也听我的，他们都驻扎在皇宫附近，只听我的命令，除非我授权，如果我出什么事，他们就会把皇宫闹的天翻地覆，想想已经受伤的皇帝陛下，我想你们不至于不关心他的生命吧？”

索菲娅又狠狠的给了他右脸一记耳光。

“说到北地，到是让我想起一些往事，”斯塔姆对雷拉格说，“在哈拉尔德堡，如果不是我及时插手，你与艾里克还是哈格里夫王谁会被剁成两段？难说，”他望望架在自己脖子上的冰川之刃与巨剑，“这是你们报答我的方式？”

“我正在以我的方式报答你，”雷拉格说，“帮助你不至于误入歧途。”

“哈，诡辩。”

“你真的了解过突厥人么？”雷拉格说，“他们可不会把安纳托里亚总督这个职务交给一个基督徒或多神教信徒。”

“那有什么关系，”斯塔姆不在乎地说，“我只要从他们那里拿到足够的金币就行。”

“哦，很好，然后呢？”雷拉格露出一丝嘲讽的微笑，“突厥人可没有长期使用雇佣军的习惯，而且还是北欧人雇佣军。”

“你与他们的信仰完全不一样，他们使用雇佣军会把你们当活炮灰，反正不是损失穆斯林，更不是损失他们的哈珊贵族，他们下一场大战会踩着你与你全部手下的尸体胜利，死人是拿不到钱的。”

斯塔姆哼了一声。

“而且突厥人没有多少金币，他们的金币在战争中就已经被苏丹与将士们在掠夺完毕瓜分了，一等到战争结束，你的饭票就作废了，他们会把你们像垃圾一样丢弃，会把你们像臭虫一样碾死。”

“你还是好好考虑清楚吧，帝国有长期使用雇佣军的传统，从公元980年，北欧卫队已经为帝国服务了将近二百年。而日耳曼雇佣军在帝国军队的最早雇佣记录可以追溯到罗马帝国后期⑤。这才是真正的长期饭票，只有长期使用的雇佣军，皇帝们才会珍惜他们。”

“我的手下已经拿到了皇帝第一笔金子，”雷拉格说，“我想你的手下也拿到了。所以我在怀疑，你在突厥人那里恐怕连第一笔金币都拿不到，突厥人有赖掉雇佣兵薪水的惯例。”

“但他们胜算太大，”斯塔姆说，“如果要我冒这么大风险帮你们，就要有更值得的报酬才行！”

“特拉伯森城堡总督，”索菲娅冷冷地说，“取代去世的亚美尼亚人凯纳斯的职位，这是我替陛下许诺的极限了。”

“这不会与安纳托利亚总督一样是个骗局吧？”斯塔姆眯着眼睛。

“地图就在这里，你找得到，”索菲娅双手抱臂背对着斯塔姆，不想再去看这个人，“而且我们也正要去收复那里。”

“帝国东北部最大最重要的城堡，”雷拉格说，“地势险要，物产丰富，附近有银矿，还是重要港口，另外还有一点特别适合你，整个城堡北面

⑤ 这里是指西罗马帝国后期大量雇佣日耳曼士兵，有趣的是，正是过分依赖他们导致了罗马城的陷落。

依傍黑海，你如果守不住还可以扬帆出海逃走，突厥人那里没有海军。”

“银矿？”斯塔姆的嘴角露出一丝微笑，“如果这城堡归我，我是可以考虑的，不过我只加入胜利者的一边。”

“当然，不过那就要再相信北欧——罗马疯子一次，”雷拉格说，“你必须和艾里克把位置置换，比起你来说，他在陛下身边保护，我放心得多。”

“我也不放心把阿拉玛诺人交给你这个疯子进攻我的特拉伯森城堡，我要与你一起去，”斯塔姆回敬道，“我这里的人交给同乡艾里克我没意见。”

“恭喜你，艾里克，”索菲娅面无表情的说，“服从你指挥的兵力一下子变成了两个纵队。”

“看来事情圆满解决了。”艾里克呼了口气，乐呵呵地说。

曼努埃尔带着两个人走进大厅，看见这副情景不由得吃了一惊，随即恢复了风度，“是不是我让仆人拿来的点心太少了？”皇帝笑道。

“我们只是……”雷拉格与艾里克赶紧尴尬地把剑收起来，望了一眼斯塔姆，“在练习剑术。”

“北欧人的尚武精神一直令我钦佩。”曼努埃尔嘴角露出一丝狡黠的笑容，“只是要注意分寸，别用力过猛把朋友变成敌人。”

“陛下，我们刚刚讨论了一些战术细节，”雷拉格斜着眼睛望着佣兵头子，“这位格斗家与战阵指挥斯塔姆，我要他一起去突袭特拉伯森城堡，我们需要他的能力，至于艾里克，他勇敢力大无穷而且忠诚，更适合在皇帝陛下身边跟随您作战，希望您能允许。”

“大个？没问题，”曼努埃尔转身望着忐忑不安的艾里克微笑着，“我喜欢大个，每次看见这样块头的北欧卫队就让我想起那些安邦定国、力转乾坤的勇士。”

“我给你们介绍，”皇帝指着身后两人中身穿紫白相间长袍气宇不凡的老人，“他是帝国的泽诺斯大主教，也是帝国著名的外科医生。”接着又指着另一位风尘仆仆的中年军官，“他就是曼西姆斯，”皇帝惊喜的语气不加掩饰，“他足足挽救了二个纵队重步兵与一个纵队的弓箭手！这为我们今后开展军事行动帮助太大了。”

“真是天才，”雷拉格赞叹道，向曼西姆斯鞠了一躬，“见到您非常荣幸。”

“您太过奖了，”曼西姆斯急忙还礼，眼睛却盯着雷拉格，“陛下在来这儿的路上倒是与我讨论了您天才般的作战计划。”

索菲娅呼了口气，曼西姆斯语气中的嘲讽非常明晰，他一直是以谨慎而著称的。

“这是一个疯子才能想出来的计划，”曼西姆斯严肃的说，“这样去做简直是疯了，每一步我们需要奇迹才能成功。”

大家一片默然，雷拉格则不动声色。

“但如今这个形势，我们别无选择，正面抵抗毫无希望，必须依靠奇迹才能打败努尔丁的大军，”小曼西姆斯转身对大家说，“所以我认为这是个好计划，尽管它是极其疯狂的！”

曼努埃尔松了口气，“让我们一起来修正下计划的细节。”他招呼着大家。

那位黑发、皮肤黝黑的内侍一直远远望着房间里的情形，这时候迅速转身离开，虽然他听不到皇帝与雷拉格他们都在说些什么，但所有的一切都看在眼里。

内侍迪亚斯急匆匆快步走出皇宫，脑子里只有一个人的名字。

Chapter 16

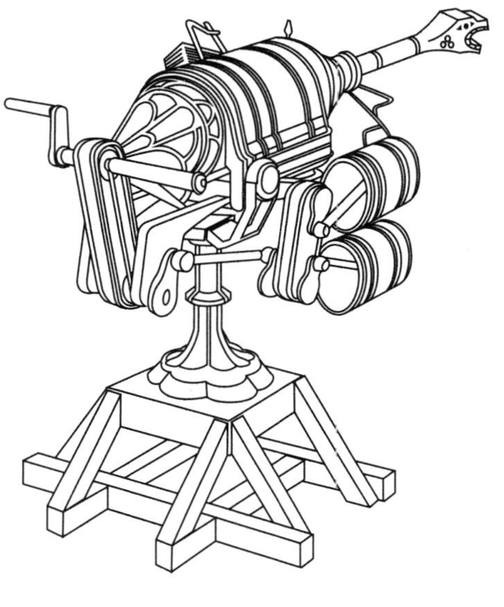

大家这才注意到，跟随他进来的卫兵背着一个沉重的铜管状装置。

“我给它头部设计了火龙的形状，很漂亮吧？”泰勒斯从卫兵手中炫耀式的扛起那把怪异的装置，走向大厅中间，“大家都可以参观，这是我做好的成品！”

大家在作战室中与他保持距离，把他围成了个圈。

窈窕淑女们热衷漫步在梅塞大道边的“芳香区”，也同样喜爱汇集在“金银匠区”，但一般不再会向东继续踱步，因为那里是君士坦丁堡最嘈杂纷乱的地区：提奥多西广场东端的沙尔科普拉特，也叫“锅匠区”，无数作坊发出摩擦敲打铁器的刺耳巨响几乎让人崩溃，这里除了急于修补厨房铁器的主妇外几乎无人肯造访。

皮肤黝黑的内侍迪亚斯从广场西面小心翼翼地越过“芳香区”无数香气扑鼻的女士，进入沙尔科普拉特，他微微低着头，尽量不引起周遭注意，不经意地闪进一家名为“钢沿”的补锅店。

一个连人带围裙被烟火熏得漆黑的胖子不经意的看了看迪亚斯，“铸锅还是补锅？”

“铸锅，”迪亚斯说，“要全铁，做五十五口。”

“大生意，嗯？”胖子咧开嘴笑了，“最快一个星期就能做好，不过那要加钱。”

“我明天就要。”

“这不可能。”胖子摇摇头，不再理他。

“明天，”迪亚斯坚持说，“哈吉大叔说可以。”

胖子迅速抬头仔细望了迪亚斯与周围一眼，声音变的低沉，以至于迪亚斯在纷乱的嘈杂声中几乎听不到他在说什么，“进去吧，他在地下室等你。”

地下室看似简陋的厚厚木门在迪亚斯身后缓缓合上，迪亚斯不由得赞叹这门所用木料的隔音效果几乎可以用绝佳来形容，“锅匠区”吵闹喧嚣的声响几乎在瞬间消失，伴随着有些阴森的脚步声，他一步步进入地下室的最深处，几乎能在潮湿的空气中听到自己的呼吸声。

一个年过五十胡须已经开始发白的老人端坐在地下室最深处房间中

央位置的绒毯上，两边有两个仆人装束的年轻人在整理物件，但举手投足间眼神都像刀锋般锐利，迪亚斯望着他们，咽了口唾液。

老人冷冷望了身边手下一眼，两人就像影子一般快速消失在地下室里。

“哈吉大叔，”迪亚斯望着老人深邃的眼睛，面露微笑，“我有好消息，敌军的联盟出现裂痕，我们有了最值得争取的对象。”

哈吉默默地听完迪亚斯的报告，“这是一条价值连城的情报，刚好补偿我们不久前的失误，”哈吉长长松了口气，“对于在君士坦丁堡民变中我们的行动，主人很不满意，可我又有什么办法？我们费尽心思打入敌人宫廷内部，争取那些敌视曼努埃尔的罗马人贵族，对这些败类的贿赂几乎花光了我们所有的行动经费，却得不到主人最精锐的刺客支持，我们只能雇佣本地的那群二流刺客，即使是这帮蠢货，也接近成功，却又被这帮来自北方的野蛮人弄砸了。”

“最精锐的‘哈萨辛’可以办成这些事， 可他们要么部署在摩苏尔城堡与巴格达，要么就在主人的身边，”迪亚斯说，“主人大量精锐军队向西部调动，东部领土就靠他们加强戒备了。”

“不过幸好这帮北方野蛮人内部也不是无懈可击，这个斯塔姆统帅的士兵比其他两个北欧将军更多，这对敌人真是个不幸的消息，”哈吉欣然道，“你的情报非常重要，这帮了主人大忙，主人也许会得到一场超越密列奥塞法隆战役更伟大的胜利。”

迪亚斯露出了志得意满的神色。

“因为在君士坦丁堡行动错失良机，现在我不得不对主人的报告极其谨慎，主人从不原谅失败，”说到这里哈吉不禁露出转瞬即逝的恐惧神色，“但是‘季风’与你的报告完全相同，我想关于斯塔姆的情报是绝对没有问题的。”

“‘季风’也潜伏在皇宫？”迪亚斯的脸上掠过一丝阴云，“您对我不是我以为的那样信任。”

“不，不，你别误会，”哈吉连忙说，“你是我们最出色的，但这次事关重大，我也需要安排其他人协助你行动，当然所有行动还是以你为主。”

“既然是以我为主，”迪亚斯沮丧地说，“那为什么我到现在都没见过‘季风’？而据我所知他肯定了解我，我也需要了解他。”

“不要向我咨询职权之外的事，这对你我都非常危险，”哈吉摇摇头，然后安慰性的望着迪亚斯，“我理解你的心情，你的父母都死于罗马人之手，你想亲手报仇，我可以向你保证，你跟随了我六年，你才是我最重要的属下，‘季风’完全是在配合你，你一定会在东罗马帝国灭亡中扮演比他重要得多的角色。”

“把我们速度最快的信鸽找来，”哈吉微笑的望着重新打起精神的迪亚斯，“主人应该早点知道好消息。”

骑兵队长迈克尔·阿斯庇塔斯认真整理着胸前紫色披风的领结，身披闪闪发光的锁子甲，从海滨大门奉命进入皇宫，安装着马刺的沉重战靴踩踏着精致的红砖穿过宽敞的大厅，越过一根又一根顶端雕塑着各种动物的巨大石柱，向黄金议事宫作战室大步走去，经历一年多艰苦的极寒北欧之旅、哈拉尔德堡与丹麦海泽比附近海滩上的激烈战斗，黑海上布拉风下的惊涛骇浪，他终于得到回报，从今天起，他不再是骑兵联队长而是骑兵纵队长，这一直是他最想要的职位，还有一个附带的好处就是，纵队长经常有机会进入皇宫，也就是说，他可以经常见到索菲娅。

那个他用生命保护了一年多的女人。

迈克尔家境贫寒，从少年起加入军队已经为帝国服务了十年，他从空气中就能嗅到这次觐见的重大意义，加上在即将进入议事宫时又撞见了刚刚受伤的皇家骑兵纵队长约翰维塔斯，更让他确信自己的直觉。他一向很佩服约翰的贵族军人气质，这名军官即使整个头顶包裹着血迹斑斑的绷带看起来依然风度十足。

约翰维塔斯向迈克尔友好的点头致意，然后与迈克尔几乎同时迈进黄金议事宫的作战室，阵势让他们不由得都倒吸一口凉气，因为不仅是曼努埃尔皇帝、泽诺斯大主教、三位北欧人将军，就连刚下火线的前线指挥官曼西姆斯都在这里。

索菲娅冲迈克尔微微一笑，这立即让他兴奋不已，甚至感觉作战室的空气都轻松了许多，不过当他看见正在与皇帝讨论的雷拉格时，神态又慢慢的黯淡了下去。

曼努埃尔转身看着刚到的两位军官，“约翰，”他对皇家骑兵队长说，“很抱歉在你受伤的情况下必须召见你。”

“我的伤不碍事，陛下，”约翰回答，接着，他把目光停留在曼努埃尔受伤的腹部。

“我的伤也不碍事，将军。”曼努埃尔微笑着打趣道，然后转身严肃望着大家，“现在我宣布作战计划。”

“一星期后，也就是三月二十七日，雷拉格与斯塔姆，下辖一个联队瓦朗吉亚禁卫军与一个联队阿拉玛诺步兵，整支军团由雷拉格总指挥，装备七十五艘龙头战舰，从黑海南岸高速进击特拉柏森！军情处的索菲娅会作为你们的向导与军事顾问跟随。

“虽然你们仅拥有二个联队，但你们的突袭将是最重要的环节，希望你们能够在圣父与战神的护佑下，旗开得胜，创造奇迹。”

雷拉格点点头。

迈克尔不满地望了雷拉格一眼，又是这个北欧人把索菲娅带入危险的境地。

“艾里克，”曼努埃尔微笑着望着巨人，“你除了率领本部的阿拉玛诺人之外，我还要将首都的北欧卫队交给你指挥！你的人将是所有步兵的核心，我从不怀疑你的力量，但我要你控制他们，在战役的最关键时机使用。”

“我带领阿拉玛诺人没问题。”艾里克稍有不安地望了雷拉格一眼，“但我不是丹麦人，也不是挪威或瑞典人……”

“我会帮助他带领皇帝陛下的北欧卫队，”雷拉格赶紧对他使了个眼色，“只需要一个星期，如果陛下允许的话。”

“从今天起，”曼努埃尔审视着雷拉格的脸，露出了一个笑容，“你就是所有北欧卫队的司令官，这也是以前你父亲的职位，而这个职务我已经厌烦的亲自代理很久了。如果必要，你可以自行任命副指挥官。”

“那我就任命艾里克为我的副指挥官，”雷拉格微笑着望着巨人。

“我不是丹麦人，也不是瑞典人……”艾里克还在解释。

“闭嘴，”雷拉格搂了一下巨人的肩膀，温和地责备道，“副指挥官。”

“那好，”皇帝转向他的罗马人将军们，“约翰维塔斯，我需要你以最快的速度养好伤，负责指挥帝国的铁甲骑兵卫队，现在也是东线唯一的铁甲骑兵卫队，”他转身微笑着看了雷拉格一眼，“重骑兵部队马匹供应不足的问题已经解决，雷拉格给我带来了几百匹北欧最强壮高大的克拉斯重战马，不久第二批战马也会从黑海运到，我将分配五百匹给你，他们性格与小亚细亚战马不一样，别让他们太热！记得把军情处索菲娅设计的重型复合马铠给你的新坐骑挂上，这些巨马身披那些全身覆盖式扎甲就如女士穿丝绸内衣那样轻松！”

大家都笑了起来，索菲娅脸上泛起一阵红晕。

“你帮了我大忙，阁下，”约翰维塔斯对雷拉格说，他还很感激雷拉格在君士坦丁堡民变时的援助，“我见过你那些漂亮的宝贝儿，他们简直如同大象，再沉重的盔甲也不会影响他们的冲刺速度，骑着这些巨马向敌人步兵践踏冲锋，会像割草一样，这下有突厥人好看的了。”

“迈克尔，”皇帝说，而新骑兵纵队长正在想关于索菲娅也去特拉柏森的事，急忙迅速向皇帝一个立正，“首先我要感谢你历尽一年的努力与辛苦，我们都结交了许多朋友与盟友，”曼努埃尔转身看着雷拉格他们，又面带慈爱的望着迈克尔，“特别是你无微不至对索菲娅的照顾与保护，还有在诺夫哥罗德的事，我都要感谢你。”

“我应该做的，陛下。”迈克尔有些紧张地说。

“你的新任务就是，”曼努埃尔紧紧盯着他，“在东海岸士麦那城堡与西海岸的马其顿招募足够多的塞西亚人，泰格休斯会提供他们渡过爱琴海的船只，塞西亚人佩服箭术高超的骑手，而你是罗马人中最出色的，他们会喜欢你，另外，你的职务将由你招募与训练的塞西亚骑兵的数量而提升，如果你招募到三纵队以上的弓骑兵，我会提升你为军团长！”

“多谢陛下。”他几乎有些结巴了。

“曼西姆斯，”曼努埃尔上下打量着他的前线指挥官，神色中掠过一丝淡淡的歉意，“从今天起，你不再管辖后勤补给，我任命你为帝国东线总司令官，所有东线的军队均由你调遣！”

曼西姆斯长长吸了口气，但随即就平静下来，皇帝应该在君士坦丁堡坐镇，他这个所谓东线总司令官应该还只是前线指挥官，但即使这样还是让他感觉责任重大。

“感谢陛下信任，我万死不能报答陛下的恩典！”曼西姆斯低下头向陛下重重的行礼。

“这并不是恩典，这是世界上最沉重的责任，”曼努埃尔从腰间抽出寒光闪耀的佩剑，凝视着剑柄上黄金雕刻的双头鹰，“祖父阿历克塞大帝南征北战所用的佩剑，现在我把他交给你，这把剑就如同我一样，对东线的任何事情，你都可以先行裁决再告知我！”

“陛下，我不能接受他，这是王者之剑，”曼西姆斯忐忑地望着造型优美绝伦的阔剑，“这是只有陛下才配携带的武器！”

“一个即将指挥帝国生死存亡之战的指挥官够资格，也必须带着他，”曼努埃尔乌黑的眸子上闪耀着坚决的光芒，“有了这把剑，甚至包括君士坦丁堡所有的卫戍部队也由你指挥，泰格修斯近海舰队也由你节制，尼西亚与阿拜多斯的正面防线[1]，就全在你身上了。”

小曼西姆斯满脸通红，紧紧盯着剑柄上金色的双头鹰，颤抖着接过这沉重的武器，重重的行了个军礼。

曼努埃尔缓缓环视着众人，他知道自己将提出一个所有人反对的决议，但他别无选择，“最后的任务是为我自己准备的。”皇帝平静的说。

大家都在望着他。

“我将带领剩下的五百名皇家禁卫骑兵，由泽诺斯大主教陪同，出使安条克公国，向博希蒙德公爵要求援军，”曼努埃尔长长吸了口气，“泰格修斯会为我们准备好最快速的五十艘喷火战舰，他们将沿地中海北岸驶向安条克。”

空气足足凝滞了有一分钟。

“陛下，”曼西姆斯小心的提醒，“这和我们刚才商议的不同，本来的计划是您坐镇君士坦丁堡，总指挥这次战役，您腹部的伤口还没有

① 尼西亚在北，阿拜多斯在南，这条防线由于较长而并不太容易防御。

愈合，不能出这样的远门。”

“如果我要亲自指挥战役就不会把剑交给你，”曼努埃尔说，“我不能坐镇君士坦丁堡，民众们必须得到我带兵离开首都的消息才会放过我，”皇帝开了个玩笑，“我腹部的伤在颠簸的马匹上很难愈合，但在船上就好的多，更何况，”他望了一眼泽诺斯大主教，“帝国最优秀的外科医生跟在我身边。”

“这太危险了！”约翰维塔斯叫道，“只有五百骑兵，他们虽然都然都是万夫不当的勇士，可是人数太少了，而且安条克公国反对我们的势力非常强大！”

“每艘喷火战舰都配备了十二座‘希腊火’发射装置，”曼努埃尔说，“安条克的舰队与海盗不敢轻易惹我们。”

“可上岸之后陛下的安全还是难以保证！”约翰维塔斯仍是不满。

“陛下，我不得不怀疑出使的必要性，”索菲娅担忧地望着皇帝，“博希蒙德三世②与阿历克塞大帝时代他那个莽撞狂热的曾祖父完全不一样，他是个功利的统治者，不会被什么基督世界的道理所节制，现在他甚至与不共戴天的敌人兼异教徒努尔丁签订合约。我担心您的长途旅行无功而返。”

“陛下，如果一定要获得这个安条克公爵的支持，”雷拉格疑惑地望着皇帝，“派遣一个足够声望的使臣即可，不用冒险亲自前往一个意图不明确的国度。”

② 博希蒙德三世的曾祖父是博希蒙德一世，是曼努埃尔的祖父阿历克塞皇帝的老对手，但无论是智谋还是政略都被阿历克塞压制，以至于郁郁而终，博希蒙德三世时代的安条克公国面临拜占庭帝国与强大的努尔丁双重压力。

"那我与我的巨剑就不能护卫陛下了！"艾里克不满的说道，又斜眼看了看曼西姆斯，"你已经够强壮，不需要我保护。"

泽诺斯主教依旧沉默着。

"争取他的支持只是这次出使的一个方面，"曼努埃尔解释说，"其实还有更重要的原因，而且必须我亲自前往才能达到目的，因为……"

一阵突如其来的爆炸声震响着作战室所有人的耳膜，巨大的落地窗都开始摇晃，而且这显然不是天气因素所致，在场者除了曼努埃尔与泽诺斯外纷纷抽出了武器，走向窗前看个究竟。

"第二次君士坦丁堡民变？"斯塔姆转身看着雷拉格，"我们也许还得用一次奥古斯都广场上的木板爬出城去。"

"怎么回事？"曼努埃尔盯着一个匆忙进来报告的卫兵。

"让陛下受惊，"卫兵急忙报告，"是泰勒斯，他在议事宫外把一些东西与液体混在一起，然后……"

雷拉格注意到包括曼努埃尔在内，索菲娅、泽诺斯、约翰都露出极其无奈的神色。

"他自己受伤没有？伤到其他什么人没有？"曼努埃尔急切的问。

"听起来这伙计有些像你。"斯塔姆对艾里克低声说，巨人瞪了他一眼。

"没有，"卫兵回答，"幸好他去拿第二桶液体时离爆炸源远了，不然就……"

"我真希望我那嗜酒如命的叔叔不会在天堂中为此而烦恼！"曼努埃尔叫道，"我要泰勒斯立刻就站在我面前，并且要完全限制他在首都里自由行动！"

"看起来现在能让陛下烦恼的人除了努尔丁就是他了，"雷拉格凑过去低声问索菲娅，"这个怪物是谁？"

“他是陛下的叔叔重骑兵统帅‘红龙’奥拉克勒斯唯一的儿子。”索菲娅脸微微苦了一下，“很多人都说那是奥拉克勒斯晚年喝酒太多对出生婴儿脑子造成了一些损伤，你在港口见过这个傻瓜。”

“他是一个智障的纨绔子弟？”雷拉格问。

“如果只是这样已经是皇宫的幸运了，他……”

如果不是记得他那特别大的眼睛、圆滚滚的体型与质地华美的长衫，雷拉格差点认不出这就是在巴切里奥门港口与海军上将泰格休斯争吵的那个胖子，他的头发本来就够纷乱的，现在还被爆炸物的火焰熏成了奇怪的鸟窝形状，长袍也只剩下左边的一半，右边已经完全被烧焦还微微冒着烟，看起来他是很快乐地被唤进作战室，而且几乎是驱赶着卫兵跑进来的。

所有在场的人都用一种同情的目光望着他。

“喔，陛下您没事太好了！”泰勒斯像肥胖的鸟儿一般飞快地冲向曼努埃尔，紧紧地拥抱着皇帝几乎要把曼努埃尔腹部的伤口挣开，“我足足花了二个小时才说服了那个木鱼脑袋的泰格休斯把东西从船上拆下来一个给我，如果他早点帮我，陛下也不会受伤了！”

“我不希望君士坦丁堡在我统治时期像古城庞贝那样被你烧毁或炸毁！”曼努埃尔怒气冲冲地望着自己欢快的小表弟，“你最近一个月已经在圣宫里制造了四起爆炸事故与十二起燃烧事故，我已经整一个月没有做教堂礼拜了，因为皇宫里的私人教堂已经在你制造的第二起爆炸中被全部摧毁，最让我恼火的是你竟然还在圣索菲大教堂背面制造了一起燃烧事故，天哪，我刚拿走了教堂的金子，如果再烧毁了教堂，我真是难以想象，全君士坦丁堡的公民都会冲进皇宫咬碎我的骨头！”

“幸好没有人员伤亡，对么？哦，我的衣服与头发不算，”泰勒斯的情绪依旧很振奋，“圣索菲背面那次事故确实是我的错，不过大教堂毕竟安然无恙，哈，但经过无数次试验的失败，成果终于在今天得以浮出水面，陛下，所有的付出都是值得的！”

曼努埃尔冷冷地看着他。

“你下一次成功之后，”曼努埃尔说，“帝国将重建君士坦丁堡。”

“但是陛下，您不知道我们得到了什么！”泰勒斯的大眼睛中涌现着一阵又一阵光芒，“我改动了喷火船上‘希腊火③’硫磺与沥青的份量配比！这样会比战舰上火焰喷射器的燃烧更迅速，然后就是让人兴奋的‘轰’‘砰’爆炸声，开始并不安全，这也是我只剩下最后这半件衣服的原因，但经过十几次失败，我设计的新的手动气泵终于成功了！压力更大，隔温性更好，这样就不一定非得用这样大型的容器装置来存放，也不需要油罐，只需要点燃器，直接喷出就是熊熊火焰，当然，他不能像海军战舰上那些大家伙喷射五十码，但烧毁面前十五码内的一切绝对不是问题！”

“我听父亲说起过奥拉克勒斯，”雷拉格低声与索菲娅说，“只是听说这位重骑兵统帅不太虔诚，喜欢与炼金术师打交道。”

“问题就在炼金术师上，”索菲娅说，“泰勒斯出生不久他父亲就去世了，他那依旧美貌不甘寂寞的母亲罗斯④公主卡特琳娜投入她丈夫朋友一个炼金师情人的怀抱，他就是在这种人的包围中被带大的。”

“我为大家带来了惊喜！”泰勒斯转头对那名不情愿的卫兵说，“来，

③ 希腊火：拜占庭帝国最著名的武器之一，配方直到今日也未完全被解密，燃烧方式类似于今天的火焰喷射器，多用于海军，使用该武器的拜占庭海军曾经在678年和718年两次大败阿拉伯大军，阻止了阿拉伯帝国继续向欧洲的扩张，在帝国其他的战争中，希腊火也经常发挥重要作用。

④ 现代俄罗斯及乌克兰白俄罗斯的土地上，那个时代公国林立，罗斯人是对他们的统称。

把我的新宝贝儿给我！”

大家这才注意到，跟随他进来的卫兵背着一个沉重的铜管状装置。

“我给它头部设计了火龙的形状，很漂亮吧？”泰勒斯从卫兵手中炫耀式的扛起那把怪异的装置，走向大厅中间，“大家都可以参观，这是我做好的成品！”

大家在作战室中与他保持距离，把他围成了个圈。

“我的决定是限制你与你武器的自由。”曼努埃尔宣布，“从今天起你二个月内给我呆在自己家里，哪也不许去，也不许碰你的这些危险品。”

“这不公平！陛下，”泰勒斯叫道，“我可是个实干家，我做的东西都可以直接应用，而且我还为您训练了能使用这种武器的二百名士兵！”

“这二百人在今后二个月内的待遇会和你一样。”曼努埃尔不耐烦地说。

雷拉格始终盯着泰勒斯手中火龙形状的发射器，突然问道，“你是说你的这个武器除了射程比喷火船上的近以外没有区别？而且可以单人使用？”

“嗯，实际上是需要两个人，”泰勒斯回答，感激地望着雷拉格，仿佛找到了知己，“如果一个人手脚麻利并且不在意射速也能用！”

“请陛下允许我看看他武器的真实效果。”雷拉格转身对曼努埃尔说。

“你显然不太了解这个疯子，如果你一定要看，”曼努埃尔吃惊地望着雷拉格，“你要离他与他东西远远的，我就不去了，我已经看够了他烧坏的东西，”接着他转身对着泰勒斯，“就去我私人教堂那里展示吧！反正那里已经被你烧成一片废墟了。”

一刻钟之后，雷拉格与泰勒斯又回到了作战室。雷拉格平静的脸上保持着沉默。

“是不是被吓住了，瓦朗尼亚禁卫军司令？”斯塔姆笑道。

“是的，我被吓住了，”雷拉格微笑着转身看了一眼泰勒斯，“所以我希望陛下能允许他与他那二百人与我一起行动。”

曼努埃尔感觉自己的头在变大。

“你不了解他，”索菲娅在雷拉格耳边低声说，“他是个疯子，经常嘲笑军情处设计的盔甲有一天将会被他的武器设计所淘汰……我们的突袭行动非常冒险，容不得有半点闪失，他会毁了我们的行动！”

“不是有人常喊我北欧——罗马疯子么？”雷拉格自嘲地看着斯塔姆，“疯子对疯子，我觉得很恰当。”

“只是你俩很恰当，”斯塔姆撇撇嘴，“而其他参加行动的人都应该离你们这对活宝远远的。”

“你们的行动非常重要，”曼努埃尔严肃地盯着雷拉格，“我希望你再好好考虑这件事。”

“他很重要，我需要他。”雷拉格淡淡地说道。

雷拉格明白，对于自己以往的胜利，至少要有一半该归功于自己对装备的重视，“冰川之刃”每天一个时辰的盘剑与上油才能保证它经常斩断对手的兵刃；索菲娅设计的关节处结构细密的复合重扎甲才能既保护自己的躯干又不会影响出手的速度，精钢盾牌则保住了自己一条胳膊没有在艾里克可怕的重击下残废；他给自己的士兵提供最好的半身重铠，最好的大圆盾，最好的重战斧来保证他们的战无不胜；他自己不擅长骑马，但他也明白，一匹强壮的战马对一名重骑兵的宝贵。

而泰勒斯的希腊火喷射器则展示了一种更可怕的装备。

圣宫内曼努埃尔的私人教堂废墟上，丢弃在一边已经被完全烧毁的大圆盾证明它对防御这种火焰毫无用处，一具曾经浸水浸得透湿的木头被紧紧塞在一件北欧卫队使用过的重链甲里，竟还在哔哔啵啵地燃烧着，盔甲内湿木头的木芯已经被烧的焦黑，而重铠甲胸口位置的所有铁片，也全被火焰活活烤裂开。

永不能用水扑灭的火焰。

出乎居心叵测者们的预料，君士坦丁堡危险的风波数天之后就趋于平静，起码是表面的平静。曼努埃尔皇帝没有立即追查暴动者是一个明智的决定，而雷拉格的保证与他麾下那些威武雄壮的北方武士似乎也给民众们吃下了定心丸——皇帝和他的将军们仍将带领军队去迎战敌人，事情并未坏到了无法挽回的地步。

本希望利用这次事件趁火打劫者则非常沮丧，因为这次失败并未像某些人预料的那样，“又一次曼西克特式的大溃败，”皇帝忠诚的将军与军队依然站在他身边，而这位“战士皇帝”以往的战绩又让冷静下来的民众又唤起对这些记忆的信任，当然，只有一次机会。

曼努埃尔及时发布了两项公告：一，他永远不追查这次民变的参与者；二，他会及时将教堂的黄金归还首都的僧侣们。

君士坦丁广场和提奥多西广场似乎又恢复了往日的秩序，起码表面是这样。但执政者们还需要面对一个问题，就是失败军队的愤怒，因此曼努埃尔才将撤回的主力军队留在尼西亚由曼西姆斯管辖而不是带回首都给自己增加麻烦，不过，其中一部分士兵一定会跟随皇帝回到首都，并且已经在制造麻烦。

随着一声大吼，提奥多西广场伊琳娜餐馆的又一个希腊酒保在惊呼中被高高的扔了出去，被撞翻的桌椅一片狼藉，客人们四散奔逃。这已经是第六个被扔出去的酒保。四个撒野的北欧人士兵足可以抵御十六个希腊人，这倒真不是虚言。更何况这次闹事的北欧人足有六个人。明智的酒店老板第一个冲了出来，躲在街上，心疼地望着一件又一件家具被彻底损毁。

“为什么不喊卫戎民兵！”一个餐馆女侍者大声叫道，“他们就在对面街道上巡逻！”

“闹事的是皇帝的北欧禁卫军，没人敢管他们！”老板无可奈何的望了一眼街对面。

“这件事我管了，”餐馆老板背后传来一个简短而低沉的声音，他急忙回头，一个穿重扎甲的高大黑发武士站在他背后，身边还有个块头更惊人的巨人，他俩的两边还站着两名身穿重甲，身背巨斧的护卫。

“一共有几个人？”雷拉格问酒店老板。

“六个，二个丹麦人，二个挪威人，还有二个瑞典人，他们不肯支付餐费，而且还……”

“我和艾里克从正门冲进去，”雷拉格向两名护卫做了个简单的手势，“你们堵住后门。”

当雷拉格与艾里克冲进酒馆时，闹事的北欧人甚至以为他俩是自己的伙伴，但很快就意识到自己错了，雷拉格冲进来闪电般地一脚踹在一个褐色头发的丹麦人肚子上，没等他嚎叫着弯腰倒下，黑发武士带着铁手套的重拳就猛地把他砸晕在地板上。当他们正意识必须对付雷拉格时，才发现他们遇到了更可怕的对手，艾里克从大门边开始如战车般的加速冲撞直接让另一个丹麦人的脊背重重飞撞在对面的墙壁上。

挪威人一向自诩于自己的力气，他们缓过神来之后包围了艾里克，一个向艾里克挥拳，另一个从后面企图抱住艾里克，艾里克回过头，只用一只手就掰开了背后那个挪威人的手指，并让对方腹部吃了结结实实的一肘然后痛苦地跪倒在地上。

艾里克正面的挪威人继续对巨人挥舞着拳头，拳头击中了巨人的脸，但对于脸部与拳头撞击传来的砰然巨响，艾里克只是轻轻晃了晃头，似乎仅是感觉厌烦，他若无其事地向挪威人继续靠近，让对方挥拳的信心在瞬间丧失。他巨大的右手掌抓住了挪威人粗壮的胳膊，另一只手直接抄起他的身体掷了出去，在轰响中砸碎了两张餐桌。

两名瑞典人也许是在这次闹事中最冷静的，他们后退向柜台，企图去拿放在那里的双手战斧，但他们的手刚触及到武器，就被雷拉格的两名全副武装的手下从后门逼住。冰冷的战斧就架在他们的脖子上。

餐馆老板从外面小心地踱进门来，难以置信的望着这场电光火石般的战斗，六名北欧禁卫军几乎在瞬间被完全放翻。

现在两名高举战斧的士兵把几个闹事的北欧人在雷拉格的面前押成一堆，而这些闹事的北欧人余醉未消，带着怀疑的神气望着胜利者。

“酒囊饭袋⑤，”雷拉格在他们面前踱着步，在这个词上加重语气，“这个词很微妙，”黑发武士盯着那个被他直接放倒拥有褐色头发的丹麦人，这家伙逐渐清醒了，看起来他是这几个人的头，“既可以形容那些体大力强、豪饮不醉的勇士，也可以形容废物，”雷拉格的脸凑近了他，“在我看来你们就是一群废物。”

“你有明显的丹麦口音，”那个褐色的丹麦人眯起眼睛，“竟然帮希腊人来对付我们！”

“如果送他们去征讨突厥人，简直就是送死。”雷拉格故意回头与

⑤ 酒囊饭袋：这个词“酒袋”在当时是形容可以豪饮不醉，但不是中国的同类贬义词。

艾里克交流道，巨人点点头表示同意。

“我们才不惧怕什么突厥人！”丹麦人抗议道，“你到底是谁？”

“要称呼大人！”一名手持战斧的卫士吼道。“他是皇帝新任命的北欧卫队司令官，雷拉格大人！”

“他是哈拉尔德的儿子。”另一名丹麦人反应过来，提醒褐色头发的同伴。

很显然这个名字对六个北欧人的震动都很大，“哈拉尔德的长子？君士坦丁堡民变中救出皇帝的雷拉格？”

“传言他还在北方干掉了哈格里夫。”一个瑞典人补充道。

雷拉格却没有理他们，“谁是领头的？”他环视着他们。

褐色头发的丹麦人看了大伙儿一眼，“是我。”他老实承认道。

“好，”雷拉格淡淡的点点头，“那你将被处决。”

“只因为在酒馆打一架？”褐发丹麦人吃惊地望着他，“大人，您不是在开玩笑吧？”

“你看这里有人笑么？”雷拉格面无表情地从背后抽出冰川之刃，吩咐两个手下，“按住他。”

两名手下动作整齐地用战斧架在褐发丹麦人的脖子上用力压下，让他的脸紧紧地贴在桌子上。

“天哪！别为这个杀死他！”另一名丹麦同伴大叫道。

但雷拉格双手持握冰川之刃还是猛地劈了下去，锋利的剑刃贴着褐发丹麦人的鼻子划了过去，将餐桌在碎屑飞舞中顿时剁成两截。剑刃划过时丹麦人的身体猛地震动了一下，几乎要大声喊出来，等知道自己的头颅还在脖子上时，额顶已经满是汗水。

“你不能这么对待同乡！”褐发的丹麦人闭着眼睛喊叫道。

雷拉格向后退了一步，盯着他望了一会，“还不错嘛，”他对艾里克不怀好意地评价道，“没有尿裤子，我这一下绝大多数人都尿了，还算是个勇士。”

“这让我对你们还算有点指望，”雷拉格望着其他几个人，“看看你们现在这个样子，哪像是皇帝陛下的禁卫军，简直是一群无赖！你们每月能拿到十五个诺米西玛⑥，挣得比皇帝的铁甲圣骑兵都多！却不肯付一顿酒钱！”

“每人拿出10个金币罚金，交给这个店的店主！”

“不需要这么多，大人，他们弄坏的东西没这么多……”店主在雷拉格背后小声说道。

“闭嘴，”雷拉格头都没回，“我说了每人10金币。你可以用这笔钱重新装修。”

“我们并不想赖掉酒钱，只是因为帝国打了败仗，大家心里郁闷……”褐发的丹麦人舒了口气说道。

“没有军队能永远胜利，”雷拉格打断了他的话，“出色的军人首先应该不惧失败！”黑发武士停顿了一下，“坚持者面前无所谓失败。”他瞥了一眼瑞典人的战斧，转而望着武器的主人，“你的盔甲在哪儿？这就是你的武器？你上一次磨它是在什么时候，还是他一直就被放在货仓生锈？”

“对不起，长官。”瑞典人低下了头。

“今天你们每人失去了10个金币，”雷拉格耸耸肩，“我看不算多，总比在战场上随便丢掉命强。”

⑥ 北欧卫队收入是非常可观的，一个普通东罗马士兵的月收入是1~1.5诺米西玛，一个“五十人队长”月收入是12诺米西玛，而北欧卫队中的普通士兵可以达到15诺米西玛。

"你们需要一个教官，他是艾里克，"他向这些人介绍巨人，"教官同时也是你们的副指挥官，当我不在的时候所有的一切听他调遣！"

"他好像是个阿拉玛诺人，"那个褐发的丹麦人小心地提出意见，"一个萨克森人不应该当我们的副首领。"

"哦，是吗？"雷拉格的喉咙里哼了一声，"但他是个航海好手，还能用巨剑在战场上击碎任何敌人，更重要的是，"他环视着这些北欧人，"在这里的任何人，谁认为自己可以击败艾里克的，可以质疑我的决定，还可以代替艾里克当我的副统帅。"

艾里克环视着他们，缓缓抱起肌肉虬结的手臂，而六个北欧人似乎比刚才更加安静。

"我现在只给你们一个回去亲吻美丽希腊妻子⑦的时间，带上所有的装备去训练场报到！从今天起无故离开训练场者，我的冰川之刃就真的把他的鼻子削下来，再让他本人生吃下去！"雷拉格咆哮道，"你们现在可以滚了！"

望着几名士兵离开，他微微向艾里克叹了口气，"我只有四天训练他们的时间了，然后我会出海，之后的训练只能靠你了，未来他们还必须在尼西亚的正面战场对抗突厥大军。"他自嘲地冷笑了一声，"我的天，这简直比我突袭特拉柏森更加疯狂。"

"我能让他们勇往直前，他们有的时候跟我很像，精力过于充沛而已。"巨人宽宏大量地说道。

⑦ 大部分年轻时到达拜占庭的北欧卫队都娶了当地的希腊妻子，他们的孩子有一部分也继续担任北欧卫队职务。

"但愿如此，"雷拉格瞥瞥嘴，望了一眼憨厚的艾里克，想着几天后这个得力助手就会同自己分开，不免有些舍不得，"照顾好自己，"他重重的拥抱了一下巨人，艾里克也紧紧拥抱着他，"愿我们都旗开得胜。"

四天之后，晴朗的夜空繁星闪耀，曼努埃尔与雷拉格坐在君士坦丁堡北面波赛费里昂港⑧附近的沙滩上，让浪花轻轻冲刷着沉重的战靴，他们就在这里等待着金角湾⑨内的战舰秘密集结出发，灯塔官员已被告知整个夜晚把灯光射向别处，来保证两支舰队的隐蔽行动。

"今夜是个不寻常的夜晚，"曼努埃尔望着不停涌上海滩的浪花，"一个声音无数次在我耳边袭扰，告诉我这不可能成功，使我一遍又一遍偏执地审视着我们这个疯狂的计划，最后的结论都是别无选择，我不会放弃，不能妥协，但这计划的疯狂依旧让我恐惧，我要前往遥远的安条克，而你要用二千五百人突袭突厥人一万人把守的坚固城堡，同时努尔丁的大军正在进攻尼西亚，这都让我寝食难安。"

"你真的就毫无畏惧？"曼努埃尔乌黑的眸子望着雷拉格，"不会为即将到来的冒险而烦恼，不会担心失败的代价？"

"就像您说的，我们的疯狂计划是别无选择的，"雷拉格回答，"但我理解您的心情，东罗马帝国是整个欧洲最璀璨的明珠，近千年以来，无数次面对着四面敌人的围攻仍创造了让其他国度难以望其项背的文明，您的战争是用整个繁荣的国家在冒险，是在用一千年的文明在冒险，在

⑧ 波塞费里昂港：君士坦丁堡东北面的港口，圣巴巴拉门的西面。

⑨ 金角湾：是君士坦丁堡的一个天然峡湾，一个从马尔马拉海伸入欧洲大陆的细长水域。金角湾是首都的一个天然屏障，也是拜占庭帝国的海军基地。

这个责任下，任何人都会充满恐惧，我不同。”

“你在丹麦还保留有哈拉尔德的领地对吧？”曼努埃尔说，“我的运气不算太好，只是你的父亲更欠些运气而已，请允许我这么说，我一直认为他既是个了不起的将军，也是个出色的维京首领。”

“这个首领直到死亡也只拥有一个城镇与一个城堡，”雷拉格的音调有些自嘲，“维京首领？哈！谁会记得这些首领的名字？即使是在维京人的时代，头领们也更替的如此频繁，吟游诗人们只会传颂新的胜利者，老国王的喉咙被切断或者被活活毒死，然后在一艘简陋的小船上被烧得一干二净，在国王时代到来之际，维京首领们命运就更加悲惨，我本来也会被这样的命运摆布，与其这样无足轻重的死去，不如在南方获得荣耀，帝国文字会永远记下我祖父杰罗托夫、父亲哈拉尔德这些英雄的名字。”雷拉格顿了顿，“以后也终究会记下我的。”

“但我也不会莽撞到完全无视自己的生命，”雷拉格继续说，“只因为我在尘世间最重要的事情还没做完，我不想过早死掉，然后在英烈祠中被女武神瓦尔基莉嘲笑：太让我失望了，我可没准备好你睡觉的地方，我本来以为你能多做点事呢！”

“听起来我们的烦恼差不多！”曼努埃尔哈哈大笑，从紫袍下拿出一个酒壶。

“泽诺斯大主教不会喜欢这个。”雷拉格望着酒壶。

“等上了船我再听他的，”曼努埃尔露出一丝孩子气的笑容，痛饮了一口递给雷拉格，“你不会向他告密的对吧？”

“当然，”雷拉格接过酒壶。

“我的父亲很爱我，”曼努埃尔有些哀伤地说，“其实我从不刻意讨好他，但他就是爱我，让我这个他最小的儿子继承事业，可我不算个称职的好儿子，帝国实际上走的是下坡路，恢复查士丁尼或巴西尔的时代已经不可能了，不停的努力，不停的碰壁，当然也欠些运气，谁会料到老朋友德意志康拉德的侄子会是现在这个令人厌恶的腓特烈⑩？我现在老了，整个人陷在帝国里，身边没有几个真正的朋友，这位安条克皇后就更不用提了，她的表现你也看到了，她生的那个儿子也跟我没什么感情。”

“可你是我见到过的最杰出的罗马君王。”雷拉格正色道。

“这奉承太敷衍了。”曼努埃尔不满地看着他。

“因为我成年后只面对面见过你，唯一一个罗马皇帝。”雷拉格喝了一大口酒，笑道，“我能确定一点的是：你是一个真正的男子汉。”

曼努埃尔哈哈大笑，从雷拉格手中又抢回酒瓶。

“不过在我二十八岁那年，”曼努埃尔望着天空，“与德意志公主伯莎的那次联姻，虽然是政治联姻，但我的那位妻子真的很棒！喔，火红色的头发，曼妙的身材，我们情投意合，真让人怀念，这可是令一个男人难以忘怀的一段爱情！可惜她生病死的早，”皇帝的眼睛直愣愣地望着远方，仿佛他真的能看见舒尔茨巴赫城堡⑪，“要是伯莎能活到现在，再给我留下个儿子，就好了。”

“我爱的另一个女人还活着，”皇帝自嘲的摇摇头，“不过早就过了生育孩子的年龄，而且我们的身份根本无法在一起，不过，一个男人有这样两段爱情也应该满足了。”

“有个爱你的父亲也算幸运了，”雷拉格从曼努埃尔手中接过酒瓶，向嘴里猛灌了一口，“我小时候他很爱我，我也爱他，我从小为父亲做过很多事，我为他训练丹麦最精锐的步兵，为他能够成为丹麦‘真正的

⑩ 当时的德意志皇帝康拉德三世是曼努埃尔一世的盟友，但他的侄子红胡子腓特烈即位后则是曼努埃尔一世的敌人。

⑪ 伯莎是曼努埃尔一世的第一任妻子，她在今天来看算德国人，居住地是舒尔茨巴赫城堡，位于纽伦堡以东50公里。

国王’而浴血奋战，为能成为他最好的幕僚学习母亲从南方带来的军事知识，可是做的越多我们的关系就越疏远，他越老疑心就越重，他认为我有条件威胁到他的地位，而且我又是北方人与罗马人混血。我的同父异母弟弟是个败类，可父亲竟因认定他没有能力反对自己而用他来节制我，如果不是您让索菲娅承诺的金币满足了斯塔姆的胃口，我现在估计已经是北地冰原上狼的食物了。”

“每个人都有上了年纪的一天，也许每个英雄都想抹掉衰老时的历史，”曼努埃尔长长叹了口气，“我想他还是爱你的，但衰老带来恐惧，恐惧带来多疑、冷酷与偏执，我的那一天也快要到了。”

“在那一天到来之前，陛下，”雷拉格带着几分醉意说道，“我得声明，我对您的皇位没兴趣，虽然无上光辉，但实在是个过分辛苦操劳的差事，我还希望能拥有自由。”

“这是你现在的想法，”曼努埃尔凝望着漆黑一片的金角湾对面的加拉塔卫城⑫，“你身体里毕竟还流淌着科穆宁皇家的血。”

灯塔上的光芒忽然向他俩这里照了一下，暗示舰队已经准备完毕了。

“命运的阶梯在向我们招手，”曼努埃尔指着灯塔上金黄色灯光站起身，“特别是你的命运，冒险就要开始了，我要谢谢你，孩子。”

“这是我一个北欧卫队禁卫军指挥该做的。”

“我是谢谢你那句话，那天你在广场上对我说的，”皇帝转过头对雷拉格闪现出一个微笑，“杀不死我们只能让我们变得更坚强。”

空酒壶被甩进涨潮的浪花，他们分道扬镳。

⑫ 君士坦丁堡北面的卫城，被金角湾隔开。

图书在版编目（CIP）数据

拜占庭英雄血脉 / 龙语者著. -- 北京：中国言实出版社, 2014.7
ISBN 978-7-5171-0635-7

Ⅰ. ①拜… Ⅱ. ①龙… Ⅲ. ①长篇小说 - 中国 - 当代 Ⅳ. ①I247.5

中国版本图书馆CIP数据核字(2014)第131866号

责任编辑：李 生

出版发行 中国言实出版社
地　　址：北京市朝阳区北苑路 180 号加利大厦 5 号楼 105 室
邮　　编：100101
编 辑 部：北京市西城区百万庄大街甲 16 号五层
邮　　编：100037
电　　话：64924853（总编室）64924716（发行部）
网　　址：www.zgyscbs.cn
E-mail：zgyscbs@263.net

经　　销 新华书店
印　　刷 徐州市特快特彩色印刷有限公司
版　　次 2014 年 7 月第 1 版　2015 年 12 月第 2 次印刷
规　　格 787毫米×1092毫米　1/16　58.5 印张
字　　数 772千字
定　　价 204.00元(全三册)　　ISBN 978-7-5171-0635-7

关于《拜占庭英雄血脉》

陈志强

不久前，我突然收到一封来自王勇的信件，感到十分诧异，因为我并不认识这位同志。

令我感到诧异的还在于他以龙语者为笔名发表了小说，书名叫做《拜占庭英雄血脉》。后来的几封信使我对他有了些了解，因为热爱拜占庭历史与文化而自学专研，有了许多心得，并以小说的形式集结出版。

这确实令我感动，故为小说写序言，因为我通常既不请人为自己的书写序言，也不给其他人的作品写序言，除了自己的博士生出书外。我深知，每个人从事的研究都是独特的，其他人未必了解其中的奥秘，所以写出来的序言十之八九是褒奖有加而空洞无物，或者词不达意地评论上两句，貌似懂行实则外行。而我除了为王勇的热情而感动，也对他描写的这段历史有些研究，对其中的人物也有些了解。但我这里不想就此多说，只是想就王勇撰写涉及拜占庭故事的小说这件事说两句感想。

拜占庭历史与文化博大精深，长期以来受到世人的关注，自15、16世纪，欧洲的文化人就开始对其文明、文化、文物、文献感兴趣。起初这批有闲阶级在沙龙里谈论拜占庭宫廷秘史，在古旧市场把玩拜占庭金币，在教堂里膜拜拜占庭圣像，在书斋里研读拜占庭文献。后来他们发现，在欧洲地中海世界中古时代，拜占庭帝国像一个巨大的文化宝藏，里面有取之不尽用之不竭的珍稀宝贝。学术研究特别是历史研究循迹追踪，专门找那些古物古书堆积的地方，而拜占庭帝国就是这样的场所，这个号称仅次于中国的天下第二大古籍大国满足着学者的渴求。特别是在近现代的欧洲，这个数百年前就已经被异教的奥斯曼土耳其人灭亡的帝国笼罩着的神秘感，更激起了他们无尽的遐想。在追求时髦的帝王君主贵族富商支持下，学者们的研究逐渐揭开了这个神秘帝国的面纱，一个曾经无限辉煌的千年帝国出现在人们眼前。那个富丽堂皇的帝国京城就像梦幻中的城堡，让多少人为之神魂颠倒，也令他们惊讶万分。惊喜伴随着求知的欲望，拜占庭历史与文化研究从此长盛不衰，至今是国际热门学问，拜占庭学俨然是国际学界最大的分支之一，每当国际历史科学大会召开的时候，人们都会惊讶地看到拜占庭圆桌人丁最为兴旺。我国的拜占庭研究起步虽晚却起点颇高，发展迅速，从30年前我们只能找到一本从俄文翻译过来的拜占庭简史，到今天相关中文书籍多达40余种；从过去几十年发表的论文不足40篇，到今天每年发表的论文超过40篇；从昔日没有专门的研究者到今天专业队伍达到近百人；从学府课堂上没有拜占庭课程到今天

在多所大学建立了从本科到博士的完整培养机制。我们由衷地感到高兴，我国拜占庭学正在快速发展。

王勇（龙语者）的这本书从另一个侧面证明了我国拜占庭历史与文化知识的扩展，他不仅热爱拜占庭的故事，更亲身参加到了我国拜占庭学发展的活动中。我历来认为，人类的知识不应该只是局限在学者中，更应该普及到百姓中，拜占庭的故事也不应该仅仅是学者在象牙塔里欣赏的传闻，还应该是平常人茶余饭后的谈资。一个古老的文明蕴藏着多少人类的智慧，哪怕它是异国他乡的产物，哪怕它是宫廷阴谋的诡计，哪怕它是隐士留下的只言片语。拜占庭的故事有着无穷的乐趣，等待着像王勇一样的作者去共同开放，提供给我们的人民。我们有着共同的目标和爱好，我们都在为拜占庭历史知识的发掘与普及在努力工作。

我虽然还没有细致地读完王勇这本书，但是我的感觉是他并不外行，在许多重大事件和人物的描写上，他有自己独到的创作，反映出他在研读相关历史事件中的感受和心得。就小说的写作而言，确有其困难之处。不仅是因为我们生活在遥远的东方，并不特别了解这个博斯普鲁斯海峡上的帝国生活的细节。更由于这个中古帝国已经消失了500多年，我们不十分清楚那个时代那个地方的人所思所想。而历史文献留给我们的只是零散片面的记载，其传达的真实生活信息非常有限，大到皇宫建筑的柱廊和皇帝宝座的高台，小到皇子公主们所穿袜子的颜色和皇家痰盂的型号，还有宫廷礼仪中跪拜大礼是如何具体举行的，是屈身下跪还是匍匐在地，他们日常吃什么饭菜喝什么汤，怎样吃喝，等等，等等，都是作家需要掌握的。小说嘛，就应该从细节入手，描写才能真实，创作的形象才能鲜活。我们希望这样的困难能够逐步得到克服，使得像《拜占庭英雄血脉》这样的文学作品更接近那些古代的生活。

王勇的探索非常有趣。首先是他的兴趣本身十分有趣，他以一个作者的身份能够关注这个陌生的古代国度，肯定是兴趣使然。我在南开大学校园里已经快40年了，但我并非从一开始就对拜占庭史感兴趣。说来可笑，我们这一代人习惯于服从组织安排，当初就是教育部一个指令，我就放下自己钟爱的专业，前往希腊学习希腊语和拜占庭史。随着学习的深入，我越发喜欢上了这个专业，因为那个逝去的大帝国有太多神奇秘事吸引着我。后来，我的半辈子都与这个古老的“新娘”相伴，“我们的生活”也有滋有味的，至今我还乐此不疲。我猜想，王勇也一定是被拜占庭帝国的神奇魅力所吸引，而兴趣是追求的最大动力，就此而言我非常欣赏王勇，希望他在自己的人生之路上、跟着兴趣走，让自己的精神世界充实，也带给读者愉快和知识。

2014年仲夏夜于南开园

拜占庭

The blood of Byzantine hero

英雄血脉

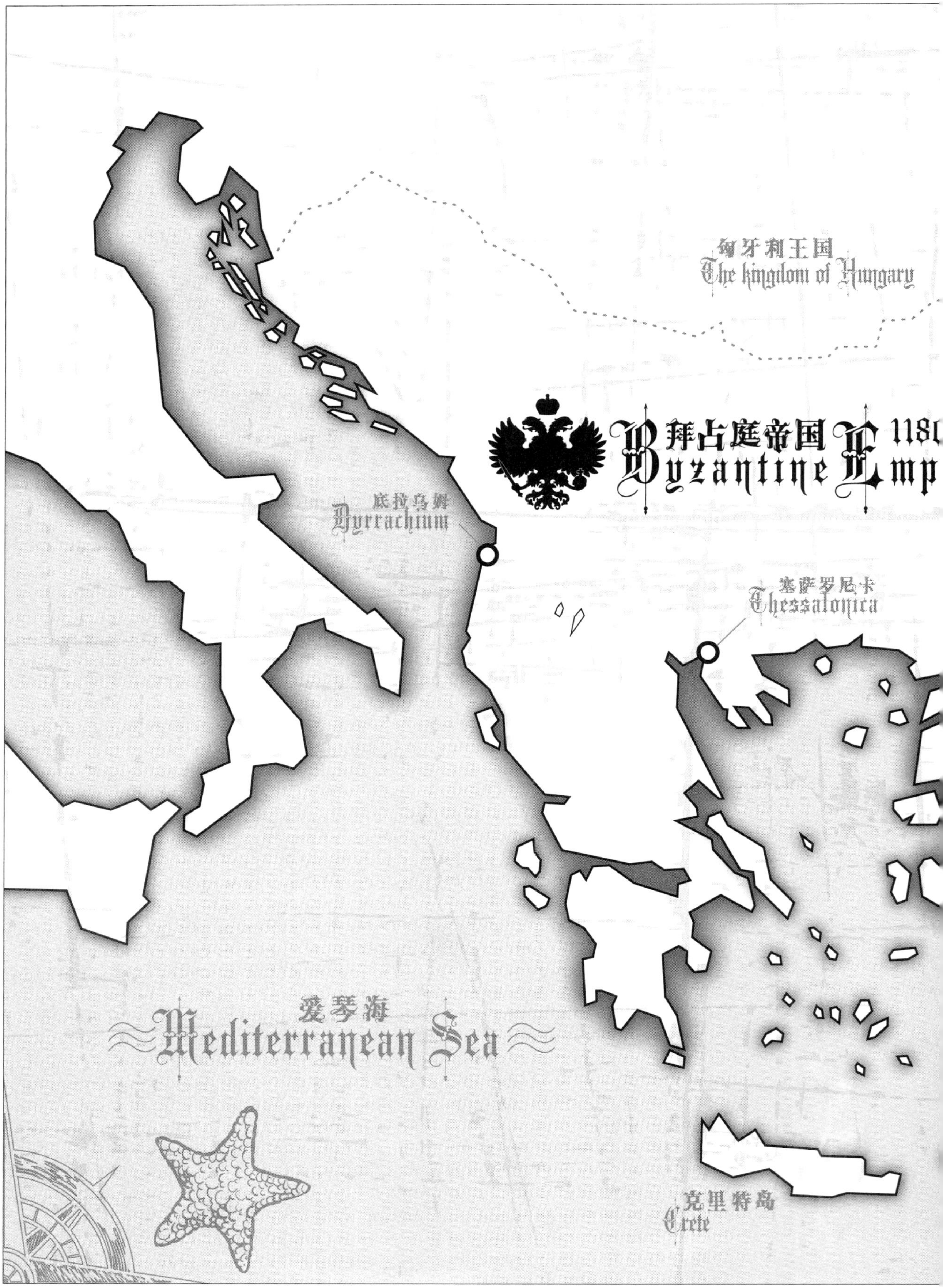
匈牙利王国
The kingdom of Hungary
拜占庭帝国
Byzantine Emp
底拉乌姆
Dyrrachium
塞萨罗尼卡
Thessalonica
爱琴海
Mediterranean Sea
克里特岛
Crete

黑海
Black Sea
君士坦丁堡
Constantinople
特拉伯森
Trebizond
尼西亚
Nicaea
安卡拉
Ancyra
麦那
yrna
突厥罗姆苏丹国
Sultanate of Rum
曼德尔河谷平原
Meander Valley
科尼亚
Iconium
阿达纳
Adaba
安条克公国
Principality of Antioch
安条克
Antioch
塞浦路斯岛
Cyprus

Contents

目录

Chapter 17

城堡之外，清晨的阳光撒在有着优美面部轮廓与金色长发的年轻骑士脸上，他身穿重锁子甲与金色披风，骑在一匹毛色雪白的柯伯战马（德国汉诺威马的前身）上缓步进发，年轻骑士眯着细长的双眼，嘴角略带嘲讽地一笑，向后望了一眼越来越远城堡内高高竖立的教堂。

在黑暗的笼罩下，七十五艘龙头战舰在金角湾集结完毕，雷拉格与斯塔姆则紧张地指挥着士兵们登船，他们必须抢在天空出现第一道曙光前完全开出达达尼昂海峡。而泰勒斯与他的二百人终于出现了，也许只是为了表明自己的认真态度，泰勒斯竟然让他们与自己全部身披比北欧卫队们更加沉重的全身覆盖铠甲，有的人甚至已经戴上了只露出双眼的弧状头盔；随行而来有几十辆马车，只有一半马车装载的是帆布包裹的希腊火喷射器，其他都堆着大量的食物与酒，这种景象让雷拉格忍俊不禁。

“这才是人类的奇迹，”斯塔姆吃惊地对雷拉格说，“我不会再喊你疯子了。”

索菲娅本打算登船，见此情景无奈地跳下船舷，走向这个兴奋不已的胖子。

“我可没让你穿上它们——你所厌恶的军情处设计盔甲，”索菲娅不以为然地望着身披重铠、行动迟缓的泰勒斯，弯下身体望着马车上的食物与酒，“像是去巴格达旅游。”

“这是一句讽刺，”泰勒斯认真地望着索菲娅的眼睛，声音因头盔对嘴部的遮挡发出嗡嗡声，“但这伤不了我，就像你的美貌也迷惑不了我一样，别以为我喜欢这些盔甲，因为这些笨重的物件可以保护我与我那些宝贵的技术型士兵，而且我再次申明所携带的所有物品都是精心挑选且必要的，因为你反对我的希腊火喷射器计划，而希腊火喷射器的敌人就是我的敌人，我会拒绝回答你的所有问题，不过，”泰勒斯眼睛又眨了眨，“一旦你在希腊火喷射器的问题上支持我，我也许会与你和解，加上你美貌的加分，我会考虑接受你成为好朋友，毕竟，我喜欢棕色长卷发的女孩，你说呢？”

“我确实反对，你的实验浪费了帝国的资源，而且我一直就不喜欢胖子，”索菲娅扫视了装束怪异的泰勒斯一眼，扭身望着黑发武士自嘲地说，“雷拉格，他是你的了，如果我再和他讲话，你就踢我，好么？”

雷拉格走上前，盯着泰勒斯的酒与食物发呆。

“我看过你们船上的伙食，那太粗糙了，更适合喂养牲畜，”泰勒斯不屑地说，“我带了咸牛肉，胡椒，黄油与乳酪还有葡萄酒，都是上等货，我认为我的这些更具备技术与才华的士兵应该配备这些更适合人类咀嚼的食物。”

“如果在北欧海泽比酒馆这样跟我讲话，你已经是一只死胖子了。”斯塔姆冷冷地盯着他。

“拥有决定权的雷拉格会有一份，”泰勒斯丝毫不理会斯塔姆的威胁，“你们其他人都没有资格否定我，因为你们都不懂得我的那些宝贝儿装置的价值。”

“你首先应该先把你的宝贝儿——也是我们的宝贝儿希腊火喷射器装船，”雷拉格加重语气说道，“我也同意你的‘上等食物’装船。”

泰勒斯露出胜利的笑容。

“你不用这么宠着他！”索菲娅向雷拉格抗议道。

“头儿，你真是个好人！”泰勒斯感动地对雷拉格说。

“这到不一定，”雷拉格栗色的眸子盯着泰勒斯，“你与你的人首先把头盔与重甲给我脱下来，这样你们没法拿工具打扫甲板，你们都得像所有船员一样工作，我不需要二百名一碰水就立即沉没的水手。”

“我以为你会喜欢这些重甲，你的人刚进君士坦丁堡的时候就都穿着……”

“所有船上的人都只能吃一样的伙食，包括我在内，”雷拉格继续说，“你与你的人可以选择吃或者饿着，至于你的那些上等货与酒现在全部属于我，它们会被锁起来，我要派其他用场，没有我的命令任何人都不许动他们。”

泰勒斯的大眼睛中露出悲哀的神色。

“而你要给我天天盯好这些发射装置保证安全，这才是我最关心的事情，你要知道，这次行动关系到帝国的兴衰成败，如果你那些宝贝半途中出了什么安全问题破坏了整个行动的话，”雷拉格把嘴凑近泰勒斯的耳朵，语调变得冷冰冰，“我可不管你是哪位显赫家族的后代，我会把你与你的人全都扔进黑海，自己游泳回君士坦丁堡去。”

“我记住了，你说了算。”泰勒斯咽了咽唾沫说道。

索菲娅微笑着飞快地登上旗舰船舷，雷拉格教训一下狂妄自大的泰勒斯让她心情愉快。雷拉格则在仔细地盯着泰勒斯搬运他那危险的武器，却发现骑兵队长迈克尔阿斯庇塔斯不知道什么时候到了码头。雷拉格一直挺喜欢这个比自己小两岁的年轻人，这是个有责任心与荣誉感的军人。但今天迈克尔神情看起来似乎比较纠结，他怔在那里望着雷拉格，似乎想单独谈，雷拉格就冲迈克尔友好的打个个招呼，走上前去。

“我想请你帮我个忙。”迈克尔有点紧张地说。

“在北地你已经帮了我大忙，”雷拉格笑道，“说吧。”

迈克尔犹豫地从怀中掏出一枚漂亮的红宝石胸针，缓缓递给雷拉格，“我希望你帮我把这个交给索菲娅。”

雷拉格栗色的眼珠转了转，沉默了一会，“你可以自己交给她。”然后准备转身离开，“她就在船上。”

“不，不，”迈克尔连忙说，“我希望你帮我给她，我护送了她一年，但我只会是她的好朋友，”迈克尔望着雷拉格的脸，“你身上有我不具备的一些东西，你才是她心仪的人，我只是希望她能接受这个，她最喜欢红宝石。”

“你别误会，其实索菲娅和我……”

“不用解释，”迈克尔认真地说，“我很清楚她的想法，你必须好好对待她，”骑兵队长的语调变的严肃，“否则，也许我剑法不是你的对手，不过你就要小心我精准的冷箭！”

“哈拉尔德堡那些可怜的海盗就见识过，”雷拉格微笑道，随即郑重地接过漂亮的红宝石胸针，“只要她愿意，我会的。”

“谢谢你，”迈克尔说，“以后我不会再见索菲娅。”

“你错了，”雷拉格打断了他的话，“对这点我不要你做任何承诺，无论是我或是索菲娅都不应该让你做这样的承诺，漫长的北地旅程中你无微不至地照顾了她一年，哈拉尔德堡的战斗中你则是我最好的战友，你是我的好朋友，也会是她的，如果谁忘记了这些，他就……”雷拉格顿了一顿，嘴角露出坚决的微笑，“大错特错了。”

“我从特拉柏森回来希望能在君士坦丁堡伊琳娜餐馆请到你，”雷拉格真挚地看着迈克尔，“索菲娅也会去，不要拒绝我。”

迈克尔盯着雷拉格看了好久，“索菲娅没选错人，”迈克尔说，“再见了，朋友。”

“再见，朋友。”

雷拉格跃上船舷，所有舰队都打出了准备出发的灯光，就等待他的命令，伟大的冒险即将开始，这时，他发现斯塔姆最后一个登上旋梯，这与他一贯敏捷的身手与习惯很不相衬，在眼角余光中，似乎察觉到码头刚有个自己曾经见过的人隐约出现，然后就迅速消失了，雷拉格晃晃头，停止了对这个不重要问题的思考，毕竟，启航的时刻到了。

借助黑夜的掩护，皮肤黝黑的迪亚斯以最快的速度离开了金角湾，他可不希望被人发现到过这里。

萨亚斯血迹斑斑的弯刀抹过最后一个突厥人的脖子，敌人临终的惨叫还是不能满足亚美尼亚人复仇的欲望，因为袭击过后他还是必须得撤退到西方丛林的基地中隐藏，从黑海南岸的西诺普城①到特拉柏森城堡百公里长的海岸线上，沿岸森林茂密，极适合游击部队隐藏。这次突击是他与奥多万组建游击队后最为接近城堡的一次行动，他们袭击了突厥辎重队，把护卫的几十名突厥轻骑兵杀的一干二净，但奥多万并不像其他人那样高兴，甚至露出愁容，以至于萨亚斯总是怀疑，他是不是太老了。

“这下给这帮狗娘养的好看了，”萨亚斯收起双刀，接受着部下的欢呼，一部分阿兰人则在快速扒掉突厥死尸上的衣甲与武器，搬走驮马上的粮食，并带走所有能用的战马。

“奥多万，也许我要带着这些阿兰人直接收复特拉柏森城堡才能得到你的笑容吗？”萨亚斯望着面色沉重的奥多万打趣道。

“你已经做的很好了，我担心的是局势，”奥多万咳嗽了一声，“陛下已经亲自带兵从君士坦丁堡出发，但目标是努尔丁正在进攻的尼西亚与阿拜多斯，他在正面防线集中了东线的所有军队，不会再有士兵派到这里来。”

“管他呢，”萨亚斯说，“我们就在这里一直杀分散的突厥士兵，杀到他们听见我们的名字就恐惧。”

“他们已经开始恐惧了，”奥多万担心地说，“恐惧会招致他们的报复，我听说特拉柏森那里已经开始着手准备一次大规模行动。”

“那就让他们行动好了，”萨亚斯恨恨地说，眼中冒出怒火，“最

① 西诺普城：黑海南岸的城市，在特拉柏森东面，当时还掌握在拜占庭帝国手中。

好是巴夏亲自来，这样我就可以手刃这个杀父仇人。”

“别担心，”萨亚斯安慰着老管家，“我们的队伍在不断壮大，又有两个联队的阿兰人从高加索那里加入我们，而附近的一些特拉柏森人也要加入我们，我们的知名度可是越来越高了。

“等我们凑集到足够多的军队，就去进攻特拉柏森城堡。”萨亚斯坚决地说。

阿布杜尔心有余悸地望着广场上一大堆被吊在半空的阿兰人尸体，迈入特拉柏森城堡大门，通过旋梯登上最顶端的会议室，他要带给突厥北方军团司令官坏消息：主人因尼西亚的正面战场无暇顾及这里，所以北线战场短时间内不可能再得到援军，但巴夏就端坐在亚美尼亚总督凯纳斯曾经坐过的椅子上，样子毫不担心，仿佛已经胸有成竹。

“我喜欢屠杀之后的宁静，”巴夏微笑着对阿布杜尔说，“我一直认为这是最好的管理方式，现在这里非常安全，只有守卫城堡的士兵与牲口般的少数奴隶。我每当坐在这把椅子上，望着城堡内精致的镶嵌画装饰，都会兴奋地想，这一切都是我们的了。只可惜的是，凯纳斯生前不懂得享受生活，没有多少金钱，我让士兵把特拉柏森翻了个底朝天都没有找到宝库。”

“嗯，我们的辎重队在离特拉柏森城堡以东一百里的地方被突袭，”阿布杜尔打断了巴夏的自我陶醉与感叹，“全军覆没，所有士兵都被处死，我们还白白损失了大量的武器与盔甲，我不反对你在这里屠杀阿兰人，但请你不要再把辎重队单独派出去了，这会成为那些隐藏起来的阿兰人复仇的工具。”

巴夏招招手，一个满脸鞭痕的特拉柏森女奴战战兢兢地走向他，为他端来一瓶酒与两个酒杯。

“一起来喝两杯怎么样？”巴夏漫不经心地对阿布杜尔说。

“凯纳斯的儿子萨亚斯，”阿布杜尔说，“现在见到我们的人就眼红，他现在已经是附近阿兰人和特拉柏森人心目中的英雄，许多人都开始响应他，再让他发展下去他会拥有威胁城堡的兵力。”

“他现在名声越大，”巴夏眼中冒出一阵光芒，“就越难以隐藏，游击队的优势在于隐蔽，在于我们找不到他们，他们现在正在扩充规模，这才是他们真正最虚弱的时候，暴露在光天化日下的游击队只有死路一条。”

“损失的那些辎重队和所运输的盔甲只是诱饵。”阿布杜尔恍然大悟，“打着为攻打西诺普城军队补给的幌子。”

“这次你比往常聪明，我也该出发狩猎了，”巴夏站起身，把杯中酒一饮而尽，“吃饱的狮子总是又慢又懒，携带着这些沉重的盔甲，敌人向西撤退的速度一定不会快，而我军则全部为骑兵，速度是我们最大的优势，我已经命令塞利姆率领进攻西诺普城的军队，在即将接近城郊后立即原路向东返回。”

“进攻西诺普也只是为了迷惑萨亚斯，让他认为我们在特拉柏森没剩太多军队，袭击我们以暴露他们的位置，”阿布杜尔问，“进攻部队的真正意图是向东返回封锁收缩西部包围圈？”

“当然，我虽然拥有强大的骑兵部队，可步兵只有新招募的两千人，还都是轻装步兵，我怎么会让他们进攻坚固的西诺普城呢？”巴夏眨了眨眼睛。

“你带领三千人守卫城堡，”巴夏得意洋洋地望着阿布杜尔，“而我出发封锁包围圈的东部，这次将使用七千骑兵来完成一劳永逸的行动，这次包围战中我会把那些曾经窝藏萨亚斯或可能窝藏的村镇居民全部杀掉，不会再给游击队有任何可以隐藏的地点。当这个包围圈完全收紧之际，萨亚斯的名声也就走到尽头。”

“抓到萨亚斯后我会把他的尸体切成数段挂在城墙上，”巴夏露出安详的微笑，“警告那些与我们为敌的人，再对那些阿兰人来次大清洗，在这里的阿兰人被灭族的那一刻，特拉柏森城堡即将获得永恒的宁静。”

骑士堡坐落在安条克以南，耶路撒冷城以北，远眺霍姆斯湖②的湖口和贝卡平原，战略位置非常重要。这里最早是一个穆斯林苏丹建立的军事殖民地，隶属于库尔德人，是个不起眼的小堡垒，但在第一次十字军东征后，大统帅之一的雷蒙德伯爵占领了这一地区，立即明白了它位置的重要性，开始大力扩建，到了1142年交给医院骑士团③管辖之前，已经成为十字军在东方最巨大坚固的要塞，骑士堡是西方军事艺术与东方产品的令人瞩目的结合。该要塞有两道城墙，有复杂的开阔地与壕沟构成的防御体系，沟上只有一座桥梁。外墙上筑有雉堞（短小的附加城墙），一个向外的突出工事保护着最南防守的西面，角落上和每面墙的中部均建有方形的塔楼，构成了外部防线。号称永不陷落。

城堡之外，清晨的阳光撒在有着优美面部轮廓与金色长发的年轻骑士脸上，他身穿重锁子甲与金色披风，骑在一匹毛色雪白的柯伯战马（德国汉诺威马的前身）上缓步进发，年轻骑士眯着细长的双眼，嘴角略带嘲讽地一笑，向后望了一眼越来越远城堡内高高竖立的教堂。

另一名面部如刀削般的中年骑士身披重锁子甲与蓝色披风，牵着一匹黑色的柯伯战马紧跟在年轻骑士身后，黑色战马上还背负着一面巨大的鸢尾盾牌④，中年骑士的背后，紧紧跟着无数表情庄严、身材高大、

② 霍姆斯湖：在叙利亚中部，霍姆斯城的西面。

③ 医院骑士团：又名圣约翰骑士团 后来演变为马耳他骑士团，成立于第一次十字军东征之后，本意为在耶路撒冷为保护其医护设施而设立的军事组织。但之后就是各方势力争取的武装。

④ 鸢尾盾：11世纪开始流行的大型盾牌，形状如鸢尾，多见于西方重骑兵与下马骑兵使用。

队形齐整、纪律森严的重装步兵，所有步兵都身披重锁子甲与黑色披风，披风上绣着精致的白色八角十字，这些步兵最令人恐惧的则是每人都肩扛保养良好的锋锐双手巨剑，这些巨剑是绝佳的战阵突破武器与穿甲武器，既可以在敌军阵型中挥砍出漫天血雨，也可以在长长的剑柄处配重球的帮助下刺穿最重的铠甲。

“骑上坐骑吧，安德鲁瓦，”年轻的骑士对中年骑士劝道，“前往安条克还有很长一段路要走。”

“我与我的战士们共同进退，”安德鲁瓦望了一眼年轻骑士，声音深沉嘶哑，“他们都是步行。”

劝说无效，年轻骑士早该想到这是徒劳，他的兄长行为准则上的固执是出了名的，这让他无奈也充满敬意，毕竟，像安德鲁瓦这样真正具备骑士精神的骑士是出了名的稀有。

“我的骑兵部队一直就驻扎在安条克，这样他们平时能有像样点的生活，比如找找姑娘什么的，”年轻骑士笑道，“而你对部下的态度已经近乎东罗马帝国的战神皇帝巴西尔二世，你们一样爱兵如子，与士兵同吃同睡同训练，也许在不久的未来，你就会是骑士堡或者安条克公国的保护神，但巴西尔可没把部下也弄得像个自虐的教徒与圣人。”

“朱里奥，”安德鲁瓦马上提醒着他的弟弟，“巴西尔是罗马人的皇帝，我知道你对他的崇拜之情，但从某种意义上说，罗马人也是我们的敌人。”

“同样信仰基督的敌人？我们的教会还宣布罗马人为异教徒，”朱里奥嘴角又闪出嘲讽的微笑，“那么努尔丁就是信仰安拉的朋友？”

“这是政治策略，有时也会出于无奈，”安德鲁瓦长长叹了口气，“你只是要注意，我们是为骑士堡服务的，也是为安条克公国与耶路撒冷王国服务的。”

“哪一条不是政治策略？竟然要使用信仰的借口！”朱里奥不屑地说到，“而且还是出于无能者怯弱短视的政治策略，一旦突厥人真正占领帝国爱琴海东部，你看着吧，努尔丁会立即带大军回师把我们压得粉碎，我们的耶路撒冷王国一直就面对埃及萨拉丁频繁的攻势自顾不暇不太可能帮助安条克公国对付努尔丁，而那个时候我们再也不能用宗教的借口呼唤东罗马帝国的帮助了。恐怕就是哀求曼努埃尔成为我们的宗主他也已经力不从心了。”

“博希蒙德公爵确实缺乏他曾祖父那种勇气，”安德鲁瓦说，“他并不甘心为努尔丁服务，但安条克公国毕竟刚遭惨败，他的压力也很大，贵族都反对与努尔丁为敌，毕竟现在突厥人的主力在进攻拜占庭，很多贵族趁机在安条克北部开疆扩土获得了很多好处。”

“这些可怜的贵族，”朱里奥不屑道，“当年十字军东征时那种一往无前的勇气到哪里去了？我真不敢想象我们竟然要为这些人服务。”

“我们这次去不就是尽量阻止这些事情发生吗？”安德鲁瓦冲弟弟露出一丝安慰的微笑，“作为医院骑士团俗家骑士⑤的代表，我们的话还是有一定份量的。”

“是你的话有一定份量，”朱里奥笑道，“你可是第三代的‘圣墓守护者’，从第一代的戈德弗鲁瓦开始，就是骑士中公认最强的武士，他们要依仗你的利剑与盾牌保护疆土与财富。”

“从我开始，‘圣墓守护者’不再是一个人的名字，”安德鲁瓦纠正他，他转头坚决地望着自己身后用整齐步伐行军的无畏武士们，“这

⑤ 俗家骑士：作为骑士团的成员，必须在生活中恪守清规戒律，甚至禁止婚姻，但仅凭武装修士作战，效能过低，因此有俗家骑士加入，他们不完全遵守修士们的戒律。

是一支军队的名字，也是一队兄弟集体的名字，我只是他们中的一员，我们不仅保护着贵族们的领地，也要保护圣地人民的生活，甚至也要容忍圣地中那些与我们持有不同信仰者，圣墓守护者代表着公正、忠诚，信仰，宽容以及，”安德鲁瓦顿了一顿，“无所畏惧。”

阿摩里阿姆⑥附近突厥大营中，努尔丁的卫兵正努力地为他那灰色的神骏坐骑披上沉重的马铠，就像其他的宫廷近卫重骑兵一样。凭借战胜安条克公国获得的条约，他可以肆无忌惮地向西方派遣援军，而北方军团的一部分哈珊骑兵也被召回，大军的第一批援军已经赶到，这包括一个纵队的哈珊骑兵，两个纵队的萨拉森长矛手，与一个纵队的古拉姆宫廷骑兵。

萨拉森长矛手不同于罗姆苏丹那种装备低劣的轻装长矛手或掷矛手，他们身披鳞甲，训练有素，非常擅长对抗骑兵部队，而援军中最有价值的，莫过于是古拉姆宫廷骑兵，这让努尔丁在前线拥有两个纵队整个穆斯林世界的最精英骑兵，与突厥其他骑兵不同，他们骑乘的不是灵巧的阿拉伯轻战马而是体大力强的欧亚混血战马，古拉姆宫廷骑兵与拜占庭的铁甲圣骑兵一样，整个战马都披挂着厚厚的足已保护全身的马铠，而且同样纪律森严，战场上无所畏惧。虽然他们的重装程度比铁甲圣骑兵稍逊，在冲锋陷阵上也略逊于拜占庭对手，但因为自小为宫廷奴隶护卫，格斗技能无比精湛，更善使用迅捷的大弯刀和可以砸出敌人脑浆的恐怖狼牙棒，这是铁甲圣骑兵所不足的，更何况，他们与对手相比，战马资源非常充足。

努尔丁微笑地望着自己强大无比的骑兵部队，这些骑兵雷霆万钧的冲杀

⑥ 阿摩里阿姆：这个边界小城前文提过，是拜占庭军队的出发点，现在突厥人占领了这里。

足以让拜占庭人闻风丧胆，再加上已经占有绝对优势的弓骑兵部队和得到补充修整的精锐步兵部队，他相信，敌人尼西亚的防线会在进攻下土崩瓦解。

“穆斯塔法”努尔丁呼唤着自己的伊克塔贵族骑兵统帅，后者正热切地望着主人，领袖指着其中一支古拉姆骑兵的旗帜轻描淡写地说，“从此以后，他们是你的了。”

穆斯塔法简直不敢相信他的耳朵，这可是最强悍宝贵的重骑兵！主人就这样一句话送了一个纵队给自己！“主人如此丰厚的赏赐，”穆斯塔法重重地向主人鞠躬，“我一定在战场上浴血加以报答！”

“这是对于你在密列奥塞法隆战役中英勇表现的奖赏，”努尔丁朝他微笑着，“也是对你忠诚最大的肯定。”

大军已经得到补充，是向爱琴海东岸进军的时刻了，努尔丁昨天就收到了他灰色的大信鸽，这个斯塔姆看起来很有利用价值，他只是不知道这个两面派的北欧将军人在哪里，当然最好是在曼努埃尔的大军中，这样，消灭拜占庭人最后的反击力量指日可待。

地中海上夜空的凉风惊醒了曼努埃尔，船只长时间的颠簸让他的胃有些难受，为了行动保密，皇帝始终停留在船上，就连船队补给也不例外，桅杆上六道金色条纹的皇家旗帜也换成了普通军旗。曼努埃尔马术娴熟，从年轻起就南征北战，却从未像这样长的时间连续乘船，他不由得紧抓住毯子又向上拉了拉披在身上，并用脸盆里的凉水冲洗着惨白而消瘦的脸，这又是一个不眠之夜，舰队难道已经补给过并开过了阿达纳城⑦？他

⑦ 阿达纳城：现位于土耳其，地中海的东北部，跨塞伊汉河两岸。

们已经在地中海上颠簸了八天，所幸一直顺风，现在应该已经航行到了东地中海。

曼努埃尔披上绒毯，光脚走出船舱，在甲板上静静地望着乌云包围的明月，骰子已经掷出，而他还不知道命运的安排，雷拉格的舰队现在到了哪里？突厥人是否已经发现了我们的意图？君士坦丁堡是否平静？最重要的是，努尔丁的大军已经到达了何处？曼西姆斯是否能完成尼西亚防线的防御？这些全是他无法预料的未知数，就连他自己也一样，从某种意义上来说，出使安条克行动最大的依据来源于拜占庭军情处处长发出的情报与自己的直觉，更别说军情处首领自己都神龙见首不见尾，如此信任这位处长让皇帝都感觉有点好笑。

曼努埃尔进入尾仓，满怀爱意地望着拴在那里的坐骑，那是雷拉格送给他的礼物，一匹黝黑色最强壮高大的克拉斯重战马，肩高超过1.9米，四蹄粗壮有力。战马也炯炯有神的望着他，仿佛能知道主人的心事。

一名巡逻的卫士走进尾仓，看见曼努埃尔吃了一惊，赶紧向皇帝陛下行礼，“本来想等清晨再向您报告，”卫士说，“舰队就要快抵达安条克西岸了。”

“已经到了安条克了吗？”曼努埃尔喃喃自语，“看来泰格休斯确实给了我最快的战舰与最好的水手，”他转向卫士，“我去叫醒泽诺斯大主教，你去宣布我的命令，让两艘警戒舰只加快速度，连同主教一起，先接近海岸，向安条克的近海警戒舰队通报我来访的消息，现在是公开我到来的时刻了。”

这个父亲临终前亲手交给自己的东方最重要的城市：安条克，我又回来了。

Chapter 18

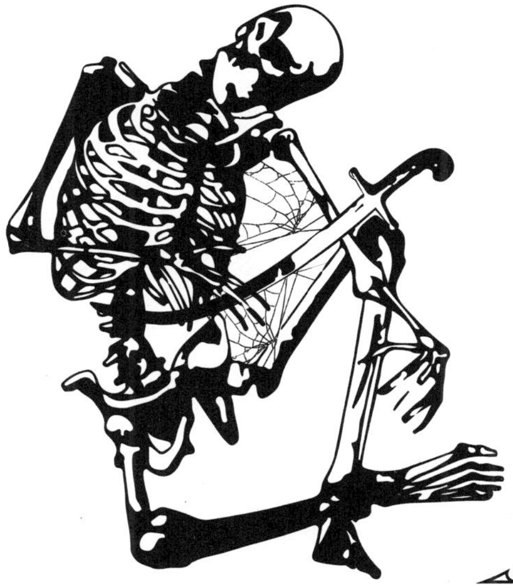

雷拉格看见林地周围突然冒出了许多名面色阴沉的骑兵，这些骑兵大都带伤，污血混合着泥水弄脏了紫色战袍包裹着的锁子甲，显然刚刚经历过一场恶战，每个骑兵都拉着一张复合弓，所有的箭头都瞄准了自己，他们的领头者是一个满身汗水，血迹斑斑的青年，手持两把弯刀，其中一把对着自己的后背。

“肃静！肃静！先生们，”安条克[1]公国之主博希蒙德公爵的小木槌重重地敲在安条克市政中心会议桌上，他身材高大强壮，抖动着一头雄狮般杂乱威武的金发与胡须，努力做出威严的态度，实际上却是虚张声势，面对争吵不休的贵族们，公爵踌躇两难。东罗马帝国皇帝曼努埃尔的突然来访打乱了他的阵脚，从利益上说，屈从胜利者努尔丁的意志确实是明智之举，但也要防备在拜占庭人被赶到爱琴海西岸后，努尔丁的态度可能会大不一样；拜占庭人还在塞浦路斯岛[2]拥有海军基地，以安条克弱小的海军，一味投入突厥人的怀抱必将遭到拜占庭海军的报复，也会失去十字军与教会的支持。

“罗马人也有求助我们的时候！”伯尔纳铎兴奋地说，他是将领兼教士的双重身份，对曼努埃尔曾经在安条克设置东正教牧首[3]非常恼火，“这是个好机会，趁机劝说他放弃在安条克设置东正牧首，甚至要求在君士坦丁堡设置我们的主教！”

“我们应该要的更多！”古奥伯爵大声发表着意见，他是一名重骑兵统帅，他的领地主要在公国西部，早就对安条克西部拜占庭的阿达纳城垂涎已久，突厥人大举进攻拜占庭帝国正合他意，甚至他已经想到可以联合突厥人一起出兵，“我们摆脱了东罗马帝国的控制，突厥人的主力在进攻尼西亚，我们可以趁机把先王在曼努埃尔父亲约翰手上失去的土地夺回来！”

① 安条克城：现代土耳其城市，地中海的东北角，著名的古代巨城，当时掌握在十字军控制的安条克公国手中。

② 塞浦路斯岛：地中海东部的岛屿，东部为独立国，西部掌握在土耳其手中，现为著名的旅游胜地。

③ 在曼努尔一世时期，东罗马帝国大部分时期压制着十字军公国，并在那里安插了自己的东正教牧首。

“公爵，您的曾曾祖父‘征服者’罗伯特吉斯卡特④是因为阿历克塞皇帝的阴谋才在意大利失败，而曾祖父作为第一次十字军东征的领袖之一，也在他狡猾的阴谋下在意大利郁郁而终，甚至没有回到自己的公国，”罗杰伯爵因努尔丁大举进攻，拜占庭人无暇南顾收回了北方不少土地，因此尽力向博希蒙德公爵提议，“这是复仇的好机会，”他不由得压低了声音，“我们可以趁曼努埃尔上岸后抓住他向罗马人要挟！”

“这样并不妥当，”伯尔纳铎说，“这是政治家与基督教义的争论，不是绑架与谋杀！我们只是因为形势对努尔丁暂时服从！”

“所以我们现在尽量服从努尔丁，”罗杰伯爵说，“让他在我们休整的时候不会改变主意进攻我们。”

“既卑鄙又短视！”乔瑟林伯爵毫不留情的反驳罗杰伯爵，他的领地在与突厥人的战争中损失最大，被努尔丁俘虏过二次，仇恨刻骨铭心，“曼努埃尔有精锐的五百铁甲圣骑兵护卫，而且还拥有五十艘威力巨大的喷火船，塞浦路斯还有他们的海军基地，行动一旦失败，我们将把整个海岸置于帝国海军的威胁之下，曼努埃尔来访表明他希望恢复与公国的关系，这是共同对抗努尔丁，洗刷圣地耻辱的重要时机！”

“你对突厥人充满恐惧，罗马人也能让你吓破胆，”吉奥嘲弄着乔瑟林，“这让你都快忘记自己是天主教徒了。”

“抓住曼努埃尔去讨好努尔丁才是忘记自己身份的人！”乔瑟林怒气冲冲地说，“也许努尔丁多有几个纵队的宫廷骑兵，你们就可以去清

④ 罗伯特吉斯卡特：西西里诺曼王国最著名的征服者，1081年率诺曼骑士在亚得里亚海东海岸的狄拉乌姆击败东罗马皇帝阿历克塞一世，但由于后者坚持外交手段等多方打击，罗伯特在意大利与希腊两面受敌，他的军队于1083年在拉里萨被阿历克塞一世击败，他本人在1085年感染瘟疫病死。

真寺跪拜了！”

“你才是拜占庭人的走狗！”罗杰冲乔瑟林大声叫道，“也许曼努埃尔早就许愿了你什么执事官之类重要的职位！”

“为了这句恶语我可以提出与你决斗！”乔瑟林吼道。

博希蒙德的小木槌再次重重地敲了下去，这次木槌的锤与柄直接分离飞向了会议室的一边，大家渐渐安静下来。

“说起仇恨，”博希蒙德说，“突厥人比罗马人更甚，毕竟，安条克公国死在突厥人手上的贵族数不胜数，罗马人只是想控制我们，而突厥人则最终是想消灭我们，但我们惨败的损失实在太大，需要休整的时间，”他环视了一下贵族们，“我也并不想与帝国直接开战，我想先听听他们皇帝的提议，毕竟是他先来找我们，我们拥有这次外交的主动权。”

博希蒙德注意到会议室最远方，两名骑士一直抱着手臂旁观这一幕冷笑，似乎与自己无关，但实际上他很看重这两位骑士的意见，毕竟他们的支援对他来说不论是面对突厥人还是拜占庭人都是非常重要的力量，“医院骑士团的安德鲁瓦与朱里奥，”他向会议室最后排的方向喊道，“你们是我尊敬的兄弟朋友与贵客，特别是‘圣墓守护者’安德鲁瓦，我非常期待你们的意见。”

朱里奥嘴角边的嘲讽更明显了，安德鲁瓦则站起来向博希蒙德致意，“尊敬的公爵，我更想知道曼努埃尔皇帝来访的目的，所以，我们意见应该留给之后更重要的会议，”他环视了下诸位贵族，淡淡地说，“而不是争吵。”

公爵点点头。

“想离开吗？”朱里奥低声问哥哥，“小丑们的表演我看腻了。”

“我们离开吧，”安德鲁瓦说，“在曼努埃尔未到之前一切吵闹都毫无意义，而且我刚想到一个必要的离开理由。”

"恐怕是个相当浪漫与美妙的理由。"朱里奥笑道。

安德鲁瓦的宅邸在安条克城南部，当他与朱里奥推开大门，一位皮肤白皙，面戴薄纱，拥有黑色微卷长发的姑娘惊喜地叫出了声，她如一只喜悦的小鹿那样飞奔向安德鲁瓦的怀中，紧紧搂住他几乎要压碎这强壮骑士的肋骨，深灰色微微上挑富有感情的双眸上下打量着安德鲁瓦坚毅的脸，突然她发现了朱里奥的存在，赶紧满脸绯红地放开安德鲁瓦。

"如果我是你，"朱里奥对哥哥说，"一定不会愚蠢到与美丽绝伦的奈菲尔小姐分别而去骑士堡天天与一群穿黑底白字单衣的壮汉们生活在一起。"接着他微笑着优雅地对奈菲尔鞠了个弓，"请给我几分钟，接下来我可以保证完全是你们的独处时间。"

"你们兄弟之间已经分别了很久，聊多久都可以，其实我更希望你晚上能在这里尝尝我的手艺，"奈菲尔微笑着对朱里奥说道，声调舒缓而温柔，"请记得，英俊的朱里奥，无论何时，这里总欢迎你的到来。"

安德鲁瓦跟朱里奥走出门外，"奈菲尔确实是个难得的姑娘，"朱里奥环视了一下周围，小声说，"奈菲尔还是没有放弃自己的信仰吗？我以为她对你的爱会让她改变。"

"她依然是个虔诚的穆斯林，"安德鲁瓦叹了口气，"但奇怪的是这会让我觉得更可贵，而对于我们来说，对不同信仰者没有一个宽容的态度，就不配做一个真正的骑士，"他顿了一顿，似乎在说服自己，"如果我逼迫她改变信仰，就不配再爱她。"

"这有关于你们的幸福，我们都是骑士团中的世俗骑士，可以拥有婚姻，"朱里奥提醒，"但如果她不改变信仰，法律上你们不能结合，你们不会得到天主祝福的婚姻。"

安德鲁瓦沉默了。

“这会让她在这个国度充满危险，”朱里奥加重了语气，“也会给你带来很多麻烦，统领公国的不是英雄，不是骑士精神，而是利欲熏心的领主与国王，我希望你为了奈菲尔的安全，继续劝说她。”

“她应该有信仰的自由，”安德鲁瓦坚决地说，“这也是我与她相处一直坚持的原则，就算是没有婚姻，我们能够爱着对方，这就足够了。”

“好吧，好吧”朱里奥放弃了，“不过你们自己一定要当心，别说弟弟没有提醒你。”

吉奥伯爵的宅邸在安条克城的西部，偌大的密室中只点了微弱的蜡烛照明，他看起来忧心忡忡，而大桌对面的罗杰也面露沮丧，“医院骑士团的那两个世俗骑士看起来不喜欢我们的建议，”吉奥说，“今天连公爵都开始动摇了，这可不是个好的开端，我可不想和努尔丁撕破脸，如果与突厥人打起来，我的军队又要消耗在与游牧骑兵无休止的战争中，无论输赢都没有好处。”

“我当然也不想！”罗杰的声音甚至有些急促，“努尔丁甚至派人找过我，只要我不干涉伊德萨⑤北部几个地区穆斯林人的生活，他就默许我对那里土地的所有权，哈！穆斯林人的生活？有谁关心？我要那些土地，如果与突厥人冲突，我就得把这些全吐出来！”

“乔瑟林伯爵那头猪就不用去争取了，他与突厥人的仇恨这辈子都算不清，”吉奥思虑着，“伯尔纳铎怎么样？他是狂热的天主教徒，讨厌罗马人的宗教控制，能争取过来吗？”

⑤ 伊德萨：现土耳其东部的城市，当时掌握在十字军公国的手中。

“比起罗马人，他更讨厌突厥人，”罗杰悲哀地说，“你指望狂热天主教徒会支持穆斯林的圣人努尔丁？”

“幸好医院骑士团的军团长罗贝尔没来，”吉奥说，“不然反对票里又多了重重的一票。”

“这两个顽固的骑士，”吉奥撇了撇嘴，“有什么把柄吗？可以影响他们在会议中地位的麻烦？”

“圣墓守护者？开什么玩笑，”罗杰叫道，“如果问我谁是医院骑士团武力最强的骑士，我会说是安德鲁瓦，如果问我谁是医院骑士团最教条的世俗骑士，我也会说是安德鲁瓦，他没有帮派，不贪金币，洁身自好，他能有什么把柄？”

“他还有个弟弟。”吉奥仍不甘心。

“他弟弟就是喜欢沾花惹草而已，最出名的妓女貌似与朱里奥都相识，”罗杰说，“但是对于世俗骑士来说，这不算什么罪过，对吧？”

“你派你的人多收罗些他们的事情，必要的时候也可以，嗯，网罗一些，”吉奥笑笑，“有的时候，罪过不是你真正有罪而是绝大多数的人想象你有罪，如果想要什么，就去干好了，只要肯花时间，借口总是找得到的。”

“好的，”罗杰同意，“我手上倒是有这些人，不过得快，毕竟时间不等人。”

黑海南岸的西南风让所有龙头战舰都鼓足了帆，战舰们纷纷升起了代表北欧海盗的黑乌鸦旗帜高速前进，黑压压的旗帜们随风飘动，这让雷拉格回忆起往日北地海域的冒险生活甚至想到了父亲有时候这老海盗还真让人怀念。他回过头，满意地望着泰勒斯与他那二百士兵正艰难地擦着甲板。而索菲娅正靠在主桅杆旁，拢着自己随海风飘舞的棕色长发，用胸前挂坠中的小放大镜看着一张新锁子甲的设计图纸，她希望能在一些位置上添加厚钢片以增加防护而又尽量节约成本雷拉格栗色的眸子转了转趁索菲娅不在意迅速瞄一眼衣袋，在考虑用何种方式把胸针给她会令她无法拒绝。

“你打算等到什么时候再把迈克尔的红宝石胸针给我？”索菲娅突然转身向雷拉格发问。

雷拉格吃了一惊，有些尴尬，把胸针从衣袋中拿出递给索菲娅，“我在等合适的时间。”他说道。

“它真漂亮，”索菲娅有点内疚地望着胸针，又微微摇摇头，“迈克尔是个好人。”

“他确实是个好人，”雷拉格嘴角不禁露出一丝微笑，“所以我许诺等我们回到君士坦丁堡，我们一起请迈克尔。”

“我们一起？”索菲娅碧绿的眼中出现一丝琢磨不定的笑意。

“也就是，我和你，”雷拉格栗色的眸子又转了转，刻意地望望满头大汗的泰勒斯，对索菲娅说，“不打扰你的工作了，我想去看看泰勒斯，他看起来需要帮忙。”

“去吧，”索菲娅满眼笑容让她看起来非常迷人，言语中却带着些小嘲弄，“如果这能让你放松点的话。”

雷拉格走向泰勒斯，拍拍他的肩膀，“今天的工作就到这里，晚上我会让别人接替你。”

“‘碎石’留里克就不会责任推给其他人！”泰勒斯继续擦着甲板，“我爱航海！我也许天生是个冒险的海盗！就像瑞典的留里克⑥一样，书

⑥ 留里克：瑞典维京人的首领，他南下进入东欧后建立了最早的罗斯公国。

上说他长着和我一样茂密的棕色胡子，”他的表情认真，声音放低，“我研究过家谱，我很可能就是他的后裔呢！”

“一个好海盗首先得听从船长的命令，”雷拉格忍住笑容，把一瓶酒递给他，“来一口。”

“好辣，”泰勒斯尝了一口，脸上露出为难的神色，“我建议我们把锁在舱里的我那些。”

“门都没有，”雷拉格说，“再说当年伟大的北欧冒险家哈拉尔德、杰克弗里德、留里克⑦都喝这种酒。”

“真的？连留里克都喝它们？”泰勒斯盯着雷拉格手上的酒瓶，“那就再给我来一口。”

“都给你。”雷拉格把酒给了泰勒斯，“喝完就去舱里好好睡一觉，不过等接近特拉柏森，我就禁止你喝酒。”

“我们接近西诺普城了，”一个瓦朗尼亚联队长来请示，“是否进行补给？”

“以最快的速度进行补给，”雷拉格命令，“补给完我们可以一直航行到特拉柏森，你在船上看着，我，斯塔姆，索菲娅和一部分瓦朗尼亚人下船。”

索菲娅注意到他的命令，提高了警觉，雷拉格虽然让斯塔姆下船，却没有让他所属的阿拉玛诺雇佣军下船。

“补给不需要这么多人吧，雷拉格？”斯塔姆靠在船舷上，漫不经心地问道，“我下船后有自己的事，不会耽误舰队的行程。”

“你哪也不能去必须跟着我们！”索菲娅冷冷地望着斯塔姆。

⑦ 雷拉格说的这些人都是早期最著名的北欧维京人首领。

“我就一个人下船，”斯塔姆委屈地望着雷拉格，“你会同意的对吧，船长？”

“是的，你是自由的，”雷拉格说，“不过你必须在四个时辰之内回到码头。”

“那么，你到底要独自一人做什么呢？”索菲娅面无表情地望着斯塔姆似笑非笑的眼睛。

“也许你和雷拉格互相望望就可以缓解寂寞，”斯塔姆冲索菲娅猥琐地笑了笑，“我也需要人的慰藉呀，既然你对黑海南岸了如指掌，那么告诉我，西诺普城有最惹火妞的妓院该怎么走？”

索菲娅后悔问了他这个问题。

“西诺普城算是安全了，可是萨亚斯组织的游击队被突厥军队围住了。”西诺普码头一个老码头主管说道，“听说经历了一场血战，萨亚斯的阿兰人与特拉柏森人寡不敌众，起码有一半人被杀，其他人向东撤退，被突厥人包围在丛林里，凶多吉少。”

“萨亚斯，他还活着？”索菲娅眼神中露出一丝喜悦，“就是亚美尼亚王子凯纳斯的儿子萨亚斯？

“只是可能还活着，”老人说，“真是可惜，听说他和他父亲都是不错的人。”

“我们得救他，”索菲娅知道这件事必须得到雷拉格的支持，“他是凯纳斯唯一的儿子，我们不能让他死。”

“就是曼努埃尔的儿子的也不行，”雷拉格冷冷地说，“我们必须以最快的速度赶到特拉柏森，我不会让任何人干涉这次行动。”

“凯纳斯生前是个不错的人，”索菲娅期待地望着雷拉格，“他用少量军队防守特拉柏森这个重镇，为帝国鞠躬尽瘁，他的儿子还组建游击队与突厥人坚持战斗，这样优秀的人我不希望被白白放弃，如果他死了，这个亚美尼亚贵族家庭就被灭绝了。”

“我的任务是进攻特拉柏森城堡，而不是弥补帝国过去的错误，”雷拉格望着远处生硬地说。

“我在特拉柏森城堡住过很长一段时间，”索菲娅绿色的双眸现出一丝忧郁，“凯纳斯就像是我的叔叔，在我最需要帮助的时候照顾了我很久，而萨亚斯那时候还是走路都不稳的小弟弟，求你了，哪怕是为了我。”

“北欧的事我欠你很多，”雷拉格说，“但现在是皇帝赋予我的直接责任，恕我不能从命。”

“好吧，如果你不同意救他，”索菲娅叹了口气，温和而坚决地说道，“我拒绝做你的向导，更不会配合你的那个特拉伯森攻击计划。”

雷拉格正要发怒，但还是转头望了望索菲娅的脸，充满期待的绿色双眸让人心碎，禁卫军首领叹了口气，“我们没有时间深入内陆，如果他们能撤退到海岸的话，我也许可以把他们带上。”

“如果他们能撤退到海岸你就会同意吗？”索菲娅看到了一线希望，急忙承诺，“他们主要由阿兰人组成，如果没有失去马匹，撤退到海岸应该可以做到。”

“你是说他带领的部队是生长于高加索地区的阿兰人，帝国最棒骑兵弓箭手？”雷拉格问。

“那么说你同意了！”索菲娅欣喜地看见雷拉格转变了态度，但眼神中还是多了一丝淡淡的疑虑，“你也许是个善良的人，雷拉格。”

索菲娅慢慢挪向雷拉格，迷离的碧绿色眸子望了雷拉格眼睛一眼，柔软而红润的嘴唇贴在了雷拉格嘴上。

雷拉格怔了一下，双手缓慢的张开搂住了索菲娅，但随后立刻又迅速松开。

“喝完你的酒回船舱睡觉。”雷拉格冷冷地对一边正笑嘻嘻欣赏的泰勒斯说。

斯塔姆按时返回了舰队，但神情显然没有刚离开时那么欢快，似乎满腹心事，这一切都被索菲娅看在眼里，“看起来你没能让西诺普城的辣妞们满意？”索菲娅嘲笑道。

“我看是他是因为腋窝的臭气和嘴里的大蒜味被赶出来了！”泰勒斯也抓住机会落井下石。

保持沉默的斯塔姆轻轻哼了一声登上旋梯，他竟然完全没有回嘴让雷拉格感到奇怪，“起航。”雷拉格说。

浓重的雾气飘荡在空气中，雷拉格他们与一部分瓦朗尼亚士兵登岸，穿行在四周树木葱郁的黑海南岸林间小路上，他们进入了离海岸最近的村庄，以为可以在这里找得到萨亚斯，但依然没有发现任何阿兰人存在的迹象。

“这里根本就没人。”泰勒斯说，“而且气味很难闻，不知道这些村民平时是怎么生活的。”

“我只是希望萨亚斯快点出现，”雷拉格不耐烦地说，“根据西诺普城的消息他是沿海撤退所以还有望搜索得到，但如果他转入内陆，我就无能为力了，我没有多少时间。”

“村里的人都哪里去了？”泰勒斯推开一间民居的大门走进去。

伴随着一声惊恐的尖叫，泰勒斯连滚带爬地从房子里冲了出来，一交摔在草地上，然后不停的呕吐。

雷拉格与斯塔姆同时抽出兵刃，一前一后小心地走近房门。

房门打开后空气中迅速弥漫出一股浓重的血腥气与腐烂的味道，雷拉格第一个走进去，先看见了房子的男主人，他静静地跪坐在衣橱前，头已经不知道到哪里去了，但颈部锋利的切口处已经开始腐烂，爬着白花花的蛆。

“魔鬼干的么？”斯塔姆望着尸体。

“是人，”雷拉格静静地说，“颈部伤口是弯刀的痕迹。”

他们走进卧室，看见女主人就仰躺在床上，一丝不挂，喉咙已经被切断，满身全是伤痕，鲜血凝固后把尸体牢牢粘在了脏兮兮的床单上。

卧室的角落中，他们看见一具小小的尸体，虫子已经吃得看不出它曾经是男孩还是女孩，这让雷拉格与斯塔姆都长长地抽着气。

斯塔姆听见背后有索菲娅的脚步声，连忙转身出去，把索菲娅拦在了屋外。

雷拉格迅速查看了其他几间民居，“全是尸体，不论男女，孩童老人全都死了，”他不仅为这种景象感到震惊，“没有人活着，这个村庄已经成了鬼村，萨亚斯不可能在这里，我们赶紧离开。”

一个丛林中冷冷声音打断了他的话，“萨亚斯就在这里。”

雷拉格看见林地周围突然冒出了许多名面色阴沉的骑兵，这些骑兵大都带伤，污血混合着泥水弄脏了紫色战袍包裹着的锁子甲，显然刚刚经历过一场恶战，每个骑兵都拉着一张复合弓，所有的箭头都瞄准了自己，他们的领头者是一个满身汗水，血迹斑斑的青年，手持两把弯刀，其中一把对着自己的后背。

“维京人？”萨亚斯上下打量着雷拉格的装束，“我没见过黑发的维京人，你们到这里做什么，抢劫村庄？”

“你以为这些是我们干的？”雷拉格冷冷地笑道。

“回答我的问题，”萨亚斯盯着雷拉格冷笑的脸，左手上的弯刀向雷拉格的身体又近了点，“我知道这是突厥人的军团司令官巴夏干的，这个血海深仇我们迟早要让那些毫无人性的杂种血债血偿，我现在是在问你们维京人在这里做什么？”

“是啊是啊，我们是维京人，”斯塔姆没好气地说，“来这个鬼地方救你这个不知天高地厚的小子逃出生天。”

几十张弓齐刷刷地瞄准了斯塔姆。

“我的耐心有限，所以不要激怒我，”萨亚斯烦躁地说，“如果是突厥人我早就先杀光后审问了，虽然你们是北欧人，但如果不在十秒内回答我的问题，下场一样只有死路一条。”

骑兵们的背后突然人头攒动，数百名瓦朗尼亚人变戏法一样从草丛里冒了出来，手中寒光闪闪的双手战斧对准了骑兵们，这种地形不利于弓骑兵们施展，北欧卫队会在他们射箭之前就跺得他们骨断筋崩。

“想要试试吗？”雷拉格微笑地说，“这是我的后援，他们本来是为了防范我上岸后碰上突厥人的巡逻骑兵，如果还觉得不够热闹，我停在海滩的战舰上还有射程超过三百米的弩炮来加入。”

“所以现在该我问问题，”雷拉格眯着眼睛大步走向萨亚斯，就像没看见对手指着他的弯刀，“我的第一个问题就是，你现在还剩多少人？另一个问题就是：如果你是萨亚斯，是跟我们一起上船离开这鬼地方呢，还是等着包围你们的突厥人赶到，把你们像山羊一样赶尽杀绝？”

“够了，雷拉格，”索菲娅从人群中站出来，“萨亚斯，我是索菲娅，我带来的是帝国的军队，他们是救兵。”

一个白发苍苍的老人从骑兵们队伍中出现，“是小索菲娅吗？”奥多万大声说，“萨亚斯，这是小索菲娅带来的军队，我们有救了！”

“是我，奥多万！”索菲娅看见老人非常亲热。

突然看见索菲娅让萨亚斯突然有些不知所措，“索菲娅？他们怎么全是北欧人？罗马人在哪里？”

“哈，”斯塔姆说道，“还真挑剔，他认为这是在酒馆点菜。”

“这就是罗马人的军队，“索菲娅急切地和萨亚斯说，“我们先上船离开这里，我们都没有时间了。”

萨亚斯登上舰队旗舰，仍然对曾经惨重的损失心有余悸，他与奥多万费尽心思组建的军队被巴夏的七千骑兵团团包围，两千阿兰骑兵只剩下了一千人，而两千特拉伯森人也只剩五百人不到，所有曾经或可能庇护过他们的村庄全被毫无怜悯地摧毁，村庄血流成河，所有老幼妇孺一概没有幸免，如果不是雷拉格的舰队，他与奥多万只能是死肉一堆，现在他几乎失去了一切可以与巴夏对抗的东西，包括军队与基地，萨亚斯沮丧地蹲坐在船头，一言不发。

“我们这是去哪里？”奥多万问索菲娅，“这不是返回君士坦丁堡的方向。”

“我们可没这个时间，”斯塔姆没好气地说，“分出三十五艘战舰装载你们的人，是因为他们可以继续和突厥人打仗而不是回家。”

“我会畏惧打仗？”斯塔姆的讽刺伤害了年轻人的自尊心，萨亚斯充满敌意地走近斯塔姆，“我的疑问是，你们这样的乌合之众能去哪里打仗？”

“进攻特拉伯森，”斯塔姆脸上露出嘲讽的微笑，“顺便说一下，年轻人，不管你愿不愿意，根据皇帝曼努埃尔的承诺，收复特拉伯森后我将继承你父亲的职位，你就回君士坦丁堡跟那些知书达理的贵族们好好改正你在特拉伯森城堡养成的坏脾气吧。”

“你快点给我住嘴吧！”索菲娅向斯塔姆叫道，“我不希望我们还没开到特拉伯森北欧人先和阿兰人在黑海上打起来！”

“他说不定巴不得呢，”萨亚斯反唇相讥，“而且可以继续说大话，我观察过你们的舰队，你们最多只有三千人，突厥北方军团司令巴夏拥有一万军队，而且兵强马壮，更别说特拉伯森城堡的防御远不是你们这些北方的乡巴佬能想象，进攻简直天方夜谭。”

正在掌舵的雷拉格本来不理睬他们，听到萨亚斯这句话后，突然转向一个瓦朗尼亚舵手，“你来掌舵，”他跟舵手说，然后大步走向争吵的双方。

“你确实够勇敢，”雷拉格对萨亚斯说，“看你与你的人身上的伤就能看的出来，如果你想回去与敌人干，那么，你有自己的计划吗？如果计划周密可行，我甚至可以让我的人跟着你干，同时提供船只。”

萨亚斯不服气地望着雷拉格，没有回答，惨败之余根本没有计划，如果他赌气让阿兰骑兵在特拉柏森城堡以西任何一处登陆，都是自取灭亡。

“但你们只有三千人，”萨亚斯缓和了口气，“特拉柏森城堡坚不可摧，你们也没有足够的攻城器械，即使你的战士勇敢无畏，也不可能冒着箭塔的火力防御用肩膀撞开城门，而且突厥人全部是骑兵，守军肯定能坚持到巴夏的主力回援，那时候我们会被团团包围。”

“这个问题我来解决，”雷拉格说，“第一，我拥有近三千人，而你拥有一千五百人，第二，我有船，而你们没有；第三，也是最重要的，我有个计划，而你没有，你可以听听这个计划，如果不合意，也可以退出，单独去进攻你想进攻的地点，怎么样？”

萨亚斯盯着雷拉格看了好一会，“我看可以。”

雷拉格望向天空，确定舰队的方向，“不出意外，我们五个时辰后就将接近特拉柏森城堡，也是公布计划的时候了，这个计划至今为止只有我与索菲娅知道，我需要她的能力，索菲娅也需要一些时间做准备，”他望着索菲娅，后者朝他微微笑了下。“都进船舱，”雷拉格招呼大家，“听听夺取特拉柏森的计划。”

阿布杜尔站在特拉柏森城堡中心高塔上，远望着西方，虽然看不见，他可以预料到老谋深算的巴夏铁定包围了萨亚斯的游击队，北方的战事又要以巴夏的全面胜利而告终，等待主人努尔丁在尼西亚再次大胜之后，巴夏的地位一定也会随他在特拉柏森的成功而炙手可热，甚至会被委以重任节制罗姆苏丹国的新苏丹。说实话，阿布杜尔有的时候真有些妒忌巴夏，他行事不但深思熟虑，而且完全不受道德感情约束，必要的时候无比残忍而冷酷，这些都不是自己可以做到的。

“有船接近港口！”卫兵高声喊道。

“加强戒备！”阿布杜尔叫道，“是罗马人的战舰吗？我以为他们的海军现在一定在全力保护自己的首都。”

“不是，是北欧人的龙头战舰，”卫兵回答，“他们从东方海域开来，挂的是黑乌鸦旗帜。”

“也许是从顿河那里过来的瑞典人，不管他们是什么人，”阿布杜尔说，“禁止他们靠港，告诉他们此路不通！”

阿布杜尔随即从城堡旋梯上迅速下来，走向大门，卫兵们有新的报告，“这些北欧海盗的旗号是不同意，他们态度很强硬，我们要向他们开火吗？”

“先等等，”阿布杜尔制止手下，骑上自己的坐骑，“我去看看。”

海滩上，北欧人数十艘巨大的龙头战舰停在港边，船舷边站满了身材高大魁梧，剑拔弩张的大汉，大汉都背负着另人震撼的双手战斧，当看见战舰上一座又一座弩炮的时候，阿卜杜尔也不禁打了个寒颤，突厥人只有弓箭手，如果在海滩与这些北欧海盗开战，一定会损失惨重，当然，他们也可以退守特拉柏森等待巴夏回援，虽然这样北欧人对城堡无计可施，但还是可以威胁整个地区。

“你们的首领是谁？阿布杜尔大声向北欧人喊道，“我是这里的最高长官，让你们的首领出来见我！”

一个北欧人对阿布杜尔做了个等等的手势，说了一通阿布杜尔完全不懂的丹麦语，返回船舱。

“见鬼，”阿布杜尔徒劳地望着身后的部下，“你们中有谁懂北欧人的话？”

一个高挑的金发碧眼女郎在两个北欧战士的护卫下出现在船舷，女郎披散着及腰海浪般美丽的金色长卷发，淡金色的头发在夕阳的荫罩下闪着诱人的红色光泽，头戴环状金冠，身穿丹麦贵妇喜爱的露出白皙双臂的素色长袍，颈部悬挂着精美的项坠状椭圆形小盒子，一双令人迷醉的碧绿双眸风情万种地望着阿布杜尔，几乎让他窒息。

无数双贪婪的眼睛扫射着女郎婀娜身体。

“我是他们的首领，丹麦玛格丽特公主，”女郎微笑地向阿布杜尔宣布，声音柔美而宏亮，但操突厥语还是会显出北欧人特有的急促与生硬。

“我是这里的指挥官阿布杜尔将军，”不知道为什么阿布杜尔决心给玛格丽特公主留下一个深刻的印象，“您还懂得我们的语言？”

“我的父亲是丹麦人，”玛格丽特仪态万方地说，“母亲是罗斯人，我数次从顿河进入南方帝国，与巴克达的苏丹们有很多来往，我甚至还会你们的土库曼语。”接着她又讲了几句祝福的土库曼语，惹得阿布杜尔身后的土库曼骑兵哈哈大笑。

“公主带着这么多士兵与战舰是去远征吗？”阿布杜尔说。

“瞧您说的，”玛格丽特说，“我们北欧人既是商人也是士兵，如若不然漫长的旅程无法保护自己，我们是前往巴格达的商队，你们的苏丹可是很垂涎我们的上等海象牙与毛皮的哟。”

“君士坦丁堡的商人对这些也趋之若鹜，”阿布杜尔疑问，“公主为什么不前往东罗马帝国的首都？”

“我们倒是想来着，可那听说正在打仗，人心惶惶，”玛格丽特为难地说，“从黑海通过特拉柏森进入巴格达更容易些，我们只希望在特拉柏森城堡附近逗留一晚修整，明天借道进入内陆前往巴格达。”

“我需要检查你们的船，如果公主允许的话。”阿布杜尔说。

“当然，请便。”玛格丽特笑容可掬。

突厥人迅速检查了玛格丽特停在港口的船只，丹麦人除了护身的双手战斧外，确实没有私藏军队与武器，船上只装满了象牙与毛皮，甚至还有不少上等的咸牛肉，羊肉、胡椒，黄油与乳酪和葡萄酒，足让阿布杜尔垂涎三尺，这些货物足够买下一座中东城市。

“这里也在打仗，你的手下又是全副武装，”检查完后阿布杜尔生硬地说，“我恕难从命。”

“也许我们不用进入特拉柏森城堡,”公主美丽的绿色眸子充满哀怨，声音就像是在爱抚，“只要在海滩上停留一晚就行。”

阿布杜尔满意地望着玛格丽特委屈无助的表情，仿佛他现在已经剥光了公主的长袍抓住了她婀娜的身体，“公主这么尊贵的人逗留在沙滩上太失礼了，职责所在，公主的部下可以留在海滩上停留，但公主本人可以享受到特拉柏森城堡内的最高待遇。

“嗯哼，你真是个好人。”公主娇滴滴地说。

阿布杜尔感到心在加快跳动，与一位丹麦公主的缠绵一定会让他永生难忘。

“可是我不能把我的部下都抛弃在这里，”公主撒着娇，“再说，我也习惯了他们的照顾，我希望能带一些近侍进城堡，好吗？”

阿布杜尔的神色黯淡下来，他踌躇着转身踱着步。

玛格丽特公主碧绿的眸子中突然射出一闪而逝的光芒。

阿布杜尔转身望着公主，真主啊，这是多么好的一个机会啊。

“对不起，这事我不能答应，”阿布杜尔沮丧地叹了口气，谨慎在最后一刻占了上风，“您的部下可以在海滩停留，但是不能接近特拉柏森城堡，也只好委屈您也在海滩过一夜了。”

Chapter 19

她实在坐得太近了，一股突厥人的鲜血溅向索菲娅白皙的脸颊，深红色的液体顺着脸颊慢慢滴向地面，索菲娅伸出手指，轻轻用食指间在脸上转小圈蘸着浓稠的血液，手指碰触舌尖轻舔。品尝仇敌的鲜血让她产生意想不到的满足感。

玛格丽特公主眼珠飞快地转动着，“没关系，北欧人早就习惯了寒冷，我还是要感谢你的盛情，”公主宽宏大量地说道，随即款款走向阿布杜尔，“将军，这些咸牛肉，胡椒，黄油、乳酪与葡萄酒，就作为礼物送给您与您勇敢的部下，请他们享用。”

阿布杜尔神色又喜悦起来，“殿下的慷慨让我受宠若惊。”

“不仅如此，”玛格丽特低声在耳边对阿布杜尔说，“第一艘运送毛皮船只上所有的货，这是送给您本人的礼物，你通晓巴格达北欧毛皮的行情，应该了解它的价值。”

“当然，当然。”阿布杜尔惊喜地吞咽着唾沫，巴夏会得到努尔丁的赏识，而他会得到这么一大笔财富作为补偿，他突然感觉世界美好了许多，“这样让我怎么能报答公主？”

公主娇弱地笑了笑，轻轻抱住光洁的手臂，似乎是惧怕傍晚的寒风，阿布杜尔叹了口气，“我不能让您与部下一起进城，但我可以允许他们离城堡近一些，让北欧朋友们少受寒风之苦。”

“我就是说您是好人嘛，”公主纤细的手指摸了摸阿布杜尔的脸，“我们会在沙滩上喝酒，享受烤鱼与烤肉来度过这个夜晚，欢迎将军作为贵客加入。”

比起突厥人来说，北欧人的晚宴更豪爽而肆无忌惮，丹麦人坐在海滩上，大笑着聊天，大口吃着抹了盐的鲜嫩烤羊肉与各种海鱼，喝着香气扑鼻的蜜酒与葡萄酒，羊肉浓重的香气弥漫在特拉柏森城堡城门上空，足以让城堡前巡逻的突厥士兵们垂涎三尺，但他们有命令不能接近北欧人，也只能眼巴巴地望着。

玛格丽特公主笑容可掬，招呼着城门口土库曼军官走过来，“这是我的一点心意，”他指着烤的鲜黄诱人的二只烤全羊，“我知道你们的人也喜爱羊肉，这二只最好的请给特拉柏森的阿布杜尔将军送去。”

“我不知道将军会不会允许……”土库曼军官贪婪地望着烤的滋滋冒油的羊肉。

“他怎么会拒绝我的礼物呢？”玛格丽特公主向土库曼军官眨了眨眼睛。

“另有十五只羊送给城堡里的士兵享用。”公主补充道。

土库曼军官惊喜地冲公主行了个礼，招呼着自己的士兵，“把羊都运进去！”

一个近侍打扮的瘦子望着笑嘻嘻的土库曼军官走回城门，慢慢接近玛格丽特，“雷拉格的信号还没有出现吗？”玛格丽特低声问他。

“没有，雷拉格他们是在特拉柏森城堡以东十五里外登陆，这需要时间，”斯塔姆微笑地望着远处的土库曼人，“顺便说，你染金发真美。”

“你还是把注意力放在雷拉格的信号上吧。”索菲娅说。

乌云渐渐阻挡住明月的光芒，但雷拉格他们拥有奥多万这个特拉柏森城堡的活地图，依然摸到了隐藏在灌木丛里的地道口，奥多万偷偷敲掉虚掩在地道口前的土块，招呼大家慢慢摸黑爬进去，雷拉格只能听见他们沉重的呼吸声与低响的脚步声。胖子泰勒斯与他的二百人走在最前面，五百名最精锐的瓦朗尼亚人与萨亚斯手下的五百特拉柏森人也紧跟着悄然无息地鱼贯进入地道，并点燃了松脂火把。

“你怎么知道突厥人不会封堵住地道出口呢？”萨亚斯问道。

“根据索菲娅提供的材料，地道出口在苏美尔修道院下方，这个靠近山崖的位置实在太难寻找，”雷拉格说，“突厥人占领特拉柏森城堡时是一万人，他们首先在附近进行了对特拉柏森与阿兰人的屠杀，然后立即使用七千人沿海岸佯攻西诺普城，再加上辎重队伍的行动，这么点时间他们根本不可能抽调出足够人手全面搜查特拉柏森城堡四周，他们也不可能仅用三千人全面防守城堡四周。”

他们继续前行，地道口越来越宽，四周墙面做工的精细程度令泰勒斯都不禁称道，“这简直是古代艺术的结晶，”他说，“砖头上的文字记载是东罗马帝国早期时的成果。”

“贝利撒留将军①修建了特拉柏森城堡的苏美尔修道院对吧？”雷拉格对泰勒斯说，“以他的军人习惯或者天赋，很有可能为后世的东罗马军队留这样一条巧夺天空的地道。”

“我与萨亚斯能够活下来，”奥多万感慨地说，“一定是贝利撒留将军的英灵在护佑着我们。”

“大家拿出武器，地道口就要到了。”萨亚斯在队伍中间紧紧盯着前方，雪亮的两把弯刀出现在手中，奥多万在墙壁上按动了一个机关，地下室的大门慢慢移开，队伍已经走进城堡地下室，只要打开最后一道隐蔽在地下室的入口，就可以进入城堡。

“奥多万没有在机关处留任何记录，完全凭记忆，”萨亚斯有些得意地对雷拉格说，“突厥人到下辈子都甭想找到。”

走在最前方奥多万突然停住了脚步，白发苍苍的脑门渗出汗水，发出一声痛苦的呻吟。

萨亚斯走上前，看见地道进入城堡的入口被紧紧封死，也发出了一声绝望的咆哮，突厥人确实没有找到地道入口，所以就直接封死了地下室大门。

① 贝利撒留：公元6世纪拜占庭帝国号称查士丁尼麾下的第一名将，英勇善战，足智多谋，擅长以少胜多。

“现在该怎么办？”萨亚斯绝望地望着雷拉格，“难道用肩膀撞开大门？”

“我们可以从这里挖个短的地道，”奥多万建议，“绕开地下室直接进入城堡。”

“时间不够，”雷拉格的声音有些颤动，“这需要一天，明天下午巴夏与他的主力就会返回，让索菲娅与斯塔姆暴露在危险之中。

“这里就是城堡一层的位置，你们北欧人不都带着双手战斧吗？”萨亚斯说，“用战斧作铲，把地道周围的土敲开。”

“这样动静太大了，”雷拉格紧紧盯着封死的大门，“会惊动城堡一层的卫兵。”

所有的人都在望着禁卫军首领，雷拉格慢慢接近着封死的大门，用颤抖的手抹掉大门厚厚的灰尘，仔细检查着大门的四周，他的头顶冒出汗水，心脏跳动速度骤然加快，雷拉格发现自己在向女武神默默地祈祷，如果他的判断不正确，他们所有的行动就将完全功亏一篑。

他的指甲划过大门周围发出了一声刺耳的金属摩擦声，这个声音让雷拉格感觉一股暖流直接从头顶一直流到脚跟，全身肌肉就像是瞬间全部松开，心脏却跳跃得几乎要跃出口腔。他双眼露出疯狂的神色，慢慢跪在封死的大门面前，渐渐心跳不那么快的时候，他仔细检查了地下室大门四周，眉头渐渐舒展开。

“我看没什么可高兴的,”萨亚斯也检查了大门,“这是被铸铁浇注的，紧的连战斧都劈不开，四周还压上了泥土。”

雷拉格回首微笑着看着松脂火把下泰勒斯的脸，而泰勒斯与他的二百名希腊火喷射兵正笑眯眯地望着他，泰勒斯已经完全与他想到一起去了。

“等一等再开始，”雷拉格对正在架设喷火器的泰勒斯说，转向几个背负袋子的瓦朗尼亚人，“把那些东西拿出来。”

瓦朗尼亚人从背袋里令人惊愕地拿出了一些香喷喷的羊肉，还在上面抹上了盐。

奥多万与萨亚斯奇怪地望着他们，不知道雷拉格葫芦里卖什么药，泰勒斯也一脸茫然，“头儿，我虽然有点饿了，可是这好像不是吃晚饭的最好时机。”

“这不是给你吃的，”雷拉格说，“羊肉用普通火烤就可以，索菲娅他们宴会已经开始了很久，按照原定计划，送进城堡的羊肉也应该已经就位了。”

香喷喷的羊肉香气瞬间弥漫了整个地下室。

“现在可以开始了，”雷拉格对泰勒斯点点头。

泰勒斯与他的士兵把希腊火喷射器对准了铸铁的大门。

“你要用火焰烤开铸铁的大门？这是妄想！”萨亚斯说，“除非你用的是魔法！”

“欢迎观看魔法。”雷拉格平静地说，招呼其他人向后退了退，泰勒斯与他的士兵带上护目镜头盔，发动了希腊火喷射器上的点燃器，然后推动手动气泵。

数道惊人的红色火焰从发射口喷射而出像火龙一样窜向铁门，然后持续不停地燃烧，整个大门仿佛被全部笼罩在火焰的世界里，发出轻微滋滋作响的声音，光芒映照在张大着嘴无法合拢的萨亚斯与奥多万脸上。这与他们平时看见容易熄灭的火焰完全不同，火焰持续燃烧了很长时间，没等火焰熄灭，泰勒斯他们的喷火器又射出了第二道火焰。

“流动之火！”萨亚斯大吃一惊，“这应该是海军才可以使用的武器。”

“这要感谢泰勒斯，”雷拉格微笑着拍了拍泰勒斯的肩膀，后者则自得地笑了笑。

“我当时的设想是，”雷拉格说，“因为萨亚斯与奥多万莫名其妙从城堡中消失，突厥人应该会意识到地下室的秘密，但特拉伯森城堡的地下室实在太大，也太多，地道入口机关又隐藏得极好，时间紧迫巴夏不可能一一派人排查，而且当时他正在四面围捕萨亚斯，也不可能用太多兵力防守地下室。”

“所以最简单的方法就是封堵，如果使用泥土则不够坚固，用巨石则难以运入地下室固定，最好的办法是就地取材，把特拉伯森城堡一层内的一部分铁器在离内堡不远的铁匠铺熔掉，与泥土一起浇注大门。对于这样的封堵来说，几乎是万无一失，如果再想进入城堡第一层，要么另开一条地道，但这样非常浪费时间，要么砸开地道口周围的砖石，但这样的大动静就会被守军察觉。”

“但他们不会料到希腊火。”雷拉格望着一条又一条炙热的烈焰射向大门，火焰的反光一闪一闪的映照着禁卫军首领微笑的脸。

萨亚斯面色有些羞愧，郑重地向雷拉格点点头，“那么，羊肉的味道是为了掩盖铁片被烤焦的烟味？”

“没错，”雷拉格说，“城堡外与城堡内的羊肉味道弥漫在空中，谁也不会在乎这么一点铁片烧焦的味道。”

半个时辰之后，雷拉格挥手让泰勒斯停止工作，等待铁门上的希腊火渐渐熄灭，然后用一个北欧战士的双手斧头柄轻轻戳着铁门周围，“已经发脆了，别敲它，用武器戳就可以。”

士兵们轻轻用武器戳着原先坚不可摧的铁门，一片又一片烤焦的铁片落下来。

萨亚斯用弯刀把缺口割了一个大洞，当第一缕微光射进地道，他不由得惊喜地长长吐了口气。

这曾经是他的家，特拉伯森城堡的第一层就在眼前。

特拉柏森城堡外的篝火晚会越来越热烈，在玛格丽特的热情邀请下，城门附近的突厥士兵直接坐进了北欧人的宴席，就连守卫城门的土库曼士兵也加入到狂欢的行列，守卫城门的土库曼军官更是忘乎所以，一杯又一杯的蜜酒已经让他脚步踉跄，一双色迷迷的双眼不停地在玛格丽特公主的高高的胸脯上扫来扫去。玛格丽特一面热情地招待着突厥卫兵，碧绿的双眼却不时打量着城堡上方。

萨亚斯悄无声息的越过一个卫兵的视线，从背后轻轻捂住他的嘴，右手刀尖却已经从卫兵汩汩冒血的胸部戳了出来，他缓缓把尸体拖进地道，向隐藏起来的雷拉格招招手。

雷拉格点点头，向萨亚斯打了个手势，要他带特拉柏森人先去占领城堡主楼，另有二百北欧卫队会跟随亚美尼亚人行动，而他自己带领三百北欧卫队，泰勒斯的火焰喷射兵紧随其后，从城堡一层向马房进发。

两个刚享用了‘玛格丽特羊肉’巡逻的突厥士兵从城堡一层醉醺醺地转了过来，他们在过道中发现了从地下潜入的突击者，酒精麻痹了他们的反应神经，没等他们发出叫喊声，萨亚斯迅捷的弯刀就切断了其中一个可以发声的喉咙，另一个名士兵的头颅则在雷拉格冰川之刃的挥砍下伴随着汹涌的鲜血飞向过道另一边。

其他北欧卫队则在城堡一层发现了不少呼呼大睡的突厥士兵，直接用斧头把他们杀死在了床上，突击者们逐渐悄无声息的控制了城堡第一层，雷拉格做了个分兵的手势，他们开始分头行动。

空气中弥漫着烤羊肉的香气，玛格丽特公主送来的全羊非常可口，葡萄酒的酒精作用开始发作，这让阿布杜尔越来越相信玛格丽特公主对自己很有意思，他决定不放弃这次机会，他挂起了让他不舒服的锁子甲，换上了最得体的礼服与干净的披风，还微微的处理了下发型与胡须，黑海春季的夜晚颇为寒冷，一个拥有如此美貌的贵妇人不应该在城堡外受冻，他决定允许她的仆人也一同进入城堡，公主与自己应该有个更美好的夜晚，也许他还应该及时处理公主送他的一船毛皮，他可不想把这些与巴夏分享，他得到荣誉和升迁，自己得到美女与金钱，这似乎很公平。

阿布杜尔走下城堡旋梯，看见一个突厥卫兵在徘徊，就喊上了他作为护卫，“今天真是欢乐的一天，对么？”

卫兵嗯了一声。跟在指挥官的后面。

阿布杜尔走进城堡二层，突然感觉有什么地方很不对劲，他在这里安排了四批双人岗哨队伍，但一支也没有出现。

阿布杜尔警觉起来，“把他们给我叫起来！”转身向跟在后面的突厥卫兵叫道，“这帮懒惰的猪，我给他们提供酒与羊肉不是让他们睡大觉，你去……”

突厥卫兵手中的弯刀刺穿了阿布杜尔的心脏，阿布杜尔张大了嘴，鲜血从口中不停涌出，眼睛死死盯着自己的卫兵，卫兵扔掉头盔，露出萨亚斯血红的双眼。

“从特拉柏森城堡失陷那天开始算。”萨亚斯望着渐渐瘫软的阿布杜尔咬牙切齿地说道，“今天确实是我最欢乐的一天。”

土库曼军官的行为随着篝火晚会的欢乐程度越发放肆起来，他甚至不经意地去蹭玛格丽特的身体，玛格丽特一面娇笑着躲开他，一面望着城堡上方，突然，她看见一个人影在城堡塔楼晃了晃，接着，一个火光在那里轻轻摇了三下。

这次她没有躲闪，土库曼军官的身体挨上了玛格丽特的身体，突然又向针扎一样跳起来。

“是不是我身上的首饰弄疼了你？”玛格丽特关切地说道，一面向背后正在大吃大喝却眼神犀利的斯塔姆使了个颜色。斯塔姆微微点头，向部下发着暗号。

“没事，一点小伤。”土库曼军官不愿意在美人面前丢掉男子汉的尊严。

“我正想多和你学一些土库曼语呢，”玛格丽特柔柔地说，“比如，突厥语‘再见’，用土库曼语怎么说？”

土库曼军官大笑地纠正了公主的发音，忽然浑身一震，全身不能控制抽搐起来，他在最后一秒知道了答案，死死盯住玛格丽特碧绿的双眼，煞那间，这双美丽的眼睛变得无比冰冷。

“再见，”她用土库曼语轻声在死者的耳边说道，索菲娅藏在袖子里的剧毒匕首沾着点点血迹。

“动手！”刚刚还在大吃大喝的北欧人，几乎是同时一跃而起，摸起放在以一边的大战斧与双手巨剑，对毫无防备坐在一起吃喝的突厥人展开大屠杀。瞬间宴会上喊杀声大起，血流成河。

索菲娅摸出土库曼军官怀里城墙上塔楼的钥匙，扔给斯塔姆，斯塔姆立即招呼阿拉玛诺雇佣军与北欧卫队向城堡大门涌去，城墙上，二百名跟随萨亚斯的北欧卫队也开始动手，他们挥舞着大战斧，把一个又一个突厥人在惨叫声中扫向城下，五百特拉柏森人紧跟其后，迅速占领一座又一座角楼与箭塔，并向城堡内混乱的突厥士兵拉弓射击。

雷拉格的三百北欧卫队也开始行动，他们大喊着在城堡里冲杀，一名刚抽出弯刀的突厥军官被雷拉格大吼一声冲上，连肩膀带手臂被劈成两截，挥洒的鲜血让突厥骑兵当场士气崩溃，惊慌失措的敌人只做了象征性的抵抗，也许骑在马背上携带弓箭他们是令人畏惧的勇士，但没了这些，他们完全不是北欧人巨型战斧的对手。在漫天血雨中四散逃命，在城堡里无目的的乱窜，突击队在喊杀声中靠近了特拉柏森的马房，雷拉格立刻命令泰勒斯架设他的希腊火喷射器。

“不要对准马，对准马房上方，”雷拉格一脚踹开了马房大门吼道，“见过特拉柏森城堡大赛马吗？来吧！”

希腊火喷射器的火焰倾注在马房房顶，草垛让熊熊火焰瞬间蔓延开，惊慌的马匹们立即从大门冲出，数千匹战马在城堡内为了躲避火焰又冲又撞，把已经惊慌失措的突厥士兵纷纷踩于脚下。

雷拉格的北欧卫队跟着马群冲杀，把那些被战马踩倒还未死的敌人再补上致命的一斧子或者一剑。

斯塔姆带领着城外的阿拉玛诺人与北欧卫队，从西门冲进特拉柏森城堡，挥舞着明晃晃的大战斧与双手剑，在街道上砍翻了无数妄图逃命的突厥士兵，而特拉柏森人占据着所有箭塔，也向群龙无首的敌人不停发射着致命的箭矢。

最后一批残存的突厥人从没有封堵的东门夺命逃出，但随即发出绝望的哀号。

在东门早就等待已久的一千阿兰骑兵，舍弃复合弓，挥舞着大弯刀，风驰电掣般杀入最后的突厥人队伍中，死难的同胞产生的仇恨早就让他们的眼中凶光四射，刀砍马踏之际，突厥人在东门遭到了全军覆没的命运，不少人甚至被狂吼的大弯刀们在挥洒的鲜血中砍成了肉酱。

在第一道阳光透过厚厚的云层撒向特拉柏森城堡之际，城堡主楼的旗帜已经换上了紫底金色的双头鹰，北欧人、阿兰人、特拉柏森人在城墙上欢呼。奇迹，一次奇迹般的突袭，特拉柏森箭手与阿兰骑兵簇拥着他们的英雄雷拉格，一起通过旋梯涌进最高处的议事厅。经历了一个月地狱般的恐怖与黑暗，帝国东北部最重要的城堡又回到了主人的手中。议事厅内，萨亚斯惭愧地向雷拉格深深的行礼，“我对我之前的态度道歉，并向所有对北欧兄弟粗鲁的语言道歉，你们确实是我从未见过的智勇双全的军人。”

雷拉格扶起萨亚斯，“这次胜利属于大家，”他微笑地转身说，“是每一位勇士努力的结果，胜利属于我们最出色的伪装大师索菲娅！也属于突击者斯塔姆，属于我们的火焰专家泰勒斯，”他望了望无比激动的胖子微笑道，接着，他转向萨亚斯那一边，“当然也属于最勇敢无畏的战士萨亚斯，向导奥多万，属于我们所有人，属于所有勇敢的瓦朗尼亚，阿兰与特拉柏森兄弟！”

欢呼声响彻城堡上空。

“许多伟大的人牺牲了，”雷拉格的面色暗淡下来，让萨亚斯的人赶紧把吊在广场上的阿兰人尸体放下来，并就地掩埋，“他们死在暴行中，但我们会永远记得他们，愿他们在天堂安息，毕竟，我们现在可以告诉他们，他们的血没有白流。”

大家又默然了一会。有的阿兰骑兵不免低声抽泣。

“突厥人幸好没有破坏任何有用的建筑，”斯塔姆站在最高点会议室的窗前紧张地向外远眺检查着城堡的设施，“马房，铁匠铺，商会，酒馆看起来都是完好的，这很好，特别是银矿，可千万别出什么差错，可惜我看不到，我希望也是完好的。”

大家都冷冷地望着他。

“胜利来之不易，”斯塔姆对大家微笑道，“一定要爱护特拉柏森城堡的一草一木，就连一个盘子或一把椅子，也要当成是自己家的东西来爱惜。”

“萨亚斯的阿兰骑兵已经过去检查过银矿了，它是完好的，这下你该满意了，”索菲娅狠狠地瞪了斯塔姆一眼，转脸感慨万分地望着亚美尼亚人，“萨亚斯，非常抱歉，曼努埃尔陛下已经把特拉柏森城堡许诺。”

“这我可以理解，”萨亚斯惆怅地说，“是我们丢掉了特拉柏森，特拉柏森理当属于重新夺取他者。”

“别这么说，萨亚斯，”索菲娅轻轻地责备他，“不是你丢掉了特拉柏森，而是你夺取了特拉柏森，关于你，陛下有他的安排，”索菲娅压低了声音，“希腊北部马其顿领地的城堡，陛下一直希望你作为弓骑兵的指挥者能有个离首都更近的领地，而且，一个纵队的骑兵似乎不能满足你的骑兵天赋，也许是，一个军团。”

萨亚斯的眼睛热起来，心开始扑通扑通直跳。

“一个年轻骑兵统帅防守特拉柏森太浪费了，”索菲娅轻轻地说，“正面大战场才是他该发挥的地方，原来的本土弓骑兵司令官去世后一直没有大统帅，我想一个与游骑兵天天打交道的亚美尼亚贵族应该可以奢望这个位置。”

“索菲娅小姐，真是太感谢你的帮助了。”萨亚斯惊喜的表情无法掩饰。

“要感谢就感谢陛下吧，”索菲娅微笑道，“我只是传达陛下的旨意。”

“我虽然没去过马其顿，也能感觉那是个好地方，”斯塔姆对萨亚斯笑容满面，“特拉柏森这里装饰我完全保留原样，你的房间与私人装饰也给你留出来，你什么时候想来就随便住，当成自己家一样好了。”

“可以开饭了吗，头儿？”泰勒斯指着斯塔姆对雷拉格说，“他们在海滩上吃了一晚上酒肉，可我烧了一晚上铁门，流了好多汗，都快饿翻了。”

“先等等，”雷拉格对大家说，“我们已经夺取了特拉柏森城堡，但他们北方军团的巴夏正带领七千骑兵高速赶回，我们还要应付更激烈的战斗，所以大家不能掉以轻心，我们既然已经吃掉了特拉柏森城堡，”禁军首领栗色的眼神中放射出一阵光芒，“就别再想让我们吐出来。”

“雷拉格，”斯塔姆低声对他说，“我们还俘虏了大概三百人的战俘，我想先把他们关押起来，可以作为与巴夏谈判的条件拖延他进攻的时间，你的北欧卫队来关押他们，如果他们落在阿兰人手中或者特拉柏森人手中，就成碎片了。”

“在他们成为碎片之前，”索菲娅盯着雷拉格，瞳孔中闪烁着光芒，“应该审判他们，他们必须低头承认罪行。”

“罪行？”斯塔姆一只手捂着嘴打个哈欠，“哈，浪费时间，还不如审问他们到底在特拉柏森什么地方还埋藏着抢来的财宝。”

“我从未参加过审判战俘，”泰勒斯饶有兴趣的走近插嘴，“这对我的人生经验是不可多得的一课，既然索菲娅都可以参加，那我也可以参加。”

“我也正好想到这件事，”雷拉格望了索菲娅一眼，若有所思，“我一会来处理。”

松脂火焰把特拉柏森城堡地下室照得透亮，火光一闪一闪映衬着雷拉格微笑的脸，泰勒斯带了块厨房里刚找到的肉肠，边吃边好奇地观察战俘们的表情，索菲娅则皱着眉头与斯塔姆站在一边，她不知道雷拉格在想什么，即便为了保护这些战俘不被充满复仇欲望的阿兰人与特拉柏森人所杀，也不用这么优待他们，这和她想得到的完全相反，战俘们得到了足够的酒和肉，没有毒刑与拷打，突厥人的表情渐渐放松起来。

“你们知道我是个北欧人，”雷拉格微笑地向突厥人宣布，“我们之前没什么交道，从某种意义上说，我在北欧的时候与你们的生活差不多，必要的时候我们也劫掠为生，只是我们不太用马，我们用船，我们劫掠英格兰北部，劫掠富裕的诺曼底，抓住他们富有的贵族，然后让他们交纳赎金，哈！这可是一大笔钱，那些赎金能让我们花天酒地好几个月！”

突厥战俘们面面相觑了一会，决定抓住这个机会。

“勇敢的战士就该得到更多的东西。”一个大胆的突厥战俘说道。

“你说得不错！”雷拉格回应他，“在我们那里，一个勇敢的战士可以抢到非常多的战利品，大家都以他们为骄傲！”

“突厥人也是如此，这才是生活！“另一个战俘说道，“抢劫金钱，美酒，牛羊，粉碎敌人的抵抗！”

“还有女人！”一个突厥人望着雷拉格赞许的表情说，“拥抱着别人的妻子！”

“没错，还有女人！”雷拉格说。

“释放我们吧，”突厥人感觉时机已到，“我们其实是一样的人。”

“所以我决定释放你们。”雷拉格说。

索菲娅皱起眉头吃惊地望着雷拉格，这和他们之前讨论的方案完全不同，她正要开口抗议，却被斯塔姆轻轻拉住。

“北欧人会消灭那些抵抗者军队，”雷拉格说，“但是能俘虏的话就绝对不会杀死对方以免失去赎金，对于老实交纳赎金的贵族与富翁也不会虐待或弄死他们，我们当然不是侠盗，不会把抢来的钱捐献给教堂与穷人，但一般也会放过那些本来就生活拮据的穷汉子，更不会杀光这些可怜人的家人，也不会把占有的女人变态的折磨致死或者是杀死毫无反抗能力的儿童或婴儿来取乐，干这种事的人不是勇士，是变态者，是臭虫，牲口不如，在北欧海盗中间是被鄙夷与唾弃的。”

突厥人的笑容都僵在那里。

“我没有参与特拉柏森附近的大屠杀，”一个突厥人狡辩，“我只是个普通的突厥骑兵而已。”

“参与者是全体普通的突厥骑兵，”雷拉格的脸上露出一丝笑容，“你们只有一万人，而十五天之间百公里的海岸线上有一百二十七个村庄被彻底屠杀，加上佯攻，还顺带消灭游击队，一万人全部出发才能干得了这么多事。”

地下室突然变得非常安静。

“恩，不！我们是被巴夏逼迫的，”一个突厥人舔着嘴唇惊慌地望着雷拉格，“如果我们不听他的命令就会被处决，他才是真正的凶手。”

“他确实才是真正的凶手，”雷拉格眉毛满意地扬了下，走近这个突厥士兵，脸色突然沉了下来，“不过却没有逼迫你们，他的命令只是让你们更心安理得，真正烧杀淫掠的也是你们，这次空前的大屠杀你们每个人都装满了被屠戮村民的财物，而你们连村民的一个后代都没给他们留下，在我眼中，致人死命的豺狼固然可恶，跟在豺狼后舔血的苍蝇就更让我讨厌。”

一旁的索菲娅感觉一阵暖流从脚心一直流进额顶，她不会忘记亲人的遭遇，让她从未有像今天这样愉悦过，她要亲耳听见他们的悔过，亲眼欣赏他们的恐惧神情，为了被杀的特拉柏森人，阿兰人，凯纳斯，以及她曾经的痛苦。

斯塔姆则紧紧地盯着雷拉格。

“带索菲娅离开吧。”雷拉格对斯塔姆说。

“好。”斯塔姆看了雷拉格一眼，扶住索菲娅的肩膀。

索菲娅轻轻地躲开斯塔姆的手，坚决而优雅地冲雷拉格一笑，冲着一个士兵招招手，“请拿把椅子给我。”

士兵应声而去，迅速拿着椅子返回，索菲娅撩起长袍一角坐在了椅子上，斯塔姆只好耸耸肩。

“萨亚斯，你们可以进来了。”雷拉格低沉地说，杀气腾腾的萨亚斯与一帮阿兰人与特拉伯森人走了进来，阿兰人腰间挂着弯刀，特拉伯森人拿着短剑。

突厥战俘惊恐地望着这些人，感觉灾祸即将临头。泰勒斯仍吃着肉肠，但有些不安。

“你刚才说过要释放我们！”一个突厥人叫道。

“是的，”雷拉格向萨亚斯挥挥手，“我正要这么去做。”

“挖掉他们所有人的眼睛，最后一个幸运儿留着一只眼睛给剩下的人带路，”雷拉格轻轻地说，“让他们互相搀扶着去找他们的统帅巴夏好了，这也许能偿还他们的恶行，记得萨亚斯，我要的是他们的眼睛，所以，别把他们给杀喽，这也是我让你在部下挑选执行人的原因，怎么样？愿意执行我的命令吗？”

泰勒斯哇的一声把嘴里的肉肠吐了出来，吃惊地望着雷拉格，萨亚斯与手下几乎是迫不及待地抽出弯刀与短剑，“非常乐意。”

斯塔姆转而抓住泰勒斯圆滚滚的肩膀让他调转视线，也让他避开了第一个突厥人的左眼珠被萨亚斯的弯刀活活从眼中挑出的惨状，萨亚斯毫无怜悯地又挑掉了他的右眼，急于复仇的阿兰人与特拉伯森人纷纷冲上，开始行刑，突厥战俘在地下室悲惨地打着滚，撕心裂肺的叫喊声震响着索菲娅的耳膜，但她没有恐惧。

她实在坐得太近了，一股突厥人的鲜血溅向索菲娅白皙的脸颊，深红色的液体顺着脸颊慢慢滴向地面，索菲娅伸出手指，轻轻用食指间在脸上转小圈蘸着浓稠的血液，手指碰触舌尖轻舔。品尝仇敌的鲜血让她产生意想不到的满足感。真希望已故的父亲与凯纳斯在天之灵能看到这一切后再安息，索菲娅嘴角闪现出一丝迷人的微笑，她没想到雷拉格会用巴西尔二世曾经对战俘的如此有创意方法来对付他们②。

只有泰勒斯大口喘着气，吃惊着望着雷拉格依旧平静的脸，瞅瞅容光焕发的索菲娅，又看了看抓住他肩膀的斯塔姆。

“别看我，我只是不想让你嘴里的肉肠残渣弄脏了我城堡的地下室。”斯塔姆说。

“头儿，这些凶手确实可恶，”泰勒斯望着雷拉格有些结巴地说，“可刚才我以为你只是吓吓他们。”

雷拉格轻描淡写地望着泰勒斯，抬起一只脚，避免地下室里到处流淌的湿滑鲜血弄脏自己的战靴，“这难道不吓人么？”他温和地说。

② 1014 年拜占庭皇帝巴西尔二世在克雷西昂战役中大败保加利亚帝国，为了报复之前保加利亚人对色雷斯地区的蹂躏，并在士气上彻底打击对手，他刺瞎了 14000 名保加利亚战俘的双眼送回去。这个举动导致对方的沙皇抑郁身亡，而保加利亚的防线也彻底崩溃。

Chapter 20

黑暗笼罩着尼西亚平原，但他们是夜晚的主人，只要借助少许微光塔莉亚那灰色的双瞳就可以看清地形，而跟随他行动的十二名哈萨辛都必须具备与她一样的技能。他们像羽毛一样轻松地划过黑夜，只用熟练的手语交谈，一阵迷住哨兵视线的风沙，一个瞬间的瞌睡，都会成了他们潜入的时机。

雷拉格离开了成为地狱的地下室，他注意到萨亚斯和那些阿兰人以及特拉柏森人就在背后跟着，“怎么，”他望了年轻的亚美尼亚人一眼，“不想回去休息？”

“雷拉格司令官，”萨亚斯郑重地说，“我只是想说我与我所有的人今后都听您随便调遣。”

“别这么说，我们是好兄弟，”雷拉格走进萨亚斯，轻轻拍拍他的肩膀，“我们还有巴夏要对付，大家齐心协力吧。”

萨亚斯重重向雷拉格行举手礼，索菲娅注意到这是罗马军团中向上级军官的行礼动作，然后亚美尼亚人带着自己的人离开。

“你不是个嗜血的人，”索菲娅用眼角望了雷拉格一眼，“萨亚斯现在已经是你的了，与这个相比，三百敌人战俘的眼睛真的不算什么。”

“巴夏比阿布杜尔难对付的多，”雷拉格说，“我们人员非常复杂，我需要所有人对即将到来的战斗团结一致，而且这些只是其中一部分原因。”

“我这么做是在保护特拉伯森周围那些残余的村庄，”雷拉格望着城堡南部壮丽的朱诺斯山谷，索菲娅不解地看了他一眼，“我必须向巴夏表露自己更残酷，这样，他反而不会去杀戮村民来诱引我出战，因为他会知道这样根本没用，还空费有限的兵力，”雷拉格的嘴角露出冰冷的微笑，“我可不是仁慈的凯纳斯。”

“最主要的是想激怒巴夏。”一边的斯塔姆插嘴道，冲雷拉格狡黠的一笑。

“你说的没错，所有剩下能战斗的阿兰人与特拉柏森人都在这里了，我们不会再得到任何援军，”雷拉格看了一眼斯塔姆，“巴夏就不一定，而且我根本不相信陛下前往安条克的游说能成功，如果安条克继续保持与突厥帝国的条约，突厥人驻扎在安条克以北的第二批援军就可以支援巴夏对特拉柏森城堡的反攻。”

“从巴夏的行事风格来看他确实难对付，”雷拉格眉头皱了皱，“狡猾且残忍，不受心灵的约束，但从他对阿兰人大屠杀来看，他很骄傲，可以利用这一点，他不会容忍那三百人的可怜相，我想他会迫不及待地回师进攻我们，毕竟他手上有七千人占据绝对优势。”

“我们要争取在巴夏援军到来之前击破他。”雷拉格说。

“你的行事风格也不大受心灵约束嘛。”索菲娅意味深长地说道。

巴夏大吼一声用钉锤把从特拉柏森城堡内抛出来的阿布杜尔头颅砸成两半，血浆已经凝固的头骨碎片与肉块在大帐中崩裂得到处都是，巴夏的部将从未见过统帅如此愤怒，北方军团司令的咆哮让大帐中每个人都瑟瑟发抖，将士们纷纷做好了出击准备，突厥士兵的血必须让北欧人与特拉柏森人十倍来偿还，重新攻克特拉柏森那一天定要让此地寸草不生。

狂怒的巴夏走出大帐，眼光死死盯着昨天还属于他的特拉柏森城堡城楼，努尔丁的信任会随着城堡丢失烟消云散，除非他能尽快收复城堡，但最终他爆炸般仇恨的双瞳光芒还是停在了特拉柏森防守松懈的城门上，怒火也渐渐平息下来，甚至，嘴角露出了自嘲的微笑。

“敌人城门防御松懈，箭塔上也没有太多士兵，”哈珊重骑兵的指挥塞利姆提议，“我们可以趁其不备从城门杀进去！”

“塞利姆，那是敌人的阴谋，故意放松城门的警戒，”巴夏停顿良久缓慢地说道，“弄瞎我们的士兵也是阴谋，他们希望我们愤怒而盲目发动攻击，他们箭塔上没有弓箭手，但我相信城门街道那里一定埋伏了大批可以砍倒我们战马的战斧。”

“可是我们毕竟占据数量优势！我们突破城门可以靠人数优势取胜！”塞利姆仍不死心。

“动动脑子吧，”巴夏冷冷地说，“这次攻克特拉柏森城堡罗马人用的是北欧卫队，这些刀斧手很明白自己的优势在哪儿。北欧卫队是东罗马帝国一贯以来最精锐的禁军步兵，在城堡内战马施展不开，一千北欧卫队可以砍翻五千突厥骑兵。”

“还有，看到远处海面上那些桅杆没有？”巴夏继续说，“那是他们的战舰，一旦我们开始进攻特拉柏森城堡，这些战舰会立即靠近海滩，用弩炮向我们猛烈射击，我们没有对付战舰的武器。”

“如果能引诱北欧人出战就好了，”巴夏喃喃地说，“平原上我们的骑兵部队就可以施展开，漫天箭雨会把他们都轻易射死，对方没有足够的弓箭手与我们对抗。”

“我们杀光特拉柏森城堡附近残余的那些村民为我们的士兵报仇，”塞利姆咬牙切齿地说道，“可以引诱北欧人出战。”

“算了吧，看看我们那些没了眼睛可怜的被俘士兵吧。”巴夏笑笑，“北欧人非常冷酷，他们可不是多愁善感的凯纳斯，这一手他们根本不会理睬。我们的骑兵追捕萨亚斯已经很疲惫了，也需要保存军力。”

“不过北欧人也有他们的弱点，”巴夏沉思着，“他们容易被战场上的荣誉所左右，容易被勇敢的自尊心激怒。我们可以利用这一点。”

特拉柏森城堡城墙上方，在城门附近民居后隐藏起来的雷拉格对箭塔后躲藏着的萨亚斯做了个询问的手势，萨亚斯重重地摆摆手，雷拉格长长叹了口气。

“看起来对方与你一样狡猾，嗯？”旁边斯塔姆微笑着说。

“没法子，”雷拉格无奈地说道，“让城门口假睡的士兵都起来吧，埋伏在民居后的兄弟也都可以出来了，箭塔后面的特拉柏森人进入箭塔就位，萨亚斯用旗语招呼黑海上的舰队，他们也可以靠过来了，对方不理我们的圈套，看来我们要在特拉柏森城堡过冬了。”

“雷拉格，”萨亚斯喊道，“一小队突厥骑兵靠近了城堡！”

雷拉格跃起身，快速登上城楼来到萨亚斯身边，一队外形散漫的突厥骑兵来到城楼近处，有一个骑兵离开队伍靠得更近，向城楼上用半生不熟的丹麦语大骂。雷拉格又望了望这一小队突厥人背后，他们四周似乎没有跟随任何人马。

“如果你们还算是北欧人，哪怕还有一点点北欧人的勇气，”突厥使者的口才不错，“就出来与我们堂堂正正的决战，别像个娘们一样缩在城里的床上！”

“让我带一小队战士把这几个杂种剁碎！”一个瓦朗尼亚人向雷拉格提议。

雷拉格疲惫地摇摇头，拍了拍萨亚斯的肩膀，头也不回走下城头。

萨亚斯立即从背上解下自己的复合弓，拉满弦瞄准了破口大骂的突厥使者，弓弦响处，突厥人骂声嘎然而止，应声而倒从战马上翻下。

远处草丛中的巴夏慢慢站起身子，挥手让准备高速突击的大队突厥骑兵散开，看来突厥人的回马箭战术不会奏效了，难怪阿布杜尔会死在他们手里，显然他太低估了这些北欧人的智力，他们可不仅仅只有强壮的臂膀。

“他们也不是简单的北欧人嘛。”巴夏无奈地对塞利姆说。

一个卫兵突然前来报告，“我们发现了一只信鸽，信上的印章显示是从尼西亚前线发来的。”

“是一只灰色的大信鸽吗？”塞利姆注意到巴夏第一次出现了不安的情绪。

巴夏接过卫兵手中的信件，当他看见封皮上努尔丁的印章时，手不禁在微微颤抖。当打开信笺时，额头甚至都渗出汗水，眼中的文字慢慢清晰起来之时，呼吸才不那么急促了。

“主人没有怪罪我，他还安慰了我，”巴夏把信展示给塞利姆，“他叮嘱我们不要急于攻城，他判断，北欧人战舰驻扎在特拉柏森港口，战舰弩炮可以保护城堡从海上的运输线，我们无法真正围困，他让我们把北欧人牵制在城堡内，让北欧卫队无法回援尼西亚的军队。主人真是深谋远虑，在千里之外对特拉柏森形势的判断依然准确。”

“主人还提到一个人的名字，”巴夏露出一丝微笑，“有了这个人，也许我们不需要在城堡外一直等待。”

君士坦丁堡东部的“锅匠区”沙尔克普拉特一如既往的喧声震天，“锅沿”补锅店的生意也如常态般清淡，但秘密地下室里，皮肤黝黑的迪亚斯与哈吉大叔已经吵翻了天。

“为什么主人与巴夏那里没有及时得到消息？”哈吉大叔叫道，“我们一直以为斯塔姆就在尼西亚军营中，现在他竟然在特拉柏森城堡的罗马人突击队中，主人会把特拉柏森城堡的失守怪罪我们！我们在君士坦丁堡民变的失误已经让他恼怒了，再次失败不仅仅是丢失职务的问题，我们都会有灭顶之灾。”

“斯塔姆的旗号与主力军队确实是在尼西亚大军中，”迪亚斯说，“阿拉玛诺人主力被他交给一个叫艾里克的北欧人统领，这点迷惑了我们。”

“不过，我们也及时通报了皇帝已经到达安条克公国的消息，这难道还不够吗？”迪亚斯补充道。

“远远不够！这是‘季风’的失误，他应该在曼努埃尔离开圣宫就得到消息，这些借口根本不能搪塞主人，他不会原谅这种失败！”

哈吉叫道。

“我认为，这种失误行动总部应该付主要责任！”迪亚斯恼怒地说，“我早就提出与‘季风’联合行动，你说过他不合适抛头露面，而我的优势可以在不被察觉的情况下联络消息，但我们每次的消息都必须单独向你汇报，这无形之中浪费了宝贵的时间！”

哈吉仍怒气冲冲地盯着迪亚斯，但他也不得不承认迪亚斯说的原因。

“这是主人的命令，”哈吉缓和了态度，“他早就知道你俩的竞争关系，不愿意让这种分歧影响部署，重要的是，我们现在必须迅速有所行动来弥补失误。”

“而且必须是个大行动，可以弥补这种失误，”迪亚斯低下头望着地面，“虽然时间有些迟，但毕竟我还是与斯塔姆联系上了。”

哈吉的眼中一亮。

“现在罗马人能征善战的军队全调到了尼西亚与主人对阵，”迪亚斯说，“拜占庭皇帝远离圣宫，首都空虚，只有卫戍民兵，我们应该趁机再发动一次暴乱！让在尼西亚的罗马人军心动摇。”

“这需要得到主人的认可，主人认可行动的时机我们才有权发动。”哈吉仔细斟酌着。

“他会认可的，”迪亚斯说，“因为计划还包含第二部分：我来联络那个动摇不定的北欧人，让他想办法调动那些在特拉柏森的战舰队回援君士坦丁堡平叛从而缓解巴夏的压力，这样两路东罗马军队均会造成混乱，至于第三部分，就要看巴夏与斯塔姆合作的默契程度了。”

“这么庞大的计划一定要周密地执行才可以。”哈吉说。

“所以我希望这次破例准许我与‘季风’一起行动，”迪亚斯盯着哈吉的眼睛，“他来负责皇宫内，我来负责皇宫外，大家联手来完成这次伟大的行动，当然，我只是希望你记得，计划是我提出来的。”

哈吉的嘴角露出了一丝捉摸不定的笑容。

“我和你说过你才是我最好的情报人员，一向如此，”哈吉说，“我同意你们这次联合行动，不要让我失望，你就会得到梦寐以求的职位。”

“你回去吧，‘季风’会去找你。”哈吉说。

“为什么我不能……”

“他会去找你。”哈吉加重了语气。

“好吧。”迪亚斯叹了口气，转身离开了地下室。

“罗马人在尼西亚修防线的速度确实惊人，”阴沉沉的天空下，一身金甲，黑色长袍的努尔丁站在突厥大军营地前仔细观察着与他对峙的拜占庭军队营地，众将就围绕在他身边，“而且他们还占据了几乎所有高地，防御阵地外圈的角楼与箭塔的火力分配都很科学，我面前的这个对手是谁？”

“是曼西姆斯，他们叫他小曼西姆斯，是曼努埃尔新提升的东线总司令官。”穆斯塔法说。

努尔丁在回忆中搜索着这个名字，最终一个在密列奥塞法隆战役中连滚带爬带领特拉柏森弓箭手撤退的家伙进入了自己的脑海，最后还放了一把大火烧毁所有的攻城器械用来挡住自己。这让他嘴角露出一丝微笑，“我与他有过交道，”努尔丁望着对方壕沟角楼交错的防御阵地，“那个时候我们知道了他很擅长逃跑，现在我们又知道了他也很擅长保命。”

众将都笑了起来。

“我没想到的是，一辈子南征北战，用兵颇具韬略的曼努埃尔竟然会因为一场密列奥塞法隆战役的失败就回避与我交战，把这个沉重的责任扔给他的部下，”努尔丁有些失望，“我倒是真想在战场上会会这个罗马人曾经的‘战争皇帝’。”

“他现在正在安条克公国，游说那些天主教徒支持他。”穆斯塔法说。

“他现在想抓住任何一根可以抓住的稻草，”努尔丁说，“但安条克连稻草都不算，安条克公国的军队现在看见我们，就像羊群看到狼一样，毫无抵抗斗志，他这次恐怕要空手而归了。”

“那是主人的威力。”穆斯塔法说。

“塔莉亚在吗？”努尔丁随意说道。

“在，主人。”一身绿色长袍的哈萨辛首领塔莉亚神不知鬼不觉出现在主人身边，让众将都打了个寒颤。

“对方的防御阵地有很大纵深，我军的地势又略低，我看不到里面，”努尔丁说，“晚上多带些手下去，我需要知道罗马人防御阵地纵深内角楼、箭塔、壕沟的详细位置图，最好能有敌人的兵力分配，我明白一般的间谍很难潜入这样的阵地，”努尔丁顿了一顿加重了语气，“但你们是哈萨辛。”

“遵命。”塔莉亚快速消失了。

黑暗笼罩着尼西亚平原，但他们是夜晚的主人，只要借助少许微光，塔莉亚那灰色的双瞳就可以看清地形，而跟随他行动的十二名哈萨辛都必须具备与她一样的技能。他们像羽毛一样轻松地划过黑夜，只用熟练的手语交谈，一阵迷住哨兵视线的风沙，一个瞬间的瞌睡，都会成了他们潜入的时机。

塔莉亚首先翻过了一处高地，四个来回巡逻的士兵竟然毫无察觉，紧跟着她的一个哈萨辛战士正紧张地用墨水在羊皮纸上做着标记，塔莉亚不是很懂军事防御，但也能看出拜占庭人的角楼位置安排得非常细致，加上几条不易被察觉的壕沟与陷阱，敌军盲目冲杀进去一定会伤亡惨重。

随着越加深入，卫兵巡逻的频率显著增强了，塔莉亚立即打手势让哈萨辛们向一侧箭塔微微集中，她观察着一个塔楼里的情况，看起来，不做点什么他们就不能再向里走了。

哨塔里一名巡逻的卫兵看见了塔莉亚美丽而危险的灰色双瞳，这也是他在尘世间看到的最后一双眼睛，短剑从下巴向上轻轻地插了进去，除了轻微的滴血声，几乎没有发出任何声响。另一名卫兵还没喊出声音，颈动脉与声带就同时被塔莉亚的短剑割断，剑上的眼镜蛇雕饰甚至没有沾染上任何血迹，塔莉亚刷地收起剑，看都不看继续向前走去，没等两具尸体倒下，她背后的两名哈萨辛就扶住尸体，轻轻拖放在哨塔地面上。

这个夜晚确实有很多工作要做，塔莉亚冷酷的嘴唇露出一丝微笑，主人会对她的成果非常满意。

“我们在尼西亚已经与努尔丁对阵一个星期了，我还以为这里会有大仗发生，”尼西亚大营指挥所里，巨人艾里克不满地向小曼西姆斯发着牢骚，“我真不该答应与斯塔姆换位置，不然，攻克特拉伯森城堡的就是我与雷拉格！听说他们攻下城堡之后还美美地吃了一顿羊肉。”

“你现在是北欧卫队与阿拉玛诺战士的总指挥，不要意气用事。”曼西姆斯说。

“当初就是这个迷惑了我的选择。”艾里克晃晃脑袋。

“艾里克，”曼西姆斯抬起头，盯着比自己高整整一个头的巨人，“这里是面对努尔丁的正面战场，整个东罗马帝国东线的主力都在这里，双方都集结了数万大军，一旦开战，我保证会比你见过所有的战斗都要惨烈。”

“可我们总是等在这里就永远也不会有激烈的战斗。”艾里克不依不饶。

“还记得这是雷拉格的计划吗？”小曼西姆斯眉毛扬了扬，“这是皇帝首肯的计划，我们负责坚守尼西亚的防线，不主动出战。”

“好吧，”艾里克放弃了争辩，“这确实是雷拉格的计划，”他无聊地看着指挥所房顶，“我睡不着，要去外面走一走，就算是我也加入今晚的巡逻队，你的屋子里太闷了。”

一名哈萨辛靠近塔莉亚，指指天空，打着手语：再过一个时辰就是天明的时间，我们还需要再搜集大营东部的情报吗？

塔莉亚摇摇头，这次收集到的情报已经会让努尔丁满意了，大营西部的碉堡、箭塔、甚至军队部署的消息全都齐了，没必要继续冒险，她示意所有哈萨辛停止行动，按原路返回。

没有任何军营能挡得住哈萨辛的脚步，她骄傲地想。

哈萨辛们渐渐移动到了大营外围的位置，这么短时间内那些被杀的哨兵罗马人应该还没有发觉，他们应该像来的时候那样，静静地退出去。

六个正聊着天的普罗诺艾重步兵突然意外出现在他们的退路上，当然，他们没有发现哈萨辛，塔莉亚命令手下慢慢退回茂盛的草丛中，等待他们走开。

但重步兵们停了下来，接着，其中一个重步兵从腰带中拿出一个酒壶，其他的重步兵都有说有笑的坐在了他的身边。

塔莉亚不禁抬头望了望渐渐发白的天空，转头看着自己的哈萨辛战士，做了一个切开喉咙的手势。

艾里克从小就精力过人，作为北欧人，他从来没有经历过等待式战争，以他的生活习惯来说，这样休息的时间实在太富裕了，巨人一夜未眠依然精力充沛，他找了几个同样需要发泄精力的瓦朗尼亚人，扛着战斧与盾牌，向铁甲骑兵卫队指挥约翰维塔斯的指挥所走去，艾里克希望重骑兵统帅那里能有些好酒，或者他能比那个刻板的东线总司令有趣些。

塔莉亚挥手让部下把被无声无息杀死的六个重步兵拖进草丛，干完这活之后，他们就该与拜占庭大营说再见了。

当最后一个死尸被拖进草丛前，艾里克与他的那一小队北欧卫队巡逻队出现在塔莉亚与她的哈萨辛面前。

“有入侵者！”艾里克迅速从背后抽出巨剑，所有北欧卫队都抄起了明晃晃的双手战斧，队伍中最后一名北欧卫队立即吹响了报警的号角，随即也抡起大战斧跟上，十二对十二，不用就地等待支援，北欧卫队从不惧怕人数相等的敌人。

艾里克以惊人的速度向对方扑去，哈萨辛反应够快，立即挥舞着弯刀抵挡，兵器瞬间被艾里克巨剑横扫打飞的无踪无影，艾里克迅速变招斜劈，尽管哈萨辛已经以最快的速度疾退，胸口还是被剑尖略过，顿时血流如柱，巨人丝毫不给敌人以喘息之机，紧接着回旋斩迅速绞向对方的腰间，已经被重创的哈萨辛妄图后退，身体已经完全不听使唤，他张开绝望的双臂，眼睁睁地望着自己的躯干在汹涌的血雨中变成整齐的两截。

其他北欧战士也跟随首领狂吼着冲上，哈萨辛们只能被动抵挡。边打斗边向营地外撤退，一名哈萨辛把弯刀舞得像雪花一样逼近了艾里克，艾里克停住沉重的脚步，保持着与对手的距离，镇静着紧握巨剑，淡蓝色的双眼盯住对手，凝神不动，似乎被对手眼花缭乱的假动作所迷惑。

这个傻大个看起来已经完全被吓蒙了。哈萨辛则在数次佯攻之后，弯刀电光火石般的攻击向艾里克粗壮的脖子抹了过去，他相信，这个庞大的目标会在瞬间血光飞溅。

因为艾里克根本不屑注意哈萨辛的假动作，他只需要一次判断对手的真实出招就足够了。

刚猛的巨剑再次击飞了弯刀，艾里克大吼一声，武器向已经绝望的对手横扫过去，这个距离对方已经无处可退，他期待一个飞向天空的哈萨辛头颅。

但他硕大的武器竟然被另一把武器架住了，而且还是一把短剑。

对手极为巧妙地顺着艾里克的力道高速划了个圆弧卸掉了这一击可怕的力道。尽管对手蒙着面，艾里克还是望见了对手美丽而令人心惊肉跳灰蒙蒙的眼睛。

塔莉亚的短剑犹如出击的眼镜蛇那样连续向艾里克攻击，每一次突进都相当致命，一时间久经沙场的艾里克竟然被逼得手忙脚乱，但经验丰富的他还是稳住了阵脚，边招架边迅速后退到了巨剑劈砍的有效距离，这个距离上任何短兵器都无用武之地。

艾里克现在让自己转向有利的距离上，他立即抓住机会，在一记佯攻之后，猛烈的劈砍接踵而至，巨剑广阔的杀伤范围下，对方毫无闪避的空间，应该会粉身碎骨。

艾里克劈砍的一瞬间余光注意到对手竟然早他一步重心向身体一侧倾斜，她竟然已经提前了解了巨人的意图。

塔莉亚向右以另人诧异的速度高高跃起，在躲开巨剑挥砍的同时在空中翻了个跟头，寒光闪闪的短剑带着剑柄眼镜蛇雕塑上死亡的气息从空中插向艾里克的左眼，艾里克大惊失色，他太自信了，猛劈产生的破绽太大，巨人已经无从躲闪。

短剑深深地插了进去。

尽管有重铠甲保护，锋利的短剑还是插入了一个瓦朗尼亚战士的后心，他注意到艾里克的危险，用身体挡住了对首领的致命一击。

瓦朗尼亚战士的身体在艾里克手边瘫软下去，艾里克望着毫无生命迹象的同伴，怒气让他仰天大吼，“我要把你撕成碎片！”艾里克咆哮着向塔莉亚冲去。巨大的双手剑舞动的像旋风一样。

塔莉亚避开了艾里克愤怒的攻击，像花豹一样轻盈地在四周跳跃着，保持着距离，嘲弄着野牛般的对手，招手让哈萨辛们开始反击，

其他的北欧卫队巡逻队成员也狂吼着与哈萨辛混战，一名北欧卫队战士猛烈的横扫攻击刚落了空，哈萨辛弯刀的反击就雨点般袭来，北欧人用战斧架住了对方弯刀的反击，借助力量的优势，把对手的武器重重压下，北欧人斧刃方向顺势一变，正他得意地准备来个战斧大力横扫卸掉对方头颅时，那名哈萨辛的左手中变戏法似的多了一把细长的匕首。

匕首穿过了北欧人无保护的眼珠深深插入了脑子里。

另一名北欧卫队已经把对手冲翻在地，但在高高举起战斧准备给敌人最后一击时，对手竟然灵活地转入自己的跨下，弯刀迅捷地削断了北欧人的左脚筋脉，狂怒而坚强的北欧人狂吼着，竟然还能在剧痛之中用巨斧反击，但高大的身躯已经重心不稳，灵活的哈萨辛已经溜到自己的身后。左手准确握住了北欧人的下巴。

然后是漂亮并鲜血四射的绞喉。

形势突然急转直下，哈萨辛们淋漓的弯刀进行着死亡之舞，北欧卫队战士们之前过于轻敌，所有人都没戴头盔，有的巡逻者连盔甲都没穿全，又过分于执着于进攻，破绽大开被灵活的哈萨辛们抓住了机会，一个接着一个战士倒了下去。

艾里克毕竟武技高强，就连塔莉亚这样顶级的杀手都无法轻易了结他，但在其他哈萨辛的配合下，眼镜蛇般的短剑还是在巨人盔甲结合处臂膀上开了条口子，当他又架住塔莉亚的一次攻击之后，一个哈萨辛的弯刀迅猛劈杀穿破了艾里克的防御。

艾里克已经开始向后高速闪避，但塔莉亚那招招让人死命的攻击吸

引了巨人全部的注意力，哈萨辛弯刀还是劈中了艾里克没有头盔保护的面门。

鲜血从脸上涌出遮挡住了视线，艾里克剩下的部下们立刻奋勇上前保护着指挥官，从脸颊淌进嘴角的鲜血突然让艾里克清醒了，他左手擦掉模糊视线前的鲜血，目光停留在背后四根圆木支撑的哨塔上，那里还有一面墙，只有退向哨塔下方，哈萨辛们那诡异的速度与跳跃才无从施展。

两名勇敢的北欧卫队战士拼死抵抗着十名哈萨辛们的攻击以保证艾里克能撤退到哨塔，他们也确实证明了自己是最好的战士。

足足抵抗了二十秒才被哈萨辛们乱刀分尸。

曼西姆斯一直保持着与普通士兵一样睡行军铺的习惯，但今夜一直心神不宁，无法入睡。当听到北欧卫队号角声起，弹簧似的从营房床铺上一跃而起，亲自带着一队重步兵与弓箭手顺着号角声赶去。并传令外围的骑兵射手，从营地外围包围入侵者。

他带人冲到了大营西侧，远远望看见了哨塔边被围攻的艾里克。

重步兵们立刻挥舞着弯剑冲了上去，弓箭手立即也弯弓搭箭。

塔莉亚之所以敢围攻艾里克，因为她很清楚这里已经是拜占庭大军营地的最外围，也明白大队人马即将赶到，围攻的同时也密切着注意着四周的动静，任务已经完成，她不能为了杀死艾里克而再损失人手。

在拜占庭步弓手的箭雨下即使哈萨辛也无法生存，但弓箭手们的射击准备需要时间。

她立即向空中抛出黑色烟雾，十名手下立即向大营外高速疾奔，并开始吹响口哨，密集箭雨只是“嗖”“嗖”地钉在了他们的身后。在越过一个小高地后，刺客们纷纷从高处跃下，十一件墨绿色的披风随风飘舞。他们准确地跃上听从刺客们口哨声高速赶来的十一匹骏马。包括三个受伤的哈萨辛，刺客们全都在疾驶的马蹄声中消逝的无踪无影，弓箭手们的长弓也鞭长莫及，就连前来包抄的骑射手也慢了一步。

曼西姆斯无奈地望着远方只损失了一个人的哈萨辛突击队安然地转入努尔丁大军营地，转身看了看可怜的艾里克，他的左脸上有一条弯刀砍出的深深伤痕，身体也被刺伤两处但幸好没有被重创，巨人满脸是血，但他根本不在乎，只是像做了噩梦一样悲伤地望着四周的地面，他的十一名好兄弟，曾经天下无敌的北欧卫队，帝国最精锐的重步兵，横七竖八地就惨死在他的面前。

Chapter 21

头戴金冠的曼努埃尔皇帝笑容可掬，风度翩翩，右手持着雕刻着鹰爪的权杖向前来迎接的众人致意，左手被华贵的紫色长袍所遮掩，却碰了碰别在腰间的阔剑与隐藏在长袍下坚固的胸甲。

迪亚斯数天仿佛一只笼中困兽心神不宁，面对如此庞大的计划，被动的等待几乎要让他发疯，与小亚细亚半岛上激烈的烽火相比，君士坦丁堡达夫纳圣宫却可怕的沉寂，这让他甚至有了与世隔绝的感觉。

他的公开身份只是个侍者，被宫廷里的达官贵人们呼来喝去，今天卫士又传唤他去见一个贵族，他不知道这个人今天想干什么，只知道那一定非常无聊。

卫士让他静候在达夫纳宫东南部的拥有一个精致院子的暖房前就进去通报，但过了良久都不见卫士出来。

迪亚斯警觉地望了一眼四周，身形立刻摆脱了拘谨的侍者形象，全身的骨骼都仿佛灵活起来，他像猫一样慢慢地向里走，当他发现仍无人注意他，就加快了脚步。

迪亚斯走近暖房，望着暖房上晶莹的彩绘玻璃，奇怪院子里为什么没有其他任何仆人，这让他感到疑惑，当他凑进暖房，隔着玻璃他注意到精致的雕花象牙和银制家具装饰着各个房间，这华美的屋子看起来并不常有人居住，这时，他注意到暖房内室中有些异样的声音。

迪亚斯环顾了一眼周围，猫着腰轻轻地绕向暖房的另一面，这样能听得更仔细点。

深度疯狂与兴奋的女性喘息声传进了他的耳朵，“我的宝贝儿，再用力，再用力！对……就是这样，你真是知道怎么让我满意。”

“在皇帝不在宫中的时候，只有我能让陛下满意……”这是宫廷大总管尼西塔斯喘息的声音。

可宫廷总管刚才的称呼是陛下！一滴汗水从迪亚斯的额头上冒了出来，他慢慢地向后退着步，准备远离暖房回到他应该等待的地方。

“别提他的名字！他的力气全用在诺夫哥罗德那个该死的荡妇身上了……”皇后喘息地声音渐渐远去。

“你在这里干什么？”一个虎视眈眈手持长剑的卫士突然出现在迪亚斯面前几乎把他吓得灵魂出窍，这里没有仆人根本就是个圈套，或者他们发现了自己的真实身份，也许尼西塔斯与皇后会把自己灭口！迪亚斯忐忑不安地想着，一边飞快地思考着应对措施。

但卫士只是上下打量了他一会，“我说过了在原地等待，总管需要的时候我会陪你进去的。”

迪亚斯低眉顺眼地站在更衣完毕道貌岸然的尼西塔斯面前，等待着他的指示，无非就是收拾他与皇后刚才的战场。从他这个角度，甚至能看见白纱遮面的皇后匆匆离开，看起来，尼西塔斯丝毫不介意他知晓这件事情。

尼西塔斯上下打量了迪亚斯好一阵子，最终长吸一口气，“我就是‘季风’。”

迪亚斯只是眼睛转了转，就像是没听见尼西塔斯在说什么，表情胜过了最专业的演员，“对不起，大人？”

宫廷总管微微颔首，“你确实足够警觉，迪亚斯，现在可以收起你的伪装了，这里只有我与你两个人。”

迪亚斯茫然地望着尼西塔斯的眼睛，“我不知道您在说什么，如果您需要立即打扫房间的话……”

“你负责宫外的联络，”宫廷总管打断了他的话，“我负责宫内，既然计划是你提出来的，我看这么大的计划确实需要我们联手行动，你负责继续联络斯塔姆，我控制宫廷。”

“你的伪装身份是宫廷总管！”迪亚斯的神色变了，“这不可能。”

“如果肯花十五年做一件事情就可以，”尼西塔斯淡淡的一层忧伤从脸庞上略过，但随即就被自嘲的微笑冲刷得无影无踪，“努尔丁在大马士革找到了我这个外貌酷似拜占庭宫廷总管尼西塔斯的破产商人，我花了六年时间来模仿帝国的宫廷大总管，又替代了他九年，我模仿他一切音容笑貌与行为举止，为了与他一样肥胖而暴饮暴食，他开始吸食鸦片我也必须跟着吸，六年来他突发奇想爱好或什么变态的想法我就必须立即去模仿，现在除了‘季风’这个代号，我已经忘记了自己本来的姓名，我承认这代价很昂贵，也许因为我是个非常虔诚的穆斯林。”

“恐怕不是只有虔诚这么简单。”迪亚斯冷笑了一声。

“你说的不错，”尼西塔斯说，“我是个破产的商人，努尔丁却让我全部家人在巴格达过上了富豪的日子，花钱如流水，但如果我胆敢退出，主人会让我的整个家庭在这个世界永远消失。”

“这个理由比虔诚有说服力多了。”迪亚斯微笑着说，“那么，真的尼西塔斯在哪里？”

尼西塔斯森森地笑了，“他现在是这座房屋地基的一部分。”

“六年来都没有暴露？”迪亚斯说，“从我们这行来说，你干得不错。”

“那是因为我处处小心，”尼西塔斯说，“而且前几年以来主人集中对付的是安条克公国与耶路撒冷王国，不需要我出头冒险。”

“你真令我佩服，”迪亚斯真心实意地说，“不过你不该惹上皇后，起码不应该和她在一起的时候还与我碰面，特别是在这么重要的行动之前。”

“该死，我也不想，但那饥渴的荡妇会主动来找我，我召见你之前根本没料到她的来访，但幸好我还能让她满足，对吗？”尼西塔斯的脸看起来有些扭曲，“当然她也给我提供了保护伞，让我更容易能执行任务。”

“也让你能在主人对你有不同态度的时候有另一个选择，对吧？”迪亚斯微笑着看着笑容消失的宫廷总管。

“说你的详细计划，我会尽量配合你，”宫廷总管冷冰冰地说，“其他的不关你的事。”

金色的拜占庭皇冠由两个半球组成，分别象征着东西罗马帝国，中部雕刻着的是橡叶状花环和橡树果的形状，象征着东罗马帝国的神圣权力。

头戴金冠的曼努埃尔皇帝笑容可掬，风度翩翩，右手持着雕刻着鹰爪的权杖向前来迎接的众人致意，左手被华贵的紫色长袍所遮掩，却碰了碰别在腰间的阔剑与隐藏在长袍下坚固的胸甲。谨慎是必要的，但微笑可不是装出来的，他的那位整天神龙见首不见尾的军情处长虽然总是不见踪影，安纳托利亚高原上间谍与消息来往传递却依然卓有成效，皇帝已经得知了雷拉格他们的好消息，这让他惊喜之余有了更好的谈判资本。

安条克城市政厅中，全身重铠的铁甲骑兵卫队全部下马，紧紧地围在他们的皇帝的身边，携带长剑与大盾，警惕地注意着四周的动静。

安条克博希蒙德公爵亲自迎接皇帝的到来，庄重但不够亲切，公爵望着皇帝微笑的脸，脑子里浮现出不怀好意的念头：这杂种确实有理由高兴，仅仅两个月，北方拜占庭的军队竟然又夺回了特拉伯森城堡，这次胜利到底是拜占庭军队胜利反攻的序幕，还是昙花一现的成功？根本就无法判断，现在皇帝似乎把选择的难题扔给了他。

他的曾祖父与曾曾祖父都在曼努埃尔的父亲与祖父那里吃过大亏，从个人关系上来说，曼努埃尔的皇后玛丽亚是自己亲姐姐，而自己的妻子还是曼努埃尔的侄女，但这些关系对于选择努尔丁还是曼努埃尔根本就不算是砝码。

为了展示自己的军威，博希蒙德有意征得安德鲁瓦的认可，让他的圣墓守护者们侍立在大厅两边，从军容与装备来看，身背双手巨剑的圣墓守护者们丝毫不逊色于曼努埃尔背后的铁甲骑兵卫队，这让公爵心里平衡了许多。

泽诺斯大主教紧跟着皇帝，眼光却不停地扫射着前来迎接的安条克王室与贵族，当他的眼睛扫射到伯尔纳铎时，对方的敌意清晰地写在脸上，有时候宗教的分歧确实难以调和，这些细微的动静被安条克吉奥伯爵与罗杰伯爵看在心里，嘴角都不免露出一丝会意的微笑。

“让我们欢迎远道而来的帝国皇帝曼努埃尔陛下！”博希蒙德热情地喊到，一阵掌声在市政大厅中响起。

曼努埃尔走向市政厅中间，以便让所有人能看到自己，他张开双臂，举起权杖，“向大家致意，首先感谢召开这次会议的博希蒙德公爵，还有乔瑟琳伯爵，”他望了一眼公国中他的支持者，“以及尊贵的吉奥伯爵、罗杰伯爵与伯尔纳铎主教，对不起，我只好这么称呼您了，虽然我知道您同时拥有将军与主教两个令人仰慕的尊贵头衔。

“当然也包括从骑士堡赶来的两位骑士团尊贵的骑士，”曼努埃尔望着安德鲁瓦与朱利奥，今天他们坐得近多了，“尽管我还不熟悉他们，但公国与骑士团的英才汇聚一堂，让我深感荣幸，这也说明，大家对迫在眉睫的危险非常重视，对异教徒给我们造成的威胁也同样深感不安。”

博希蒙德不由得看了一眼吉奥和罗杰。

“突厥大军正进攻帝国的尼西亚省首府，”吉奥伯爵微笑着摊开手，“陛下的不安我们可以理解，特别是帝国军队小小的……嗯，失误之后，我不太清楚，也许帝国军队在密列奥塞法隆会战没有遭到太大损失？有的传闻说是全军覆没当然我从来就不相信，我们的消息不太灵通，我是想了解实情以便力所能及给陛下以帮助。”

“感谢伯爵的好意，实际是，”皇帝停顿了一下，“损失二万三千人，大部分是帝国的重装步兵，”曼努埃尔感谢地望着的吉奥伯爵，表情淡然平静，就仿佛这个人的军队没有正在趁火打劫进攻拜占庭帝国的阿达纳城，仿佛帝国重建八十年的国防军没有遭到惨重损失，仿佛损失的不是三代励精图治君王的心血，仿佛自己也没有因此在君士坦丁堡民变上被刺，“全军覆没确实是谣言，大部分弓箭手与一部分重装步兵和将军都成功撤离。”

“两万三千人，真是太残酷了。”吉奥伯爵露出真挚的同情，同时强调着这个数字。

他的话立即在人群中产生了骚动，吉奥满意地看到许多努尔丁的反对者现在都疑虑重重。

“君士坦丁堡还因此发生了些骚乱，在骚乱中似乎陛下还受了些伤。”人群中躁动的声音更大了，吉奥继续关切地望着皇帝说道，他期待着曼努埃尔精神崩溃的那一刻。

皇帝没有立即回答，他不经意地转身看了一眼身后的泽诺斯大主教，“大家都是知道我除了主教之外还是个外科医生，”泽诺斯上前说道，“第二次十字军东征时我在君士坦丁堡还医好了德意志国王康拉德三世的顽疾[1]，我以医生的身份证明皇帝陛下的健康完全没有受到影响。

“骚乱时首都拥有大量的军队，但陛下没有用他们来平息骚乱，”泽诺斯大主教继续说，“陛下热爱自己的人民，更愿意用口与笔来平息误解，事实上误解已经消除，现在首都已经同仇敌忾，人民保卫疆土的意愿现在非常坚定。”

① 在第二次十字军东征的时候，德国皇帝是拜占庭帝国的盟友，当然，时过境迁。

“我很相信这一点，但人民保卫疆土的意愿是否能够抵挡努尔丁的大军呢？”吉奥伯爵装作沉痛，“帝国军队已经退守尼西亚，形势相当不妙啊，陛下计划用什么力量来挽回两万大军损失呢？”

“您的问题提的很好，”曼努埃尔向前走了一步，泽诺斯主教退到了皇帝身后，“帝国大军在密列奥赛法隆遭到惨重失败，”曼努埃尔做了一个无可奈何的手势，“先是严重的痢疾，之后战地侦查也出现了致命的错误，嗯，谁知道我的骑兵将军阿尔维斯会这样对待我的信任？当然我自己要负最主要的责任。”

“但东帝国从来就不会轻易屈服，六百年前，波斯萨珊帝国入侵我们，最终希拉克略大帝的反击一直打到了他们的首都泰西丰②，五百年前，阿拉伯帝国入侵我们，最终利奥大帝让他们十五万大军在君士坦丁堡城下全军覆没③。两百年前，叛乱让异教徒军队重新窥伺帝国，巴西尔大帝的铁骑让东西方向所有敌人闻风而逃，八十年前，我的祖父面临帝国被四面敌人围攻即将毁灭的危机，仍最终力挽狂澜。④”

“但如果再有一次密列奥赛法隆的失败，我是说也许。”吉奥伯爵微笑地望着曼努埃尔，“陛下打算怎么办？”

“你说的永远不会发生，”曼努埃尔嘴角露出淡淡的微笑，“运气不会总是眷顾异教徒，特拉柏森城堡就是个好例子，在仅仅丢失二个月后，他们又在帝国军队的努力下回到了帝国的怀抱，而这只是帝国军队反击

② 希拉克略大帝是拜占庭帝国7世纪的杰出君王，在波斯萨珊大军逼近首都之时，并且在南北同时遇到危机之际，仍击败了阿尔瓦人与波斯萨珊帝国，并一直攻克了萨珊帝国的首都泰西丰。

③ 利奥三世在公元717年利用“希腊火”击败了围攻君士坦丁堡的阿拉伯海军，并紧接着在陆上也重创敌军，使对手被迫签订合约。

④ 曼努埃尔一世的祖父阿历克塞一世，他即位的时候遭到西方诺曼人，北方佩切涅格人、东方突厥人的围攻，依靠灵活的外交和内政配合军事打击瓦解了敌人，并重建了帝国军队。

的序幕而已。”

“如果真的发生了您言辞中的不幸，”皇帝环顾着注视着他的安条克贵族们，提高了声音，“我们将撤到君士坦丁堡继续战斗，帝国西部富庶的所有省份将全部动员，就像当初祖父曾经做过的那样，突厥人没有强大的海军无法威胁君士坦丁堡，而我们就从海上沿整个爱琴海岸打击他们，他们撤退到内陆我们再登陆从陆上打击他们，直到他们重新回去，如果我出了意外，那么我的继承者就继续我事业，然后一如既往。

“我相信自己的血管里流淌着与祖父一样的血脉，科穆宁家族的人确实性格都有点倔强，我想我的继承人应该也会如此，我可以坚定的告诉大家，如果突厥人想打十年，我们就奉陪十年，如果想打五十年，我们就奉陪五十年，如果想打一百年，我们就奉陪一百年，直到收回所有的土地，直到危机结束。”

大厅里突然间鸦雀无声，空气足足仿佛凝滞了一分钟，安条克的贵族们才开始交头接耳，医院骑士团的朱里奥突然出人意料的鼓起掌来，罗杰伯爵不由得恨恨地瞪了他一眼。

“帝国军队坚持抵抗令我们钦佩，”吉奥伯爵有些慌乱，但他毕竟是个老手，仍然面带微笑，“但安条克人更想要的是和平！我们与突厥人在奥伦特河协定之后，两国已经停止敌对行动了。”

“吉奥伯爵，换了我就很难笑出来，”曼努埃尔有些哀伤地说，“我认为奥伦特河协定是一场灾难，是整个基督世界的灾难，我相信公爵也同意这种说法。”

博希蒙德狠狠地瞪了吉奥一眼，这次条约签署之前，安条克公国的骑士军团被努尔丁打得大败，连公爵本人都成了俘虏，只是许诺了大量条件与支付了足够赎金才得以返回，这是博希蒙德最大的耻辱。

“我的妻子玛丽亚是公爵的姐姐，”曼努埃尔的手做了一个富有人情味的手势，“而我的侄女还是公爵的妻子，我除了向公爵带来他姐姐的问候，还要去探望我那美丽可爱的侄女，我们不仅是一衣带水的邻邦，还是兄弟姐妹，现在面对异教徒的威胁，只有携手才能共度难关。”

“这些都非常动听，”罗杰伯爵插嘴道，“但我记得您的祖父阿历克塞皇帝可是出卖了我们的十字军！他驱使十字军帮他打下了无数座城池而自己坐收渔利，却趁机用这段时间整顿国防军对我们的十字军发动了攻击，公爵的曾祖父最后可是在意大利郁郁而终！而您的父亲，约翰皇帝也亲自带大军进攻过安条克公国，这是对友好邻邦的举动吗？”

“您说的一些陈年旧事我还依稀记得，”曼努埃尔说，“我的祖父并没有出卖十字军，十字军的领袖们都在君士坦丁堡向他宣布过效忠，而他也从未干涉安条克与耶路撒冷的事务。但根据约定，十字军收复的基督领土也应该归还给帝国，但他们并没有这么做，有些人占据了帝国的领土据为己有，我祖父只是为了顺利履行当初的约定而已。⑤

“而且在当初对突厥人作战收复东部领土的战斗中，十字军没有任何的攻城器械与技术人员，所有这些完全是帝国提供的，怎么能说这些城市都完全是十字军收复的呢？”

“至于我的父亲约翰与公国的矛盾，起因应该是公国当时执政的雷蒙进攻帝国东部的奇力起亚省才招致反击的吧？⑥恕我直言，雷蒙只能算个冒险家，而不能算个政治家，我相信英明的公爵不会赞成他父亲的举动。

⑤ 曼努埃尔和罗杰唇枪舌剑的话题是第一次十字军东征，在两国的配合过程中，确实十字军发挥了主要的作用，帝国则提供了船只与攻城机械，而在十字军攻克安条克与耶路撒冷后，也未按条约将安条克归还帝国，但阿历克塞一世借此机会重整了拜占庭国防军，而后的形式就开始有利于拜占庭帝国了。

⑥ 1137 年 安条克公国的摄政王雷蒙（博希蒙德三世父亲）入侵拜占庭帝国，被曼努埃尔一世的父亲约翰二世打得大败，并且拜占庭军队一直兵临安条克城下迫使其投降。

“这些事情帝国没有做错，但我也不想重提，”曼努埃尔望着公国的贵族们，“我一直致力于让双方尽释前嫌，大家都知道我们的习惯，我与你们的玛利亚皇后把西方骑士的礼节文化带入了君士坦丁堡宫廷⑦，为两国能够成为友好的邻居做出了很多努力，公爵也同样做了非常重要的努力，我们难道应该让这些努力付之东流吗？”

曼努埃尔注意到安德鲁瓦与朱利奥在微微点头。

吉奥与罗杰有些不安，他们望向会议厅中的一个人。

“但我们不能因为这些理由就让安条克公国参与东罗马帝国与突厥帝国的战争，”一个身穿白色华服陌生的金发贵族突然插嘴道，“我们从来就没有拒绝过帝国的友谊我们相信您的友谊但我们不想破坏与突厥人的和平协议，不想让公国渴望和平的人们卷入战争，就如同你所说，东罗马帝国在公国眼中从来都是强大的象征，我们相信强大的帝国可以独立战胜突厥人，再次收复特拉伯森城堡的胜利就是帝国强大力量的证明。”

就连博希蒙德也不禁为这种辞令暗暗称好，本来曼努埃尔谈判的筹码反而成为了相反的理由，吉奥与罗杰都面露得意的神情，他们在居伊身上花了大价钱把他从耶路撒冷王国请来助阵，看来确实有所回报。

曼努埃尔微微皱了下眉头，转身轻轻把身体倾向泽诺斯大主教，主教则在他耳边轻轻说了几句，曼努埃尔点点头，郑重地转过身。

“原来是耶路撒冷王国的居伊爵士⑧，您远道而来赶到安条克，”曼努埃尔强调他的身份，“如您所说，我们也并不愿意让公国加入战争，

⑦ 曼努埃尔一世年轻时一直期望向西方扩张，并且在文化上偏重于西方，他将很多西式的礼仪引入帝国。

⑧ 还记得《天国王朝》电影中的反角居伊吧，当上国王后败掉了耶路撒冷王国，没错，就是他。

我希望帝国独立对阵努尔丁的进攻，可是。”

曼努埃尔停顿了一下，用极为不情愿的声调说道，“可是公国总不能让借道给帝国的大敌让他们的军队可以通过公国领土进攻自己的兄弟姐妹吧？”

博希蒙德的脸立即涨得通红，罗杰急忙上前，“这是突厥大军兵临城下不得已的选择，一旦有机会，公爵将立即终止这种妥协，如果曼努埃尔陛下能够用军队协助刚遭惨败的公国军队的话。”他知道曼努埃尔不可能再有军队可以做到这些。

“那么，突厥人通过公国进入帝国领土并不是公爵的意愿吧？”曼努埃尔说。

“当然，这是无奈的选择，只要帝国出兵进攻安条克北部的突厥人使其撤退，公国会立即协同行动。”罗杰狡猾地说。

但吉奥已经嗅到了危险。

“那我们就按照罗杰伯爵的提议，”曼努埃尔微笑道，“突厥军队在安条克以北驻扎属于军事威胁，既然是军事威胁，也就是说已经与公国处于敌对，”曼努埃尔郑重地说，“就等于突厥人与公国开战，那么公国完全可以合理的撕毁奥伦特河协定。”

罗杰伯爵愣在那里。

“我已经带来了东帝国的精锐军队，”曼努埃尔皇帝指着身后的铁圣甲骑兵们，“虽然我们的尼西亚省份正在遭到努尔丁猛烈的进攻，但我还是明白唇亡齿寒的道理，带领他们来援助公国！现在骑士团的骑士与他们的精锐军队也在这里，”他指着安德鲁瓦身后的圣墓守护者们，“再加上公爵的军队，我们现在就可以联合反击安条克城北部的突厥人！我在安条克港口还拥有一百多艘战舰，他们可以从塞浦路斯岛给我们带来足够的物资，这里是公爵的领土，我都可以受公爵统领，只要公爵一句话，我们就联合反击突厥人对安条克的入侵！”

安德鲁瓦嘴角露出一丝微笑，朱利奥尊敬向皇帝微微颔首，大厅里则一片哗然，贵族们的争吵声立即挤满了议事厅，但博希蒙德公爵已经找不到他的锤子了。

吉奥伯爵三步并作两步急忙上前，“公爵，”他在博希蒙德的耳边压低了声音，“罗马人在特拉伯森只是个小胜利，他们在特拉伯森城堡内的军队依然被占优势的突厥军队包围着无法动弹，正面战场努尔丁也占据绝对优势！不要被皇帝的诡计所欺骗！”

“皇帝陛下的意见我非常重视！”博希蒙德公爵抬高了声音说道，吵闹逐渐安静下来，“这次事关重大，我需要所有人的意见，而且，”他望了一眼心神不宁的的吉奥伯爵，“皇帝从海路远道而来也很疲惫，作为一个陛下他首先应该得到的是休息，我会安排陛下与主教的休息，会议在后天继续举行，在此之间也许我们的伯尔纳铎主教也与泽诺斯大主教有宗教的事务要讨论。”

伯尔纳铎主教面无表情淡淡地向公爵致意。又冷冷地望了泽诺斯大主教一眼。

吉奥伯爵以为曼努埃尔会提出反对意见，但没想到的是皇帝非常淡然，曼努埃尔意味深长地望了一眼泽诺斯大主教，然后微笑着望着博希蒙德，“事关重大确实需要仔细商议，公爵真是太体贴了，海船上的颠簸让我非常难受，我相信，经过足够的休息之后，大家的第二次聚会一定会达成一个让双方都满意的协定。”

Chapter 22

伊拉克利翁城，一个属于迷宫牛头巨怪的城市，希腊神话的圣地，四千年前的米诺斯文明发源地，坐落在爱琴海西南部拥有无限传说与幻想的克里特岛中心，秋季是最风和日丽的季节，克里特岛以北二十海里蔚蓝的海面风光也是美不胜收。与美景极不相称的是，一艘从君士坦丁堡开向克里特岛的商船上，一位有着浓密长须的四十多岁希腊人老船长正抱着自己血如泉涌的双手在甲板上痛苦的翻滚

黑夜逐渐降临风景秀丽的朱诺斯山谷与特拉柏森城堡，当泰勒斯的房门被敲开的时候，他正在摆弄着一架希腊火喷射器，胖子头也不回，“我说过了在我修正手动气泵的时候不要打扰我！这很可能又是一次新武器的革命，点燃器改进成功之后，点火会更容易，而且安全！这次的目标是安全有效喷射二十码！”

他转过身，发现一身金色华贵长裙的索菲娅笑眯眯地站在他的面前，长裙两侧的龙鳞状长袖引人注目，大圆状领口的褶皱也得体妥帖，这让长裙与索菲娅的棕色卷发和绿色眸子搭配非常迷人。

泰勒斯皱着眉头，又望了一眼索菲娅手中的托盘里冒着香甜气的东西，琢磨着这位难以捉摸女士的意图。

“如果你想以食谱难倒我的话，你可是打错了算盘，”泰勒斯昂起头，“我是帝国有名的美食家，你托盘里的小吃分别是盐包鲈鱼和焗米奶布丁①，地道的君士坦丁堡美食，盐包鲈鱼可是要做上整整一个小时，等一下……”泰勒斯又仔细端详了索菲娅华丽的穿戴，做出恍然大悟的表情，并露出得意的表情。

“你是来道歉的，”泰勒斯满脸笑容，“你承认我的希腊火发射器非常有用了吧？”

“它们确实非常有用，”索菲娅老实承认，“攻克特拉伯森城堡多亏有它们。”

“喔哈哈，那么我接受这么隆重的道歉，”泰勒斯趾高气扬地上下打量着索菲娅的装束，走上前去，大模大样地从托盘中用他那脏乎乎刚

① 如果今天还要享受这两道菜，希腊地区与土耳其西部的餐馆一定能满足您的。

握着铁钳的手指抓起一片鲈鱼放进自己嘴里仔细品尝，“哦！天哪，真是美味！我要死了！手艺真是没说的，”泰勒斯仰天呻吟道，“特别是连吃十天船上的可怕食物之后。知道么，把一片咸肉与卷心菜塞在面包里竟然也叫作菜！天哪，你没我想像的那么讨人厌……”

索菲娅的笑容更灿烂了，她热情地走上前从盘子里捏住一个布丁，塞在泰勒斯的嘴里。

喷香的布丁奶酪和鱼片在泰勒斯的嘴里翻滚，他对完全打败索菲娅心满意足。

泰勒斯一边满意地嚼着嘴里的布丁，一面打量着在一旁殷勤的索菲娅，“我说，现在装备部已经名存实亡了，你的外差又这么频繁，就别在摆弄你那些无用的盔甲了，反正迟早都要被我设计的武器淘汰，我看在你如此心灵手巧的份上，会给你个助手干干。”

“那我真是，怎么说呢，”索菲娅腼腆地叉着手，“真是受宠若惊。”

“那没什么，”泰勒斯大度的一摆手，“能做这样好菜的女人会是个好助手。”

“你还记得我是属于军情处的吧？”索菲娅的笑容慢慢从脸上消退。

“你是想让我向陛下写一封你的调职信？”泰勒斯问。

“原先重铠甲研发也不属于军情处管辖，只是独立的工匠部门，”索菲娅地望着泰勒斯，残留着一丝笑容：“是我向陛下提议把他们并进军情处，以做到对敌国与潜在敌国技术保密。”

“嗯……”泰勒斯不太明白索菲娅的话和自己有什么关系。

“我既然可以向陛下提议把重铠甲研发并进军情处管辖，”索菲娅把脸凑近泰勒斯，“当然也可以向陛下提议把你的希腊火改进计划并进军情处管辖，”索菲娅若有所思，“你研制的武器威力更大，那么更需要军情处的保密计划，我想英明的陛下肯定会同意的。”

泰勒斯咀嚼食物的频率在慢慢变慢，直愣愣地望着索菲娅。

“我来是和你说一声，”索菲娅郑重地说，“以后你对于希腊火武器的经费、人员配置、实验材料和场地都会由我管理，哦，忘了说，你的工作时间和会客我也要掌握，”索菲娅嘴角露出一丝坏笑，拍了拍泰勒斯圆滚滚的脸，“没办法，谁叫你掌握着帝国最秘密的武器呢。”

“那就继续享用你未来上司为你亲手做的美食吧。”索菲娅笑容可掬，转身离开，把吓呆了的泰勒斯抛在脑后。

路过斯塔姆的房间，索菲娅不信任这个见钱眼开的佣兵头子，尽管他并没有什么把柄抓在自己手中，他还真把自己当成特拉伯森城堡总督了。她敲了敲佣兵头子的门无人应声，就轻轻推开虚掩的门慢慢走进去，突然满面通红，急忙从屋子里退了出来。

佣兵头子正全身赤裸地仰面躺在床上，似乎还很自得自己线条优美的腹肌，在他的胸前，两个拥有乌黑卷发的特拉柏森年轻姑娘慵懒地被斯塔姆紧紧搂着，一丝不挂，丰满圆润的身体紧紧贴着这个自得的男人扭动着。

“要一起加入吗？”斯塔姆发出猥琐的大笑，他搂抱着的姑娘们也发出放荡的格格娇笑。

“我就不打扰特拉柏森总督爱民如子的热情了。”索菲娅诅咒着斯塔姆，转身快步离开。

她径直走进城堡顶楼的作战观察室，雷拉格把这里变成了一个房间，橱柜里放了不少从船上带来的图书，索菲娅正在端详着这些图书，雷拉格突然出现在她背后。

这个男人把她吓了一跳，不知道从何时开始，她在审视雷拉格的同时也发现雷拉格同样在观察她，在这个混血将军外表英俊，富有英雄气概的气质中潜藏着兽性与冷酷，她承认这既有吸引力也同时难以把握，而他对帝国的忠诚也存在着点不那么让人放心的因素。

现在这个男人又恢复成那个让人信任，稳重得体的谦谦君子，他微笑着望着索菲娅身着金色长裙的迷人身姿良久，不经意地望了一眼索菲娅托盘里的杰作，“共进晚餐？非常荣幸。”

索菲娅眼神如碧波般泛起一阵波澜，优雅地斜靠在雷拉格面前的长椅上，然后轻轻拍着面前的座位，“这是军情处女官的指示，我命令你解下背上的剑，”她微笑着望着雷拉格背上的冰川之刃，“我需要你这位好朋友在我们一同用餐时暂离一会儿。”

雷拉格坐在索菲娅面前，轻轻解下背上锋利的冰川之刃，把剑放在自己触手可及的位置，“军情处的女官，”雷拉格重复着索菲娅的话，嘴角带着些许微笑望了她胸前那块永不离身的精美凸透镜一眼，“黑海向导、重铠甲设计师”，雷拉格慢慢说道，“女外交官，擅长骑术，会好几种语言，”他又望了一眼索菲娅棕色的卷发，“还有伪装大师，我在想，还有什么我不知道的？”

“我也不清楚，”索菲娅眼珠灵活的一转，用微笑感谢这种恭维，“我想反正不会影响我们用餐的雅兴。”

“说的也是。”雷拉格表示同意。

禁军首领开始用刀叉切割鲈鱼，索菲娅用手指拈起一小块布丁放到嘴里，又轻轻吮吸了一下沾着金黄色奶酪的食指。雷拉格突然停了下来，微笑着望着索菲娅。

“怎么了？”索菲娅碧绿的眸子中询问的光芒闪过。

“你吃东西的样子真美，”雷拉格说，“就像是一位迷人的罗马皇后，恕我冒犯，你让我想到了我的母亲。”

“怎么会，你太会恭维了，”索菲娅受用地望着雷拉格，“与约翰大帝时期帝国第一美女伊琳妮公主相比是我的荣幸。”

“我见过当今的皇后了，”雷拉格说，“我觉得你比她要更像是一位皇后。”

索菲娅眯起眼睛仔细琢磨着雷拉格这句话。

“我是说曼努埃尔皇帝，”雷拉格继续说，“他对你的呵护程度与爱意远超过他的玛丽亚皇后。”

索菲娅眼睛眨也不眨地盯着雷拉格，随即泛起一丝自嘲的表情，“我想你会错意了，不论是我或者是曼努埃尔皇帝，都不会有你说的那种关系。”

“我没说过你们有那种关系，”雷拉格嘴角露出一丝狡猾的笑容，“必须承认我开始也有些怀疑，特别是看到玛丽亚皇后对你那种仇视的目光，而且曼努埃尔皇帝是这么富有魅力，我如果是个女人，也会爱他，但后来我仔细品味了我们在黄金议事厅时你陪伴在皇帝身边抓着皇帝手的神态以及皇帝对你的关切程度，那不是对情人的态度。

“你应该是他的女儿，公开身份中曼努埃尔除了与玛丽亚皇后有个小儿子外没有任何子嗣，我相信你的母亲不在宫中。”

索菲娅怔怔地望着雷拉格，嘴角最终还是露出了笑容，“你就这么喜欢剖析女人的隐私？”

“也许只对一个女人有兴趣。”雷拉格望着索菲娅。

“但也许会让你失望，”索菲娅轻轻冷笑了一声，“我不是她的女儿，而且出身比一般人都要卑贱，如果我是他的女儿，我的母亲就不用被放逐到冰天雪地的诺夫哥罗德，我也不用在帝国北方漂流一年的时间。”

“皇帝陛下很看重你，”雷拉格质疑道，“一个普通女人不可能得到这样的学习机会、训练与权力。”

“那是我的职业需要，我值得他看重，皇帝陛下需要我拥有这些技能，”索菲娅久久地望着雷拉格的眼睛，“无论时光如何流逝，形势如何变化，你永远别忘记的一点是，我是属于帝国军情处的人。”

她换了个斜靠的姿势，轻轻地叹了口气。

“我的母亲是君士坦丁堡利斯科河区最著名的妓女，她是那个时代最富有风情的女人，”索菲娅长长舒了口气望向窗外，“君士坦丁堡无人不为她而倾倒，就连曼努埃尔皇帝都不例外。”

“当她遇见我的父亲，君士坦丁堡大铸造厂的首席重甲设计师杜卡斯后，就从欢场中退隐，”索菲娅用手指拢了拢浓密的卷发，“我不得不说父亲娶她真是个勇敢的举动，因为追求者依然络绎不绝。”

“现在我知道你重铠甲的设计技术师承何处了。”雷拉格说。

“但我母亲在婚后从未破坏父亲的名誉，她把所有的浪蝶狂蜂都拒之门外，直到父亲死亡为止。他在安纳托利亚边界检查盔甲使用效果的时候死于突厥骑兵袭击。”她顿了一顿，“因为她发现自己还爱着另一个男人，她在父亲去世后无法拒绝他的追求，我没想到当时年至半百的她竟然还这么受欢迎。”

“著名的君士坦丁堡盔甲铸造师杜卡斯在安纳托利亚边界死于突厥骑兵的袭击。而您父亲的挚友，一个疼爱你的长辈，亚美尼亚人凯纳斯又被巴夏杀死，”雷拉格望着头顶的天花板，“你有理由仇恨突厥人。”他眼珠一转，“那么那个男人的合法妻子，也就是当今皇后，显然会开始她的报复喽。”

“你的思路很敏捷，”索菲娅嘴角自嘲地一笑，“我和母亲在1175年被流放至诺夫哥罗德，那一年突厥人对安纳托利亚造成了威胁，曼努埃尔需要她那个安条克皇后背后的安条克公国支持，只好对她做出妥协。”

“我倒是庆幸你不是曼努埃尔皇帝的女儿，”雷拉格望着索菲娅的眼睛，“那样你就不会被流放至北欧，我们也就无法相见，你我就不会有今天这顿美好的晚餐。”索菲娅听了这些莞尔一笑，“而且从我的角度来看，”雷拉格继续说，“你是我所见过的最出色的女人，母亲尽管出身不好，但如果单纯从品行与德行上说，世界上一大半以上的妓女都比皇后的品行高尚得多，这还不算那种嫔妃遍及的东方式宫廷环境中诞生出来的皇后。”

索菲娅抿着嘴看了雷拉格一眼，“谢谢你。”

雷拉格站起身，走近石窗前，望着城堡远方仍被突厥人占据的朱诺斯山谷。

“无论母亲在多遥远的地方，无论她出身如何，”雷拉格长长叹了口气，他努力把闪烁着伤感的眼神躲开索菲娅的目光，“终究有个亲人还活着，我要能当时早点把母亲从哈拉尔德堡接出来就好了，她是个善良单纯的女人，和这些个权力阴谋与战争杀戮都没什么关系，我只是希望她还活着，能在故乡南方帝国过几天舒服日子。”

索菲娅温柔地望了雷拉格一眼，慢慢站起身走近他，轻轻地把手放在雷拉格的肩膀上，然后抱向他，胸部能感觉到对方强壮的身躯在微微颤抖，只有这个时候，她才感觉掌握着真实的那个雷拉格。

索菲娅刚一离开，斯塔姆就从床上坐起身来，寻找自己的衣服，两名赤裸的姑娘撒着娇搂抱他不愿意让他起身，“嗨，姑娘们，让我去城堡地下酒窖里给我们找几瓶好酒，但这需要时间，”斯塔姆笑着说，“在我离开的时候你们做一个游戏，你们可以大声地说下流笑话，如果谁先脸红就扣一分，等我回来，先分享你们的笑话，然后会先和那位分高的宝贝儿亲热，怎么样？”

格格娇笑的姑娘们用枕头敲打着斯塔姆的脸，斯塔姆同时也穿好了外衣，大笑地走出房间，把房门轻轻掩上。

关上房门后，佣兵头子的脸立即严肃起来，他轻轻打了个响指，两个全副武装的阿拉玛诺人立即出现在面前。

“其他人都在做什么？”斯塔姆问其中一个阿拉玛诺人。

“萨亚斯在城堡南门巡逻，奥多万好像已经睡了，”阿拉玛诺人说，“泰勒斯还在摆弄它的机器，雷拉格与索菲娅在共进晚餐。”

“很好，”斯塔姆点点头，“外面都联系好了吗？要保证我的安全。”

“一切就绪了。”

“那么跟我来吧。”斯塔姆说。

趁着夜色，斯塔姆和两个阿拉玛诺人从北门出城来到城外，在一片茂盛的小树丛边停下了脚步，斯塔姆一手按在阔剑的剑鞘上，左手紧抓着一个圆盾牌，东张西望，显得有点紧张，不一会，来自夜枭鸣叫的远方，三个人影出现在视野里。

三人中的一个慢慢向斯塔姆走来，佣兵头子可以看清他穿的是当地村民的装束，这个人警觉地走近佣兵头子，“用不着这么谨慎吧？”他望着斯塔姆左手的盾牌开着玩笑，似乎想缓和气氛，用的是德语，但非常生硬。

“这是我们的首次合作所以我会有一点点的保留，”斯塔姆微笑道，“谁叫你们都是射箭的好手呢？”

“这是你需要做到的事情。”来人对斯塔姆耳语道。

“好，好，”斯塔姆点着头，“那么保证我为特拉柏森城堡总督没问题？这可是你们最高领袖的诺言。”

“当然，你只要表现出你的诚意就可以。”来人面无表情地说。

“你们就回去等好消息吧。”斯塔姆哼了一声。

伊拉克利翁城，一个属于迷宫牛头巨怪的城市，希腊神话的圣地，四千年前的米诺斯文明发源地，坐落在爱琴海西南部拥有无限传说与幻想的克里特岛中心，秋季是最风和日丽的季节，克里特岛以北二十海里蔚蓝的海面风光也是美不胜收。

与美景极不相称的是，一艘从君士坦丁堡开向克里特岛的商船上，一位有着浓密长须的四十多岁希腊人老船长正抱着自己血如泉涌的双手在甲板上痛苦地翻滚，每只手只剩下了三根手指，坚强的船长咬紧牙关不让自己叫喊，满是汗水的脸死死盯着面前的诺曼人海盗头子，希望这个魔鬼履行自己的诺言：一根手指换十个船员，这样他手下四十名船员应该都可以得救。

罗伯特一手握着锋利的剃刀，一手握着包钻石，漫不经心地望着托盘里鲜血淋漓的四根手指，他正在把怨恨尽数发在这位无辜的希腊船长与船员身上。经过无数次的血战，同样都曾经是西西里诺曼海盗的子嗣，博希蒙德家族已经在东方拥有自己的十字军公国摇身一变成为国王与上等贵族，而自己还在地中海上无助的漂流，面临着教皇、威尼斯、比萨、东罗马帝国无数势力的的围捕，整个世界都是背叛者，他们都得死。

“你已经得到了你想要的东西，船上最珍贵的财富，”船长大口地喘着气，望着海盗头子手中的钻石，这些宝物曾经一直隐藏在货箱底部，“饶过我的船员。”

罗伯特转身望了一眼自己的手下，他们正把弯刀与长剑架在四十名五花大绑的希腊船员身上，“你是个勇敢的船长，”罗伯特望着船长满是汗水的脸，“你的船员也足够勇敢，所以，我想看看他们能勇敢到什么程度，比如，在不用四肢的情况下游二十海里是不是可以到达克里特岛。”

“什么？”痛苦的船长大声抗议道，“你说过我可以用四根手指换我手下的命！”

“那是我刚登上你的船的代价，”罗伯特轻描淡写地说，“你拖延了时间，现在价码已经变了。”

“我们可都是人啊！”船长叫道，“发发你的慈悲吧。”

“让罗伯特发慈悲，”诺曼海盗头子嘴角露出一丝狞笑，“就与让魔鬼发慈悲没有区别，听凭你的命运安排吧。”罗伯特看了一眼磨刀霍霍的手下们，“开始。”

拜占庭的商船被点燃起了冲天大火，罗伯特与手下带着商船上所有值钱的东西回到自己的旗舰上，而海盗船上一个心神不宁的罗马人，正担心看着这一幕。

“用不着这样，”他走向罗伯特，“我们只要让帝国海军上将泰格修斯知道我们在这里就好，谨慎才能完成主人的计划，”他小心翼翼地望了一眼罗伯特，“你要对‘季风’负责，千万别与泰格休斯直接冲突。”

罗伯特一把揪住罗马人的衣领，把他拉近在眼前，“那是你的主人，”他强调着，“‘季风’不就是想引诱泰格修斯的君士坦丁堡近海舰队围剿我们吗？他会得到的，但是之前得把该给我的都补齐了，还有，除此以外我的事你不想死的话就少管。”

寒光一闪，锋利的匕首刷地一声牢牢钉在草靶上。

特拉柏森城堡内城楼顶，索菲娅身穿有着金色纽扣的猩红色短衣与马裤，漆黑的腰带上绑缚着一打匕首，正从八米开外向草人连续投掷，棕色的长卷发随着攻击动作而飘动，雷拉格掩饰着满腹的心事，微笑着在一旁看着她，“看来帝国军情处是能让人学到不少东西啊。”雷拉格望着城堡的下楼通道说道。

他已经注意到斯塔姆，奥多万，萨亚斯、泰勒斯纷纷从城楼旋梯上出现，该来的还是会来，雷拉格长长叹了口气，他注意到大部分人都面带愁容，只有斯塔姆与泰勒斯镇定自若。

“多才多艺的女人，”斯塔姆笑嘻嘻地望着身穿戎装的索菲娅，“可不如一个温柔简单的女人更能俘获男人的心。”

“西南部的克里特岛出事了，”奥多万咳嗽了一声，忧愁地说，“诺曼残余海盗频繁袭击那一区域，这会让迈克尔从马其顿招募塞西亚骑兵运输到士麦那港口的航线受到威胁，现在尼西亚大战在即，每一名塞西亚弓骑兵都是前线主力军队所急需的，泰格修斯的近海舰队已经起航前往南部海域为迈克尔的运兵船护航，但首都就空虚了，根据君士坦丁堡的命令，驻扎在特拉柏森的龙头战舰队也要返航，回君士坦丁堡稳定局面。”

“什么？”萨亚斯诧异地说，“可我们正面临二倍以上敌人的围攻啊，怎么能在这个时候撤走我们的舰队呢？”

“也许君士坦丁堡认为特拉柏森城堡足够坚固可以抵御突厥北方军团的侵袭，”奥多万说，“但他们不能冒着再失去首都稳定的危险。”

“就让舰队回去好了，”泰勒斯说，“突厥人攻城我就用新改进的火焰喷射器烤他们。”

“我不同意舰队撤退，”索菲娅收起匕首向大家走来，“拥有舰队，突厥人就永远无法真正围攻城堡，我们的补给可以从海上随时获得，可是如果舰队撤走，我们就会真正被包围。”

“作为军人，”奥多万说，“我们不能违抗君士坦丁堡的命令。”

“君士坦丁堡的命令？”索菲娅反问道，“皇帝陛下正在安条克公国访问呢，是谁在君士坦丁堡发布命令？”

“玛丽亚皇后、宫廷大总管尼西塔斯，包括海军大将泰格修斯联合发布的命令，”奥多万望了一眼索菲娅，他很奇怪索菲娅并不知晓这个命令，“以及不愿意透露出姓名的军情处总管。”

“我们临出发时，”雷拉格说，“陛下曾经跟我说，本次行动，我们完全可以不理睬宫廷总管与泰格修斯，更不用理会皇后，但一定要考虑军情处总管的意见。”

“军情处总管已经消失了好几年，”索菲娅难以置信地望着雷拉格，“现在军情处根本不是他在掌握，雷拉格，陛下只是说要考虑他的意见，但决定权还是在你，你才是这里的最高统帅。”

“这么重要的决定也应该通过特拉柏森城堡总督的意见吧？”斯塔姆望着索菲娅。

“东线总司令曼西姆斯的意见呢？”索菲娅不理斯塔姆，“陛下走之前说君士坦丁堡近海舰队与卫戍部队全部由他节制。”

“当然他会希望舰队返回，”萨亚斯感叹道，“毕竟这对他能顺利与努尔丁决战非常重要。”

“特拉柏森城堡总督大人的意见呢？”雷拉格看了一眼斯塔姆。

“我的意见？”斯塔姆像是刚醒过来一样望了大家一眼，嘴角露出一丝微笑，“还用说吗？我当然不希望舰队返回，我还希望这些战舰保护我北方的港口与银矿哩。”

雷拉格环视了一下大家，所有人都在等待他的决定，他深深吸了口气，“我的决定是，龙头战舰队交给我的瓦朗尼亚属下指挥，他是航海好手，我会嘱咐好他应该了解的事，明天清晨就率领舰队起航，返回君士坦丁堡。我与你们继续坚守特拉柏森。”

萨亚斯感觉到一阵耳鸣，一阵复杂的阴云从索菲娅脸上掠过，他们转头不相信地望着雷拉格。

“你不能这样做！”索菲娅眯着眼睛看着雷拉格，“我们不能在这个时候失去舰队的掩护，毕竟命令不是来自陛下本身，这也许是敌人的计策！”

“就算是陛下的命令，我们所有人都会和你一起承担这个责任！”萨亚斯叫道。

“君士坦丁堡再次叛乱的责任我们所有人加在一起都没法承担，”雷拉格尽量不去看索菲娅的眼神，“军情处长的指示也是陛下命令的一部分，我不能违抗陛下的命令，一个合格的军人应该懂得服从。”

“你是怕失去陛下对你的信任吧！”索菲娅气恼地呼的一声把最后一把匕首掷出钉在草人心脏正中，转身愤然离去。

会议不欢而散，但雷拉格是这里的最高统帅，他已经做出了决定。斯塔姆慢慢一个人从旋梯离开城堡楼顶，在第二个拐角处转向外城城墙，这里是阿拉玛诺战士们的防区，满是黄牙的海泽比阿拉玛诺人佣兵头目正在箭塔那里等他。

斯塔姆看了一眼四周，手中变戏法般出现一个装满金币的小钱袋，放在海泽比阿拉玛诺人头目手中，“你向瓦朗尼亚人，特拉柏森人，阿兰人军营散布爱琴海东部不稳定的消息，干得很不错，现在特拉柏森所有的帝国士兵们都了解了这一切，这给雷拉格造成相当大的压力，他只能做出舰队离开的决定。”他又望了一眼面前的阿拉玛诺人，“金币别独吞，也让助你散布消息的帮手们嘴上沾点油水。”

“当然，当然，”海泽比佣兵头目仍有些怀疑，“你能确保我们会选择正确的一方吗？”

“我什么时候让我的老乡失望过？我可是斯塔姆，”斯塔姆露出了一个灿烂的笑容，“我不总让你们选择收益最大的那方吗？一贯如此。”

斯塔姆转身眺望离港口不远的龙头战舰们，一些瓦朗尼亚人正没精打采地升起他们的主帆，庞大的舰队正要整装待发离开特拉柏森，从明天清晨起，特拉柏森城堡的补给才被突厥人真正切断，雷拉格如果不击破巴夏，就必须在城堡粮食吃光前等待帝国援军来拯救，特拉柏森城堡似乎又走到了命运的十字路口，它与它城内的所有人会不会再一次成为主力决战的牺牲品没人会知道，气氛突然让人感觉有些伤感，连冷酷的佣兵头子嘴角都略有人情味地撇了撇。

“再见啦，龙头战舰们。”斯塔姆深深的叹了口气。

“信使已经出发了吗？”突厥北方军团指挥所大帐中，巴夏问道，燃烧的烛火让他的脸看起来有些阴沉。

“是的，”哈珊重骑兵指挥塞利姆说道，“根据您的命令，给他换乘了最好的快速战马，以便尼西亚那里能早点得到消息。”

“那就好。”巴夏说。

“我还是不太明白，”塞利姆说，“如果斯塔姆是值得信任的，为什么不直接让他为内应趁夜打开城门让我们冲进城内去？我们可是拥有七千骑兵，加上他手上的阿拉玛诺佣兵战士，一定可以趁乱占领城堡干掉雷拉格。”

“斯塔姆如果是值得信任的就不会有任何计划，”巴夏看了塞利姆一眼，“正是因为斯塔姆不值得信任才会让我们有夺城的机会，但谁知道主人到底给斯塔姆开了什么样的价码？主人不会把这些告诉我们，另一边曼努埃尔给了斯塔姆多少呢？我们也无从知道，但我是北方军团的最高统帅，要为自己的士兵负责。”

“先看看罗马人的舰队会不会因为斯塔姆而撤退，”巴夏望着塞利姆，“我曾经让你去找一个与我身材相仿的骑兵，这不难，应该已经找到了吧？”

这是个凉风习习的清晨，塞利姆第一个知道消息后就飞快地奔向巴夏的指挥所，但指挥官早就穿戴着整齐的鳞甲在可以观察到港口远处的高地上低头来回徘徊着等待着他。

“罗马人的龙头舰队们离开了特拉伯森城堡！”塞利姆欣喜地说道，“那些巨大的桅杆从海面上完全消失了，我们现在可以真正地包围特拉柏森，敌人将失去与城堡外部的所有联系与补给！斯塔姆证明了他是可以信任的，”他又咽了下口水，“我是说被我们信任。”

巴夏抬起头，紧紧盯着塞利姆的眼睛，弄得他有点不知所措。

“统帅？”塞利姆提醒着巴夏，“是否着手进行第二步计划？”

“你那位与我身材相仿的骑兵，让他身穿重铠甲包裹住脸部，”巴夏压低声音说，“带领我们临时雇佣的投枪步兵，参杂少量土库曼骑兵，打着我本人的的旗号，占领港口。

“占领港口后，让他们放松，一半人在港口就地休息，观察城堡内的反应。”

“传我的命令！”巴夏低声指示重骑兵指挥，“塞利姆，你带领哈珊重骑兵布置在港口西南的树林外围，一旦城堡中北欧人出城攻击我们的投枪兵，就以最快的速度冲出树林从平原的斜坡向他们冲击，把重骑兵分成三批轮番冲刺，不要给他们喘息之机，记得不要与他们缠斗，我们会命令其他伊克塔弓骑兵与轻装弓骑兵从南北两路进行包抄，用箭雨射击这些重步兵的背部！所有哈珊骑兵与弓骑兵必须在敌人舰队返回之前结束战斗！”

“无论是北欧卫队，还是阿拉玛诺战士，”巴夏说，“甚至是斯塔姆本人，只要一旦袭击我们布置在港口上的部队，就格杀勿论！从今天起中断与斯塔姆的联络，除非我的命令，任何人都不可以联络斯塔姆，不然立即就地正法！”

“司令官，”塞利姆望着巴夏，“我本以为第二步作战计划是……”

“如果我们一直占领着港口，而且以我这个主帅作诱饵，东罗马帝国的舰队都不会返回支援，这才能证明敌人舰队是真的离开，”巴夏冷冷地打断了他。“我才不会信任一个两面派的北欧佣兵头子。”

拜占庭

The blood of Byzantine hero

英雄血脉

Chapter 23

曼西姆斯没有回答，他敏锐地发现了对方横扫的破绽，在一个侧身移动躲开战斧的力道后，盾牌向左微微平移架住了双手战斧的攻击并用侧边勾住了斧刃，趁着对方无法立即收回战斧，木棍猛地向对方腋下刺去，“我的进攻就在这里！”曼西姆斯吼道。

当塔莉亚迈步走进努尔丁的作战室内，领袖依然在紧盯着由她提供信息制作的拜占庭尼西亚前线布防图，“我正有些问题要问你，”努尔丁抬头看着塔莉亚，“你与东罗马帝国最精锐的步兵交过手，他们给你的印象是什么样的？”

“似乎与传闻有些差距，”塔莉亚冷酷的嘴唇露出一丝微笑，“完全没有纪律铁军的形象，他们个个力大无穷，勇猛无比，藐视死亡，但过于莽撞，无论何时只知道进攻。用一些技巧就可以让他们破绽百出。”

“曼努埃尔这次北欧兵源的补充太仓促，”努尔丁说，“他们骨子里还只是北欧海盗，如果一个不怕死的维京战士穿起重铠甲拿起大盾牌就可以称为北欧卫队的话，那么这些重步兵就不可能享有二百年的声誉，我一直很担心他们的威慑力，现在放心多了。

“实际上现在罗马人的北欧卫队中有一千五百名战士已经达到了历史上那些最令人生畏的精英重步兵标准，只不过他们中的大部分在雷拉格手中，现在正被巴夏包围在特拉柏森城堡。”

“昨天我军军营里发生了打斗，”努尔丁突然盯着塔莉亚灰色的双眸，“那个从罗马人那里投奔我们的土库曼将军，乌古鲁，他被杀了，我想知道是怎么回事？”

“他喝多了，也许是妒忌我上次行动后所受的嘉奖，问我与普通妓女谁更能勾引男人，还说我是靠和您睡觉才获得哈萨辛首领这个位置，并向我伸出手来尝试，”塔莉亚耸耸肩，“然后他就死了。”

“你不用当众解决这些事情！这会造成土库曼骑兵的骚乱！”努尔丁低声走到塔莉亚前轻轻责备道，“你可以悄无声息地把他干掉！或者你可以来找我，他们是土库曼雇佣军，对我的忠诚度有限，进攻中反正是要充当炮灰的，我可以让这个无礼的人用另一种无可争议的方式消失！”

塔莉亚没有回答，漫不经心地望着别处。

“你这段时间成果优异，”努尔丁说，“根据你得来的情报我做出一些调整，哈萨辛在尼西亚的指挥权交给副指挥巴勒维，正面战场前线近期内将有重大行动，本来总指挥应该是你，这有些可惜，当然巴勒维也可以胜任，我对你另有新安排。”

“因为巴勒维也是土库曼人，”塔莉亚眉头皱了皱，“这可以缓和土库曼骑兵与哈萨辛的关系。”

“不要抱怨了，”努尔丁温和地望着她有些气恼的模样，轻轻抱住她的肩膀，只有这个时候他才能意识到面前的是位女人，而且具备着吸引人的外貌，“你一直是我最信任最出色的哈萨辛杀手，你的杀戮技巧无人可比，我永远不会亏待你。”

“曼努埃尔正在安条克访问，”努尔丁说，“根据我的情报，安条克人似乎并不情愿淌这摊浑水，拜占庭皇帝会在安条克逗留一段时间来说服他们。”

“可怜的皇帝伤还没痊愈，他的身边只有五百铁甲骑兵守卫，没有将领，只有一个年迈的泽诺斯大主教陪伴，而且他们同时还要防备安条克人，这样的工作一定非常繁重无法面面周全吧？”努尔丁用余光望了一眼塔莉亚，女首领美丽的灰色双瞳突然发亮般充满了光泽。

“你有我的手令，”努尔丁继续说，“可以调动从这里至东部凯撒里亚城堡的任意骏马轮换骑乘，我希望你的辛苦旅程可以换来历史上哈萨辛的最高荣耀。

“给你的任务也许会让你名垂青史，从此在哈萨辛历史上无人能及，哈萨辛们杀死过将军，杀死过宰相，也杀死过王爵，但还没有一个人杀死过基督徒们的皇帝。”

“曼努埃尔不在自己的国土上与我会战是个大错误，”努尔丁嘴角露出一丝微笑，“现在是我帮他纠正错误的时候了。”

塔莉亚满意的笑容终于浮现在脸上，她掀起长长的斗篷下摆，哗的一声合上了锋利的眼镜蛇短剑剑鞘。

艾里克大吼一声把曼西姆斯整个人都推得飞了出去砰的一声后背撞在指挥所的砖墙上，受伤巨兽惊人的动作让在一旁的铁甲骑兵统帅约翰维塔斯和卫兵们纷纷抽出武器，“我已经等待的够久的了，不要阻拦我！”巨人向东线总司令吼道，“这些突厥刺客只不过懂得偷袭而已，我要召集北欧卫队与阿拉玛诺战士，与他们战阵上见高下，我要把那个婊子和她手下的刺客都扯成碎片！”

“一个军人首先应该听从命令，”约翰维塔斯说道，“你要听从最高统帅的命令！”

曼西姆斯制止住要抓住艾里克问罪的约翰维塔斯，再次走到艾里克的面前，盯着比他高得多的狂怒巨人。

“你是个懦夫，你望着我做什么？”艾里克向小曼西姆斯大吼道，“你根本不敢和努尔丁决战，他是声名远扬的穆斯林圣人！是突厥战神！而你只是个东帝国的无名小卒，一个保守的步兵，只会带着人从战场上到处逃跑与撤退！所以你只能等待，我们就只能等待，在这里像懦夫一样等待着失败！”

曼西姆斯的胸前不停起伏，怒火充满了胸膛，但他只是紧紧地盯着眼前的巨人没有发作，“无论你说什么，”他坚决地说，“我都不会让你离开这里，你哪也不能去，如果你想走出这个屋子，就必须先砍倒我！”

艾里克疯狂地大叫一声，把巨剑从背后抽了出来，约翰维塔斯大惊失色。连忙举剑挡在东线总司令身前，曼西姆斯脚步纹丝不动，依旧挡在巨人的身前。

“扔掉你的剑！这种行为可以直接处决你！”约翰维塔斯厉声喝道。

艾里克盯着曼西姆斯的眼睛，他们就这样一直在僵持。

巨人重重地喘着粗气，当呼吸不再那么急促时，眼神渐渐变得沮丧，“刚才的话都是胡扯，对不起，我不该那么说你，”巨人转身扔掉了巨剑，约翰维塔斯吃惊地望着这个硬汉蓝色眼睛中的泪光，“本来被砍倒在哨塔那里的应该是我，他们是为了保护我才死，这些丹麦人像信任雷拉格那样信任我，也像保护雷拉格那样保护我，可我辜负了他们，我让他们被刺客像杀动物一样的宰割，如果我不能带领他们复仇，我怎样才能面对他们？怎样才能率领他们？”

“谁说你不能带领他们？谁又说你不能为他们复仇？”曼西姆斯厉声说道，“我只是不允许你脱离我们独自去复仇！”

巨人猛然一回头，“难道你要带领大军和我们一起攻击？”

小曼西姆斯叹了口气，没有回答这个问题，“你没有辜负他们，是他们自己辜负了自己。”

艾里克疑惑地望着司令官。

“哈萨辛再强大也只有十二人，”曼西姆斯说，“你的北欧战士应该的举动是，用大盾牌护住身体，把敌人逼向死路，等待我的援军到来把他们一网打尽，可是他们大部分人连头盔都没就盲目的冲杀上前，这是训练有素的战士该拥有的举动吗？这种举动，难道不是在辜负战友们的信任吗？”

“你总是自诩力大无穷，瞧不起罗马人惯用的盾阵，认为这是怯懦的表现，”小曼西姆斯毫不留情的批评他，“你的战士也养成了这种习气，除了显示力量外，藐视盔甲，藐视防御，甚至藐视保护你们半条性命的大盾牌，你们竟然只用它们防御箭矢？恕我直言艾里克，你的北欧战士远远不是北欧卫队，他们只是一群头脑简单的北欧海盗。”

艾里克蓝眼珠转了转，没有回答。

“真正的北欧卫队就应该像雷拉格指挥的士兵那样，”曼西姆斯说，“你自己也说过在北欧时雷拉格一千名精英战士可以轻松砍翻四千挪威海盗，这是因为他的战士除了勇敢无畏，同时也是纪律铁军，步伐整齐，队形齐整，万人行动如一人，如同罗马军团，懂得保护自己，也懂得保护战友。这才是真正的帝国卫队。”

“这是我的错。”艾里克老实的承认。

“哈萨辛确实武艺高强，但战争不是角斗场，更重要的是战术，策略与智谋，”曼西姆斯望着艾里克，“我可以帮你，让我们的北欧战士不再担心遭遇哈萨辛的突袭，但你必须保证放弃独自出击的打算，任何时候都不行。”

“我保证。”艾里克郑重地说，“只要能保护我的那些战士们。”

“从今天起我用你曾经瞧不上的罗马战术来训练你的士兵，”曼西姆斯长呼一口气，坚决地望着艾里克的眼睛，“我们时间不多，我需要你来做监督，他们会服从你的命令，我得让他们以最快的速度毕业。”

艾里克突然转身站起，径直走出了指挥所。

“你去哪儿？”约翰维塔斯疑惑地问道。

“去拿我的头盔和盾牌，”艾里克转身不好意思地说。

虽然哈萨辛的突袭让北欧人有些心有余悸，但那种与生俱来的骄傲依旧让他们有些漫不经心，他们并不拿这个以撤退见长的帝国东线总司令当回事。现在，他们玩笑中‘迷你总司令’，‘瘦小的罗马人’曼西姆斯竟然要给他们上战术课。而且还是北欧战士本来就很自信的近战格斗，就更让他们不以为然了。

巨大战靴发出的沉重脚步声却让他们鸦雀无声，他们之中单挑与力量最强悍的艾里克，身背绣着红色乌鸦的巨盾，身披从头到脚保护的重型扎甲，胸前还附加上用来防御箭矢冲击的皮环甲，头戴完全保护住头脸的宽沿铁盔，像一个最守纪律的士兵那样站在他们面前，炯炯有神的蓝色双眼中没有狂傲与散漫，只有认真与执着，足以震慑住任何北欧战士。

“我们请东线总司令曼西姆斯亲自调整我们的战术，这可以让我们面对最精英的突厥战士，”艾里克低沉的声音缓缓向大家说道，“我们的时间紧迫，如果有任何人不愿意进行这种训练的话，现在就他妈的给我站出来。”

北欧战士都望着艾里克。

“既然没有人反对，”艾里克环视大家，突然吼道，“就都给我滚回去把全套盔甲，盾牌都给我穿来！就照我的样式穿！十分钟以后在这里集合，如果谁十分钟以后还没有到或者没有穿戴整齐，我就砸烂谁的屁股！”

十分钟后，小曼西姆斯徘徊审视这些穿戴整齐的北欧战士们，“你们清一色的巨型双手战斧，”他突然问道，“你们中有谁擅长单手斧头的？”

“我，”“还有我，”几个瓦朗尼亚人喊道。

“你们几个出列。”曼西姆斯指着他们说，“把你们手中的战斧交给我。”

北欧人看了一眼严肃的艾里克，走出队列，把巨大的战斧放在曼西姆斯的面前，其中有个调皮的北欧大汉故意把他与同伴的两把双手战斧同时交到曼西姆斯手中，弄的瘦削的东线总司令一阵踉跄。

“不许笑！”艾里克嚷道，实际上他自己也有些想笑。

但曼西姆斯没有笑，他突然从腰间抽出钉头锤，重重地砸在几把双手战斧的长柄上，他就这样连续挥砸着，直到把他们都砸断。

“现在来领你们的武器吧，”小曼西姆斯长吁一口气。

“司令官，”一个北欧战士不满地握着被小曼西姆斯改造的短柄战斧上下打量，“您把我们吃饭的家伙变成水果刀啦！”

“让你拿这些水果刀是我相信你的左臂更有劲！”小曼西姆斯笑道，“放心，你的力量不会白费，我会为你配发特别大号的盾牌！”

“还有谁会扔飞斧的？”小曼西姆斯继续问道，“听说是你们北欧人的看家本领，我要那些扔的特别准的人！”

“我，”“还有我，”又几个北欧人举手喊道，“我能扔中飞奔的野兔！”

“如果扔的够准每个人都会得到一打新武器！”曼西姆斯说，“但你们要把长柄战斧换给自己的战友！”

“十个人为一组，”小曼西姆斯说，“二名持短柄战斧与巨盾的在最前方，另两名持巨盾在两侧靠后位置！你们的巨盾要保护战友，不得随心所欲出击！除了正面与侧面以外，记得一定要保护好下盘，这是你们高大的身躯最容易被敌人趁虚而入的命门！

“二名擅长手持飞斧与大盾的战士紧贴前方与侧翼的巨盾，你们从盾牌的空隙中向敌人投掷飞斧，左手的大盾架在前方战士的巨盾上，背后的战士性命就掌握在你们手中！

“考虑到你们的强烈的进攻精神，”曼西姆斯望了一眼充满疑窦的北欧战士们，“十人队里仍旧配比了四名手持双手斧的战士，你们在队伍的最后，但是有两个要求，第一，防守时绝对不允许越过前方的巨盾战士，第二，每个人都必须背负你们的大盾牌，那些盾牌可以保护你们的背部，与你们其他队友的盾牌连为一体。”

北欧战士们立即一片哗然。

“都给我闭嘴！”艾里克冲着大家吼道，吵闹声慢慢安静下来。

“一个个说，”曼西姆斯露出笑容，“有疑问可以提出。”

“我们北欧人以取得敌人人头为荣耀，”拿着曼西姆斯新改造“短柄战斧”的一个北欧战士说道，“如果我只拿着大盾牌，怎么取得敌人的首级呢？”

“给我一面盾。”曼西姆斯转身对一个助理训练的普罗诺艾重步兵说，转身望着那个北欧战士，“我来告诉你怎么用盾牌取得人头。”

北欧战士看了一眼四周，“你要和我打？”他不相信地望着曼西姆斯，“我可不想误伤一位总司令官！”

“是我怕击伤了你，如果你击伤了我，我不会治你的罪，说话算话，”曼西姆斯边说边从地上拾起一根教导用的沾满墨水的木棒，“来吧，孩子，我手里只是根木棍，你还要在那里像个姑娘那样等待？”

众人发出一阵哄笑，北欧战士立即涨红了脸，挥舞着巨大的战斧冲了上去。

曼西姆斯刚举起巨盾，双手战斧就重重地砍在他的盾牌上，轰然的震动让他踉跄和连续后退，北欧战士呼呼生风的挥舞着战斧，巨大的力量产生的每一次重重击打都让曼西姆斯全身的盔甲叶片震颤，艾里克突然有些担心，他瘦削的身躯会不会在战斧的劈杀中完全散架。

“总司令官手上可是根木棍，”艾里克冲着北欧战士吼道，“你下手给我注意一点！”

“和我说的一样！”北欧战士大叫道，又是一斧向曼西姆斯横扫过来，他望着不停后退的曼西姆斯，“只有撤退与防御！总司令，你的进攻在哪儿？”

曼西姆斯没有回答，他敏锐地发现了对方横扫的破绽，在一个侧身移动躲开战斧的力道后，盾牌向左微微平移架住了双手战斧的攻击并用侧边勾住了斧刃，趁着对方无法立即收回战斧，木棍猛地向对方腋下刺去，“我的进攻就在这里！”曼西姆斯吼道。

北欧战士的腋下被戳了一下让他愣了一下神，他这才发现曼西姆斯左手的巨盾向他猛撞过来，北欧人一下被撞的头昏脑胀径直往后退，曼西姆斯又趁机用木棍敲了他的脑袋一下，墨水顺着头盔飞溅得满脸都是，惹得其他北欧人都哈哈大笑。

“如果我用的是长剑，”曼西姆斯严肃地说，“刚才已经刺进了你盔甲保护间的软肋，如果我敲你用的是战锤，你的脑袋现在应该已经脑浆迸裂，盾牌还有其他的攻击用法，你先退回阵列，其他方式我们待会再练。

“你们都是熟练的勇士，力量应该都强于我，如果你们能勤加练习的话，做的一定会比我更好。”

“盾牌还能这么用，”满脸墨水北欧战士郁闷地嘟囔着，“我怎么就没想到呢？”

“那是你脑子里的墨水还没有你脸上的多！”艾里克大笑道，他叫道，“多让司令官用棍子敲几下就会聪明点！”

“算了吧，”北欧战士退了回去，低声自言自语，“你连自己的名字都写不了。”

艾里克带着真挚的尊敬望着曼西姆斯，从这位罗马人身上看到了希望，得到了鼓舞，不禁为过去对总司令的态度有些羞愧，“还有谁有疑问？”他转脸冲着队伍大声喊道。

“我，”一个手持双手战斧的北欧人举手道，“如果我们只是躲在六面大盾牌后面，怎么才能攻击呢？”

“别着急，刚才我只是展示了防守的队形的一个战术而已，在这个战术中，你们完全可以躲在里面打瞌睡，只要保证睡觉时盾牌与前方的盾牌连为一体”曼西姆斯笑道，“还会有进攻队形与追击队形的演练，那就是双手战斧的表演时间！防御弓箭的队形就不再练习，这个方面你们已经做的很好了，最主要就是进攻队形的演练！会比防守更复杂，我要求你们以最快的速度学会。”

曼西姆斯呼了口气，转脸望了东方一眼，“因为我们没有时间了。”

对一个身穿突厥北方军团司令官军服的普通士兵来说，行动一开始就天天胆战心惊，生怕成为敌人袭击的重点目标而小命不保，但安宁的局势很快就让他发现诱敌其实是个美差，在深秋特拉柏森阳光明媚的港口连续十五天睡到屁股晒暖起身确实是行伍生涯中为数不多的奢侈享受，这还不算，每天司令官标准的饮食待遇让他希望这场梦永远持续，当然，不能卸下头盔是一个麻烦，不过微不足道，心理上完全可以克服。

巴夏的心情就复杂多了，敌军似乎对他取得港口束手无策，既没有遣返舰队，也没有出兵反击，他埋伏在树林里的预备突击的骑兵已经被蚊子喝了十五天的血，叫苦不迭，现在他军营里又一位客人必须赶紧予以答复，这确实难以决断，他不禁望了一眼身边的塞利姆，哈珊重骑兵指挥正迫不及待等待着他的命令，

但这不是着急的时候，巴夏暗暗对自己说。

一名卫兵掀开大帐走近指挥所，“我们在西诺普城的间谍传来消息，司令官。”

巴夏感觉自己的心突然被吊了起来，“说吧，”他对卫兵保持着镇静。

“他们在西诺普城看见了正在向西行驶的舰队，”卫兵欣喜的神情毫不掩饰，“他们可以很清楚地看见每艘战舰的龙头船首像，他们的桅杆上竖立着红底黑乌鸦旗帜与双头鹰旗帜，一共有七十五艘！”

“那就是北欧人的龙头战舰！”塞利姆兴奋道，“他们正在赶往君士坦丁堡！”

巴夏斜着眼睛望着卫兵，对着他轻轻一挥手，卫兵立即应声退出指

挥所，塞利姆走近巴夏低声说道，“‘季风’确实足够出色，他在克里特岛的行动已经给罗马人造成了海上恐慌，他们必须依靠这些龙头战舰来保证君士坦丁堡的安全！”

“十五天，这些天始终是西风，也许十天之后才会有东南风，”巴夏掀起大帐一角，盯着军营里向东飞扬的旗帜，喃喃自语，“龙头战舰们几乎完全逆风行驶，靠划桨经过了西诺普城。十五天是个可信的时间，看来，‘季风’指挥在克里特岛北部海面的行动奏效了，他与我们的那位客人确实掌握了局势。

“更重要的是主人掌握了局势，也掌握了斯塔姆的价码。”巴夏转身望着目光炯炯的塞利姆，

“主人派来叫迪亚斯的客人，他还在等待我们的回复吗？”巴夏问。

“没错，”塞利姆微笑道。

“回复他，答案是肯定的，我们会协助主人来完成这次行动，给他匹骏马，让他早点返回君士坦丁堡和他的人回合。”巴夏说。

“我们现在可以与斯塔姆恢复联系了，”巴夏终于露出了如释重负的笑容，“一位将军应该抓住一次留名青史的机会。”

特拉柏森城堡的小树丛中，巴夏派出的手下与斯塔姆进行了第二次接触，斯塔姆一贯自信与充满微笑的脸显得非常恼怒。

“我扔掉了东罗马皇帝白送的总督来为你们服务，”斯塔姆恼火地盯着来人，“这是因为得到了你们最高领袖的承诺！你们只是他的仆人，怎么敢违抗他的命令？我想我应该派出特使向他好好建议，如果真想得到特拉柏森城堡，就应该先惩罚与撤换一些不知天高地厚的手下。”

“巴夏将军得到的消息晚了一步，”来人狡辩道，“这完全是误会，将军一得到消息就立刻派遣我们来澄清。”

“误会？”斯塔姆睁大了眼睛吃惊地望着来人，“你的误会差点让我人头落地！正当你们在港口让太阳晒屁股的同时，我正冒着风险向雷拉格提议不要进攻你们在港口的军队，即使巴夏在那里。虽然他同意了我的意见，但对我心存疑窦，现在我已经不再固定防守西门了，他不定时间的让我的防区在西门与东门区域更换！”

“绝对不会再有这样的事情发生，今后巴夏将军一定会与您协同行动，”来人真诚说道，突然露出一丝笑容，“看来您对雷拉格的决定有重大影响。”

“雷拉格才不会被他人左右，”斯塔姆不屑地摇摇头，“这是因为我的理由合理，我向他提出首先应该保证城堡的安全，城堡的淡水与粮食充裕，支持三年以上完全没有困难，犯不着冒险在城外与骑兵占绝对优势的敌军交战，还因为特拉柏森城堡内的粮食过去是我从港口督运的，这才打消了他的部分疑虑。”

“但他现在已经有些怀疑我了，”斯塔姆盯着来人的眼睛，“我没有多少时间，我可以帮助你们夺得城堡，但是可不想成为炮灰，也不想被他挖出两只眼睛，被他怀疑至最后只有死路一条，我在近期会与你们再进行一次联系，将确定行动的具体时间与地点。

“将军会向主人汇报您对合作的诚意，”来人说，“巴夏将军也一直很钦佩您，他是个讲信用的人，我们会恭候佳音。”

“给你们的巴夏将军捎个信，不要再发生任何‘误会’了，”斯塔姆的下巴由于嘲讽而弓起，“如果再发生，哪怕是再小的误会，我们就完全终止合作，大家战场上见，”斯塔姆嘴角露出一丝久违的微笑，“我还是东罗马帝国皇帝的特拉柏森总督，我会劝雷拉格死守特拉柏森，三年中，我相信君士坦丁堡的舰队还有充足的时间返回来给我们送吃的，那个时候，你们再想拿下城堡就是天方夜谭。”

“由于你们的误会，现在必须对我做出一些补偿。”斯塔姆说。

“您需要我们赔偿金币？”来人想起了迪亚斯对斯塔姆风格的一些介绍。

“哦，不！”斯塔姆像是被针扎了一下，“你想到哪儿去了，我要求的补偿对巴夏将军与我都有好处，当然合理的赔偿金币我也会欣然接受的。”

来人默默等待着他的回答。

“我需要你们的保证，如果合作攻下了特拉柏森而俘虏了罗马人的主帅，”斯塔姆等待良久，终于轻轻叹了口气，“必须立即处死雷拉格。”

“我想这种要求巴夏将军应该是求之不得，”来人笑道，“他巴不得雷拉格被大卸八块。”

“即使是北欧卫队也是佣兵，”斯塔姆紧紧上前一步，“而雷拉格本质上也只是佣兵头而已，生死关头他一定会转变阵营，你们的主人会很高兴得到一批战力超卓的重装步兵与一位优秀统帅，那个时候恐怕巴夏将军想动手也没有机会了。

“巴夏将军一定要提早了结这件事，要么直接就交给我，我一定要看见他的人头才安心。”斯塔姆想起特拉柏森城堡地下室行刑后血流成河的一幕不禁有些颤抖，“如果这人不死，他以后就一定会用最残酷的方法杀死我。”斯塔姆盯着来人的眼睛心有余悸地说。

Chapter 24

巴勒维看在眼里，一个纵身跃上了一座哨塔，在哨塔上三名弓箭手未能做出任何反应之前，他行云流水般挥舞着弯刀和钉锤，在漫天血雾中把所有的敌人砸翻在地，“我杀掉了这里的弓箭手！”副指挥高叫着。

风尘仆仆的穆斯塔法抖了抖披风上堆积的枯树叶与尘土，快步走进领袖的大帐，努尔丁换了一身华丽的黑色丝绸长袍在等待着他，“您的计划奏效了，”穆斯塔法一进大帐就喜形于色，“罗马人以为我军在尼西亚只是等待，十五天的辛苦果然没有白费！”

努尔丁轻轻转过身，等待他的汇报。

“您派遣我前往敌军大营两翼南北方向打探道路，”穆斯塔法用手巾抹了抹脸上的汗水，“功夫不负有心人，一些当地村民协助我在南部山区寻找到一条小路，这条小路可以通过骑兵，直通罗马人军营后方的西大门，他们毕竟兵力有限，没有时间打探周围的所有小路。这条小路附近没有任何驻军，我已经派人把这些小路完全标记。”

“西大门！”努尔丁乌黑的眸子中闪出一阵光芒，转身斟酌着，“罗马人的西大门面对的是平原，如果骑兵到达那里，再打开大门和成功破坏营墙的话……”

“骑兵的冲锋会畅通无阻。”穆斯塔法兴奋地接上领袖的话。

“那些提供信息的村民现在在哪里？”努尔丁眼角一抬。

穆斯塔法看了一眼领袖与周围，左手轻轻地做了一个抹脖子的动作。

“干得好，”努尔丁微微地点点头，“千万不能让消息走漏出去，给你的人交代，任何人接近小路就格杀勿论，不许放走一个。从今天起，我会派遣一部分哈萨辛接替你看护这些道路，毕竟他们干这些活要比你的骑兵更合适，你干得非常好！这场战役结束后我保证你会名垂青史，除此以外，我另有重要任务给你与你的宫廷重骑兵。”

“主人，”穆斯塔法深深鞠了个躬，“这是我的荣幸。”

“召集众将，”努尔丁宣布，“立刻。”

土库曼人出身的哈萨辛副指挥巴勒维轻轻捏着自己微微扬起的小胡

子，细小而凶狠的眼睛左右扫视着领袖大帐里的气氛，今天他似乎罕见地成为了众人目光焦点，主人那惹人讨厌的小婊子终于给调走了，该是我大显身手的时候。

“大家在尼西亚等待已经够久了，”努尔丁扬起黑袍长袖向大家宣布道，“我从真主那里得到预示，今天就是毁灭异教徒最后力量的时刻！”

突厥军队已经有一个月之久没有进行劫掠与攻击，这不符合他们的习惯，现在这个好消息让兴奋的空气立即充满了大帐，当然，也有一部分保守的将军持保留意见。

“敌军军营的防守非常坚固，南北两面都是群山天险，”一名将军小心地提出，“我们难道要从正面发动强攻？”

“是进攻，”努尔丁纠正道，“但绝不是强攻，”说完把身体转向巴勒维，“大家也许都认识，现在哈萨辛负责正面战场的总指挥巴勒维。”

巴勒维眯起眼睛向大家微微点头致意。

“前次哈萨辛成功的行动已经给我们送来了敌军大营内的准确情报，”努尔丁对众将说，“也许会有所变动，但他们不能在十天之内移动碉堡、角楼的位置，大型的十字壕沟也不可能变动，这些情报依旧有重要价值。

“这是哈萨辛的大规模行动，也是你的行动！”努尔丁紧盯着巴勒维，“你的行动将是毁灭东罗马大军计划中的核心！

“你带领八十名哈萨辛，分成八个作战小组，从四个方向潜入敌大营，不允许有任何差池，前四个作战小组为主攻队伍，他们负责杀死哨兵，并在军营里四面放火制造混乱，必要的时候占领哨塔；另四个小队是辅攻小队，他们主要是配合主攻小队作战，标记新壕沟与陷阱位置，为我军攻入敌人大营的步兵做准备。”

“我要求你亲自带领东门的两组哈萨辛，你们一定要打开东营的大门，”努尔丁对巴勒维说，“另两组哈萨辛负责西边的营门，这样在西门的骑兵部队才可以及时支援你们！”

“我们的骑兵怎么到达西门？”巴勒维提出他的疑虑。

“这多亏了穆斯塔法将军，”努尔丁望了一眼面部闪过一丝微笑的骑兵将军，“他历尽辛苦找到了罗马人大营南方山区中的小路，小路末端就是平坦的尼西亚平原！现在这一地区已经被我们完全控制，我们必须在罗马人还毫无察觉的情况下行动！”

突厥将领们惊喜的轻吁充满了大营。

“我担心上次塔莉亚的行动打草惊蛇，她不该引起罗马人注意的。”巴勒维小眼珠转了转。

“罗马人也引起了我的注意，注意到他那些威名赫赫的北欧卫队实则不堪一击，”努尔丁打趣道，这引起了众将一阵哄笑，“但是他们会因此会加强戒备，根据我的情报，敌人的弓箭手众多，足有数个纵队，曼西姆斯，他已经分编一部分弓箭手与普罗诺埃重步兵以及阿拉玛诺剑士混成搭配巡逻。

“哈萨辛尽可能避开他们，普罗诺艾步兵纪律性很强，他们身穿重甲，一碰上攻击就会连接盾牌立即缩成乌龟防御状，让弓箭手来杀伤你们，我们在密列塞奥法隆战役中见识过，”努尔丁对巴勒维说，“我承认这种战术很难看，但也很有效，虽然你的人都是绝顶武艺，我也不希望宝贵的勇士因流箭而损耗人员与时间。”

“好消息是，”努尔丁说，“敌人的北欧卫队仍然没有得到弓箭手的支援，也许是他依旧相信自己最强大的重步兵而把剩余弓箭手编制给了其他部队。那么，如果遭遇，继续屠杀他们，让他们最有声誉的重步兵听见我们哈萨辛战士的声音就恐惧的哀号。这对敌军士气的打击必然是毁灭性的。”

“也许他们被上次袭击之后会有举动，”巴勒维思索着向领袖提出一个可能，“比如加强对抗哈萨辛战法的训练，而且我想他们再也不敢不穿盔甲与我们的哈萨辛勇士交战了。”

“这点我想到了，”努尔丁露出一丝微笑，“我已经收集了一批特种镶钉皮甲给你们，这些皮甲用最好的牛皮制成，防御力赶得上轻锁子甲，却异常轻便，绝不会影响你们的潜入。”

“最主要的是，”努尔丁望着巴勒维细长的眼睛，“我会给这次所有行动的哈萨辛配备精钢打造的短钉锤。”

“精钢短钉锤？”巴勒维发出惊喜的感叹，“我记得只有主人的宫廷重骑兵才可以装备昂贵的精钢钉锤。”

“骑兵钉锤长度对你们不合适，”努尔丁说，“所以我特意让工匠替你们打造了这些短武器，这些武器整个穆斯林世界不足百件，我相信作为短兵器大师哈萨辛们能把钉锤与弯刀舞得一样好，现在可以抵消你所有的疑虑了吧？”

“多谢主人的恩典！”对于穿透重型铠甲的防御，没有什么比优质战斧与钉锤更好的武器了，巴勒维深感自己在战役中的重要性，兴奋的血液在脑中沸腾。哈萨辛副指挥不由得咧开嘴吸了口气，“我会让这些钉锤准确地锥出每一个北欧人的脑子。”

“东门的哈萨辛部队在成功潜入后，尽可能干掉哨塔上的弓箭手，并打开营寨大门给正门的重步兵冲击造成机会。”努尔丁保持着沉稳的语调：“每队哈萨辛一旦成功潜入到达目标后与敌人交战，”努尔丁转向巴勒维，“立即向天空射出哨箭，我们的大军完全根据你们的哨箭发射先后与方向调整行动！”

巴勒维重重向努尔丁行了个军礼。

“土库曼弓骑兵部队将密切配合哈萨辛的行动！”努尔丁望了望大

帐内的新土库曼骑兵统帅，微笑道，“在东门哈萨辛发出信号后，立即驱马接近东门营寨，向哈萨辛无法占领的哨塔倾射箭雨压制敌人弓箭手的火力，”领袖又看了一眼巴勒维，“用你们最大的力量协助你们同胞成功！”

巴勒维嘴角轻轻动了动，第一批从东门正面进攻敌军大营的土库曼骑兵一定会在拜占庭弓箭手与角楼火力的狙击下死伤惨重，他们真实的目的是吸引敌军投射武器的防御火力。但这不是主人关心的，也不是自己该关心的，土库曼新统帅耿直的性格会让他尽力支援自己这个所谓的‘同胞’，这就足够了。

“库尔德人的特点是速度，”努尔丁说，“两个纵队库尔德刀斧手分成两队，一队协助进攻东门的哈萨辛与土库曼骑兵，以最快速度进入敌人营寨，每人背负泥土与柴草，泥土用来填埋哈萨辛们标记的陷坑，柴草用来助燃敌营中的大火！

“负责西门的库尔德人现在就立刻出发，前往小路准备，每人携带绳索与铁钩，全力拉开罗马人西门两侧的栅栏与障碍，为骑兵冲锋创造最好的地形！”

“大营内的混战不适合轻装的库尔德人，”努尔丁望了一眼库尔德人指挥，“所以你们不得主动与敌人交战，完成任务就可以！”

“四个纵队的精锐下马哈珊重骑兵，其中两个纵队在库尔德刀斧手即将进入大营后立即进发，拥挤的地形下你们可以发挥重盾与重铠的特长，你们的任务是全力支援哈萨辛部队与敌军交战！另两个纵队携带云梯在敌军大营东南角与东北角待机，一旦两处哨箭发射，就全力攻击罗马大营的南北两处，制造更大的混乱！”

“罗马人的习惯是把重骑兵的营帐驻扎在大营内圈，”努尔丁又望了一眼萨拉森矛兵的指挥，“你们在下马哈珊重骑兵进入大营后就从东门进入，寻找敌人的重骑兵加以消灭，在这种地形下罗马人最精锐的铁甲骑兵卫队将完全没有用武之地，我想看见敌人有名的重骑兵统帅约翰维塔斯被长矛插成肉串的尸体。”

“当敌西门被打开而四周栅栏完全被库尔德人破坏之际，”努尔丁长长吸了口气望着精神矍铄的穆斯塔法，“你带领最精锐的宫廷重骑兵与两个纵队哈珊重骑兵，从小路杀出，在尼西亚平原上展开，从西门向敌军背后发起全力冲击！不要让我失望，我期待你取得曼西姆斯的人头！”

“我的荣幸！”穆斯塔法高声说道，“我会交给您东罗马帝国东线最高司令官的首级！”

“其他的哈珊骑兵、伊克塔弓骑兵与轻弓骑兵将编成一个大的骑兵军团，”努尔丁补充，“从小路出发，在战斗发起之后迂回至整个罗马大营的背面，在群山边的树林边加以埋伏，大营遭到打击后，敌军必会把他们从爱琴海西边运来的塞西亚弓骑兵投入支援，你们埋伏起来打他们个措手不及！”

“我会指挥宫廷骑兵卫队从东门对敌人发起最后攻击！”努尔丁扫了一眼士气高涨的众将，“我希望我只来打扫战场的残余，消灭东罗马帝国东线大军，就在明日，望诸将在真主的护佑下，旗开得胜！”

当其他将军离开大帐之后，巴勒维被努尔丁喊住了，哈萨辛副指挥默默地等待着领袖的再次指示。

“我正在考虑一件事，”努尔丁淡淡地对巴勒维说道，“塔莉亚指挥整个哈萨辛的时间很久了，从明天起，负责刺杀任务的哈萨辛行动指挥权将会和负责战地任务的指挥权完全分开，你现在可以离开了。”

巴勒维细小的眼睛中现出一丝光芒，他深深向主人鞠了一躬后转身离开，在无数次向主人行礼的过程中，这次最心甘情愿，就连离开大营的步伐都轻快了许多。

望着众将离开大帐的背影，努尔丁也踱步迈出大帐，望了一眼即将升起的太阳，这是做‘邦搭’①礼拜的时间了，这身镶着金边的华贵黑色长袍正是为今天的仪式所准备，他迈步走进军营里的清真寺，长长吸了口气，慢慢跪在礼拜毯上，优雅的胡子向上扬了扬，虔诚地开始向真主祈祷。

真主啊，你终于把尼西亚的东罗马帝国大军让我抓在手心里了，我准备了很久，不会辜负您的期望，曾经永不陷落的君士坦丁堡将在六百年后的今天再一次暴露在穆斯林的直接攻击之下。

我将成为数百年来穆斯林无人可及的英雄。

空气渐冷，特拉伯森的冬季就快要到来，斯塔姆披着毛皮坎肩，哈着雾气穿过特拉柏森城堡西部最大的箭楼，猛然在这里碰上了巡逻的雷拉格，这把他吓了一跳，佣兵头子平时最擅长的就是开玩笑，但今天雷拉格鹰隼似的淡栗色眼睛紧紧地盯着他，似乎比往常都要敏感与危险，竟让他一句话都说不出，斯塔姆打了个寒颤，毛皮坎肩似乎都不能起到应有作用，只好尴尬地笑了一声。

“我应该感谢你的建议，”最后还是雷拉格先开了口，“是你劝说我不要出城进攻占领港口的突厥人，你说的对，巴夏不可能犯这样的错误，把自己暴露在我们的攻击之下。”

“那个巴夏的样子一看就是个假货嘛，我想你一定也早都看出来了。”斯塔姆现出一丝笑容，决定恭维他一下。

① 穆斯林礼拜中的晨礼，阿语称帅拉图勒发吉尔，波斯语称“邦搭”，时间是从拂晓到日出。共四拜，两拜圣行，两拜主命。

雷拉格转身望了一眼城楼上空向东飘扬的紫底金色双头鹰旗帜，捉摸不定地看着斯塔姆，“不知道为什么，舰队离开总让我觉得心神不宁，虽然你早就和我说过，城堡里的粮食足可以支撑三年。”

“这些数量可是你亲自仔细查点的。”斯塔姆提醒他。

“是啊，收集补给品多亏了有你，“雷拉格笑了，“你这个特拉柏森总督一向非常称职，特别是对于特拉柏森的年轻女郎们来说。”禁军司令突然转身发问，“你说诺曼海盗们威胁君士坦丁堡海运线的消息怎么这么快就在军队中散播开了呢？”

“我也不知道，我只觉得散播消息的人特别可恶。”斯塔姆认真地摇摇头，“我和你想的一样，有舰队才安心，一想到没有舰队保护我的银矿就让我寝食难安。”

“我一直认为你很聪明，”雷拉格皱着眉头认真地望着斯塔姆的眼睛，“你能猜测到哪里走漏了君士坦丁堡那里的消息吗？索菲娅是军情处的人自然会守口如瓶，泰勒斯从不讨论与吃喝和希腊火以外的事，也不能是萨亚斯与奥多万，这里几乎算他们的家乡 。”

“很可能是军队里走漏了消息，”斯塔姆若有所思，“不会是我们的北欧卫队与阿拉玛诺战士，这些人在君士坦丁堡没有亲属与家产犯不着操这份闲心，”②他轻轻的摆了摆手，“很可能是萨亚斯手下的特拉柏森人或者是阿兰人，他们中有的人有亲戚在君士坦丁堡，再说这些东方人就是喜欢传播小道新闻。”

“好好，”雷拉格干笑了两声，目光突然又锁定住佣兵头子，“我就喜欢像你这样守口如瓶的人，从下个月起，你防守的范围从西门转换

② 艾里克在尼西亚战场统帅的北欧卫队部分人有家眷在君士坦丁堡，但雷拉格麾下的人则没有。

到东门，我理解你的感受，所以特意把你换到从城楼上就可以观察银矿的位置。”

“这真是太周到了。”斯塔姆惊喜出声。

“不过我前天随意地去看了看账目，”雷拉格漫不经心地望着远处，“似乎一小部分银矿的收入未列入账目？”

“是吗？”斯塔姆用食指磨擦了下脸颊，“我的会计有懒惰的习惯，我会催促他赶紧把账目补上。”

“不用，”雷拉格瞟了斯塔姆一眼，“也许是我看错了，”他还给斯塔姆一个微笑，“不是谁都像帝国税官那样喜欢对总督吹毛求疵。”

“还有件事。”雷拉格补充，“我很喜欢和我们一起远涉入帝国的兄弟，海泽比的那个黄牙的佣兵头子，他在丹麦帮了我大忙，我想私人报答他一下，当你防守东门的时候，我想让他防守西门，”雷拉格坦然地冲斯塔姆一笑，“你别总是统领他，我觉得他颇有才能，应该有独立领兵的权力。”

一丝阴云略过斯塔姆的脸。

“因为我们是同乡啊，经常看到他才会让我心情踏实许多，”斯塔姆略带伤感的说，“他总是让我怀念起家乡，不过你说的对，多给他机会才是真的对他好。”

“我也特别想念家乡，”雷拉格叹了一口气望向斯塔姆，富有感情地说，“咱们不都是这样的吗？”

深夜，一支流箭射入突厥营地中，早在哨塔前日夜仰望的斥候拿起箭，飞快地跑向巴夏就寝的营房。

三分钟后，巴夏已经在就寝营房的床上审视箭矢尾部包裹着的羊皮纸，羊皮纸上画着一个潦草的城堡俯视图，城堡的东西两面城墙和城楼上都画着剑的标记，南北两面的城墙则分别画着一张弓的标志，城堡里宽阔的中央地带注明着马头图样，最中心的市政厅与内城城墙上则画上了一把双刃战斧。

一个醒目的红色箭头标注在东门位置，箭头的两边画上两朵正在燃烧的小火苗，旁边写着阿拉伯数字十一和三十，羊皮纸右下方的落款则是一条左顾右盼的绿色双头蛇。

巴夏飞快地看完羊皮纸，转瞬间就把纸张扔进了正在燃烧的火炉。

尼西亚平原又是一个深秋之夜，一名携带钉锤的普罗诺艾重步兵正和他的同伴：两名疲惫的特拉柏森弓箭手在哨塔上来回徘徊，整个大营里除巡逻士兵的脚步声与偶尔的夜枭鸣啼听不到其他任何声响，自从塔莉亚的那次哈萨辛潜入之后，帝国军队加强了巡逻戒备：这种搭配巡逻让这名重步兵很安心：自己一旦遭遇上武艺高强的哈萨辛，只需保护好弓箭手，这些神箭手就能给自己最精准的掩护。

安心到没有注意接下来的两分钟里会出现一个细微的巡逻空隙，一支十人组的巡逻队刚离开而另一支巡逻队还靠的不够近，也没有注意到一个营房边的大木桶正在向哨塔以最细微的幅度靠近。

一支从微微掀起的桶盖下射出的吹管箭精准地命中了重步兵的脖子，他甚至以为是秋季虫类的叮咬，当手刚触及颈部，整个人就摔倒在哨塔上。

两名特拉柏森弓箭手闻声惊起，一个黑影已经从哨塔下飞跃而上。

还没看清敌人，黑影左手的弯刀已经电光火石般抹过了一个特拉柏森弓箭手的脖子，虽然猝不及防，但另一名弓箭手是百战老兵毕竟训练有素，他沉静而迅速的转身向黑影的头部射出致命一箭。

箭还未离弦，连弓带箭已经被敌人左手的弯刀打飞，弓箭手随即去抽腰间的短剑，但黑影右手沉重的精钢钉锤已经向他锁骨猛砸，致命的锤钉锥入弓箭手的劲部。

巴勒维一只靴子上前一步紧紧地踏在弓箭手的嘴与鼻孔上，望着对方慢慢挣扎着窒息死亡，防止弓箭手发出任何可能惊动下一支巡逻队的声响，他扯掉了自己乌黑的头罩，简略地观察了一眼地形，这不是侦察任务，不用再继续冒险深入。巴勒维又仔细望了一眼大营四周，依然非常安静，这证明所有哈萨辛都在等待他的指示而行动，没有任何人冒进大营内部而被发现，他得意地一笑，向另一名从桶里纵身而上哨塔的哈萨辛做了个手势。

后者从背上解下强劲的复合弓，点燃一支信号箭，向空中高高射了出去。

七名哈萨辛从他们的隐藏处神不知鬼不觉地出现，刺客们身上携带着危险的‘那法’油罐，这是一种危险的混合易燃油脂液体，他们迅速分散开，点燃这些油罐瓶并投向大营哨塔、仓库、营房。

巴勒维紧张地蹲在哨塔上注意着夜空，数秒后，他满意地看到南方，北方与西方的空中也射出了火红的信号箭。

七名哈萨辛的‘那法’掷油罐点燃的大火迅速蔓延起来，熊熊火光迅速吞没了最近的仓库墙面，巴勒维已经能听见惊醒的罗马人叫喊声。

他绝不会错过这精彩的一幕，哈萨辛副指挥站在哨塔上向漆黑的夜空远眺，其他方位的哈萨辛也开始行动，帝国大营已经四面火起。

早已集结完毕，杀气腾腾的突厥大军已经等待多时，帝国大营东门方向，努尔丁端坐在重甲战马上，身穿金色铠甲与深黑色披风，松脂火把下印照着领袖凝重自信的脸，当看见大营东门火光出现，挥手下达了攻击令。

第一波攻击由土库曼骑兵组成，他们飞快的冲出大军队列，马匹们排列着散兵阵型向大营东门疾驶而去，当接近时，弓骑兵们立刻变换环形跑位弯弓搭箭，箭矢像雨点一样射进拜占庭人大营里。

努尔丁再次一挥手，突厥大军中又一支信号箭升起，这引起了遥远的西方另一支信号箭回应，背负泥土与柴草的库尔德人纵队高举着明晃晃的火把纵队，咆哮着跟随土库曼骑兵冲向拜占庭军营。

大营里混乱的吵闹声惊醒了连续几个星期未卸甲的曼西姆斯，他一个翻身从营床上坐起，迅速戴上头盔抄起长剑，他看见普罗诺艾步兵副指挥和其他几名将领正向他这里跑来。

“司令官！”一名将领惊慌叫道，“努尔丁发动了进攻！我军大营四面起火，据说他们已经把大门攻破啦！”

众将都面露惊惧之色，互相左顾右盼，对穆斯林圣人的畏惧震慑着帝国将领们，密列奥赛法隆战役的阴影再次笼罩在拜占庭人的身上。

曼西姆斯望了众将一眼，保持着沉默，他迅速爬上了高处，望着自己大营四面燃烧，混乱不堪的场面。

“司令官！”普罗诺艾步兵副指挥急切叫道，“请您发布命令！”

“如果大营被突厥人攻破我们就全完了，我们应该立即撤退！”那名惊慌的将领喊道。

“敢言撤退者立即杀掉！”曼西姆斯怒目圆睁转身望着众将厉声喝道，“撤退正中努尔丁下怀，他的大军会立刻趁虚而入，你们看，”他指着远方，“我军大营四面只有营门范围起火，大营纵深完好无损，突厥人能有多少步兵，哪有四面营门都被攻破的道理？这一定是敌军少量部队潜入，扰乱我军心的计谋！”

“我安排大营四周边沿地带只有巡逻部队和虚设的营房，”曼西姆斯继续说，“并没有实际的军队，这些大火造成不了多少损失！”

“我命令！”曼西姆斯深吸一口气高声说，“两个重步兵纵队立即集结向南北两门进发，每个纵队都会跟随一个特拉柏森弓箭手纵队掩护，各部队携带灭火装备，不要急躁，保持前进队形！遭遇突厥人部队后首先掩护弓箭手杀伤敌军！

“传令给约翰维塔斯的铁甲圣骑兵纵队，”曼西姆斯对传令官说，“他可不会畏惧突厥人，但要让他稍安勿躁，携带马匹步行向西门进发，不用刻意寻找敌人交战！”

“再传令给阿拉玛诺剑士部队！让他们迅速集结，二个联队前往西门，他们也将得到一支弓箭手纵队的掩护，我将会派另一个纵队的普罗诺艾重步兵去支援他们！

“剩下两个联队的阿拉玛诺剑士部队作为预备队由我亲自指挥！在适当的机会投入战场！”

“一个纵队的重步兵，一个纵队的弓箭手，一半的阿拉玛诺战士，”普罗诺艾重步兵副指挥说道，“再加上约翰维塔斯的重骑兵，都被派遣入西门，可是现在最吃紧的是东门啊！”

“我判断敌人的主攻方向应该是西门，”曼西姆斯坚决地说，“我不知道突厥人是怎么达到西门的，但是那里地势宽阔平坦，努尔丁绝不会浪费这个优势地形来施展他占绝对优势的骑兵部队！”

“曼西姆斯！”这是独眼弓箭手指挥马库斯的声音，他从密列奥塞法隆战役后就成为曼西姆斯的密友，“现在大营内侧仍有两个纵队步兵弓箭手，请指示是否要他们从哨塔到地面集结前往支援？”

“不！突厥人的潜入正是妄图破坏我远程火力的稳定射击来发扬他们的骑兵射手的火力！”曼西姆斯高声说道，“这样的计谋他们在密列奥赛法隆已经使用过一次。我命令！ 除进行掩护的特拉伯森人外，所有防御内层哨塔的弓箭手都不许擅自移动，突厥人的大规模渗入后会紧跟接应部队，所有人密切注意外营动静，视指令进行远程射击！”

“大营外圈的步兵弓箭手，在哨塔上拖住敌人的渗入部队！剩余外围普罗诺埃步兵全力保护好弓箭手，”曼西姆斯指着马库斯，“你前往西门传达我的命令，如有退却者立即就地处决！告诉他们北欧卫队马上就会赶到支援！”

“明白！”马库斯转身离开。

“我的任务！”震响着所有将领耳膜的吼声在曼西姆斯右边响起。

“我正要让传令官去找你，艾里克！”曼西姆斯露出微笑。

“哈！”巨人满不在乎地叫道，“我睡觉可以不穿内裤，都不会摘下头盔！因为起身快，快说吧，司令官！哪里能杀突厥人？”

“你的一个纵队北欧卫队将分成两部分，东西各两个联队支援两门！”曼西姆斯望着高度重装，武装到牙齿的艾里克，“你亲自带队去东门，让他们不用集结，以原先作战小组直接开向营门地区！我需要你们以最快的速度前往保护营门外侧的弓箭手！”

艾里克拉起一人高的巨剑，转身就走，突然肩膀被曼西姆斯拉住。

“别忘记我们的训练，”曼西姆斯轻声对他说，“小心一点。”

艾里克带着护腕的左手重重的拍了东线总司令官肩膀一下，砰的一声和上了头盔的护面装甲，转身离去。

东西营大门附近哨塔上的特拉柏森弓箭手，在得到马库斯强硬命令后，继续留在哨塔上，由少量重步兵掩护，与营墙外的土库曼弓骑兵展开激烈的对射，虽然帝国弓箭手数量有限，但毕竟占据着地形优势，箭矢你来我往，土库曼骑兵完全占不到便宜。但当他们发现携带柴草、铁钩与绳索如潮水般涌来的库尔德战士后，立即把火力转向了新目标。

轻装的库尔德战士在拜占庭人密集的箭雨下纷纷倒地，冲锋在接近大营外时停滞不前，土库曼骑兵们虽然卖力的向哨塔发射着箭矢，但作用甚微。

巴勒维望了一眼被火力阻击在大营前的库尔德人，明晰敌人现在肯定正在集结他们的重步兵，绝不能中断突厥大军的计划，必须赶紧扫清库尔德人的障碍让哈萨辛得到接应，巴勒维向身后身背信号箭的哈萨辛做了第二个手势，那名哈萨辛向天空射出一发黄色的信号箭，那是让南北两支潜入的哈萨辛分别去支援东西门的信号。

“杀掉哨塔上的弓箭手！”哈萨辛副指挥大吼道，带领着二十名精锐的哈萨辛，在东营大门外狂冲乱杀，犹如无人之境，零散的重步兵完全不是对手，纷纷在精钢钉锤与弯刀的挥舞下倒地，两名重步兵高举大盾挥舞长剑前来阻挡，巴勒维突然一低身一记漂亮的扫堂腿把第一名步兵打翻在地，没等对方起身，精钢钉锤就避开对方大盾直接锥进了对方的脑门，另一名步兵的长剑刺来，巴勒维开始闪避，重步兵的长剑尽管刺进了巴勒维胸前的皮环甲却因为衣甲良好的延展性而没造成任何伤害，哈萨辛副指挥抓住这个机会立刻发动雨点般的反击，重步兵手忙脚乱地用大盾抵挡着巴勒维左手弯刀的佯攻，却被对方右手一记重锤把钢钉深深地透过宽沿头盔锥进了脑壳里。

库尔德人在哈萨辛凶猛的支援下重新列队，高喊着再次冲向拜占庭大营，一部分士兵已经接近了东营大门，他们向大门抛出绳索与铁钩，用力拉拽。哨塔上的特拉伯森人立即发现了这一危险，猛烈向大门旁的库尔德人射击，一个又一个库尔德人在大门的铁钩面前倒下。

巴勒维看在眼里，一个纵身跃上了一座哨塔，在哨塔上三名弓箭手未能做出任何反应之前，他行云流水般挥舞着弯刀和钉锤，在漫天血雾中把所有的敌人砸翻在地，“我杀掉了这里的弓箭手！”副指挥高叫着。

哈萨辛在首领们的鼓舞下奋勇冲上哨塔冲杀，不一会从南北两门潜入的哈萨辛也加入了破坏的战团，一座又一座哨塔失守，有的特拉伯森人不顾马库斯的命令，已经开始士气崩溃而逃亡。

库尔德人终于抓住了这个难得的机会，铁钩与绳索在他们的力量下再次紧紧扣住了大门，并把巨大的木质营门拉翻在地，发出轰然巨响。

“罗马人的东门被攻破啦！”库尔德刀斧手狂叫着从东门涌了进来。

西门的库尔德人也最终接近了营门，他们不但拉破了城门，而且还破坏了好几处营墙工事，为突厥骑兵的冲锋创造条件。

几个小队的帝国重步兵出现在巴勒维的视野中，这些没有集结的部队是最早到达东门的支援部队，哈萨辛副指挥瞟了一眼四周，没有任何弓箭手掩护，而且他清楚地望见一些重步兵背负的双手战斧，这不由得让他露出一丝狞笑，他立即指示南北两路前来支援的哈萨辛，让这些不知天高地厚的北欧战士去见上帝。

哈萨辛们飞快地如群狼般向行动迟缓的北欧卫队扑去。

东门大营外的努尔丁紧盯着拜占庭大营，再次挥手，又一发信号箭从突厥大军中升空，装备着重鳞甲与重盾的步行哈珊重骑兵开始向大营进发，他们将是攻破大营的主要力量。同时这发信号箭也是命令南北两侧埋伏多时的步行哈珊重骑兵携带云梯发动牵制性攻击。

迈克尔·阿斯庇塔斯的锁子甲上还捎带着些许爱琴海的咸腥，在近海舰队运兵船的运载下，他带领着两个纵队新训练完毕的塞西亚骑兵已经在尼西亚以西数十里的海滩登陆，而其中居住在马其顿的塞西亚骑兵则是其中最精锐的，他们自跟随阿历克塞大帝后屡建奇功。曾在1083年与诺曼人关乎帝国生死的拉里萨战役中以狡猾的战术战胜当时不可一世的诺曼骑士③。他们也是唯一被阿历克塞大帝在那个艰难的年代编制成卫队的外族弓骑兵部队。

东罗马帝国的谋略与战术体系中从来不能没有弓骑兵部队，迈克尔也深知这一点，他认为自己没有辜负皇帝的希望，特拉柏森城堡的收复让这些塞西亚人重获对帝国的信心，而迈克尔神箭手的本领也让同样擅长骑射的塞西亚人愿意服从他的指挥，只有一件事情有所遗憾，曼努埃尔给他提供的金币有限，不能招募更多的骑兵前来参战。

迈克人已经得知了帝国大营中的混乱，心急如焚，命令所有骑兵加快前进速度，但他并不知道，努尔丁早就在他必经的尼西亚大路南北两侧中埋伏了整整一支骑兵军团，这支骑兵军团拥有迈克尔数倍数量的伊克塔弓骑兵与哈珊重骑兵，他们正耐心地等待迈克尔的塞西亚骑兵进入伏击圈。

③ 塞西亚骑兵是巴尔干或南俄地带帝国外族游牧骑兵的总称，1081年年轻的阿历克塞一世（就是曼努埃尔的祖父）大败于诺曼人，使得诺曼人深入帝国境内，但坚韧的阿历克塞一世重新以塞西亚骑兵为主力，以骑兵游击战的方式在1083年挫败了诺曼人，解除了威胁。

Chapter 25

身背巨剑的艾里克铁塔一样稳站在营门上，令人恐惧的蓝眼睛死死盯着努尔丁的眼睛，慢慢举起右手，食指指着突厥人领袖，转面握拳，大拇指向下朝地面做了个曾经古罗马人在角斗场看台上最具挑衅的动作。这个动作引发了帝国大军中最具兽性的狂吼。

南北两路前来支援的哈萨辛了解自己已经被北欧卫队们发现，他们发现这些拥有笨重装甲的武士们逐渐加快了前进速度，但哈萨辛毫不在意这些手下败将们的策略，与此相比，他们更在意的是这些重步兵没有任何弓箭手掩护。

训练有素的哈萨辛们迅速做出反应，一部分哈萨辛从正面攻击吸引北欧卫队们的注意力，另一部分哈萨辛从背面，甚至还有一部分哈萨辛轻步登上了营房发动空中突击，残忍而自信的微笑借助大营中燃烧的火光清晰显现在穆斯林顶级战场杀手们的脸上，他们相信，北欧人弥漫的血雾即将再次飞溅在拜占庭人大营上空。

从正面攻击的哈萨辛挥舞着精钢钉锤向北欧卫队们急步冲去，他们满意地看见中计的北欧卫队如常向他们冲锋而来，地面上哈萨辛们边跑动边用不经意的眼角余光微瞄混乱大营的上方，注意到空中攻击的杀手们也已经做好了完全准备。

从营房上带着死亡气息的哈萨辛飞扑而下，进行背后攻击的哈萨辛们也纷纷现身，宰杀第一支赶到的瓦朗尼亚人小队将是他们在这场战役中送给努尔丁领袖的第一个见面大礼。

“防御阵型！”一个瓦朗尼亚队长突然吼道。

六面大盾如雨伞般整齐地撑起，飞扑而下的杀人钉锤出乎意料地砸在北欧卫队们突然架起的大圆盾上，杀手们的第一击没有造成任何伤亡。

一名哈萨辛见精钢钉锤竟然不能起到作用，迅速改用弯刀，利刃闪电般穿过了左侧北欧卫队阵型的防御，刀锋插进一名正在防御的瓦朗尼亚人的手臂，但北欧人却没有如常狂怒反击，只忍痛轻哼了一声，依然坚决地锁定着盾牌，当哈萨辛企图继续把弯刀插进北欧人左肋之时，另一名北欧人的盾牌则立即与同伴靠拢，把哈萨辛持弯刀的左手猛地紧夹在盾阵中，惊慌的哈萨辛没能抽出手臂，被盾墙内的某把短斧剁成两截。

一名身形最灵活的哈萨辛在空中漂亮的一个翻身越过六面大盾，自信找到了北欧人的破绽，弯刀插向一个手持双手巨斧的北欧人后心，计划弯刀穿透北欧卫队防御队形后方随即再用钉锤挥舞进行屠杀，而他的目标似乎毫无察觉。

弯刀徒劳地弯曲刺在北欧卫队背负着坚固的大盾牌上，两侧的两名手持短斧大盾的北欧战士则立即向后转，和这名持双手斧战士背上的盾牌连为一体。

武艺高强的哈萨辛立即变招，倒地一个灵活的翻滚横扫攻击北欧卫队们平时最不易注意保护的下盘，但他的身体竟然又撞在两面落地的巨大盾牌上，他轻轻手一撑地，竟然又以极快的动作起身。

但这是他生命中最后一次表演这种令人眼花缭乱的身手，哈萨辛刚刚站稳身体，得到盾牌保护的双手战斧战士猛一转身从上而下的一斧子已经劈出了最灵活杀手头颅里所有的脑浆。

另两名突袭的哈萨辛的俯冲攻击破绽大开，他们挥舞着钉锤乱砸，但满眼都是北欧人的盾墙，突然来自北欧人队形后方的一把飞斧从盾墙中冷不防袭来，正中其中一个哈萨辛的面门，斧刃深深劈进脸部，另一个哈萨辛在慌乱中粹不及防，被盾墙中两条北欧人强壮的手臂拉进盾墙内，盾墙内发出了哈萨辛凄厉的惨叫。

转瞬间扔出一具血肉模糊的尸体。摔在目瞪口呆的哈萨辛们面前。

“进攻队形！”位于阵型后部的瓦朗尼亚小队长观察形势后高吼道。

位于阵型中部的瓦朗尼亚战士立即向一名被震慑的哈萨辛投出飞斧，接着整个阵型开始向前跑动。哈萨辛条件反射似挥舞着左手的弯刀击飞了一把飞斧，这种击飞武器的练习对于他来说也许是家常便饭。

刚打飞飞斧站立未稳，位于阵型最前方两面大盾牌撞击已经扑面而至，哈萨辛被两名熊一样强壮的北欧人撞翻在地，头困脑涨的他还想着反击，贴紧地面挥舞的弯刀削向北欧人的脚筋，可惜他已经身处移动阵型的中间，头顶上大盾牌如铡刀一样猛得落下。

哈萨辛的脑浆崩裂的脑袋被盾牌深深地砸进泥土里。

飞斧从北欧卫队阵型中不停飞出，哈萨辛们阵脚不稳，北欧卫队的反攻异常凶猛，两名手持双手大战斧的北欧人高高跃起，越过前方持盾的北欧人，狂吼着向惊慌的哈萨辛凶猛劈杀，一名哈萨辛立即在挥洒的鲜血中被剁成两段，另一个哈萨辛徒劳地用武器格挡住了北欧人的攻击，可另两名手持双手战斧的北欧人却又跃过了之前劈杀攻击的北欧人如破浪般展开新的重击，这就是曼西姆斯给予北欧人的进攻队形，两面双手战斧的斧刃在血雨中直接穿过了哈萨辛的身体，负责保护两侧的北欧人依然紧紧跟着双手战斧们的节奏，牢牢用大盾保护着侧翼。

哈萨辛蜡烛般熄灭的目光中看见了这狂暴的时刻，没等他完全倒地，身体已经被狂暴的大战斧们跺成了骨肉碎片。

眼见东门已经唾手可得，巴勒维吃惊地发现南北两翼前来支援的哈萨辛精锐竟然已经在人数并不占优势的北欧卫队小队面前全军尽墨，他亲自带队的两队哈萨辛虽在苦苦支撑但已经在不断后退，哈萨辛副指挥三步并作两步跃下哨塔，“库尔德人去支援哈萨辛两侧！”巴勒维挥动着武器狂吼着。

哈萨辛副指挥一面招呼着库尔德人前来支援，一面留意着大营外的动静，他听看见数千下马重骑兵战靴踏在地面上的声音直冲大营东门涌来，知道努尔丁援军已经赶到，转而信心倍增，“杀啊！罗马人大门已经通畅无阻，我们的精兵就要到了！”

他亲自带领两名武艺最高强的哈萨辛，猛扑向一小队正在专心赶向东门的北欧卫队侧面，北欧卫队已经发现了他来袭的位置，但巴勒维的动作太快，刚举起盾牌的北欧卫队虽然有厚重的头盔保护，还是被巴勒维的精钢钉锤深深地砸进了头顶，瓦朗尼亚人痛苦的惨叫了一声倒了下去，但气绝前左臂依然用最后的力量高举着为战友防御的盾牌。

巴勒维一个闪身带领两名哈萨辛终于冲进了阵型，他们认为冲开阵型北欧卫队的防御就会土崩瓦解，但倒下瓦朗尼亚人的位置转瞬间就被一个巨大的身影挡住了，当巴勒维的钉锤再次挥砸时，被一把巨剑稳稳架住，巨剑下是艾里克坚定的蓝眼睛。

库尔德人也手持战斧，占据人数的优势，咆哮着向北欧卫队冲去，但迎击他们的是从黑暗中投出的一片飞斧雨，轻装的库尔德人很快成片倒地，士气大跌，接着看见令他们一辈子都忘记不了的恐怖场面，一波波手持双手战斧的北欧战士咆哮着跃过坚固的盾墙迎面平扑来，在突厥步兵的阵型中挥出了由库尔德人残肢断臂组成的漫天血雨。

巴勒维倚仗自己的速度，双手如闪电般挥舞着弯刀与钉锤眼花缭乱地砸向艾里克，相比而言，艾里克的巨剑似乎显得笨重而缓慢，不能有效招架巴勒维的攻击，但艾里克的全身重铠甲披挂，弯刀几乎不能对巨人造成伤害，一次毒蛇般的钉锤挥砸还是击中了艾里克的左肩，虽然有厚实的铠甲保护，精钢钉锤的锤钉还是深入进去，鲜血从盔甲破碎处喷出，艾里克咬紧牙咧开了嘴，但巨人惊人的意志力压倒了剧痛，没有给巴勒维扩大战果的机会。

哈萨辛副指挥疯狂的挥舞着兵器，了解自己完全不能停止攻击，一但停止攻击，艾里克这样的老手会立即与自己稍稍拉开距离，宽阔而巨长的双手剑反击将让自己的短兵器毫无还手之力。

但对手也可能会急躁，哈萨辛副指挥估量着艾里克性格上的弱点，一个北欧人不会忍受这么长时间的被动。

果然，艾里克忍耐不住，在一次躲闪巴勒维左手弯刀的直刺后，认为自己抓住了反击时机，一个后转身，准备来个大力的转身横扫，一阵光芒电光火石般闪过哈萨辛副指挥细小的双眼，他一直就在等待这样的机会，弯刀佯攻的破绽实际上小的可以忽略不计。

巴勒维右手的钉锤集中了全身力气，这是他这场战斗的最好机会，锤尖猛向艾里克转身的后心砸了下去，他自信速度超过艾里克，可以在艾里克转身巨剑劈杀前穿透巨人的心脏，再强壮的北欧人心脏被钉穿也将立即死亡。

砰然作响，巴勒维的钉锤深深钉进了艾里克后心，背负着的小圆盾上。

巴勒维感到死神在向自己招手，他以最快的速度放开了被艾里克背部盾牌卡住的钉头锤而向后疾退，但艾里克的速度更快，巨剑的转身大力横扫斜角略过了自己整个胸口，切开了所有皮环甲的防御，巴勒维惊恐的眼睛甚至可以看见自己胸口喷出的鲜血遮挡住了视线。

“哈！”艾里克圆睁双目高吼道，“我早就料到你这狗娘养的会用这一招！”

再晚退半步，巴勒维喷出的就是肋骨与心脏的碎片了，重创的哈萨辛副指挥一秒都没耽误，徒劳地捂着自己从右肩到左腹喷血不止的巨大伤口踉踉跄跄向后退去，眼角的余光已经瞥见另两名哈萨辛被盾阵后短斧劈断喉咙的尸体。

弓箭手指挥马库斯已经看到下马哈珊重骑兵纵队正在逼近，而北欧卫队小队们的凶猛反击已经让东门边的特拉柏森弓箭手重新站稳了脚跟，“用火箭向空中进行散射！”他命令道。

一些点燃了油火的箭散乱地射向前进的步行哈珊骑兵附近位置，当然，这样的射击不能造成任何伤亡。

“罗马人的投射武器反击越来越弱！”东门努尔丁大军阵中，一名将领惊喜地叫道，“我们应该就快攻克东门了！主人，重骑兵们应该可以出发了！”

但努尔丁阴沉着脸，望着特拉柏森人射出的散乱火箭弹道，额顶隐隐渗出了汗迹。

“传令下马哈珊骑兵停止前进！”努尔丁高声命令，“盾牌防御敌人弓箭手齐射后撤退！”

“主人？”一名将军不解地提问。

努尔丁挥手止住了部下将军的提问，“穆斯塔法的宫廷重骑兵现在就从尼西亚山区小路回撤，准备执行第二计划。”

马库斯望了一眼即将接近东门的下马哈珊骑兵位置，散射火箭尾部的光芒已经把他们黑夜中的位置暴露着一清二楚，而在大营第二层毫无损失的弓箭手主力按曼西姆斯之前的命令岿然不动，完全做好了射击准备，“开始。”马库斯命令道。

数千尾部燃烧着火焰的箭矢在弓响时升空，把夜空照耀得如同天明，漫天箭雨向步行哈珊骑兵扑去，尽管他们有盾牌和重鳞甲护身，仍有不少人中箭倒地，下马哈珊骑兵没有浪费时间，在抵挡着一轮东罗马弓箭手齐射后听从领袖的命令向后跑去。

“他们不再继续前进实在太可惜了，”马库斯叹道，转而命令弓箭手把火力转向拥挤在东门处的轻装库尔德人。

东大门处突然喊杀声大起，第一批集结完毕的阿拉玛诺剑士与特拉柏森弓箭手纵队已经赶到，在特拉柏森人箭矢的掩护下，阿拉玛诺剑士们挥舞着明晃晃的双手剑呐喊着向库尔德人冲去，库尔德人的人数优势已经不复存在，士气完全崩溃向后逃去，使得东门残余的哈萨辛陷入绝境。

哈萨辛们徒劳地抵御着北欧卫队的攻击，瓦朗尼亚的作战小队纷纷赶到，直接在东门激战中完成了集结，“把他们挤向营房的墙角！”正在追击巴勒维的巨人艾里克高喊道。

北欧卫队的盾墙推着突厥战场杀手们不断后退，他们无法阻挡北欧人骇人的气力，当哈萨辛们背部靠上营房时，曾经不可一世的刺客们已经无路可退。

“停止双手斧攻击！防御队形向前！”艾里克明白敌军的困兽之斗会折损自己的兄弟，他望着陷入绝境的杀手更换了最残忍也最行之有效的战术，“盾墙继续向前！为我们曾经失去的荣誉！为我们死在这些杂种手上的兄弟！”巨人惨蓝色的眸子发出摄人的光芒，“把他们挤成肉饼，砸出他们的脑浆！”

手持大盾的北欧人狂吼着上前，所有的哈萨辛被挤在了一个极其狭小的空间内，绝望的钉锤与弯刀徒劳砸在不断挤压收紧的盾墙上，瓦朗尼亚人疯狂地挥舞着盾牌砸向每一个哈萨辛的脑袋，哈萨辛的空间越来越小，惨叫声此起彼伏，破碎的脑壳中泼洒出的蛋黄色脑浆混合着鲜血喷洒在营房浅色的墙面上。

天色渐明，稀薄的秋阳慢慢升过了地平线，残余的库尔德人撤出了战斗，拜占庭大营东门外的喊杀声渐渐沉寂，努尔丁仍端坐在战马上，凝视着岿然不动的罗马人大营，他在看一个人，一个他曾经轻视过的人，一个貌不惊人瘦削的罗马人指挥官，一个曾在他眼中只知道撤退的帝国东线总司令官。

曼西姆斯在普罗诺艾重步兵的簇拥中，也静静地望着突厥人的领袖。

一只血迹斑斑的手抓住了营边的木墙，巴勒维努力想让自己残破的身体站起来翻过营墙逃回突厥大营，而东罗马士兵只是静静望着他，没有任何举动。

一个巨大的身影笼罩在这具残破的身体上，艾里克左手握着一面大盾。

巨人高举盾牌重重砸在巴勒维的颈项上。一下接着一下，罗马人血红的双眼望着这场景，每砸一下帝国军阵都发出吼声，随着挥砸的声音，帝国军人的吼声就越来越响，而努尔丁眼中的恨意也越来越浓。

艾里克转身扔掉了巨盾，一只手抓住了巴勒维的头颅，另一只手按住巴勒维的身体，猛的大喊一声，强壮的臂膀上青筋暴起，把哈萨辛副指挥的头颅连同一部分脊锥在一片血雾笼罩下从血肉模糊的尸体中直接拔了出来，这个举动引起了帝国全军连同曼西姆斯震耳欲聋的吼声，接着，艾里克站在营门高处，把哈萨辛副指挥血淋淋的头颅大力抛向突厥人领袖。

努尔丁阴沉的望着艾里克与他带领的北欧卫队，金色鳞甲下的胸膛不停起伏，这是突厥领袖轻视的第二件事，而他已经为这次轻视付出了六十多名顶级杀手的代价。

穆斯林领袖亲身体验了东罗马帝国首席重步兵的残酷与恐怖，被深深震撼，艾里克他们再也不是他印象中那些只会胡乱冲锋的普通维京战士，那些公元一千年之前来到君士坦丁堡的北欧铁卫们灵魂附体在艾里克与他背后那些狂吼着的勇士身躯中，这些勇士将永远是他征服千年帝国道路中无所不在的障碍。

身背巨剑的艾里克铁塔一样稳站在营门上，令人恐惧的蓝眼睛死死盯着努尔丁的眼睛，慢慢举起右手，食指指着突厥人领袖，转而握拳，大拇指向下朝地面做了个曾经古罗马人在角斗场看台上最具挑衅的动作①。这个动作引发了帝国大军中最具兽性的狂吼。

努尔丁拨马转身离去。

努尔丁在大帐前翻身下马，众将立刻围了上来，“主人，”一名突厥将军胆怯地望了一眼领袖的脸色大胆提议道，“对方两个纵队的塞西亚骑兵正在进入我们在尼西亚骑兵军团的伏击圈，如果能全部歼灭这些骑兵，可以弥补我们哈萨辛的损失，重新打击敌人刚刚建立起来的士气！”

努尔丁望着大帐外，长长吸了口气，他沉吟着。

“主人，请发布您的命令！”一名将军提醒道。

“穆斯塔法的宫廷骑兵队已经按计划撤出了尼西亚山区，”努尔丁突然用力的摆摆手，“让在尼西亚山区埋伏的骑兵军团全部沿小路撤出！跟随宫廷骑兵部队，执行第二作战方案！”

“放弃伏击？”一名将领不相信地疑问。

“难道你想违抗我的命令？”努尔丁转身凶狠地盯着提问的突厥将军，直到那名将军低头躲开他的目光，“传令下去，而且要连续三次传令，命令骑兵军团撤出他们的伏击位置，我猜想一次命令对正处于狂热状态的骑兵军团指挥来说也许很不够。”

努尔丁环视了众将一眼，长长的叹了口气，“我已经小看了曼西姆斯一次，不会再小看他第二次。”

① 在古罗马角斗场中，握拳大拇指向下朝地面最言简意赅的意思就是“死！”

库尔德人没命地逃出战场，哈珊重步兵与土库曼骑兵也纷纷撤退，北欧卫队们的兽性已经完全点燃了帝国大军的战意，“司令官！”巨人望着沉思中的曼西姆斯，蓝眼睛里冒着热血沸腾的火焰，“让我们赶着这些突厥人的屁股打过去！直接冲垮努尔丁的大营！”

“迈克尔的塞西亚骑兵也就要赶到了，”一名将领说道，“可以让这些骑兵参与我们的攻击！”

曼西姆斯转而思索这个可能性，但随即脸色大变。

“所有人都不得出战！”他突然喊道，马上命令传令官，“发信号箭给迈克尔，让他们全军停止前进！艾里克，”他转身望着巨人，“传令给你在西门的北欧卫队联队，与已经抵达西门的约翰维塔斯的铁甲圣骑兵部队集合，出西门缓慢前进，接应迈克尔的弓骑兵部队。铁甲圣骑兵沿大路向前，保护北欧卫队不被敌人骑兵冲击，北欧卫队则沿树林两侧搜索前进！当接近迈克尔的骑兵部队时，发信号让他们保持战斗队形与你们一同返回大营！”

“既然努尔丁能在山区小路埋伏骑兵冲击我大营西门，也一定会在山区那里埋伏骑兵伏击我们的增援部队。”曼西姆斯望了一眼不解的艾里克说道。

“主人怎么会放弃歼灭两个纵队敌人骑兵的大好时机？”突厥骑兵军团司令喊道，“他们毫无防备，这会让未来战场上的敌人骑兵一蹶不振！”

“这已经是主人的第二道命令了！”特使叫道，“除非你想违抗。”

他还没胆量走得这么远，“听从主人的命令，撤出战场。”他低声对部下说道，但突厥骑兵军团司令仍不甘心地久久望着通向尼西亚的大路。

在骑兵们逐支联队缓慢退出战场后，突厥骑兵军团司令仍在观察尼西亚的大路，迈克尔的弓骑兵在接近，他已经能看见这些弓骑兵紫色的双头鹰旗帜，这让他越发对领袖的过分谨慎感到痛心。

但这时他同时也望见了迈克尔对面远方令人胆寒的场面，拜占庭人最精锐的铁甲圣骑兵卫队连同刚刚得胜的北欧卫队从大营西门鱼贯而出，约翰维塔斯纪律严明的铁甲圣骑兵骑乘着高大的战马，装备着厚重的三层复合装甲与四米长的骑枪，在大路上摆开阵势慢慢前进，保护着北欧卫队的侧翼，哈珊骑兵可不是这种骑兵的对手，而那些恐怖的大战斧们，也兵分两路进入树林两边搜索前进。

一发号箭从拜占庭大营西门升起，迈克尔的骑兵部队应声而停，等待着与铁甲圣骑兵与北欧卫队的汇合，突厥骑兵军团司令越来越庆幸自己的决定，他当然了解自己的骑兵部队被这些重装巨斧在树林里纠缠会是什么结局。

“主人是对的，”骑兵军团司令叹了口气对特使说，随即也迅速离开，“跟随主人执行第二计划。”

“虽然突厥人损失并不大，重要的是我军士气高涨，他们了解到努尔丁也会被击败，”曼西姆斯对约翰维塔斯和迈克尔说道，“不过我不知道努尔丁的下一步计划，派遣一些间谍趁着敌人进攻受挫潜进大营，毕竟对方的哈萨辛遭受了惨重损失。”

间谍的尸体很快就被送回，他们全被残忍的肢解，看来穆斯林领袖的恨意未消。

“该死，他们还有拥有四十来名哈萨辛呢，我们的间谍很难潜伏进入，要是军情处的尼塞卡还活着就好了。”约翰懊恼地说。

一提到军情处，迈克尔不由得想起还在特拉柏森城堡里的索菲娅。

“这是我的错，短期内不要派遣间谍潜入突厥大营了，反正我们也大致知道他们的计划，"曼西姆斯默然地望了神情有些恍惚的迈克尔一眼，"希望陛下在安条克的外交斡旋可以成功，那样可以逼迫久攻不下尼西亚的努尔丁撤军。"虽然这么说，但他并不对此抱什么希望。

塔莉亚用手背擦了擦额头上的汗珠，翻身骑上凯撒里亚城堡②驿站为她准备的新驹，这是她在长途旅行中换乘的第六匹坐骑。壮观的大阿勒山③就在她右方，马蹄以最快的频率踩踏在著名的"丝绸之路"南端泛黄的草皮上，哈萨辛指挥墨绿色的披风迎风飘舞，这是前往安条克城的最后一站，根据她所携带信鸽的消息，安条克潜伏的几名哈萨辛助手也做好了准备。

安条克公国可不会舍命保护一个异国的皇帝，长途旅程的辛苦不会白费，塔莉亚可以感觉到自己刀鞘内的眼镜蛇短剑在跳动，东罗马帝国的曼努埃尔皇帝，你的性命是我的了。

② 凯撒利亚：现今土耳其共和国的开塞利城，著名的旅游城市，历史超过3000年，曾经是拜占庭帝国在安纳托利亚东部最重要的据点，帝国衰落之际被突厥人占据。

③ 大阿勒山：阿勒山又译作亚拉腊山，亚拉拉特山，土耳其东部的山地，靠近土耳其、伊朗、亚美尼亚三国交界处，距伊朗边境约16公里，距亚美尼亚边境约32公里。为一直径约40公里的死火山锥，阿勒山分为两座高峰，其中较高的为大阿勒山。

拜占庭英雄血脉

The blood of Byzantine hero

Chapter 26

距士麦那城堡只有不到二十里的艾菲斯城遗址有着无数上古希腊奇观，壮丽的赛尔丘克大图书馆与阿尔忒弥斯神庙曾是那个城邦时代最伟大的建筑。神庙中身背弓箭的狄安娜女神像正用悲哀的眼神遥望着东方……

安条克议事厅再聚的气氛有些轻微的异样，安条克公爵似乎没有首次会面猝不及防的慌张与混乱，曼努埃尔回味着博希蒙德嘴角间琢磨不定的微笑，目光环视着安条克各怀鬼胎的贵族们，其中吉奥伯爵与罗杰伯爵似乎心事重重，最后他的目光转向医院骑士团的安德鲁瓦与朱里奥，对方正好也在目视自己，冲着自己礼貌地微微点头。

“作为我个人的意见！”博希蒙德公爵大声说道，“我非常尊重曼努埃尔陛下的提议，”这时他微笑地望了一眼曼努埃尔，“也许皇帝陛下也应对我们存在的合法程度作一些表示。”

这句暗示让曼努埃尔不禁露出一丝自嘲的微笑，“安条克城将是十字军们建立的合法城市，她附近的王国也将是合法王国，就如同耶路撒冷王国一样！”皇帝宣布道。

“按照神的旨意建立的公国！”博希蒙德趁机说道，用眼角余光瞟了一眼曼努埃尔的神色。

“如果这就是同盟的条件，”皇帝微笑着回首望了一眼身边的泽诺斯大主教，对博希蒙德做了个颇具风度的手势，“那我恭喜您，尊敬的博希蒙德公爵。”

“还有些程序上的麻烦，”博希蒙德嘴角略过一丝狡猾的微笑，“也许是公国与帝国决定权的区别，我必须听从所有人的建议，毕竟，我没有像您那样至高无上的地位。”

“君士坦丁堡的重要意见也是从教堂、元老院与将领们中产生的。”曼努埃尔不经意地提醒，“既然这里是安条克最重要的议事厅，公国的英才们汇聚一堂，我当然很乐意听到所有人的意见。”

“那么就投票来决定吧！”博希蒙德合起手掌，“安条克贵族们都是坦荡荡的君子，我们需的是光明正大的意见，来吧，尊敬的伯尔纳泽主教，吉奥伯爵与罗杰伯爵，还有乔瑟林伯爵，你们的意见将是我的决定。”

吉奥伯爵与罗杰伯爵冷冷地望了曼努埃尔一眼，毫不犹豫地上前宣布，“我们投反对票。”

乔瑟林伯爵则针锋相对地走向台前，“我赞同皇帝的意见！”还冲着皇帝报以一个友好的微笑。

“二票对一票，”博希蒙德公爵望着踌躇不安的伯尔纳泽主教，“看来您的意见将具有决定性。”

“也许您也该投票，公爵，”曼努埃尔微笑地提醒博希蒙德，“我记得您对同盟的个人意见是赞同的。”

“哦，不，”博希蒙德轻轻冲皇帝摆摆手，谦虚地笑道，“我这个安条克公国公爵只是所有的贵族的代言人而已，我已经说过他们的意见就是我的意见，所以我不参与。”

“那么我会很期待伯尔纳泽主教的意见。”皇帝转向安条克大主教心事重重的脸。

其他的安条克贵族也都盯着主教。

吉奥与罗杰伯爵不由得相视一笑，伯尔纳泽主教并不是拜占庭帝国坚决的反对派，却是非常坚定的中立者，主教的意见是置身事外，议事厅里正在进行表决的并非与帝国开战的问题，而是与帝国的军事盟约问题，他们几乎已经可以猜到主教的意见。

伯尔纳泽最终慢吞吞的走上台，主教缓缓张开嘴，似乎他的思路正在进行一场有史以来最大的斗争。

“我赞同与东罗马帝国的同盟。”伯尔纳泽小声说道。

吉奥与罗杰伯爵不敢相信自己的耳朵，惊异地望着变了卦的教士。

“陛下与泽诺斯大主教亲口答应不会在安条克公国设立东正教牧首对吧？”伯尔纳泽忍不住提高声音对曼努埃尔身边的泽诺斯大主教说道。

“当然，只要帝国与公国的盟约生效，”泽诺斯大主教郑重道，“这个诺言就一直有效。”

博希蒙德的脸上阴云密布。

“现在是二票对二票，”曼努埃尔趁机说道，“而公爵本人则是赞同联盟的！现在公爵可以代表所有人的意见做最后决定了！”

安条克贵族们一片哗然，博希蒙德的脸红到了耳根，他一时语塞，突然想到了什么，赶紧把目光转入身后。

“也就是说，”乔瑟林伯爵上前大声说，“帝国与公国的盟约生效！”

“帝国会承认安条克公国的合法权益！”曼努埃尔补充道。

“我还没有投票，”博希蒙德身后一名衣着华丽的青年快步走上前，公爵顿时信心大振。

“他是安条克公国的贵族？”曼努埃尔转头满面狐疑地望着博希蒙德。

“我是耶路撒冷王国的爵士，”居伊朗声答道，“上次公爵与陛下会晤时已经与陛下见过面了。”

“您再次给我留下了深刻印象。”曼努埃尔眯着眼睛望着他，“我记得这是安条克公国与东罗马帝国的同盟事务。”

“耶路撒冷王国和安条克公国一直就是一体，”居伊回答，“在我们尊敬的博希蒙德公爵继承公国之主前，耶路撒冷王国的鲍德温曾经长期摄政，是耶路撒冷王国在代管博希蒙德公爵即位之前的安条克公国，所以我当然有权力投票。”

“他说的不错！”一个安条克公国的贵族喊道。

“您以什么身份代表耶路撒冷王国投票？”曼努埃尔紧紧盯着居伊，“请教您的爵位？”

“男爵，陛下。”居伊沉稳地答道。

"哈，男爵！"曼努埃尔干笑了一声，转过身仿佛在自言自语"耶路撒冷王国的男爵可以代替国王做决定了！"

"我不能替鲍德温王上做决定，"居伊①回答，"但王上正远在大马士革对阵沙漠之王萨拉丁②，而我是王上姐姐西贝拉的未婚夫，所以我这个男爵是拥有投票的权力的。"

"他是摄政贵族，"博希蒙德在一旁说道，"摄政贵族当然是可以投票的。"

"哪怕是极短时间的摄政贵族。"吉奥在一边面带微笑。

曼努埃尔皱了下眉头，没有反驳，静静等待事态的发展。

"那么，"博希蒙德心怀鬼胎地望了一眼皇帝，"既然现在的票数是二票对三票，我很遗憾最后的意见将是……"

"请等一下,"一直在大厅后排观察的医院骑士团朱里奥骑士走上前，"既然远道而来的居伊爵士有投票的权力，我也有。"

"居伊爵士有投票的权力不是因为他的爵位而是因为他的摄政贵族身份，"吉奥斜睨着朱里奥，"医院骑士团是我们的朋友，朋友是不会插手好友的家事的。"

"如果我没弄错的话，"曼努埃尔提高了声调，"我们这位尊贵的朋友在安条克驻扎有两千多骑兵，这些部队是正是为了保护安条克公国！此次会议的决定关乎这些高贵正直的战士生与死，朱里奥骑士当然有资

① 还记得《天国王朝》电影里的居伊吧，他又出场了，不过本书居伊的个性更符合历史，与电影里妄自尊大的个性不同，历史上的居伊是非常工于心计与钻营的，他是靠自身魅力获得了鲍德温四世姐姐西贝拉的青睐。(显然没有电影中那个老好人主角什么事)，不过，他确实急功近利，缺乏治国领军才能。

② 这里指的是1177年的蒙吉萨战役,"麻风国王"鲍德温四世以少胜多大败萨拉丁,这在《天国王朝》电影中也有所提及。

格投票！除非博希蒙德公爵认为医院骑士团的支援对于安条克防务无关紧要。”

如果没有教会骑士团的不断支援，早年的安条克公国不是被拜占庭帝国兼并，就会被努尔丁的父亲曾吉消灭，博希蒙德一时无法反驳，只好转身看着吉奥伯爵，后者也看起来有些束手无策。

“还有我，”沉稳的声音从大厅后响起，“安德鲁瓦，我也将有权参加投票！”

“尊敬的圣墓守护者当然可以投票！”曼努埃尔赶紧抬起手对博希蒙德身后站立的手拄双手巨剑的战士们做了个邀请的动作，“这些令人尊敬的战士就站在大厅内保护着公爵，他们的首领当然有理由参与投票！”

“圣墓守护者什么时候成了爵位了？”吉奥伯爵高声叫道。

“既然居伊爵士可以代理耶路撒冷国王投票，”安德鲁瓦回敬他，“我就代表医院骑士团的军团长罗贝尔投票，我这里有文件，我拥有罗贝尔不在东方时安条克境内医院骑士团俗家骑士的调动与指挥权！”

“无论他们的票算一张还是算两张。”曼努埃尔狡黠地望着博希蒙德，“都会是公国最后的决定，我不会忘记公爵本人对同盟是赞同意见的，当然，”皇帝顿了一顿，“除非公爵出尔反尔。”

博希蒙德公爵张口结舌站在那里，吉奥则狠狠盯着身后的罗杰伯爵，后者也只好一脸无奈。

“既然这样，我认为自己没有浪费这漫长的旅行，”曼努埃尔与泽诺斯大主教微笑起身，“很高兴可以与博希蒙德公爵达成……”

一个仆人模样的人走上前，在安德鲁瓦耳边耳语了几句，安德鲁瓦突然脸色大变，连招呼也不打，掉头就走出了大厅，弟弟朱里奥表情茫然，向大家匆忙鞠了一躬，追赶安德鲁瓦走出了大厅。

“他们还没开始投票！”吉奥伯爵赶紧说。

“我看他们是放弃了投票的权力！”罗杰伯爵叫道。

“我们应该等待他们回来，在座的谁都不赶时间，”曼努埃尔缓缓说，“也许还应该看看可以帮什么忙。”

时间一秒一秒在过去，博希蒙德阴沉地望着仍旧镇定自若的皇帝，在考虑什么时机宣布两位医院骑士团骑士的投票作废最妥当。

一个侍从模样的人跑向吉奥与罗杰，在他们耳边说了几句。

罗杰听完消息火冒三丈，长剑出鞘，吉奥则一把拉住了罗杰。

“没想到你的那些不动脑子的粗人手下也会有这样的好运气。”吉奥长长舒了口气，得意地对罗杰说道。

皮格迪与单多罗是罗杰伯爵手下最臭名昭著的人，他们从第一次曼努埃尔与安条克君臣会晤后就奉命监视圣墓守护者安德鲁瓦，他们最终还是发现了安德鲁瓦的秘密：奈菲尔的礼拜。

“安德鲁瓦竟然窝藏一名萨拉森女人在住所！”皮格迪说，“罗杰伯爵会很高兴得到这个消息！”

“而且是个挺诱人的女人，”单多罗猥琐地望着礼拜完毕奈菲尔黑纱下凹凸有致的身材，舔了舔嘴唇。

“不要把我们的任务弄砸了，”皮格迪提醒他，“我们需要罗杰伯爵的金币。”

“在耶路撒冷与安条克，”单多罗毫不在乎，“玩弄一个说谎的萨拉森女人没人会插手，即使是安德鲁瓦回来了也不敢把我们怎么样。”

当安德鲁瓦发疯似的赶回奈菲尔哪里，女孩子正尖叫着与单多罗厮打，全身衣裳几乎被剥得精光。

单多罗见安德鲁瓦回来，不情愿地放开了奈菲尔，当他直视圣墓守护者的目光时，心里不由得有些发憷，但奈菲尔的住所已经围满了他武装到牙齿的手下，而安德鲁瓦只有一个人，想到这里单多罗又强硬了起来，“她是个说谎的萨拉森人，”他满不在乎地望着安德鲁瓦，“你不也就是和她玩玩嘛，这可是违反你们医院骑士团俗家骑士禁令的，如果我把这事儿抖出来，你会被开除。”

“圣墓守护者，”皮格迪帮腔道，“单多罗和我都是属于罗杰伯爵麾下的骑士，我看这件事就这么算了吧，反正这小妞还是你的。”

安德鲁瓦没有回答，只是心疼地走上前，解下自己的披风，紧紧包住不停发抖的奈菲尔的身体。

“这是我的家。”安德鲁瓦低着头站起身，阴影下看不清他的表情，“你们在我的家里伤害奈菲尔。”

“你视医院骑士团的荣誉为生命，”皮迪格说，“我们可以答应你不把你与女人厮混的事情说出去，就这么算了吧，生活中本来就充满不幸的事。”

单多罗斜着眼睛望了一眼房屋四周站立着二十几名满不在乎的武装侍从，又望了一眼同样信心十足的皮格迪，“你的家？好吧，你是想让我们说再见？”

“再见？不，”安德鲁瓦突然发出了与平时声调完全不同的刺耳笑声，“你们也算得上圣地的骑士，好吧，很抱歉你们哪也去不了，这件事没完。”

安德鲁瓦巨大的塔盾飞快从背部转移到了左手，寒光闪闪的长剑从腰间剑鞘中抽出。

“想拘禁我们？”单多罗回首望了一眼人多势众的手下，也从剑鞘中抽出长剑，“那要先问问罗杰伯爵是否同意。”

“我不会拘禁你们，”安德鲁瓦大踏步地走向单多罗，“因为我不拘禁死人。”

话音未落，安德鲁瓦的长剑突然袭来，速度快的惊人，没人能看清他抬手的动作，单多罗已经挥舞长剑抵挡，但竟然连对方长剑的剑身都未触碰到，剑锋准确从单多罗的喉管利落的插入，剑尖穿过了后颈，单多罗张开的嘴与惊愕的双眼永远定格，颈动脉中爆出的鲜血喷洒在米色的墙面上，身体砰然倒地。

“你竟敢杀死安条克公国的骑士？”皮迪格大惊失色，从怀中抽出长剑，呼喊着手下，“抓住他！我可以代表公爵处决你！”

一群手持武器的侍从咆哮地冲过来。

安德鲁瓦阴沉地望了单多罗的尸体一眼，纵身向皮格迪冲去，离皮格迪最近的两个侍从来阻挡，安德鲁瓦飞起一脚踹在一个手持链枷的侍从小腿胫骨上，在他痛苦地低下身同时阻挡了另一个侍从的视线，安德鲁瓦右手长剑飞快在血雾中削断了第一个侍从的喉咙，并用左手塔盾重重的砸在另一个手持斧头的侍从脸上，让后者当场昏厥过去。

安德鲁瓦冲近了皮迪格，后者抽出长剑来招架，安德鲁瓦高高举起长剑，大吼一声从上而下的一记猛劈直接斩断了皮迪格长剑的剑刃，力道丝毫不减。直至皮迪格的眉心之间。

皮迪格的脑袋成了整齐的两半。

满脸血污的安德鲁瓦转头望着惊骇的那些带武器的侍从们，斩钉截铁地挥了挥手中令人恐惧的长剑，“你们伤害了奈菲尔，谁都别想活着离开。”

安条克公国的武装侍从四散逃命，安德鲁瓦毫不留情地挥舞着长剑在后面追砍他们，刚才躲起来的奈菲尔仆人也加入战团，用草叉把那些被安德鲁瓦砍倒还未死的人再补上一叉。

所有参加会议的人现在都得知了这一事件，吵闹声再次响彻安条克议事厅。

“狗娘养的安德鲁瓦杀死了我的手下！”罗杰伯爵向博希蒙德公爵喊道，“他一个人杀掉了皮迪格、单多罗和十二名侍从，我要把他吊死！”

博希蒙德望了一眼周围，前几天还发誓保卫他的那些圣墓守护者们已经手持巨剑站到了对面，身旁似乎有些空空荡荡，公爵不安地眨着眼睛，估计着一个可能。

“是你这些无耻的手下先袭击了安德鲁瓦的家！”朱里奥叫道，“杀死那些不知廉耻的东西是出于自卫！”

“作为圣地的骑士们，当然有权力抓出窝藏在他屋子里的女人！”罗杰叫道。

“那是医院骑士团内部的事情，”朱里奥针锋相对，“这是由团长和骑士团议会才能裁决的！”

“我在埃德萨的步兵很快就会赶到！”罗杰说，“我们应该把你哥哥安德鲁瓦先抓起来等待你们的军团长来了再定夺他的罪行！”

“谁敢？”朱里奥环视着那些手持双手巨剑的重步兵们，“圣墓守护者们，你们会看着这些杂种任意把你们的指挥抓起来吗？”

“谁要抓安德鲁瓦，就先从我们的尸体上跨过去，”一个名圣墓守护者紧握着锋利的双手巨剑，“就是公爵本人也不行。”

“我们在城外的骑士很快就会赶到！足有上千人！”吉奥威胁道，“你们会寡不敌众！”

“那到不一定，”朱里奥桀骜不驯地望着吉奥，“我刚才已经发出信号，让我的二千骑兵就在城外待命，我到是想看看打起来对谁有好处。”

“我就在这里。”低沉浑厚的声音从众人背后响起，大家一齐回身，用各种不同的眼光望着镇定自若的安德鲁瓦。

“抓住这个杀人凶手！”罗杰高声吼道，但也是吼而已，眼角则心有余悸地瞟着安德鲁瓦手中寒光闪闪的长剑，这把长剑外形非常普通，剑柄甚至没有任何多余的雕饰，但谁都知道这是曾经旅居在耶路撒冷城的萨克森铸剑师古德夫倾其一生所制的珍品，这把平衡感极佳的长剑自从首次十字军东征的第一任圣墓守护者戈德弗鲁瓦所用开始，就是无坚不摧的利器。

“想抓的就话就来吧，”安德鲁瓦铮铮地说，“先要问问我的长剑是否同意。”

“你杀死了罗杰的骑士皮格迪与单多罗，”博希蒙德公爵提醒他，“他们也是安条克的骑士，无论什么原因，这都是犯罪！还有你收留的女人，我不知道按医院骑士团的教规该受什么样的惩罚，不过那是你们医院骑士团内部的事。”

“公爵的话很有道理，”安德鲁瓦微微一点头，“但在罗贝尔还未返回之前，我还会代理医院骑士团的事务，今天我就将启程返回骑士堡等待军团长与骑士团议会到来，罗贝尔的船一靠上骑士堡西部海岸，我将辞去医院骑士团的职务并等待他的处罚，无论是什么样的处罚。”

“你休想这样走掉，”罗杰叫道，“谁能保证你不会畏罪潜逃！”

“我不用保证，”安德鲁瓦瞪视着罗杰的眼睛，“反正也没人可以阻止我！”

“医院骑士团才有处置安德鲁瓦的权力，其他任何人都不行！”在一旁冷眼旁观的曼努埃尔突然开口，“我可以替安德鲁瓦保证他会回到骑士堡等待罗贝尔的制裁，但在此之前，如果谁要想拘捕圣墓守护者，就要先问问我是否同意，我的铁甲骑兵卫队与塞浦路斯岛上的海军都将站在骑士团一边！”

朱里奥感激地看了曼努埃尔一眼。

“还有这个淫乱的年轻人！”气急败坏的罗杰转向朱里奥，“他这个所谓骑士躺过安条克城所有名妓的床！”

“那我也和哥哥一样返回骑士堡接受制裁好了。”朱里奥满不在乎的说道。

罗杰像头困兽一样怒视着安德鲁瓦与朱里奥，但知道无法再拘禁这个杀死他手下的凶手了，正当他感到沮丧之际，吉奥拉了他手臂一把。

“别继续争执，”他轻轻对罗杰说，同时轻轻瞄了一眼曼努埃尔，“如果他要站在骑士团一边，就让他站好了。”

“尊敬的曼努埃尔陛下，”博希蒙德公爵目视着安德鲁瓦与朱里奥离开，转身对东罗马皇帝行个礼，态度变得略微冷淡，“真是抱歉发生这么多不愉快的事打扰了陛下的来访，但既然如此，即将接受制裁的骑士团成员显然是不能投票的，无论他是不是代理军团长职务。

“所以，二票对三票，我不得不再次对陛下说抱歉了，虽然我本人非常赞同与帝国的盟约，但同样也不能违抗公国的意志。”

曼努埃尔的余光已经瞥见了吉奥与罗杰得意的脸。

“如果这就是公国的意志，我也只好接受，非常感谢公爵的盛情款待”曼努埃尔长长叹了口气，“泽诺斯大主教在这里还有一些宗教事务，而我呢，想看看我分别已久的侄女，我已经老了，心思里只剩下儿女与亲人。”

“当然，”博希蒙德连忙说，“我明天就安排。”

“很遗憾陛下不能在安条克得到您想要的盟约，”居伊走上前得意洋洋地对曼努埃尔说道，“但我保证耶路撒冷王国不会是帝国的敌人。”

“您的短期摄政让您拥有投票的权力，男爵，”曼努埃尔微笑着强调对方的身份，“耶路撒冷王国与东罗马帝国的事情就不是您可以代言的了，鲍德温陛下性格稳重，谦虚开明，我相信你们王上自己的判断。”

居伊冷冷地向曼努埃尔鞠了个躬，转身离开。

“西贝拉爱上的这个冒险家对耶路撒冷可是个大麻烦，”曼努埃尔对博希蒙德说道，“他能说会道，善于钻营，但如果他会是鲍德温陛下的接班人，那对圣地将会是一场灾难。”

博希蒙德不以为然地微笑着望了一下别处。

在安条克议事厅外，曼努埃尔三步并作两步与泽诺斯主教追上了安德鲁瓦与朱里奥，“两位骑士今天就打算回骑士堡？“

安德鲁瓦与朱里奥转身向皇帝行了个礼，“是的，陛下，”安德鲁瓦看了一眼朱里奥，“他们对朱里奥的指控没有证据，他不用返回骑士堡接受制裁，但我必须回去，这也是我的责任。”

“罗贝尔为人公正同时也严厉，”曼努埃尔长长叹了口气，“我担心他对您的判决从情感上缺乏应有的公正，你是东方守卫基督世界的重要力量，我不想因为这个影响对突厥人的防御。”

“帝国境内也有穆斯林，而且人数还不少，”曼努埃尔询视着安德鲁瓦的眼睛，“境内甚至还有多神教徒，但我保障他们的宗教信仰，我不会逼迫他们去教堂礼拜我们的圣父，只要他遵守国家的法律，我依旧会平等地视他们为帝国的臣民。发生危难也会一样保护他们。”

“哈，”朱里奥插嘴，“圣地的鲍德温国王政治开明，可圣殿骑士根本不理睬国王对穆斯林公民的保护，他们被抢劫杀害时有发生，安条克城更是如此，十字军东征时与异教徒军队作战是骑士们该做的，可对普通老百姓进行任意谋杀抢劫就只是可鄙的罪犯了。”

“无论骑士堡对我的处罚有多么严厉，”安德鲁瓦坚决地说，“我都必须接受，哪怕骑士团做出对我开除团籍的决定，这件事情就这么定了，多谢陛下的好意。”

“好吧，”皇帝轻声对安德鲁瓦说，“如果改变注意，就带奈菲尔小姐去塞浦路斯，让我还你和朱里奥在安条克支持我的人情。”

“我们只是做了骑士团应该做的事。”安德鲁瓦回答。

“听说陛下明天还准备见您的侄女，安条克的公爵夫人？”朱里奥突然向曼努埃尔问道，“努尔丁在进攻帝国东部最重要的省份尼西亚，陛下要求的结盟并没有得到，可您并不急着赶回去？”

“得到还是失去，谁又会知道呢？”曼努埃尔微笑地望着朱里奥，“尼西亚的战事我已经全权交给了曼西姆斯，一位皇帝应该相信他任用的将军。”

朱里奥低下头仔细想着皇帝的话。

“那就让我在这里与两位骑士堡最勇敢正直的骑士说再见了。”曼努埃尔充满人情味的说，“愿安德鲁瓦在骑士堡好运。”

“后会有期。”安德鲁瓦说。

“我们一定会再见的。”曼努埃尔微笑地与他们告别。

安条克城郊区狭窄的贫民区街道内，即将入冬的寒风不停从巷口灌入，让街道边叫卖的商贩们都缩紧了衣袖，一个蒙着面纱，衣衫褴褛的老妇人抖抖索索地背负着破烂的包裹，弓着腰缓慢的踱在街道脏兮兮的石板上，一个普通居民模样的人搓着手接近了她，扔给她几个铜板，并接近她轻声说了几句话，她点点头，用突厥语回答：“愿真主保佑你，好心的先生。”

这是老妇人今天见过的第四位“好心的先生”，她继续蹒跚地转过一条更窄的巷子，老妇人抬起头，意识到四下无人，突然腰肢挺直了，身形变得矫健，脚步也加快了速度，她几乎是下意识的握住了破烂包裹里眼镜蛇短剑的剑柄。

她所有的手下都做了好了准备，明天塔莉亚将会获得另一套行头，曼努埃尔将与她的侄女同时也是博希蒙德的夫人举行晚宴，如果这样，就让皇帝死在他的亲人面前吧。

在艾里克与约翰维塔斯眼中，一向沉稳的曼西姆斯显得很烦躁，这几日司令官似乎什么事都不放心：他不安地安排探马打听着君士坦丁堡马尔马拉海上的安全，对南部的士麦那城堡与东南部莱迪西亚城的信息也格外关注，有时候曼西姆斯会踱步在大营东南角，仿佛从这里就能看到遥远的安条克，最让艾里克不安的就是曼西姆斯有时候还会步行至突厥大营的正面死死盯着努尔丁的大营，这距离也实在太近了，够得着对方弓弩的射程，艾里克这种时候总是寸步不离的跟着司令官。

"海上什么坏消息都没有，"约翰维塔斯安慰曼西姆斯，"根据你的命令，士麦那城堡与莱迪西亚城也提升了一级战备，加强了防务与城墙工事，新建了哨塔，"约翰又叹了口气，"我最担心的到是皇帝陛下的安全，我这个不称职的皇家卫队队长竟然不在陛下的身边。"

"努尔丁的军队已经很久没有劫掠了，"曼西姆斯突然开口，"我从未见过处于进攻位置的突厥人采用等待战术。"

"我也没见过，"约翰维塔斯承认，"不过努尔丁可不是一般的突厥人，他们大军的给养甚至可以从安卡拉运过来，"突然皇家卫队队长提出了个新的可能，"也许穆斯林领袖在等待从安卡拉运送的攻城大型器械？这是攻克我方尼西亚防线的唯一办法。"

曼西姆斯微微摇头，又沉默了。

"也许是被我军的胜利吓破胆，想寻找退路，"艾里克满不在乎地说道，"加上皇帝陛下又在安条克活动，努尔丁害怕安条克人在背后捅他们的屁股。"这段时间艾里克倒是很能沉得住性子，他信任曼西姆斯会给军队带来胜利，“我们用不着害怕什么。”

“艾里克说的对，”约翰维塔斯点点头，“我们占有着尼西亚地区最好的防御位置，敌人不通过我们就完全威胁不到君士坦丁堡。”

“你最近太伤神了，”艾里克从怀里掏出一个酒壶递给曼西姆斯，“也许来些酒会让自己舒服点！我一向都是这样。”

曼西姆斯几乎是下意识的从艾里克手中接过酒壶，灌了一口。

艾里克圆睁着双眼盯着曼西姆斯，“怎么样？好点没？”

曼西姆斯深吸一口气，突然也圆睁双眼望着艾里克，“喊迈克尔他们来，召集众将，”随即又补充道，“立刻。”

“您认为突厥大军已经转移了？”迈克尔阿斯庇塔斯不敢相信自己的耳朵，“数万大军一齐转移？”

“这几天我一直在观察着他们大营内的动静，”曼西姆斯说，“这段时间派进敌人大营的间谍都被杀死了，我们无法掌握他们的真实近况。”

“敌军大营这段时间井然有序，”迈克尔说道。

“就是太有序才让我怀疑，”曼西姆斯皱了皱眉，“一支长时间不能掠夺的突厥军队应该是混乱的才对，即使是努尔丁，也不能让突厥军人在短期内变成罗马军人，他们有自己无法掩饰的特点。”

“我们派入对方大营的间谍都是被干净利落的手法杀死的，”约翰说道，“明显是哈萨辛所为，而哈萨辛只跟随他们的主人努尔丁，所以努尔丁如果在大营中，大军是不太可能转移的。”

“既然努尔丁可以把一部分哈萨辛留在东方遥远的巴格达与摩苏尔，”曼西姆斯望着约翰的眼睛，“为什么不可能把一部分哈萨辛留在尼西亚，整个大营虚设旗帜，而自己转移？”

会议的气氛突然变得紧张起来。

“如果他要转移，会转移到哪里呢？”约翰维塔斯在思虑这个可能性。

“我认为他会转移到南方，”曼西姆斯沉默良久开口，众将都在盯着他，“他会去进攻南方的莱迪西亚或者是士麦那，那里土地肥沃，物产丰富，可以最大限度的满足突厥人抢掠的需要。”

“再拖延时间就到了冬季，”迈克尔说，“那时就是想劫掠也为时已晚。”

“可那就等于他放弃了君士坦丁堡这个目标，这似乎不是努尔丁的作风啊。”约翰说道，“我们也不能冒放弃尼西亚防线的危险，我军以现在的实力与努尔丁的大军在野外直接交锋并没有太大胜算。”

“我们不能因为这就放弃尼西亚防线跟着努尔丁跑吧！”艾里克嚷道，“他的骑兵像苍蝇一样多，咱们的骑兵可没这么多，长途转移我们可跟不上他。”

“我带领速度最快的塞西亚骑兵从尼西亚西部海岸大路南下去支援莱迪西亚与士麦那吧，”迈克尔自告奋勇，“西海岸大路总会是安全的，我会让骑兵们以最快的速度日夜兼程。”

曼西姆斯和蔼地打量着骑兵纵队长，仔细思量着。

“你明天就带领所部启程，”曼西姆斯对迈克尔说，“莱迪西亚与士麦那已经加强了戒备，可我担心的是，努尔丁是大军主力转移，所以你一旦遇上敌军主力就以袭扰与阻滞对方进攻为主，协助南部城市进行机动防御作战，这正是塞西亚人的特长，提防努尔丁的圈套，”曼西姆斯顿了一顿补充道，“切记如果是突厥主力不要与他们交战。”

“明白，司令官。”迈克尔说。

“有来自南方的消息。”一个卫兵走进大帐通报。

“立刻让他进来。”曼西姆斯不安地望了一眼众将说道。

“报告司令官！”一名浑身血迹泥土的军官冲进大帐，“努尔丁的大军向南部的莱迪西亚城发动了进攻！城市已经陷落！”

“什么？努尔丁转移得这么快？”曼西姆斯感觉头皮发麻，“我不是让你们进行一级战斗戒备吗？”司令官吼道，“莱迪西亚城我已经命令你们加强了城墙工事！不可能这么快就陷落！”

“努尔丁把少量突厥轻骑兵伪装成盗匪在乡间抢劫引诱莱迪西亚总督出战，”军官沉痛的陈述，“突厥数万大军突然出现，总督在埋伏圈中当场战死，全军覆没，敌人大军跟随败军掩杀入城，城中已经血流成河，我和唯一活着的几名轻骑兵杀出重围来司令官这里报信。”

曼西姆斯身体踉跄了一下倒在主帅的座位上，胸部不停起伏地望着众将，“努尔丁只把哈萨辛留在了尼西亚，确实是全军转移，我们已经晚了，”东线总司令官干巴巴地说，“迈克尔不用自己去南方了，我们明天一齐出发。”

距士麦那城堡只有不到二十里的艾菲斯城遗址③有着无数上古希腊奇观，壮丽的赛尔丘克大图书馆与阿尔忒弥斯神庙④曾是那个城邦时代最伟大的建筑。神庙中身背弓箭的狄安娜女神像正用悲哀的眼神遥望着东

③ 士麦那城是当时的称谓，就是现土耳其第三大城市，爱琴海东岸的伊兹密尔(Izmir)，在城南边大约50公里就是艾菲斯遗址，其考古历史可追溯至5000年前。是非常著名的旅游胜地。

④ 塞尔丘克大图书馆与阿尔忒弥斯神庙都是艾菲斯遗址最有名的经典建筑，阿尔忒弥斯是古希腊传说中的狩猎女神，罗马人一般称之她为狄安娜。

方，努尔丁的突厥大军主力已向士麦那城进发，这个拜占庭帝国在爱琴海东南岸最重要的城堡与港口。

捷报从大军的后方传来，穆斯塔法已经按照主人吩咐的计谋以极其微小的代价与惊人的速度攻克了莱迪西亚，为了报复哈萨辛的损失，他已经命令全城尽屠。屠城之后他会带领骑兵马不停蹄加速赶上大部队。

穆斯塔法再次证实了自己对人才的鉴别力，努尔丁已经开始考虑授予他“阿塔贝克”头衔⑤。

就是曼西姆斯也不会预料到这种惊人的速度，突厥领袖的嘴角露出一丝笑容，当罗马人正在尼西亚大营欢庆他们的小胜利之际，那些从大营南方山区回撤的大量骑兵部队就已经开始执行“第二计划，”留在尼西亚空空大营里的军队只剩下哈萨辛与极少量军队而已。

莱迪西亚城的大肆掠夺与报复很快让大军重振士气。当东罗马军队疲于奔命地向莱迪西亚城进发之时，他的兵锋却已经直指士麦那城与爱琴海东岸。

另一个曼西姆斯没有料到却更重要的消息是，‘季风’已经安排好诺曼海盗罗伯特的下一次突袭目标，一个在十一月底停靠了数百艘商船而防守薄弱的目标。

帝国的近海舰队还以为罗伯特还在克里特岛活动呢，袭击得手的罗

⑤ 阿塔贝克：这个突厥人头衔有点像中国的太傅，拥有对王储的教育权力，一般是从总督中选拔。

伯特将带着大量缴获的商船在爱琴海东岸士麦那城堡附近与努尔丁的大军会合。

努尔丁将得到他进攻东罗马帝国心脏君士坦丁堡最重要的东西——船只。

Chapter 27

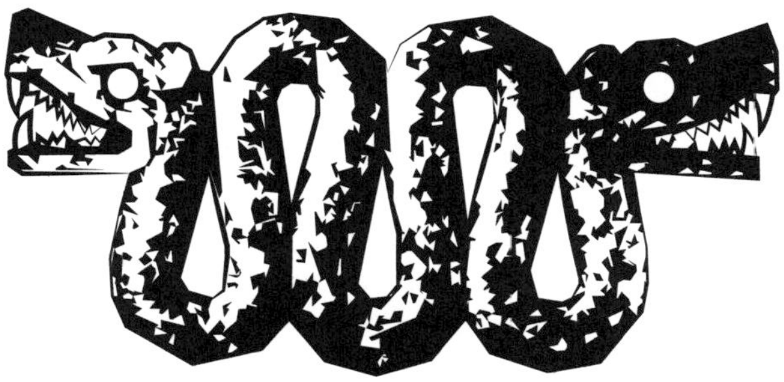

这将是历史中将要铭记的一刻，而我，一个卑贱的努比亚女奴之子即将在天翻地覆的事件中扮演最重要的角色，而所有这一切我都在其中穿针引线。

迪亚斯的泪水沾湿了墓碑，当一切结束之际，当我成功之际，我会回到这里，在你的墓碑上刻上名字，我唯一记得音容笑貌的亲人。

安条克西南部的一面山坡是圣墓守护者们今夜的宿营地，秋季最后的日子颇凉，重装步兵们在营地周围安静地烤火取暖。奈菲尔小姐把自己整个身体像一只小猫那样依偎在安德鲁瓦宽阔的披风里，灰色的双瞳崇拜地凝望着自己的勇士，从她幼年开始，生命中充满了动荡、艰辛与不幸，只有在安德鲁瓦身边，她才能感受到奢侈的安全。

“他们名义上是在押送你回骑士堡。”奈菲尔望着四周的重装步兵，白皙的脸上略过一丝苦涩的微笑，“实际上却在保护我们。”

“他们是我一手训练出来的。”安德鲁瓦脸上呈现出一丝骄傲，“以前的圣墓守护者只是戈德弗鲁瓦一个人的名字，可他性格暴虐好杀，不是我心中的守护者，”安德鲁瓦面带欣慰的微笑望着他的战士们，“就算是我被除名，保护圣地所有人民的信念也会在他们身上，无论是基督徒或是穆斯林，我也没有什么可遗憾的。”

“当回到骑士堡后，”奈菲尔担心道，“他们会怎样裁决你？”

“罗贝尔一直很看重我，而我杀死单多罗与皮格迪的原因是保护一位好女士的家，这符合一个骑士的行为。”安德鲁瓦故作轻松地说。

“这一位好女士如果是穆斯林？”奈菲尔眼不眨地盯着安德鲁瓦，“别再欺骗我了，安德鲁瓦。”

“他们不会因此而处决或者监禁我。”安德鲁瓦生硬地辩解。

“但你会被除名。”奈菲尔叹了口气。

安德鲁瓦没有回答。

“我应该离开你。”奈菲尔平静地说。

安德鲁瓦吃惊地望着她。

“如果我在你身边，你会被开除出骑士团。”奈菲尔悲伤地背过身。

“你哪也不能去。”安德鲁瓦抓住奈菲尔的肩膀，“我对你的爱比什么都重要，他们如果把我除名，我们就找一个小村庄隐居，谁也不能把我们分开。”

奈菲尔在安德鲁瓦怀中抽泣着，过了一会，她放开了安德鲁瓦。

“朱利奥不是和我们一起回骑士堡吗？”奈菲尔转移了话题，“找到他和我们一起共进晚餐吧。”

“是啊，”安德鲁瓦说，“朱利奥本来是和我同行的，但这几天我都没看到他，我去找他。”

安条克宫殿虽比不上君士坦丁堡达夫纳宫的壮丽，但也算得上富丽堂皇，现在这里挤满了公国的贵族与贵妇，争相目睹东罗马帝国科穆宁王朝的第三位“战争皇帝”的风采。1071年，曼西科特会战之后的一系列内外灾难几乎造成东罗马帝国的灭亡，却在三位皇帝的统治下重返欧洲第一强国的地位。他们正等待的曼努埃尔甚至还从某种程度绽放出罗马帝国复生的幻象。

博希蒙德与她的夫人，同时也是曼努埃尔的侄女在焦急地等待着。公爵已经派遣亲信去邀请皇帝陛下，可一直都没回音。

塔莉亚正低眉顺首与其他忙碌的女仆们一起在会客大厅中进出，不停地把一道道可口的点心端上长桌。当然，只有她自己知道手中的长托盘里还藏着其他什么。她机警地瞥了一眼厨房大门远处，曾经给他铜板的“好心先生”现在又成了一位牧羊人，正赶着一大群咩咩吵闹的小山羊走向厨房，接待贵客当然需要最新鲜的羊羔肉。

另一个重要的原因就是厨房会成为她的退路，一大群尾巴点着火的山羊会让护卫的士兵在拥挤的人群中连剑都拔不出来，而厨房最外侧有好几条路都通向贫民区，那里到处是她安排好的助手，也是最适合隐藏身份的场所。

而且塔莉亚很怀疑如果只有曼努埃尔被杀，博希蒙德到底会花多少精力追查凶手，她不由得轻瞥手中的托盘，确保可以对用餐的曼努埃尔一击致命。

但皇帝与泽诺斯大主教也未免来的太迟了，难道他们已经发觉了暗杀计划？这不可能。

博希蒙德公爵也不可能知晓她的计划，他脸上的焦急可不是装出来的。

派去的亲信终于回来了，一脸惊恐与困惑。

“公爵大人派去观察皇帝的人都被捆在他住的驿馆内，”亲信低声报告，“皇帝，大主教与手下的五百铁甲骑兵全都消失了！”

“昨天下午时我的人还回来报告皇帝陛下在驿馆内的情况，”博希蒙德也一脸疑惑望着自己的夫人，“那么说皇帝与大主教是昨天晚上离开的，你的叔叔到底葫芦里在卖什么药？”

“再多增加人手，找到他们，我一定要知道皇帝到底去哪了！”博希蒙德向手下人吼道。

“也许是因为军情紧急，他着急返回君士坦丁堡。”公爵夫人安慰道。

“如果他不是你的叔叔，”博希蒙德瞥了一眼自己的妻子，“我就相信你的话。”

整个会客厅慢慢陷入不满与混乱，在大厅角落里塔莉亚则冷冷瞪了一眼大门外假扮成牧羊人的手下，后者立即心惊胆战。

安德鲁瓦没有找到他的弟弟，甚至连他弟弟的骑兵也找不到。朱利奥指挥的是骑兵部队，也许已经加快速度回骑士堡了。安德鲁瓦只得悻悻的返回营地，他发现奈菲尔与一桌的美食在等待他。

“这可是三个人的份量，”奈菲尔笑道，“我不敢相信朱利奥会拒绝我的手艺。”

“他回骑士堡甚至连招呼也没和我打一声，”安德鲁瓦摇摇头，“这可不是他的平时的做法。”

“你最后一次见到朱利奥的时候他说了什么吗？”奈菲尔说，“也许你能想起什么。”

“我们最后一次谈话是在安条克城会议后，”安德鲁瓦回忆道，“可他并没有说什么呀。”

突然安德鲁瓦像被雷击一样定住了，他目瞪口呆地望着奈菲尔，无力地瘫倒坐在了她的对面。

“我想我知道朱利奥去哪儿了。”安德鲁瓦嗓音干涩地说。

与黑海南岸一直正肆虐的西北风不同，地中海东部上空占统治地位的还是暖洋洋的东风——即使风向偶尔变化也没关系，拜占庭舰队中休息多日的划桨手们会用他们的臂力让船只依然保持全速行驶。从今天起，他们将不再停靠任何港口，以最快的速度返回爱琴海。

曼努埃尔更换装束微笑着从船舱中走出，他依然佩戴着雕刻着橡叶状花环和橡树果的金色王冠，但王冠四周已经罩上铁盔保护，华贵的长袍也已经丢掉，更换了索菲娅亲自帮皇帝设计的三层保护复合重铠。已不再年轻的皇帝陛下武装到了牙齿，时光倒流，那位在塞尔维亚、匈牙利、小亚细亚战场上勇往直前的骑士，“无人不惧怕的长矛”似乎又回来了。

泽诺斯大主教紧跟着皇帝身后走出，作为一位主教，他在安条克的使命已经完成，现在任务就是返回君士坦丁堡安抚民众，但作为一名医生，他担心曼努埃尔腹部仍旧没有完全愈合的伤口。

第三个人从船舱里走出，海风吹在这个有着优美面部轮廓与金色长发的年轻骑士脸上，他的金色披风在一群帝国军人的紫色披风中间特别显眼，他略带忧伤地望了望东部的海岸，但一望见曼努埃尔对他微笑的眼睛，郁闷就荡然无存。

“把二千骑兵在一个晚上转移上船可不是件轻松的事儿。”曼努埃尔冲朱利奥眨了眨眼睛。

“我走之前已经把所有港口灯塔上的安条克卫兵都控制住了。”朱利奥对皇帝说道，“不用担心安条克的舰队。”

“安条克人既然没有胆量与死敌突厥人开战，就更没有胆量来追击装备着流动之火的帝国舰队了，他们不配你们这些勇敢的骑士服务，如果你的哥哥安德鲁瓦也能和你同来，那就再好不过了。”曼努埃尔不无遗憾地说。

“十字军东征只造就了一批没有理想妄想发财的恶徒，安德鲁瓦明白这一点，只是他不能正视它，”朱利奥感叹说，“十字军公国，无论是安条克，或是耶路撒冷，都无法在夹缝中创造辉煌，”他望着曼努埃尔的眼睛，“但是您可以。”

“是我们可以，你会为帝国训练宝贵的拉丁裔重骑兵，”曼努埃尔热切地望着他纠正道，“总有一天，希腊人，拉丁人以及无数的民族，还会合为一、伟大的罗马的文明会由帝国传递到西方重现。文艺、知识、学术会代替蒙昧、野蛮与偏见，文明时代在数百年后将再次绽放遍布欧亚大陆。”

“真希望我能看到那一天。”朱利奥眼中闪现着光泽。

“希望你的重骑兵能习惯罗马人的覆盖扎甲，这些盔甲的头盔会完全地保护好骑兵们的脸部，我可不想让我相貌最英俊的骑兵统帅在冲锋陷阵时破相。”曼努埃尔戏谑道，“为我服务可没这么多清规戒律，君士坦丁堡无数美丽的女子会心仪你的风度，我不想成为她们的仇人。”

朱利奥不好意思的笑了，“陛下最后还是没有得到安条克的盟约。”

“得到还是失去，谁又会知道呢？”曼努埃尔再次微笑地望着朱里奥。

曼努埃尔遥望海面上其他同行的战船，桅杆的主帆都高高鼓起，船身高速行驶掀起的海浪砸在舰首上，朱利奥那些安置完毕战马的骑士们纷纷走出船舱来到甲板，骑兵们携带超过四米包裹彩旗的骑枪特别引人注目，比拜占庭重骑兵惯常使用的骑枪更重，加之他们并不给马匹披挂铠甲，他们就能保持最引以为豪的冲刺速度。

这才是曼努埃尔东行最重要的目标，在血腥之地安条克骑士军团被努尔丁大败之后，帝国军情处处长就已经敏锐注视到驻守在安条克的医院骑士团与当地王公贵族们的分歧，而最可能与最有价值争取的就是圣墓守护者与他的弟弟朱利奥，特别是朱利奥，更年轻好战富有理想，更何况他还未获得他兄弟般的头衔与地位，对安条克与死敌突厥人的长期屈辱和平无法容忍。

但处长依旧要得到皇帝的支持，因为朱利奥声称要亲眼见过皇帝后才能决定，他要保证他服务的人将是值得他效忠的。

皇帝没有让朱利奥失望，而这位至今未露面的军情处长也依旧未让皇帝失望，东罗马帝国军队及时得到了久违的拉丁骑兵，搭载这些在冲锋中“能把君士坦丁堡城墙开个窟窿”①的重骑兵们的战舰正高速向西返回帝国。

塔莉亚最终在安条克城郊外与“好心的先生”再次会面，她已经得到了坐骑，但再快的坐骑也不可能去追赶沿地中海北岸高速顺风行驶的战舰，哈萨辛首领第一次感觉身心俱疲，挫败感让暗灰色瞳孔目露杀机，

① 这个称呼起源于阿历克塞一世的女儿安妮公主（也就是曼努埃尔的姑姑），她是一位历史学家，他对这些西方骑兵的称呼是“可以将巴比伦城墙开个窟窿”，因为当时的西方骑兵首次采用了站立式冲锋与高桥马鞍技术，使得冲锋上更胜一筹，曼努埃尔统治时期也为自己的铁甲圣骑兵引入了该技术。

她已经开始考虑是否处决掉这个给他错误情报的手下，也给隐藏在安条克城附近的突厥间谍们都提个醒。

“皇帝确实是在最后一晚才改变了计划，”‘好心的先生’干巴巴地说，“这点我们无法预料。”

“可我需要的是一个不杀你的理由。”塔莉亚轻轻抬起眼睛，嘴角挂着一丝冷笑。

“我有，情报，”男人结结巴巴地说，咽了咽唾沫，“也许不能弥补此次任务的损失，可对您本人来说意义重大。”

塔莉亚盯着他，等待他的下文。

“我现在知道，一个人的下落，”男人抓住自己求生的机会，“您的妹妹。”

月色倒映在离爱琴海西海岸大城市塞萨洛尼卡②南部不远的一个海湾中，天然的地形隐蔽了海盗们的战船，诺曼海盗头子罗伯特望着面前这个肤色黝黑的特使，盘算着从一箭双雕的计划中可以获得多少好处：阿拜多斯港口中停留的百条商船会是他的囊中之物，这还不包括‘季风’之前答应的巨额酬金。

向君士坦丁堡海岸运送的努尔丁大军是否成功不关他的事，事情结束后，穆斯林领袖不会再需要他的船只，他可以卖掉商船上的所有货物以及一部分商船，酬金作为经费来改造另一部分高性能商船作为自己的战舰，他将成为爱琴海上的国王。

② 赛萨洛尼卡：拥有2300年历史的古城，当时拜占庭帝国爱琴海西部最重要的城市，拥有大量的人口和繁荣的商业，帝国的造币厂也设在那里，现在是希腊第二大城市，也是重要的港口和工商业中心，也有很多的遗迹和名胜。

“帝国在南部的防线已经在主人的打击下崩溃，你唯一的对手泰格休斯的舰队一部分在尼西亚西面护送运兵船，另一部分在克里特岛，爱琴海中部对你来说畅通无阻，”迪亚斯顿了一顿，他已经从海盗头子的眼神中猜到了他的心思，“莱迪西亚的失守消息很快就会传遍整个东部王国，机不可失时不再来，商船队们统统分散转移你可就无计可施了。”

“北欧人的舰队正在返回君士坦丁堡途中，”罗伯特提出自己最后一个担心的问题，“他们会不会对我们的计划有所阻碍？”

“黑海现在可一直是在刮西风，”迪亚斯嘴角露出一丝微笑，“他们现在连君士坦丁堡都赶不到。”

“酬金要先付，”罗伯特沉默良久说道，“上船之前付。”

“这是主人承诺的，”迪亚斯点点头，“你会在见到主人之时得到你的酬金，祝你袭击士麦那港口顺利。”

“是阿拜多斯港口。”罗伯特纠正道。

“确实是阿拜多斯。”迪亚斯看了一眼罗伯特，“那就让我们说再见吧。”

一个星期后的夜晚，迪亚斯的小船悄悄地返回君士坦丁堡，但他没有立即回皇宫去见‘季风’尼西塔斯回复消息，也未回锅匠区哈吉大叔那里汇报成果。他穿过城西的查瑞修斯之门③来到了大墓地，迪亚斯微微抬头望着昏暗的月色，又快速扫视了四周，这个时间不会再有任何活人前来造访。

③ 查瑞修斯之门：通向君士坦丁堡大墓地的城门，查瑞休斯之门位处旧城的最高点，为海拔77米。

阴森的墓碑群中，一块不起眼没有任何碑文的墓碑孤零零地直立在那里。迪亚斯凝视墓碑良久，缓缓俯下身体，久久跪在墓碑前。

十一月三十日，这将是历史中将要铭记的一刻，而我，一个卑贱的努比亚女奴之子即将在天翻地覆的事件中扮演最重要的角色。巴夏将在斯塔姆的支持下对特拉柏森城堡发动夜袭，随后海盗罗伯特将会奇袭阿拜多斯港口，而所有这一切我都在其中穿针引线。

迪亚斯的泪水沾湿了墓碑，当一切结束之际，当我成功之际，我会回到这里，在你的墓碑上刻上名字，我唯一记得音容笑貌的亲人。

被火炉烧焦的斯塔姆手绘地图残片在漆黑的特拉柏森夜空中随风飘扬，直到无力地跌落在枯黄而冰冷的草地上，烧焦的残片中只有右下角阿拉伯数字 11 与 30 模糊可见。

一名突厥斥候的战靴踏在斯塔姆的地图残片上，他趁夜猫着腰潜行在东门的城墙边，很快听到了城墙上的低调的骚乱，透过微弱的月光，他欣喜地看见东门城墙上很快到处是被阿拉玛诺剑士控制住的特拉柏森弓箭手，弓箭手都被棉布堵上了嘴，捆绑起来动弹不得。

斯塔姆在城墙上出现了，他极其敏锐地环视了一眼四周，对身后做了个手势。

一批阿拉玛诺人奔下城墙，他们搬运着沉重的油桶，开始把黑色的油一桶桶地倒向东门街道边各个建筑物。接着阿拉玛诺人点燃了油桶，东门的建筑物群立即燃起了冲天大火。火光把特拉柏森城堡照耀得如同白昼。

突厥斥候向空中射出了信号箭。

巴夏端坐在战马上，向后挥动手臂，突厥北方军团司令官把主力骑兵完全集中在了东门，骑兵们一齐点着松脂火把，繁星一样的火光伴随着隆隆作响的马蹄声潮水般向东门涌过去。

当巴夏在哈珊重骑兵们的簇拥下接近城墙，他才发现斯塔姆干的比他想象的都要完美，所有拜占庭人的箭塔一箭未发，帝国军队最可怕的狙击手特拉柏森人被阿拉玛诺人在城墙上全部制服。

巴夏挥手让城墙下方的骑兵们停止前进，翻身下马，带着侍卫走进东门，东门已经完全被斯塔姆控制，斯塔姆的士兵还在街道上放火，仿佛城堡的东半部全部被点着了，火势冲天，到处是罗马人慌乱的叫喊声。

一些受惊的战马不用说是从阿兰人位于城堡西北部马房里跑出来，看起来，萨亚斯的弓骑兵部队也陷入混乱，斯塔姆的剑士们甚至费了点功夫才让这些马匹们安静下来。

斯塔姆紧张地在城楼上注视着战局的发展，当他望见火光冲天，立即三步并作二步从旋梯跑下城墙，火光中，跟随他的旗手挥舞起双头蛇标志的旗帜，位于街道上的阿拉玛诺战士立即集结，雇佣兵们挥舞着锋利的双手剑，冲向城堡最中央——还被雷拉格北欧卫队控制着的城堡大厅与广场。

突厥人斥候很快报告了第二个消息，西部城墙的阿拉玛诺人在‘黄牙’的带领下也发生了叛乱，但还未完全获得西门的控制权。

但这些对巴夏已经足够了，他走近城门微笑着欣赏着成功的硕果。

“请将军给我们下一步指示。”他身边的重骑兵指挥官塞利姆问道，他可不希望自己情绪高涨的骑兵们在这场盛宴中充当旁观者。

“不要着急，”巴夏轻描淡写地摆了摆手，“我们还需要等待。”

“等待？”塞利姆不解地皱了皱眉。

“等待斯塔姆干完他该做的最后一件事，”巴夏转身面带嘲讽的微笑望着塞利姆，“进攻雷拉格现在仅有的控制区域——城堡中心广场与大厅。”

"但仅靠斯塔姆的阿拉玛诺人不一定能攻克北欧卫队控制下的广场。"塞利姆担心说。

"这又有什么关系呢？"巴夏微笑着反问道，"当斯塔姆与雷拉格两败俱伤之际，我会命令我们的士兵冲进城去，消灭掉所有人，包括残余的那个精疲力竭的胜利者，即使是斯塔姆一样，我不喜欢一个反复无常的北欧人成为我的同僚，努尔丁那里就报告说战斗中不幸阵亡好了。"

"遵命。"塞利姆嘴角间露出一丝笑意，他从来就不喜欢斯塔姆。

"唉，斯塔姆，"巴夏淡淡叹了口气，嘴角带着一丝无奈的微笑望着火光中正带领阿拉玛诺人猛攻中心广场的斯塔姆背影，"这并非针对你，可只有这样才是最完美的结局。"

呛人的烟雾笼罩着特拉伯森城堡上空，东门处巴夏出乎意料地望见前方斯塔姆与他的一些亲信皱着眉向他走来，斯塔姆一面咳嗽着一面拍着披风上的烟尘，突厥北方军团司令官疑惑地与塞利姆对视了一眼。

"面对北欧卫队你都自信到不用亲自指挥战斗？"巴夏朝斯塔姆戏谑道，"还是你根本不敢亲自面对雷拉格？"

"事实上，"斯塔姆还在咳嗽着，"我正准备让我的人停止进攻。"

巴夏又和塞利姆对望了一眼，"是不是我听错了？"

"你没听错，"斯塔姆冲着塞利姆猛抖披风上的烟灰，后者厌恶地避开了他，"我吃尽辛苦，我的人浴血奋战，被烟火熏得如同烤鹅，已经帮你控制了所有的城门，所有的城墙，现在就只缺大厅中心，可你的人连窝都没动。"

"你可以在努尔丁统治下继任特拉伯森总督的条件是把这座城堡交给我们。"巴夏面无表情说道。

"没错，"斯塔姆同意，又不经意地望向天空，"可是这年头朋友和敌人很难分的清啊，万一等我的阿拉玛诺人与北欧卫队杀得死伤大半再被一些骑兵从背后一个冲锋，”他有意停顿一下，“可就全完蛋了。”

“我怎么会这么做呢？”巴夏真诚而委屈地望着斯塔姆。

“我当然相信你，”斯塔姆肯定地说，“那就拿出诚意来，我需要你的人进攻特拉伯森最后一个据点，当然，胜利后对雷拉格的处置要按我们之前约定的来进行。”

“这不符合我们之前的协议。”巴夏说道。

“我只是要求你的人与我一起进攻，别忘了我还控制着城墙呐，”斯塔姆指指城墙上的阿拉玛诺人，“你不会逼我反悔与你的合作，对吗？”

巴夏没有回答。

“突厥人除了拿金币买城市外都忘记怎么挥舞刀剑了吧，”这下该斯塔姆向巴夏嘲讽了，“还是你根本不敢亲自面对雷拉格？”

“你陪同我们这位可敬的盟友一同观看怎样拿下特拉伯森最后一个据点，”巴夏瞪了斯塔姆一眼随即对塞利姆安排道。说完翻身上马，带领亲卫部队出发，占据绝对优势兵力的突厥骑兵呐喊着跟随司令官冲进城内。

“我要到那个小山坡上边休息边观看你们司令官的壮举，”斯塔姆微笑着对冷冷看着他的塞利姆说道，“辛苦了一晚上，能做个旁观者真是幸福。”

塞利姆看了他一眼，紧紧盯着他走上山坡，没有阿拉玛诺战士，没有特拉伯森弓箭手，阿兰骑兵则没了战马，北欧卫队就成了孤军，司令官那里没什么可担心的。

索菲娅已经换上了一身猩红色的戎装，背上的褡裢里插着一打的飞刀，腰间还别弯刀，混乱中萨亚斯、奥多万与泰勒斯都不知所踪。事已至此，要做好最坏的准备。

她头一件事就是去找雷拉格，视野中平时就战备森严的北欧卫队穿戴装备整齐冲入城堡大厅中心进行最后的防御，她回首内城墙，看到端站其间的雷拉格，后者剑尖着地，拄着寒光闪闪的冰川之刃，冷静而若有所思地凝望着城堡中的冲天大火，眼神中没有畏惧。

她就这样一直远远目视着雷拉格，与他一起等待命运的降临。

“那么说一切都已经安排好喽？”君士坦丁堡达夫纳宫东南部的暖房内，‘季风’尼西塔斯斜着眼睛望着回来向他报告的迪亚斯，“斯塔姆与巴夏进攻特拉伯森，罗伯特则在进攻，嗯，某个港口。”

“阿拜多斯，”迪亚斯不耐烦地说，“我都知道了，丢给你派遣去找罗伯特的那个手下四十枚金币他就全告诉我了。”

“真是个不争气的走狗，”尼西塔斯冷冷笑道，“因为他知道你也是我们的人，至于你，一定是想在罗伯特那里也捞点好处。”

迪亚斯不置可否地笑了笑。

“那么下一步，就是和哈吉组织君士坦丁堡的第二次暴动了。”尼西塔斯哈哈大笑，“真想看看远在安条克曼努埃尔焦头烂额的表情，他的曼西姆斯就是有三头六臂也忙不过来。”

“如果你也准备好了，我们现在就去找哈吉吧。”迪亚斯说。

阿拜多斯港口的深夜，海盗罗伯特的五十三艘海盗船趁着这个没有月色的夜晚伪装成商船潜入港内，他很明白港口上飘扬的双头鹰军旗完全是摆设，最多只有极少量的巡逻民兵，帝国所有能打仗的正规军全开向南方抵挡努尔丁去了。海盗头子借助微弱的灯光观察港口内的情况，‘季风’没有撒谎，这里确实停满了大大小小的船只。

事成之后就是泰格休斯的近海舰队到了也不能把我怎么样，罗伯特了解拜占庭近海舰队的实力，爱琴海北方海域顶多还剩下四十艘舰只，而且泰格休斯不会冒运兵船被袭击的危险冒险围剿他。

得到船只后也许还可以趁机把港口也攻克，抢个精光再离开，罗伯特仿佛已经听见了将要在自己屠刀下哭喊的男男女女的哀号声。

海盗头子兴奋的心跳得越来越快。

‘季风’尼西塔斯与迪亚斯带领着亲信手下，快步从梅塞大道经君士坦丁广场至提奥多西广场，前往东部的“锅匠区”，当他们路过坐落在君士坦丁广场中心巨型花岗岩石柱顶的太阳神阿波罗神像时，一小队巡逻的帝国卫戍步兵突然出现在他们的眼前。

“该死。”迪亚斯低声骂道。

“别慌，”尼西塔斯对他低声说道，“我是宫廷大总管，他们不敢管我们的事。”

“市民！”卫戍步兵的队长冲尼西塔斯这边喊道，“这么晚了还在市中心行走，难道你们不知道宵禁的命令吗？给我看你们的证件！”

“我是宫廷大总管尼西塔斯，”尼西塔斯高傲地冲卫戍步兵队长喊道，“难道连我也要检查吗？”

步兵队长借助手中的火把望了一眼尼西塔斯，又望了一眼尼斯塔斯身边的迪亚斯。

“对不起，我不知道是大人您，”步兵队长道歉，“但上级有宵禁的命令，夜晚不要在街道行走，这也是为了您的安全着想。”

“我想你们可以离开了。”尼西塔斯生硬地说，“去管你们该去留心的事。”

步兵队长礼貌地鞠了一躬，又向迪亚斯这里望了一眼，“我能查查这个人吗？”

迪亚斯惊讶的抬起头望着宫廷大总管，尼西塔斯昂起下巴，“你好大的胆子，步兵队长！”他强调着对方的身份。

“我要查一下这个人。”卫戍步兵队长突然执拗起来，“这是我的权力。”

迪亚斯一把抓住不知所措的尼西塔斯的衣领，“该死的叛徒！”他向同行的几个人说道，“他出卖了我们！他是皇后的情夫，一定是他出卖了我们！”

“你是不是昏了头了！”尼西塔斯冲他吼道，突然眼睛直愣愣地死死盯着迪亚斯的脸，身体慢慢瘫软下去。

迪亚斯另一只手握着的匕首深深地插进了他的心脏。

“你们全都给我站住！”卫戍队长向迪亚斯吼道，并命令他的士兵，“都给我抓起来！”

“快跑！”迪亚斯带领剩下人以生命中最快的速度向锅匠区飞奔，那里小巷纵横，是最好的藏身去处，更何况还有哈吉大叔的人掩护。

卫戍队长带领士兵奋起直追，他已经发出了警报，提奥多西广场几分钟之内就会挤满手持长矛的士兵。

“到了锅匠区我们就能脱身了！”迪亚斯边飞奔边冲着同伴喊道，眼中冒出狂热的光芒，“没人能在夜晚的锅匠区找得着我们，而且，命运已经没人再能够逆转了！”

Chapter 28

索菲娅摇摇头，对他晃了晃左臂绑缚着的小圆盾，上面还插着那支箭矢，她神色坦然地望着雷拉格，“如果你错了我会和你一起死，如果你是正确的，我们就都能活。”

“你到底在说什么?”雷拉格眼珠转了转。

“保护好你自己。”索菲娅撑起盾牌，不再看他。

数千哈珊骑兵与弓骑兵，通过浓烟滚滚的街道，直冲特拉伯森城堡的城市中心，巴夏远远就望见被北欧卫队盾墙们阻挡、拥挤在街道上只敢虚张声势吆喝的阿拉玛诺战士，“让这些无用的雇佣军让路！”他朝地上啐了一口，向后挥手，“弓骑兵们向前！包围射击！”他命令道，“敌军没人任何弓箭手掩护，向这些北欧人射击，直到把箭射完为止！”

雷拉格已经来到了城堡中心，北欧卫队在他指挥下排列成大圆盾组成的半球状盾墙防御阵型，突厥弓骑兵们纷纷开弓射击，箭矢向雨点一样射向城堡广场中心，虽然有盾墙掩护，但突厥弓骑兵中大都是神箭手，一部分箭矢穿越了盾墙的缝隙，少量北欧卫队战士中箭身亡，但活着的瓦朗尼亚人在雷拉格的带领下仍旧像山一样守卫着中心岿然不动。

“继续射击，别停止！射他们盾牌间的缝隙！”巴夏吼叫道，身后万箭齐发，突厥北方军团司令官目视着盾墙后死敌的身影，雷拉格腥红色披风只露出一角，当箭矢射完之际，包围圈中北欧卫队也即伤亡过半，到了那个时候，占据数量优势的哈珊重骑兵可以上前把他们全都踩死。

雷拉格，经过六个月的交锋，今天就是取得你首级的时刻。

更加凛冽的西北风吹过巴夏的脸庞，把巴夏松了纽扣的披风吹上了天空，巴夏眯着眼睛望着在半空中狂舞的披风，不由得回头望了一眼城堡内烟火熊熊的壮观景象，显然敌军的防御除城堡中心广场以外已经全部陷落，北方军团司令官松了口气，突然目光锁定在拥挤在街道上的一些阿拉玛诺人身上，他们还在继续向建筑物中倾倒着油火。

为什么要继续点燃无人的建筑物呢？寒风中，巴夏的汗珠从额顶渗了出来。

雷拉格半跪着隐藏在盾墙之中，一发箭矢突破了盾阵防御，箭头穿过黑色扎甲接缝处扎进了他左手上臂的肌肉，他闷哼了一声，右手熟练的把箭头带着一阵血雾从胳膊里拔了出来，同时把手中绘着黑色乌鸦的大圆盾又向上调整了高度，这时又一发箭矢透过盾牌的缝隙射向雷拉格，却砰的一声钉在了身体左侧一面精钢小圆盾上，这时候，他看见身旁一个熟悉的窈窕身影。

“你疯了吗？”雷拉格对索菲娅叫道，但他也不能让索菲娅再冒着箭雨跑回高塔上的议事厅，“你会被射死的！”

索菲娅摇摇头，对他晃了晃左臂绑缚着的小圆盾，上面还插着那支箭矢，她神色坦然地望着雷拉格，“如果你错了，我会和你一起死，如果你是正确的，我们就都能活。”

“你到底在说什么？”雷拉格眼珠转了转。

“保护好你自己。”索菲娅撑起盾牌，不再看他。

小山坡上斯塔姆懒洋洋地望着城市中心，似乎特拉伯森很快就要陷落了，塞利姆看见斯塔姆把自己的阔剑放在一边，已经完全放松，终于等到了斯塔姆卸掉武装的一刻，塞利姆又望望城中的情景，嘴角露出一丝微笑，他手轻轻移到到了弯刀的刀柄边，慢慢向斯塔姆靠近，他故意说话来分散佣兵头子的注意力，“出卖战友能让你心安理得吗？”

斯塔姆不以为然地笑笑，他似乎根本没注意塞利姆的动作，佣兵头子突然双目圆睁望着遥远的中心广场，“雷拉格被抓住了！”斯塔姆叫道。

塞利姆的眼神不由得向城堡方向望了一眼，这也是他生命中最后一次分散注意力。

斯塔姆手中锋利的匕首在塞利姆拔出弯刀之前刺穿了他的咽喉，佣兵头子随意地望了一眼放在地面上自己的阔剑，“没人和你说过我实际上最擅长的是匕首吗？”他用一只手紧紧捂住塞利姆不断冒出鲜红色血泡的嘴，“这年头，朋友和敌人可很难分得清啊。”

斯塔姆身边的亲信几乎同时与自己动手，迅速在塞利姆的人反应之前用双手剑把他们砍翻在地上，斯塔姆赞许地望了他们一眼。最后一个突厥骑兵飞身跨上马背想冲出去寻找救兵，斯塔姆身后一名弓箭手立即朝他背心射了一箭，背后中箭的突厥骑兵摔到在草地上。

斯塔姆冲弓箭手打了个响指，弓箭手立即换上了一支带着油火的箭，向天空射去，接着又射出了另外两支，给城中发信号。

三发信号箭从夜空中略过雷拉格的视线，盾墙之后的他随后把目光透过北欧卫队盾牌间缝隙紧盯外城墙顶的动静，雷拉格紧锁的眉头慢慢舒展开，栗色的瞳孔中绽放着兴奋的神色，他感觉到自己越来越快地狂奔心跳。血液在慢慢向头部涌去，北地王子右手紧紧抓住冰川之刃剑柄上的骷髅雕饰。

巴夏头顶的空气仿佛已经凝固，他的视线中控制着城墙的阿拉玛诺人纷纷给特拉伯森弓箭手松了绑——也许本来就根本没有绑，弓箭手以最快的速度拿回了自己的复合弓，他们在城墙上点燃了包裹着油火的箭矢。

巴夏不禁瞥了一眼之前一直龟缩在盾墙后雷拉格的动静，他看见了慢慢站立起来雷拉格栗色瞳孔中的危险信号，之前黯淡的眼神中露出了大型猫科动物飞扑前的兴奋与专注，而这种专注必将带来死亡。

“撤退！撤退！”巴夏对拥挤在街道上射击的突厥战士们狂叫着，“从最近的城门撤退！”

特拉伯森人的目标并不是突厥骑兵们，他们开弓射击，点燃了油火的箭矢密密麻麻地射向已经被阿拉玛诺人点着了还在不断增加燃料的建筑。

大火在西北风的助阵下向突厥大军涌去，整个街道完全笼罩在浓烟中，已经有士兵被火焰烧到发出惨叫声。

广场附近突厥士兵身边的阿拉玛诺战士们也纷纷亮出寒光闪闪的双手剑，砍向拥挤在街道上的突厥骑兵，骑兵在街道上施展不开，只想夺路而逃，虽然挥舞着弯刀抵挡，但面对精于近身格斗砍杀的德式双手剑，出于被动境地。

雷拉格慢慢从盾阵之后走了出来。北欧卫队们随即散开。

“进攻队形！”，雷拉格高举着冰川之刃，北欧卫队们收起大圆盾，咆哮着亮出恐怖的双手巨斧。“杀光他们！众神已经把这些凶手的命运掌握在我们手中了！”

北欧卫队们潮水般地向各街道涌进，很快和阿拉玛诺人对突厥人形成了夹击之势，巨大双手战斧斧刃深深陷进突厥骑兵的鳞甲中，挥洒的血雨让骑兵们纷纷士气崩溃，阿拉玛诺人也奋勇砍杀，无数拥挤在街道的敌军在战斧与双手剑的挥舞下被斩成两段。

“结束后我会和你解释。”雷拉格面带愧色地对索菲娅说道，随即转身挥舞着冰川之刃带领北欧卫队对拥挤在街道上的突厥骑兵展开大屠杀。

索菲娅嘴角带着一丝微笑轻轻摇头，转身返回城堡顶的会议厅，看来她准备最后时刻的弯刀与飞刀是用不上了。答案已经出现，她松了口气，雷拉格与斯塔姆均已通过了最重要的测试，可她竟然不知道该不该高兴。

她的眼角瞥向一个紧跟她走上旋梯的人，在这个紧要关头没人会注意到。

巴夏带领着他最精锐的哈珊骑兵，向东门猛烈突围，除了燃烧中死亡的人数外，混乱中大批落马的突厥骑兵又被紧跟而来的骑兵踩死，在付出无数人的代价后，求生的东门似乎就在眼前。

城墙上，除了不断发射着火箭的特拉柏森弓箭手外，还有一些黑洞洞的铜管也瞄准着火势冲天的建筑物。

这是雷拉格安排在城楼里隐藏多时的泰勒斯和他的二百名头戴护目镜的希腊火喷射兵，他们分散在东门、西门与北门的城墙上，泰勒斯望见巴夏撤退中的哈珊骑兵已经接近，命令士兵们推动喷火器气泵。

随着低沉的雷鸣般的发射轰响，数十条火龙从城墙上倾斜而下，穿越发烫的建筑物，阿拉玛诺人抛在街道上油桶里的燃料让火龙的身躯更大庞大，转瞬之间把整个东门街道上的突厥骑兵全部吞噬在燃烧的地狱中，希腊火迅速借助风力沿街道蔓延，无数烤焦了皮肉筋骨的敌军在哀号。

“你也该玩够了，”从后面赶来的斯塔姆一把抓住了泰勒斯的肩膀，“我的城堡都要给你全烧光了。”

“北门的流动之火停止发射，”雷拉格也登上东门城楼，烟火已经把他的脸熏得漆黑，但他看来起来毫不在意，“放残余的敌军从北门逃走。”

“放敌人走？”泰勒斯摘下护目镜，不解地望着雷拉格，“让我烧光他城堡里的东西。”他瞟了斯塔姆一眼对雷拉格偷偷嘀咕道。

雷拉格左手拍拍泰勒斯的脸，右手指着泰勒斯身侧北门的海面，一些悬挂着金色双头鹰旗帜的巨大的桅杆在海面上摇曳乘风破浪，火龙形状的船首像清晰可见。战舰正在强力西风的帮助下高速接近特拉柏森港口。船上的弩炮可以把北门逃脱的敌军在海岸上全部钉死。

“龙头战舰！”一直隐藏在箭塔里的奥多万走了出来，“我以为他们返回君士坦丁堡了！”

“我只是让舰队们在西诺普城附近现身，然后深入黑海再返回，返回完全是顺风花不了什么时间，他们一直在特拉柏森港口以北等待时机。”

雷拉格微微一笑，转身问奥多万，“萨亚斯准备完毕了吧？。”

已经用不着奥多万回答了，雷拉格满意地看见萨亚斯的阿兰骑兵从南门杀出，绕过整个城墙，萨亚斯正狂叫着挥舞着双刀对从城里溃逃出的突厥残余兵力乱踩乱杀。

“那突厥人开始进攻时城里乱跑的马匹……”泰勒斯问道。

“伪装，”雷拉格打断了泰勒斯的话，视线在街道上搜寻混乱场面中的一个人。

东门已经近在咫尺，巴夏坐骑的速度却慢了下来，他出人意料地从坐骑上翻身下马。经过六个月的对峙与争斗，他了解雷拉格，就像了解另一个自己。巴夏不用眼睛看也能猜到北门已经堵上了龙头战舰，而且也听见已经迂回至东门城墙外阿兰骑兵复仇的喊杀声。

这不是我的错误，不是我的，如果坚持包围特拉柏森，雷拉格一样没有机会，也许这就是所谓命运。

几名骑兵拉扯着巴夏的衣袖，还以为他发疯了，“司令官！快上马撤退！”

巴夏环顾四周，街道上到处燃着熊熊大火，充耳均是烧伤士兵的惨叫与哀号，许多垂死的士兵在挣扎中被烤成焦炭，一座燃起熊熊大火的高塔翻砸了下来，压倒了他面前一片惊慌失措的士兵。北方军团司令官微微闭起眼睛，竟爆发出一阵刺耳笑声，“这真是，真是，”巴夏断断续续地说道，“真是最完美的结局。”

他挣脱开士兵的拉扯，望向城墙上的一个人，而那个手持冰川之刃，身穿黑色重扎甲的人也在望着他，在这一刻，他们之前没有阵营，没有鄙视，没有仇恨，没有敌意，不知道为什么，对方的眼神中竟然涌现出些许悲哀的神色。接着，城墙上的人冲着他微微点了点头。

突厥北方军团司令长长吸了口气，望了一眼东门外，他可不想死在仇敌萨亚斯的手里。他甚至还冲着城墙上的那个人还以微微一笑，巴夏转身大踏步返回特拉柏森城堡街道上火焰燃烧最剧烈的区域，哔哔波波燃烧的建筑物在身旁呻吟，手下的士兵在四面奔逃，夺取特拉柏森的梦想，得到努尔丁小亚细亚代言人的梦想，还有像“沙漠之王”萨拉丁一般节制地区苏丹最终成就霸业的梦想①，终于在大火完全吞噬身体的那一刻灰飞烟灭。

城墙外萨亚斯翻身下马将双刀置于地面，涕泪交加地向父亲凯纳斯遇害的方向不停地跪拜，奥多万也抹着眼泪陪伴着他。城墙上的特拉柏森人与城墙下完成追击任务的阿兰骑兵，街道与龙头战舰上的北欧人，纷纷为胜利发出狂吼的欢呼，特拉柏森弓箭手还将一簇簇的火箭射向天空，泰勒斯也跟着大家不停雀跃着。

只有雷拉格与斯塔姆还保持着平静，特别是雷拉格的脸，被火焰熏烧的漆黑面孔空虚与疲惫，就像是大病了一场，“该救火了。”斯塔姆心疼地望着烧坏的建筑物对他说。

“曼努埃尔陛下到底私下给了你什么来保证你的忠诚？”雷拉格轻声说，“一定比我所知道的多，我猜不止是免税权。”

“我喜欢双头鹰形状的总督徽章，”斯塔姆嘴角略过一丝微笑，“你从什么时候又开始重新信任我了？”

① 萨拉丁原先是努尔丁的部下，后者派遣他前往埃及，他去了以后很快控制了当时埃及法蒂玛王朝的宫廷，并掌握了实权架空了苏丹，对努尔丁的命令开始阳奉阴违。

“不，”雷拉格面无表情地说，“必须承认我就从来没真正信任你，我一直在考虑什么时候可以把你干掉自己来守卫特拉柏森。”

斯塔姆恼火地瞪了他一眼，然后把脸转开。

“实际上，”雷拉格眯起眼睛，嘴角露出一丝鲜有的顽皮微笑，“是上次城楼上我们的会面。”

斯塔姆转脸望着他。

“怀念家乡，还记得吗？”雷拉格提醒他，“我们都提到怀念家乡。”

“你猜谜还不赖嘛，”斯塔姆笑道，“我确实怀念我们曾经在家乡北地上演过的面对哈格里夫的好戏。”

“我喜欢你的谜语。”雷拉格说。

特拉柏森城堡最顶端的议事厅内，索菲娅面无表情从石窗中凝望着巴夏军团在大火中覆灭的最后景象，甚至没注意跟随她上旋梯的男人就一直站在自己的身旁，她轻轻叹了口气，转过身。

“其实我一直都不同意陛下的计划，”索菲娅皱着眉头对来人说，“太冒风险，如果斯塔姆变卦，你在他身边又能怎么样？就是处决他也弥补不了反叛的巨大损失。”

“但我的老乡看起来通过帝国的测试了，”‘黄牙’咧嘴朝索菲娅一笑，但已经完全没有在斯塔姆面前猥琐的表情，昔日那个大大咧咧的北欧人竟然表情沉稳而冷静，接着他斟酌了下用词，“雷拉格也通过了。”

“是的，所罗森，他确实通过了，”索菲娅疲惫地半躺在大桌后的长椅上，“甚至比我想象的都要好几百万倍。”

所罗森嘴角掠过一丝不经意的微笑，没有说话。

“他怎么能，雷拉格怎么能？”索菲娅轻轻摇晃着脑袋，仿佛在自言自语，“怎么能瞒我这么长的时间？曼努埃尔皇帝从一开始和他密谋的所有计划，所有的计划，完全对我守口如瓶，就像我是和他毫无关系的局外人。”

“恕我直言，副处长，”所罗森看四下无人就报出了索菲娅的真实头衔，“恐怕对雷拉格来说，他不知道的恐怕要比您多得多吧，您的真实职务，还有你早已了解整个计划的运行以及，”索罗斯顿了一顿，“这个测试。”

“没错没错，”索菲娅发出一阵刺耳的笑声，“在他面前演戏真的很难，但我还是做到了，我没有资格去责怪他，”女人继而露出了伤感的神色，“雷拉格在测试中证实了对曼努埃尔陛下的绝对忠诚，他确实在行动之前不会把他与皇帝的计划透露给任何人。”

“但没有证实对您的。”所罗森小声的说。

“这不用你关心，”索菲娅生硬地对所罗森说道，“你还要继续监视斯塔姆的一举一动，别忘记，你可是从1170年就开始通过去丹麦的商人拿军情处的津贴了，还有，别让他知道你的真名，让他继续喊你黄牙好了。”

“雷拉格这里还继续由我负责。”索菲娅眯着眼睛说道。

“遵命，我的女士。”‘黄牙’所罗森鞠了一躬转身离开。

“一个在军情处任职的女人可真难呐。”索菲娅轻轻说道，卷缩在长椅上合上了疲惫的眼睛。

一阵阵信号箭从阿拜多斯港口徐徐升起，加之灯塔上突然打亮的火光把黑暗照耀得如同白昼，刚才还仿佛等待罗伯特屠宰的百余艘船只一起起锚转向，大惊失色的罗伯特这才注意到他得到的信息只正确了一半，港口内确实停泊着大量船只，不过不是商船，而是军舰——不少都装置了十二座希腊火发射器的战舰，甲板早已等待着伏击的水兵。

拜占庭近海舰队哪来的这么多舰只？但这已经不是罗伯特可以考虑的问题了，希腊火喷射器一阵齐射，无数条飞舞的火龙紧紧缠绕住了所有的海盗船。

从爱琴海上赶来的泰格休斯登上了一艘港内战舰的甲板，该舰舰长来报告，“我们已经抓住了烧得奄奄一息的罗伯特，怎么处置他？”

“把他所有的手指头都切断，再把头砍下来，”泰格休斯说道，“他不是喜欢切别人的手指头吗？”近海舰队司令又环视了一眼甲板，所有战舰上只有水兵，没有搭载的铁甲骑兵卫队与他们坐骑的身影，“皇帝陛下和大主教阁下在哪？”泰格休斯不解地问。

“皇帝陛下已经在阿拜多斯以南登陆了，去和曼西姆斯的大军汇合。”舰长说道。

迪亚斯趁着夜色带着其余人在锅匠区羊肠般的小道与民居间飞奔，追击他们卫戎士兵的叫喊声越来越远，经过一阵转弯抹角的道路后，又转回到了哈吉大叔‘锅沿’商店。

“你真行，”一个手下对气喘吁吁的迪亚斯说，“要不是你我们肯定全完了。”

“赶快进地下室，”迪亚斯对他们说，“别被巡逻的士兵发现。”

“哈吉大叔，”迪亚斯匆匆对绒毯上的老人说，“‘季风’背叛了我们，他依靠皇后情夫的身份投靠了敌人那一边，“我们要赶紧收拾东西离开君士坦丁堡，你有离开这里的船只吗？海上可能会安全。”

“所有一切都按计划执行了吗？”哈吉大叔丝毫不关心‘季风’现在在哪里，“君士坦丁堡暴动的计划放弃，只要特拉柏森与阿拜多斯港口那里不出问题就可以。”

“您就放心吧，”迪亚斯看了一眼哈吉，“都在按计划执行。”

“用不着担心船只。”哈吉安慰迪亚斯，“我们现在就可以离开。”

哈吉刚转过身，就听见背后两声惨叫，他的两名手下都躺倒在地上，而迪亚斯手中握着一把血淋淋的匕首。

木门外突然有了搏斗的响声，接着就是人拳头捶在木门上的声音。

“我是迪亚斯，”迪亚斯对木门外说道，噪声嘎然而止，“给我十分钟的时间。”

“你才是叛徒。”哈吉缓缓转过身瞪视着他。

“我们有十分钟的时间，”迪亚斯和蔼地哈吉说道，“让我们进屋谈谈吧，看在我们相处了六年的份上。”

“我的真名叫塔洛斯，出生在埃及，”迪亚斯在屋内来回轻踱着步，“一个卑贱却美貌的努比亚②女奴的孩子，和她有过关系的男人太多了，说实话，她连孩子的父亲都很难确认。”

“你确实是一个婊子养出来的杂种。”哈吉冷冷地说。

“但我那可怜的母亲偷了主人家的东西被当场打死，”塔洛斯微微一笑，“也许是她勾引了男主人才被女主人陷害的吧，不过这没什么关系，反正从此以后我就浪迹亚历山大港③的街头了。”

“我几乎要饿死了，但我遇上了一个人，其实也比我大不了几岁，”

② 努比亚是地中海埃及与南部黑色非洲之间的连接地，努比亚人肤色较深，头发卷曲或者编著发辫，通常戴着环状耳环。

③ 亚历山大港：著名的古城与海港，埃及的第二大城市，地中海岸的港口，作为地中海与阿拉伯世界的贸易中转地，这里的商业非常繁荣。

塔洛斯说，“但他很早就出来讨生活，他把我带到他居住的棚屋，把本来该他自己吃的饼分了一半给我，那些饼包裹着香喷喷的黄油，天哪，那顿饭的滋味我一辈子都不会忘记。”

“我和他相依为命，就像我的兄弟，后来，我们搭上了去君士坦丁堡的商船。

“谁能知道两个幼年的穷小子竟然会在未来在东罗马帝国军情处得到重用？而且军情处确实是能让人学到不少东西。”

“我的职务比我这位兄长尼塞卡更高，”塔洛斯回忆着，“可他才是众人瞩目的焦点，凭着一把不离身的中国连弩，他精通五国语言，是七进七出敌城的魅影，取敌将首级于夜晚的杀手，女人们都以与他共度良宵为豪。而我貌不惊人，总在角落里，当然，这反而对我有利，我更适合在幕后统筹军情处的工作。”

“十年以前，我被陛下安排打入安卡拉间谍网，那个时候小亚细亚方面远没有今天这么重要，突厥人还未与帝国开战。我只是潜入，没有给帝国提供过什么重要的信息，不过这反而保护了我。

“你们的间谍机构也对我进行过严密审查，不过对于我这样一个来自亚历山大港的流浪儿，而且还伪造了父母死于罗马士兵之手的证明，我有什么可担心的？最终我没露破绽。

“为了使我自己能够成功，我把一些帝国消息透露给安卡拉那里，竟然在安卡拉也颇受重用。”

“六年以前，我到了你手下工作，或许是看中了我的才能，负责君士坦丁堡方面的工作，并以奴仆的身份打入东罗马帝国的宫廷，我感到即将大显身手的时刻到了。”

“其中皇帝只召见过我一次，让我尽可能与安条克医院骑士团的朱里奥建立联系，还有他那勇武的哥哥安德鲁瓦，似乎他们对安条克战败后于努尔丁签订的奥伦特河协定相当恼火，而帝国则非常需要西式重骑兵。

“密列奥赛法隆战役前我见过哥哥尼塞卡最后一面，当时他很兴奋，他告诉我将成为杀手之王，一场战役的英雄。”

“他成功刺杀了罗姆苏丹国的统帅亚尔斯兰，可这却是他生命中最后的荣耀。”

“当我知道他的死讯，悲伤的想捏断自己的喉咙，他是我唯一的记得相貌的亲人。”

“当北欧人到达君士坦丁堡后，曼努埃尔陛下在分别秘密召见雷拉格与斯塔姆后也召见了我，给了我一次最好的复仇机会，而事成之后时，”塔洛斯顿了顿，“将把长时间空缺的军情处处长的职务给我。”

“查出你们在皇宫里安插的内应，并利用你们安插在皇宫里的这个‘季风’，让你们误以为斯塔姆会站在你们一边。”

“什么？”哈吉吃惊地望着塔洛斯，“曼努埃尔早都知道安卡拉的间谍已经打入宫廷？”

“是的，只是陛下不知道‘季风’是谁，还有季风成为皇后情夫的事，当然，这些陛下很快都会知道的。

“‘季风’确实是个狡猾的杂种，他不会告诉我海盗罗伯特袭击港口的位置，我就无法联系近海舰队司令泰格休斯做出安排，我抓住了那个他派往罗伯特那里送信的手下，”塔洛斯露出残忍的微笑，“对他用尽酷刑直到死亡都没有告诉我地点。我只好自己去试探罗伯特，他果然对我没有准备，自己说出了袭击地点。”

“我把消息绑在信鸽腿上传递给正从安条克高速返回的陛下舰队，这只信鸽只在我与陛下之间联系，哈，似乎你们的努尔丁领袖也很喜欢用这一手嘛。我让舰队在陛下登陆后继续前行，偷偷提前进入阿拜多斯港口等候罗伯特的到来，数十艘喷火战舰，再加上泰格休斯的近海舰队封堵港口，嗯，阿拜多斯那里的海盗船一定是火光冲天吧？我可以想象。”

“你杀了‘季风’，”哈吉忽然说，“等在门外面的那些突然出现的卫戍部队也是你们的人吧？”

“他们的队长是我们的人，”塔洛斯点点头，“我只要一现身就等于信号。”

“军情处处长。”哈吉冷冷地打断了他，“你想把我怎么办？”

“这六年来你待我也不错，”塔洛斯眼中流露出一丝悲哀，缓缓走近哈吉，“本来像你这样的行动头目一定会被逼供，而我知道你是个死硬分子，那些刑具真的不是人类身体可以承受的，它们都是我亲自设计的，请相信我。”

“这是毒药，”塔洛斯从怀中掏出一个小瓶放在哈吉的面前，“这是匕首，非常锋利。”塔洛斯把手中的匕首也放在他的面前，叹了口气，“选择一种自己解决吧，没有人会问你问题，你的名誉可以得到保存，这是我能报答你仅有的方式了。”

哈吉瞥了他一眼，没有说话。

“十分钟已经到了，士兵们要进来了，”塔洛斯对哈吉说，“请尽快，我就在外面等你。”说完转身离开。

哈吉等他一转身，以惊人的速度起身，抓起放在他面前的匕首，猛地向塔洛斯背部刺去。

塔洛斯一个敏捷的转身，手中变戏法一般出现了两把飞刀，闪电般地向哈吉掷去，一把飞刀刺中哈吉持刀的右手，另一把飞刀直插哈吉的眉心之前，刀刃深深地刺入哈吉的头盖骨，哈吉就像绢帛一样被牢牢钉在墙上。

“选错了。”塔洛斯悲伤地说。

Chapter 29

突厥军队满载补给品的驴子就沿着北方这条路前进，它们被用来给努尔丁前线的大军运送粮草、弩箭与药品，现在轮到突厥人走这条艰难荒凉的高原补给线了。不过从安全上说，这个地区随着帝国北方凯纳斯军团的覆灭，危险性几乎等于零。

但这天不详的预感一直笼罩在突厥补给部队士兵的心头，薄雾让天空如此阴沉,道路附近的味道越来越难闻,很多士兵开始呕吐,只有在长官的鞭策下才肯前进。

"刀法不能太拘泥于华丽的招式，"一个低沉的声音说，在萨亚斯一阵双刀乱舞之后还是被雷拉格抓住了破绽，盾牌隔开亚美尼亚人左手的弯刀后，冰川之刃几乎已经架在了萨亚斯的脖子上，"特别是在面对危险的敌人之际。"雷拉格又补充道。

萨亚斯满不在乎地哈哈一笑，"不会所有敌人都像你这般危险。"

雷拉格叹了口气摇了摇头，年轻人对死亡的藐视让他有些担心，但也许这就是优秀的骑兵前线指挥官该具备的性格，"交换，剑术换马术。"雷拉格冲萨亚斯顽皮地一笑，"你要教会我骑你们暴烈的亚美尼亚战马为止。"

萨亚斯一声口哨，他黑色的亚美尼亚良驹就飞奔而来，雷拉格背起剑翻身上马，没一会就被马匹从背上掀了下来，马儿的表情中甚至还有得意的神色，惹得萨亚斯哈哈大笑。

"你得在三天之内教会我，"雷拉格坐在地上揉着屁股，"我们这一大票步兵很快就得像你一样骑马远行！"

奥多万远远地望着这一幕满心欣慰，从凯纳斯死后，萨亚斯已经很久没这么高兴过了，老人很高兴除了自己又有人关心萨亚斯。

一艘小心紧贴海岸航行的德罗蒙快船①接近了特拉柏森城堡，桅杆上的双头鹰旗帜清晰可见，而这样吨位的快船一般都是用来送信。

雷拉格见状也返回了城堡。

① 德罗蒙（DROMON）是拜占庭帝国海军的制式战舰，由古罗马海军战舰改进而来，分为轻重型很多种，这艘的是轻型的。

奥多万望着信使在接受完士兵的盘问后走进城堡，从他的轻快步伐来看，不应该是坏消息。

一阵礼貌的寒暄后雷拉格送走神色匆忙的信使，他转身扫了一眼四周无人的特拉柏森议事厅，打开信使送来的乌木盒子，一枚巨大的红宝石戒指闪耀其中。

雷拉格轻轻的把戒指戴在自己的右手大拇指上，对戒指精美的工艺与名贵材质毫不关心，他注意的是戒指的意义，指环表面清楚地雕刻着“北方军团司令官”。戒指一侧的细丝线还挂着一小片绢帛，上面有“最伟大的”字样。

这是忠诚与智慧的代价。

雷拉格背起双手，慢慢徘徊在大厅中，发出一阵令四周墙壁震撼的哈哈大笑。

笑声忽地嘎然而止，雷拉格警觉地回头，“谁在门外？”

索菲娅出现在议事厅大门，“我刚到，”她轻轻地说，以打破雷拉格的尴尬，说完又报以一个微笑，“你得给你卫兵新命令，因为我总是不由通报就见你，也许这会威胁你的安全。”

“你永远不用向我通报什么，”雷拉格也笑道，“反正你总是给我带来危险。”

“或者是荣耀，”索菲娅望了一眼大桌上的乌木盒子，“特拉柏森外海出现了一支舰队，你最好去看一下。”

“是和我们一样的北欧长船，”斯塔姆站在城楼高处望向海面，微笑着斜着眼睛看了一眼刚赶到的雷拉格，“也许是哈格里夫的好友来向你寻仇。”

“哈格里夫就根本没有朋友，丹麦国王瓦尔德玛更不会因为一条已经死去的狗千里迢迢开进黑海，”雷拉格望着海面没回头，“就是寻仇也会先找你，北欧人最恨背约者。”

斯塔姆哼了一声，不再理他。

“六十艘战舰，”雷拉格仔细观察着海面，“二十艘大型战舰，四十艘轻型，他们没有旗帜，我看不出他们的势力。”

“也许是海盗呢。”泰勒斯猜想。

“要派舰队迎战吗？”萨亚斯问道，“我们拥有七十五艘战舰。”

“不，”雷拉格摆摆手，“斯塔姆，派你的人上船操作战舰，挑最机灵的一千人去，别让海面的上的人看见，萨亚斯，你去调动一千特拉柏森弓箭手，带上油火上战舰甲板等候，泰勒斯，你的人上甲板操作流动之火喷射器，我会带北欧卫队上船操作弩炮，城堡上不要升战旗，让他们以为我们毫无准备。”

雷拉格微微低下头吻了一下拇指上的戒指，“又开始了。”他轻轻地自言自语。

敌舰开始有些迟疑，但随后还是加速划向特拉柏森港口，隐藏在甲板上俯下身体的雷拉格望着越来越近的船只，下定决心等敌舰进入希腊火射程，只要他一声令下，弩炮与希腊火就会齐发，五十艘敌舰会瞬间成为齑粉。

雷拉格突然站起身，面对敌舰，他甚至没有抽出武器。

“可别让他们看到你！”泰勒斯提醒雷拉格，他紧紧地让肚子贴在甲板上才可以隐藏自己圆圆的身体。

“不，”雷拉格嘴角出现一丝笑容，他看见了对面船首上站着的一个灰白色头发梳成许多小辫的巨汉，“是朋友。”

背负着长柄战斧的奥拉多姆轰地一声跳上雷拉格的旗舰，与艾里克可以媲美的巨大身躯甚至让船身都动摇了，他一跳上战舰，就给了雷拉格一个热烈的熊抱。

“我的黑发美人！”奥拉多姆高兴起来总这样亲热地称呼他，“我刚到黑海以北的刻齐小镇②就听说你的精彩战斗，用三千人干掉了七千人！干的漂亮！这不，我带着海泽比的兄弟们都来和你一起干，足有一千多人！”

雷拉格面带微笑地望着奥拉多姆身后那些分别已久，热切地望着他的丹麦大汉，突然发现斯塔姆不知什么时候就站在自己的身旁。

“再加上阿朴杜尔的三千人，”斯塔姆嚷道，他踮起脚尖让自己显得更高大些，“我与雷拉格总共干掉了一万突厥人！”他强调道。

“又见到你很高兴，”奥拉诺姆草草握了一下斯塔姆的手又转向雷拉格，这让斯塔姆的自尊大受伤害。

“这还不算，”奥拉多姆指着身后的一名手持双手巨锤，身材非常粗壮的勇士，老战士的灰红色的胡子浓密地几乎要盖住整个脸，“这是诺夫哥罗德的‘蛮锤’罗曼诺夫，索菲娅妈妈的朋友，他从北地给你也带来了二千人，他们都仰慕你而来！”

“在北方就听说了你的事迹了，”罗曼诺夫紧握雷拉格的手，“‘杀戮者’哈格里夫就是被你干掉的，敢从丹麦国王瓦尔德玛那里拔牙。又听说你歼灭了整个突厥北方军团。我带来的人都是诺夫哥罗德万夫不当的勇士，只要你一句话，他们就都会在你的麾下赴汤蹈火。”

② 刻齐小镇：现在是乌克兰的城市，位于刻赤半岛的东侧，刻赤海峡至黑海最重要的出海口。

“知道吗？黑发美人，”奥拉多姆发出爽朗的大笑，“他们给你起了绰号，‘黑海之龙’，哈！我觉得很适合你。”

雷拉格望了一眼他们的军队，罗斯军队乘坐的是那些较小些的长船。

“雷拉格和我，这个称号应该我们共同享有，”斯塔姆再次指着自己向大家强调道。但还是没有人理睬他。

“我觉得你们简直就是著名的弗拉基米尔大公③，”这番恭维让罗曼诺夫笑逐颜开，雷拉格接着大笑道，“我可知道怎么招待远航来的勇士！特拉柏森虽然不比君士坦丁堡，但女人和美酒一样能安抚长途跋涉海员们的寂寞。”

“先带勇士们进城好好乐乐，”雷拉格转身望着斯塔姆不情愿的脸，“他们玩乐的都算在我的帐上。”

“这可是一大笔钱，”斯塔姆不满的嘀咕道。

“其他人先进城休息，”雷拉格转身对部下说，“我和奥拉多姆还有事谈。”

“怎么样？这支三千人的队伍是我送给你的见面礼，不赖吧？”奥拉多姆得意地说。

雷拉格微微一笑，“蛮锤罗曼洛夫是索菲娅母亲在诺夫哥罗德城的相好，其中二千人我也得感谢索菲娅。”

“你怎么知道？”奥拉多姆吃惊地说。

③ 公元980年弗拉基米尔带领6000罗斯雇佣军支援拜占庭皇帝巴西尔二世的内战，击毙了皇帝的政治对手猛将福卡斯 巴尔达斯取得了内战的胜利。这些罗斯军队是第一批成大建制的北欧卫队。

“还有，海泽比现在到底怎么样了？”雷拉格的脸变得严肃起来，“法斯特他现在人在哪？”

奥拉多姆紧张地瞟了雷拉格一眼，叹了口气。

“海泽比失守了，”奥拉多姆低声说，“瓦尔德玛的大军返回第一件事就是猛攻海泽比，法斯特战死了，我寻思着不能把我们的战士都为一个贸易港口陪葬，就带着他们去诺夫哥罗德避难，通报了索菲娅的名字，就见到了罗曼诺夫和索菲娅的母亲，说真的，索菲娅的美貌还真是遗传呢，她妈妈一把年纪还算得上是国色天香。”

“说到这个你就来劲了，”雷拉格阴沉地看着他，“海泽比失守，现在我们北方什么根据地都没了。”

“对不起，雷拉格。”奥拉诺姆愧疚地望着他。

“你这个老傻瓜，”雷拉格紧绷的脸突然绽开笑容，对着奥拉多姆胸膛捶了一拳，也给了巨汉一个紧紧的熊抱，“你不知道我看到你有多高兴，海泽比没有了，君士坦丁堡以后就是我们的家。”

“有了你们，我打算微微改动一下原先计划。”雷拉格冲奥拉多姆眨了眨眼睛，并以轻快的速度瞟了一眼大拇指上的戒指，“我要发动特拉柏森附近的所有村民，他们深受巴夏军团烧杀掳掠之害，我想他们会很乐意帮我这个小忙。”

安卡拉南部与科尼亚西部之间的大路非常重要，一条向西北经阿摩里阿姆直通尼西亚，另一条折西南一直延伸，通过著名战场密列奥赛法隆山谷。都是突厥人从罗姆苏丹国北方大城安卡拉至南部莱迪西亚的补给线。

突厥军队满载补给品的驴子就沿着北方这条路前进，它们被用来给努尔丁前线的大军运送粮草、弩箭与药品，现在轮到突厥人走这条艰难荒凉的高原补给线了。不过从安全上说，这个地区随着帝国北方凯纳斯军团的覆灭，危险性几乎等于零。

但这天不详的预感一直笼罩在突厥补给部队士兵的心头，薄雾让天空如此阴沉，道路附近的味道越来越难闻，很多士兵开始呕吐，只有在长官的鞭策下才肯前进。

突厥士兵茫然地望着天空，他们注意到天空聚集的乌鸦群遮天蔽日，划过他们的头顶。

一名士兵恐惧地叫嚷起来，他们发现了难闻气味的源头。

巴夏军团士兵们的尸体，每人均被用长矛与树干穿透颈部，像烤鹅一样整齐地如路标般悬挂在道路两边，薄雾中甚至看不到死者们的尽头，大部分尸体已在乌鸦的盛宴之后残缺不全，一些乌鸦正从尸体耳朵内欢快地啄出黑红色的烂肉，另一些乌鸦则从臭烘烘的腹腔里翻出了白花花缠绕在一起的肠子。

连最勇敢的突厥士兵也感到两腿发软，军官自己都开始呕吐起来，他已经顾不上惩罚因恐惧而后退的士兵。

一个身影沉稳地从雾气中显现。

雷拉格骑乘着战马从尸林中踱出，身披闪闪发亮的黑色重扎甲似乎与四周的腐烂与恶臭格格不入，背后是奥拉多姆，罗曼诺夫与无数高举双手战斧的士兵。阿兰人也同时拉开了弓弦。

“大家好啊，”雷拉格微笑着摊开双臂冲突厥人大声打着招呼，栗色双目绽放出光芒，“欢迎参观地狱。”

爱琴海上的阳光终于照耀在突厥大军上空，温暖而陌生的海风划过每一名士兵的脸颊，士兵们既惊奇这异于草原风情的美景，也自豪与他们的千里征程——从安卡拉与科尼亚至爱琴海东岸的士麦那，他们终于登上了东罗马帝国东部的海岸，但显然无暇眷顾美景的努尔丁与穆斯塔法有更重要的事情要谈。

“主人，那名全歼我北方军团，杀死巴夏与阿布杜尔的敌人将领，绰号‘黑海之龙’的雷拉格带领新组建的罗马帝国北方军团，利用船只在沿海对我们的土库曼部落大肆劫掠，抢走了无数马匹，他们用这些马匹长途奔袭，切断了我们的北方补给线，他用非常残酷的方式对待我们的战俘，士兵对他心存恐惧，认为他是黑海中恶龙的化身，”穆斯塔法在努尔丁耳边小声说，“而我们雇佣的诺曼海盗罗伯特，已经全部被君士坦丁堡近海舰队歼灭，他的尸体就挂在阿拜多斯港口示众。”

“曼西姆斯已经带领东罗马帝国大军向南部启程，正朝我们赶来。”穆斯塔法又补充道。

“现在一共有四个难题：雷拉格、舰队、补给、曼西姆斯，”努尔丁打断了穆斯塔法的话，“第一，雷拉格先不要去管他，让他劫掠土库曼部落好了，离开沿海这位新北方军团司令就会丧失他引以为豪劫掠速度，他既没有攻城器械，兵力也不足够威胁安卡拉，让土库曼人牵制住雷拉格的兵力。”

“第二，我们不是还没付钱给罗伯特么，这就不能算是损失，我们也不再冒险走海路，”努尔丁紧接着说，“巴夏军团的覆灭暴露了我们补给线，这是情报部门的责任，我会和‘山中老人’谈谈，让他派些哈萨辛好手填充我们的情报部门。”

“六万大军的补给是个大问题。”穆斯塔法提醒努尔丁，“只有南方补给线不能满足士兵们的需求。”

“第三，封锁我们丢失特拉柏森的消息，或者让军队晚点知道，这反正和他们没什么关系，”努尔丁斩钉截铁地说，“补给我用一分钟来解决。”

努尔丁身穿黑袍站在士麦那以北的海滩上，弯下身体用瓢舀起海边一勺海砂，又用另一个瓢舀起一勺海水，高高举起向身后旌旗招展的大军示意，“看那我的勇士们！”努尔丁大声说道，“这是东罗马帝国爱琴海的沙砾与海水，还记得我们是什么时候出发的吗？是去年秋天！我们在密列奥赛法隆歼灭了三万敌军，然后又穿越了敌人的整个东部地区，攻克了莱迪西亚，现在已经打到了海边，东罗马帝国的整个东南部，都已经落入真主的手中，这水与沙，就是我们战无不胜的象征！”

“赞美真主！”士兵们齐声叫到，“圣者万岁！”

“我们站在的这边土地，据说是他们的月亮女神狄安娜的领地，但这和我们毫无关系，”努尔丁的声调欢快起来，“我只知道，再向北的平原地带，那里是东罗马帝国东部富庶的地区，有数不清的牛羊，黄澄澄的金币，当然，”努尔丁有意一顿，“还有无数柔软的女人！”

这番宣言让大军爆发出兴奋的笑声。

“让我们向北进发，进入曼德尔河谷平原！”努尔丁高声宣布，“劫掠吧勇士们，男子汉就应该把自己的欲望抓在手心里！这是我对你们征战的奖赏！也是真主的奖赏！”

大军们士气高涨开始向北进发。

“没有补给的问题了，”努尔丁翻身上马轻声对穆斯塔法说，后者正对努尔丁的煽动力惊叹，“第四个问题需要你协助我。”

“谨遵主人吩咐。”穆斯塔法点头。

“进入曼德尔河谷④平原后，”努尔丁说，“你负责控制住精英步

④ 曼德尔河谷：曼德尔河现在被称为门德列斯河，土耳其西南部河流，源出安纳托利亚高原。向西流入宽阔的平坦谷地。那里就是曼德尔河谷。此地属典型的地中海景色，到处可见无花果树、橄榄树丛和葡萄园。

兵部队，特别是哈珊部队，我控制宫廷骑兵部队，让他们暂时不参加劫掠。”

“他们不配主人的奖赏吗？”穆斯塔法疑问道。

“刚好相反，他们会得到更多，比如，”努尔丁微笑着望望天空，“消灭罗马人东线主力？”

穆斯塔法眨着眼睛望着主人，突然恍然大悟。

“一个东罗马帝国的东线总司令官，”努尔丁缓慢地说，“会对富庶地区的大肆劫掠与屠杀置身事外吗？这简直是侮辱他们伟大皇帝陛下赋予他的责任啊，他的陛下不会原谅他，他手下的士兵也绝不会答应，他会失去刚刚在尼西亚得到的威信，不，他永远不敢这么做。”

“让罗马人趁我们在劫掠的时候攻击，”穆斯塔法明白了，“然后我们的精锐部队再从背后攻击曼西姆斯离开营寨的军队？”

“以东罗马帝国军队的实力还没有达到可以在平原上和我决战的力量，”努尔丁斩钉截铁地说，“曼德尔河谷平原是我挑选的最佳与拜占庭人决战的地点。”

“曼西姆斯。”领袖念着这个名字时上下的牙齿不自觉地摩擦着，努尔丁轻轻闭上了眼睛。

哭喊与尖叫声充斥着整个曼德尔河谷南部平原，士麦那西部、阿拜多斯南部方圆数百里的民众遭到了可怕的杀戮与劫掠，那些在田间劳作，来不及逃跑的农夫被飞驰而来的土库曼骑兵与突厥轻骑兵轻易追上，像羊一样在自己的土地上被弯刀宰杀，家中值钱的器皿则被蜂拥而至的库尔德人搬得精光。

一名农民挥舞着草叉为保护自己的家人自卫，这甚至刺伤了一名突厥轻骑兵的腿，恼怒的骑兵们把他包围起来，乱刀将他砍为肉泥，他的小女儿因被钉锤砸得脑浆迸裂而死才免于侮辱。

两名身穿丝绸衣服的年轻女人躲避着突厥人的捕获，为了保持自己的尊严，跳进河水中自尽。

一位年轻的母亲被两名突厥人强行向树林中拖拽，她拼命厮打并呼唤着身后冲士兵哭嚷的卷发小男孩，一名恼怒的突厥人转身抽出弯刀，当着母亲的面把小男孩的头颅切了下来，喷洒出的鲜血溅满了年轻母亲的脸，女人的表情变得疯癫，疯狂地摇晃着头颅，哭声变成了嘶嚎，但突厥人哈哈大笑，毫不在意，把衣衫褴褛的女人继续拖进树丛。

村民的财物一捆又一捆地被搬上马匹，另一些驴子上则是成袋的粮食，堆积的货物甚至压得马匹都直不起腿。

这残酷的场面让穆斯塔法都有些倒抽凉气，而努尔丁只是在注意混乱是否足够拥有欺骗性——他知道曼西姆斯的大军就离这里不远，只不过正安全地躲在曼德尔河谷的高地上，因此他的精锐——宫廷重骑兵、哈珊部队与伊克塔骑兵没有参加劫掠与屠杀。

他们在河谷下方树林中，耐心地等待着曼西姆斯的反击。

“我正等待司令官您的命令，”曼德尔河谷高地上司令部内，一向沉稳的铁甲骑兵指挥约翰维塔斯眼睛死死盯着曼西姆斯，脸已经涨得通红，他的身后跟随着同样压抑着愤怒的迈克尔。

“我没有发布任何新命令，原来的命令是固守休息，”曼西姆斯阴沉着脸，眼中布满痛苦的血丝，他一字一顿地说，“我已经重复了十一遍，我想应该很清楚了。”

“突厥人正在山谷下进行惨绝人寰的大屠杀，”约翰维塔斯的声音有些颤抖，“就在我们面前，”他顿了一顿，望着曼西姆斯，“就在你这个东线保护者的面前。”

曼西姆斯抬起头，也紧盯着他的眼睛。

“就在你这个负责保护东帝国人民生命安全的东线总司令面前。”约翰维塔斯的声音在慢慢提高。

“了解你的身份，将军。”曼西姆斯强硬地说，“你应该回到你的大营去控制铁甲骑兵部队。”

“我已经控制不了他们了！”约翰维塔斯再也忍耐不住，一手指着大营外，“我也控制不了自己！人民被屠杀，抢掠，女人被侮辱，狄安娜女神脚下的土地血流成河，可是我的司令官告诉我应该固守在安全的高地上，起码要比下面那些正在哭喊的老百姓安全！”

“司令官，”迈克尔在一旁喊道，“突厥人正在劫掠，这是我们出击的最好时刻，骑兵可以突然出击打努尔丁个措手不及！”

“你们现在都给我出去！”曼西姆斯吼道。

“那就对不起您了，司令官。”约翰维塔斯与迈克尔刷地一齐抽出长剑，对准了曼西姆斯。大帐外约翰与迈克尔的亲兵也持刀走了进来。

“你们这等于是叛乱。”曼西姆斯镇定地望着他们，“别逼我解除你们的职务。”

“司令官，我只需要调动自己本部的人出击，”约翰维塔斯声音颤抖地说道，“还有迈克尔的部队。”

“我们的突袭一定能获胜，如果失败，任由司令官惩处！”迈克尔叫道，“如果胜利，我们也甘愿因冒犯司令官接受惩处！”

“你们，连同你们的骑兵，我们所有的步兵，弓箭手，伙夫，仆人”曼西姆斯一字一顿地说，“甚至你们驼辎重的驴子，你们营地上的青草与泥土，都不许出营。”

“扔掉你的武器，司令官。”约翰维塔斯向前挪了一步，“暂时由我与迈克尔保管。”

“你想都别想！”曼西姆斯手按在剑柄上。

巨人艾里克突然出现在大帐。

“艾里克，帮我们劝住总司令官！”约翰维塔斯深知这个北欧人个性，巨人无论如何不会忍受龟缩的屈辱，而他指挥的北欧卫队与阿拉玛诺步兵肯加入会让突击力量倍增，“让我们一起来出击！分享胜利的结果！”

艾里克嗯了一声走进大帐。蓝色的眼睛盯着曼西姆斯。

“别犯傻，艾里克。”曼西姆斯警告他。

巨人慢慢走向曼西姆斯，后者在缓缓后退。

艾里克忽然一个转身，猛地抱住了约翰维塔斯，并趁铁甲骑兵指挥猝不及防之际用超人的力量夺下了他手中的剑。

“放开我，艾里克！”约翰叫道，“北欧勇士能容忍敌人在他们自己的面前烧杀抢掠吗？我只是停止总司令官懦弱的举动！”

“我不能忍受，”艾里克老实的承认，铁钳一般的大手仍紧紧攥着约翰，“曼西姆斯他并不懦弱，在尼西亚已经证实了这一点，我们应该相信他。我们的混乱只会让敌人更高兴。”

“北欧卫队和阿拉玛诺人会站在曼西姆斯一边。”艾里克望了一眼迈克尔宣布道。

曼西姆斯后退一步，从剑鞘里抽出华丽的双头鹰之剑，“这是陛下赋予我的责任，我发誓会用生命来捍卫这一点，如果战败，我甚至不会用自己的血侮辱这把剑的剑锋，”他转身望了一眼艾里克，厉声宣布，“如果战败！无论任何原因，你们三人都可将我立即斩杀！”

约翰与迈克尔望了望曼西姆斯手中代表着曼努埃尔指挥权的双头鹰之剑，长长呼了口气，没有说话。

“你们都回去吧，”曼西姆斯疲惫地说，“控制住自己的士兵。”

艾里克最后一个离开，他转身看了司令官一眼，“在尼西亚我学会了很多，所以我相信你。”

曼西姆斯点点头，目送着艾里克离开。

只剩下他一个人时，曼西姆斯长长地吐了口气，痛苦地缓缓跪倒在地上，两只手抓住大帐地面沾满泥土的青草，在手掌中紧紧地揉搓直到草茎都完全粉碎，耳边挥之不去的是被屠杀百姓的哭喊声，跪倒在地上的曼西姆斯全身颤抖着，为死亡的无辜百姓而哭泣，为自己的忍耐而哭泣。

“已经五天了，罗马人还是没有动静。”穆斯塔法说。

努尔丁阴沉地望了一眼空荡荡的河谷高地，他不能再让宫廷骑兵与伊克塔骑兵袖手旁观了，因为这会极大打击他们的士气，“宫廷骑兵与伊克塔骑兵分批次加入劫掠的队伍，”他告诉穆斯塔法，“始终保持一半精锐部队不动，如果士兵有怨言，告诉他们我会补偿。”

“你会出现的。”努尔丁自言自语道。

腥风血雨的十五天过去了，整个曼德尔河谷南部平原被突厥人抢劫一空，突厥骑兵把这个地区的无数村庄全烧成了白地，士兵们兴奋不已，满载而归，唯一不满意的只有他们的领袖。

“懦夫，”努尔丁恨恨地说，拜占庭人始终未曾出战，不歼灭东线的东罗马军队主力就无法真正威胁君士坦丁堡，“拖延者”曼西姆斯也竟然没被解职，这真是一个奇迹。也许继续等待会有转变，等待直到曼西姆斯忍受不了来自下级与皇帝的双重压力而崩溃。

但他不能等待了，突厥士兵怀中与战马脊背上的财物越来越沉，他们想的是回家，特别是库尔德人与土库曼人，很难再用信念继续激昂士兵的斗志。

曾几何时，他是离君士坦丁堡那么近，但还是有机会，东线他的军力还占据着优势，密列奥赛法隆战役的损失罗马人没这么快恢复。现在可以回军，联合北方的那些饱受雷拉格骚扰的土库曼部落，歼灭拜占庭北方军团，恢复补给线，得到从安卡拉运送来可以强攻尼西亚的投石车等攻城器械。

但无论如何，眼下必须暂时回撤，尼西亚东部的阿摩里阿姆将是一个等待投石器械与补给的好地点。回撤到恢复进攻最多只要一个月时间。

安德鲁瓦与圣墓守护者们一起走入骑士堡高大的城门，就仿佛他们像以往一样出征归来，他们中没有一个人要求安德鲁瓦必须在何时去见已经从意大利南部赶来的军团长，同意让前任指挥在自己认为合适的时间返回要塞总部，并接受制裁，他们也愿意把这个权力交给安德鲁瓦。

“你是我们永远的领袖。”一名圣墓守护者士兵在安德鲁瓦走进要塞总部前对他说道。

“你的弟弟朱里奥将被开除出骑士团，这是毋庸置疑的，因为他现在无法接受裁决，所以这个决定你首先有权力知道。”一名年过五十却依然强壮的秃顶骑士严肃地望着安德鲁瓦，他就是医院骑士团负责东方战争事务的军团长罗贝尔。

“朱里奥只是在文明与信条中选择了前者而已。”安德鲁瓦鼓足勇气说。“恕我直言团长大人，朱里奥也许不守清规戒律，甚至可以叫他叛徒，但如果想同时保护各种信仰的利益，选择东罗马帝国皇帝不一定是正确的选择。却是当下最好的选择。”

罗贝尔略有不快地望了安德鲁瓦一眼，惊奇圣墓守护者渎神的言语，想反驳什么但最终还是放弃了，“那么你呢？”

“我动摇过，但最终还是选择了后者，”安德鲁瓦直视罗贝尔的双眼，“不过现在对于后者选择的权力并不在我，在于您的判决。”

“对于你，我很痛心自己的决定，这个决定真的很具讽刺意味，”

罗贝尔叹了一口气，“你每一个行为都符合最优秀骑士的准则，可我却竟然不得不把你开除出队伍。”

“除了一条，不应该爱上一个穆斯林，但我一直认为这是一条错误的准则，”安德鲁瓦平静地说道，“这条准则和骑士必须保护圣地人民的准则矛盾，圣地的人民包括穆斯林，可又不允许爱，不爱怎么会有保卫的愿望呢？”

“我和你想的一样，”罗贝尔闪现出无奈的微笑，“但规则不是你制定，也不是我制定，甚至不是大团长制定的。”

“我需要为单多罗与皮格迪偿命么？”安德鲁瓦问。

罗贝尔轻轻地摇摇头。

“那我应该被关进监狱？”安德鲁瓦试探道。

“你的长官还没有迂腐到这个地步。”罗贝尔微笑着说，他的话中包含着微微的责备。

“给你的惩罚非常严厉，”罗贝尔严肃地说，“开除你在骑士团中的一切职务，回到你在骑士堡南部的五十公顷地产上，你现在是老百姓了。”

“我在骑士堡南部一公顷地产都没有，”安德鲁瓦疑惑地说。

“就在刚才有了，我送的。”罗贝尔嘴角露出一丝微笑，望着安德鲁瓦，就像看着自己的儿子，“和你的穆斯林朋友一起去吧，离开这个是非之地，我还会经常去看你。”

“那么说，你自由了？”骑士堡南部的小树林里，奈菲尔简直不敢相信自己的耳朵，“太好了，我每天都向安拉祈祷，看来他听见了我的声音。”

“是的，我现在是个有五十公顷土地的地主。”安德鲁瓦说道。但奈菲尔谈到安拉还是让他感觉不太自然。

“我们就永远住在那里好了。”奈菲尔幸福地挽着安德鲁瓦的手臂，“远离争斗与厮杀。”

“没这么容易，”一句冰冷的女声打断了奈菲尔的话，“除非你把奈菲尔交给我。”

身穿黑色皮甲，墨绿色斗篷的塔莉亚手持锋利的眼镜蛇短剑从夜幕中遁出，身旁还有十来个手持弯刀与长剑的帮手，安德鲁瓦注意到树上还隐藏着两个弓箭手。

“我不会把奈菲尔交给任何人。”塔盾转瞬间就从安德鲁瓦背部转移到了左手，长剑持在右手，圣墓守护者迅速摆开了架势，“我从骑士团退出不代表我会忘记怎么教训敌人。”

这句话让塔莉亚微微顿了一下，但她仍继续威胁道，“你寡不敌众，我发誓我不会伤害奈菲尔，如果你坚持对抗，这里就会是你的死亡之地。”

“你发的誓我毫不关心也不相信，”安德鲁瓦坚决的说道，“如果你们敢上前一步，我保证我会挖一个能葬你们所有人的大坑。”

打手们握紧了刀柄。

塔莉亚徘徊在安德鲁瓦的面前，评估着杀戮的成功率，她不会贸然动手，虽然他只有一个人，她可知道面对的可是骑士团武力最强悍的骑士，当然还有更重要的原因。她叹了口气，从怀中掏出了一个麻布制作的红色小马，扔在安德鲁瓦面前，“你可以让奈菲尔看看这个。”

安德鲁瓦狐疑地望了塔莉亚与他的手下人一眼，依旧保持着防御的姿态，但奈菲尔望着红色小马的瞳孔却闪烁光芒，“父亲给我们的礼物？”奈菲尔望着女哈萨辛的脸，“天哪！姐姐？”

“现在，”塔莉亚冷笑一声望着安德鲁瓦，“我带走奈菲尔的理由充分了？”

“要奈菲尔说行才可以。”圣墓守护者说。

奈菲尔仔细地审视着塔莉亚与她几乎完全相同的灰色双目，只不过从中流露出来的眼神迥然相异，“安拉赋予我的比想象的更多，我现在唯一的亲人还活着。”奈菲尔眼中闪烁着泪花，不安地望了一眼塔莉亚手中的眼镜蛇短剑，“你在为谁效力？”

“姐妹之间会有很多时间来回答问题，”塔莉亚望了一眼四周，“先跟你的骑士同伴说再见吧。”

“可我现在不能离开安德鲁瓦，”奈菲尔说，“他现在正是需要我的时候。”

“一个该死的圣地骑士对我们来说无足轻重。”塔莉亚怒气冲冲地说，她没想过奈菲尔会拒绝，哈萨辛用余光扫了一眼自己躲藏在树上的弓箭手是否可以在第一时间命中目标，“你一个穆斯林竟然和我们的仇敌混在一起？真是不知羞耻。”

“他现在不是骑士了，只是个平民，”奈菲尔没有理会这严厉的指责，声音依旧温柔但坚决，“他因为杀死单多罗与皮格迪被开除出骑士团。”

塔莉亚顿了一下，左手背向身后不经意地向树上发了个停止行动的手势，“你杀死了单多罗与皮格迪这两个杂种？”塔莉亚突然爆发出一阵兴奋的笑声，“骑士杀死骑士，这太有意思了，你该把他们的头领罗杰一起干掉。”

“这给了我不杀你的理由，男人，”塔莉亚突然止住笑声，“但是我还是要带走妹妹，无论她是否愿意。”

一阵号角声从远方响起。

“我们站的这个位置是圣墓守护者夜巡的路线，”安德鲁瓦望着有些不安的塔莉亚，“虽然我刚离职，不过他们应该不会袖手旁观自己的前长官被攻击，也许你的狗想与骑士团最强大的重装步兵发生冲突。”

“如果你对奈菲尔不好，”塔莉亚退让了，“我就把你的睾丸割下来喂狗。”

“我会用生命保护奈菲尔，”安德鲁瓦坦然说道，“如果你不是以你效力的组织而是以奈菲尔姐姐的身份来做客，我一样会欢迎你。”安德鲁瓦顿了一顿，“八年前杀死耶路撒冷骑士伯德与史密斯的刺客。”

塔莉亚略带惊奇地扫视着圣墓守护者的脸，但只几秒钟就换上了微笑。

“我在小亚细亚半岛还有更重要的事情要办，”塔莉亚与手下慢慢隐匿在了黑夜中，留给了安德鲁瓦最后一个微笑，“离开骑士团那个垃圾堆也许对你这样的人是一件好事。”

曼西姆斯的营房这个月一来一直很安静，也许出于鄙视，约翰维塔斯与迈克尔再也不来汇报了，只有艾里克偶然进来转一转。大屠杀之后，他变得更沉默了，每天只吃很少的东西，睡很少的时间，整天把自己埋在地图中，或是良久呆滞地望着沙盘，来回不停地摆放着代表着努尔丁军团的棋子，有时候会咀嚼着几片油橄榄树叶。

即使像艾里克这样沉重的脚步声走进营房也没能干扰曼西姆斯呆滞的目光，巨人每次也只能看见他暮气沉沉的背影，曼西姆斯本来脸部就已经够瘦削的了，艾里克发现他的脸现在已经完全的凹陷进去，就像是一个将死的人，而且近一个月没有整理的胡须让平素那个仪容整洁的罗马军官的脸邋遢的连最蛮荒地带的野蛮人都不如。

艾里克迈进营房前就打定主意要从军队里给他找个大夫，如果不是他望见了曼西姆斯那突然变得有神的双眼。

“我要你把约翰和迈克尔从他们的营房里拽过来，”曼西姆斯虚弱地笑道，艾里克得承认他的模样有点吓人，“因为他们不会自己来见我，对了，还有步兵弓箭手指挥马库斯。”

“有什么特别的原因吗？”艾里克并不很想执行这个命令，这一个月来他的忍耐也即将到达尽头。

“因为要和努尔丁决战。”曼西姆斯轻轻地说。

这句话让艾里克吃惊不已，巨人踉跄的脚步甚至碰翻了营房的桌子，地图都滚到了地上，如果不是曼西姆斯眼疾手快用双臂保护，一边精心摆放的沙盘也得跟着遭殃，艾里克努力地盯着他的双眼，确信曼西姆斯不是因为饥饿或缺乏睡眠而诞生了幻觉。

“我们？决战？”这突兀的消息让艾里克有些语无伦次，“哪儿？”

“不在努尔丁选择的时间而在我选择的时间，不在他选择的地点而在我选择的地点，”曼西姆斯站起身，眼中闪烁着压抑已久的能量，他刷地一声抽出随身携带的短刀，猛地插在了沙盘中间，“现在突厥大军们装满了财物，行动迟缓斗志涣散，而整个曼德尔河谷最不适合骑兵纵横奔驰的就是这里了。”

艾里克定睛看去，短刀插在了沙盘上曼德尔河谷东北，突厥大军返回阿摩里阿姆的必经之处，一座穿越曼德尔河的大桥东侧。两个帝国曾经废弃的要塞西莱恩（Hyelion）与莱莫切（Leimocheir）之间。

Chapter 30

曼西姆斯站立在高地顶部，紫色的披风随风飘动，他身后是无数名张开长弓的东罗马步兵弓箭手，东线总司令凝视着拥挤在河谷附近的突厥大军，又扬起命令射击的手臂。

无数弓箭手再次同时拉开了复仇的弓弦。

阴沉的乌云遮蔽了灰蒙蒙的太阳，小雨点淋湿了士兵们曾经闪闪发亮的盔甲，东罗马帝国大军从曼德尔河谷上游急速向东方转进，数万战靴与马蹄越过成片的地中海柏树林，已经接近了西莱恩要塞。约翰维塔斯的五百披挂三层重铠的铁甲圣骑兵紧跟在曼西姆斯的坐骑背后，他怎么也不会忘记艾里克拽着他参加的最后一次军事会议，现在重骑兵统帅对自己曾经的行为充满了悔意。

“这种行为本应立即就地正法。”约翰维塔斯自言自语道，他感激地望了曼西姆斯的背影一眼，“这个人情我一定要报答他。”

曼西姆斯不断催促大军的行进速度，河谷上游树木葱郁的小路相对于努尔丁返回的大路并不好走，但路程更近。他有把握抢先在努尔丁之前赶到曼德尔河的大桥东部组织防御，帝国军队休息了整一个月，而努尔丁的军队通过劫掠已经消耗了大量精力。

飞驰而来的迈克尔赶上了司令官，他的表情不像带来好消息，“我打探到努尔丁的大军突然加快了速度，现在距离西莱恩与莱莫切只剩十里了！”

“这不可能！劫掠后的突厥人不可能保持着这么好的体力！”曼西姆斯吃惊地望着迈克尔。

“加快行军速度，拖延时间者立即处决！”努尔丁的黑色坐骑已经加速小跑，无数林立的新月旗帜紧紧跟随在后面。

“罗马人突然从高地上消失，”努尔丁微笑着望了一眼身边的穆斯塔法，“也许想趁我回师的时候伏击我们，但我不会给他们这个机会。”

“我军之前分批次劫掠，”穆斯塔法点点头，“除了引诱罗马大军出击外，同时也得到轮换休息的机会！”

“没错，他们现在保存的体力该用上了！”努尔丁转头望着紧跟着他的大军，“全速前进！我可不想罗马人抢在前面于曼德尔河谷的大桥那里截击我！”

汗珠渗出曼西姆斯的前额，但他很快就恢复了镇静，东线司令官翻身下马，“地图，”他对背后的勤务官说，同时对着迈克尔淡淡地叹了口气，“执行第二方案。”

“按现在敌军的行军速度我们不可能赶到桥的东面截击他，来不及渡河。”曼西姆斯盯着地图，“但我们可以在这里，桥西面两里左右北方那片高地动手。”

“那里可以充分发挥我们弓箭手的作用。”迈克尔肯定的说，“但是北方高地有一处地势开阔，敌人的骑兵一旦发现这里是突破口，一样会照成很大威胁！”

“这里不会是最理想的决战地点，”曼西姆斯声音颤抖却坚决地说，“却是我们现在唯一可以选择的决战地点，你立刻回弓骑兵纵队进行布置，抢先赶到大桥西面，轻装的步兵弓箭手会紧随其后，我需要在西莱恩建立一条防御阵线！重步兵们也将加速赶上！”

“是！司令官！”迈克尔正欲离去，突然想到了什么，转身望着曼西姆斯。

“还有什么事？”曼西姆斯问。

“我与约翰错怪了你，”迈克尔结结巴巴地说，“我们按军法应该被……”

“我不记得发生过什么，”曼西姆斯飞快地打断他，“我只记得你们是我最勇敢的将军。”总司令官给了迈克尔一个微笑，“快出发吧，祝我们大家好运。”

轻装的步兵弓箭手们紧随弓骑兵与重骑兵到达了西莱恩要塞附近。重装步兵们被拖在了后面。这些步兵弓箭手在密列奥赛法隆战役的弱点一直困扰着他们的指挥马库斯，这些来自黑海之滨和安纳托利亚高原的猎人必须完全在其他步兵与骑兵的保护下才能发挥神箭手的作用。这点有时是致命的，就像现在共有三个步兵弓箭手纵队却需要四个纵队的重步兵保护。

当敌人的优势骑兵在驰骋冲锋之际，重步兵自顾不暇，本身还需要为数有限的己方骑兵保护。

一个月的等待时间没有浪费，马库斯从三个步兵弓箭手纵队中专门提拔出体力更出色，也擅长使用长剑作战千余特拉柏森人组成新的联队，把他们交给曼西姆斯的副官训练格斗技能，让这些曾经的远程猎手也能像重装步兵一样胜任格斗，必要时还能保护其他弓箭手。

尤其是现在重装步兵还未能赶到之时。

马库斯站立在高地顶端，慢慢解下自己右眼血迹斑斑的绷带，给残废的眼睛换上一只新的黑色眼罩，也许这会对伤口不利，但马库斯了解即将到来战斗的规模，他希望自己将以最体面的方式离开人世。

“在战斗开始很长一段时间内，你的弓箭手是我们与努尔丁交战的唯一优势。”曼西姆斯气喘吁吁地出现在马库斯身边，“我们一起必须支撑到重装步兵会合。”

“我们会胜利么？”马库斯把一支支箭矢别进箭壶，淡然地望了东线司令官一眼。

“也许是胜利，或者是死亡，”曼西姆斯老实承认，嘴角挂着一缕平静的微笑，“无论哪一种，我能保证的是我一定会站在你们中间。”

细雨渐止，乌云淡去，这让努尔丁分外满意，突厥领袖可不希望他的军队通过曼德尔河大桥时大雨倾盆，现在突厥大军已经能听见远处曼德尔河惊涛拍岸的响声，拜占庭军队一定已经被他们这通急行军远远甩在了脑后。

努尔丁满意地回顾着身后曼德尔河谷绿树成荫的秀丽美景，缓慢地松了口气，当他渡河之后，这次围绕整个爱琴海东海岸的胜利劫掠就暂时告以段落——金钱将是武装突厥大军最有力的武器，这让他一定能以最快的速度对东罗马帝国恢复新的攻势。

突厥领袖的目光逐渐停留在大军北侧生长着零落灌木丛的一处高地，地势险要，特别是这个高地西段的地形不禁令他微微一震，但随即他换上了微笑，“真是可惜，”努尔丁评估着这片高地的价值，“如果曼西姆斯的反应不像他本性那样谨慎的话，到是能给我造成不小的麻烦。”

一缕阳光撕开乌云，洒下万道金光，突入其来的明亮几乎让努尔丁不禁用手遮住前额，当他再次睁开双眼，高地上已经多了一支不经意挥舞着的紫色旗帜，突厥领袖惊异的瞳孔还未做出任何反应之时，一声震耳欲聋的吼声震响了河谷。

“弓箭手，放！”

太阳再次被黑色遮蔽。

这次不是乌云，而是漫天飞舞的箭矢。它们在空中一个凌厉的弧线转身下坠，如无数从天而将的死亡使者般覆盖向努尔丁的大军。

一片惨叫笼罩在努尔丁大军的上空，没有防备的突厥士兵纷纷中箭倒地，一支箭矢准确的穿过了他一个侍卫的咽喉，而这个侍卫只离他不到二尺。

“防御队形！”努尔丁高声喊叫道，训练有素的哈珊骑兵立即下马，上前高举起大圆盾，格挡箭矢保护他们的主人，在盾墙保护的缝隙中，努尔丁再次眺望北方高地，这次他又看见了那位瘦削的老对手。

又一次他小看了的罗马人指挥官。

曼西姆斯站立在高地顶部，紫色的披风随风飘动，他身后是无数名张开长弓的东罗马步兵弓箭手，东线总司令凝视着拥挤在河谷附近的突厥大军，又扬起命令射击的手臂。

无数弓箭手再次同时拉开了复仇的弓弦。

努尔丁的宫廷重骑兵连人带马披挂重铠，下马哈珊重骑兵也组成了盾墙，它们具备着最敏锐的防御装备与反应能力，不会被突如其来的箭矢吓破胆，但东罗马弓箭手的第二轮齐射根本就没瞄准它们。

黑压压的箭矢如倾盆大雨般覆盖在突厥人前队的轻装土库曼骑兵、突厥轻骑兵与库尔德人身上，轻装弓骑兵与库尔德人瞬间即遭重创，库尔德人徒劳地举起方木盾格挡，但依然在箭雨中不停倒地。低落的士气让他们狂呼着向后退却，正好挡住了宫廷重骑兵与伊克塔骑兵的进军路线，拥挤在河谷中混乱成一团。

东罗马弓箭手前三列的射击对象是轻骑兵与库尔德人，而后三列的射击对象是位于突厥大军两翼的萨拉森长矛手，这些训练有素的长矛手，刚从东方调动而来还未与拜占庭人接战就在乱箭下尸横遍野，遭到重大损失。

马库斯的步兵弓箭手趁着混乱之际向突厥大军肆无忌惮的猛烈射击，这将会争取最为宝贵的时间：时间紧迫，东罗马军队中只有轻装部队与骑兵首先赶到了位置，艾里克的北欧卫队，阿拉玛诺剑士与大量本国重步兵还都在后方。

努尔丁抽出雪亮的弯刀，冒着箭雨驱马上前，一刀将一名正在退却的土库曼军官砍于马下，领袖的举动震慑了全军，下马哈珊重骑兵也迅速向前，用大盾遮挡覆盖在库尔德刀斧手头顶的箭雨制止了他们的溃退，大军迅速散开。位于突厥人后列的哈珊重骑兵立即向后退却重新列队，而宫廷骑兵和伊克塔骑兵则向右翼列队。

“命令迈克尔立即去左翼支援马库斯！”曼西姆斯发现敌军的动向向身后的掌旗手叫道。

迈克尔的塞西亚弓骑兵向来以迅捷著称，他们以最快的速度占据了拜占庭军队防线左翼高地的开阔地，并居高临下拉弓向突厥人射击，两千弓骑兵又倾射下箭雨，突厥人的伊克塔骑兵立即拉弓还击，只可惜地形不利，塞西亚骑兵几乎毫发无伤。

伊克塔弓骑兵急于向塞西亚骑兵反击挽回自己突厥弓骑精锐的自尊，边开弓边寻找小路绕上罗马人阵地，缩小距离以发挥自己强力复合弓的威力，但他们这样也越过了重装的宫廷骑兵，并且在小路上挤成一团，暴露在塞西亚骑兵与马库斯步兵弓箭手的瞄准之下。

“蠢货！”突厥宫廷骑兵队伍中的穆斯塔法大叫，“不要太向前！给我回来！”

马库斯那只完好的眼睛死死盯住越来越近的突厥骑兵，张满弓瞄准着同样也在张弓瞄准他的伊克塔弓骑兵指挥，弓弦一声惊响，闪电般的箭头避开了伊克塔骑兵厚重的鳞甲，直插他前额，从后脑窜了出来。四周突厥骑兵人皆惊惧。

“去死吧！下贱的突厥凶手！”马库斯吼道，转身向士兵们命令，“射他们的马匹！”

步兵弓箭手与塞西亚骑兵又是一阵齐射，纷飞的箭矢组成无以伦比的火力网，伊克塔精锐弓骑兵在人仰马翻中向后退却，进击高地的路线全部被乱跑乱叫的士兵堵塞。

努尔丁环视着完全混乱的场面大惊失色，其局面之被动完全不逊色于密列奥赛法隆，如果这个时候拜占庭人的主力步兵从高地上顺势杀下，假设他是曼西姆斯就会这么做。穆斯林领袖将得到比一年前罗马人更悲惨的命运。

但拜占庭人只是继续发射箭矢，没有发起冲击。

那只有一个可能，他们的重装步兵还未赶到。

努尔丁向自己的右翼望了一眼，塞西亚骑兵还在猛烈射击处于混乱的伊克塔弓骑兵与宫廷重骑兵，努尔丁并不太熟悉曼德尔河谷以北的地形，但迈克尔的弓骑兵既然能在那里出现，那能证明一件事。

拜占庭人的左翼区域一定有适合骑兵运动的区域。

战机稍纵即逝。

努尔丁向空中挥舞着弯刀，迅速带领宫廷重骑兵向东方移动，“下马哈珊骑兵掩护刀斧手向高地左翼前进！土库曼人向两边散开，后阵的重骑兵随我来！”领袖的战旗从自己的大军后阵绕过，其他哈珊骑兵避开了敌军弓箭手的箭雨前往右翼，接着他加快自己的坐骑速度，追上了穆斯塔法正处于被动状态的右翼骑兵。

“穆斯林最精锐的勇士们听着！我是圣者努尔丁！”努尔丁高声叫道，这使得伊克塔骑兵们停止了退却的脚步，“别被弓箭吓破胆，罗马人的军队还未集结！他们的弓箭手没有足够的保护！让我们把胜利的机会抓在手心里，全部碾碎他们！

“弓骑兵向东西两面散开，重骑兵向前！”

一片又一片箭雨倾射在努尔丁的周围，他的坐骑身躯上已经插上了四支箭矢，但因为全身覆盖重甲，没有对马匹造成真正的创伤。努尔丁用大圆盾保护着自己，但一支利箭还是透过护腕钻进了努尔丁的手臂，这使得大军中爆发出一阵慌乱，努尔丁则咬紧牙完全不为之所动，在血雾中立即将箭矢拔出，依旧旁若无人般在箭雨中指挥着骑兵们的调度，这使得本处于被动的突厥大军重拾信心，重整队形。

他带领宫廷骑兵纵队向右奔驰向前，视野豁然开朗，罗马人左翼高地的周围是一大片平原与零落的树木，他找到了这个战场高地位置唯一能让骑兵奔驰作战的区域。

“真主的勇士们，就是这条路！”努尔丁仰天狂吼，“进攻！”

拜占庭人一阵阵箭雨猛烈射击，但努尔丁的王旗始终在罗马人左翼坚决挺立，曼西姆斯凝视着战局。突厥骑兵已经从箭雨袭击的阴影中纵出并完全摆开了攻击队形，显然已经找到了最好的攻击路线。

“铁甲圣骑兵进行反冲击！”曼西姆斯让掌旗手向约翰示意，“弓骑兵外围包抄！”

约翰维塔斯的铁甲圣骑兵埋伏已久，早已在高地后方的灌木丛中等待多时，这时候开始向前进发，武装到牙齿的战马踩在曼德尔河谷地面上发出地动山摇的巨响，身披三层重铠甲的精英骑兵保持着紧密的队形，越跑越快，他们的目标是努尔丁的宫廷重骑兵。

迈克尔的塞西亚骑兵则一直放箭直到圣骑兵超过他们之时，也开始向平原最东边的区域迂回，一旦铁甲圣骑兵把敌人最精锐的重骑兵压制在高地下方，塞西亚人就攻击敌军外侧的伊克塔弓骑兵与哈珊骑兵。

约翰维塔斯发出惊天动地的吼叫，伴随着呐喊声，铁甲骑兵们的四米长矛在摇晃震动的重甲战马上一并平举，他们已经达到了最高速度，居高临下冲向努尔丁正前向前的古拉姆宫廷骑兵，在这种地形下，铁甲骑兵的冲锋不可阻挡。而努尔丁似乎对这突然冒出来的拜占庭重骑兵束手无策。

如果这次猛烈的反冲击可以直接杀掉努尔丁，那么整个河谷的突厥大军必将全部陷入混乱，约翰维塔斯在马蹬上站直身体，握紧长矛，离目标越来越近，心也随战马的晃动越跳越快。

这个时候突然一支哈珊骑兵高速转向西边，挡住了铁甲圣骑兵们的冲击路线，而努尔丁和穆斯塔法的宫廷重骑兵则向右默契地躲开了铁甲圣骑兵们的冲刺。

努尔丁料到了他的出击，并敏锐地利用了铁甲圣骑兵们最大弱点——速度。

情况的突然变化使得约翰维塔斯有些慌乱，他只好顺势让铁甲圣骑兵冲向前来阻挡的哈珊骑兵，约翰紧握长矛后端，借助战马的冲击力把一个迎面冲来的哈珊骑兵撞下马来，随即在重甲战马的马蹄下踩得粉碎，而对方的骑枪刺在约翰厚厚的马铠上毫无伤害。穿过自己裂成两段的长矛，约翰维塔斯左手的鸢尾盾又挡住了一名哈珊骑兵的弯刀砍杀，铁甲圣骑兵指挥随即敏捷地抽出挂在身体右侧的钉头锤，大吼一声把靠近的哈珊骑兵砸得脑浆崩裂。

双方骑兵展开血腥的肉搏，铁甲圣骑兵虽然人数有限，但他们挥舞着恐怖的钉头锤，转瞬之间哈珊骑兵倒了一半。出乎意料，敌人的骑兵仍奇迹般毫不畏惧地继续缠斗，这让约翰维塔斯震慑不已，他继续挥舞着钉锤迎战，再次透过头盔的防御把一名哈珊骑兵砸于马下，在敌人骑兵蜡烛般熄灭的眼神中，他看见了那种愿意为圣者而死的狂热之气。

号角声响起，又数百名哈珊骑兵绕向约翰的侧翼发起了冲击，哈珊骑兵们借助亡命速度的强大冲击力撞翻了几名最靠近边缘的铁甲圣骑兵，虽然哈珊骑兵一冲进铁甲圣骑兵的队形中，立即被钉头锤砸得人仰马翻，但铁甲圣骑兵防御队形的一角已经被撕开。

又一片令约翰颤抖的号角声，第三队哈珊骑兵的冲锋从他的背后袭来，虽然他已经命令一部分铁甲骑兵转向抵挡，但还是有数十名铁甲骑兵被冲下马匹，哈珊骑兵们冲锋后立即扔掉长矛，挥舞着弯刀与狼牙棒乱砍乱杀。弯刀、钉锤、狼牙棒、战马挤在并不宽敞的一个区域，血浆与人体内污物沾满了战士们的甲叶与披风。一名铁甲圣骑兵刚用钉锤砸翻一名敌人，就被四个哈珊骑兵围住，乱刀砍下马，最终被一柄狼牙棒砸得头骨碎裂。一旦有落马的铁甲圣骑兵，哈珊骑兵们就立即前去踩踏，这种残忍野蛮的方式成了最好的击破拜占庭重骑兵的方法。

混战让铁甲圣骑兵们的伤亡开始不断增加，约翰绝望地望着直接绕开他前往高地顶端的突厥古拉姆宫廷骑兵旗帜，又环视一眼狂热着高喊把他层层包围的哈珊骑兵。更令他不安的，远处在箭雨中残存的萨拉森长矛手为他们的领袖所召唤，闪亮的矛尖正绕过军阵直指铁甲骑兵们而来，约翰现在自顾不暇，已经没有任何可能支援迈克尔的作战了。

迈克尔的塞西亚骑兵绕向左翼位置正准备继续对敌军骑兵倾射箭雨，却吃惊的发现与他对敌的不是他期望的哈珊骑兵或是伊克塔骑兵。

努尔丁与穆斯塔法亲自带领的古拉姆宫廷卫队纪律森严。杀气腾腾的宫廷卫队和拜占庭铁甲圣骑兵几乎一样武装到了牙齿，铠甲厚重的他们甚至直接收起了长矛，高举令敌人无限恐惧的狼牙棒，烟尘滚滚中直接迎面扑来。

塞西亚骑兵无法与这些骑兵正面对抗，阵脚很快开始慌乱，迈克尔望了一眼高地上方，他们的背后就是还在不断发射箭矢的步兵弓箭手阵地，曼西姆斯就在那里。塞西亚弓骑兵当然可以利用高速度躲开宫廷卫队的冲杀，可这样的话，努尔丁的精英重骑兵就会径直冲向阵地，所有步兵弓箭手连同东线总司令全会在这些重装骑兵的冲锋下瞬间被踩成碎片。

突厥军左翼和中央的下马哈珊骑兵顶着大圆盾掩护着身后的库尔德刀斧手逐步向前，已经缓缓接近了罗马人的弓箭手阵地，东罗马人弓箭齐发依然不能阻挡这些重装战士的脚步。这里与密列奥塞法隆的地形不同，这里遍布肥沃的软土而没有大块岩石。拜占庭士兵不能像一年前敌人做过的那样——用足够大的巨石抛掷来破坏对方的队形。他们所依赖的帝国重装步兵依然没有赶到，曼西姆斯只能命令马库斯带领他新训练更擅长肉搏的一千步兵弓箭手换下弓箭，手持长剑与小圆盾，阻挡在其他弓箭手面前。

马库斯出发后曼西姆斯一个人指挥着高地上剩余弓箭手的身影就更显孤单，抵挡努尔丁最强骑兵、保护总司令的责任终究要由迈克尔的塞西亚骑兵们来承担。

迈克尔发现塞西亚骑兵在面对宫廷骑兵时的慌乱越来越严重，这些好斗的东欧草原人虽然比罗马人彪悍，但遭遇挫折时他们的崩溃也会更快。弓骑兵们不由自主的向后退却，虽然下意识地向冲杀而来的宫廷骑兵射出箭矢，但基本都无害地射在了对方重骑兵的圆盾与马铠上。

“帝国弓骑兵们！你们中的许多人都担当过皇宫卫队！拿出卫队的勇气！①”他高声叫道，转身看了一眼阵地上的曼西姆斯，迈克尔鼓足勇气手勒缰绳驱马向前，独自奔驰向烟尘滚滚中冲杀而来的古拉姆宫廷卫

① 一般在东罗马帝国里服轻弓骑兵役的塞西亚人是很难进入卫队编制的，但在曼努埃尔祖父阿历克塞一世的艰难时期，一些居住在瓦尔达尔河谷的塞西亚人因为击败诺曼人入侵充当了帝国的卫队。当然，后来帝国军队重建成型后，卫队主力依然是那些本国重装骑兵与北欧人卫队。

队。“现在这就是卫队应该做的！天父今天会看见东欧骑兵们的力量！”

“我们就在你的左右！”一部分塞西亚骑兵被迈克尔一往无前的勇气所鼓舞，纷纷转向驱马跟上了迈克尔。

“今天就是我报答司令官不杀之恩的日子。”迈克尔在飞驰的战马上轻声自言自语道。

迈克尔在飞奔的战马上拉开复合弓，拜占庭人最出色的骑兵弓箭手瞄准了一个宫廷骑兵放箭，箭矢在飞溅的血液与脑浆弥漫中钉进了重骑兵头盔保护下的额头——古拉姆宫廷重骑兵的脸部保护不如东罗马的铁甲圣骑兵细致。这名骑兵刚刚落马，迈克尔就以最快的速度搭上了另一支箭，不偏不倚又正中另一名宫廷骑兵的眼睛，重骑兵大叫一声落马，随即被其他的宫廷骑兵沉重的铁甲战马踩得粉身碎骨。

迈克尔的第三支箭瞄准着的是在前队宫廷重骑兵督战的穆斯塔法，穆斯塔法大惊失色，赶紧勒马让马首高高扬起，用马颈处的铠甲挡住了本来射向他面门的致命之箭。

迈克尔高超的身手令塞西亚骑兵们士气大振，他们连连在奔驰中向突厥重装骑兵们倾泻出箭雨，令不可一世的宫廷重骑兵们惊惧，努尔丁死死盯着冲杀而来的拜占庭弓骑兵们，这些塞西亚人将浪费掉自己最宝贵的时间。

“让你的人向东转向！”努尔丁冲穆斯塔法叫道，“让这个不要命的骑兵和他的手下能看到我的位置。”

穆斯塔法的眼神迟疑了一秒，努尔丁向他做了个包围的手势，穆斯塔法恍然大悟，立即照此执行。

引诱迈克尔杀进来才能更快速地踢掉这块阻挡他到达高地顶端

的绊脚石。

迈克尔已经能清晰地看见努尔丁的旗帜，甚至那个身披金色鳞甲的圣者统帅，他舍弃复合弓抽出长剑，再次加快了冲击速度，一些塞西亚骑兵手持弯刀杀进了努尔丁宫廷卫队的阵型，迎接他们的却是无数挥舞的狼牙棒，弓骑兵们被打得人仰马翻，但迈克尔在其他弓骑兵的舍命保护下，挥舞着弯刀转瞬之间竟然已经冲近了努尔丁。

努尔丁的一个侍卫挥舞着狼牙棒前来迎战，迈克尔敏捷地从战马上一个侧身，一只脚挂在马蹬上躲开了致命的挥砸，他一气合成，侧身一剑刺进了宫廷骑兵战靴与重鳞甲保护间的小腿，并趁机贴近了宫廷骑兵战马的侧面。因受伤而狂怒的宫廷骑兵再次挥舞狼牙棒挥砸，沉重的力道把迈克尔左臂上绑缚的小圆盾砸得粉碎，狼牙棍上的钢钉也刮飞了他手臂上的一大块皮肉，但迈克尔的长剑也同时从对手脸部刺进了他的头颅。

迈克尔在对手气绝落马前左手一把抢过了狼牙棒，顺势抵挡住另一个冲上来的宫廷侍卫的攻击，血雾中他扫了一眼周围，跟随他反冲锋的塞西亚骑兵已经伤亡惨重，所剩无几，而努尔丁身边还是不停再有侍卫冲上。

迈克尔必须完成任务，他狂呼着继续冲锋，在靠近那个身穿金色鳞甲的敌方领袖之际，他猛地向努尔丁抛出了右手的长剑。

长剑剑锋向努尔丁直插过去，周围的侍卫大惊失色，努尔丁敏捷地挥舞着弯刀，将长剑击落在地。

但迈克尔的冲锋势头丝毫未减，长剑只是他的第一击，这次迈克尔用尽了所有的力气，在靠近努尔丁后用左手的狼牙棒猛烈横扫。

努尔丁以他一生中最快的速度举起圆盾抵挡，沉重的狼牙棒甚至砸得努尔丁胯下的灰色良驹都嘶叫着昂起身体，差点将突厥领袖抛下。

一柄狼牙棒砸中了迈克尔的腰部，又一把弯刀砍中了他的腿，迈克尔全身猛的一震，口中喷出五脏六腑内的鲜血，但他依然用尽全力将自己固定在马背上，也依然坚决地向努尔丁挥舞着手中的武器。

他要用自己的命来结果突厥人的领袖。

一枚利箭从他的后心穿过，迈克尔手中的狼牙棍已经举不起来了。

迈克尔模糊的眼神望了一眼自己的后方，塞西亚骑兵们伤亡殆尽，其余的四散奔逃。穆斯塔法的宫廷卫队已经从背后杀了过来，穆斯塔法端坐在战马上，右手抓着一张复合弓。

视线与意识渐渐熄灭，迈克尔翻身落马，如果此生还能有一个要求，就是再能看一眼索菲娅得到红宝石胸针的笑容。

左翼的马库斯带领着一千步兵弓箭手挥舞着长剑，艰难着抵挡着下马哈珊骑兵的围攻，而库尔德刀斧手也从两翼向弓箭手阵地迂回涌上，左翼也吃紧了。

跨过塞西亚骑兵们的尸体，努尔丁与穆斯塔法面前已经畅通无阻，努尔丁已经能清晰地看见曼西姆斯所在地的主帅旗帜，他命令两个纵队的古拉姆宫廷骑兵分开行动，伊克塔弓骑兵就紧紧跟在后面。

曼西姆斯没有选择，他必须让步兵弓箭手们徐徐后撤，拜占庭弓箭手最令突厥人恐惧的箭雨只能停止了，反倒是突厥人的伊克塔弓骑兵趁机向高地上猛烈放箭，后撤中的东罗马弓箭手纷纷中箭倒地。

登上高地的努尔丁与穆斯塔法已经迅速摆开了宫廷骑兵的冲锋队形，浑身披甲的重装战马们开始向前小跑，河谷高地上爆发出恐怖的战马踩踏声，努尔丁高举弯刀，刀尖则直指正在弓箭手阵地上指挥弓箭手后撤的曼西姆斯。

时间又仿佛回到了去年密列奥赛法隆的那个秋天，但追击者可不再是散漫而大意的突厥轻骑兵了。

Chapter 31

伴随着骇人的巨响声，铁甲骑兵卫队冲进了萨拉森长矛手的防御队形，闪亮的矛尖刺在曼努埃尔坐骑沉重的马铠上折断，而长矛手连同他的盾牌则被惊人的冲击力撞得直飞出去，曼努埃尔的长枪尖插入了一个长矛手的肺部并驾驭战马将他踩得粉碎，接着又是另一个。

呐喊声中努尔丁的宫廷骑兵发起恐怖的冲锋，最靠近东边的东罗马步弓手首当其中，在血肉横飞中几乎被全部踩倒。接着穆斯塔法也碾倒了又一片弓箭手，大崩溃不可避免的发生。弓箭手们开始四散奔逃。

努尔丁并不理会溃退的拜占庭人弓箭手，反而指挥宫廷骑兵们稍稍后退，把追杀的使命交给正边奔驰边开弓射箭的伊克塔弓骑兵，穆斯林领袖希望的是拉开再次冲锋的距离，最大限度的发挥重骑兵的冲击力，击杀敌方指挥官将会给整个会战划上句号。

"迈克尔阵亡了！努尔丁正在逼近，司令官，请指示我们的行动！"一名正在指挥后撤的弓箭手指挥官焦急地喊道。

曼西穆斯轻轻闭了一下双眼，随即转向警卫，"给我一把长矛护身。"

"保护司令官向西先走！"另一名军官喊道。

东线总司令官不耐烦地冲他摇摇手。

"我们可以向西快速撤进废弃的要塞！"一名军官惊恐地说，"那里的地形可以防御他们的骑兵，弓箭手们就安全了！"

"这场战役从一开始就没有任何安全可言！"曼西穆斯厉声叫道，环视着众人，"只有胜利或死亡！我们不会把约翰的重骑兵和左翼的弓箭手扔给突厥人，等到艾里克的步兵主力和我们会合之际，就是突厥人的覆灭之时！所有的人都必须坚持到最后一刻。我们必须等待！"

"我去重整剩下的塞西亚骑兵。"曼西姆斯又像往常那样跨上了他白色坐骑。

突厥人越来越接近拜占庭军队的指挥中枢，努尔丁现在甚至能模糊地看见曼西穆斯脸上的表情，这种镇定的气质让他钦佩，"只可惜他是罗马人的将军，"他轻轻叹息，不过这已经没什么关系了，命运让他们成为对手，而他们中的一人会死亡。穆斯林领袖挥手让重新列阵的宫廷骑兵继续前进。不用过多久一切都会结束。

雪亮的弯刀在身旁挥舞，马库斯身旁的一名又一名步兵弓箭手血溅疆场，下马哈珊骑兵甚至抛弃了他们一贯擅长的稳固推进战术，狂呼着猛冲猛杀，因为他们知道阻挡在面前的只是弓箭手而已，他们期待着从左翼冲上高地与领袖会合的时刻。

马库斯焦急地望了一眼左翼，他听见了突厥重骑兵冲上阵地的呐喊声，也许他与曼西姆斯都将要死在这里，但他毫无办法。

马库斯的小圆盾已经在战斗中被砸碎，脊背与肩膀也受了四处刀伤，他不知道自己还能坚持多久，几个冲得最凶猛的下马哈珊骑兵已经像楔子一样杀进了弓箭手们的队形，连续砍翻了数十名拜占庭人，马库斯看在眼中，顾不上已经绕上高地的库尔德刀斧手，高举长剑，大吼着迎上去，马库斯借助自己的猛冲，一剑从正中穿透了最前面一名下马哈珊骑兵的胸甲，喷洒出的鲜血几乎盖住了视线。

另一名下马哈珊骑兵大吼着扑来，马库斯的长剑剑身却卡在敌人的肋骨与铠甲间无法拔出，他顺势低身躲开了哈珊步兵的弯刀横斩，从战靴边抽出了护身的短刀，切开了因攻击而失去平衡的哈珊步兵脚腕。

哈珊步兵用全力爬起，但盔甲的重量让速度大打折扣，没等他爬起半个身体，马库斯已经像喷怒的豹子一样扑了上来。

马库斯的短刀深深插进了突厥人的眼睛，一下又一下。

又一名哈珊骑兵的一记盾牌猛击砸得马库斯几欲昏厥，他用尽力量保持着自己的平衡，从一具尸体边拾起一柄长剑抵挡着新的攻击，马库斯余光注意到保护他的卫兵已经全部阵亡，烟尘中，一些轻装的突厥战士已经挥舞着战斧与木盾靠近——库尔德人已经迂回上阵地了。

马库斯现在被一名下马哈珊骑兵和一个库尔德刀斧手围攻，连连后退，伤痛降低了敏捷，他又被库尔德刀斧手一脚踹翻在地上，当他仰天躺倒之际，他轻轻闭上了眼睛，静待着死亡的降临。

我已经遵循一个军人的荣誉，坚持到了最后一刻。

一泼新的鲜血洒在脸上，却不是自己的。

哈珊步兵的无头尸体就趴在自己的身边，头颅则飞向空中，切口干净利落，是北地双手巨剑的手笔。

他唯一的眼中本来充满沮丧，现在闪烁着希望之光，因为他知道发生了什么。

兴奋让马库斯几乎忘记了伤痛，他几乎一跃而起，大声吼叫，挥舞着长剑连连向库尔德刀斧手进逼，在对方的木盾一次迟缓的防御后，刺进了库尔德人的侧肋。同时，他左眼的余光中出现了一个巨人的身影。硕大的身影旁又有四个突厥牺牲者的血肉伴随着碎裂的鳞甲片齐飞。

“艾里克！”马库斯大吼道，“就等你们了！”

“进攻队形！”冲在最前方全副武装的艾里克高声狂吼道，挥舞着他巨无霸般的双手巨剑。

“皇帝陛下的禁卫军到了！”

不同与其他帝国军人的双头鹰战旗，数十面血红色的黑鸦旗帜从河谷之后徐徐升起，伴随着坚定而沉重的脚步声，北欧卫队战吼声回荡在曼德尔河谷，接着又是数十面双头鹰旗帜升起，手持大盾的本国重装步兵与高举着双手剑的阿拉玛诺战士也纷纷赶到，这让刚重整残余塞西亚骑兵返回的曼西姆斯也不禁发出释怀的吼声。

下马哈珊骑兵对拜占庭弓箭手阵地的冲击阵型让他们自己的侧翼门户大开，艾里克带领的北欧卫队立即贴上，发动着恐怖的双手斧风暴，再厚重的盔甲接触上一样是在血雨中骨断筋崩。巨人挥舞着大剑冲杀在前，在斩下一名哈珊骑兵的头颅后，又一记横扫，把一名哈珊骑兵手中抵挡的弯刀当场击飞，接着一转身，巨剑又从上劈下，惊慌的下马哈珊骑兵还未来的及举起大圆盾，连头盔带头颅就在四溅的鲜血中被剁成了两半。

两名下马哈珊骑兵高举重盾联手向艾里克夹击，艾里克大吼一声，高举起巨剑，整个人腾空高高跃起劈向其中一个敌人。

突厥人自信地举起大盾防御，但在巨人体重所造成的惊人动能作用下，双手剑与大盾轰然撞击，碎成两段的不仅仅是盾牌。

还有哈珊骑兵血肉模糊的半张脸。

另一名哈珊骑兵在恐惧中仓皇地踉跄向后退却，被艾里克几步赶上，艾里克右手单手持剑，左手一把狠狠地掐住对方的脖颈，借助惊人的臂力，把对手高高举起，掼向地面。

数次摔砸之后，哈珊骑兵已经脑浆崩裂。

北欧卫队杀进下马哈珊骑兵的阵型，恐怖的双手战斧冲锋与劈杀让敌人的侧翼犹如被切开的柿子。北欧人并不指望他们能在一击之下击溃突厥下马骑兵精锐，他们并未忘记曼西姆斯的教导，特别是面对下马哈珊重骑兵这样充满纪律性的对手。在冲击结束之际，手持大盾与短斧的北欧人立即转向上前，护住自己的侧翼，不给哈珊骑兵有反击的机会。

在北欧人的盾墙保护之下，禁卫军们向包抄上来的库尔德刀斧手扔来密集的飞斧，轻装的库尔德人纷纷倒地，接着又几名瓦朗尼亚人挥舞着双手战斧冲进库尔德人队形中乱砍乱杀，有的库尔德人直接被剁成了两段，军心直接崩溃。

鉴于在尼西亚的经验，明智的库尔德人快速溃下高地，北欧卫队与下马哈珊骑兵还在对持，左翼的危险被及时赶到的重步兵化解了。

“努尔丁已经冲上了高地！”马库斯大声对艾里克说道，“我需要援军赶向左翼！”

“阿拉玛诺人和普罗诺艾步兵已经赶向左翼！”艾里克望着浑身是血的马库斯，在战斗间隙叫道，“这里我来应付，带你的人撤到后面去！”

马库斯应了一声，带领着剩下的几百名近卫弓箭手，以及其他右翼的弓箭手在北欧卫队的掩护下一并后撤，他欣喜地看见挥舞着双手剑的阿拉玛诺人与携带着大盾的普罗诺埃重装步兵在高速赶向左翼。

但也看见曼西姆斯重整的五百塞西亚骑兵在缓缓向努尔丁的宫廷卫队靠近。

“我们的重装步兵已经赶到！”一名军官欣喜地喊道，“现在突厥的数万大军全部将被压制在高地与曼德尔河谷的狭长地带，正如您所预料，胜利将是我们的！”

端坐在白色战马上的曼西姆斯脸色凝重，没有回答他。

“我们的重骑兵还处于与突厥骑兵的鏖战中，现在可供调用的只有这五百名塞西亚骑兵，”东线总司令官叹了口气，“我将自己带领他们来尽量拖住宫廷骑兵的冲锋，我不希望步兵，特别是北欧卫队，直接面对突厥古拉姆宫廷骑兵的冲锋，我不能让这些重步兵刚一接战就伤亡惨重，我要以最小的代价保证重装步兵们赶到作战位置。”

惊恐写在了每个军官的脸上。

“最小的代价？”一名塞西亚人军官叫道，跪倒在司令官坐骑边，“这不应该包括一位东线总司令！请让我代替司令官去！”

“你？”曼西姆斯和蔼地望了他一眼，“你的同乡刚遭惨重损失，你控制不了他们。在他们看来，除了迈克尔，也只有他们的司令官够资格和他们一同赴死。”

“我们不会让司令官去！“又几名军官喊道。

“再有阻挡我的就立即处决！”曼西姆斯厉声叫道，挥起马鞭赶开军官们，他转身看了一眼右翼的战局，“马库斯已经回来了，”他望着背后因北欧卫队接应而撤回的特拉伯森人弓箭手指挥，发布命令：“在我阵亡之后，由艾里克代理司令官职务继续指挥战斗，直至取得最后胜利！”

曼西姆斯带领剩下的塞西亚骑兵越过步兵队列，挡在重步兵们的前面缓慢前进，一面向冲来的突厥宫廷骑兵们拉弓射箭。

“你们也许都会死！”东线司令官平静地环视着骑兵们，“但我会和你们一起死！”

“愿追随司令官！”五百骑兵齐声吼道。

“这会是一次好交易，一名司令官与五百勇士的性命换取一次决定性的胜利，”曼西姆斯向骑兵们点点头，望着越来越近的突厥重骑兵，抽出腰间的长剑，嘴角露出一丝自嘲的微笑，“迈克尔，我来了，我曾经说过，无论胜利或死亡，我都会在你们中间。”

“该死，罗马人的重步兵已经赶到了！”穆斯塔法叫道，“而我们的下马重骑兵被压制在了半山腰！”

“沉住气，”努尔丁叫道，并迅速地环视了一眼地形，“罗马人的重步兵没有时间建立防御骑兵冲锋的队形！他们来得正好。”

“让我们的宫廷重骑兵重整队形，”努尔丁冷笑着对穆斯塔法说，“一旦他们的重步兵靠上来，趁势发起冲锋把他们全部踩死。”

“曼西姆斯，和你的步兵们一起陪葬吧！”努尔丁咬牙说道。

还未撤向后方的马库斯发现左翼的危险，他看见努尔丁的宫廷骑兵已经重新摆开了冲击阵型，再强大的重装步兵在阵型移动中被宫廷骑兵这样的重骑兵突袭，将一样损失惨重。

五百名塞西亚骑兵列成长队，挡在跑动的重步兵阵列前，必须不惜一切代价保护主力重步兵安全达到他们的攻击位置，马库斯看见是曼西姆斯亲自带领着五百骑兵，他知道这位东线司令官想做什么了。

马库斯眼中流下一缕泪水，又轻轻闭上。

“我们所有人本会全部阵亡在密列奥塞法隆，如果不是曼西姆斯，”马库斯带着淡然的微笑，转向身后的近卫弓箭手，他们几乎都是那场战役中靠曼西姆斯一己之力救出的弓箭手，“如果这场战役中该有一个人为胜利而死，也不该是曼西姆斯，我想你们大家都应该知道怎么做。”

“为了曼西姆斯，”他身后一名弓箭手背起复合弓，抽出了长剑。

“为曼西姆斯。”弓箭手们纷纷抽出长剑。

马库斯转身抽出长剑，带领着数百名浑身血迹，衣甲破碎的近卫步兵弓箭手发出疯狂的嘶吼，以极快的速度越过了曼西姆斯指挥着正缓慢前进射击的塞西亚骑兵，迎面冲向努尔丁奔驰而来的宫廷重骑兵。

这是战争史上从未有过的一幕，一群疯狂的罗马弓箭手狂叫着挥舞着长剑冲向正在冲锋的突厥骑兵，连努尔丁都呆住了。

“他们疯了吗？”穆斯塔法大叫道。

“疯子，都是疯子！”努尔丁在奔驰的战马上喃喃地说，转身叫道，“把他们全都踩死！”

“你在干什么！”曼西姆斯吼道，“你他妈的快给我回来！”

马库斯回首，完好的左眼中闪烁着令曼西姆斯都震慑的光芒，密列奥赛法隆战役中曾经惊慌失措的弓箭手副指挥已经消逝得无影无踪。“帝国可以没有马库斯，但不能没有曼西姆斯！”面部血痕无数的马库斯露出白色的牙，冲司令官露出最后一个微笑，“别忘了我伊琳娜餐馆那瓶酒，你答应过我的！”

“把胜利的葡萄酒洒在我的墓碑上！”马库斯高吼道，转身和疯狂的近卫弓箭手一起冲向努尔丁冲锋而来的骑兵。

宫廷骑兵齐声呐喊，马匹加速，发起地动山摇的冲锋，但马库斯的弓箭手依然狂吼上前。

“不！”曼西姆斯声嘶力竭地叫道，马库斯和特拉伯森勇士的战吼声已经消失在宫廷重骑兵冲锋铁蹄扬起的尘土与鲜血之中。

帝国重装步兵终于赶到战位，而烟尘之中还在不停踩踏东罗马弓箭手的宫廷骑兵们已经对东罗马重步兵没有可以冲锋的距离了。

“迈克尔！马库斯！伟大勇士们的名字！”曼西姆斯轻轻咬着牙，瞳孔仿佛在燃烧，他缓慢而凝重地高举起华丽的双头鹰之剑，环视着赶到的步兵，“这是皇帝陛下的武器，它会记住这些勇士的名字！我们会记住这些勇士的名字，为所有牺牲的勇士们，为了死在这些杂种弯刀下的冤魂，复仇！杀光他们！”东线总司令最终爆发出仰天狂吼，“杀光他们！”

“杀光他们！”

漫山遍野的东罗马重步兵狂呼着挥舞着钉锤、长矛与大盾冲锋向前，阿拉玛诺战士们仅仅迟疑了一秒，也在曼西姆斯亲身的鼓舞下奋勇上前。

“为了雇佣兵的信誉！”阿拉玛诺战士们叫道。

“见鬼，这个距离我们不能冲锋！”穆斯塔法叫道。

“带我们的人向后撤出冲锋距离！”努尔丁喊道。

“后方的空间被阴魂不散的塞西亚骑兵们又堵上了！他们向我们的背后射来乱箭！”

“那就直接杀过去！”努尔丁咬牙叫道，“杀向他们的司令官，我倒要看看谁会先倒下！”

穆斯塔法面对的是呐喊着冲杀而来的大批的阿拉玛诺战士，这些人的盔甲比同样来自北方的北欧卫队寒酸许多，这让穆斯塔法心生轻视，自小训练武艺的宫廷骑兵挥舞着狼牙棒一定能在一个照面之后让这些乡巴佬溃不成军。

在踩倒第一排阿拉玛诺战士后，不可一世的宫廷骑兵们杀进了日耳曼雇佣军的阵型中。

然后穆斯塔法被瞬间改变了看法。

阿拉玛诺人熟练的挥舞着锋利的双手剑斩向穆斯塔法骑兵们的马腿——那是宫廷重骑兵马匹全身唯一没有保护的位置，人喊马嘶之间，一匹又一匹战马痛苦地翻倒，抛下他们还来不及挥舞狼牙棒的骑手，身穿重甲摔到在地上的宫廷骑兵，立刻在毫无怜悯的大剑挥舞和穿刺下血肉横飞。

穆斯塔法并不知道，这些北方贫穷的战士可能十年都舍不得为自己买一件昂贵的重鳞甲或锁子甲，却会用一生时间来打磨与练习手中的日耳曼巨剑，这些超过一米半的武器，非常适合双手握住后端在挥砍中截断强壮的马腿。他们的剑柄后方还装配有配重球，这样也可以一手握住前端，在肩膀的力量带动下，把剑锋插进那些摔下坐骑，拥有厚重盔甲保护的骑兵躯干。仅从武器上说，他们的双手剑甚至比北欧卫队的双手巨斧更可怕，因为挥舞得更狡猾与敏捷。

但宫廷骑兵们毕竟身经百战，士气高昂，一名高大的宫廷骑兵挥舞着狼牙棒，砰的一声砸开一名阿拉玛诺战士的头盖骨，接着又一勒战马，借助冲力将两名阿拉玛诺人踩于马下。当两个阿拉玛诺人挥舞着武器冲上时，他用左手的大圆盾架住了其中一柄双手剑的突刺，右手挥舞着狼牙棒，将另一个阿拉玛诺剑士借助马匹冲击砸得直飞出去。

这名宫廷骑兵在阿拉玛诺人阵型中左冲右突，犹如无人之境，让本来战斗意志并不出色的雇佣军们有些慌张，不由自主向后退，这是极其危险的，一旦穆斯塔法有机会让他的骑兵脱离战斗，他就能立即发动冲刺，重装战马的冲击对于只有皮环甲护身的阿拉玛诺人将是灭顶之灾。

一个巨大的黑影出现在这名不可一世的宫廷骑兵身旁，并如飞来陨石一般狂吼着撞向战马侧面。

强壮的混血战马嘶叫一声，在这强悍的冲击力下竟然高高跃起，重重仰面翻倒，同时抛下马鞍上的骑手，但这名骑兵受过最严酷出色的训练，迅速起身，并挥舞着狼牙棒与大盾迎敌。

艾里克狂吼着高举巨剑冲锋，对自己力量相当有自信的宫廷骑兵也吼叫着挥舞着狼牙棒对砸而来。

巨剑与狼牙棒在巨大的动能下发出骇人的碰撞。

只是任何人面对艾里克时在力量上硬碰硬的自信都只会导致一种结局。

巨大剑身架开了狼牙棒的力道，全身震动所造成嗡嗡作响的耳鸣使宫廷骑兵不由得踉跄，虽然他剧痛的右手掌尽全力紧握狼牙棒的锤杆使之没被大剑击飞，但身体的剧震还是严重阻碍了左手盾牌的格挡速度，盾牌防御的边沿刚提高到了颈项的位置，艾里克的巨剑却顺势一个快速旋转横扑向宫廷重骑兵的侧脸，厚重的头盔在巨剑排山倒海的横扫下如同薄纸板。

“去死吧！狗杂种！”艾里克吼道。

巨剑卸下了宫廷重骑兵的半张头盖骨，喷出的鲜血与碎骨片洒遍了艾里克的面甲，甚至遮住了他的眼睛，而突厥重骑兵倔强而惊愕的身躯长久站立数秒才轰然倒下。

穆斯塔法被艾里克的气势所震慑，连忙拨马向后回避与艾里克的决斗。

“艾里克回来了！”阿拉玛诺人高叫道，士气大振，挥舞着双手剑继续贴近宫廷重骑兵们，在拥挤的战场上缠斗，让重装战马的冲撞无法发挥应有的威力，“我们以为你还在左翼指挥北欧卫队！”

“哈珊步兵已经都成为斧下之鬼，北欧卫队已经全面突击，而且别忘了，我和你们一样是个阿拉玛诺人！”艾里克抹掉脸上的浓稠的鲜血，高举起大剑又插进一个摔下马来的骑兵心脏，“我不会在战场上抛弃同乡！”

普罗诺艾重步兵作为帝国本土精英重步兵，并不长于冲锋，在狂暴地冲向努尔丁的骑兵卫队后，第一排士兵在对方沉重狼牙棒的四面挥砸下，伤亡不小。这些本国重步兵在曼西姆斯的训练下，非常擅长使用被称为“康托斯”长矛与钉锤，而钉锤则用来对付重装士兵。“康托斯”是极好地抵御轻骑兵的利器，但用来对付防御最超卓的重装骑兵时，单手使用的“康托斯”长矛也会显得勉强。

曼西姆斯及时控制自己与狂怒步兵们的复仇之心，调整重装步兵高举盾牌稳固前进，发挥他们的优势——队形与大盾，普罗诺艾步兵包着铁皮的三角大盾防护甚至比北欧卫队的都要厚重，虽然步兵的长矛很难伤害到宫廷骑兵，但宫廷骑兵的狼牙棒也同样难以砸裂步兵们的大盾。

宫廷骑兵们呼呼作响的大棒猛烈砸在步兵们的重盾上，依旧有部分步兵的盾阵被砸开阵亡，曼西姆斯自己也高举重盾咬牙忍受着打击继续前进，因为他知道，一旦距离够近，情况就会发生变化。

当步兵们紧贴宫廷重骑兵战马时，他们在高举大盾的同时拿出了自己的杀手锏——钉锤，他们用钉锤狠狠锥向宫廷骑兵们无法用盾牌保护的腿部胫甲，然后把因疼痛而丧失平衡的突厥人拖拽下马，再用钉头锤砸出头盔保护下头颅里的脑浆。

努尔丁企图让他的骑兵向后稍撤拉开与普罗诺埃步兵的缠斗，但曼西姆斯立刻指挥残余的塞西亚骑兵像牛皮糖一样紧紧围住他，时而射箭，时而挥动弯刀砍杀，而其他只用长矛的帝国普通重步兵也纷纷以大纵深整齐队列冲上，不给突厥领袖以任何回撤的余地。

圣者用余光扫了一眼自己右方穆斯塔法宫廷卫队的情况，吃惊地发现他们还在与那些可恶的阿拉玛诺雇佣军混战，更不用说还处于劣势，努尔丁盯着不断逼近的拜占庭重步兵盾墙，明白如果挽回战局现在只剩最后一种方法。

“别慌！无敌的勇士们！”努尔丁高叫道，死死盯住盾墙保护下那个挥舞着双头鹰之剑的罗马人，“在曾经的手下败将面前胆怯是可耻的，异教徒的总司令官就在我们面前！让我们再冲一次，把他砍成碎片，敌军就会全军崩溃！”

在穆斯林圣者的鼓舞下，突厥古拉姆宫廷骑兵硬生生依靠马匹的厚重毡甲在拜占庭重步兵中挤出一条血路，这样深入敌军阵型会造成己方骑兵们更大的伤亡，但如果他能够杀掉曼西姆斯，战局依然有可能改观。

“罗马人将严守自己的纪律，无论指挥官能否在行使自己的责任！”曼西姆斯精通突厥语，立即呼唤传令官再次重复自己的命令，“一旦我在战斗中阵亡，由艾里克代理总司令指挥之责！”

突厥重骑兵们不断舍命杀入，曼西姆斯挥舞着双头鹰之剑迎敌，一个不要命的宫廷骑兵冲进了防御圈，挥起狼牙棒重重砸在他的盾牌上，使瘦削的司令官几乎翻到在地，杀入者随即被四周的拜占庭士兵拖下马，用钉锤砸得血肉横飞。

又一名宫廷骑兵挥舞着狼牙棒接近曼西姆斯，但坐骑已经被钉锤多次锥伤，跪倒在地把骑手抛弃下马，但素养极高的宫廷骑兵竟翻身站起，随即抽出挂在马鞍旁的骑兵长矛，向曼西姆斯猛刺去。

曼西姆斯用盾牌格挡开长矛的致命突刺，一个纵身冲近宫廷骑兵身边，华丽的双头鹰之剑随即削开了突击者的喉咙。

疯狂的宫廷重骑兵们冒死在拜占庭步兵队形里乱冲乱撞，曼西姆斯的警卫已经很难保护他，“别慌！别慌！维持队形！”司令官吼道，“我们已经在山谷中压制住了突厥人，挡住他们最后的疯狂，胜利就一定会属于我们！”

一阵悠长的号角声从整个战场的西方传来。双头鹰战旗从地平线上徐徐升起，和其他双头鹰战旗不同，这面旗帜更宽阔，两侧修饰着明显的六道金色条纹，旗帜下包围着象征着权威的金节杖。四周长矛如林的骑兵从河谷平原的大路上渐渐展开。

“是皇帝陛下的战旗！”

“陛下和他的援军也赶到了！”正在整个山谷拼命搏杀的帝国将士发出吼声。

“曼努埃尔的援军到了！”一名突厥军官惊慌地叫道。

努尔丁扬起汗水浸湿的头颅，长长地喘着气，目不转睛地遥望着远处他妄图征服的帝国皇帝和他越来越近的援军，那确实是曼努埃尔本人，他原本一直希望与“战争皇帝”在战场上碰面，却没想到是在这种局势下。

他高举的弯刀渐渐垂下，全身微微颤抖，拼杀的气力仿佛从身体中消失，耳边的厮杀声似乎都沉寂下去，东罗马皇帝的数千骑兵出现落下了最后一颗重要的砝码，毁灭了他的希望，尽管他才智超人，在穆斯林世界中一呼百应，也不可能在这场战役中胜利，征服君士坦丁堡的梦想终究如浮云般飘渺而虚无。

“主人！我们现在必须撤退！”穆斯塔法赶到了他的身边，满脸是尘土的阿塔贝克看起来非常沮丧，“高地上我们的骑兵无法冲开罗马步兵盾墙，而北欧卫队已经歼灭了我们的左翼步兵同时在高速靠近，攻击必须停止，我们得让精锐部队尽量撤出战场。”

努尔丁无助地望了一眼高地上依然稳固坚挺的东罗马步兵军阵，又呆滞着望着进入战场的拜占庭皇帝，时过境迁。他与曼努埃尔在一年以前密列奥塞法隆战役的心情与神色现在完全调换，圣者觉得喉咙梗咽，说不出任何话。

“主人！再不撤退数万大军会全军覆没！”穆斯塔法在他耳边叫道，“别忘了我们还有摩苏尔，还有巴克达，安卡拉和科尼亚还在我们的控制中，大塞尔柱帝国还存在！突厥人的帝国还存在！我们不能没有你！”

努尔丁似乎像惊醒一样重新获得了意识，“撤退！把所有正在攻击拜占庭重骑兵的长矛手都撤下转向左翼！”努尔丁命令道，“还有剩下的库尔德人，挡住罗马皇帝的骑兵。”

“希望他们为我们的宫廷骑兵争取到足够的时间。”努尔丁低声对穆斯塔法说道。

曼努埃尔端坐在雷拉格赠送的黑色克拉斯战马上，身高近两米的巨马身披全身扎甲，皇帝本人也身披三层复合重铠，头戴雕刻着橡叶状花环和橡树果的金色王冠。

他冷静地凝视着白热化的战局，注意到被压制在河谷中突厥大军阵型的窘迫。一年之后，主动权终于掌握在自己的手中，皇帝调转坐骑望着他背后五百名最精英的铁甲圣骑兵卫队和朱里奥的二千拉丁骑士。铁甲骑兵卫队与陛下一样也骑乘着全副武装的具装战马，而朱里奥的拉丁骑士们的重型长枪则包裹着飘扬的彩旗。

朱里奥换上了拜占庭式的覆盖式铠甲，炯炯有神的目光望着皇帝。

早已不再年轻的曼努埃尔纵马飞奔，从朱里奥手中接过一把最沉重的彩色长枪。

“罗马帝国勇敢的战士们！”曼努埃尔遥视着战场，望了一眼努尔丁正努力向左翼移动的库尔德人和萨拉森矛手，“请允许我称呼你们为罗马帝国的战士，无论你们是希腊人还是拉丁人，都是罗马帝国的一部分！都是文明世界的一部分！这里是你们永远的家园！而我们的敌人们，他们正在无情而残酷地毁灭这一切，屠杀帝国的人民，屠杀你们的兄弟姐妹！”

“我知道长途行军让你们都很疲惫，但为了你们保护的民众，为了这艰难保存着的千年文明，再跟随我冲锋一次！跟随你们的皇帝，曼努埃尔·科穆宁一起冲杀！给予残忍，野蛮，妄图重新把黑暗笼罩在帝国东部的突厥人给予最后一击，你们挽救帝国的功绩，将永远名垂青史！”

“为了千年的文明！”朱里奥与拉丁骑士们高喊道。

“以帝国人民的名义！”铁甲圣骑兵卫队们叫道。

“跟随我前进！曼努埃尔高举骑兵长枪高喊道。数千匹战马开始向前方义无反顾的奔跑。

在箭雨袭击下剩余的萨拉森矛手和库尔德人气喘吁吁地赶到了左翼，摆开了防御阵型，库尔德刀斧手在两面，萨拉森长矛手在中间，闪闪发亮的长矛尖面对着奔驰而来的铁甲骑兵与拉丁骑士。

“朱里奥的拉丁骑士转向两翼突击！铁甲骑兵随我从正面！”曼努埃尔在奔驰的战马中叫喊道，骑兵们立即转向列阵，扬起漫天尘土。马蹄踩踏地面震响着整个河谷。

萨拉森长矛手长枪如林挺立，面对着铁甲圣骑兵们的冲锋，尽管他们具备有最好的防御骑兵的经验和纪律，但过度的伤亡挫伤了士气，铁甲骑兵重装战马的踩踏声传入耳中更是惴惴不安，两翼的库尔德人则已经开始惊慌失措。

地动山摇的巨响越来越近，萨拉森长矛手惊慌地互相对视，疑惑自己忠诚的代价，士气降到底谷的库尔德人更是徐徐后退，有的已经开始逃跑。

整个河谷被铁甲骑兵与拉丁骑士惊天动地的踩踏声撼动，二千五百名骑兵的长枪在震天的呐喊声中一起平举，直插突厥大军已经动摇的左翼。萨拉森长矛手也高声吼叫，架起了密集的长矛，但底气明显不足。

曼努埃尔紧握长枪冲在最前方，他的铁甲骑兵将从正面对撞萨拉森长矛阵，青年时代曾经“无往而不胜的长矛”的气势重新焕发在已经不再年轻的躯体上，坐骑已经飞奔至最高速度，皇帝仰天狂吼，“罗马必胜！”

“罗马必胜！”

伴随着骇人的巨响声，铁甲骑兵卫队冲进了萨拉森长矛手的防御队形，闪亮的矛尖刺在曼努埃尔坐骑沉重的马铠上折断，而长矛手连同他的盾牌则被惊人的冲击力撞得直飞出去，曼努埃尔的长枪尖插入了一个长矛手的肺部并驾驭战马将他踩得粉碎，接着又是另一个，透着折断在敌人腹部的长矛碎木片，一个萨拉森长矛手的矛尖刺进了曼努埃尔的肩膀，鲜血从盔甲接缝处渗出，但皇帝狂吼一声，在冲锋的狂热中丝毫不为之所动，曼努埃尔抽出腰间佩戴的战锤，借助战马的冲击力，猛地将刺中他的长矛手砸翻在地。

大部分长矛抵在铁甲骑兵厚重的马铠上崩为碎片，强壮的重装战马冲击让整个长矛阵型四分五裂，装甲战马踩踏与推搡着被压扁的萨拉森长矛手尸体继续向前，让突厥长矛手们士气全无。拉丁骑士的冲击则更加凶猛和顺利，他们的彩色长枪第一时间就在惊人的加速度下撞飞了无数刀斧手，造成了库尔德人的直接崩溃。朱利奥丢下破损的长枪，抽出长剑，无情地砍杀着逃跑的库尔德人，并从侧翼攻击萨拉森人背面，突厥大军左翼完全崩溃。

“朱利奥去援助约翰的铁甲圣骑兵，卫队跟我转向敌人的背面！”曼努埃尔一勒黑色的战马，“继续冲锋！”

在击溃了突厥长矛手后，曼努埃尔指挥铁甲圣骑兵立即转向高地半山腰，从背后猛冲已经几乎被北欧卫队压至平原的下马哈珊重骑兵，突厥人被铁甲骑兵从背后成片碾倒，很快全线崩溃，自相践踏跑下山崖，死伤不计其数。

约翰维塔斯在哈珊骑兵围攻中已经损失了将近一半的铁甲圣骑兵，此时敌军背后突然喊杀声大起，一批坐骑不披挂铠甲的重骑兵潮水般高速冲锋而来，南方用来封堵他的哈珊骑兵几乎全被沉重的骑枪从背后刺穿，哈珊骑兵们在双重打击下转向逃跑，又在约翰的铁甲圣骑兵的钉头锤挥舞下纷纷落马。

约翰随即跟随这些快速枪骑兵展开追击，这时他们看见了这些骑兵头目——名骑着雪白克伯战马的军官，对方掀下头盔，向他挥手致意，随即又挥舞长剑投入追杀中。

“你是谁？好汉？”约翰对这帮陌生的枪骑兵大叫道。

“你的新同僚！”朱利奥头也不回的说道。

曼努埃尔越过了正在指挥重步兵阵列冲下高地的曼西姆斯，向他点头示意，满脸泥土与汗水的东线司令官郑重地双手高举双头鹰之剑向皇帝呈上，但曼努埃尔却没有来接。

“这是你的战役！曼西姆斯，”曼努埃尔现出一个微笑，“在结束之前这把剑属于你！”

不知疲倦的皇帝催促坐骑狂奔，直至追上约翰维塔斯的部队，皇帝从卫士手中接过一柄双头鹰军旗，用旗杆轻轻地敲了约翰的脊背一下，“我忠实的卫队长，勇敢的约翰，与你的陛下一起冲锋吧！让我们把在密列奥塞法隆的本儿全都找回来！”

“非常荣幸，我的陛下，”约翰转身向皇帝致意，招呼自己麾下的铁甲圣骑兵与曼努埃尔的合兵一处，纪律森严的超重装骑兵很快在隆隆作响的奔跑声中排列成钝楔形，“只要您一声令下，杀得他们片甲不留！”

努尔丁与穆斯塔法的宫廷骑兵从高地上且战且退，原本指望山腰下左翼的突厥长矛手与库尔德步兵可以掩护他们撤向对岸，却惊奇地发现他们早已被曼努埃尔的铁甲圣骑兵屠杀殆尽，残余士兵也四散奔逃，“该死！他们根本没有给我们争取到足够的时间，”穆斯塔法绝望吼叫道，“我就知道这些低等的奴隶靠不住，现在该怎么办，主人？”

“向东继续冲，杀开一条血路！”努尔丁答道，回头指示高举星月旗的掌旗官，让刚从高地上撤下，处于混乱阵型的宫廷骑兵重新整队，“向骑兵们指示突围路线！”

圣者的话音刚落，伴随着震天的呐喊声，约翰维塔斯已经领军杀到，卫队长这次决心在皇帝面前留下一个深刻的印象，冲在队列的最前方，他原本指挥的贵族骑兵就是在密列塞奥法隆战役被宫廷骑兵击败，现在仇人相见分外眼红，“还不逃走？”约翰冲着还在重整队列的宫廷骑兵军阵厉声叫道，“在等我复仇的怒火么！”

撤退中的古拉姆宫廷骑兵还未排列迎击队形，约翰的铁甲圣骑兵就如一个巨大的木楔般插了进去，他紧握住四米的长矛，一连冲翻了六名宫廷骑兵，当他看见努尔丁的掌旗官时，约翰拨马向前，扔掉长矛，抽出腰间的钉锤。突厥掌旗官还在疯狂地挥舞着旗帜整队，根本没有注意到约翰已经靠近。

约翰的钉锤重重地砸在突厥掌旗官的脑袋上，鲜血与脑浆顺着头盔的缝隙渗出，后者熄灭的眼神无力地瞥了一眼杀死他的罗马贵族军官，手掌松开缰绳倒撞下马。眼疾手快的约翰一把抢过突厥军旗，用力将旗帜倒插在掌旗官的尸体上。

“突厥人的军旗倒了！”约翰向空中挥舞着钉锤，“他们的军旗倒了！”

现在就连纪律森严的古拉姆宫廷骑兵也陷入完全的混乱中，他们的前列被东罗马铁甲圣骑兵阻拦，而后列还拥挤在撤退的高地山腰间，这时北欧卫队已经从后阵杀上，挥舞起恐怖的双手战斧，在人喊马嘶中砍翻了成片的宫廷骑兵。

约翰带领着铁甲圣骑兵挥舞着钉锤，将一个又一个来不及撤退而惊慌失措的宫廷骑兵砸于马下。“谁是下一个？！”原本充满贵族气质，现在脸上沾满敌人血浆的卫队长左顾右盼，却没有看见努尔丁与穆斯塔法的身影，“我要的是努尔丁的头颅！”

突厥大军像山崩一样全线溃退，塞西亚骑兵与拉丁骑兵冲在追击者们的最前方，来不及撤退的突厥士兵纷纷被砍死或踩翻，整个曼德尔河谷充斥着伤者的哀号。但包括远道而来的曼努埃尔，帝国军人也纷纷气力放尽，让逃跑的敌人一度拉开了距离。

向东逃命的突厥人来到了曼德尔河大桥，这原本是曼西姆斯计划截击努尔丁的地方，突厥人在这里拥挤着渡河，无数士兵被挤下河流淹死，混乱使得疲惫但被胜利所鼓舞的拜占庭人又追了上来。

曼西姆斯指挥弓箭手们高速赶到河口，向已经渡河和正拥挤在桥中间的突厥人乱箭齐发，而朱利奥的拉丁骑士挥舞着长剑则在桥口处人砍马踏，伊克塔弓骑兵速度并不慢，却被败兵堵在桥口，在拉丁骑士长剑的挥砍下纷纷落入河中，数以万计的突厥士兵尸体遍布在整个河道上，几乎堵塞了河流。

“努尔丁在哪里！？”曼努埃尔在溃退的突厥大军中搜索着那个身穿金色鳞甲的身影，“不要放跑了努尔丁！”

艾里克本来带领着阿拉玛诺战士们追击，但很快精力旺盛的他就把其他步兵抛在了后面，踏着无数突厥士兵的尸体，艾里克奔跑着越过了曼德尔河大桥，这时，他在混乱中发现了几个盔甲华丽的突厥人身影。他们一部分转向东南方，另有两名骑马者奔跑向东北方。

跑向东北方的两名骑手都全身披重铠甲，脸部戴着铁面具，和他们胯下的轻型阿拉伯战马很不相称，很明显，他们为了速度更换坐骑。

其中一个骑手华丽的披风下隐约现出金色的鳞甲。

艾里克立即向拉丁骑士们呼喊，但混乱中他们没听见，艾里克又望了一眼阿拉玛诺战士和北欧卫队，他们还在后面来不及赶到。

机会稍纵即逝。

东北方向的两个骑手一定会跑向安卡拉的大路。而这条大路前有一处高地可以让他抄近路。

艾里克以最快的速度脱掉影响他速度的头盔和重铠，只背着圆盾和巨剑开始飞奔。

“前方就是通向安卡拉的大路，”小山坡前，一名骑手观察地形后，对身后身穿金色鳞甲的人说道，“到了大路疲惫的罗马人就追不上我们了！”

对方嗯了一声，仍是不放心地望了东南方一眼，然后勒马前行。身后的骑马者随即跟上。

一个黑影从小山坡上纵身跳下，高举巨大的双手剑。

巨剑从上空劈开了后面骑手装甲保护下的躯体，他连头带肩膀在汹涌的鲜血中被砍成两截。

艾里克坚定地高举着他的剑，像泰坦巨人一样堵在金色鳞甲骑手前往安卡拉的路上。

两人互相对视，就像在尼西亚对视一样，虽然看不到表情，但金色鳞甲骑士眼中的恨意越来越浓。

骑士大喝一声，勒马向艾里克猛冲过去，并抽出寒光闪闪的弯刀。

艾里克发出仰天狂吼，高举双手剑向对撞过来的战马冲去。

骑士催促着坐骑的速度，没有人能在战马这个奔跑速度的冲撞下活命。

但战马会后悔它撞击的是艾里克。

撞击的巨响声中，战马与艾里克同时翻倒，战马抛下了金色鳞甲的骑手，艾里克的巨剑也被撞飞。翻倒在地的骑手迅速爬起，挥舞着弯刀向刚支起半个身体的艾里克冲去。

艾里克粹不及防，背上重重被砍了一刀，幸好没伤及骨头，艾里克疾步向后退，腹部又被横斩了一刀。

战马的撞击让巨人头昏脑涨，伤痛加疾退失去了重心平衡，一个跟头仰面翻到在地。

骑手紧紧跟上，高举起弯刀向艾里克头上砍去。第一刀被艾里克翻身躲过，第二刀又接踵而至。

艾里克几乎已经要引颈就戮，忽然背部接触到地面时碰上了一件圆形物体。

他想起了曼西姆斯在战术课上亲身教的第一招。

艾里克翻滚中支起半个身体，左手拎起背上的圆盾向扑来的骑手狠狠拍去。

圆盾挡住对手弯刀攻击的同时也拍在了对方的脸上，把金色鳞甲的骑手撞得踉跄，艾里克趁机翻身爬起，眼角余光已经盯住正摔在远处的巨剑。

艾里克飞快地跑向他的武器，骑手晃了晃头颅，也挥舞着弯刀追上。

当他追上艾里克时，巨人正弯下腰气喘吁吁地拾起他的沉重武器，也许是受伤和疲惫影响了巨人的速度，骑手抓住时机举起弯刀向艾里克颈项上砍去。

实际上艾里克的手早已握紧了巨剑，伪装奏效了。

伴随着艾里克的大喝，巨剑的大力横扫撕开了金色鳞甲骑手胸前的护甲片，汹涌的鲜血和肋骨碎片从盔甲碎裂处如喷泉向天空涌出，骑手高举弯刀的右手定格在了半空中，然后整个人无力地摔倒在地。

疲惫的艾里克怔了许久，突然仰天大笑。

“胜利！胜利！胜利！”河谷中的帝国军人忘情地高喊，曼努埃尔、曼西姆斯、朱利奥和将士们紧紧拥抱在一起。曼德尔河谷战役①，或者被称为西莱恩（Hyelion）与莱莫切（Leimocheir）战役，最终以东罗马军队大获全胜而告终，突厥数万大军全军覆没，河流上飘满了突厥士兵的尸体。富有讽刺的意味的是：一年以前突厥人正是用同样高地伏击的方式在密列奥赛法隆战役中重创拜占庭人。曼德尔河谷战役改变了密列奥赛法隆战役后东罗马帝国被动防守的局面，从而转入反攻。

曼努埃尔半跪在迈克尔的遗体旁，痛惜着抚摸着他伤痕无数的身体，亲自替迈克尔除下背部的箭矢，"无论是帝国与索菲娅都欠你很多，"皇帝俯下身体，吻了迈克尔的额头，"安息吧，帝国的英雄，请记住你是以一位帝国军团长的身份前往天堂。"

"我的好兄弟。"东线总司令官轻轻叹了口气，"也许你在入天堂之前最需要的是北方来人的慰藉。"曼西姆斯不由得望了一眼特拉伯森的方向，他知道迈克尔喜欢的对象，虽然这永远不可能，但带着一些梦想进入天堂也许更好。

曼西姆斯静静地望着躺在一旁的马库斯，他们交情很深，这让东线

① 曼德尔河谷战役：历史上公元1177年的曼德尔河谷战役，或者称为西莱恩（Hyelion）与莱莫切（Leimocheir）战役，是拜占庭帝国在密列塞奥法隆战役失败后的一次重大胜利。战役过程与文章中叙述的基本相同，拜占庭人扼守住主要据点，并避开突厥大军入侵的锋芒，待到突厥军队掠夺之后，到了他们撤退渡河途中，主力军再从高地突然袭击，混乱的突厥指挥官在重装甲的亲卫队（也就是文章中描述的古拉姆宫廷骑兵）的保护下拼死突围，但在战斗中被杀，最终导致全军溃败，数万大军几乎全军覆没，仅千余人生还。而拜占庭帝国方面，确实也有叫迈克尔·阿斯庇塔斯的高级军官在战斗中阵亡。历史上的曼德尔河谷战役拜占庭方则是由约翰维塔斯总指挥，迈克尔·阿斯庇塔斯与另一名高级军官君士坦丁.杜卡斯作为副指挥。突厥人方面实际上是亚尔斯兰麾下的"阿塔贝克"（王子太傅）所指挥，并非来自东方的领袖努尔丁，这些为情节需要的虚构。

司令官眼中充满泪水，从密列塞奥法隆到尼西亚，从尼西亚到曼德尔河谷，马库斯从一个曾鄙视他的下级军官，成为自己的刎颈之交。遍体鳞伤的弓箭手指挥官是带着微笑离开的，他知道自己的倒下将会换取什么，密列奥赛法隆战役的耻辱不仅被完全洗清，而作为特拉柏森弓箭手的英雄，马库斯已经名垂青史。只可惜英雄没能看见最后的胜利。

东线司令官把一瓶酒放在马库斯遗体的手中，“当我回到君士坦丁堡后，会为你带来伊琳娜餐馆中的另一瓶。”他默默对马库斯说，“除了帝国的抚恤金外，你在君士坦丁堡妻子与孩子的一切生活，我都会补偿。”曼西姆斯嗓音微微哽咽望向天空，“唯一不能补偿的就是他们的这个最好的丈夫和父亲。”

“他是特拉柏森人最勇敢的弓箭手。”曼努埃尔说。

“也是帝国步兵弓箭手指挥官中最出色的。”曼西姆斯补充，“他训练了既精于弓箭也擅长肉搏战的特拉柏森卫队，可惜他们在战斗中全部阵亡了。”

“他们的血不会白流。”曼努埃尔沉默了良久，望着众将宣布，“将他还未做完的事继续下去！我会继续用马库斯的方法训练一个纵队的步兵弓箭手，这些弓箭手可能是特拉柏森人，也可能是希腊人，他们将得到与普通重装步兵一样精良的长剑与扎甲。这些步兵弓箭手被称为禁卫军弓箭手！”皇帝顿了一顿，“你们可以叫他们‘马库斯卫队’。”

“战役已经结束了。”曼西姆斯望了一眼尸横遍野的战场，“突厥人在战场上留下了大量掠夺而来的战利品。”

“只可惜没有抓住努尔丁。”曼努埃尔站起身惋惜地说。

“有阿拉玛诺人的消息，艾里克杀死了努尔丁。”一名拜占庭军官说道。

“艾里克现在在哪？”曼努埃尔的声音变得沙哑。

曼努埃尔、曼西姆斯、约翰和朱利奥都已经赶到艾里克那里，艾里克正在包扎自己的伤口，曼西姆斯望了皇帝一眼，走上前低下身体，揭下了突厥人领袖的铁面具，随即发出一声低声的叹息。

铁面具下是穆斯塔法痛苦而扭曲的脸，每一次喉咙的晃动都吐出一大口鲜血，“你们这些杂种，我和主人更换了盔甲与披风，主人在那些跑向东南方的骑手中间！你们再也抓不到他了！”

穆斯塔法吐出最后一口鲜血，声音渐渐低去，“主人，我已经没有什么可遗憾的了……”他面带微笑，停止了呼吸。

“厚葬他吧。”艾里克说，“他算得上一个忠诚的勇士。”

曼努埃尔点点头。

入夜，与穆斯塔法更换了盔甲与披风的努尔丁，才带着残余疲惫的不足百余残兵，进入了东南方向阿摩里阿姆的城门。

Chapter 32

经历无数战火的洗礼与地震的造访，公元一世纪建成的阿芙洛狄忒神庙已经残破，但这并不影响神庙中雕刻令人惊叹的美。巨大的科林斯式石柱下，早春傍晚懒洋洋的阳光透过笔直的白杨树，在索菲娅赤裸白皙的背部蒙上一层淡淡的金色。她柔软而丰满的乳房紧紧贴住雷拉格的胸膛。

残存士兵疲惫且沮丧的神情无声地叙述这次惨败，拖拽着伤痕累累的麻木身躯进入城门，努尔丁黯然望着他们，他怎么也不会想到，只过了一年，竟然得到了比罗马人在密列奥赛法隆战役惨重得多的失败。六万大军灰飞烟灭，甚至包括他傲视整个伊斯兰世界的精锐古拉姆宫廷骑兵。

他不知道自己能不能在东罗马大军的追击下活命。

东罗马帝国虽然获得全胜，他们的士兵也即将气力放尽，对于阿摩里阿姆城努尔丁已经交给了土库曼人守卫，他们足有数千弓骑兵，这足够掩护他撤退，当他返回科尼亚，他仍有足够的伊克塔重装弓骑兵阻止拜占庭大军的东线攻势。

但阿摩里阿姆城中大部分土库曼人的表情与他的残兵败卒一样沮丧，努尔丁现在已经没有鼓舞他们士气的气力了。

一名土库曼高级军官走上前，半跪在努尔丁脚下，“请主人放心，我们都是主人忠实的奴仆，如果罗马人前来，勇敢的土库曼人就守卫在这里。”

努尔丁点点头，“不要远离阿摩里阿姆出战，”领袖告诫他，“东罗马人的主力步兵与重骑兵因为疲惫没能跟上，先锋是少数快速骑兵，把他们引进包围圈再加以消灭。”

“主人的愿望就是对我的命令，”土库曼军官说，“请主人进城休息，明天清晨我会为主人与部下更换前往科尼亚的坐骑。”

努尔丁点点头，整理了一下盔甲内衬的黑色长袍，背着手向城内走去。

他注意到城楼附近一些土库曼步兵在走动，就这些士兵的身形来看，身材高大，步履坚定，士气似乎并没有受到惨败影响。这让努尔丁稍稍宽心。

努尔丁转过身远眺遥远的西方，漆黑的夜里什么也看不见，他思量着对手的行动，拜占庭大军是会以谨慎的曼西姆斯习惯稳步前进，还是按积极的曼努埃尔皇帝的意愿强行追击？这些土库曼人又究竟能为自己赢得多少时间？

“你是这里的财政官，有些东西，不要被罗马人发现，”努尔丁望了跟在身后的土库曼军官一眼，“军事上你是副职，你们的司令官谢赫在哪里？为什么他一直没出现？”

土库曼军官眼神忽然游离不安起来。

这让努尔丁嗅到了致命的危险。

努尔丁从刀鞘中抽出雪亮的弯刀，土库曼军官向后退了几步，挥剑大喊，“抓住他！抓住他！”

领袖从城楼阶梯上一个纵身跃下，努尔丁残余侍卫们立即抽刀赶上，把主人保护在自己的中间，“快跟随我出城！”努尔丁大吼道。

土库曼士兵挥舞着长剑呐喊着四面向努尔丁涌来，但侍卫们身经百战，冲在最前面的几个土库曼士兵被立即被杀死，但土库曼人仍不停冲上。

城楼边那些高大的土库曼士兵慢慢围了上来，并扔掉了几乎不能包裹他们强壮身体的长袍，大部分士兵们都从脚边提起沉重的双手斧，他们的腰边还别着短斧与掷斧。领头的身穿精致的黑色重扎甲。从背后剑鞘中抽出有骷髅剑柄雕刻的双手剑。

“突厥人的领袖，终于见面了！”城楼上低沉的火光印照着帝国禁军首领阴沉而快乐的脸，“我叫雷拉格。”

隆隆作响的马蹄声回响在夜空，数千火把印照在安纳托利亚高原西南部的土地上。曼努埃尔已经换上一匹轻快的阿拉伯战马，曼西姆斯仍骑乘着他的白马。拉丁骑士与塞西亚骑兵们正驾驭着气喘吁吁的坐骑不停歇的继续奔驰，皇帝陛下与帝国东线的高级将领都在队伍中，而这让朱里奥很有些担心。

“您确定这条路上不会有突厥人的埋伏？”朱里奥在驰骋的战马上冲皇帝大声说道，“我们的骑兵非常疲惫！”

“我不确定！”曼努埃尔转首喊道，“但努尔丁会比我们更疲惫，我已经得到了北方军团司令官的消息，现在必须快速赶向阿摩里阿姆，雷拉格的人数不多，他需要我们的支援！”

土库曼士兵不停冲上，努尔丁剩下的侍卫虽然极度疲惫，却都是宫廷骑兵中身经百战的战士，让对方无机可趁。但令努尔丁吃惊的是，土库曼士兵的战斗意志比他想象中坚毅得多，虽然叛军们不能轻易获得他的首级，但他也无法冲出这令人诅咒的包围圈。

“该死的叛徒！他们为我效命时从来没有这么尽力过！”努尔丁大吼道。

“先让土库曼人上前，免得折损我们的兄弟，”雷拉格对诺夫哥罗德红胡子的罗曼诺夫说道，带领着北欧人慢慢绕到了努尔丁侍卫的背后，他审视着土库曼士兵的战斗意志，确定攻击的时刻，“就是现在，你准备好了吗？”

罗曼诺夫握紧了巨锤，冲雷拉格点点头。

“那就来吧！”

罗曼诺夫高举着巨锤冲上，一锤从上而下狠狠砸在一名背朝他的宫廷骑兵头顶，扭曲而变形的头盔内脑浆崩裂，当另一名宫廷骑兵转身挥舞着狼牙棒与圆盾防御时，罗曼诺夫借助自己强壮的肩膀，把对方撞翻在地。倒下的宫廷骑兵还未举起盾牌，重锤就砸碎了胸膛所有的肋骨。

雷拉格已经劈开了两个努尔丁侍卫的头颅，第三名宫廷骑兵已经摆开了防御架势，黑海之龙冲近他时突然放低重心，冰川之刃向他脚下横扫，宫廷骑兵也是反应极快，盾牌迅速向下挡住了双手剑的横扫，并顺势把狼牙棒向对手破绽大开的腰部扫去。

他期待横扫后对雷拉格的重创。

黑海之龙抬起左臂，绑缚在臂甲上的精钢圆盾坚定的阻挡了狼牙棒的横扫，而与此同时冰川之刃却瞬间转移到了右手，雷拉格右臂单手持剑，大吼一声借助强壮的臂力把剑锋透过宫廷骑兵胸部厚甲片深深插了进去。

又一名宫廷骑兵趁雷拉格双手在尸身上拔剑之际挥动着钉锤砸来，北欧卫队首领有意放慢了拔剑的速度，等宫廷骑兵靠近，剑身猛的一个上扬顺势将对手的钉锤击飞出去，宫廷骑兵立即高举盾牌阻挡雷拉格的横扫，但黑海之龙已经变斩为刺，刺穿了他的腿部胫甲，站立不稳的宫廷骑兵摔倒在地，眼睁睁绝望地看见冰川之刃的最后横扫卸掉自己的头颅。

宫廷骑兵侍卫们在北欧卫队从背后的突袭中被纷纷砍翻在地，努尔丁拼尽所有气力，带领最后几个侍卫做最后的抵抗，希望已经完全消逝，圣者挥舞着的弯刀也越来越无力，历经一生的辉煌与荣耀，死地却是这不起眼的一座小城。

“杀死努尔丁，奖赏五千金币！活捉努尔丁，奖赏一万金币！”雷拉格大喊道。

这句话最大限度地激发了罗曼诺夫的战力，他旋风般的挥舞着巨锤狂吼着猛冲，伴随着几名宫廷骑兵盔甲碎片的飞舞，他几步就靠近了努尔丁，他想抓住努尔丁，但圣者坚决地挥舞着弯刀，而剩下的宫廷侍卫也发疯似的围在努尔丁身边。

“那就五千金币好了！”罗曼诺夫冲努尔丁高高举起了战锤。

一颗烟雾弹突然扔在人群中，呛得到处都是咳嗽声，接着，又有两发“那法”陶瓶掷了过来，两名北欧卫队的衣甲被瞬间烧着，北欧人狂叫着退了回去，扑打着身上突如其来的火焰。其他瓦朗尼亚战士只好后退，向着火的同伴身上抛扔沙土。有的脚步只好完全停顿下来。

一柄刀柄似眼镜蛇形状的短剑从黑暗中窜了出来，直插罗曼诺夫的左眼，高举战锤的罗曼诺夫大惊失色之中已经无法躲避。

砰的一声，锋利的眼镜蛇短剑刺在雷拉格左臂举起的圆盾上，这救了罗曼诺夫的一条命。眼镜蛇短剑的主人立即变招，迅捷的短剑攻击连连攻向雷拉格。雷拉格知道他遇上了罕见的用剑高手，谨慎立即占据了上风，他一面格挡，一面拉开距离以使用长度占据优势的冰川之刃。但他没想到对方全是虚招，当雷拉格被逼退拉开距离之后，眼镜蛇短剑的主人一个灵活的后空翻转向了努尔丁身边，努尔丁身边立即有数个宫廷侍卫杀上，挡住了雷拉格与惊魂未定的罗曼诺夫。

“塔莉亚！”努尔丁大声喊道，气力又重新在躯体上恢复，奋勇举起弯刀砍杀，刺进一名冲近的土库曼士兵的胸膛后向后猛冲，剩下的宫廷骑兵在背后掩护他们，拼死保护着他们的主人。

塔莉亚几个纵身赶向努尔丁前方，左手转瞬之间又多了一把弯刀，与她锋利的眼镜蛇短剑一起挥舞，在火光印照的夜空中划出令人眼花缭乱的轨迹。行云流水般的攻击下阻挡她的土库曼人纷纷倒地。

又两名前来阻挡她的土库曼士兵几乎没有看清她的动作，就被双双从正面削开了喉咙。

土库曼人在这可怕的剑术攻击下纷纷向后退却，被塔莉亚只身杀出一个突破口。

“保护主人！”塔莉亚大声喊道，并向人群中又扔出了几枚烟雾弹。接着，飞奔向一个正在向她搭弓射箭的土库曼骑兵，一个纵身跃上马背，土库曼骑兵根本没来及做任何反应，眼镜蛇短剑就插进了他的太阳穴。塔莉亚一脚将他从马上踹下，拉住努尔丁的手翻身上马。

荣耀转瞬之间即将失去，雷拉格又惊又怒，想追杀又被不要命的宫廷侍卫们拦住，他左手持剑，抢过一名北欧卫队的战斧，大吼一声猛的向即将消逝的努尔丁背影抛去。

烟雾中当的一声是塔莉亚使用弯刀将急速飞来的战斧拨落在地，接着，她与努尔丁的背影就在烟雾中伴随着急促的马蹄声消失了。

“不要放跑了努尔丁！”雷拉格大吼道，但被塔莉亚杀得乱跑的土库曼人竟然阻挡住了北欧卫队前进的道路，北方军团司令官已经是无计可施了。

狂怒的雷拉格已经看不到努尔丁与塔莉亚的身影，他与罗曼诺夫把怒火完全发泄在阻挡他们的宫廷骑兵身上，北欧卫队们纷纷冲上，把剩下的宫廷侍卫们全剁成了肉酱。

雷拉格的胸口不停起伏，栗色双瞳遥望着东方充满着沮丧的愤怒。这本是一次绝妙的袭击，他与罗曼诺夫屠杀了北方的突厥人辎重队，使用他们军服与旗帜，再动用从特拉柏森收集的战马让步兵骑乘长途奔袭，而南方路线原本为土库曼骑兵守卫，现在他们被大量征调进突厥大军并殒命在了曼德尔河谷，沿路几乎无人阻挡。

禁军首领使用他在北地曾经耍过的伎俩——以土库曼降兵欺骗阿

摩里阿姆城的守军突然杀进。加上土库曼人对他恐惧的称号："黑海之龙"，这几乎让这座城镇兵不血刃的投降。

突厥大军在曼德尔河谷的惨败消息使雷拉格设计了周密的计划，他期待着把突厥残兵败将引成城市给予最后一击，俘获努尔丁将是这场战役的完美句号。

但所有这一切竟然因一个女人破灭了。

"这都是我的错！"罗曼诺夫不无歉意地对雷拉格低下头颅，"如果不是为了救我，我们也许就抓住努尔丁了！"

"这和你没关系，"雷拉格拍着罗斯老战士的肩膀宽慰他，转身瞥着胆战心惊的土库曼人，"我想我知道该责怪谁。"

雷拉格一声大吼，北欧卫队们慑人的战斧全部对准了土库曼人。

狂怒的雷拉格一把揪住土库曼军官的衣领，"我们之前可是有协议的，"火光下禁军首领英俊的面容显得有些狰狞，"你们非但没有抓住努尔丁，还阻挡我的人捉拿他，我有理由认为你们正在背叛我。"

"我们不会背叛你！"土库曼军官几乎要哭出来，"那是因为塔莉亚，她是哈萨辛的头领，我们不是她的对手！"

"她只是一个女人！"雷拉格吼道，"你们这些叛徒竟然想欺骗我？"

"我们已经尽力了！"土库曼军官指着塔莉亚撤退路线上横七竖八的土库曼士兵尸体，"塔莉亚是努尔丁精英刺客中的最强者，我们曾经的指挥官乌古鲁因为口角被她在瞬间杀死！"他顿了一顿，"就连你们的巨人艾里克也曾经败在过她的手中！"

这个名字让雷拉格沉默了一会，他满面狐疑的盯着土库曼军官的脸。

"我们不可能背叛你！"土库曼军官叫道，"我们的家人还都在你的手中！”

“原来你们还记得，”雷拉格冷笑一声，“我只要一个响指，地下室立即就会充满女人孩子的尖叫声。”

“请不要这样做！”土库曼军官跪倒在地。

“给我不杀他们的理由。”雷拉格紧盯着他。

土库曼军官迟疑着。

一个会说希腊语的土库曼人走近雷拉格，并对雷拉格低声耳语了几句。

“你的主人说，别被罗马人发现，是什么东西？”雷拉格对土库曼军官追问。

土库曼军官怀着复杂的感情望了那个土库曼人一眼，低声说道：“是努尔丁埋藏在阿摩里阿姆城里的宝藏。”

“宝藏？”罗曼诺夫向前走了一步。

“突厥大军掠夺所得，其中有的属于东罗马帝国，其他属于亚美尼亚王国和格鲁吉亚王国，努尔丁本用来奖赏此次出征立功的将士，数量很多，”土库曼军官急切问道，“宝藏可以赎买我家人的性命么？我是努尔丁曾经的前线财政官，有宝藏的事情除了主人只有我一个人知道。”

“先带我们去宝藏那里。”雷拉格仍旧阴沉着脸。

土库曼人的铁锹镐头刨开了城西废弃教堂下的一处松动的地面，当越来越多的泥土被掀开之时，成捆重叠的铁箱暴露在众人面前，罗曼诺夫迫不及待地举起重锤，一锤砸碎了一个铁箱的铜锁，踢开箱盖。

发亮的宝贝似乎冲破了束缚从箱子内蹦了出来，一层又一层的金币与银币垫在箱底，上方则分布着散乱的玛瑙，珍珠，宝石以及黄金与珐琅制成的盘子与餐具，有的箱子则装满了精美的丝绸制品，每一口箱子都被塞得紧紧的。

罗曼诺夫整个人僵直地站在那里，雷拉格却仍是镇定自若。

“甚至还有阿历克塞大帝即位前突厥人在尼西亚的大教堂中所得，”土库曼司令官望着雷拉格难以捉摸的脸，指着其中一口箱子里的宝贝，“这本用黄金与红蓝宝石制成封面的福音书①，对于帝国来说是无价的珍品，你们的皇帝应该满意了，现在可以释放我的妻儿了吗？”

“这些宝贝帝国会有很大用处，”雷拉格从箱子里小心地捧起包装非常精美的福音书，似乎却对闪耀的红蓝宝石并不像常人那般着迷，“特别是雇佣军开支庞大经费紧缺的当下。”

土库曼军官期待着盯着他。

“你为你的妻子和孩子做了件好事。”雷拉格把福音书放在一边，转身走近土库曼军官，“我不单要释放你的妻子和孩子，还会给他们一笔宝藏里的珠宝，让他们过上好日子。”

“那真是太感谢您了。”土库曼军官惊喜道。

土库曼军官浑身突然一震，鲜血从口中涌出，锋利的冰川之刃已经穿透了他的胸膛，“你出卖自己的主人，还不顾妻子和孩子的生命妄图独吞宝藏，”雷拉格微笑的脸凑近他，“我答应你的妻子和孩子会过上好日子，没说包括你。”

① 13 世纪这本用黄金与红蓝宝石制成封面的福音书又到了西欧，是非常珍贵的拜占庭珍宝。

雷拉格割下了土库曼军官的头颅，回到了城镇广场，把头颅抛向那些正等待着他决定而惴惴不安的土库曼士兵们，“你们的财政官想独吞一笔财宝，出卖你们，出卖你们的妻子和孩子，他已经被我处决。”禁军首领宣布，“虽然努尔丁被你们放走了，但我很仍高兴能用宝藏来证实你们的忠诚，你们每个人的妻子与孩子都会被释放，还会得到一笔钱用来安新家，这个新家的位置会是在南部的莱迪西亚与北方的西诺普城附近，你们必须在那里种植庄稼，或者在帝国的管理下放牧，为此，你们要向皇帝交纳田地赋税，更重要的是，你们必须服从皇帝的兵役。”

土库曼人相互对视，虽然对于改变他们自由的游牧习气略有不满，但是换来金钱与家人的安全，这别无选择。

“这是个非常优厚的条件。”雷拉格顿了一顿，有意望了一眼土库曼军官血肉模糊的头颅，“也是不可置疑的条件。”

“我们需要给这些反复无常的土库曼人这么好的待遇吗？”罗曼诺夫提出异议。

“皇帝陛下最需要的就是兵员，特别是平时种植，战时出征的兵员，”雷拉格把罗曼诺夫拉离人群，“曼努埃尔自己就一直在缓慢的做着这种事情，皇帝陛下在1167年胜利后[②]大量使用匈牙利战俘成为农兵。也许他想逐步恢复帝国辉煌时期的兵员制度。这会是皇帝想做的，我们得做一些事情做补偿，别忘了努尔丁刚从我们的手心里跑掉。”

“那么，这批宝藏也……”罗曼诺夫不甘心的转头望着身后废弃的教堂。

② 这指的是1167年瑟尔米乌姆拜占庭帝国对匈牙利王国的大胜，胜利之后曼努埃尔将大量匈牙利战俘变为农兵。

"是的，"雷拉格打断了他，随即又友善地拍拍罗曼诺夫的肩膀，"这样的机会多的是，更何况，皇帝陛下还会封赏我们。"他压低声音，"如果我们把这些财宝分给北欧兄弟们向北逃命，那么，一支普通的土库曼游牧部落就会要了我们的命，北欧卫队也会身败名裂。"

"你说的对，都听你的。"罗曼诺夫赶紧说。

曼努埃尔与曼西姆斯大步走进阿摩里阿姆的市政厅，胜利让伤势未愈的皇帝依旧神采奕奕。他首先从雷拉格手中郑重地接过黄金与红蓝宝石封面的福音书，把他交到身后的泽诺斯大主教手中。

皇帝已经在广场外看见了那些对雷拉格恐惧得俯首帖耳的土库曼士兵，也视察了罗曼诺夫和他的新锐二千北欧战士，他显然吃惊于雷拉格的号召力，曼努埃尔之前还一直以为北方军团的实力不足，所以才日夜兼程赶到阿摩里阿姆。皇帝拍了拍雷拉格的肩膀，并向其他人淡淡的挥了挥手，示意他们三人要独自谈话。

"即使杀死或俘获努尔丁这个名义上的大塞尔柱领袖，他们也会重新再塑造一个，"曼努埃尔望了一眼南方，"而且现在并不只有努尔丁才能担当穆斯林世界的领袖。"③

"所以这批宝藏，再加上曼德尔河谷战役所得要比抓住努尔丁更有用，我欠教堂的钱，战争胜利后我可以把黄金全部还给圣索菲大教堂，不然我根本不敢返回君士坦丁堡的圣宫。"曼努埃尔半开玩笑地说。

"宝藏的另一项用途就是巨大的军费，"曼努埃尔自嘲地笑了一声，

③ 这里暗指南部埃及已经崛起的萨拉丁。

“从军队的战斗力而言，我们的军队并不比巴西尔大帝时代的军队差，精锐部队与雇佣军的战斗力都是出色的，可是巴西尔大帝的军队主力来自农兵，同样的军费可造就出比我多得多的动员力量，更不用说那个时候帝国的财富要比现在充裕十倍。”

“现在当务之急是增加本国优秀军人的数量，”曼西姆斯说，“增加本国重装步兵与重装骑兵是首选，这样就可以适当减少雇佣军的开支。”东线司令官望了一眼雷拉格给了他一个微笑，“请不要介意，我从未把北欧卫队当成雇佣军。”

“您说的我非常赞同，”雷拉格严肃地望着曼西姆斯，“我们现在最需要的是重装骑兵，陛下已经在重骑兵的建设上花费了大量精力，决不能半途而废，北欧卫队的规模不应再继续扩大。”

曼努埃尔的嘴角露出一丝笑容。

“北欧卫队是直接被皇帝领导的禁卫步兵，”曼努埃尔对雷拉格说，“需要他们的皇帝为他们做点什么？”

“新加入北欧卫队进行训练与装备更换的经费。”雷拉格看了一眼曼西姆斯。

“这个要求非常合理，另外，我非常赞赏雷拉格在阿摩里阿姆的政策，”曼努埃尔慈爱地望着雷拉格，“争取土库曼人对帝国的支持，使他们成为农兵，这件事情做的非常好！当我们的农兵质量与数量达到一定程度之后，帝国整个的军事与经济运转都会走上复兴之路。”

“可以继续加快农兵的安置吗？”雷拉格疑惑道。

“那会影响贵族军官们的利益，”曼努埃尔叹了口气，“花钱好过被敌人消灭，在这个危机四伏的时代，我总不能一个人来抵御帝国来自四面的危险，我依然要依靠贵族军官。”皇帝不经意瞟了一眼远处正与部下谈话的约翰维塔斯。

“我们在曼德尔河谷的胜利缴获了几万突厥士兵的装备，其中有千件以上宫廷骑兵昂贵的重铠甲，这段时间突厥人在曼德尔河谷平原以南的劫掠也全部被收回。”曼西姆斯微笑着望着雷拉格，“但这些所得与雷拉格司令官在阿摩里阿姆城所得相比，最多也只能持平。”

“那是我运气好。”雷拉格谦虚地说。

“这是他的运气。”曼努埃尔看了雷拉格一眼，“但攻克特拉柏森与毁灭巴夏的突厥北方军团不是运气，是才能，就和曼西姆斯在曼德尔河谷的大胜一样。”

“曼德尔河谷的胜利无以伦比，”雷拉格脸上露出灿烂的微笑，“听说艾里克在战役中也大出风头，真希望能早点见到他。”

“这大块头的体力可真算得上是完全透支了，”曼西姆斯抿嘴微笑，一想到巨人艾里克东线司令官就充满了喜爱，“我让他与下辖的北欧卫队和阿拉玛诺战士休整几天，你们很快就能碰面。”

“有你们在我的身边，”曼努埃尔拉住了雷拉格与曼西姆斯的手，眼中闪烁着希望之光，“我就看见了帝国明天的希望。”皇帝又想到了什么，“索菲娅现在在哪儿？”

“马匹有限，”雷拉格不好意思地说，“她和泰勒斯在奥拉多姆与萨亚斯的骑兵保护下也正在赶往这里。”

“特拉柏森城堡现在是新总督斯塔姆在负责喽？”皇帝问道，“你对这个北欧同乡似乎很放心嘛。”

“曼德尔河谷战役胜利结束后他就是这么让人放心。”雷拉格看了一眼曼西姆斯微笑着说道。

曼努埃尔哈哈大笑。

“我正好也在这里逗留几天，也许还会去瞧瞧南部莱迪西亚城的爱神阿芙洛狄忒神庙④，”皇帝突然微笑着望着雷拉格的眼睛，“泽诺斯大主教则要一个月后才会返回君士坦丁堡，介意我和他在那儿主持你与索菲娅的婚礼吗？”

经历无数战火的洗礼与地震的造访，公元一世纪建成的阿芙洛狄忒神庙已经残破，但这并不影响神庙中雕刻令人惊叹的美。巨大的科林斯式石柱下，早春傍晚懒洋洋的阳光透过笔直的白杨树，在索菲娅赤裸白皙的背部蒙上一层淡淡的金色。军情处副处长柔软而丰满的乳房紧紧贴住雷拉格的胸膛。

“现在你就是神庙中的阿芙洛狄忒女神。”雷拉格温柔地拨开索菲娅的长卷发，哈哈一笑，“明天才是我们的婚礼，也许现在提醒对我俩来说都有点迟。”

“真是令人陶醉，”索菲娅微微眯起眼睛，“你不知道我一向喜欢在正餐前偷尝甜品？”

“女外交官，黑海向导，会好几种语言，”雷拉格微笑着双手搂住索菲娅光滑的臀部，“还有伪装大师，我在想，军情处还会教你什么我不知道的？”

“你不知道的还多着呐。”索菲娅的身体又纠缠了上来。

“我以圣父、圣子与圣灵的名义，给上帝的男女仆人——雷拉格、

④ 古城莱迪西亚附近不远处就是著名的阿佛洛狄西亚卫城，正是以希腊神话中美神阿芙洛狄忒而命名，显然这里会有美神的神庙，只可惜由于多次地震在罗马时代就成为遗址，不过，这是著名的度假区，除了美神神庙遗址，附近还有棉花堡、大竞技场、大剧场、希拉波利斯遗址等多处壮观的景色。

索菲娅戴冠，”阿摩里阿姆教堂内，泽诺斯大主教手捧花环放在雷拉格与索菲娅的肩膀上，“所以上帝配合的，人不能分开。”主教微笑着看了一眼喜气洋洋的雷拉格与索菲娅，“交换戒指后你们可以共饮葡萄酒了。”

萨亚斯刚在宴会上得知自己已经成为新的骑兵统帅，并在马其顿获得了自己的领地，他紧紧拥抱着索菲娅，“我的姐姐出嫁了，”亚美尼亚人兴奋地说，“而且还是嫁给我帝国中最敬佩的人，今天真是太令我高兴了。”

“你是我最好的战友，也是这个家庭中永远的一员。”雷拉格也紧紧拥抱萨亚斯，“永远的弟弟。”

宴会中的美食竟然没有调动起泰勒斯的兴趣，他的样子显得郁郁寡欢，“从今往后，帝国中唯一支持我希腊火计划的雷拉格就会被索菲娅的美貌所控制，看来我将永远生活在军情处的阴影中。”泰勒斯自言自语嘟囔着。

听了这话，一身丝绸白裙，容光焕发的索菲娅转身快乐地用手指敲了泰勒斯的头一下。并从餐盘里捏起一个布丁塞在他的嘴里。

艾里克穿了件特大号的长礼服，礼服下摆直际地面，他是今天的男傧相。

曼西姆斯不安地望了一眼盛装且自得的艾里克，“我还是习惯你穿盔甲的样子。”艾里克哈哈大笑。

“也许我以后我也会得到一个东正教式的婚礼，但是现在，我还不想被婚姻所束缚，”朱里奥骑士望着欢乐的人群满不在乎的说，“即便如此我还是要祝福他们。”

“那是因为你还没在君士坦丁堡的美貌淑女中挑选一位来约束你。”曼努埃尔皇帝在一边说道，他意味深长地望着正在共饮葡萄酒的新郎与新娘，“有时候婚姻既是约束，也是恩典。”

酒量过人的艾里克饮下了一杯又一杯，红润的脸上泛起的笑意仿佛他才是今天幸运的新郎，“今天是帝国胜利的日子，也是我两个最好朋友的婚礼，祝福他们！祝福他们！”

从前年的冬天开始，从遥远的丹麦海泽比至君士坦丁堡，再从特拉柏森至阿摩里阿姆，雷拉格就未睡过一个安稳觉，饮酒与精神的完全放松很快让他倒向婚床进入了梦乡。

但索菲娅没有睡，她披上睡衣，轻轻关上了卧室房门，必要的时候她走路可以像猫一样悄无声息，当她来到空无一人的客厅时，昏暗的灯光下，一个皮肤黝黑的中年男人正端坐在椅子上等她。

一把飞刀从黑暗中急速飞向男人，牢牢钉在他耳边的墙壁上，但中年男子连身体都没挪动一下，“你的准头越来越好了。”男人笑道。

“这都是跟你学的，军情处长塔洛斯，或者叫你的化名迪亚斯？”索菲娅顿了一顿，“老师。”

“如果雷拉格把我错当做你的情人对我可太不利了，他会用冰川之刃把我一切两半，”塔洛斯把墙壁上的飞刀拔下在手中玩弄着，饶有兴致地望了一眼朦胧睡衣下索菲娅丰满妖娆的身体，“也许恰当的时候我应该让雷拉格知道我只喜欢年轻漂亮的男人。”

“他应该感谢你。”索菲娅走近塔洛斯，“如果不是你的表演特拉柏森之战不会这么精彩。”

“你也应该感谢我。”塔洛斯冲索菲娅一笑，“这么年轻就任军情处副处长可是绝无仅有。”

“在我的新婚之夜要求报答？”索菲娅坐在了塔洛斯对面，饶有兴趣地望着他。

“不是报答而是任务。”塔洛斯从怀中掏出一个小药瓶递给索菲娅。

但索菲娅没有接，她冷冷地看着他，“你怎么知道我会执行这个任务？”

“没错，现在陛下非常需要雷拉格。”塔洛斯点点头，把药瓶放在一边，“但你应该也知道，奥拉多姆与罗曼诺夫，雷拉格的北欧卫队力量已经在战役结束后大为增加，土库曼人也因恐惧对他臣服，“黑海之龙”的称号已经在特拉柏森以南的土库曼部落中流传开。

“萨亚斯的阿兰骑兵与来自特拉柏森的弓箭手也会听命于他。更不用说早就忠诚于雷拉格的艾里克，只有斯塔姆会是个变数，雷拉格的威望与科穆宁家族的血统一定会让曼努埃尔的继承者如坐针毡。”

“那关我什么事，我不关心继承者的想法。”索菲娅冷冷地说。

“可是如果陛下也如坐针毡呢？”塔洛斯反问，“因为我不是代表自己，更不效忠于皇后或者她那年轻的孩子。我效忠陛下。在必要的时间消灭一个威胁继承人地位的竞争者很可能是陛下的选择。”

“我却这么看，”索菲娅脸上鄙夷的讽刺很难掩饰了，“你已经找到了曼努埃尔死后你想得到的位置。”

“好吧，打开天窗说亮话，”塔洛斯恳切地望着索菲娅，“英勇无敌的陛下已经年迈，更换继承者是早晚的事，我虽然可以说，安条克皇后不是我的主人，曼努埃尔才是，但如果一些事情提前发生，我希望你能有一个正确的选择。”

“这不可能，”索菲娅阴沉的脸说道，“雷拉格是我的丈夫。”

“也是你的盟友。”塔洛斯帮她把话说完，并压低了嗓音，“如果不得已发生了这些事，我是说万一发生，我会预先让皇后消失作为对你的报答，但你也必须完成任务。”

索菲娅翠绿的眼睛盯着地面。

“皇帝的手可以借助我伸向北方的诺夫哥罗德城。”塔洛斯补充道。

“这算是威胁吗？”索菲娅抬起脸弓起下巴，“母亲曾经是陛下的最爱。”

“我只是皇帝陛下意志的延伸，”塔洛斯叹了口气，“对他来说，男女情爱恐怕不能影响决策。”

“你依旧是我最好的学生，”塔洛斯站起身，“动乱的生活我已经过够了，也许在皇位更替之后我就会提前退休，军情处处长之位非你莫属。”处长给了索菲娅最后一个微笑离开，“请收好这个小瓶。”

拜占庭

The blood of Byzantine hero

英雄血脉

Chapter 33

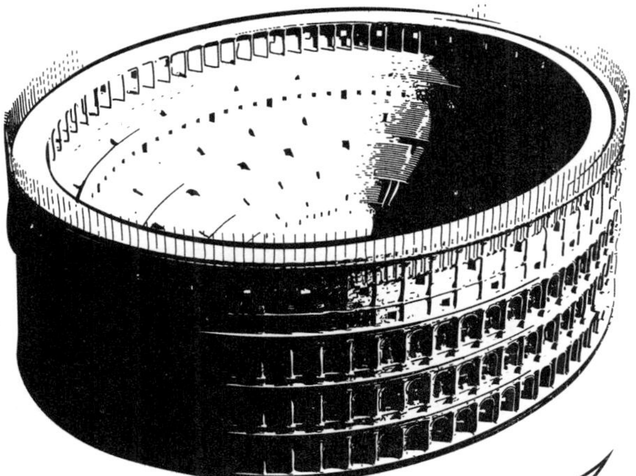

与努尔丁的高大身材不同，萨拉丁的身形纤瘦许多，举止更显现出优雅而不是力量，加之短而细的漂亮胡须，不清楚真相的人很容易把他当成一个穆斯林学者而不是军事领袖。

皇帝的目光转向了萨拉丁带着红宝石的手指，萨拉丁的手虽然修长，但关节粗大，手掌虎口处清晰的磨痕证实着这位客人对于弯刀或长剑的熟练。

浅黄色城墙的摩苏尔城堡坐落在东方巨城巴克达西北，努尔丁只有回到这他最信赖的据点之后，狂跳的心才得以舒缓。他已经离开东方太久了。

西部科尼亚处于安全考虑只能交给亚尔斯兰的儿子凯霍斯鲁管理，但这个继承者的忠诚度在当前形势下很成问题。一部分哈萨辛伴随他左右应该可以保证年轻的苏丹不会脱离自己的控制，自己留守在科尼亚的伊克塔重装弓骑兵部队被用来抵挡住东罗马帝国的新攻势。

他还必须做些什么，不然科尼亚的失守依然只是个时间问题。

努尔丁望了一眼身旁寸步不离的的塔莉亚，“你的功劳我不会忘记，”他挤出一个微笑长长舒了口气，“从今天起执行暗杀与战场任务的管辖权都集中在你手里，”努尔丁顿了一顿，“以及一些巴格达附近水草丰美的牧场。”

“主人，”塔莉亚犹豫着上前一步，“也许我们应该设法与罗马人谈判。”

努尔丁的微笑僵硬在脸上，他等待着塔莉亚下文。

“曼努埃尔最想要的城市是安条克，”塔莉亚望着城堡石窗外的天空，“这是他祖父，他父亲加上他三代人的愿望，他做梦都想，只是由于我们的进攻他才被迫向安条克公国提出盟约。如果我们和曼努埃尔签订一个条约的话，东罗马帝国就会转向进攻安条克。”

“你怎么知道曼努埃尔不会继续进攻科尼亚？”努尔丁冷笑一声，“收复小亚细亚不也是他们祖孙三人的希望吗？”

“没错，但科尼亚城堡要比安条克城坚固得多而且粮食充足，”塔莉亚说，“攻克科尼亚需要大量攻城器械，而密列奥赛法隆战役中罗马人损失了所有的设备，他们在二年之内不可能攻克科尼亚。

“但安条克不一样，曼努埃尔既然能从医院骑士团里策反俗家骑士与他们的军队，说明他在那里颇有支持者，夺取安条克同样诱惑巨大，而且更容易！”

“对我们来说，圣城不是安条克，更不是君士坦丁堡。”塔莉亚灰色的瞳孔散发着恳切的光芒，“圣城是耶路撒冷，真正最能使我们被伊斯兰民众支持的是夺取这个城市！您曾经的部将，埃及的萨拉丁早已垂涎这个城市，他只是因为在蒙吉萨败于鲍德温四世才暂时休整，不久就会卷土重来。

“我们应该和罗马人签订条约从而继续进攻安条克公国最终夺取耶路撒冷，您的威望就会全部恢复甚至比过去更甚。”

“我不需要靠夺取耶路撒冷来增加威望，”努尔丁冷冷地打断她，“别忘了，我是努尔丁，努尔丁·马哈茂德，穆斯林世界的领袖，”领袖盯着塔莉亚的眼睛强调道，“如果我与东罗马帝国签订条约，西部新苏丹凯霍斯鲁①会因我与罗马人的和约为由号召当地的穆斯林反对我，从而像萨拉丁一样摆脱我的掌握。整个小亚细亚就会脱离我的控制。以前凯霍斯鲁与他的父亲都没这个胆量，但曼德尔河谷战役后很可能会得到。”

“但是，耶路撒冷就……”塔莉亚仍不甘心。

“耶路撒冷暂时不在考虑之列，我理解你对这个城市的态度，但国家政策不由个人感情因素决定，”努尔丁再次打断了塔莉亚，“你已经统帅了所有哈萨辛，但不表示你还兼任我的谋臣，”领袖淡淡地一挥手，“长途跋涉让你过分劳累，去休息吧。”

① 凯霍斯鲁：这里指的是凯霍斯鲁一世，是亚尔斯兰的儿子。

塔莉亚还想说什么，但最终闭上了嘴唇，她深深地叹了口气，鞠了一躬后转身离去。

哈萨辛首领离去后，一个使臣模样打扮的人立即走进了努尔丁的议事厅。

“你现在就起程去安条克公国，”努尔丁嘱咐来人，“记得不要直接去见博希蒙德公爵，先去找吉奥或罗杰伯爵。他们知道该怎么做。”

“别再犹豫了，我们别无选择。”在打发掉努尔丁的使臣后，吉奥伯爵催促他，“曼努埃尔在曼德尔河谷大胜，下一步就是对付我们！”

“我们把从罗马人夺走的阿达纳城还给曼努埃尔？”罗杰提出一个妥协的设想，“让他安心进攻突厥人的科尼亚城。”

“别傻了，”吉奥翻着眼睛，“阿达纳城只会是曼努埃尔的借口而已，他在密列奥赛法隆法隆战役中失去了大量攻城器械，也许攻不下坚固的科尼亚，但却可以趁机对付我们！”

“也出于曼努埃尔对我俩的私人恩怨，我们必定会首当其冲。”想到这里吉奥的冷汗直冒。

“那我们该怎么办？”罗杰求助式地看着吉奥，“按你说的和帝国开战，博希蒙德公爵不会同意的！”

“我有办法让博希蒙德公爵不得不开战，”吉奥咬着牙，“还记得阿达纳城里我们扣留的帝国战俘吗？我们就这么办，事后我们向博希蒙德公爵请罪好了。”

一缕邪恶而兴奋的笑容弥漫在罗杰脸上，“我想我会喜欢你的计划。”

“我在罗马教皇那里有朋友，他们对曼努埃尔策动朱里奥的俗家骑士叛逃非常愤怒，已经命令医院骑士团军团长罗贝尔带领精锐的骑士攻击东罗马帝国加以报复，那些骑士可全是万夫不当的勇士。再加上公国的军队足够了。罗马人毕竟在曼德尔河谷战役中也损失不小，他们不会是骑士们的对手。”

“我们说不定还能从帝国身上挖到更多的肉。”罗杰与吉奥对视大笑起来。

安条克使者怀着憎恶的表情瞥了一眼自己随从背负着的数个大包裹，忐忑不安地望着端坐在阿摩里阿姆城议事厅中间长椅上的曼努埃尔，皇帝的身边站着曼西姆斯与雷拉格，索菲娅也陪坐在一旁，再加上其他的东线将领，这个小亚细亚南部小城从未集中过这么多炙手可热的人物。

“我送的东西不代表我的观点，”使者结结巴巴地说，“我认为吉奥伯爵这样做是完全错误的。”

“他派遣你来这里肯定不是说这些话。”曼努埃尔哼了一声，“打开你的包裹吧。”

使者的随从解开了包裹，里面散落开全是被切下来的人手掌，血液已经发黑，肉已经呈腐烂的趋势，幸好天气尚冷没有发出恶臭。

在四周一片惊呼声中，曼努埃尔神情自若，“这是些什么？”

“是阿达纳城的一百名帝国战俘的右手，吉奥伯爵与罗杰伯爵是因朱里奥骑士的叛逃进行报复。”

“无耻而残忍的安条克畜生！”朱里奥怔了一怔，怒火升到了头顶，“应该杀掉吉奥与罗杰这两个该下地狱的魔鬼！”

“把他们使者和随从的人头寄回去！这就是罗马人的回答！”重骑兵统帅约翰维塔斯瞪视着使者。

使者和随从们惊恐地望着四周愤怒并要把他们撕成碎片的人群。

“你们的礼物我已经收下了。”曼努埃尔镇定的挥挥手，制止住人群中激愤的声音，“这算是吉奥公爵和罗杰的礼物吗？”

“是的。”使者心惊胆战的回答道。

“那好，给博希蒙德公爵带个信，”曼努埃尔对他说，“如果他严惩吉奥与罗杰，我将不会向他开战。记好我说的话了吗？”

“记好了。”使者为自己捡了一条性命而暗自侥幸。

“那就回去吧。”曼努埃尔点点头。

“你们为了自己的利益，竟敢擅自替我做出决定？”安条克城宫殿内博希蒙德公爵冲着吉奥与罗杰大吼道，“你们将以叛国罪被处决！”

四周的公爵卫兵立刻亮出了明晃晃的武器，把他俩围在中间。

“我们是为了公国的利益！”吉奥大喊道。

“你竟然还说是为了公国的利益？”博希蒙德咆哮，“你把我卷入了战争！”

“在合适的时间加入战争！”吉奥大叫，“努尔丁已经派出使者，正在和您商议延续奥伦特斯河协定吧？突厥人与安条克公国继续保持现有疆界！”

“那和这件事有他妈的什么关系？”

“努尔丁在战争中折兵损将，他当前不会擅自撕毁协定，”吉奥喘着气说道，“曼努埃尔的大军在曼德尔河谷的胜利也损失颇重，加上去年他在密列奥赛法隆战役中的失败，东罗马帝国不可能这么快就恢复元气！更何况他还要防备突厥人在科尼亚的军队，这是我们向西方进军，控制小亚细亚东部的大好时机！”

“教皇本人对朱里奥骑士叛逃非常愤怒，”吉奥打出了王牌，“他命令驻扎在骑士堡的罗贝尔带领医院骑士团出征，我们可以借助医院骑士团这股强大的力量攻取小亚细亚东部，那时候再迫使帝国与我们签订合约！”

“从此东罗马帝国就再也不是安条克公国的宗主国，我们可以随意驱逐他们东正教的牧首，”吉奥望了一眼神情渐渐缓和的公爵，“在适当的机会我们还可以向努尔丁开战，战胜之后就连耶路撒冷王国也得听从我们调遣。”

安条克使者离开后，阿摩里阿姆市政厅一片哗然，大家纷纷不满皇帝对此事的轻描淡写，曼努埃尔仍端坐在长椅上，狡黠而明亮的目光环视着大家的神情，皇帝右肘弯曲轻轻托着脸颊，左手中指却有节奏地敲击着长椅另一边的扶手。

“陛下为什么对他们的使者这么客气？”朱里奥叫道，“吉奥与罗杰这两只下贱的畜生肯定会因我们的绥靖政策而趁机继续西进！。”

“博希蒙德这个老狐狸不会去惩罚吉奥与罗杰！”约翰维塔斯缓慢地说，“他会认为我们软弱可欺。”

曼努埃尔左手中指的敲击节奏随着大家愤懑情绪的升级而愈来愈快，皇帝突然爆发出仰天大笑。

大家纷纷不解地望着大笑的曼努埃尔，只有雷拉格，曼西姆斯与索菲娅露出了微笑。

“首先我要向美丽的索菲娅道歉，”曼努埃尔站起身看了一眼坐在一旁的索菲娅。又望了一眼雷拉格，“我占用了新人们的蜜月时间！来！展示一下这几个月辛苦付出的成果。”

“我和索菲娅度蜜月的阿芙洛狄忒神庙以北，”雷拉格望了一眼坐在对面的索菲娅，碧绿色的双瞳正充满爱意地望着他，“是古罗马帝国于公元一世纪建立的大角斗场②，在我眼里则是个绝好的训练场！我和奥拉多姆在那里训练了新加入的罗曼诺夫北欧卫队，这些经验丰富的诺夫哥罗德战士通过一个月时间就熟悉了新战术，更何况，”雷拉格友好的看了一眼曼西姆斯，“东线总司令官在北欧卫队训练方法上给了我许多有价值的建议。”

“我的盔甲工坊则提供了所有精良的复合重铠。”索菲娅调皮的提醒着丈夫。

“说成是英雄所见略同更确切。”曼西姆斯望着索菲娅一笑。

“在东线，除了我们本来拥有的二千北欧卫队与三千阿拉玛诺战士，雷拉格为帝国又增加了四千名北欧卫队，这是一支多么可怕的力量？”曼努埃尔向雷拉格慈爱地望了一眼，转身面对着索菲娅，“说说你那里的情况。”

“一切都在按计划进行，”索菲娅站起身朝皇帝鞠了一躬，“我安排情报人员在安卡拉与科尼亚制造一些小动乱，突厥人正人心惶惶的时候很有效，”索菲娅红润的嘴角向上一扬，“给他们一个曼西姆斯要带领大军继续围攻科尼亚甚至远征北部安卡拉的假象。”

“军情处掌握了安条克分布在君士坦丁堡的情报网，我们就可以像卖弄风情的贵妇一样随便扔给安条克人假消息。”索菲娅望着大家，用纤长的手指优雅地做了个丢手帕的动作，大家都笑了起来。

② 大竞技场建于公元前1世纪的古罗马共和国时代，可容纳3万名观众。长262米，宽59米，保存良好。是昔日举办田径、格斗和吹笛等比赛的场地。这个竞技场东罗马帝国时期已经停止使用了。

"曼德尔河谷战役刚刚结束，驻扎在安条克的情报人员就到处散布消息，夸大我们在此役的损失人数。安条克人会认为我们损失将近一万五千人。"说到这里她微笑地看了一眼曼西姆斯。

"我们的真实减员人数是，"曼西姆斯站起身环视着众将，"铁甲圣骑兵二百人，本国重装步兵四百人，阿拉玛诺剑士三百人，北欧卫队的损失仅在三十人以内，"东线总司令官遗憾地说，"弓箭手损失较重，步兵弓箭手伤亡在两千人以上，骑兵弓箭手也损失近一千五百人。

"步兵弓箭手的损失我们还可以承受，"曼努埃尔点点头，"更何况我还亲自训练了一批禁卫军弓箭手'马库斯卫队'。索菲娅在君士坦丁堡的盔甲工坊为他们打造的扎甲应该送到了，至于骑兵弓箭手，来自特拉柏森萨亚斯的阿兰骑兵可以补充塞西亚骑兵的损失。"

"我抢劫了几个月土库曼人，"雷拉格说，"没抢到几枚金币倒抢到数千匹战马，挑选出最强壮的几百匹，陛下应该会用得上。"

"我早就把这些算在内了，"曼努埃尔望着雷拉格，"君士坦丁堡新组建了一个联队的贵族骑兵，与一般贵族骑兵不同的是，这批骑兵全是由祖父与父亲当年南征北战的英雄遗孤组成，他们的战斗力与忠诚都可以信赖，至于他们的盔甲……"

皇帝瞥了一眼身边的索菲娅。

"我来负责。"索菲娅紧接着说。

"这笔买马的钱我会付给你。"曼努埃尔转身微笑着轻轻用拳头锤了一下雷拉格的胸膛，"但这是大宗买卖，必须有折扣。"

"就是不付给我钱，"雷拉格笑道，"我的战力与忠诚也可以信赖。"

皇帝大笑起来。

"还有个好消息是，"曼努埃尔补充，"我们的老将阿尔维斯，已经在西部的赛萨罗尼卡城组建了一个帝国轻枪骑兵纵队，也正在向这里赶来，”皇帝看了一眼曼西姆斯，“你现在已经是陆军总司令官了，希望对他的过去不要有什么成见。”

曼西姆斯点点头。

“另一件最重要的手帕，那就是，”索菲娅顿了一顿，带着由衷的敬佩望着曼努埃尔狡猾的脸，“皇帝陛下将于后天启程返回君士坦丁堡，亲自为圣索菲大教堂的十字架重塑黄金，并在曼德尔河谷大胜后检阅军队与给人民祝福。”

“事实上我哪也不去！”曼努埃尔大笑着仰视着议事厅的天花板，“我想，给大教堂贴金或者给人民撒圣水泽诺斯大主教一定会比我做的更好！至于检阅军队嘛！我倒是更愿意在安条克城内进行！”

众将的情绪被煽动起来，索菲娅抿嘴微笑，这让她想起前年于北地的克伦镇，那时候雷拉格对部下的那次演说。

“我们的力量比起曼德尔河谷战役前，并没有什么削弱，”朱里奥提问，“那我们为什么还要对吉奥与罗杰这两个可恶的凶手示弱呢？”

“因为我想把战场设在阿达纳城西面而不是安条克城附近，”曼努埃尔走向议事厅正中，众人都安静下来，“如果博希蒙德了解了我军的真实实力，他就会把军队龟缩在安条克城，再加上前来帮凶的医院骑士团，安条克城将极难攻克，而突厥人会让驻扎在科尼亚的军队骚扰我军后方。”

“但如果安条克军队从阿达纳城出发进攻我们，”曼努埃尔望着众将，“这些不利条件都将不复存在！我将集中兵力在平原上给予他们迎头痛击！你们有人问我为什么不割下使者的头颅报复，因为这不是我的报复，只有成千上万名背信弃义的十字军和他们首领的头颅才能平息我的怒火，只有夺取安条克城才是对被杀战俘们的安慰！”

朱里奥带着崇拜的神情凝望着曼努埃尔，这才是他要效忠的国王。

“既然博希蒙德想要战争，”拜占庭皇帝大吼一声，“开战！”

众将的吼声响彻大厅。

会议结束后，雷拉格与索菲娅留了下来，曼努埃尔拍了拍雷拉格的肩膀，“还记得你前往突袭特拉柏森城堡前，我们在君士坦丁堡金角湾沙滩共饮的时光吗？当对安条克的战争结束之时，我们会抱着不同的心情再痛饮一次。”

“为陛下效力是我的荣幸，”雷拉格不好意思的笑笑，但随即向皇帝提醒，“虽然索菲娅已经遣人在科尼亚制造混乱，但并不能保证突厥人不会从摩苏尔向我们用兵，总归我们还必须用一支军队来策应防范。”雷拉格说。

“所以我会让曼西姆斯带领他的普罗诺艾步兵与一个纵队步兵弓箭手驻扎在阿摩里阿姆防止这种事情发生。”皇帝说。

“还有，”雷拉格还存疑虑，“努尔丁不会从摩苏尔发兵支援安条克？毕竟，我们打胜了对他威胁更大。”

“不会。”曼努埃尔肯定地说，“因为我马上要见一个人，他是坐船来的，嗯，怎么说呢，非正式秘密会晤，你和索菲娅知道就可以了，这个人可以保证努尔丁再也没有精力对我们骚扰。”

“就在这儿？”雷拉格问。

“没错，就在这儿，”皇帝微笑着回答，“他的名字叫萨拉丁。”

阿摩里阿姆的教堂静寂的坐落在城西南，伴随它的只有环绕在四周松树林中大山雀们叽叽喳喳的鸣叫，鲜为造访的曼努埃尔与两名身披重铠的铁甲圣骑兵则在默默等待。十分钟后，两名身披鹅黄色披风，身材高大，目光入炬的埃及马穆鲁克护卫③出现在皇帝的视野，他们率先进入了空荡荡的教堂大门，在敏锐的观察了四周布置之后，他们谦卑地向旁边退去，给一身黑袍的萨拉丁让开路。

与努尔丁的高大身材不同，萨拉丁的身形纤瘦许多，举止更显现出优雅而不是力量，加之短而细的漂亮胡须，不清楚真相的人很容易把他当成一个穆斯林学者而不是军事领袖。

皇帝的目光转向了萨拉丁带着红宝石的手指，萨拉丁的手虽然修长，但关节粗大，手掌虎口处清晰的磨痕证实着这位客人对于弯刀或长剑的熟练。

曼努埃尔审视着面前小他十九岁的中年人深邃而优美的黑色眼睛，这根本不该是一个中年人的目光，尽管现在仍如流水般和蔼，但皇帝毫不怀疑，必要的时候这双眸子也能锐利到令最凶恶的对手胆寒。

“终于见面了，罗马人的‘战争皇帝’。”萨拉丁也同时在打量着曼努埃尔。

萨拉丁在教堂内缓缓转了个身，敏捷的目光略过礼拜堂上被供奉着的基督圣像，目光再次停留在拜占庭皇帝琢磨不定的脸上，“在你们的神面前欢迎我？”萨拉丁眼神中带着玩笑般的嘲讽，“欢迎一位真主最忠诚的仆人？”

“议事厅太招摇，那不会是您想要的，”曼努埃尔的目光也转向耶稣的圣像，又望了一眼萨拉丁，“我不认为我们仅仅是作为基督或是真主的仆人站在这，这种场合正是为不拘于形式并拥有宽厚胸怀的智者们准备的。”

③ 马穆鲁克原先由奴隶兵组成,后成为埃及作战的中坚力量,他们之后甚至还建立了自己的王朝。

萨拉丁紧盯着曼努埃尔的眼睛，嘴角露出一丝释然的微笑，“我喜欢智者间的对话。”

曼努埃尔微笑着做了一个邀请的手势。

“我了解到在君士坦丁堡的穆斯林依然可以自由的礼拜，公民权与其他民众一样受到保护，”萨拉丁继续说，“这让我认识到我们两个曾经敌对的人可以有在一张绒毯上谈话的可能。”

“我曾为耶路撒冷王国的士兵提供了攻击埃及的船只④，”曼努埃尔长长叹了口气，“现在我已经意识到这个错误了。”

“也许，”萨拉丁宽宏大量的说，“您急于想恢复东罗马帝国的疆土，回归巴西尔时代的盛况，埃及充裕的粮食产量会让您更快达成目标，您心仪帝国的黄金时代无可厚非，就像穆斯林的有识之士也同样希望伟大的阿拉伯帝国早一天回归。”

曼努埃尔苦涩地一笑，请萨拉丁坐在了礼拜堂新铺的绒毯上，自己则在礼拜堂上的长椅上就坐。

“现在的穆斯林世界，新月旗帜四分五裂，无数个互相攻打的埃米尔公国⑤都自称是真主最忠实的仆人，他们也许是，也许都不是。”萨拉丁朝曼努埃尔狡黠的一笑，“我同意你的看法，如果有一天，有人能够重整这一切，他必须首先得看清这一切，而不取决与他有多仇恨基督。宗教是一种巨大的力量，他应该了解方向并加以引导，而不是盲从。”

“这可不像是真主的仆人该说的话。”曼努埃尔调侃道。

④ 这里指的是 1169 年曼努埃尔一世与耶路撒冷王国联合进攻埃及，拜占庭帝国提供船只，后来作战失败。

⑤ 埃米尔公国的概念很像是西方的领主公国，其实整个阿拉伯帝国在公元 9 世纪之后就一直陷入各公国的分裂。

“如果信仰就是把思考与判断的权力直接交给神灵，那么信仰就等同于愚蠢，这起码不是一个国王该做的。”萨拉丁语气坚定地说。

“你说的可以重整这一切人，会不会是努尔丁？”曼努埃尔语气真挚，有意望了一眼萨拉丁。

“努尔丁发动了吉哈德圣战，”萨拉丁谨慎地说，“这让他曾经获得包括了小亚细亚在内广大穆斯林国家与民众的支持，而且从局势上看努尔丁在战胜安条克公国后与博希蒙德所签订的奥伦特斯河协定也对他有利，这让他可以尽情发动小亚细亚的大军进攻皇帝陛下您，也能更加便于控制小亚细亚的突厥人。”

“幸好我的运气还不算太差。”曼努埃尔自嘲的撇撇嘴。

“君士坦丁堡是世界上最富裕的城市，我相信无数贪婪的目光会对这座宝藏垂涎三尺，如果换作我也一样，”萨拉丁微笑道，“只不过我不会忘记，凡宝藏必然有强大的卫士守卫，您麾下的帝国军队恰好是最专业强悍的卫士。”

曼努埃尔点点头接受了萨拉丁的恭维，轻轻拍了拍手，立即有侍从送来一壶加入甘草与蜂蜜的薄荷茶。

“其实努尔丁在十五年前已经失去了重整这一切的机会，”萨拉丁决定把话挑明，“他与突厥人的奥伦特斯河协定表面上对他有利，但对于努尔丁本人，与不共戴天的异教徒签订和平条约无疑削弱了他的宗教光环，现在曼德尔河谷战役的失败只是让这一切蔓延开而已。

“在目标的选择上，他只看到了富裕的君士坦丁堡，而没有看到对于穆斯林更重要的瑰宝。”

“耶路撒冷。”曼努埃尔轻轻抿了一口杯中的薄荷茶。

曼努埃尔略带不安的看了萨拉丁一眼，皱起了眉头，站起身徘徊在礼拜堂，“东罗马帝国是安条克公国与耶路撒冷王国的宗主国。”皇帝提醒埃及统治者。

“这两个仆从国，特别是安条克公国一有机会就进犯陛下的城市与领土，”萨拉丁微微摇首，“伟大的帝国该拥有更具备信誉与实力的盟友。”

“盟友会吞并我的两个仆从国吗？”曼努埃尔瞟了一眼萨拉丁。

“只是其中之一，”萨拉丁纠正道，“我理解安条克对于帝国的意义，就如同耶路撒冷对于穆斯林的意义一样。”

“安条克古城历来是帝国的领土，为了这座城市罗马人已经与波斯人、阿拉伯人、突厥人争夺了半个世纪以上，”皇帝看了一眼萨拉丁的微笑叹了口气，“对于耶路撒冷则没有要求。”

“我送您一个礼物吧，”萨拉丁压低了声音，“我会从大马士革进军。接管努尔丁领地边缘的霍姆斯城⑥，当然，我依然是以努尔丁的部将名义进行此次行动。”

“霍姆斯是努尔丁城市，”曼努埃尔斜着眼睛望了一眼萨拉丁，“你不担心触怒你曾经的主人？”

“这不是您想看见的吗？而且霍姆斯的民众现在知道应该效忠谁。”萨拉丁淡淡地说，“触怒努尔丁在预料之中，我已经充分做好了准备。”

曼努埃尔长久着打量着萨拉丁，现在轮到萨拉丁低头饮茶了。

“你觉得努尔丁更恨谁？你，还是我？”曼努埃尔嘴角现出一丝嘲讽，打量萨拉丁镇定的神情。

“努尔丁已经三次招我回摩苏尔，”萨拉丁缓缓抬起头，“我几乎

⑥ 就是现代叙利亚的霍姆斯城，位于西部，是重要的交通枢纽与农业中心。

能感觉到哈萨辛们的刀锋。”

曼努埃尔哈哈大笑，俯下身体，盘腿与萨拉丁面对面坐在绒毯上。

“除了不介入耶路撒冷王国与您的争端外，”曼努埃尔笑容可掬，“您的礼物应该需要帝国更慷慨的交换吧。”

萨拉丁轻轻闭起眼睛。

“我原来以为耶路撒冷王国并不太难对付，”萨拉丁呼吸变得沉重，回忆起蒙吉萨战役中惨痛的一幕，“可那位患了麻风病的少年国王亲自带领千余耶路撒冷宫廷卫队与圣殿骑士，竟然大破我的三万大军，其中包括六千名马穆鲁克精锐骑兵。”

“英勇的少年国王的死期已经不远了。⑦”曼努埃尔提醒他。

“但我不能只被动的等待！我的军队并不是只用来对付耶路撒冷！”萨拉丁眼中冒出一闪而逝的杀气，语气迅速恢复平静，“蒙吉萨战役让我发现了我最大的危险，马穆鲁克骑兵长期进行沙漠战斗，过于依赖马术与弓箭，忽视了近战，特别是盔甲的保护，面对耶路撒冷的弩手射击时马匹中箭就人仰马翻，面对耶路撒冷骑士冲锋竟溃不成军。”

“马甲会让你的骑兵不再畏惧这些弓弩手。”曼努埃尔说。

“可是沙漠地带，”萨拉丁为难的说，“我不可能让他们的马匹披挂像你的铁甲圣骑兵一样厚重的马铠。”

“你可以给马匹披挂毡甲，”曼努埃尔说，“这对防御弓箭非常有效，还不会太增加骑兵们的负重，金属的部分可以由我国来负责。”

萨拉丁思索了一会，“您提供了我训练一支可以与耶路撒冷骑士匹

⑦ 还记得《天国王朝》英年早逝的麻风病国王吧？

敌的马穆鲁克重装骑兵的想法。”

“如果你想要重装骑兵，就让他们抛弃弯刀，”曼努埃尔摊开双手，“他们应该使用能穿透装甲的战斧或钉锤，我的铁甲圣骑兵一直是这么做的，相信一个老骑兵的话吧。”

“还需要贵国为我的马穆鲁克提供优良的装甲，”萨拉丁点点头，“包括训练一支精锐的马穆鲁克的重步兵，用来攻城掠地弥补埃及军队攻坚战的不足，这支军队我是以你们北欧卫队为蓝本设计的。”

“北欧人身材壮硕，”曼努埃尔提醒他，“长柄战斧，短柄战斧，飞斧，大盾，双层重甲，对于沙漠地带的埃及步兵负重太高了。”

“所以我的计划是只保留长柄战斧与优良铠甲。”萨拉丁紧接着说，“我还需要贵国为我提供优秀的步兵训练导师。”

“马铠金属、重装骑兵与步兵的装备，训练导师。”曼努埃尔替他总结了一下，“要求不少啊，金属与装备就通过贸易渠道直接交易吧，你派人操作，训练师则要秘密前往，我会给他穆斯林名字。”曼努埃尔轻轻摇头，“我不希望罗马教皇知道太多给我增加麻烦，毕竟，埃及是穆斯林的国家。”

“我也一样，”萨拉丁露出意味深长的微笑，“我能区分帝国信仰的上帝与罗马教廷里信仰的上帝，也能区分帝国军队与十字军的目的。这两者的区别就像水与沙一样巨大，但不是所有穆斯林都能分清楚这一点，他们会认为我与贵国结盟是一种对信仰的背叛，所以，”萨拉丁做了个否定的手势，“在我夺得圣城耶路撒冷之前，我们之间不会有任何书面的盟约，我们从未见过面。”

说完，萨拉丁站起身向曼努埃尔点头致意，转身带着两个马穆鲁克侍卫离开。

身穿白色长裙的奈菲尔在骑士堡南部的旷野上登高遥望，远处人与马匹纷乱的吵杂声预示着医院骑士团正在组织一支强大的军队，姑娘皱着眉头盯着数以千记沉重的锁子甲与镶着白色十字架的黑色披风，微微叹了口气，不安地转身看了安德鲁瓦一眼。

“他们会要求你也参战吗？”奈菲尔担心地询问。

“会，他们当然会，”安德鲁瓦肯定的说，“没有我的话，圣墓守护者，这支最强大的医院骑士团重装步兵不会听从他们的命令，但罗贝尔了解我的意愿，他不会逼我。”

“你很多骑士团的同僚都将参加与东罗马帝国的战争。”奈菲尔说。

“他们已经把我除名了，所以我不再是他们的同僚，”安德鲁瓦走近奈菲尔，充满爱意地抚摸着姑娘的长发，“我只想和你过平静的生活。”

奈菲尔满足地把娇小的身躯埋在安德鲁瓦的怀抱中。

“就算我不在这里，你也不要去参战。”奈菲尔紧紧地拥抱着他。

“我不会再去参加这种虚伪的‘圣战’了。”安德鲁瓦叹了口气，“十字军东征的时候把伊斯兰人称为异教徒，现在又把与我们同样信奉基督的东罗马人也叫作异教徒，以前是窥伺耶路撒冷穆斯林的黄金，现在又在贪图东罗马帝国在小亚细亚东南部的城市。十字军只会做一种事，就是用信仰神灵的借口来行这个世界上最无耻与卑劣之事。”

“朱利奥听说在东罗马皇帝那里颇受赏识。”奈菲尔说。

“这也是我不会参战的原因，”安德鲁瓦有些伤感，“我可不想在战场上与我的亲兄弟为敌。希望他在那里一切都好，”安德鲁瓦望了一眼奈菲尔，顿了一顿，“我不是没想过与他一起前往君士坦丁堡，只是那样的话罗贝尔一定会对我失望，”安德鲁瓦眼神中第一次出现恐惧，“我也害怕证明我来到东方一切都是错的。”

“可你确实是在保护着这里，”奈菲尔抚摸着安德鲁瓦浓密的头发，“无论别的骑士在做什么，你都在坚持自己的信念，你是我心中的英雄。

是真正的骑士。”

“谢谢你，奈菲尔，你真是上天赐给我最好的礼物。”安德鲁瓦拥抱着奈菲尔离开，“我和其他圣墓守护者已经一起发过誓言，除非为了保卫城市，我们绝不会再挥舞利剑。”

“这次骑士团与安条克军队的联合出征能取胜么？”奈菲尔问，“看起来他们集结了相当强大的军队。”

“连医院骑士团的主帅卫队都出动了。”安德鲁瓦哼了一声，“他们是趁东罗马帝国与突厥人在曼德尔河谷刚结束大战后出兵，享有主动权，”安德鲁瓦最后望了一眼骑士堡集结的军队，“但我见过曼努埃尔，他一定会让博希蒙德和骑士团大吃一惊的。”

索菲娅扫了一眼包裹着自己深红与金黄相间的华贵丝绸长袍，哈，我的公开身份仍是外交官嘛。她回首环顾着身后身材丰腴容貌出众的女士们和一群陪伴在这些美人身边英俊秀美的小伙子。当然现在他们都拥有真实或虚拟的贵族身份，出使安条克公国的精致马车已经为所有人准备好。

从博希蒙德公爵娶了曼努埃尔的侄女开始，帝国与安条克公国的宫廷之间就开始了各式各样的联谊。只不过，在战争已经爆发之际，双方这样的娱乐可不多见。

对于她带领的这个奇怪的使团，博希蒙德公爵会怎么想？东罗马帝国企图求和？索菲娅红润的嘴角露出一丝不易察觉的微笑。

他最好这么想。

关于《拜占庭英雄血脉》

陈志强

不久前，我突然收到一封来自王勇的信件，感到十分诧异，因为我并不认识这位同志。

令我感到诧异的还在于他以龙语者为笔名发表了小说，书名叫做《拜占庭英雄血脉》。后来的几封信使我对他有了些了解，因为热爱拜占庭历史与文化而自学专研，有了许多心得，并以小说的形式集结出版。

这确实令我感动，故为小说写序言，因为我通常既不请人为自己的书写序言，也不给其他人的作品写序言，除了自己的博士生出书外。我深知，每个人从事的研究都是独特的，其他人未必了解其中的奥秘，所以写出来的序言十之八九是褒奖有加而空洞无物，或者词不达意地评论上两句，貌似懂行实则外行。而我除了为王勇的热情而感动，也对他描写的这段历史有些研究，对其中的人物也有些了解。但我这里不想就此多说，只是想就王勇撰写涉及拜占庭故事的小说这件事说两句感想。

拜占庭历史与文化博大精深，长期以来受到世人的关注，自15、16世纪，欧洲的文化人就开始对其文明、文化、文物、文献感兴趣。起初这批有闲阶级在沙龙里谈论拜占庭宫廷秘史，在古旧市场把玩拜占庭金币，在教堂里膜拜拜占庭圣像，在书斋里研读拜占庭文献。后来他们发现，在欧洲地中海世界中古时代，拜占庭帝国像一个巨大的文化宝藏，里面有取之不尽用之不竭的珍稀宝贝。学术研究特别是历史研究循迹追踪，专门找那些古物古书堆积的地方，而拜占庭帝国就是这样的场所，这个号称仅次于中国的天下第二大古籍大国满足着学者的渴求。特别是在近现代的欧洲，这个数百年前就已经被异教的奥斯曼土耳其人灭亡的帝国笼罩着的神秘感，更激起了他们无尽的遐想。在追求时髦的帝王君主贵族富商支持下，学者们的研究逐渐揭开了这个神秘帝国的面纱，一个曾经无限辉煌的千年帝国出现在人们眼前。那个富丽堂皇的帝国京城就像梦幻中的城堡，让多少人为之神魂颠倒，也令他们惊讶万分。惊喜伴随着求知的欲望，拜占庭历史与文化研究从此长盛不衰，至今是国际热门学问，拜占庭学俨然是国际学界最大的分支之一，每当国际历史科学大会召开的时候，人们都会惊讶地看到拜占庭圆桌人丁最为兴旺。我国的拜占庭研究起步虽晚却起点颇高，发展迅速，从30年前我们只能找到一本从俄文翻译过来的拜占庭简史，到今天相关中文书籍多达40余种；从过去几十年发表的论文不足40篇，到今天每年发表的论文超过40篇；从昔日没有专门的研究者到今天专业队伍达到近百人；从学府课堂上没有拜占庭课程到今天

在多所大学建立了从本科到博士的完整培养机制。我们由衷地感到高兴，我国拜占庭学正在快速发展。

王勇（龙语者）的这本书从另一个侧面证明了我国拜占庭历史与文化知识的扩展，他不仅热爱拜占庭的故事，更亲身参加到了我国拜占庭学发展的活动中。我历来认为，人类的知识不应该只是局限在学者中，更应该普及到百姓中，拜占庭的故事也不应该仅仅是学者在象牙塔里欣赏的传闻，还应该是平常人茶余饭后的谈资。一个古老的文明蕴藏着多少人类的智慧，哪怕它是异国他乡的产物，哪怕它是宫廷阴谋的诡计，哪怕它是隐士留下的只言片语。拜占庭的故事有着无穷的乐趣，等待着像王勇一样的作者去共同开放，提供给我们的人民。我们有着共同的目标和爱好，我们都在为拜占庭历史知识的发掘与普及在努力工作。

我虽然还没有细致地读完王勇这本书，但是我的感觉是他并不外行，在许多重大事件和人物的描写上，他有自己独到的创作，反映出他在研读相关历史事件中的感受和心得。就小说的写作而言，确有其困难之处。不仅是因为我们生活在遥远的东方，并不特别了解这个博斯普鲁斯海峡上的帝国生活的细节。更由于这个中古帝国已经消失了500多年，我们不十分清楚那个时代那个地方的人所思所想。而历史文献留给我们的只是零散片面的记载，其传达的真实生活信息非常有限，大到皇宫建筑的柱廊和皇帝宝座的高台，小到皇子公主们所穿袜子的颜色和皇家痰盂的型号，还有宫廷礼仪中跪拜大礼是如何具体举行的，是屈身下跪还是匍匐在地，他们日常吃什么饭菜喝什么汤，怎样吃喝，等等，等等，都是作家需要掌握的。小说嘛，就应该从细节入手，描写才能真实，创作的形象才能鲜活。我们希望这样的困难能够逐步得到克服，使得像《拜占庭英雄血脉》这样的文学作品更接近那些古代的生活。

王勇的探索非常有趣。首先是他的兴趣本身十分有趣，他以一个作者的身份能够关注这个陌生的古代国度，肯定是兴趣使然。我在南开大学校园里已经快40年了，但我并非从一开始就对拜占庭史感兴趣。说来可笑，我们这一代人习惯于服从组织安排，当初就是教育部一个指令，我就放下自己钟爱的专业，前往希腊学习希腊语和拜占庭史。随着学习的深入，我越发喜欢上了这个专业，因为那个逝去的大帝国有太多神奇秘事吸引着我。后来，我的半辈子都与这个古老的“新娘”相伴，“我们的生活”也有滋有味的，至今我还乐此不疲。我猜想，王勇也一定是被拜占庭帝国的神奇魅力所吸引，而兴趣是追求的最大动力，就此而言我非常欣赏王勇，希望他在自己的人生之路上、跟着兴趣走，让自己的精神世界充实，也带给读者愉快和知识。

2014年仲夏夜于南开园

拜占庭英雄血脉

The blood of Byzantine hero

匈牙利王国
The kingdom of Hungary
拜占庭帝国
Byzantine Empi
1180
底拉乌姆
Dyrrachium
塞萨罗尼卡
Thessalonica
爱琴海
Mediterranean Sea
克里特岛
Crete

黑海
Black Sea
君士坦丁堡
Constantinoplo
特拉伯森
Trebizond
安卡拉
Ancyra
尼西亚
Nicaea
突厥罗姆苏丹国
Sultanate of Rum
曼德尔河谷平原
Meander Valley
科尼亚
Iconium
阿达纳
Adaba
安条克公国
Principality of Antioch
安条克
Antioch
塞浦路斯岛
Cyprus

Contents

目录

Chapter 34

别着山羊的假耳，戴着三颗松果的头冠，一个外貌秀美，身材修长的希腊青年伪装成酒神萨提洛斯在一群安条克贵妇的尖叫声中褪去长袍。他上身赤裸，手握外表涂满油脂滑溜溜的装满酒的皮囊在女人群中起舞，女人们羞怯却无法克制地去抚摸他脊背上的肌肤。

议事厅中，安条克所谓的贵族与名媛淑女们窃窃私语，怀着不同的情感环视着大厅正中镇定自若的索菲娅与她不合时宜的使团。男人们直勾勾的眼神环绕着她高挑曼妙的身材，女人们则对她粉肩毕露，红黄相间的华贵拜占庭丝绸长袍嫉恨到了极点——这使得她们平素艰难伪装的淑女形象完全湮灭在索菲娅光彩的阴影之下，该死的拜占庭荡妇！

博希蒙德充满疑惑的扫了一眼使团成员，不仅仅是索菲娅，她所带领的使者特别是女人们的脸上都有公国妇女相形见绌的气质——她们是受过学院教育的女人，这和只受过教会教育的安条克女人完全不同。

这是短暂的和平时期帝国与安条克公国常有的联谊，一般会伴随着友好的交谈，美食和盛大的舞会，某些时候还会有些令女人们脸红心跳的即兴节目，但显然不应该是安条克军队与医院骑士团的战旗正向小亚细亚推进的时候。

“您的美貌使安条克城蓬荜生辉，”博希蒙德极其谦虚的回答，但随即露出一个狡猾的笑容，“但如果是商谈和谈事宜的话，我就非常抱歉了，吉奥与罗杰的大军已经出发了，罗贝尔带领着的医院骑士团也已经从骑士堡启程，无数重骑兵的盔甲闪闪发光，旗帜林立，我简直望不到边际。”

博希蒙德顿了一下，想看看这番恐吓对美丽的女特使造成什么影响，但索菲娅的表情完全没有变化。

“我不想与贵国发生任何冲突，我可以控制自己的骑士不参于战争，”博希蒙德转换策略，“可我不像你们的曼努埃尔皇帝对国家拥有百分之百的控制力，我很遗憾，但公国就是这样。我阻挡不了吉奥与罗杰伯爵，你应该知道他们对帝国有成见，我改变不了他们的想法，更阻止不了医院骑士团的骑士军团，这可是教皇的愤怒！我只不过是罗马教皇的棋子而已呐。”

索菲娅让自己带着一种外行式的恍惚表情理解的点点头，其实她早就知道博希蒙德的骑士有一半参与了出征，如果没有他的点头，吉奥与罗杰连个屁都不会放，至于医院骑士团的出征和所谓教皇的愤怒，一定会充分考虑博希蒙德的意见，他们的后勤将完全依赖安条克公国。

“其实我对国家事务一窍不通，”索菲娅为难的说，脸上甚至还泛起娇羞的红晕，“我只负责宫廷交际这一块，还有几天就是四月份的酒神节①，按照惯例您的王公贵族们会和我国的使节一起庆祝。”

“异教徒的节日②。”一个貌似虔诚的安条克教士嘟囔道。

“信奉上帝并不妨碍我们的其他节日，”索菲娅反驳道，“我记得几年前无论是在君士坦丁堡还是安条克，公国参与酒神节都是非常有兴趣的。”

她说是安条克公国唯帝国马首是瞻的时候。

“皇帝陛下这次可是为公爵带来了最美味的樱桃酒和梅干葡萄酒！”索菲娅向后挥了挥手，一些仆人把酒桶扛了过来，“我只是在履行两国的礼仪而已，请公爵大人和先生女士们能一起参加这个古老的节日。”索菲娅优雅地向博希蒙德行了个礼。

博希蒙德还是摸不准对方的意图，利用美酒节来做出一种讲和的姿态，同时又保护了皇帝陛下的颜面，暂时看起来是这样，他眼睛紧紧地盯着索菲娅碧绿的眸子，想从中看出什么但一无所获，最后他放弃了。

公爵微微低点点头。

“感谢公爵大人，”索菲娅充满感激地鞠了个躬，她转身面对着贵族与斜着眼睛望着她的女人们，双眼放出兴奋的光芒，“这次的酒神节将会有一个特别的节目，假面舞会！”索菲娅的眼神中露出柔媚的神情，

① 酒神节：是为古希腊罗马神话中酒神萨提洛斯举行的一种神秘而狂野的节日。

② 拜占庭帝国的主流宗教是基督教，因此很多原先的古希腊罗马节日不会作为宗教庆典来举办，但依然作为文化民俗保留。

从贵族们的脸上一一略过，“绝对不会令大家失望。”

这次倒是安条克的女人们眼中露出感兴趣的神情。

等索菲娅与他的使团和群臣们一起退下，博希蒙德才找来一个等候在外面的人。“盯着这个女人，整个的美酒节她去哪你就去哪，看看她到底玩什么花样。”

安条克城宫殿南方的大草坪上，酒神节上所有的人都带着精致的假面具。

别着山羊的假耳，戴着三颗松果的头冠，一个外貌秀美、身材修长的希腊青年伪装成酒神萨提洛斯在一群安条克贵妇的尖叫声中褪去长袍。他上身赤裸，手握外表涂满油脂，滑溜溜的装满酒的皮囊，在女人群中起舞，女人们羞怯却无法克制地去抚摸他脊背上的肌肤。

酒神节是狂乱而放纵的节日，安条克的贵族们一个个躺倒在梅干酒桶和樱桃酒桶旁边，而侍女们正不停地给他们的酒杯里斟满，接着另一些身披长袍带着假面具的青年男子出现了，他们优雅地邀请安条克的女人们一同跳舞。

一个身披军人披风的安条克贵族把满满一大杯樱桃酒一饮而尽，“那么有什么为我们准备的吗？”他快乐的大喊道。

灯火突然暗了下来。

二个身材差不多高挑带着假面具的美丽女郎像精灵一样同时出现在酒神节上，左边的是黑发，乔装成时序女神③的模样，右边棕色头发的的

③ 在希腊神话中时序女神 (Horae) 是主神宙斯和法律女神忒弥斯的女儿，是法律与律法的女神。

显然是索菲娅，她依然披着露肩的红黄相间的丝绸长袍，头戴着花环，但令人想不到的是，她迈着性感的步伐走向女人群中，包围在女人们敌视的目光中，努着嘴冲伪装成酒神的青年人勾了勾手指。

乔装成酒神的青年人离开了女人们的包围，忽然搂住了索菲娅的腰，索菲娅的丝绸长袍则随着她身体的转动而飘舞，然后散落在地，除一层吹弹可破的白色丝绸薄纱外，索菲娅几乎一丝不挂，她白皙而健美的躯体暴露在所有人面前，自己竟然扮演一位山林水泽仙女！这可让安条克人大开了眼界，他们可从没见过这样的使者。

又一群头戴花环的山林水泽仙女出现在人群中，她们投入男人们的怀抱，半醉的安条克人哈哈大笑搂住这些喷香的躯体，有的甚至等不及去剥这些仙女薄如蝉翼的白色长袍。

迷乱中一个安条克人也抱着一个假面仙女，他也假意一杯接着一杯痛饮葡萄酒，实际上他的酒全都偷偷地倒在地上，不过，如此混乱，大家都在忙着自己的好事，根本没人注意他。最后他狠狠地吻了一下怀里仙女的嘴唇，在歌舞声与浪笑声中离开了宫殿。

宫殿门外一个身披斗篷的人正在等待，他看见安条克人走进，掀起了斗篷。

他正是博希蒙德公爵。

博希蒙德不经意地向宫殿里一瞥，“这个罗马女人真是豪放的不简单呢，不像个贵族，倒像是个妓女，”他露出一丝嘲弄的微笑，“简直可以与查士丁尼的狄奥多拉④相提并论了。”公爵自言自语了几句转向

④ 狄奥多拉皇后：拜占庭帝国查士丁尼大帝的皇后，因之前皇后的出身卑微，甚至当过裸体驯熊师，靠出卖色相出名而饱受大臣非议，但之后证明作为查士丁尼最称职的内助，某些危机之际的决断力甚至超越大帝。

安条克人，“现在里面情况如何？”

“现在的问题是，这个狂乱的酒神节把我们的女人也快变成妓女啦，”安条克人说道，“更别说您的军官在美酒面前倒了一地。”

“看来这正是东罗马皇帝想看见的。”博希蒙德的嘴角露出微笑。

“您的意思是？”

“这是曼努埃尔着急派出这个奇怪使团的原因，”博希蒙德说，“他不是个轻易和谈的人，他也并不想与我和谈，只是想用这些个放荡的女人们争取时间，只需要两周，他就又能从西部向这里调动大量军队，而这两周我的军官都将在宿醉与女人的怀抱中度过。”

“那您为什么还让你的军官去参加美酒节呢？”安条克人疑问道。

“因为我向索菲娅使节虚报了这些人的军衔和姓名，”博希蒙德眼中闪烁着得意，“这些人实际上都只是安条克城内卫戍部队的小队长，都是以骑士的身份参与美酒节，而真正的骑士们已经在与医院骑士团一起出征的路上，如果她想陪着这些人狂欢两周，那就来好了。”

安条克人不禁赞同公爵敏锐的观察力，突然他想起公爵的话有个漏洞，并不是所有出征的公国高级军官都已经出发，比如乔瑟林伯爵的军队就是明天清晨才出发，不过既然乔瑟林根本就没有参加美酒节，所以，这当然不是什么重要的事。

费力的舞蹈与美酒的作用让索菲娅瘫倒在地上。身旁的酒神已经去与其他安条克女人共舞了，索菲娅棕色长发散乱，疲惫的女人似乎还不满足，对侍女发出一声低沉而性感的命令，“酒。”

黑发的侍女望了四周，酒已经喝得差不多了，她要去马厩后方的仓库里去取，剩下的存酒都放在那里，其他的侍女已经取了三次了，侍女应声走出宫殿，并望了门口的卫兵一眼。

侍女走进马厩后的仓库，她再出现之时身上的白袍已经换成了黑色的夜行衣，面具已经丢弃，碧绿色的眸子显现出来，她才是真正的索菲娅，染了黑发的索菲娅。她敏锐的望了一眼周遭的动静，心里祈祷着两件事：扮成酒神的英俊青年能控制住安条克的女人们并吸引所有人的注意力，而那个身材与自己相仿的棕发姑娘别太醉而自己摘掉了面具。

他们都是军情处精心培养的人，不会出差错。

索菲娅长吸了一口气，向离马厩不远的一处豪宅跑去，那正是乔瑟林伯爵的家。

乔瑟林伯爵换了一件睡衣回到自己的房间，这是他在安条克城睡的最后一个安稳觉，战士的剑对准错误的方向，政治家被迫参战，这都是最令人厌恶的事情。而当他打开房门，发现一身黑衣的索菲娅正如修长的山猫那样倚在窗边等他。

伯爵差一点就要去拿剑喊卫兵了，一声低沉而温和的女声挡住他，“不用紧张，伯爵，我可不是刺客。”

“客人一般不会走窗户进房间，”乔瑟林伯爵还是把剑抓在了手中，并大胆地向女人走了一步，“你是帝国的特使？我在议事厅见过你。你现在应该主持那个不合时宜的酒神节才对。”

伯爵走向窗前，望了一眼黑漆漆的街道，“我可不想你身后有博希蒙德的尾巴，如果有的话，”伯爵的语气中带着威胁，“我将不得不把你交给公爵大人以表示……”

“表示你的清白，”索菲娅微笑着帮他把话说完，“放心吧伯爵，在博希蒙德眼里，我还在那里主持放荡的酒神节呢。”

“我不知道你为什么要到这里来，甚至还冒着风险，”伯爵故作轻松的耸了耸肩，“无论你是想让我的部队在战场上倒戈，或者趁着今晚夜色谋杀或者绑架公爵，我的回答都是，不可能，如果是想让我劝公爵和谈，我也只能告诉你，我对公爵没这么大的影响力。”

索菲娅灵活的眼睛审视着乔瑟林伯爵的神情，尽管他显得很坦然，但他偶尔一露的沮丧与情绪低落还是没有逃过军情处副处长的眼睛，这位伯爵完全没有第二天出征立功扬名的意气风发嘛。

“你是帝国的老朋友，”索菲娅不紧不慢地说，“你不想与曼努埃尔开战，我们共同的对手应该是突厥人，博希蒙德伯爵的策略会给整个安条克公国带来灾难。”

“也许他的策略有些卑鄙，不过这不正是政治的本质吗？”伯爵努力让自己嘴角露出一丝占上风的微笑，“从利益上说，也许在这个时候攻击东罗马帝国的东南部对公国的扩张有利。”

“是嘛？”索菲娅格格笑道，“但如果帝国军队的损失人数是一个骗局呢？如果这反而会成为毁灭安条克与骑士团的机会呢？”

“我有情报……”

“你的情报是我制造的。”索菲娅的眼中冒出一丝光芒，“为的是引出安条克的军队。

乔瑟林伯爵全身的肌肉紧了紧，“我怎么知道你说的是实话？”

“如果你不相信，”索菲娅紧紧地盯着他，“完全可以带领你的军队加入博希蒙德那一边，只不过你和军队的死期就要到了，你们全都会在阿达纳城外尸横遍野，让乌鸦啄食。”

乔瑟林伯爵也紧紧盯住索菲娅的绿眼睛，想知道她是否只是虚张声势，最后他放弃了，瘫软在椅子上。

“我愿意相信这是真的，曼努埃尔的用兵颇具韬略，连无敌的努尔丁都不是他的对手，安条克人就更不用说了。除了与帝国的友谊，这也是我不愿意参战的另一个原因。”乔瑟林伯爵长长叹了口气，但语气又一转，“你就不怕我把你交给公爵？这样他会让大军撤退。你们的计策就得破产。”

“大军已经出发，他就算知道了也于事无补，吉奥伯爵与罗杰伯爵不是你的对头吗？他们如果知道消息的来源是你的话肯定会嗤之以鼻，”索菲娅自信地朝伯爵一笑，“如果你把我交给公爵，博希蒙德一定会每时每刻警惕你这个一直与帝国有来往的贵族，而且我相信吉奥与罗杰一定很乐意落井下石。”

乔瑟林望了一眼索菲娅，无力地低下头。

“你是帝国的朋友，皇帝陛下不会忘记，”索菲娅强调，“安条克在战争中的失败已经注定，”她走近伯爵低声说，“陛下同时也是慷慨的，帝国不会忘记朋友的帮助。”

“我可以在战场上不对安条克军队与骑士团施以援手。”乔瑟林想了一会保证。

“不，这还不够。”索菲娅说。

“我不能带领军队进攻安条克军队，”乔瑟林难以置信地望着索菲娅，“我毕竟也是天主的骑士！我向博希蒙德公爵发过誓的。”

索菲娅叹了口气，也许她想要的太多了，“好吧，陛下会记得你所做的一切，”她朝伯爵点点头，“那我也该离开了，博希蒙德真的不值得你效忠。”

“也许现在看起来是这样，”乔瑟林伯爵无奈的嘟囔道，“毕竟，我发过誓，除非自卫，绝不主动攻击博希蒙德公爵与他的军队。”

索菲娅本来打算离开，听见了伯爵的话全身微微一震，她缓缓转过身，嘴角间洋溢着胜利的微笑，“您刚才说什么？”

塔莉亚健美修长的身体闪进精致的大门，她不安地望着她的主人努尔丁背着双手，像牢笼里烦躁的狮子一样在摩苏尔城堡的卧室中踱来踱去，偶尔停顿就会用恨意的眼神望着南方。她知道所有的原因，这原因甚至让冷酷的哈萨辛女首领紧张——她不希望主人的情绪产生错误的命令。

“这个该死的叛徒！”努尔丁咆哮道，“如果不是我，他直到现在也只是一个卑贱的库尔德山民，也许只是穆斯林大军中一名不起眼炮灰！”努尔丁转身望了一眼塔莉亚，女人的神情表明她明白主人说的是谁，“可他现在竟然可以与我对抗，竟敢与我对抗，”努尔丁的目光中涌动着怒火，“你知道他在霍姆斯城都干了什么？”

“他带领马穆鲁克大军攻打霍姆斯？”塔莉亚疑问道，如果真是这样的话，这个人没有想象中这么难对付。

“恰恰相反！他只带了少量部队进入霍姆斯与南方的布斯拉⑤，可我的军队根本没有抵抗，他们直接投靠了他！知道为了这个他花了多少钱？五万第纳尔金币！五万！那是我的钱，那是他应该交给我的税金！”努尔丁吼道。

塔莉亚不安地望了一眼主人，叹了口气，虽然萨拉丁从未公开宣布与努尔丁决裂，但实际上早已势同水火，努尔丁总会有种不切实际的幻想，萨拉丁还是他十五年前的部下，而这位部下不敢与强大的主人对抗。

萨拉丁肯把五万第纳尔散给投奔他的人，他的慷慨程度在穆斯林世界的领袖中可是极其罕见，塔莉亚不禁打了个寒颤。

“你有新命令了。”努尔丁冷冷地说。

⑤ 布斯拉：古城，曾是古罗马阿拉伯省的首府，位于地中海和美索不达米亚之间，萨拉丁建立的阿尤布王朝将布斯拉著名的罗马剧院改造成防御要塞，至今罗马剧院都保存完好。

塔莉亚微微闭上眼睛，他祈祷命令千万别是她预料的那个。

“干掉他。”努尔丁一字一顿地说，“带最好的哈萨辛去，不惜一切代价。”

“主人，”塔莉亚低声说道，“我们还要对付正面的罗马人，安条克军队那里……”

“那里不用你操心，”努尔丁打断她，“安条克人和骑士团已经出发，让他们与曼努埃尔两败俱伤好了，萨拉丁才是我们最大的威胁，你现在的目标只有一个人。”

“也许现在暗杀他不是最好的时候，”塔莉亚小心地说道，“萨拉丁在民众中间威望极高，您是穆斯林领袖，如果攻击他就会影响人民对你的拥护。而且萨拉丁现在军事极盛，据说在开罗的阅兵式中出动了高达一百四十七个方阵。与他为敌的话，我们就等于与东罗马帝国和萨拉丁同时开战，安条克那里也是不安定因素，一旦我们处于劣势，卑鄙的十字军一定会在背后反咬我们。”

“正是因为萨拉丁的威望我们才要早点干掉他，”努尔丁盯着塔莉亚，“他是比十字军与罗马人更可怕的对手，只要干掉他埃及那边就会群龙无首，他们会投向他们真正的主人我的怀抱。”

“我们的哈萨辛在与东罗马帝国的交战中损失惨重，”塔莉亚徒劳地抬头望着努尔丁的眼睛，“应该休整他们……”

“我从你的眼睛中已经看见了畏惧，”努尔丁上前一步，语气不容置疑，“希望不要再看见背叛。”

这句话让塔莉亚别无选择，“我会带最出色的手下。”哈萨辛首领长长叹了口气。

塔莉亚骑乘在黑色骏马上飞驰，满怀心事的看了一眼这次他带领的副手：卡里姆与巴赫，她两名最得力的手下。卡里姆是巴格达人，密列奥赛法隆战役之前对努尔丁无礼的哈金就是被他抬手一击致命，他身穿短衣，身材不高，却拥有最快弯刀的美誉，他挥舞的弯刀甚至能砍中飞行的苍蝇，不仅如此，他飞檐走壁的绝活也是哈萨辛中的翘楚，一次暗杀任务的目标是高塔上的耶路撒冷主教，他甚至不用通过阶梯就移动到了主教大人的身旁，而主教大人的尸体上也只有喉咙中间一个血点。至今为止也没有人知道他是怎么办到的。

巴赫是德里人，他的瞳孔是橙黄色的，非常冰冷，嘴角总挂着瘆人的微笑，让看见他脸的人非常不安，他披着深灰色长袍，全身上下只有一个小布袋，没有任何武器，却显得比卡里姆还要自信。

塔莉亚的暗杀通常都伴随着周密的计划，这次也不例外，部署在霍姆斯城的耳目很快就把城市周遭的地形、城外萨拉丁的驻军与护卫人数通过飞鸽把最新消息传递给她。一旦她到达，所有人员都将就位制造各种混乱以保证计划顺利实施。

太阳的红色越来越深，黄昏将至，位于绿洲与沙漠交界处的霍姆斯城出现在塔莉亚一行人面前。

沙漠的凉风划过浓重的黑夜，趁着夜色割断守卫喉咙是塔莉亚的家常便饭，对于防范这位黑夜主人的潜入，埃及军队并不比拜占庭军队专业，塔莉亚又悄无声息地留下了十一具埃及士兵的尸体。与一般杀手不同，刺客女王杀戮的目标都是经过时间与位置的精心计算正好能为身后的卡里姆与巴赫开辟出一条数分钟没有守卫的通道。

萨拉丁没有带太多的军队，他以过人的气度与豪华的第纳尔金币征服了整个地区，现在霍姆斯的守将对萨拉丁几乎是佩服的五体投地，但埃及领袖数量过少的护卫也会危及自己的人身安全，而这正是塔莉亚要利用的。

夜色中的塔莉亚已经逐渐接近了萨拉丁的营帐，他们一共有六分半钟时间不会接触到内外巡逻的警卫。她警觉地环顾了一眼地形，萨拉丁休息的大帐被很多贴身护卫营帐紧紧包围，四周围满了目光如炬的马穆鲁克护卫。当然，他们必须直接面对这些，这是无法避免的。

塔莉亚向后做了个行动开始的手势，下面就是巴赫与卡里姆的表演时间，她自己则轻轻按了按锋利的眼镜蛇短剑，转瞬间消失在营帐附近一处不起眼的草丛里。

橙黄色眼珠的巴赫站起身，从腰间布袋抽出一根长笛，然后放到嘴边。

一阵悠扬的笛声，巴赫似乎毫不担心笛声会引来巡逻，二十秒过后，他脚边的沙土开始松动，伴随着一阵又一阵沙沙声与扬起的尘土，巴赫继续保持着笛声，沙土中的声响越来越大，而扬起的沙土似乎要笼罩巴赫整个的身体，这时笛声一变，整片飞扬的沙土突然一齐从沙地下方向萨拉丁的营帐涌了过去。

营帐中瞬间完全混乱，四处爆发出惊人的惨叫，包括正在睡觉与执勤的警卫，巴赫仍旧冷冷地站在那里吹着长笛，似乎这些根本与自己无关。

一个携带弯刀的警卫从营帐里冲了出来，他的脸上牢牢地钉着三只沙漠蝎，每只尾部的毒钩都深深地插进脸部的肌肉里，另一个狂叫着的警卫脚部刚被一条硕大的蝰蛇袭击，他一个跟头栽倒在沙地上，立即全身抽搐。

无数条毒蛇与蝎子在军营中乱爬，严整的军营立即乱作一团。

当混乱的警卫从营帐里冲出，埋伏在一个营帐外的卡里姆立即像狼一样扑了出来。

卡里姆冲进混乱的人群，雪亮的弯刀挥舞成一个白色的光环，人群中鲜血四溅，虽然警卫大都身披皮甲或鳞甲，但却没有防范喉部最紧要的致命点，警卫在卡里姆淋漓的攻击下纷纷倒地。

灵活的卡里姆忽然一个翻身跃起，越过了一群护卫们的头顶，他疾步飞奔，转眼间靠近了萨拉丁营中的居所，埃及领袖身边都是最精锐的马穆鲁克护卫，这些人身经百战，可不像那些普通警卫一样好对付，但对于武艺高强的卡里姆凌厉的攻击，马穆鲁克护卫也必须全力应对，他们向卡里姆围了上去。

这些马穆鲁克护卫的反应非常迅速，原因似乎不仅仅是训练有素。这让黑暗中观察的塔莉亚有些疑惑。

身披黑色长袍的萨拉丁出现了，他自己也抽出弯刀，在人群中指挥对刺客的反击。

目标已经出现，塔莉亚没有时间去思考这些次要问题了。

她先将两个点燃的“那法”陶瓶抛进了人群，四名马穆鲁克护卫身上立即燃起火焰，烧伤让他们急忙翻滚在地，其他护卫又要抵挡卡里姆的攻击，同时还要扑灭同伴身上的火焰，早已乱成一团。

塔莉亚像豹一样从黑暗中窜了出来，她疾跑中顺势抽出了锋利的眼镜蛇短剑，以惊人的速度越过了混乱的警卫，而卡里姆与燃烧的陶瓶几乎吸引了所有的马穆鲁克护卫的注意。萨拉丁敏锐的神经已经发觉危险来袭，尽管已经做出了灵活的躲闪，但为时已晚。

在所有猝不及防的马穆鲁克护卫惊叫声中，塔莉亚锋利的眼镜蛇短剑在血雾飞溅中刺进了萨拉丁的脸部。

“领袖受伤了！”

塔莉亚嘴角露出一丝微笑，真主已经把萨拉丁的命交到她的手心里了。

塔莉亚准备抽回短剑给予萨拉丁最后一击。

她吃惊的发现萨拉丁的右手掌闪电般地握住了她的手腕，让她的眼镜蛇短剑动弹不得，她从未见过一个受重伤的人会有这样的反应，哈萨辛首领从未感到过恐惧，但当她看见萨拉丁沾满鲜血的脸上那双冷静而沉稳的眼睛时，她颤抖了。

无奈之中她只能放弃眼镜蛇短剑，抽出自己的手，顺手撩起一把埃及士兵掉落在营帐中的弯刀，马穆鲁克护卫看见自己的主人如此神勇，应该性命无碍，纷纷挥刀向塔莉亚砍来。塔莉亚失去了她趁手的武器，战斗也不像往常这么自如了。

萨拉丁一只手抓住自己的长袍。猛的一撕扯下一角，麻利地包裹在自己的脸上，只露出双眼，似乎就像是在开罗宫殿中换衣一样自如，并拾起了刚才落地的弯刀。

埃及领袖在两个马穆鲁克的护卫下走出大帐，他先让所有的将士看见自己稳定军心，然后挥手指挥包围过来的士兵，把三名刺客包围得水泄不通。士兵看见自己的领袖仍安全，还在亲自指挥，立即奋勇上前，在人数的优势下卡里姆与巴赫无可奈何。拼命抵挡却越来越处于劣势。

萨拉丁又返回大帐，塔莉亚虽然武艺绝伦，但马穆鲁克护卫也都是千里挑一的勇士，群起攻击之下她只能挥舞着弯刀抵挡，很快她的弯刀在劈砍中断裂。

塔莉亚企图迅速撤出大帐，背后又堵上了埃及军人，正在哈萨辛首领无计可施之际，萨拉丁闪电般地挥出弯刀，架在了塔莉亚的脖颈上。

卡里姆与巴赫也很快被活捉。

萨拉丁挡住了要替他包扎的医生，先向士兵招了招手，把巴赫押了上来，埃及领袖敏锐的望了一眼巴赫橙黄色的眼睛与浓黑的头发，立即用极快的德里语对巴赫说：

“你是个与蝎子和蛇长期在一起的人，你的身上一定会有让你不被它们伤害的药，把药拿出来，告诉我们的医生该怎么用，我要你救活我那些被蛇蝎咬到的手下，如果你耍花招，我会让士兵把你身上的肉一片片割下来，直到三天后你才会死。”

巴赫无奈地用眼神瞄了一眼自己腰间的布袋，表示合作。

萨拉丁这才招手向自己的医生，让他来包扎自己脸上这条又深又长的伤口，并望了一眼被护卫们紧紧按住的塔莉亚，“我要亲自审问她。”

全身被捆绑的塔莉亚被两个马穆鲁克护卫推进萨拉丁的营帐，出乎士兵们的预料，萨拉丁命令给她松绑，这让塔莉亚也吃了一惊，她摸了摸刚才还被紧紧勒住的手腕，轻蔑地望了一眼面前端坐的萨拉丁，“刺客只有两种结局，成功或死亡，我不是将军，审问一个把您刺伤的刺客会得到什么有用的情报吗？”

“你不是将军，可比将军更有用，”萨拉丁露出一丝微笑，“如果我没弄错的话，你是努尔丁身边的哈萨辛首领，你曾经杀死过耶路撒冷王国的伯德与史密斯，他们可都是十字军公国的著名骑士，手上都沾满了穆斯林的鲜血。”

塔莉亚深灰色的眼睛略带惊奇的瞟了一眼萨拉丁，他的情报要比自己想象的多得多。这也让她想起五年前那个令她痛快之至的血祭之夜，女哈萨辛的嘴角不由得现出一丝微笑，“那已经是很多年前的事了。”

“但人民不会忘记，”萨拉丁强调道，“他们不会忘记是谁占领了圣城，并且肆无忌惮地屠杀真主的子民。也不会忘记那些为人民复仇的豪杰。”

塔莉亚想到幼年那彩色圆顶的家，妹妹奈菲尔，不幸惨死的大哥、父亲、母亲、祖母，一时沉默了。

“可你现在在做什么？”萨拉丁的口气中略带责备，“辅佐努尔丁进攻东罗马帝国？数万穆斯林在曼德尔河谷战役中血流成河，只为了取得他心仪的目标君士坦丁堡。错误的目标，错误的策略，也许这是亚尔斯兰应该做的，却不是努尔丁该做的，虽然他曾经是我的主人，但我也不得不说，”萨拉丁停顿了一下，“他辜负了所有穆斯林对他的期望。”

“可您呢？”塔莉亚不由得反驳，“只会用金币收买霍姆斯的守军来扩充您的土地么？”

“我拥有多少军队你很清楚，”萨拉丁和蔼地说，“如果我让他们进攻霍姆斯，这里一定会血流成河。”他顿了一顿，望着塔莉亚的眼睛，“可我不愿意再死穆斯林，三次十字军东征穆斯林已经死的够多了。”

“为了这个损失五万第纳尔？”塔莉亚不相信地说，“为了一些普通的穆斯林？”

萨拉丁的目光垂向地面，轻轻的声音饱含着微微的责备，“五万第纳尔会比人民的性命更重要吗？”

塔莉亚灰色的眸子突然定住了，她凝望着萨拉丁。

“而且，你知道我为什么要进军霍姆斯？”萨拉丁望着塔莉亚的眼睛，“霍姆斯、布斯拉与大马士革将连成一体，”埃及领袖顿了一顿，“这三个地区将是今后进军耶路撒冷最好的基地。”

塔莉亚的呼吸渐渐急促起来，她突然抬起头，“你不会杀我？”

“不杀。”萨拉丁微笑着摸了摸脸上已经包扎好的伤口，未来会在鼻梁与脸颊之间留下一道可怕的伤疤，他还开了玩笑，“如果我是个女人，也许就会杀了你。”

“我是来要你命的。”塔莉亚继续试探着，“如果你躲避的迟上半秒钟，或者我更用点力气的话，短剑就会插进你的头颅里。”

“那样的话，我的侍卫一定会杀了你，”萨拉丁不以为然的笑笑，“但是我还在这儿，所以我不会杀你。而且还会放你走。”

“我的两名手下……”

“他们可以与你一起走。”

“你的那些狂热的追随者没错，”塔莉亚下决心好好观察这个人，“你确实不是凡人。”

萨拉丁谦虚地笑了，“我是个凡人，一个一心想把耶路撒冷圣城重回真主怀抱的凡人。”

塔莉亚想到了什么，长长叹了口气，头也不回地走出大帐。

“你还忘了件东西。”萨拉丁叫住了他，塔莉亚回过头，埃及领袖把一件东西抛给了她，“希望你能用它对准正确的方向。”

那正是她刺进萨拉丁脸部的眼镜蛇短剑。

塔莉亚静静地看了萨拉丁很久才转身离开。

塔莉亚从离霍姆斯不远的一座光秃秃的高地顶端俯视着萨拉丁的军营，她身后的卡里姆与巴赫互相对视。三人对刺杀失败还能离开都有如梦初醒的感觉，失败的刺客意味着死亡，他们都不知道萨拉丁为什么要释放他们。塔莉亚不动声色地直立许久，忽然翻身上马，向萨拉丁的军营疾驶而去。

“你疯了吗？”卡里姆为塔莉亚突然的举动摸不着头脑。

塔莉亚勒住马，转身望着卡里姆与巴赫，“我们欠萨拉丁这个，”塔莉亚用食指指着自己的头颅，“我要还他人情。”

巴赫望了一眼卡里姆，“她说的对，如果不是萨拉丁宽宏大量，我们早都是死肉一堆了。”

但塔莉亚并不真的只是在想这条理由，她灰色的眼睛中闪耀着从不曾有的希望之光。

“您放走的那名刺客，她与他的手下又回来了。”一名埃及步兵有点忿忿地报告。

“把她当做我的客人，让他们在营中等待，”萨拉丁的表情仿佛他早就知道。埃及领袖转身返回了自己的大帐。

大帐中有个女人盘腿坐在地毯上，深棕色的卷发，高挑的身材，碧绿色的眼睛。一身红黄相间的拜占庭丝绸长袍，她对萨拉丁会意的一笑，仿佛在思索着什么。萨拉丁望了一眼女人，脸上一点也没有意外的表情。

“东罗马帝国出使安条克的人除了你全都直接返回了君士坦丁堡，而你只花了数天就从安条克城赶到了我这里，作为一个女人，真可算得上精力充沛啊，”萨拉丁的语气中流露着一丝丝的嘲讽，但很快就换上了关心的语气，“霍姆斯并不是个休息的好地方，但我还是劝你在这里再多休息几天。”

“刚才我还真是吓了一跳，我不知道哈萨辛会用毒蛇与蝎子当做武器。”索菲娅轻轻摇了摇头，“只有现在我才能感觉轻松点，”她担心地望了望萨拉丁脸上的伤势，“当年塔莉亚干掉帝国第一刺客尼塞卡的时候，军情处就盯上她了，现在她的行动都在监视之中，不过弄清她的身世可真是花了大功夫，从情报上来看她对于耶路撒冷的感情比一般穆斯林人都要强烈。我把这些透露给您，相信这能帮您大忙。”她看见萨拉丁轻轻的点了点头，又追问道，“这些情报的价值呢？”

萨拉丁的嘴角露出一丝微笑，“我会在东罗马帝国与安条克公国阿达纳城交战时送给你们意想不到的礼物。”

“那我也该返回帝国了，”索菲娅站起身，“我相信礼物的重要性。”

“你们会非常满意，”萨拉丁肯定地说，“现在我与努尔丁都在关注着阿达纳城外千军万马的一举一动。”

Chapter 35

曼努埃尔大吼一声，挥起沉重的钉头锤，重重地砸在最靠近妄想刺杀他的一名医院骑士头顶上，钉锤尖锐的棱角深深透过砸扁的头盔，嵌入进对手的头颅，橙黄色的脑浆立即和着艳红的鲜血从头盔顶碎裂处向空中喷射。铁甲圣骑兵也都抽出钉头锤，在挥舞之下令医院骑士们纷纷落马，这是能够击穿重铠甲最有利的武器，令骑士们的长剑相形见绌，混战中，铁甲圣骑兵一改冲锋时的颓势，反而把医院骑士团的阵型向后压了上去。

六十二岁的曼努埃尔·科穆宁倚着披挂沉重扎甲的坐骑，充满爱意地抚摸着皮肤如黑缎子般美丽的克拉斯重战马脊背，四周军士们的吼叫在他听起来像是君士坦丁堡大赛车场中观众的嘶喊，时间仿佛又回到了三十五年前，年轻健壮，身手敏捷，拥有“战士皇帝”美誉的他意气风发地跨上战马，在君士坦丁堡的骑枪大赛①中将来自意大利与法国那些不可一世的十字军骑士撞翻。所有欧洲人都惊异于这位皇帝的武艺与勇气。

是他改进了险些衰落的拜占庭铁甲圣骑兵战术，亲自带头学习西方骑兵优秀的站立式冲刺技术，使拜占庭重骑兵重新成为欧洲最令人畏惧的重骑兵②；是他大范围的训练征召特拉柏森人，使黑海之滨的猎户成为帝国最为倚仗的步兵弓箭手；是他扩大了塞西亚骑兵的规模，使帝国弓骑兵甚至可以与突厥人的骑弓手相匹敌。是他建立了一支强大的海军，把威尼斯这样强大的海上对手都拒之于爱琴海外。

可他已经六十二岁了。

曼努埃尔的身体已经大不如前，曼德尔河谷战役之后就高烧了好几天，他怀疑是自己肚子上仍隐隐作痛的匕首刀伤在作祟。曼西姆斯不止

① 拜占庭帝国虽然一直拥有强大的骑兵部队，但并没有骑士阶层，因此也就不会有骑士比武，但曼努埃尔一世皇帝引进了大量的西方文化，包括骑士比武，他本人就是个非常优秀的骑士，更重要的是这能借鉴西方骑兵的战术。

② 从十一世纪后期开始，西方骑士由诺曼骑士首先发起，改进了重骑兵的冲锋战术，创立了站立式冲锋技术，这个技术包括改进的骑枪，高桥马鞍等等，使得骑兵能发挥出比过去更强的冲击力。在1081年曼努埃尔的祖父阿历克塞一世的军队被诺曼骑士用这种冲锋战术击败，虽然也是由于当时帝国兵员质量急剧下滑所致，但站立式冲锋技术功不可没。

曼努埃尔一世则重新组建了自1071年消失的超重装铁甲圣骑兵，为了能对付西方骑士，他的重骑兵引进了西方的冲击战术，使得该骑兵继续统治重骑兵历史。

一次婉转地提出将前线军事指挥权再次暂时移交——就像曼德尔河谷战役前一样。但曼努埃尔没有答应。

因为这有关于安条克，他要自己来完成，君士坦丁堡加上安条克，多么令人陶醉的罗马帝国幻象。

皇帝身边七百五十名身穿三层装甲的皇家铁甲圣骑兵充分体现了“高度重装”的含义，棉甲、锁子甲、扎甲把重骑兵与他们的战马都武装到了牙齿，骑兵们旌旗招展，手持四米的长矛，炯炯有神的目光透出铁盔的缝隙直视前方。

军阵最前方是拜占庭人庞大的步兵弓箭手队列，中央是曼努埃尔最新训练的禁卫弓箭手“马库斯卫队”，他们身穿的双层铠甲可以在与敌弓弩手对射时减少大量伤亡，两侧则是大量轻装弓箭手，原本来自雷拉格北方军团那些没有盔甲的特拉柏森弓箭手现在也得到了头盔与皮甲。

朱里奥的拉丁骑士被布置在右翼后侧，他们似乎为这次战役做了服装上的充分准备，华丽的披风，骑枪都包裹了彩旗。似乎比帝国最重装的铁甲圣骑兵都要引人注目。

曼努埃尔长长舒了口气，强打精神翻身上马，回首凝视跟随自己身经百战的队伍，当他看见重步兵队伍中的雷拉格时，心情好了很多，似乎生病的躯体也没有那么难受了。

与曼努埃尔的忧郁相比，作为副司令官的雷拉格却踌躇满志，他紧握冰川之刃，全身黑色的双层扎甲铁片擦得锃亮。这是他在拜占庭军队中首次指挥这么庞大的重装步兵军团，这包括了六千名北欧卫队。三千名阿拉玛诺剑士，三千名名普罗诺艾重步兵与一万名持剑与持矛的重步兵。雷拉格看了一眼身边的巨人艾里克，为两人能再次携手作战而兴奋。

“可惜曼西姆斯在阿摩里阿姆警戒突厥人，”艾里克遗憾地撇撇嘴，

“不然这一定会是一场最精彩的聚会。”

雷拉格对艾里克这句话不置可否的转开脸，看见了右边人群中身背长柄战斧的奥拉多姆与手持重锤的罗曼诺夫，罗曼诺夫也望了一眼雷拉格，右手朝他做了张开五指的手势，雷拉格知道他满脑子都是一件事：安条克的总指挥吉奥伯爵与骑士团军团长罗贝尔的赏格是五千金币，这让“黑海之龙”不禁微笑着摇了摇头。

“咱们的骑兵数量不够。”身背长柄战斧的奥拉多姆走近雷拉格，砍杀骑兵极有经验的白发巨汉提出他的担忧，“没足够的骑兵保护我们，长矛手还不足以对抗他们，十字军的重甲骑兵一旦发起冲锋我们可就血肉横飞啦。”

雷拉格的嘴角闪现出一丝微笑，他用手指了一下拜占庭军阵最前列的二千名下马枪骑兵，他们被排列成长长的两列。

“阿尔维斯的部队？”艾里克望了一眼最前列下马枪骑兵的指挥官，他听说过这个将军的溃退导致密列奥塞法隆的被动，当然战役失败的责任不由他一人来负，但这依然会导致巨人的鄙视，“他怎么挡得住骑士们的冲锋？”

“他们当然挡不住，但这些下马骑兵的长矛可以延缓骑士的冲锋，这就够了，”雷拉格轻哼了一声，“阿尔维斯这个老滑头的军队总是干些迂回包抄的美事儿，也该碰碰硬仗了。”

“为什么不让他还干老本行？”艾里克问道。

“十字军的骑兵太多，”雷拉格扫视着对方军阵，“阿尔维斯的枪骑兵没有任何迂回的机会，还不如下马列成枪阵为中央阵线的安全做些贡献。”

白发巨汉奥拉多姆微叹了一口气，敌军重骑兵一旦发起冲锋这二千人必当首当其冲，但这样一来这些骑兵的脚步也会被他们的长矛粘上，雷拉格的北欧卫队与主力重装步兵就可以用战斧与钉锤让这些骑兵好看。可一想到这二千人的命运。他还是不安地望着雷拉格。

“可如果阿尔维斯直接就死在了阵中……”奥拉多姆有些担心皇帝对此事的看法。

“那我正好成全了这位老将的名节，”雷拉格惊愕的望了白发巨汉一眼，“他的子女会因为有一位死掉的英雄父亲而骄傲，而不是为一个在密列塞奥法隆大战中逃跑的败将父亲而终身羞耻，他年纪也大了，该为自己的子女做点好事。”

雷拉格完全不担心阵列最前方老将阿尔维斯对他抛来仇视的目光。对于他来说，保证大多数步兵在这次战役中生还与发挥战力才是最重要的，而且这条命令得到的是皇帝的支持。

拜占庭大军就这样等待着，直到远方传来高亢的号角声，地平线上十字军旗帜招展，安条克与医院骑士团的联合大军正昂首阔步进入战场。

吉奥对这场战役充满了信心，他们与医院骑士团的联合出兵使得他们的骑兵数量占有绝对优势，七千名骑兵，排山倒海的冲锋足以毁灭一切。使得对阵的拜占庭军阵中三千七百名骑兵显得捉襟见肘。安条克的普通骑兵身披沉重的锁子甲，手持骑枪与长剑，马匹不披甲以保证冲刺速度；精英骑士的马匹正前方披挂锁甲，骑士身穿的锁甲则比普通骑兵重上一倍。

安条克公国的骑兵就达到了五千人，更不用说还有二千名医院骑士团由罗贝尔指挥的那些训练有素，冲起锋来无人可挡的黑衣重装骑士。他们正骑乘着锁甲包裹的战马，左手持绣着白色十字架的鸢尾盾，右手持沉重骑枪骄傲的迈进战场。五百名围绕在罗贝尔身边的医院骑士团主帅卫队更是十字军骑士中无敌的精英，他们是那种让曼努埃尔的皇家铁甲圣骑兵都不敢小觑的力量。

为了保证战役的胜利，安条克人还出动了庞大数量的步兵。当然这些步兵的装备与训练程度与拜占庭人的步兵不能相比，但值得注意的是，医院骑士团支援的长矛军团，他们不同于安条克的普通步兵，这些手持刻着黑色十字巨盾与长矛的重装矛兵纪律严明，在队形齐整的情况下可以挡住任何重骑兵的冲锋。

但这也是令吉奥烦恼的地方，虽然安条克公国的军队数量多于医院骑士团，但这支大军的核心力量是由医院骑士团精锐的重骑兵与长矛手构成，罗贝尔还是名义上的总指挥，这大大削弱了吉奥的权力。

“需要注意‘圣墓守护者’的弟弟，”吉奥指着对方阵型侧后方的那些招摇的拉丁骑士说道，“朱里奥深得罗马人的器重，他们的位置是等待我军一拥而上之后从侧后发动冲锋，这些叛徒是敌军阵中冲锋最专业的骑兵。”

“你安排两个安条克精英骑士纵队压制朱里奥，”罗贝尔同意吉奥的意见，“虽然在东罗马军阵中拉丁骑士们比较特殊，但在十字军中，不过是一般的冲击型骑兵而已，两个精英纵队足够歼灭他们了。

“曼努埃尔的皇家铁甲圣骑兵卫队非常难对付，”罗贝尔继续说，“他在与匈牙利人的瑟尔米乌姆战役中使用了一千骑兵就把匈牙利骑士打得丢盔弃甲，我将亲自率领医院骑士团主帅卫队面对他们。”

这句话让吉奥嘴角露出了微笑，罗贝尔没有想象中这么自私，他决定得寸进尺，“那么医院骑士团就负责缠住曼努埃尔的骑兵，由我、罗杰、乔瑟林伯爵带领其他安条克骑士冲击罗马人的步兵阵，随后我们的步兵也一起跟上，歼灭他们被削弱的步兵。”

罗贝尔皱了皱眉头，吉奥一句话把最危险的事情扔给了医院骑士团，而安条克人去实现轻而易举的荣誉。但为大家能够彼此协同，军团长还是做了让步，“我同意，不过安条克的弩兵应该首先为我们的进攻提供掩护。”

只要让医院骑士团来面对曼努埃尔的铁甲圣骑兵，你想怎么样都行，吉奥暗暗想道。

安条克人全军开始向前，弩手们向最前方散开，而帝国军队依旧保持着他们的阵型，纹丝不动。

弩手们用尽力气把自己的弩箭搭在矢道上，向后拉开弓弦一齐瞄准帝国军阵。

“发射！”

一排弩矢齐刷刷地穿透空气平扑向拜占庭人的军阵，中央的禁卫弓箭手首当其冲，双层鳞甲也挡不住强弩的射击，立刻在惨叫声中翻倒一片，但训练有素的弓箭手们并不惊慌，他们迅速散开，并搭箭拉开了远程复合弓，曼努埃尔望向两翼，两边的特拉柏森人也齐刷刷拉开了弓弦。

“放箭！”

比安条克弩手猛烈多的漫天箭雨划破天际，倾倒在倒霉的安条克弩手们身上，中箭士兵的哀号声甚至让安条克弩手难以再维持射击阵型，比起安条克弩手，拜占庭人的弓箭手射速要高得多——一分钟可以射出十四支箭，而安条克弩手只能射出四支，更不用说安条克的弩手没有盔甲保护，四个纵队的拜占庭弓箭手齐射数次后，安条克弩手已经溃不成军。

曼努埃尔立即指挥二个纵队的特拉柏森弓箭手向前，另二个纵队保持射击，他的意图是让弓箭手可以直接射击躲在弩手后面的安条克骑士与医院骑士。罗贝尔立即做出反应，命令中央阵线有秩序地向后退，因为他发现拜占庭人的骑兵与步兵并没有跟上他们的弓箭手，罗贝尔希望自己的骑兵在敌人意想不到的情况下突袭对方弓箭手。

拜占庭人的弓箭手离开他们的主力越来越远，罗贝尔暗自欣喜，他已经命令徐徐后撤的医院骑士们做好反击准备，只要一声令下，医院骑士团的冲锋将不可阻挡，他们迅捷的速度也不会给拜占庭弓箭手任何反应时间。两个纵队的东罗马步兵弓箭手必将血肉横飞。

这时一支一千人左右的拜占庭轻骑兵队伍出其不意地出现在战场上。

拜占庭轻骑兵用令所有安条克人吃惊的速度越过了安条克军阵，向他们的左翼包抄而去，而安条克人的弩手面对的是罗马人的步兵弓箭手，还来不及转向。

轻骑兵们来到安条克人左翼百步距离后就停住了脚步，为首的轻骑兵统帅身背两把造型优美的弯刀，与他的骑兵们一起拉开强力复合弓，很显然，他们是萨亚斯麾下的阿兰弓骑兵。

阿兰人纷纷向安条克人拉弓射击，目标却不是安条克人的弩手而是他们的骑士，“瞄准他们的战马！”萨拉斯吼道。

在一片弓箭所造成的血雾中，右翼的安条克骑士纷纷翻倒，虽然骑士身披重甲，可他们的坐骑显然保护的不是那么出色。萨亚斯仿佛知道安条克骑士不敢贸然出击，他们在与突厥人战争中已经吃够了弓骑兵诱敌战的亏，因此更加肆无忌惮的射击。

拜占庭人二个纵队的步兵弓箭手也在加快自己的脚步，当他们也开始射击时，安条克人的整个军阵都将被箭雨笼罩。

“该当机立断了，军团长！”吉奥大叫道，“我要命令安条克骑士冲击这些该死的弓骑兵！”

“不！你根本追不上他们，”罗贝尔纠正道，“命令弩手们转向，向这些弓骑兵射击，你，罗杰，乔瑟林伯爵冲击罗马人逼近的弓箭手，我带领医院骑士团从两翼包抄他们的骑兵！”

“就这么干吧！”

很显然，头盔与皮甲的重量并没有影响特拉柏森人机敏的反应，安条克的骑兵们一启动，拜占庭弓箭手们就立即以最快的速度向后跑回自己的阵线，这让吉奥有些沮丧。罗贝尔看在眼里，立即催促自己的大队医院骑士加快速度，并打旗语要吉奥继续前进。

当自己缠住拜占庭人的重骑兵时，吉奥他们的骑兵并不仅仅冲击敌人的弓箭手，后阵的骑兵将持续冲锋，能以排山倒海之势粉碎拜占庭人的整个步兵阵线。

东罗马人为什么不像瑟尔米乌姆战役③那时一样，把重骑兵排在整个阵线之前以保护步兵不被对方人数占优势的骑兵冲击？罗贝尔想不通这个问题，只能把这个当作敌人的失误了。

地动山摇的马蹄巨响中，罗贝尔的主帅卫队跑在了最前面，他的医院骑士甚至越过了吉奥那些用来攻击拉丁骑士的安条克精英骑士，他希望曼努埃尔被迫使用自己的重骑兵。而如他所愿，曼努埃尔的铁甲骑兵

③ 1167年的瑟尔米乌姆之战中，匈牙利的骑兵也是占据数量的优势，企图用整个战线上排山倒海的冲锋来击垮拜占庭帝国的军阵，拜占庭军队则用最重装的铁甲圣骑兵进行反冲锋，拦住匈牙利骑兵迫使他们陷入混战，再使用整个步兵阵线向前击溃匈牙利骑兵，从而取得战役胜利。

越过拜占庭军阵向他对冲而来，显然皇帝不希望罗贝尔冲击自己的步兵阵线。

军团长抬起身体向自己的左翼望了一眼，出乎罗贝尔意料的是，拜占庭右翼所在的朱里奥与拉丁骑士根本没有迎击包抄过来的安条克骑士，这些盛装的骑兵竟然掉头撤退了，而把整个右翼步兵阵线都暴露在安条克骑士面前。

“朱里奥？！”艾里克看了一眼右翼，“真奇怪，我们右翼的骑兵在没有命令的情况下撤退了！”

“这不可能！”雷拉格望去，朱里奥的拉丁骑士正在义无反顾地向后撤退，他的心沉了下去，握在手中的剑抓的更紧了。对于这种事情，北欧卫队是毫无办法的，他现在必须考虑着最坏的结果。

这就是你使用雇佣军的结果，曼努埃尔，拉丁骑士们不会与同为骑士的安条克人交战。

罗贝尔飞快的环视了一眼战局，拜占庭人的弓骑兵正在躲避安条克人弩手的射击，虽然已经在返回，但一时半会不会赶到防御位置，曼努埃尔的铁甲圣骑兵已经对着自己迎面而来，只要缠住曼努埃尔，罗马人就没有任何骑兵保护他们庞大的步兵阵线，军团长几乎可以想象安条克骑士们冲得拜占庭步兵阵四分五裂的场景。

“前进！”罗贝尔抽出长剑，催促身披重锁甲的坐骑越跑越快，“我们的目标是罗马人的皇帝！”精锐的医院骑士团主帅卫队紧紧跟随着他们的团长，战马逐渐在奔跑中排成了楔形，呐喊声中，主帅卫队超过四米的沉重长枪一起平举，向曼努埃尔的皇帝旗帜方向猛冲。

曼努埃尔的卫队则排成了谨慎的横队奔跑，也许是顾忌皇帝的安全。

当医院骑士团的长枪一起平举时，踩踏着大地隆隆作响的铁甲圣骑兵们也纷纷举起了长矛。

对撞。

骇人的撞击巨响声中，以铁甲圣骑兵这样的超卓重量与防御，在面对精于冲锋的医院骑士的沉重骑枪时，前排骑兵竟然也透过三层装甲被刺穿了肺叶，受重伤的骑兵控制不住自己从马匹上摔落下来，铁甲圣骑兵虽然也长于冲锋，但比起医院骑士还稍显逊色。

罗贝尔冲在最前，低头躲过一名铁甲骑兵的长矛突刺，横斩一剑，正中对手腋下的防御破绽，铁甲骑兵鲜血喷涌中翻下马背，另一名铁甲骑兵撞上了罗贝尔的坐骑，马匹嘶叫着高高跃起，骑术精湛的罗贝尔控制住马匹的惊慌，右手长剑抢先一步重重地砍在了对手的脖子上。

凶猛的医院骑士平举长枪，在铁甲圣骑兵的横队中乱冲乱撞，罗贝尔现在已经能看见那个身披重甲、头戴橡树王冠的老人，他不会忘记曼努埃尔皇帝已经六十二岁了。

而且还是一个伤势未愈的老人，如果能干掉他的话。

罗贝尔召集骑士们向曼努埃尔逼近。但皇帝看起来毫不惊慌，对冲的劣势在他的考虑之内，他清晰的看见：在一轮猛冲之后，为了击杀自己，医院骑士们的楔形队已经进入了铁甲圣骑兵的阵型，而后者沉重的战马已经挤住了医院骑士团主帅卫队的前进路线。双方的骑兵渐渐已经绞杀在一起，这是铁甲圣骑兵擅长的时刻。曼努埃尔右手按在腰间，那里不是双头鹰之剑，他携带的是铁甲圣骑兵都拥有的装备，这也是令所有西欧骑士都极其恐惧的武器。

曼努埃尔大吼一声，挥起沉重的钉头锤，重重地砸在最靠近妄想刺杀他的一名医院骑士头顶上，钉锤尖锐的棱角深深透过砸扁的头盔，嵌入对手的头颅，橙黄色的脑浆立即和着艳红的鲜血从头盔顶碎裂处向空中喷射。铁甲圣骑兵也都抽出钉头锤，在挥舞之下令医院骑士们纷纷落马——这是能够击穿重铠甲最有利的武器，令骑士们的长剑相形见绌，混战中，铁甲圣骑兵一改冲锋时的颓势，反而把医院骑士团的阵型向后压了上去。

罗贝尔有些惊慌，但幸好他的骑士拥有最严格的纪律，他们从未有在战场上逃亡的记录，骑士们奋勇顶住了铁甲骑兵的攻击，这让军团长感到宽心，他只需要缠住拜占庭的精英骑兵部队，就能让安条克骑士们的冲锋畅通无阻，战斗中他瞟了一眼中央阵线，安条克骑士的冲锋路线畅通无阻，而拜占庭人除了乱箭齐发，根本无计可施。

“放箭，放箭！”雷拉格吼叫道，现在四个纵队的弓箭手全部将箭矢射向冲锋而来的安条克骑士，密集的箭雨让一个联队的安条克骑士人仰马翻，伤亡惨重无法继续向前，迫使他们向后逃去。但安条克的骑兵太多了，箭雨已经挡不住他们的冲击。

“他们冲过来我们就全完啦！”艾里克吼叫道，“我们的骑兵在干什么？”

“我们的骑兵全被他们缠住了！”雷拉格对他说，“就连皇帝陛下也无法支援我们，我们得自己想办法！”

“雷拉格，我们怎么办？”

“让最前列的下马枪骑兵承受这次攻击，弓箭手向后退！”雷拉格低吼，“我们不能在敌军骑兵冲锋中损失主力重装步兵，更不能损失北欧卫队！”

“如果阿尔维斯的阵型崩溃，败兵会冲击我们的中央阵线！”

“是的，”雷拉格冷冷地望着艾里克的脸，“但败兵同时也挡住了安条克的重骑兵，让他们的骑兵停下来，这比什么都重要。”

“听着，艾里克！”雷拉格厉声说道，栗色的瞳孔变得非常冰冷，“你带领一个大队北欧卫队靠近阿尔维斯的下马枪骑兵队列，在他们身后列成盾墙，如果他们想后退，就干掉他们，取代阿尔维斯的指挥权。记住是要让阿尔维斯挡住冲锋，而不是你自己。”

“好吧，可我们没有权力杀掉皇帝的将军……”

“记住！”雷拉格死盯艾里克的眼睛，“只有胜利者是不会受到责备的。”

艾里克不安地望了雷拉格一眼，长吸一口气，领命而去。

“只能这样了。”雷拉格轻轻叹了口气。

Chapter 36

安条克骑士的组成大都是残忍而勇敢的诺曼人，一百年前他们在博希蒙德曾曾祖父，著名的“征服者”罗伯特·圭斯卡特的带领下，令整个西部帝国都在他们的冲锋下颤抖。他们唯一惧怕的只有一样东西:人马具甲的铁甲圣骑兵，而他们已经牢牢地被罗贝尔的医院骑士团主帅卫队紧紧缠住，1081 年对东罗马军队的毁灭性屠杀时刻将再次重现。

整个平原都似乎在安条克重骑兵的铁蹄下震撼，地动山摇的震颤让最精锐勇敢的战士北欧卫队都面带惧色，更不用说位于帝国步兵队列最靠前的下马枪骑兵，每个士兵都面如土色，心中咒骂雷拉格的冷酷。

原先肯塔克统帅的重装长矛手在密列奥赛法隆战役中大伤元气，使得帝国步兵在平原地带难以抵挡骑兵的正面冲锋，其实即使肯塔克还活着，他的长矛手面对安条克骑兵雷霆般的全面冲锋，也无法通过这人生中最残酷的考验。

最前列下马枪骑兵的阵脚开始混乱，艾里克带领的一千北欧卫队已经靠近下马枪骑兵的身后列成盾墙，艾里克注意到他们的指挥官阿尔维斯面如土色，眼中写满了恐惧。巨人抽出巨剑，湛蓝色的双眼紧紧盯着前方这位指挥官的动静。

出乎意料，阿尔维斯虽然非常害怕，但没有逃跑，他仍挥剑在队伍中维持纪律，每当有士兵后退，他就大声吼叫斥责，把士兵连拉带打赶回队伍。艾里克知道阿尔维斯的大声叫嚷也是在转移自己心中的恐惧。但这总比带着士兵直接逃出战场要好。

阿尔维斯回首望了一眼背后的动静，年迈却机灵的他一眼就看见了死死盯住他的艾里克，还有他手中硕大的巨剑。虽然在对方骑兵冲锋面前老将无法抑制住恐惧，但他与艾里克对视时，眼中竟立即闪现出了另一种神情。他甚至还冲着巨人微笑了，那微笑中拥有一种阿尔维斯并不曾经拥有过的力量。

这是军人荣誉感的作用，他要挽回自己在密列奥赛法隆战役中的荣誉。

过去无论是艾里克还是雷拉格，几乎是对阿尔维斯极度蔑视的，北欧人根本不能理解把皇帝主力数万大军丢在山谷中被人伏击，而自己狼狈逃窜的将军是如何在海潮般的谩骂中保存自己的性命。但现在，艾里克死盯着阿尔维斯的眼神也渐渐变得缓和，能面对雷霆万钧的骑兵冲锋而不撤退，已经说明了他的价值。

艾里克曾经错怪过曼西姆斯，他不想再错怪阿尔维斯，他不会对后者莽撞的举起巨剑。

安条克骑士的组成大都是残忍而勇敢的诺曼人，一百年前他们在博希蒙德曾曾祖父，著名的“征服者”罗伯特·圭斯卡特的带领下，令整个西部帝国都在他们的冲锋下颤抖。他们唯一惧怕的只有一样东西：人马具甲的铁甲圣骑兵，而他们已经牢牢地被罗贝尔的医院骑士团主帅卫队紧紧缠住，1081 年对东罗马军队的毁灭性屠杀时刻将再次重现。

阿尔维斯停止了叫嚷，耳中充满了安条克骑士冲杀的叫喊声，他面对着暴风般的骑兵冲锋，用发抖的手整理颈间的披风纽扣，与他麾下的所有下马枪骑兵架起了长矛与盾牌，一起迎接着命运的降临，并缓缓闭上了眼睛。

对于前列所发生的一切，雷拉格都看的很清楚，“黑海之龙”也轻轻的闭了一下双眼。他命令旗手向所有步兵示意做好全面反冲锋的准备。阿尔维斯的下马枪骑兵牺牲所造成的时机也只有几十秒钟而已。他只是希望：艾里克不要意气用事，他的生命与巨剑应该用在几十秒之后更重要的时刻。

吉奥、罗杰、乔瑟林伯爵纷纷抽出了长剑，他们的骑士在震耳欲聋的呐喊声中一起平举起沉重的骑枪，骑枪上的矛尖在阳光的反射下放射出夺目的闪光，即将成为东罗马军队中央阵线毁灭的颜色。

“神的旨意！”吉奥望了一眼队伍中的十字架高喊，身后的骑士们也纷纷在冲锋中高吼。

“神的旨意！”

“有陷阱！罗马人在阵地前放置了铁蒺藜！”乔瑟林突然一勒战马，战马嘶叫得跳起，“就和以前一样狡猾！”

安条克的骑士纷纷在阵地前转向，因为乔瑟林的队伍冲锋在最前面，因此他们的停止不前直接阻滞了其他骑兵的前进，数千骑兵停留在拜占庭军阵前，更不用说拜占庭人的弓箭手还在不断发射着箭矢，情况突然变得非常危险。

吉奥停住战马，在左臂绑缚的盾牌保护下疑惑地观察着战场，拜占庭人喜欢在战场上放置铁蒺藜，曼努埃尔的祖父阿历克塞就经常这么干①。但他也想到，他在阿达纳平原的间谍从来都没有报告过铁蒺藜的事情。以安条克骑兵的行军速度拜占庭人也没时间这么干，更何况，敌军不可能事先预料安条克骑兵的攻击路线，他们自己也有骑兵要使用，不可能在整个战场上摆满这些东西。

他在视线中寻找乔瑟林，却发现乔瑟林伯爵并没有直接向安条克军队的后方退却，而是向右侧行动，这个匪夷所思的行军路线几乎挡住了所有安条克骑兵二十秒钟。而拜占庭人的箭雨似乎也莫名其妙的停止了。

① 铁蒺藜：一种武器，铁质四角，其中一角向上，用来阻碍敌军的人马通过，对骑兵特别有效，但因为需要提前摆放，一般只适应于骚扰和拖延。曼努埃尔的父亲阿历克塞当年对战诺曼人，首战大败，之后就用游击弓骑兵与铁蒺藜拖住了继续进军的诺曼重骑兵，艰难赢得了1083年拉里萨之战的胜利。

吉奥紧盯着乔瑟林，后者正头也不回地向右带领他的人撤出战场，乔瑟林伯爵与他的骑士都披着红色的披风，吉奥猛的一转身，包括医院骑士团的骑士与他全都披着蓝色的披风，也许，这是刚才面对箭雨时乔瑟林伯爵的人无一损失的原因。

“根本没有什么铁蒺藜，你这个叛徒！”吉奥朝乔瑟林狂吼道，他在心中想把对方碎尸万段，可他已经没有时间进行报复了。

“索菲娅，”雷拉格望着阵前队形混乱的安条克骑士，满怀惊喜喃喃念着自己的妻子的名字，转身命令弓箭手，“急速前排射击！”

特拉柏森人与禁卫军弓箭手立即压低箭道，快速平射出一阵密集的箭雨，箭矢如飞蝗般扑向安条克骑士队列，狠狠地扎进骑士们战马的身体，安条克的骑士一般马匹不披甲以保证冲锋的速度，现在成了命门，前方数排的战马纷纷中箭翻倒，抛下它们脊背上的骑兵。

“就是这个时刻！”雷拉格命令弓箭手们停止发射，举起重步兵们前进的旗帜疯狂的挥舞，“全面进攻！”他大吼道。

雷拉格今天算是武装到了牙齿，除了手中的冰川之刃，他的背上还背着一把单手斧备用，腰间则别着短剑。他率领最精锐的一千名北欧卫队，向整个帝国大军的左翼移动，冲向铁甲圣骑兵与医院骑士鏖战的区域，当他经过阿尔维斯时，打手势让他指挥下马枪骑兵一同发起反攻，并破天荒地欠身向老将郑重的行了个礼。

一望无际的重装步兵队列，呈一个巨大的楔形从整个战线猛扑向安条克陷入困境的骑士，冲在楔形箭头的是北欧卫队，阵型两肋处则是阿拉玛诺剑士，而本国重步兵则从两翼包抄。

罗曼诺夫挥舞着战锤与他麾下那些新加入的北欧卫队冲在最前面，因马匹中箭摔倒在地上的那些惊惶的骑士遭到屠杀，罗曼诺夫看准一个刚支起半个身体的骑士，猛地一锤自上而下砸去，骑士根本来不及举长剑抵挡，透过圆桶状的头盔被打得脑浆四射。

吉奥想指挥剩下的骑士向后退却拉开冲锋的距离，但经验丰富的奥拉多姆很快带领着一支北欧卫队紧紧地贴住他们，一些安条克骑士妄图反冲击白发巨汉的侧翼使他们退却，奥拉多姆立即亲自迎击，一名安条克精锐骑士挥舞着战锤，猛地驱马向奥拉多姆砸来，白发巨汉老练地躲开了战马冲刺与战锤的挥舞，长柄战斧准确的砍在了战马前腿上，重创嘶喊的战马抛下了骑士，翻滚在地但战斗经验同样丰富的骑士还未支起身体就高举起他的鸢尾盾。可奥拉多姆的长柄巨斧照样迎头劈下。连骑士的盾牌头盔与头颅一齐在汹涌的鲜血中劈成两半。

在雷拉格的指挥下帝国步兵正以一种充满纪律的冷酷方式前进，最前列的北欧卫队的巨斧砍翻敌人的战马，艾里克带领的阿拉玛诺剑士则把他们的双手剑插进翻滚在地骑士们盔甲的缝隙，而两翼普罗诺艾重装步兵则利用钉头锤上的尖锥，锥进这些因受伤无法动弹的骑士们头盔保护下的脑子里。在死亡与鲜血促成的默契动作下，安条克重骑兵中央阵线在人喊马嘶中完全崩溃。

吉奥在混乱中找到了罗杰，“让步兵出击！”他没有更好的办法了，“你来率领！”

在令旗挥舞下，安条克步兵潮水般向前，罗杰了解安条克步兵的战斗能力，所以命令精锐的医院骑士团矛兵冲在队伍的最前。企图在精锐矛兵的支援下撤出伤亡惨重的骑士。但医院骑士团的矛兵有自己的想法，他们中的一半不听从命令转向右翼去支援罗贝尔苦战的主帅卫队。

背负着双手剑的雷拉格以与自己负重不相称的速度在奔跑，精锐的一千名北欧卫队一声不吭地跟随在自己的首领四周。疾跑中雷拉格听见了安条克步兵军阵中人声鼎沸，不用看也知道安条克步兵已经出动。雷拉格继续挥舞令旗，命令一个纵队的本土重步兵立即前去拦截。而他自己则跑得离曼努埃尔的铁甲圣骑兵越来越近。

帝国军队击溃安条克骑士的速度远超过罗杰的预料，当他带领大群步兵逼近时，罗杰惊奇地发现敌人已经完成屠杀并重新排列好了冲击阵型，帝国军队两翼的普罗诺埃重步兵已经把战锤别在腰间，而抽出了“帕拉麦恩”单刃曲身剑。这种武器敏捷的挥舞与刺杀速度是屠杀轻装步兵的利器。当北欧卫队与阿拉玛诺战士咆哮着向医院骑士团矛兵冲锋之时，普罗诺埃步兵也从两边向安条克步兵压上。

拜占庭步兵呐喊着冲锋，“帕拉麦恩”在太阳下的反射光芒几乎让安条克人睁不开双眼。拜占庭步兵左手大盾架住安条克人的斧锤挥砸，右手的弯剑则敏锐出击。曼西姆斯亲手训练的步兵一出手就是安条克步兵的致命部位，不停地有流血过多的安条克人倒下，而东罗马步兵却伤亡甚微，大盾墙一步步压了过去，直到对中央的医院骑士团矛兵呈夹击之势。

医院骑士团矛兵以纪律而著称，面对北欧卫队凶悍之至的猛攻，闪亮的矛尖就要了几个北欧战士的性命，但更多的战斧挥砸而来，磕断了骑士团矛兵的长矛。并冲开了盾阵，失去盾牌保护的矛兵被杀进队形的巨大战斧一劈两半，但以纪律而著称的骑士团矛兵仍从后方不断压上，用厚实的阵列拖延着北欧人的攻击。罗杰退到了长矛阵的后方，声嘶力竭地指挥抵挡着北欧战士的进攻。

雷拉格与转向右翼的北欧卫队越跑越快，已经从背上剑套中抽出冰川之刃的黑海之龙已经到达了冲锋的距离，一千名重装步兵挥舞着恐怖的双手战斧，发出惊天动地的巨吼。一名医院骑士正挥剑与一名铁甲骑兵拼杀，没有注意死亡正在向自己逼近，冰川之刃从后心深深地插入他的锁子甲，整个人倒栽下坐骑。另一名医院骑士发现了雷拉格，正挥剑向他靠近。北欧卫队首领则敏锐地转向了刚死去骑士的坐骑身后。用马匹挡住了骑士的坐骑。趁着对方行动阻滞之际，雷拉格从一旁又跃了出来，一把揪住骑士的腰带，一只手就把他拽翻下马。高高举起冰川之刃，把骑士钉死在了地上。

又一名医院骑士呐喊着向雷拉格冲来，雷拉格正要挥剑迎敌。骑士却被突然冲出的一名铁甲圣骑兵挥舞着钉锤砸翻在马下。这名铁甲骑兵的身旁就是带着王冠的曼努埃尔，“注意一个指挥官的位置！”皇帝提醒雷拉格，“撤到能看见整个军阵的地方！”

雷拉格望了一眼皇帝，“这是陛下才有的资格，不是将军的！”他大喊道，曼努埃尔一阵大笑，拨马向后，战袍沾满敌人鲜血的皇帝在两名铁甲圣骑兵的保护下转向更安全的区域。

皇帝身边的一名掌旗手向后挥舞着令旗。帝国军队右方又爆发出马蹄制造的烟尘，朱里奥与他的拉丁骑士重新出现在战场上，拉丁骑士们高举着彩色的长枪，向安条克整个军阵的后方迂回。

“朱里奥！”雷拉格望着曼努埃尔目光充满着敬佩，“这真是一招妙招！”

“要相信你的陛下，”曼努埃尔微笑道，“不只是朱里奥，你不觉得已经很久没见过约翰维塔斯了吗？”

这时轮到雷拉格望向军阵另一边扬起的烟尘。

“我现在要你返回战阵，给我取一样东西。”曼努埃尔观察了一眼左翼的战局，北欧卫队在罗贝尔的主帅卫队阵型中缠斗，而铁甲圣骑兵则包围医院骑士们不让他们有撤退的可能。皇帝意味深长的望着雷拉格，“你知道那是什么。”

医院骑士团矛兵的殊死抵抗至少让损失惨重的安条克骑士有机会向后逃命，吉奥在无数后退的战马间冲来冲去，强迫肝胆俱裂的骑士们在右翼重新集结。成为一支能对拜占庭人左翼步兵进行反冲击的力量，但斥候的提醒再次诅咒了他的命运。

“朱里奥的骑兵返回了！”安条克斥候叫道，“他们已经迂回到了我们步兵的后方。而我们的正前方也有一支东罗马骑兵正在向我们这儿冲过来！”

“援军？”吉奥已经顾不上朱里奥对骑士团矛兵的包围了，他现在更关心的是自己，“他们有多少人，是什么军队？”

“足有一千人！，全部是重骑兵！”

约翰维塔斯带领着一千重骑兵赶到，从右翼向损失惨重并尚未完全重新集结的安条克骑士扑了过去，这些重骑兵是曼努埃尔训练的由先烈遗孤组成，新训练的贵族骑兵。他们与铁甲圣骑兵一样使用四米长的长矛，全身披挂由扎甲与锁甲组成的两层复合铠甲，头盔与铁甲圣骑兵一样仅露出双眼，但他们的战马只披挂防御弓箭的厚厚毡甲，减轻重量以保证冲击力与速度。

随着呐喊声越来越近，安条克损失惨重的骑士们已经完全丧失了斗志，吉奥的恐惧已经笼罩全身，他又快速的望了一眼整个战局。罗贝尔被铁甲圣骑兵与北欧人缠住，整个步兵阵线被拜占庭步兵阵线完全压制，更不用说朱里奥的骑兵已经迂回到了他们背后，罗杰还陷在里面，当然，这个问题突然不太重要了。

“挡住他们的进攻！”吉奥挥剑向骑士们嘶吼道，但他自己却一转身带着亲信徐徐向后退，在烟尘滚滚的视线之外就驱马拼命飞奔，他现在只剩下一个想法，跑回安条克城。吉奥已经看见萨亚斯的阿兰骑兵正在冲击已经没有重步兵保护的安条克弩兵，他了解这些骑兵的速度，待他们把弩兵屠杀完毕再逃命可就完全来不及了。

他的背后，残余还来不及摆开阵型的安条克骑士几乎是在瞬间被拜占庭贵族骑兵们的长矛冲垮。

罗杰本来一直在骑士团矛兵之后督战，但朱里奥骑兵的迂回让他不得不钻进整个矛兵的阵型，这样反而显得更安全，他伸直脖子张望，希望吉奥能来援救他，但眼尖的他只看见了吉奥逃跑屁股后的烟尘，“这狗娘养的！”罗杰拼命咒骂道，完全放弃了指挥，驱马乱冲希望在侧面找到一个逃命的缺口。

朱里奥的拉丁骑士从背后的呐喊冲锋已经势不可挡，医院骑士团长矛手被认为“可以抵挡任何骑兵的冲锋”。但显然不包括他们的背面。无数密集的彩色长枪在马蹄疯狂的加速下横冲直撞，长矛手们被成批从背后刺倒踩翻，在崩溃中有的投降，有的在乱跑。罗杰被败兵们推搡着，竟然还几乎面对面碰上了手持长柄战斧的奥拉多姆，白发巨汉高举起战斧，吓得罗杰魂飞魄散。他盲目地寻找着一个可供逃命的缺口。烟尘滚滚中却被另一个人挡住了。

“别他妈挡路！”罗杰挥剑吼道，驱马向他冲去。

对方不但没有让开，相反眼中却闪烁着火花。

罗曼诺夫一锤重重的砸在罗杰的胸口上，伴随着漫天飞舞的盔甲碎片，沉重的战锤几乎砸断了所有的肋骨。罗曼诺夫自己也被战马冲翻在地，似乎整个左肩都脱臼了。但他竟然忍痛一个跟头翻身爬起，用完好的那支手臂从怀中抽出短剑，踉踉跄跄地奔向罗杰尸体边，在奥拉多姆赶来之前，割下了罗杰的首级。

“我的！”罗曼诺夫把血淋淋的头颅紧紧地抱在怀里，睁大眼睛望着奥拉多姆，“我的！”

“好啦，不会抢你的。”奥拉多姆笑着摇摇头，挥舞战斧继续去追杀安条克的败兵。

罗贝尔明白战役败局已定，自己也身处险境，但职责让他继续带领着卫队做殊死的抵抗。他挥舞长剑，一剑插进一名淬不及防的北欧战士颈项处，汹涌的鲜血立即染红了剑刃，没等这个北欧人倒下。另一名北欧卫士就高举双手斧向他的战马砍来，罗贝尔整个身体以年纪不相称的速度降低重心，用左臂绑缚的鸢尾盾架住了北欧人的战斧挥砍，利用马匹小跑的速度转到了北欧人的背后，忽的一剑把对手砍倒在地。

正在阵中奋勇冲杀的雷拉格看在眼中，怒火充满了胸腔。“来我这里！”雷拉格厉声冲罗贝尔高吼到，“看这里！”

罗贝尔从雷拉格的装束可以看出他是一名高级军官，也希望通过击杀他对北欧卫队造成震慑以便让主帅卫队有机会撤退。军团长一勒战马，催促胯下的坐骑加速向雷拉格撞去，手中并高举长剑，即使雷拉格能躲开战马的撞击，也无法让开他精准的剑刺。

雷拉格高举冰川之刃，整个人如大理石般岿然不动，在军团长的战马即将碰触他时，整个人才飞快向右转身。这样马匹的头颅挡住了罗贝尔视线半秒钟，利剑从上至下挥砍虽然砍中了翻滚在地的雷拉格头颅，却只击飞了头盔。罗贝尔控制战马的位置，再次向雷拉格挥砍，北欧人却已经完全站稳脚跟了。

披散着黑发的雷拉格大喝一声，高举冰川之刃与罗贝尔的长剑重重撞在一起，随着金属的碎裂声，军团长的长剑断裂成两截，大惊失色的罗贝尔继续催马向前，但雷拉格已经大吼一声冲上。

雷拉格强健的肩膀重重撞在战马的侧体，他明白再强壮的马匹也很难抵挡侧面的撞击。战马嘶叫着掀翻了罗贝尔，军团长在摔倒之际也未忘记抽出腰间的短剑，却被眼疾手快的雷拉格一脚踹飞。失去武器的罗贝尔支起身体，等待他的则是雷拉格冰川之刃精准的横扫。

医院骑士团军团长的脑袋被整齐的卸了下来。

东罗马皇帝修饰着六条金纹的双头鹰战旗就布置在铁甲圣骑兵与医院骑士混战地域西部不远处的一座高地上，从这里曼努埃尔可以清晰地看见残余医院骑士团主帅卫队被全部歼灭的场景，沉重的铁甲圣骑兵与北欧卫队已经转而投入对安条克人溃退中央阵线的追击。

他的视线中出现了一个步行的将军，表情意气风发，显然雷拉格已经得到了他最想要的东西无心与战友一起追击，他的左手拎着罗贝尔血淋淋的人头，大踏步地走向曼努埃尔的身边，把人头向皇帝双手奉上，“您要的东西，陛下！”

曼努埃尔翻身下马走近雷拉格，望了一眼北欧人手中的人头，转而盯着他的栗色的眼睛，雷拉格也同样盯着他，皇帝一把抱住了黑海之龙的肩膀，根本顾不上禁卫首领浑身的血污。雷拉格也扔掉头颅，抱住了皇帝，两人几乎同时爆发出狂笑。

“你已经把安条克城大门的钥匙交到我的手中了！全军继续向前追

击！”曼努埃尔用力拍着雷拉格的脊背。“我们决不能让吉奥逃回安条克来组织军队防御奇里乞亚门②！

乔瑟琳与他麾下的骑士有点羞愧的站立在战场不远处的一处高地，置身事外地观看完毕整个大战，“我们就这样袖手旁观安条克军队的毁灭？”一名骑士问道。

“不是安条克的军队，是吉奥与罗杰的军队。”乔瑟琳伯爵有些心虚的纠正道，“曼努埃尔还是努尔丁，我们必须选其一，东正主教来安条克当牧首也好过被突厥人统治。服从罗马帝国的继承者不算背叛。”乔瑟琳又嘟囔着补充了一句，“帝国女特使索菲娅很有说服力，谁能拒绝政治对手全部消失，而自己又能得到这么多封地？”

“可您不是有誓言……”

“除非自卫，绝不主动攻击博希蒙德公爵与他的军队。”乔瑟琳伯爵打断了手下，“这才是我的誓言。”似乎他不想再继续谈这件事，“我们没有对任何人动手，我们什么也没干。”

吉奥伯爵正以一生中最快的速度在最南端的丝绸之路上驱马飞奔，他一路上窘迫的时间都用来诅咒安条克公国落后的情报部门，谁说东罗马军队在曼德尔河谷战役中损失惨重？敌人的力量根本没有得到削弱。比如那些披挂毡甲的贵族骑兵在之前就从未见过。

他还有一个机会，就是收集剩下的残兵败卒防守现在安条克城前唯

② 奇里乞亚门：土耳其南部托罗斯山脉一处险要的山隘，向东通向安条克城必经的一条陆路。

一的山隘，必须在拜占庭人之前到达“奇里乞亚门”。对于罗马人追兵，虽然努尔丁答应会给予援助予以阻击。但不知道他现在面对萨拉丁的压迫，还能不能兑现。

小路前出现了一些人影，所有人的长袍都遮盖了头脸看不清面容，这些人大都是轻装，并携带着武器，为首的身材修长，仿佛是个女人，也无法看清面部，吉奥不能确定对方的身份，不放心地大声问道，“是努尔丁的人吗？”

为首的人没有回答，仅压低嗓音说了一个词，“哈萨辛。”

“哈萨辛！”吉奥眼中的惊喜无法抑制，努尔丁没有食言，派遣哈萨辛前来援助他，这些人都是万夫不当之勇的武士，他们完全可以帮助他阻击拜占庭人，“你们的主人与我有协议。”他抓住时机提醒道。

“我知道。”为首的哈萨辛又低声说道。

“为我们阻击罗马人的追兵，”吉奥补充，“这也是我与你们主人的协议。”

哈萨辛首领点点头，招手让自己的人上前。

吉奥松了口气，无论这些哈萨辛是死是活，他们一定能延缓东罗马人的追击，自己就可以在曼努埃尔之前赶到奇里乞亚门，这就等于有了生路。吉奥连忙与部下从哈萨辛首领的身旁穿过。

哈萨辛首领身旁一个人突然拿起长笛放在自己的口边开始吹奏，大路两边的草丛中突然爆发出无数悉悉索索的响声。首领身旁的另一个身材矮小的人则按住了自己手中的弯刀。

“萨拉丁答应在阿达纳城之战送罗马人礼物，”塔莉亚低声对抽出弯刀的卡里姆说道，“现在兑现吧。”

应吉奥的邀请，努尔丁派遣的一支突厥轻骑兵连夜赶到了奇里乞亚门以西的大路上，他们看见了吉奥与所有安条克士兵的尸体。这让突厥军官感觉到困惑，拜占庭人最前列的追兵应该还离这里很远。突厥军官检查了吉奥与其他安条克人的尸体。大部分安条克人死于毒蛇的尖牙。另一些则死于快捷的弯刀。他又仔细观察了吉奥的尸体，吉奥的喉咙上只有一个血点，却是非常锋利的短剑手笔。

突厥军官仔细检查伤口，“这不可能，”他喃喃自语，“这是哈萨辛才有的技巧啊。”

突然，一阵强烈的恐惧充斥了他的双眼。

“我们必须连夜赶回摩苏尔主人那里！”他对自己的部下吼叫道。

骑士堡南部的土地上，奈菲尔推开了安德鲁瓦的房门，打扰了圣墓守护者的祈祷，“安德鲁瓦！”奈菲尔望着安德鲁瓦的眼睛，“刚才有个士兵来这里，医院骑士团与安条克联军在阿达纳城西北全军覆没！”

安德鲁瓦转过脸望着奈菲尔，他不关心这支军队，但他要知道一个人的情况，“罗贝尔他怎么样？”他焦急地问。

“他战死了。”奈菲尔不敢看安德鲁瓦的眼睛。

圣墓守护者望着奈菲尔的眼睛，手渐渐开始发抖。他突然站起，大踏步地走回卧室，从床边抽出寒光闪闪的长剑。奈菲尔就紧张地跟在他后面。

“你说过不再参与战事，”奈菲尔绝望地望着安德鲁瓦疯狂的背影，“你说过十字军不再是你的信仰。”

“这与信仰无关。”安德鲁瓦刷地一声把长剑收进剑鞘，“这与罗贝尔有关。”

"安条克人已经全军覆没！"奈菲尔几乎要尖叫了，"你一个人又能怎么办？"

"还有一个机会，"安德鲁瓦坚定地说，"调动圣墓守护者赶到奇里乞亚门防御，但这也是唯一的机会了。"

Chapter 37

从霍姆斯城返回的索菲娅迈着自信的步伐走进阿达纳的帝国军营，她是为数仅有的几个可以不经通报直通雷拉格大帐的人，司令官身边的侍卫刚刚退下，军情处副处长就飞扑进北欧人的怀里。柔软而红润的嘴唇与雷拉格紧紧相贴。

躺倒在帐篷中的曼努埃尔轻轻拍着雷拉格肩膀，把双头鹰之剑郑重地交到他手中。雷拉格紧紧握住华丽的剑柄把它别在腰间，心中略带不安地望了皇帝一眼，也许是岁月腐蚀了健康，也许是旧伤复发，曼努埃尔已经是第二次病倒了。

执着的勇士为了罗马帝国的复生征战了一生，时光让年轻骑士成为经常被病魔侵袭的老人。雷拉格对此不免唏嘘，他时常幻想曼努埃尔年轻时代的勇武。这场收复安条克城的战役本来应该是陛下的。

一走出皇帝的帐篷，雷拉格看见艾里克、奥拉多姆、罗曼诺夫、约翰维塔斯、朱里奥、萨亚斯、阿尔维斯都围绕在大帐边，众将都在等他。艾里克最先走上前向他敬了个举手礼，“总司令官。”巨人带头尊敬地称呼他，其他人也慢慢走过来手举过头顶。

因曼努埃尔患病产生的伤感渐渐消失了。雷拉格的身体重心落到了后面的一只脚上，他环视着由四万五千大军组成的大大小小星罗棋布的营寨，并望了一眼众将，“都来我的营帐，召开军事会议。”

“踩平奇里乞亚门那里的杂种然后就直接去安条克城，”罗曼诺夫一脸满不在乎，“没什么大不了的。”

“奇里乞亚门防守者是安德鲁瓦，号称十字军骑士中的第一武士，他麾下的圣墓守护者也是医院骑士团第一步兵，与我们的北欧卫队都可匹敌。”约翰维塔斯提出反对意见，“而且奇里乞亚门非常险要，是进入安条克的唯一道路。古典时代我们罗马人与波斯人都利用这里防御潮水而来的匈奴人。只需驻扎一支小型军队就可抵挡千军万马。”

“总不能一个安德鲁瓦就把我们吓破了胆！”罗曼诺夫不满地叫道，但他看见朱里奥紧闭着嘴唇，突然想到了什么。佯咳嗽了两声也闭上了嘴。

“我同意约翰的想法，所以，”雷拉格也看了一眼朱里奥，“我们要在军营里为医院骑士团的军团长罗贝尔举行一个隆重的葬礼。”

“葬礼？”这下连艾里克都觉得摸不着头脑，“这跟他的葬礼有什么关系？”

“是的，将会很隆重，”雷拉格严肃地说，随即又叹了口气，“我会在葬礼上亲自向他致歉并致悼词。”

“葬礼是一名勇士所应有的，即使他是敌人，我同意，可你这个司令官为什么要向战死的敌人道歉？”艾里克不满地说，“你杀死了他，可他是一个军人，战死是他的命运！”

白发巨汉奥拉多姆一直在观察着大家的争论，他望了一眼雷拉格，眯起了眼睛，“艾里克，”他走近艾里克拍了拍他的肩膀，压低声音，“如果道歉可以夺得安条克城的话……”

罗贝尔的头颅被找到与身体一同下葬，死者身穿清洗过的豪华铠甲与披风，显得十分庄重，“伟大而善良的骑士首领，”雷拉格亲自致辞，语气十分恳切，“您是十字军骑士的楷模，美德的典范，您的武艺无与伦比，您的气度世间非凡。可惜您被心术不正的君王所蛊惑，正直成为了邪恶的工具。如果您效力于善良正义的君主，我断然不是您的对手。愿您高尚的灵魂安息，在天国引导骑士们投向正确的方向。”

罗曼诺夫不满地向地上轻啐了一口，朱里奥望着神色真挚的雷拉格，不禁点了点头。

致辞结束，下葬正式开始。其余人都在望着装载着罗贝尔的棺木被抬起运进阿达纳城的墓地。雷拉格缓缓地从台阶退下，望了一眼竟然被自己悼词感动得连连点头的艾里克，“罗贝尔麾下的医院骑士们的尸体还没有下葬是吧？”东线总司令官问道。

“还没来得及，”艾里克觉得今天的雷拉格特别有风度，“也许今天就下葬，给这些勇敢的战士们一个体面的结局吧。”

“当然，当然，”雷拉格的眼珠转了转，“不过我需要他们的衣服，你能带阿拉玛诺人来完成这件事吗？”

“这是对死者不敬！”艾里克睁大了眼睛。

“那就拿我们北欧卫队的衣服给他换上好了，”雷拉格不耐烦的说，“我们可是皇帝的禁卫队！对他们也不算不敬了，头一个就拿我的。”

“这样就好多了。”艾里克释然道。

仍病重的曼努埃尔努力站起身，皇帝透过帐篷的缝隙观看了葬礼的整个过程，嘴角露出了欣慰的笑容。

从霍姆斯城返回的索菲娅迈着自信的步伐走进阿达纳的帝国军营，她是为数仅有的几个可以不经通报直通雷拉格大帐的人，司令官身边的侍卫刚刚退下，军情处副处长就飞扑进北欧人的怀里。柔软而红润的嘴唇与雷拉格紧紧相贴。

“我从今天早上就有预感，”雷拉格紧紧拥抱着索菲娅的腰肢，“神灵会给我送来我最想要的。”

“我，还是胜利，还是军情处最新的消息？”索菲娅轻轻捏了一下雷拉格的鼻子，“安德鲁瓦在骑士堡的相好奈菲尔，竟然是哈萨辛首领塔莉亚的妹妹，不觉得这很有趣么？”

雷拉格放开索菲娅，眼睛转了转，显然他还不明白她的用意。

“安德鲁瓦接任安条克军的防御在军情处的预料之中，”索菲娅冲他眨了眨眼睛，“所以我在埃及领袖那里做了点安排，贤妻的又一份礼物。”

奈菲尔正在井边打水，她根本来不及喊安德鲁瓦给他安排的护卫，嘴就被一只手牢牢按住，“安静点，”一个低沉的女声命令道，“如果你不是我妹妹，你早就死了。”

“姐姐？”奈菲尔的目光充满着疑问。

“我要带你离开骑士堡，”塔莉亚的语气不容置疑，“这里距离前线太近，虽然我们分别很久，但我仍然不想失去你这个唯一的亲人。”

“可是，安德鲁瓦……”

“我是你的姐姐！不要再喊那个该死骑士的名字！”塔莉亚低吼道，“你要去的地方是亚历山大港，那里很安全，”哈萨辛首领的目光中出现了一丝疑惑，“但首先，你得先去一趟阿达纳的东罗马军营住几天，我就不亲自去了，我的人会送你去。摩苏尔那里我还有更重要的事务。”

“我为什么要去罗马人的军营？”

“我不知道，”塔莉亚老实回答，“我只知道这是萨拉丁与东罗马帝国的协议，而他向我保证你的安全，我相信他。”

安德鲁瓦在骑士堡招募他的圣墓守护者，但出乎意料，只有一小半人因他的个人威望愿意随他一同防御奇里乞亚门。

“博希蒙德不配圣墓守护者效力，”一名不愿意出征的圣墓守护者说，“罗贝尔为他效力就是错误的，事实证明神抛弃了他。我们应该回到圣墓去，那里才是我们该呆的地方。起码效忠鲍德温四世要好得多。”

心情复杂的安德鲁瓦带领两百名圣墓守护者来到了奇里乞亚门扎下营寨。这里还有残余的二千多名安条克步兵。他们的率领者是垂头丧气的伯尔纳泽。我不可能用他们来击败罗马人，安德鲁瓦悲哀地想，但也许可以拖延到西方教廷①的干涉吧。

“天下无敌的圣墓守护者终于来了？”伯尔纳泽没好气地望了一眼安德鲁瓦，“在安条克大军覆灭之后来救场了？”

“你的安条克军队跟我毫无关系，”安德鲁瓦强压下怒火，“从你们的骑士欺负奈菲尔那刻起，从我杀死你们的恶棍而被驱逐起，如果不是罗贝尔，我根本不会在这里。”

“罗贝尔？”伯尔纳泽哼了一声，“那个浪得虚名的骑士团军团长？脑袋与身体都分家了。”

圣墓守护者刷地一声亮出长剑，伯尔纳泽的卫兵们也纷纷抽出武器，“我警告你。”安德鲁瓦盯着伯尔纳泽的眼睛，“无论谁都不可以污蔑罗贝尔。”

伯尔纳泽转过身，带着自己的人退了回去。安德鲁瓦收回长剑，长叹了一口气，带领圣墓守护者在前门驻扎了下来。

山脚下，雷拉格大帐中的灯火一直通明。

“你不知道在你告诉我计划之前我有多难受，”朱里奥眼中闪烁着感激，“这毕竟与突厥人作战完全不一样，如果能成功的话，这就……太好了！对我来说比陛下再丰厚的奖赏都好上百倍。”

“萨亚斯会同你一起去，成功与否就看你的了，”雷拉格笑道，“我反而要感谢你才对，陛下也会感谢你。”

① 西方教廷的干涉：公元12世纪，西方王国中真正最有实力的不是国王们，而是教廷，后者可以发动十字军，并且自身就拥有类似医院骑士团或圣殿骑士团这样的精锐武装，因此教廷的意见就连东罗马帝国都不得不考虑。

朱里奥离开了大帐，雷拉格望着他的背影，自言自语，“我必须保证他成功，为了万无一失，我应该……对了，我怎么把他给忘记了。”司令官随即也走出大帐。

大帐外不远处，置着一尊精致的餐桌，桌顶摆着一盘红灿灿的龙虾沙拉，一盘油光发亮的碎肉茄子蛋，泰勒斯整个身躯斜靠在躺椅上，手中还抓住一小盘奶酪栗子布丁，身旁希腊火步兵则像勤务兵一样端着托盘，盘里放着葡萄酒——显然是因为小餐桌根本放不下。

“你从特拉柏森过来不少日子了吧？”雷拉格走近躺椅拍拍他圆滚滚的肚子，抓起泰勒斯的勺子尝了一口碎肉茄子蛋，确实美味，“你吃得比国王都好，日子过得愉快吗？”

“无聊，还是无聊，想吃这些，君士坦丁堡可比阿达纳的军营里多，不过这么一说还真怀念首都的海鲈鱼！”泰勒斯不满地摇摇头，“我到这里是为了宝贵希腊火发射器能有发挥的一席之地，但头儿，你知道陛下，他不信任我的东西。”

“你别忘记，”雷拉格笑眯眯地说，“我信任你。”

“那有什么用，”泰勒斯闭上眼睛，“你又不是皇帝。”

“我现在是总司令官。”雷拉格提醒他，“对于调动任何部队，我都有说一不二的权力。”

泰勒斯一骨碌从躺椅上坐起，眼睛睁得老大，“那么说我有事做了？”

趁着夜色，亚美尼亚人萨亚斯摸近了奇里乞亚门营寨的附近，借助月光能勉强看清前门的圣墓守护者旗号，年轻的弓骑兵指挥官搭上一支箭，拉满弓把它射进营寨里。

箭矢的声响惊动了巡逻的士兵，萨亚斯满意地看见一名披着黑色披风，内衬白色八角十字的重步兵拾起了箭矢。

安德鲁瓦接过了士兵递给他的箭矢，并从箭矢的尾端拆下信件，看毕之后，把信扔进了火炉。思索良久，叫上两名手持双手剑的步兵，打开营寨前门。

转过一个小山坡，茂密的松林中一个人坐着等待，安德鲁瓦敏锐的望了一眼四周，没有埋伏的迹象，安德鲁瓦右手按住剑柄，向那人靠近。

来人站起身，带着嘲讽的笑容望了一眼安德鲁瓦的跟随，“见自己的亲弟弟需要护卫吗？”

“真的是你？”安德鲁瓦掩饰不住自己的惊喜，但随即换上了公事公办的面孔，“护卫是必须的，我们各服务于不同的君王。”

“恕我直言，”朱里奥平静地说，“你服务的博希蒙德无论从品格能力或者志向都不能算是个君王。”

“他当然不算，”安德鲁瓦咬紧牙，“但是罗贝尔被罗马人杀死了，他是一个品格高尚的人，待我就像自己的孩子一般，我不能饶恕凶手。”

朱里奥转过身，向前走了几步，“这是战争，安德鲁瓦，没有私仇，没有凶手。”

安德鲁瓦仍不放弃，“但罗马人必须血债血偿。”

“那就拿我的血来偿还吧，”朱里奥转过身淡然地说，“我现在是帝国骑兵指挥官。”

安德鲁瓦无奈的叹了口气。

“安条克公国只是在利用骑士团，甚至教皇也是，”朱里奥说，“你知道罗马人怎么做的吗？他们敬重军团长的人格，给罗贝尔举行了隆重的葬礼，总司令官也致了悼词，并道歉不应与这位高尚的人为敌。哀悼军团长被心术不正者蛊惑。”

“这才是有气度的行为，让我们兄弟在一起吧！”朱里奥抓住安德鲁瓦的手臂，“就像曼努埃尔曾经在安条克城当着我们的面保证的那样，你甚至可以把奈菲尔带来君士坦丁堡，让你心爱的女人有个安定的生活，更重要的是，你们可以在圣索菲大教堂举行婚礼！”

安德鲁瓦望向漆黑的远处，但他什么也看不见。

“我不会效忠于皇帝，即使这能让我心爱的女人过上好生活，即使，我能与奈菲尔结婚，”安德鲁瓦过了一会转身望着朱里奥，“看的出你对于投靠曼努埃尔已经下定了决心，我真正顾虑的是与你为敌，罗贝尔已经死了，他是战死的，罗马人如果给予了他真正的尊重，这比博希蒙德都要多……你是对的，我不应该为此复仇，不应该冒着失去你，”安德鲁瓦顿了一顿，“我这个世界上唯一弟弟的风险。”

“兄长，”朱里奥的喉咙突然哽咽起来，眼睛闪烁着什么东西，“我们最终还是要分道扬镳？”

“现在看起来是这样，以后也会如此，”安德鲁瓦生硬地说，但为了避免朱里奥看见他眼睛里同样闪烁的东西，他把头转开了，“我答应你不再为博希蒙德效力，因为这会造成你我之间的对抗。不过我还会坚持自己的原则，继续为骑士团效力。”

朱里奥默默的望着他，知道固执的兄长是不会被劝说的。

“我确实不应该参加这次战争，”安德鲁瓦若有所思，“圣墓守护者们从未拒绝过我的命令，但这次一大半人都不愿前往，显然他们根本不想为博希蒙德服务，我想，应该带领他们去效忠于更贤明的国王，比如耶路撒冷王国的鲍德温四世，再说，那里的圣墓也是我们该回去的地方。”

“看来你已经决定了，”朱里奥伤感不已，“耶路撒冷王国也许是个好去处，我们也许以后能在那儿见面，哦，有件事情你应该知道，奈菲尔来到了阿达纳外的帝国军营。”

"什么？"安德鲁瓦脸色变了，"你们绑架了奈菲尔？"

"不，不是这样，"朱里奥连忙解释，"奈菲尔的姐姐，就是你见过的女哈萨辛，她把奈菲尔从骑士堡接了出来，安条克实在离骑士堡太近了不够安全，阿达纳城只是一个中转地而已。并且我以自己性命担保奈菲尔的安全。"

"哈萨辛什么时候与罗马人又搞在一起了，他们不是仇敌吗？"安德鲁瓦嘲讽的摇摇头，"我不为曼努埃尔服务，这就是一条重要的原因。"

"想见一面奈菲尔吗？"朱里奥突然说，"我可以帮助你们。"

"这不会是曼努埃尔的诡计吧？"安德鲁瓦怀疑地说。

"我同样用性命担保你与你麾下所有圣墓守护者的安全。"朱里奥肯定。

"在我见过奈菲尔之后，我与我的人都可以自由离开军营吗？"

"当然，你一直就是自由的。"朱里奥说。

"如果你们玩什么花招，我就让他们知道，歼灭一支两百人的圣墓守护者要担负多少代价，"安德鲁瓦的眼中冒出自信的光芒，"但我相信你，我的人就在前门，我们趁夜直接撤离吧。"

"你不知道，不与你为敌我有多么高兴。"朱里奥说。

安德鲁瓦背对着朱里奥，"我也一样。"

安德鲁瓦与朱里奥带领着两百名圣墓守护者沿着奇里乞亚门下山险要的小道前行，路上还碰见了萨亚斯与他巡逻的阿兰骑兵，弓骑兵统帅跟他们一起返回，这让安德鲁瓦越来越感到不放心，右手一直按在长剑剑柄上。进入拜占庭军营之后，他警觉的四处张望，但什么疑点也没发现，回身望了望朱里奥坦然的表情。继续带领守护者们前进。

安德鲁瓦没有看见雷拉格，军情处副处长索菲娅隆重地接待了他们，阿拉玛诺剑士首领艾里克、重骑兵统帅约翰维塔斯也在迎接的队伍中，圣墓守护者仍没有看见他想要的，“奈菲尔到底在哪里？”他不耐烦地问。

索菲娅笑容可掬的表情变得严肃起来，她冲安德鲁瓦招了招手，“请随我来，”接着又犹豫地望了一眼身旁的艾里克与萨亚斯，“你们也跟我一起来，约翰维塔斯留在军营好了。”

穿过大营的西边，有一间临时木屋，当一行人接近屋子时，两个包裹头巾、面相阴沉的人紧紧伴随着奈菲尔，打开门走了出来。

“安德鲁瓦！”奈菲尔惊喜地上前，却被身后两个人按住，这个动作使得安德鲁瓦与朱里奥同时抽出了长剑。

“奈菲尔身边是什么人？”安德鲁瓦转身盯着索菲娅。

“他们是哈萨辛，”索菲娅看了一眼身旁的艾里克与萨亚斯，“塔莉亚手下的刺客。”

“我们的首领与你们是有协议的！”一名包裹头巾的人看形势不太妙冲索菲娅喊道，“奈菲尔在这里是暂时的，我们要带她去亚历山大港！”

“我们的协议就是，”索菲娅斟酌着字眼，“你们带奈菲尔在阿达纳城外停留四天，四天后帝国不得干涉你们与奈菲尔离开。”

“你们正在破坏协议。”一名哈萨辛说道。

“我们没有干涉你们离开，我、艾里克、萨亚斯都不会阻挡你们，但安德鲁瓦可能会不同意。”她饶有兴趣地望了一眼巨盾与长剑都持在手的男人，“他是医院骑士团的圣墓守护者，与帝国没有任何关系。”

“我不知道你俩与安德鲁瓦对决谁会取胜，”索菲娅笑道，“但如果是打赌，我真的不想押在圣墓守护者敌人的那一方。”

“我不是以罗马骑兵军官的名义，”朱里奥也上前一步，“而是以安德鲁瓦弟弟的名义阻止你们！”

两名哈萨辛大惊失色，其中一名下意识地拔出弯刀，对准了奈菲尔细长的脖颈，“你们谁都不要再向前！”

索菲娅惊奇地望着两名哈萨辛，“你们如果伤害了奈菲尔，知道塔莉亚会用什么残酷的法子干掉你们吗？”

“但我们如果丢掉奈菲尔一样会死！”一名哈萨辛叫道。

“不，不，”索菲娅背着双手走向前，“如果我是你们，我就会把奈菲尔让给安德鲁瓦，起码这也是你们首领妹妹的意愿，你们可以在军营里继续作客，当你们首领返回时，我会保证你们的安全，而且会向塔莉亚保证，一旦安德鲁瓦那里有任何危及奈菲尔的风吹草动，帝国军情处会把奈菲尔转移到你们首领认为安全的地方。”

“塔莉亚去东方执行更重要的任务，”索菲娅继续道，“现在她无暇顾及奈菲尔的安全，圣墓守护者在这个时间是理想的保护者，你们首领所做的一切，也无非是保证她妹妹的安全，难道不是这样吗？”

两名哈萨辛的手松了松，奈菲尔立即扑进了安德鲁瓦的怀中。

“我会带你走，”安德鲁瓦搂抱着奈菲尔的腰肢，“带你去耶路撒冷。”

索菲娅松了口气，望了一眼仍惴惴不安的两名哈萨辛，“明智的选择。”军情处副处长肯定道。

“安德鲁瓦带领圣墓守护者离开了奇里乞亚门！”一名军官向伯尔纳泽报告。

“什么？我就知道这个狗屁守护者不可靠！”伯尔纳泽叫道，“就算没有他们，东罗马军队也休想攻克如此险要的关隘。当年这里驻扎一千步兵就可以阻挡白匈奴人的几万铁骑！你带领五百士兵，去防守前门！”

一名哨兵走近伯尔纳泽的住所，他的表情看来有些疑惑。

“又发生什么事了？”伯尔纳泽望着他的眼睛。

“圣墓守护者他们又回来了！”哨兵报告。

“也许刚才他们夜里出寨门是为了巡查？”那名军官猜测。

“他们到底玩什么花样，”伯尔纳泽思索着，“等他进来，我要好好问问这个圣墓守护者！”

Chapter 38

几个希腊士兵每人的斗篷下都分担着一部分零件，一进寨门就立即组装，完成架设的机器看起来非常沉重。几个士兵费力地把机器抬进寨门，兽头状的发射口瞄准着安条克人的箭塔，“来尝尝泰勒斯叔叔在特拉柏森新研制的重型发射器吧！”泰勒斯用舞台喜剧般的腔调喊道。

隐藏在树丛中的雷拉格一直在观察朱里奥与安德鲁瓦的谈话，圣墓守护者刚一离开山坡，他就率领着身穿医院骑士团斗篷的北欧卫队模仿着圣墓守护者们行军队形前进，并尽力把满是汗水的脸躲藏在医院骑士团厚厚的黑色斗篷下面，他斗篷下栗色的双眸紧紧盯着越来越近奇里乞亚门营寨的动静，瓦朗尼亚首领身材与安德鲁瓦的相仿，也许可以蒙混过关。

“我可怎么办，我现在感觉好紧张，”一个埋藏在人群中间的声音在埋怨，声音禁不住颤抖，“我的身材可一点都不像什么圣墓守护者！我会暴露的，头儿，你可从来没说过这活有这么危险。”

“那你现在知道了。”雷拉格也压低声音逗他，“还记得特拉柏森的潜入吗？你现在对我的计划失去信心了？”

“你的计划确实是天衣无缝。”想到往事泰勒斯不禁心情好了一些，“那你的意思是我们可以一直伪装着进入寨门？”

“我们进入寨门之时一定会被他们发现。”雷拉格低声说。

“什么？”泰勒斯在喉咙中低吼道，“那为什么还要来这个鬼地方？”

雷拉格饶有兴趣的回头看了他一眼，“因为有趣。”

泰勒斯哭丧着脸跟在后面。

“奥拉多姆，罗曼诺夫，”雷拉格转脸低声对身后两名大汉嘱咐，“一旦我们接近寨门，战斗就会立即开始，我们必须不惜一切代价在人群中冲出个缺口，掌握一个能让我们控制寨门的区域。”

奥拉多姆颔首，“冲出缺口后就立即招呼山下整装待发的大军？”

“不，”雷拉格摇摇头，“我仔细察看过安条克人的布置，营寨的四周都布置了热油滚木。有士兵固定守候在那里准备点火，一旦大军向山上攀登，再多数量的援军都会在这些滚烫的玩意儿倾倒下伤亡惨重。”

“也就是说，我们一旦登上营寨，就是孤军作战喽？”

“也不完全是，”雷拉格笑着向后望了一眼，“我们不是还有泰勒斯吗?

白发巨汉望了一眼躲藏在他身边几乎被斗篷包住的泰勒斯，不自然地眨了眨眼睛。

“前面就是营寨了。”罗曼诺夫握了握藏在斗篷下的重锤，“大家都当心。”

伯尔纳泽走出指挥所，望着圣墓守护者们一个个鱼贯进入营寨，他本以为安德鲁瓦会走在前面，但他一直没有看见他，不久，他看见安德鲁瓦打扮的人走在队伍的中间，想走过去说几句嘲弄他的话。这时他与安德鲁瓦的眼睛对视了。

他不喜欢今天安德鲁瓦食肉动物紧盯猎物般的眼神，转开了视线望着其他医院骑士团重步兵。他发现今天圣墓守护者们的斗篷都拉得特别低，他们的双手剑都还背负在剑套中，可斗篷内似乎还另有武器。

恐惧的情绪开始向头部蔓延，伯尔纳泽手按在剑柄上，“士兵！”他高叫道，并向哨兵急促的挥手，让他们停止圣墓守护者们的前进。

雷拉格的目光一直完全锁定在伯尔纳泽身上，当伯尔纳泽一有异样举动，禁卫军首领飞快地回身瞟了一眼自己的部下，他们已经有一半已经进入了寨门，“动手吧！”他高吼道。

北欧卫队们纷纷从斗篷下抽出短斧，却并不急于挥砍，而是纷纷高吼着向四周的安条克士兵猛冲过去。用自己强壮的身躯把他们推得人仰马翻。白发巨汉奥拉多姆与蛮锤罗曼诺夫更是推倒了十几个敌人。他们瞬间整理出一个可供门外同伴继续向内涌的空间。

伯尔纳泽抽出长剑，亲自督战，“堵住他们，堵住他们！别让他们进来！”他急忙带领着亲兵向前，“弓弩手射击他们的后方！”伯尔纳泽明白这两百人北欧卫队只是拜占庭大军进攻的前哨而已，“寨门上的人别动，控制住滚油和檑木！警惕他们的援军！”

雷拉格料定伯尔纳泽会亲自督战，他抽出寒光闪闪的冰川之刃，带领百名北欧卫队迎面向伯尔纳泽杀来，并与伯尔纳泽缠斗在一起，奥拉多姆与罗曼诺夫也心领神会地带兵贴近安条克人，靠近寨门而还未进来的北欧卫队则撑起他们的大圆盾，依靠寨门的死角躲避箭矢——这让安条克的弓弩手射击几乎没起作用。

“弓弩手到底在干什么？”一名安条克军官叫道。

“他们现在没用了！”伯尔纳泽现在知道雷拉格的人为什么要靠这么近，两军挤在一起，弓弩手不会冒着误伤他的可能胡乱射击，“全部人马集中前门，用人数优势把他们压出去！”

安条克人知道奇里乞亚门将是他们最后一道天堑，全部呼喊着向前，利用人数优势对北欧卫队发起猛烈的反攻，北欧卫队人数太少。寨门占领的空间又被一步步挤了回去。伯尔纳泽立即命令弓弩手准备，一但北欧卫队被挤出寨门，他们就会成为弩箭的靶子。剩下的北欧人也毫无撤退可能，滚油与檑木将让他们全部葬身在奇里乞亚门下。

奥拉多姆挥舞着战斧拼命砍杀，也无法阻止整个战线在后退，“该死的安条克人，这样我们全会死在这里，雷拉格，我们怎么办？”

雷拉格一剑砍倒一个冲在最前的安条克士兵，掉头大喊道，“泰勒斯！”

几个希腊士兵每人的斗篷下都分担着一部分零件，一进寨门就立即组装，完成架设的机器看起来非常沉重。几个士兵费力地把机器抬进寨门，兽头状的发射口瞄准着安条克人的箭塔，“来尝尝泰勒斯叔叔在特拉柏森新研制的重型发射器吧！”泰勒斯用舞台喜剧般的腔调喊道。

泰勒斯兴奋地都涨红了脸，可他开始推动气泵时，脸色突然变了。

“你们都来帮帮我！”他着急地对着身后几个希腊人说道，士兵们立刻上前合力，可怎么都推不动气泵。

“我那要人命的运气啊！”泰勒斯抱着头绝望地诅咒道，“该死的气泵竟然卡住了！”

伯尔纳泽环顾战局，突然他发现一些希腊人似乎在架设什么东西，数百年内“流动之火”可怕的传说都在脑边回荡，“弓弩手瞄准这些家伙！”伯尔纳泽狂叫道。

大型希腊火喷射器还是没有反应，弓弩手的箭矢却飞扬而来，希腊人纷纷中箭，这些没有盾牌的士兵立即到处乱跑躲避箭矢乱成一团。泰勒斯的腿上也中了一箭，嚎叫着翻倒在地上。

“泰勒斯！你在干什么？”北欧卫队现在几乎全部被推出寨门了，雷拉格朝他这里大喊，“快发射！”

又气又恼的泰勒斯一股力气突然从身体中心爆发，他用头猛的向机器撞过去，“这不争气的机器要把我们全都害死啦！”

突然，他听见了发射管中一声令人欣喜的响声，似乎被他一撞，什么东西从气泵边松脱了。

泰勒斯立即转向气泵，用尽力气推了进去，“我们有救啦！”

兽头状的发射口喷射出巨龙般的火焰，一瞬间把整个箭塔笼罩在熊熊火焰中，被烧着的安条克弓弩手纷纷惨叫地从箭塔上掉了下来，泰勒斯又发射了一次，这次瞄准的是稍远处安条克人的滚油缸，直接引发了大爆炸，几个滚油旁的安条克士兵直接被火焰气浪轰上了天空，更把寨门在碎木飞舞中炸开了可供一百人同时冲入的缺口。

连雷拉格都被这样的大爆炸惊呆了，他难以置信地望着火光冲天被毁掉一半的安条克城寨，“泰勒斯你还真是一鸣惊人①啊！”他转向背负战旗的罗曼诺夫，“向山下挥舞战旗！大军出动！”

山下早已等待多时的拜占庭斥候看见了山顶上挥舞着的战旗，“有信号了！”重骑兵指挥约翰维塔斯在浑身披挂重甲的战马上抽出长剑，“大军全面进攻！”

铁甲圣骑兵踩在地面发出隆隆巨响冲在最前面，数万大军一齐在震耳欲聋的呐喊声中向山上涌去。

“这可比圣索菲大教堂的那次爆炸强多了，也比皇宫教堂里的棒！”泰勒斯兴奋的大叫，甚至忘记了腿上的箭伤，“你们都跟我回来！”他召集刚才还在乱跑的希腊士兵，“拿好你们的小型发射器，背上包跟我上箭塔！”

希腊士兵们跟随泰勒斯登上位于安条克人侧翼还在熊熊燃烧着的箭塔，士兵们打开背包，把混合了酒醋的沙子②覆盖在箭塔落脚位置上，撒

① 一鸣惊人的英文是“set the world on fire”，直译过来就是“将世界置于火中”，和泰勒斯的做法非常匹配。

②希腊火是一种混合型的燃烧剂，使用水只能让燃烧范围扩大，混合了酒醋的沙子是一种较好的选择，但帝国的敌人经常忘记配备这些重要的材料。

下沙子的地方火焰很快熄灭了。他们弄出一片无火的区域，接着士兵们纷纷对拥挤在寨门的安条克步兵举起小型发射器。

数十条火龙在箭塔上从侧面向正在向前涌的安条克士兵倾斜而下。雷拉格麾下这些北欧卫队有丰富的与泰勒斯合作的经验，立即向后退了两步以避免误伤，然后小心地望着眼前的敌人在哀号声中被烧成焦炭。

随着燃烧的加剧，安条克人士气完全崩溃，向后躲避大火，北欧卫队躲开着火的区域，绕个圈子开始追击逃命的敌人。

伯尔纳泽已经无法控制士兵们的到处逃窜，杀了几个逃命的败兵也无法挽回局势。他只好也转身向奇里乞亚门的后门跑去，想从那里逃回安条克城。

但他已经看见一个手持双手剑的人紧紧跟在背后。

伯尔纳泽一转身，冷不防向背后刺出一剑，但那人早有准备，双手剑一抬手就把他手中的长剑击飞向了空中。

安条克军队指挥左手又去抽腰间的短剑，整个人已经被重重的一脚踹在胸口翻倒在地，还来不及挣扎就被那人踏住了胸口。

“投降吧！”雷拉格的冰川之刃指着伯尔纳泽的喉头，“要想活命的话。”

躺倒在地的伯尔纳泽别无选择，黯然地点了点头。

在禁卫队的保护下，伴随着数万士兵的欢呼，曼努埃尔拖着病体，登上了奇里乞亚门，士兵们围绕着雷拉格，并把北欧人一次次地抛向空中，这使得皇帝不禁露出微笑。他来到黑海之龙面前，紧紧拥抱着他。

“现在安条克人除了投降已经没有任何策略了。”曼努埃尔的眼中闪烁着与年龄极不相称的激动，声音甚至有些哽咽，“谢谢你，孩子。”

陛下的语调感染了雷拉格，“罗马万岁！”禁军首领不禁叫道，也紧紧地搂住了胜利的皇帝。

泰勒斯与他的希腊火喷射兵没有参加欢呼，他们都围绕在大型喷射器的发射管处做检查，“真是见鬼了，”泰勒斯一边拆开气泵一边自言自语地嘟囔，“之前我试验了无数次都没出现任何问题。”

突然“啪”的一声，一个被烤焦了的东西从气泵旁掉了出来。

一个希腊人拾起了它，还微微发烫，是个硕大的海龙虾脊背硬壳，看起来之前就是它卡住了气泵。

希腊火喷射兵们都用异样的眼神望着泰勒斯。

“龙虾怎么会爬进发射管里去呢？”泰勒斯仍装腔作势的嚷道，但声音已经越来越低了。

士兵们继续这样静静地望着他。

“你一边吃饭一边检查发射器的吧？”一个士兵忍不住说。

泰勒斯仍呆呆地望着发射器，“小声点，”他回头望了一眼正被人群簇拥着的雷拉格，“千万别让他知道。”

与奇里乞亚门欢呼雷动的帝国军队比，安条克城议事厅显得既安静又阴沉，博希蒙德摇晃着他狮子般的大脑袋，沮丧地瘫倒在宝座上。

“我们该怎么办，博西蒙德？”她的妻子，公爵夫人长叹一口气，小心地走上前。

“我犯了大错，我根本不应该与曼努埃尔开战，但是他不会杀我，他不会杀我，”博希蒙德无助地望着四周的墙壁，抓住最后一条救命稻草，“他是个讲究罗马皇帝形象的统治者，而你是皇帝的侄女，凭这个他就不会杀我！”

公爵夫人不自然的眼睛眨了眨，似乎对公爵的话不置可否。

“还有更重要的原因，”博希蒙德盯着妻子的眼睛，突然信心似乎回到了体内，“罗马皇帝还不会亲自统治安条克，知道为什么吗？因为一旦在安条克站住脚跟就必须来面对东方无数的突厥大军，还要与强大的萨拉丁接壤，穆斯林的力量是如此强大，这是谁都不愿意直接面对的事！而我们是最好的缓冲，皇帝还需要我们！”

“但我的叔叔会在安条克设立东正教牧首，并安排像乔瑟林伯爵那样的人来掌权，从而在未来力量足够之际达到对安条克的真正占领。”公爵夫人说道。

“你说的不错，但那是以后的事，”博希蒙德擦了擦额头上的冷汗，“先想想怎么请罪会得到你叔叔的宽恕吧。”

博希蒙德除去头冠，赤着双脚，手捧自己的甲胄，脖颈还拴着绳索来到曼努埃尔面前请罪，被俘的伯尔纳泽也弯着腰紧跟在后面。③

“这已经是第二次了吧？”曼努埃尔斜着眼睛望了一眼胆战心惊的博希蒙德，“趁我在对阵突厥人的时候再次袭击帝国东部？”皇帝身披紫色长袍，身旁是杀气腾腾全副武装的雷拉格与约翰维塔斯。曼努埃尔端坐在大帐中接受博希蒙德的投降，“竟然还勾结了医院骑士团，现在你的骑士都在哪儿？”

博希蒙德半跪在面前，请求皇帝的原谅。

“我真很难想象你竟然是我侄女的丈夫！”曼努埃尔吼道，“甚至

③ 这一幕安条克公爵向曼努埃尔一世请罪的场面，确实出现在历史上，不过时间是1159年，而非小说中的1179年，此改动为情节需要。

勾结了突厥人来对付我！你们也算得上是基督的军队？现在你的军队全军覆没了，也许你也应该和他们一起去地狱！”

雷拉格在一旁刷地一声抽出寒光闪闪的冰川之刃对准他们，吓得博希蒙德与伯尔纳泽一齐匍匐在皇帝脚下。

“我愿意认罪，并接受皇帝陛下的一切条件！”博希蒙德完全没有了在议事厅中虚张声势的形象。

“我把安条克城，不，是整个公国作为赎罪供奉给陛下！”博希蒙德看曼努埃尔没理睬他，急忙补充道。

“你知道我因为侄女的关系不会杀你，对吗？”曼努埃尔轻轻叹了口气嘲弄道，“而且你也知道罗杰、吉奥他们都死了，而我一定是要处死他们的，因为我不会忘记任何仇恨。”

博希蒙德身体微微发抖匍匐在地，偷偷望着皇帝的脸色。

“你的步兵，我将挑选出来精良者交给曼西姆斯去训练编入帝国的步兵部队。”曼努埃尔沉吟道，“我看朱里奥骑兵的编制还不够大，你剩下的重骑兵，我也会挑选他们够格的加入拉丁骑士，除此以外，公国还必须提供帝国大军的一切供给，永久性的服从帝国的兵役，稍后我会派遣我的官员前往各个部门。”

博希蒙德连连点头。

“最后一件事情，”皇帝盯着公爵的眼睛，“你还可以当你的公爵，但你的主要行政职权我会把他交给乔瑟林伯爵，”说到这里皇帝不禁露出嘲讽的笑容，“他看起来也蛮有才华。”

博希蒙德恨恨地咬着牙，但还是连连点头。

“我记得在几个月前，安条克议事厅前我就和你说过，”曼努埃尔站起身，坚定的目光盯着公爵的眼睛，“十字军占有着帝国的领土，我会拿回来的。”

“你可以走了，回去准备迎接我的入城仪式。”皇帝冲公爵摆了摆手，博希蒙德与伯尔纳泽向曼努埃尔行礼后小心翼翼的退出。

“为什么不直接干掉他或者把他抓起来监禁，”雷拉格对曼努埃尔建议，“干脆把安条克公国变成东部的一个行省多好，让我们的人来管理这片土地。”

“乔瑟林也算是我们的人，”曼努埃尔无奈的摇摇头，“在处理当地事务特别是宗教事务中他比我们的人可内行的多。如果我们来取代他们，也就等于取代他们的位置抵挡从东方潮水般的突厥骑兵，现在帝国还处于恢复阶段，这将会是无比沉重的负担。

“别忘记帝国还有西部的领土呐，而且还都是些富庶的省份。”皇帝微笑着提醒雷拉格，“匈牙利，塞尔维亚人，保加利亚人都蠢蠢欲动④，罗马教皇不知道哪天又会组织讨人厌的十字军，我表面上还得佯装欢迎，总之，万事小心。”

“我们让乔瑟林掌握主要权力，再让博希蒙德同样节制乔瑟林统治这片土地？”雷拉格会意地说。

“你很聪明，”皇帝满意地冲雷拉格点点头，“我们还是需要博希蒙德在当地的一些号召力的，起码要让这个地区不能被突厥人轻易攻取。但不管怎么说，”曼努埃尔拍拍雷拉格的肩膀，“安条克城终于回到了帝国的怀抱。”

入城仪式上，骑兵、步兵、弓箭手穿着闪闪发亮的铠甲，旗帜鲜明，

④ 匈牙利当时已成为拜占庭帝国的附庸国，而塞尔维亚和保加利亚地区属于帝国的领土，但是这些地区的统治都不稳定，如果帝国势力削弱了的话……

排列着整齐的队形进入城市。萨亚斯的阿兰骑兵甚至为此在帽檐上插上了节日的羽毛。皇帝身穿金光闪闪的重铠，披着绣着金线的紫袍，手持权杖。黑色坐骑也挂满了六道金纹与威武的双头鹰标志。

端坐在雄壮而高挑的战马上，皇帝的身体稍稍向后仰，表现出一位大国胜利王者的傲气。博希蒙德公爵在皇帝旁边鞍前马后，忙着扶鞍牵缰。⑤

在即将进入广场之际，皇帝突然翻身下马，一把搂住身旁一同前进的雷拉格肩膀，欢快地向人群大喊，“这就是夺取安条克的英雄，帝国曾经的禁卫军统领哈拉尔德的亲生儿子！既是我的禁卫军统领，也是我的外甥！”

雷拉格有点不好意思，但这确实让他很难抑制自己的喜悦，他也冲着人群挥手，向艾里克，萨亚斯，奥拉多姆，罗曼诺夫打着招呼。

曼努埃尔与雷拉格肩并肩前进，人群开始有人讨论，“罗马人的战争皇帝总算是有了个好助手，奇袭特拉柏森城堡可算得上是传奇！现在又收取了安条克，他的前程真是不可限量！”

“与皇帝一同接受欢呼，科穆宁家族还从未有过，这可像是共治皇帝的殊荣啊⑥！”

雷拉格听见后脸色变了变，不经意望了一眼皇帝的神情，皇帝依然神情自若。禁卫军首领虽然继续与众将与士兵们挥手，但显然没有刚才那么自如了。

⑤ 安条克公爵对曼努埃尔一世扶鞍牵缰的这一幕也出现在真实历史事件中，当时标志着十字军公国中的安条克公国成为拜占庭帝国的附庸国。不过当时是摄政雷纳尔德而非还未亲政的博希蒙德三世，此为情节需要。

⑥ 共治皇帝制度虽然是从古罗马帝国的传统中延续下来，但此时的头衔早已失去了与当前皇帝平起平坐的地位，但另一方面，一般只有皇位继承人才会被定为共治皇帝。

Chapter 39

他望了一眼该层的美景，第五层被称为“天堂”，精致如象牙般光滑的大理石建筑，豪华而丰富的雕饰，美酒如山，佳肴如林，是所有成功的哈萨辛得以放松自己的场所。息南瞥了一眼其中一名刚成功归来的刺客，他身旁围绕了五名妖娆而丰满、全身上下仅披着薄如蚕翼轻纱的姑娘，每个几乎全裸，黑发披肩的女人都像蛇一样紧紧地缠在他身上，而刺客自己正斜卧在绒毯上，服用上好的大麻，进入最美好的幻境。

罕见的大雨袭击了整个摩苏尔城堡①，也许这对于沙漠边缘堡垒附近的居民是大好事，无数的穆斯林百姓在雨中欢悦，沉浸在未来粮食丰收的美好想象中。但他们的主人，努尔丁的心就如城堡上空漫天乌云般阴沉或者更甚。发生在阿达纳至安条克的一切令人沮丧的事件已经传入了他的耳朵：安条克人完全失败，几乎成了拜占庭帝国的附庸，这让曾经战无不胜的突厥领袖已经再也打不出新的牌。

曼西姆斯带领着军队与其说是防守阿摩里阿姆，不如说在威胁科尼亚，他与这位瘦削的罗马将军对过阵，了解他的实力，如果不是拜占庭大军的攻城器械还未准备完毕，整个西部领土早就丧失，东罗马帝国将收复整个小亚细亚，深入叙利亚，重现二百年前的盛况，而他自己，已经无法再重拾一个游牧部落首领的身份，他将无路可走。

也许还有一个办法，也许是唯一的办法，利用曾经的情谊争取萨拉丁，让埃及领袖意识到一个强大的东罗马帝国对他没有太大好处。可是他不能，他不可能与萨拉丁重归于好，永远不可能，如果对这个埃及叛徒做出妥协，就证明自己根本不是穆斯林领袖，更没有资格发起“吉哈德”。自己什么都不是，西部土地即使不被罗马人攻取，他们的苏丹也会完全鄙弃自己，自立为王。

我还掌握着哈萨辛，努尔丁阴郁地想，“山中老人”还是自己忠实的朋友。也许这是唯一一条可以绝地反击的机会，虽然希望渺茫，但他不想错过，如果这样苟延残喘直到死亡，还不如来个了断。

① 摩苏尔：曾是大塞尔柱突厥帝国东部的中心，位于现代伊拉克首都巴格达以北500公里的底格里斯河上游西岸，北部和东南部与库尔德控制的两个自治省相毗邻，现在是伊拉克的第三大城市。

以哈萨辛所有的实力，暗杀曼努埃尔与萨拉丁，恩，也许把在科尼亚那个摇摆不定的凯霍斯鲁②也一起杀掉。

虽然希望渺茫。

努尔丁挣扎着从椅子上站起，从身体中心第一次感觉到苍老与无助，曾经的壮志，勇气与决心突然变的无比的虚无缥缈。就在这个时候门被卫兵推开了。

“塔莉亚与手下们回来了。”卫兵报告。

他知道塔莉亚他们失手的事，虽然具体情况并不清楚，努尔丁长长叹了口气，这怪不得他们，萨拉丁久经沙场，多次经历过暗杀。这不是一件简单的工作。而他现在已经把所有希望寄托在这些超级刺客身上，他必须有所克制，“请塔莉亚进来。”

灰色瞳孔的哈萨辛首领缓慢地走进了努尔丁的居室，在这里她吃惊地看见了一个老人，一个沮丧的老人，一个丧失了勇气与力量的老人，一个曾经叱咤风云勇猛无畏的战士而现在萎靡不振的老人。

塔莉亚冷酷的眼神中突然冒出一丝罕见的同情，她定了定神，慢慢地走近突厥领袖，轻声地提醒道，“主人？”

努尔丁像大梦初醒一样回头望着塔莉亚，“你回来真是太好了，”他努力让自己做出愉快的表情，“萨拉丁没死，但你们已经尽力了，我们必须向前看，”他顿了一顿，正色说道，“从今天起，我正式任命你为禁卫军统领！除了所有的哈萨辛外，你还掌管所有的禁卫军步兵，我们现在必须全力对付我们的敌人！”

② 凯霍斯鲁：前面也提到过，这里的凯霍斯鲁是突厥罗姆苏丹国苏丹亚尔斯兰二世的儿子，后来也是罗姆苏丹国的苏丹。

“我们的敌人是谁？”塔莉亚对提升丝毫不为所动，平静地问。

“当然是曼努埃尔与萨拉丁，再加上西部科尼亚那个蠢蠢欲动的凯霍斯鲁。”努尔丁难以置信地说。

“那我们的敌人就太多了。”塔莉亚忍不住说道，“为什么我们就不能与萨拉丁结盟呢？现在他应该意识到东罗马帝国的再次强大对他没有好处！”

“如果萨拉丁与我们是盟友，”努尔丁用自己最后的气力咆哮，“那么到底谁来领导穆斯林，谁来发动神圣的‘吉哈德’？！”

塔莉亚的眼睛紧紧盯住努尔丁，一些话几乎到达咽喉位置又咽了回去。

“你不用再烦心考虑这些事情，”努尔丁不耐烦地摆摆手，“我只需要你策划出庞大的暗杀计划，名单我已经给你了，至于先后顺序由你来根据条件决定，一句话，我不会与萨拉丁结盟。”

“可耶路撒冷怎么办？我们什么时候才能夺取耶路撒冷？”塔莉亚掩饰着自己焦急的语气，但语调还是在升高。

“这是我考虑的问题，”努尔丁毫不犹豫地打断了她，“以我们的现况十五年内都不可能完成，忘掉耶路撒冷吧，首先考虑的是我们的生存。”

努尔丁烦躁地转过身，但如果他没有，他可以看见塔莉亚压抑不住的胸口在急促的起伏。

“离开。”努尔丁轻轻挥了挥手，“让你的主人一个人呆会。”

怪异的白色闪光在自己的眼前晃动了一秒。努尔丁应该回忆往事，塔莉亚的丈夫兼救命恩人阿穆沙的死因。

一把刀柄镶嵌着眼镜蛇的短剑，他送给塔莉亚的眼镜蛇短剑，在他眼前闪了一秒，努尔丁那曾有的反应速度回到了自己的躯体，几乎已经开始躲避，但还是晚了一步。

喉咙中心出现了一个小小的血点。

他妄想抽出腰刀，但呼吸功能的瞬间消失让他连站都站不稳，他着急的抓着喉咙，但也无济于事。他想咒骂，但只能发出含混不清的咆哮声，怪异的白色闪光又出现了，变得越来越大，笼罩着自己的整个视线，在这片白茫茫的闪光中，强大的大塞尔柱突厥帝国的幻象消失了，取代东罗马帝国成为东欧乃至中亚最强帝国的幻象也消失了，自己所有为之努力的抱负，志向也消失了，只留下曾经辉煌的回忆。光芒渐渐暗淡，当白光完全消失之际，他也即将进入永恒的长眠③。

塔莉亚扶住努尔丁的尸体轻轻放下，她从不使用毒药，但这次破例，因为她不希望自己曾经的主人也血肉飞溅，“可我永远不能放弃耶路撒冷，我一定要活着看见她重回穆斯林的手中，”塔莉亚沉痛地抱着努尔丁的尸体，两行罕见的泪水滴撒在城堡地面上，“对不起，对不起！”

“萨拉丁会领导穆斯林，他会以穆斯林领袖的身份发动神圣的‘吉哈德’收复耶路撒冷。”塔莉亚坚定的自言自语。

两声从门外传来的低沉惨叫打破了塔莉亚的哀思，她最得力的助手卡里姆与巴赫走了进来，其中卡里姆的弯刀刃上留下了少许血迹，巴赫吃惊地看着塔莉亚伏在努尔丁身旁满脸泪痕的脸，这是从未有过的。

“看来我们也没有其他选择了，”卡里姆不安的地说，“我们背叛

③ 努尔丁历史上真实的死亡时间为1174年，而非1179年，公开死因是病死，此为情节需要。

了努尔丁，就等于背叛忠于他的‘山中老人’，他会很快得到这个坏消息，从哈萨辛总部阿拉木图出发的高手会永生追杀我们。”

“现在只有一个人能救我们，”塔莉亚冷酷的力量让自己坚决地站起身，“而且他也会需要我们，到霍姆斯城的路还很长，我们没多少时间逃亡。”

一名精瘦貌不惊人的男人快步走进安条克城议事厅，向正在踱步的索菲娅耳边耳语了两句，又快速消失在门厅。

索菲娅本来焦急不安的眼神突然变得神采奕奕，她经过通报，快步走进皇帝的卧室，这个消息也许对重病中的曼努埃尔是一剂最好的良药。

“努尔丁死了。”索菲娅眨着碧绿的眼睛望向皇帝的脸。

身穿睡衣的曼努埃尔也望着索菲娅，神情中似乎有几分不相信，皇帝在床上坐起半个身体，神色有些恍惚地望向四周，再次从军情处副处长的目光中证实了消息，突然爆发出一阵大笑，笑得几乎透不过气。

索菲娅望着皇帝，也不由被这强烈的情感感染发出笑声，她咯咯的笑声与皇帝三年来压抑的狂笑混合在一起。

当皇帝的笑声缓缓低去，从牙缝中挤出了几个字，“让雷拉格来见我。”

“我们最强大的对手死了，他年幼的儿子无法对抗萨拉丁，”曼努埃尔望着刚走进卧室的雷拉格，眼中放射出一个病人所罕见的狂热，“聪明的萨拉丁一定会抓住这个时机，而对于我们，暂时不会有来自塞尔柱帝国的威胁！”

“萨拉丁会在这个时候全力对付被极度削弱的塞尔柱帝国，还会抓住时机收复他最希望得到的耶路撒冷，”雷拉格喃喃自语，猛然醒悟，“这是恢复帝国东部领土的最佳时机！萨拉丁无暇顾及我们，安条克公国被彻底击败，现在只剩下在科尼亚的突厥罗姆苏丹国，只要，”黑海之龙几乎不敢想象，看见皇帝在冲着自己不断点头，“只要君士坦丁堡的攻城器械一完成，我们就强攻科尼亚与安卡拉，彻底收复整个小亚细亚，巴西尔二世黄金时代的帝国将重新到来！”

“现在，我要求我、你、还有曼西姆斯共同制定一个周密的计划，收复东部的所有领土！这是神圣的事业！”曼努埃尔充满血色的瞳孔坚决地望着雷拉格，“你们不能令我失望。”

“特拉柏森作为东部最坚固的堡垒，现在该发挥他的进攻作用了。”曼努埃尔抬高了嘶哑的声音，“你给斯塔姆写信，让他带领阿拉玛诺雇佣军与弓箭手在北部牵制安卡拉的突厥人，曼西姆斯将继续维持对科尼亚的包围，等待我的主力赶到，你，雷拉格，带领北欧卫队与萨亚斯的弓骑兵去安条克北部，雇佣那些极其畏惧你的土库曼人，他们能壮大我军的实力，当然，这需要金钱……但这是决定性的一刻！无论如何的付出都是可以接受的。”

曼努埃尔挣扎地站起身，把手放在雷拉格的肩膀上，“在你们的帮助下，经过这次决战，帝国辉煌的时刻将重新到来，到了东部完全平定之际，我们就可以转向西部，也许，也许能收复整个意大利！甚至罗马城！太久了，真是太久了，”皇帝满怀期望的憧憬着，仿佛横跨并包围整个地中海的罗马帝国又在七百年后合二为一而重生。仿佛充满着古典主义的理性时代又重新随着罗马帝国重返欧洲，但这段美丽的幻想真正引发的却是一阵强烈的咳嗽，直到惊动卫兵。而雷拉格则把几乎说不出话的皇帝重新扶在床上。

“我现在有一个该死的身体，”曼努埃尔的气息平稳后说道，“我真不敢想象自己年轻时竟然是帝国的第一武士，就和你一样强壮，”皇帝微笑着望着雷拉格刺青着海龙图案的强壮手臂，淡淡的泪水却在眼眶中闪动，“但看看我现在的身体成了什么样子，疾病腐蚀了我的躯干，在吃我的脑子，我不知道自己还有没有机会看见帝国的复生。”

“您一定能看见，”雷拉格望着病痛中的皇帝，心底中诞生出一种无法抑制的情感，他完全能理解曼努埃尔的担心，就仿佛是另一个年老的自己，“陛下还记得那句话吗？”雷拉格凑近皇帝的耳边，‘杀不死我们只能让我们更坚强’，您不会有事，您会统领我们，复生整个罗马帝国。”

“我记得你说的这句话，我也爱这句话，”曼努埃尔躺在床上轻轻闭上眼睛，在思量另一件事，这甚至比帝国的复生更让他难以执行，但这件事谁也帮不了他，他必须一个人来决定，“去吧，雷拉格，从现在开始起就着手这个伟大的计划。”

雷拉格郑重地点点头，带着一些说不出的伤感离开了皇帝的床边。当他走出皇帝的卧室，他看见索菲娅，艾里克以及其他众将都在用期待的眼神望着他，渐渐伤感离开了躯体，更刚强执着的意志驱散了压抑的空气，理智战胜了情感，“陛下没事，他只是在休息，”黑海之龙故作轻松的说道，转而望着索菲娅，“斯塔姆在特拉柏森享受已经够久了，写信召他回来，”他望了一眼自己的妻子说道，接着转身望着众人，“其他人都来听听我的计划。”

但雷拉格并不知道，直到他出门，曼努埃尔都侧卧在床榻上，用一种意味深长难以捉摸的眼神望着瓦朗尼亚人的背影，就像是在做一项极其困难而又重大的抉择。

滂沱的大雨同时也袭击了科尼亚外曼西姆斯的军营，但更要让他烦恼的是他必须接待一位他并不喜欢的人——尽管此人功勋卓著，在某些情况下，他代表了皇帝的意志，但当此人向他披露一个计划的时候，他还是大吃一惊。

“皇帝陛下让我带领大军撤出对科尼亚的围困？”曼西姆斯不敢相信这是曼努埃尔的命令。

“根据可靠情报，科尼亚城中的粮食可以供应五年之久，”军情处长塔洛斯露出让曼西姆斯讨厌的微笑，“皇帝陛下不可能让你围困科尼亚五年。”

“只要君士坦丁堡的攻城器械一到，”曼西姆斯纠正他，“围城就结束，我会把科尼亚城贡献给陛下。”

“可是它们不是还没到吗？这需要时间，”塔洛斯轻轻扬了扬眉毛，“所以你有时间去做更重要的事。”

“如果我们撤离，”曼西姆斯难以置信地摇摇头，“科尼亚内突厥人将重新得到补给，这不利于我们夺取……”

“你应该知道一件事，他们的领袖，努尔丁已经死了，”塔洛斯满意地看见这个消息在曼西姆斯身上震动，“失去努尔丁的突厥人不足为惧。”

“凯霍斯鲁就在城中，”曼西姆斯还不想放弃，“失去努尔丁后他就会成为西部罗姆苏丹国的领袖。我们最好是先……”

“任何事情都不能与我现在和你说的相比，”塔洛斯毫不客气地打断了曼西姆斯的借口，他再次加重了语气，并且得意地看见最后这句话对司令官神情的撼动，“除非你希望看见皇帝陛下的王冠落在其他人的手中。”

阿拉木图城堡，波斯语中称为“鹰巢”，坐落在摩苏尔城堡东部的群山之巅。其险要的位置让除山鹰以外的飞鸟都望尘莫及，更无法用士兵来攻击，山中的地道几乎完全被打通，成为一座名副其实的地下城。山中的每一层都控制在哈萨辛的大首领“山中老人”息南的手中，但今天息南的脸色非常难看，他正在穿越地下城第五层的阶梯。与地上世界不同，这里是按深度方向而不是高度方向来判断层数的顺序。

他望了一眼该层的美景，第五层被称为“天堂”，精致如象牙般光滑的大理石建筑，豪华而丰富的雕饰，美酒如山，佳肴如林，是所有成功的哈萨辛得以放松自己的场所。息南瞥了一眼其中一名刚成功归来的刺客，他身旁围绕了五名妖娆而丰满、全身上下仅披着薄如蚕翼轻纱的姑娘，每个几乎全裸，黑发披肩的女人都像蛇一样紧紧地缠在他身上，而刺客自己正斜卧在绒毯上，服用上好的大麻，进入最美好的幻境。

但他现在的敌人太麻烦，他们都不能派上用场，他需要的是下一层的人。

他需要的是那种将常人认为的地狱当做天堂的怪胎。

息南走入了第六层，血腥气味扑面而来，这是哈萨辛们选拔的场所，失败就是除了死亡以外别无选择。成功的哈萨辛显然会得到离开这里的权力，等待他们的是可供执行的任务与第五层的“天堂”。

但也有人将这里当做“天堂”，他们对享受与放纵不屑一顾，杀戮与残酷才是他们永生的追求。

一名支离破碎已经看不出相貌的尸体，在两个沉默的运尸人的搬运下从息南身旁经过，而息南对此已经习以为常。

但真正到达这个房间之前时，他还是有点紧张，息南是所有哈萨辛的大头目，但他的这两名部下，却是如爆炸物一般极难控制，这也是他以前信任塔莉亚要多得多的缘故，息南轻轻地敲了敲门。

“是谁在打扰我们？”房间内传来吼声，门上一个小方洞被打开，黑暗中的一双眼睛向外闪电般的扫射了一下，“原来是我们的主人。”声音饱含着明显的讥诮。

“我需要你们去杀人。”息南平静地说道。

“你有塔莉亚来帮你杀人，”里面讥诮的语气如常，“还是让我们自得其乐吧。”

“我要你们去杀的人，”息南努力让自己稳定情绪，“就是塔莉亚。”

空气似乎停滞了，之后黑暗的房间中爆发出两个人诡异而疯狂的笑声，“让我们来处死你的爱徒？”

“她竟然杀死了塞尔柱帝国的圣者努尔丁！现在应该在向萨拉丁投奔的路上，”息南极难压抑住心中的怒火，“努尔丁是阿拉木图的朋友，是我们可以倚仗的人，”息南顿了一顿，“摩苏尔城堡放出消息是努尔丁病死，但我熟悉她的手法，这骗不了我。”

“把她与她手下的头颅都带给我。”息南咬牙说道。

“我们会去完成，”黑暗中的声音说道，“奖赏呢？”

息南听见这句话脸部嫌恶地皱起，“第五层你们可以随便挑五十个姑娘享用，”但“山中老人”还是重重的叹了口气，这些姑娘在第五层可以使用的年限是十年之久，而在他俩手上仅仅是几分钟而已，他想起刚送出去支离破碎的尸体，为即将在他们手中的姑娘赶到悲哀。

“那么，塔莉亚死定了。”黑暗中的声音满意地答复道。

这是至霍姆斯城之路上最后的绿洲，连续数天不分昼夜的急行已经让塔莉亚他们疲惫不堪，这让曾经的哈萨辛头领隐约不安——这样惊人的行进速度可以甩掉追赶他们的任何突厥轻骑兵，但同时也削弱了自身的抵抗力，自然界就无数次重复着这种情形，庞大而疲惫的野牛被小的多的草原狼吞噬。

他们必须休息，已经口吐白沫的马匹也需要。而且干粮也已经耗尽了。

“分散寻找食物。”塔莉亚做出了她的决定，在野外生存能力极强的哈萨辛刺客面前，绿洲就等于是现成的大厨房。而分散觅食能大大加快这顿饭的速度，至于下一次用餐就该是在萨拉丁的军营里了。

但塔莉亚对于这样一个简单的指令，也是思索良久之后做出的，分散意味着潜在的危险，不过她很清楚，对于她的这点破绽，几乎没有任何杀手有能力利用，嗯，也许有一个人可以，不过他还被关在阿拉木图城堡的最底层，完全用不着担心。

在升起营火之后，塔莉亚轻轻斜躺下来，她实在是太需要休息了。

卡里姆成功收集了足够他们饱餐一顿的蘑菇野菜与马铃薯，他的运气不错，无毒可食用的植物布满了绿洲。饱满的收获占据了整个包裹，以至于他不得不把警戒的弯刀放入刀鞘。他甚至还哼起了家乡的歌谣，巴赫的野外生存能力比自己与塔莉亚更高强，应该已经收集到更多的食物吧。

一声带着回音的哨响划破了绿洲中的空气。

长期的警觉很快驱散了疲惫与饥饿带来的迟钝，装满食物的包裹被抛了出去，散乱的食材在空中飞舞。灵活的神经使卡里姆做出了反应，他开始向一棵稍高大的树旁掠去，但精准的飞刀还是刺伤了他的大腿，不过这已经够让他感觉到庆幸，这把淋漓的飞刀本可以削断他的腿筋。

接着第二把，第三把都飞快袭来，钉在卡里姆用来掩护的树干上，趁着这个时候，林中的黑影已经锁定在卡里姆敏锐的视线中，弯刀也从刀鞘转移到了右手上。

你死定了，卡里姆暗想。

卡里姆从树干后飞快地跃出，他灵活身手确实无人能及，弯刀大师以猎豹般的速度向黑影飞驰，而黑影则从长袍中又抽出闪亮的投掷武器。

一把又一把致命的飞刀袭来，飞跃中卡里姆的弯刀已经舞成了雪花状，飞刀纷纷被拨落在地。

卡里姆已经离目标近在咫尺，而飞刀释放者的动作似乎因卡里姆的高速显得慌乱，他的命已经掌握在前者的弯刀下了。

弯刀大师的面前突然出现了一条灵蛇般的黑色幻影。

卡里姆的重心突然有些异样，这时他才发现自己的身体被飞刀释放者用一条又粗又长的黑色长鞭紧紧裹住。而他甚至没有看清对方什么时候抽出的长鞭。而对手的表情也不再显得紧张了。

但这不重要，卡里姆想都没想就挥刀向身上的长鞭砍去，卡里姆的嘴角露出一丝笑容。

他向来就看不起这些非正规武器，当长鞭被弯刀砍断时敌人的性命就是他的了。

他的笑容凝固在脸上。

长鞭却变戏法般冒出无数刀刃。这些刀刃不但卡住了卡里姆锋利的弯刀，也同时刺入了身体，惊愕的弯刀大师被万仞穿心。鲜红的血浆从无数个被刀刃刺穿的伤口涌出。

长鞭杀手猛地一拉武器，终结了这次杀戮，卡里姆全身的碎肉块伴随着鲜血在半空中散落开。

与卡里姆预料的不一样，精于野外生存的巴赫连一棵野菜都没有找到，巴赫警戒如猫那样弓起了身体，长笛就在嘴边，细心的人可以察觉围绕他脚边的草丛在微微颤动。

正是动物般的野外生存能力让巴赫察觉到了危险。

巴赫轻轻挪动脚步，转移到一面足以遮挡整个身体的大石前，而围绕在脚边的攒动也跟随自己转到了大石块后面的草丛中。

驱蛇大师从石块后面露出半只眼睛，警惕每一个动静，最终他精确的预感得到回报，薄雾覆盖下，一个手持弓箭的人也在寻找巴赫，慢慢露出了自己的面目。

他看起来既不像中东人也不似欧洲人，头顶上寥寥保留的头发被束在头顶成长辫状，加上他的八字胡和黄色的皮肤，在东亚长期生活过的巴赫可以确认，这是一个蒙古人。

蒙古人也会在哈萨辛内服务？这让他感觉到惊奇，但现在不是考虑这个问题的时候，敌人距离已经够近了，巴赫轻轻吹动长笛，脚边围绕他攒动的草丛突然爆开，一条斑斓的蝰蛇向对方飞扑过去。

对方的反应也完全超出巴赫之外，驱蛇大师几乎没看见对方搭箭，嗖的一声一支箭就把蛇钉死在地上。蒙古人同时开始左右搜寻巴赫的下落，显然，他还未将巴赫定位。

你能同时射出多少支箭？巴赫暗想，机不可失，嘴边长笛的音调逐渐变得低沉，脚步在草动中踩着节拍，这是蛇族的信号，围绕脚踝的数十条毒蛇全部现身，密密麻麻纷纷向蒙古射手奔去。

蒙古人又在弓弦处搭上一支箭。

你要射死多少条毒蛇才能保住自己的性命？巴赫几乎要大笑。剩下所有的毒蛇撕咬会让你死得极度痛苦。

这支箭似乎等了许久才发射出去，巴赫看见蒙古人箭首端的些许火光。

“火药！”

巴赫在最后一刻认出这来自遥远东方金国与宋国的武器。爆炸的气浪震慑着训蛇大师的耳膜，他的毒蛇全部变成了碎片四溅。

魂飞魄散的巴赫从大石边没命的跑了出来，他要逃离这可怕的武器。

蒙古人冷冷地盯着他的背影，又搭上了一支箭，箭首部同样闪烁的火光。

巴赫在生命最后一刻听见了致命的爆炸巨响，同时看见自己一条残破的胳膊在半空中飞舞。

爆炸声使塔莉亚睁开了半闭着的双眼，她一个翻身爬起，眼镜蛇短剑已经操在手中，她同时也已经注意到，卡里姆与巴赫已经很久未归了。

她并没有急着逃命，他知道面对能以这样快速度追上他们的人逃命是徒劳的，而且杀手之王的荣誉也让她不愿放弃抵抗。塔莉亚首先考虑的是与卡里姆与巴赫会合，在她分配两人活动的区域中，卡里姆的更近。

林中她找到了卡里姆的尸体，或者说是卡里姆剩下的东西，如果不是那摊血肉模糊的东西中有一柄他特有的锋利弯刀。与此同时塔莉亚也知道结果卡里姆的是谁。

“死亡之影”阿苏特，塔莉亚默默地念着这个名字。

在塔莉亚之前，他一直是“山中老人”息南手中最致命的杀手。飞刀与特制的长鞭是他无往而不利的兵器。他从不在意奖赏，只以杀戮为乐，但他确实是一个十足的狗娘养的，他喜欢用他的长鞭分解年轻姑娘的身体，把光滑而柔软的皮肤变成碎肉块。这也许是他唯一的爱好。息南无法满足这样的要求，在得到塔莉亚之后，就让他在第六层自生自灭。

把“死亡之影”都放了出来，息南，你真是够尊敬我的，塔莉亚自嘲地笑道。

塔莉亚拾起了卡里姆的弯刀，并以最快的速度扫视了四周的地形，她要做准备，哈萨辛第一杀手绝不可能引颈就戮。

“死亡之影”阿苏特疑惑地慢慢从林中踱出，塔莉亚的气息突然消失了，显然对方已经发现他的存在，“死亡之影”也听见了爆炸声，神箭手同伴苏合台应该已经解决了巴赫吧。但他的死活阿苏特并不关心，他唯一的目标是找出塔莉亚的踪迹。

阿苏特发现地表上的一个小小的血滴。

“死亡之影”低下身体，用手指蘸了那血滴，放在舌尖品尝着，他熟悉无数人血液的味道，特别是女人，不过可惜，这是男人的血液。是刚才被他粉碎的卡里姆的鲜血。

卡里姆的尸体还远在一里以外，一定是塔莉亚发现了手下人的尸体，他向前走了几步，又发现了第二个血滴，虽然他们都很小，一般人不会注意，但这不会逃过“死亡之影”的眼睛，他捏住喉咙，发出一声响亮的鸟鸣声。

那是白尾海雕的叫声，沙漠中的绿洲不会有海雕，这是他要求苏合台会合的信号。

很快就能品尝到女人血液的味道了，而且是曾经的哈萨辛第一杀手血的味道，塔莉亚，让我们看看谁才是天下第一吧。

“死亡之影”在用比卡里姆更快的速度疾走，跟踪鲜血的味道走出了丛林，在一个泥潭附近，微薄的血液气味又消失了，这让阿苏特感到疑惑，他小心地弓着身体以泥潭为掩护移动，寻找着蛛丝马迹。

泥潭外一块巨石边的微小异样锁定在阿苏特的余光中，大石块侧面露出一点点绿色长袍的一角，阿苏特有意不向那个方向去观察。他知道塔莉亚一定等在石头后面伏击他。

那么，鲜血痕迹是塔莉亚故意做出来的？真是聪明的计谋，但这骗不了“死亡之影”。

阿苏特大喝一声，手中长鞭闪电般出手，精确地扑向巨石之后，将绿色长袍包裹着的身体瞬间缠绕起来，显然，对方对他快速的攻击根本无法闪避。“死亡之影”拉紧了长鞭，阿苏特的手扣在长鞭刀刃的机关上，他要把塔莉亚从掩体后拉到面前再处死她，他要让她临死前看着，是谁更胜一筹。

长鞭包裹着的身体似乎质感不太对头。

阿苏特拖出了猎物，一捆树枝被包裹在塔莉亚的衣物中，并且很形象的包裹成人体的形状。

真正的塔莉亚到底在哪？阿苏特暗暗发出受挫的吼声。

泥潭中突然睁开了一双眼睛。

全身赤裸裹满泥浆的塔莉亚狂吼一声从泥浆中翻了出来，手中握着卡里姆锋利的弯刀。

没人能如阿苏特般使用长鞭，即使在如此被动之际，他的长鞭仍从长袍那里快速旋回，并转而缠向塔莉亚的冲锋。

塔莉亚的冲锋速度丝毫未减，他挥舞着卡里姆的弯刀，架住了长鞭的横扫。

阿苏特按动长鞭机关，突然冒出的无数刀刃卡住了弯刀，让塔莉亚的弯刀动弹不得，接着他猛地将鞭身中部猛地一抖，撞在塔莉亚腿弯部，三柄利刃刺穿了塔莉亚的小腿。她翻倒在地。

真主已经把你交到我手心里了。两柄短剑出现在“死亡之影”另一只手中。

淋漓的飞剑划破空气直奔塔莉亚眉心，腿部受伤的塔莉亚以惊人的速度放开弯刀一个飞跃，躲过了飞剑的刺袭，小腿也忍住伤痛摆脱了长鞭刀刃的包裹。

这样的毅力与身手多少让阿苏特有些吃惊，他右手仍控制着长鞭，瞬间一把飞剑都抓在左手中。

赤手空拳的姑娘，看你能跑到哪里去。该是品尝你甜美鲜血的时刻了。

但让“死亡之影”所没预料的是，塔莉亚根本没有逃跑，而是一个筋斗又向自己冲来。

“死亡之影”抛出了所有的短剑，漫天飞剑向冲来的塔莉亚猛扑过去，转瞬间就要把这健美的身躯扎成冒血的筛子。

只听一片金属撞击之声，在最后的时刻塔莉亚爆发出所有的潜能，左手化成一片眼花缭乱的动作，拨落了“死亡之影”所有的飞剑。

显然失去弯刀的塔莉亚并不是赤手空拳。

眼镜蛇短剑已经在左手的挥舞中抖落了所有的泥浆，露出锋利的颜色，直奔阿苏特的咽喉。

“死亡之影”从未遇到如此尴尬的时刻，他抽出最后一把短刀来抵挡塔莉亚致命的一击。

眼镜蛇短剑轻易斩断了阿苏特脆弱的短刀，毫不迟疑地继续向前刺，直扎进“死亡之影”惊愕的左眼，深深地直没剑柄，穿透颅骨的剑尖从他的脑后冒了出来。

塔莉亚用力拔出摔倒在地尸体上宝贵的短剑，一瘸一拐地走开，“别和我比赛短剑。”她轻声自言自语道。

但她没看见远处苏合台的长弓正瞄准着她的背影。

苏合台确实是蒙古人，他的部落在蒙古族内乱中被塔塔尔族消灭①，只身来到金国，凭借着神箭手的本事，成为金国蒙古族骑兵队长。但好景不长他又交恶了完颜贵族，不得已又逃出金国，来到中亚。

信仰是蒙古的长生天，对苏合台来说毫无关系。他需要的是生存，但他的恶习使得他不得不连续流亡，先是搞了完颜皇室的妃子，又沾了“山中老人”息南最喜爱的女人。这就是他必须呆在第六层的原因。

但现在自己几乎是自由人了，只要干掉面前这个一瘸一拐的受伤女人。

为她准备一支爆炸箭吧，这样塔莉亚的命运将毫无悬念。

① 当时是1179年，成吉思汗还未崛起，蒙古还处于各部落混战的状态，金国依然是中国北方强大的国家。

塔莉亚敏锐的直接察觉到了危险，她回头看见了杀手，前哈萨辛首领一秒都没有耽误，拖拽着受伤的身体拼命移动，但她心中也明白，在这样空旷的地形下，她生还的几率几乎为零。

到底杀她的人是谁？他可以吹嘘自己杀掉了哈萨辛中最强的刺客，想到这里，塔莉亚不禁要自嘲地大笑。

一阵马蹄声传到了塔莉亚的耳朵里。

苏合台的背后突然传来马蹄声，他想也不想就知道背后来者是敌人，转身就射出了那支箭，随着爆炸声，两名身穿重甲的骑兵翻身落马。

他本以为敌人会在火药爆炸中丧失斗志而逃窜，但骑兵们的纪律性让他震惊，仍旧驱马向前，并且拉弓搭箭，向他射来密集的箭雨。

苏合台尽力躲闪着骑兵的射击，但一支箭仍穿透了他的腿，他一只手捂住伤处，另一只手抽出弯刀来抵挡，他的弯刀技术也是数一数二的。

他尽力向一名直冲过来的骑兵猛刺，可弯刀刺在对方厚重的铠甲上毫无建树，相反，那名骑兵挥舞着钉锤，砸中了他的脑袋。

鲜血逐渐从头顶流下遮挡了视线，世界开始旋转。

又一名挥舞着钉锤的骑兵借助马力冲来，这一击则完全打碎了苏合台的脑壳。

塔莉亚平静地望着这些身穿重甲的骑兵在向自己靠近。

走在最前面的一名骑兵卸下了自己的头盔，萨拉丁微笑而欣慰的脸出现在塔莉亚面前。

萨拉丁很快发现了塔莉亚赤身裸体的窘迫，一挥手命令骑兵们转身离开，自己翻身下马，把自己的披风解下，包裹住塔莉亚的身体。

“我差点来晚一步，”萨拉丁爱惜地望着塔莉亚，“失去我最好的刺客团首领。”

“仁慈的萨拉丁也需要刺客团吗？”塔莉亚轻轻地嘲讽道。

“保护我的性命，”萨拉丁微笑地望着塔莉亚，“刺杀我的敌人，因为我们要一起收复耶路撒冷。”

塔莉亚也望着萨拉丁，最终露出一丝罕见的笑容。

“来吧，我亲爱的塔莉亚，”萨拉丁摆了摆手，转而盯住她腿部的刀伤，“你还能骑马吗？”

塔莉亚轻轻点点头，翻上一匹萨拉丁为他准备的白色骏马。跟随萨拉丁一起离开。

她与萨拉丁来到霍姆斯城外的军营，映入眼帘是庞大无比的军队阵容，数万旌旗招展能让任何对手惊慌，而最让塔莉亚惊讶的是这支埃及军队不但数量庞大，而且装备非常精良。

“不用担心你的妹妹，虽然她现在在耶路撒冷，”萨拉丁冲塔莉亚点点头，“只要你一句话，她就会在十天内安全出现在亚历山大港或者是开罗，相信我，我愿意为你做这件事。”

“我会为你训练保镖与刺客，”塔莉亚点头向萨拉丁称谢并保证道，“而他们每一个人都至少能达到普通哈萨辛的水准。”这时她的目光再次落在那些重甲骑兵的盔甲上，和前来救援他的骑兵一样，毡甲包裹着整个战马，骑手全身鳞甲与锁子甲巧妙的复合在一起，这种精良的结构在过去埃及军队中从未有过。

“我的马穆鲁克骑兵卫队，或者说是我的新马穆鲁克骑兵，”萨拉丁注意到了塔莉亚的目光，“他们的盔甲很漂亮，不是吗？”后者点点头。

“这是与罗马皇帝曼努埃尔交易的结果，”萨拉丁露出自得的笑容，“也许在很长的一段时间内，他都不会再是你我的敌人。我的军队士气高涨，装备精良，都为一个目标而摩拳擦掌，现在只等待着一个简单的开战借口。”

这是自己可以为之抛却性命效忠的主人，她的毕生志愿与她唯一的亲人都将来到身边，塔莉亚望着萨拉丁优雅的脸，她从未感觉到生活这么充满着希望。

“耶路撒冷的那位出色的年轻国王离死期不远了，”萨拉丁声音变的踌躇满志，“未来接替他的居伊②只是个自大而狂妄的花花公子，他也许在外交与政治手腕上颇有心得，却不是一个真正治国的良才，他的部下雷纳德好像很喜欢劫掠与杀戮穆斯林商人，借口很快就会出现。”

“你的伤不碍事吧？”萨拉丁突然又望了一眼塔莉亚的腿伤。

塔莉亚轻轻地摇摇头。

“最好是这样，”萨拉丁不好意思地望了她一眼，“其实东罗马帝国为我们提供的这些精良盔甲是有代价的，我必须讲信用，而这次交易又落在了你的身上。”

“我的伤几天之后就会好。”塔莉亚说。

“罗马人希望你去处理一个人作为交换，”萨拉丁撇撇嘴，“你知道的，他们宫廷内部的事情，我从来就不喜欢过多过问。”

② 还记得曼努埃尔一世在安条克见到的居伊吧，对，就是他，电影《天国王朝》中的反派。

拜占庭英雄血脉

The blood of Byzantine hero

Chapter 40

对于塔莉亚来说，安条克城是个不能再熟悉的城市了，鱼龙混杂，宗教信仰冲突，街道与建筑过于复杂与凌乱，这都很适合让一些“意外”突然发生，但她也不得不承认，这次的任务比较棘手，对方是个有重兵护卫的将军，甚至他自身的身手就与塔莉亚不相上下。

依然有机可乘，塔莉亚嗅到了城中的不安定因素，特别是谋杀对象失去了最趁手的武器，这些都非常有利，她一定能把握机会。

塔莉亚静静地在小山坡上欣赏着安条克城灯火通明的夜景，刷地一声把眼镜蛇短剑合在了刀鞘中。

乔瑟林伯爵故作镇静地面对穿衣镜系着自己漂亮的红披风，略带不安地望了一眼身旁两个紧盯着他的北欧卫队战士，他们手中锋利的双手战斧就像是不详的预兆，他望向这两名战士的长官，“我是受到皇帝陛下保护的，除他以外任何人都不能改变这一点。”

“你正在受到保护，”红胡子罗曼诺夫嘲弄地一笑，“雷拉格总督的保护，不过，也只是到此为止了。”

数十具风干的尸体在安条克广场中央的木桩群上随风摇晃，血迹斑斑的尸体上依稀可见以往安条克骑士的徽章，无数的人集中在广场中央，但他们中大部分人脸上并没有恐惧，相反还带着激动的神情，冲着尸体指指点点。

雷拉格与奥拉多姆就在站在广场的一侧，他当然知道这些人神情的缘由，他的士兵放入广场的公民中，穆斯林占了绝大多数。

一名包裹着头巾的女人挣脱士兵的控制冲上前，用石块向一具尸体狠狠砸去，“你得到报应了，杀死我丈夫的凶手！”

接着又有几名平民冲了上去，雷拉格向广场的士兵们挥了一下手，暗示他们不用特别控制平民们的行为。接着，自己走上了广场中央的台阶。

“安条克城的好公民们，我是你们的总督雷拉格，”禁军首领大声说道，脸上带着真挚的义愤填膺，“这些人，”他指着随风飘动的尸体，“是抢劫穆斯林商队的凶手，他们都得到了应有的惩罚！”

“愿他们在地狱中饱受煎熬！”一名平民喊道。

“当然，”雷拉格冲他点了点头，“我也这么想！”他转而环视广场下的众人，众人的声音逐渐安静，“这里帝国的领土，是我管理的领土，在这里，所有的人，东正教，天主教，穆斯林首先遵守的是帝国的法律，而我，就是要保护所有合法民众的安全，对任何违反法律的人进行严惩！

在这里，我特别说明的一点是，所有的穆斯林，只要他向帝国缴纳赋税，都将得到之前安条克公国所没有的一切保护！”

人群中出现交头接耳的赞同声，另一名平民又喊道，“可这次抢劫的骑士都是以往安条克公国的骑士，他们都是贵族，面对他们我们还是不够安全！”

雷拉格很满意这个平民引出的话题，这比他自己说要好，瓦朗尼亚首领走近一具尸体身边，用力扯下它身上的徽章，扔在地上用沉重的战靴踩住。

“这是罗马帝国的领土，”雷拉格吼道 ，“不会再有安条克骑士这种身份，我将以东线司令官与总督的身份宣布，乔瑟林伯爵的骑士被证明不能被信任，所以，他们所有人，即使是贵族，也全部将得到控制！如果再发生抢劫，无论他们是谁，将被活着五马分尸！”

雷拉格又向前走了一步，对着众人摊开双手，“这些骑士的财产将被全部没收，用于合法补偿公民的损失！请相信我公民们，我将给大家一个安全而平静的安条克！”

众人爆发出欢呼声。

“真是完美，”等雷拉格离开广场时奥拉多姆对他暗暗说道，“你这手不止一次被证明很有用，既打击了乔瑟林伯爵残余的骑士势力，又争取了穆斯林的支持，加上本来就支持我们的东正教势力，这里很快就要重返平静了。”

“重返平静之后我们有更重要的事要做,”雷拉格微笑着望了他一眼，“创造辉煌，很期待吧，不过现在，我需要的是休息。”

在曼努埃尔病重这段时间内，雷拉格主管了安条克城以及此地驻军的一切事务，他甚至被赋予地位仅次于共治皇帝的“东方之主”这样的尊贵头衔。开始许多官员对他报以怀疑，认为他只是个精力充沛的莽夫，但仅仅过了两个星期，他们就对这个北欧人具备有完全不输于希腊人的学识惊叹不已，继而投之以信任。

城市周边的小暴动、宗教纷争接连不断，雪片似的报告让他几乎应接不暇，对此瓦朗尼亚人首领发挥出了惊人的才华与毅力，他精彩的演说与谈判化解无数利益纠纷，而他的战功与残忍的传说又让反对者惧怕而服从。

渐渐整个局势开始趋于他的控制。雷拉格仍旧沿袭着他标准的作息时间，白昼镇压暴乱，夜间签署各种文件。

收买与分化打击，雷拉格干得非常不错，骚乱被平息，而完全不予妥协的叛乱者不是死在奥拉多姆与罗曼诺夫的重击下，就被吊死在广场中央。

刻板的时间规律被打破，夜间正在批阅文件的雷拉格房门被一只脏兮兮的手缓缓推开。

“是谁把我们的终极战士变成书记员啦？”

斯塔姆摇晃着身体走进房门，饶有兴趣地望了一眼疲惫的雷拉格，带着玩世不恭的笑容向他走进，当后者站起之际，雇佣兵头子带着极度夸张的感叹与动作紧紧地拥抱雷拉格。

“天哪，你知道我有多想念你吗？”斯塔姆紧紧地抱着他，雷拉格眼珠转了转，不自然地望着天花板，双手机械地在斯塔姆背上拍上一拍。

“平静的特拉柏森实在是太无聊了，”佣兵头子认真地望着雷拉格，“你们在曼德尔河与突厥军队惊天动地的决战，击垮医院骑士与安条克的联合出兵，噢！还有攻克奇里乞亚门的壮举，我真希望与你并肩作战！”

“你说的我一个字都不相信，”雷拉格不客气地打断他，“所有人都忙着与突厥人与安条克人作战，没人注意特拉柏森，你可以把这段时间内所有银矿收入都趁乱纳入自己的腰包。虽然你恨透了离开特拉柏森来到我这里，但是你愿意听从我的召唤，因为你知道，战争已经结束，而从我这里可以得到对你完全放任的税官。”

斯塔姆避开了雷拉格自得的笑容。

“安条克城被你管理的不错啊，索菲娅还好吗？听说你们结婚了。”斯塔姆似乎想转移话题，但雷拉格仍冷冷地望着他，佣兵头子不自然地干笑了两声，“说吧，需要我做什么？”

“皇帝陛下有个庞大的作战计划，”雷拉格正色说，“我们的任务是从背面切断科尼亚敌军的撤退路线，我要去招募土库曼轻骑兵为我军服务，和你带领的阿拉玛诺步兵会合，切断从安卡拉方向的援军。”

“这是计划的全部？”斯塔姆问。

“没错。”瓦朗尼亚首领真挚地望着他。

“你说的我也一个字都不相信。”斯塔姆突然挺起胸膛说道。

“什么？”雷拉格炯炯的眼睛盯住斯塔姆的脸。

“你只透露了一半计划，那是皇帝的计划，你没有说你的。”斯塔姆露出一丝狡猾的微笑。

“我不知道你在说什么。”雷拉格耸耸肩，转而背对着斯塔姆。

“你当然知道，”斯塔姆上前一步，“如果仅仅是为了切断安卡拉的援军，我就应该继续呆在特拉柏森，直到你的骑兵到达再出发，可是呢，我被你催着赶到安条克，而且是只身一个人，雷拉格，”他顿了一顿，“你的葫芦里到底在卖什么药？”

一名身材娇小面容姣好的全裸黑发女郎带着崇拜的眼神依偎在艾里

克的怀中，但她并不知道这个巨人的苦恼，艾里克轻轻地推开她，对她报以一个微笑，“你真棒，宝贝，”他一边说一边从床头的钱袋中拿出一枚金币放在女郎的手中，“去吧，给自己买几个漂亮的首饰。”

女郎高兴地亲了艾里克一下，拿上金币像只欢快的小兔子那样穿上裙子，跑出房门，但巨人则从床上起身，发了半天愣。

这样的生活真是无聊，再多的风情女郎也无法彻底消耗巨人的旺盛精力，他需要战争，需要战场上那种刀口舔血的刺激。

艾里克深呼一口气，穿戴整齐走出这个小妓院，当他刚来到街上，一个士兵模样的人跑到他面前向他行了个举手礼。

“说吧。”艾里克盯着他。

“将军，”士兵报告，“有人想与您不公开见上一面。”

“哈，不公开？”艾里克咧开嘴，“那我要看看他有这个权力没？他的军阶？”

“陆军总司令官曼西姆斯，将军。”士兵老实的回复道。

巨人从不会掩饰自己的感情，当他看见曼西姆斯那瘦削的身躯出现在眼前时，立即冲上前去一把紧紧抱住，“整个与安条克的战争都没能和你一起打仗，这是我的损失，也是你的！”艾里克仔细地端详着罗马人，他的面容显得更沧桑，年纪轻轻鬓角就出现了些许白发，看起来科尼亚那里的战事不太乐观，“怎么，难道藏在科尼亚城里的凯霍斯鲁那个杂种很难对付？”

曼西姆斯轻轻叹了口气，走到屋子的一边，摇了摇头，“实际上，”司令官缓缓说道，“等待攻城器械一到，科尼亚城唾手可得。”

艾里克上下打量着这座安条克城外不起眼的空民居，不明白他为什么要与曼西姆斯在这样的地点不公开会面。但他还是决定先提出最重要的问题。

“那你怎么会出现在这……”艾里克随即想起一个可能，“陛下的命令？”

“虽然不是陛下亲自的命令，也差不多。”

“看来你并不想离开科尼亚。”艾里克观察了曼西姆斯一会说。

“你说的没错，”陆军司令疲惫的摇摇头，游移的眼神像是在努力下定决心，“艾里克，皇帝陛下的命令，”他突然转身对巨人说道，“带领你麾下所有的北欧卫队与阿拉玛诺战士，向西前进，与我在那里的军队会合。而且要快，今天下午就开始出发，不要大张旗鼓。”

“哦，是调动我们来齐攻科尼亚吗？”艾里克认为自己明白了曼西姆斯的意思，眼神变得兴奋，“那太好了，我闲得都快生虫了，不过我想，虽然现在是我统领着北欧卫队，但雷拉格是安条克总督，还是通知一下他比较好，我麾下有很多他的老部下。”

曼西姆斯不安而悲哀地望着艾里克兴奋的表情，对面仿佛是一个孩子，他真的不想打破巨人的幻想，但该来的终究还是会来，“不，艾里克，我们不是去科尼亚，”他停顿了好一会，“而且，你也不能通知雷拉格。”

艾里克怔在那里，紧紧地盯住曼西姆斯的眼睛。

“不！”巨人气愤地低吼，“你想对付雷拉格？”

“不是对付，只是控制住他。”

“我才不会帮你干这脏事，雷拉格根本不可能叛乱！”

“我没有说雷拉格会叛乱，”曼西姆斯安抚他，“我和你一样相信他，可他毕竟是……毕竟是皇帝的外甥，身体里留着陛下的血，而陛下已经有一个十二岁的儿子，虽然年幼，却是亲生儿子，雷拉格现在拥有如此威望，他得到控制也是在情理之中。”

“雷拉格没有当皇帝的企图。”艾里克努力申辩到，但声音在变低。

“当一条大路在你面前铺开之际，你根本就没有回头的机会，”曼西姆斯上前一步，声音压低却更坚决，“雷拉格也是一样，在他四周，也有许多将领希望通过皇帝的更替来抬高军阶与权力。”

艾里克恼怒而无助地在小小的屋子里打着转，像一头被锁住的巨象，他很想打碎点什么，但这里根本没有值得他动手的东西，他又不能打碎他所最敬佩的曼西姆斯。

“我向雷拉格发过誓，我此生由他率领，”巨人突然冒出一句，“在北欧的时候就发过，我们北欧人必须遵守自己的誓言。所以我不能答应你的要求。”

“可所有的北欧卫队成员，包括你，”曼西姆斯纠正他，“在加入帝国前都必须起誓，不得反叛帝国，并且要保卫帝国的城市，服从皇帝陛下的调动与命令，难道你没起过誓？”

艾里克怔在那里，大口的喘着气，他狠狠地盯着曼西姆斯，那个时候，他从未意识到，自己的两个誓言竟然会在有一天自相矛盾。

正当艾里克痛苦地摇动着大脑袋时，曼西姆斯走近了他，“我有一个两全其美的办法。”他宣布。

巨人抬起头望着他，像以往在尼西亚与曼德尔河谷时那样信任的望着他。

“你带领北欧卫队与阿拉玛诺战士离开安条克前往我的军营，”曼西姆斯说，“这就等于遵守了皇帝陛下的命令，而我，”他顿了一顿，“绝不会命令你带领北欧卫队与雷拉格的北欧卫队骨肉相残，我会让你们之间离的远远的，等事情过后，雷拉格还是北欧卫队统领，你可以继续由他统帅，这样，你对雷拉格的誓言也没有违约。”

“艾里克，”曼西姆斯抓住巨人的发抖的手臂，“想想我们曾经并肩作战，我们在尼西亚，把散漫而几乎腐化的普通北欧战士训练成了最精锐的纪律铁军，我们一起击溃了不可一世的哈萨辛；我们把突厥人最强大的军队在曼德尔河谷全部歼灭，这都是我，还有你，一起完成的。你是皇帝陛下最喜爱的卫队将军，也是帝国最需要的勇士，雷拉格也一样，总有一天，他的政治才华会在总督位置上得到施展，而你，会晋升为整个北欧卫队的领袖。”

“是的，是的，那些确实是我一生得意骄傲的壮举，”艾里克眨着淡蓝的双眼望着曼西姆斯，似乎又回到了激动人心的战场，巨人为总司令官的情感所鼓动，但他仍放不下一个他关心的问题，“对待雷拉格的处置将是怎样的？”

“没有处置，”曼西姆斯加强了语气，“他将保留他的安条克总督位置，皇帝陛下透露，在一段时间之后，他会被调回君士坦丁堡，担任君士坦丁堡总督要职！这是无数贵族梦想而不可得的美差，在管理上，君士坦丁堡总督是可以节制北欧卫队统帅的，当然是与皇帝的命令不矛盾的前提下，所以，那时候你还遵守着与雷拉格的誓言。”

艾里克低下头，思索着曼西姆斯的话。

“帝国的军事局势还处在动荡之际，”曼西姆斯又补充道，“一旦需要你们的力量，雷拉格仍旧会被委以某个战区司令官的职务，那个时候，你们仍可以并肩作战。”

“只要他不去触及皇位，那么他就是安全的，对吗？”巨人思量了良久说道。

“没错。”

"你发誓。"艾里克淡蓝色的双眼紧紧盯着曼西姆斯的眼睛。

曼西姆斯看了一眼巨人，叹了口气，向艾里克伸出他的右手，"我发誓，只要雷拉格不触及皇位，我必将用性命来保证雷拉格的安全。"

艾里克又望了曼西姆斯很久，"我一直是相信你的。"他紧紧握住东线总司令官的手，最后下定决心，"就按你说的办。"

曼西姆斯长长的舒了口气，他的每一句话都是肺腑之言，但他也认为，没有必要告诉艾里克，雷拉格已经触及皇位了。

索菲娅轻轻踮起脚尖走近安条克城中心的作战室，"安条克城周遭的叛乱已经平息，公开吊死叛乱者头目非常有效，感谢大家的共同努力，"还没进门她就听见自己的丈夫在发言，"东部突厥人控制的地区已经落入萨拉丁之手，我们之间有协议，不能去考虑，但南方叙利亚沿海的富庶地区，"雷拉格轻轻摊开手撅起嘴望着众将，"不知道各位怎么想，我可是已经垂涎已久了。"

然后是众将的笑声。

"那里的领主，也算是安条克公国的骑士，虽然战争后公国对帝国保持着完全的附庸与臣服，但我们还是要充分考虑乔瑟林伯爵的意见。"一名将领发表意见。

"去他的乔瑟林伯爵意见，"雷拉格不屑地摆摆手，"我觉得他给予帝国的还不够多，如果他不把沿海地区交给我，我就把他换掉。"

"乔瑟林伯爵可是皇帝陛下亲自任命的……"那名军官还想申辩。

"皇帝陛下还在休息中，"雷拉格打断了他，"我是这里的总督，也是最高军事长官，"他有意顿了一顿望着诸将，"穆斯林商队抢劫事件后他就被控制了，如果陛下身体康复后想重新启用它，我也很乐意看见他的身影作为我的同事再次出现。”

众将又是一阵笑声。

“我同意雷拉格的意见，”罗曼诺夫发言，他红色的大胡子动了一动，“现在安条克的治安已经充分稳定，如果这时候还不替皇帝陛下开疆拓土，还算是帝国的将军吗？”

“陛下的命令是让我们时刻准备协同曼西姆斯攻克科尼亚，我们不应该分散注意力。”一名军官提出异议。

“我们提早完成了安条克城的治安工作，”雷拉格反驳他，“现在纯粹是在等待曼西姆斯的攻城器械，作为另一个发兵的基地，整场战役也需要一个富庶而稳定的后方。”

“叙利亚可不仅仅是港口富庶，”一旁的奥拉多姆补充，“东地区马匹健壮，这都是帝国当前最需要的东西，萨拉丁干掉耶路撒冷王国只是个时间问题，等他继续北进或西进之时，就该吃我们盘子里的美餐了。”

索菲娅轻轻推开门，雷拉格与众将转身望着她。

“打扰大家，”索菲娅咽了一口唾液望着众将，转而看着雷拉格的眼睛，“军营里有事发生，我要和你谈谈。”

雷拉格栗色的眼珠转了转，他一挥手，众将都离开了作战议事厅，只留下了奥拉多姆与罗曼诺夫。

“皇帝陛下好些了吗？”雷拉格问索菲娅。

“没有，他的病情加重了，经常性陷入昏迷当中，”索菲娅忧郁地说。

雷拉格所有所思地点点头，军情处副处长深呼一口气，准备告诉他真正坏的消息。

“驻扎在安条克以东的四个纵队步兵弓箭手，”索菲娅盯着雷拉格的脸，“今天下午突然向西转移，现在已经接近了奇里乞亚门。”

“什么？”雷拉格简直不能相信自己的耳朵，“谁给他们的命令？”

“是曼西姆斯司令官。”索菲娅无奈地说。

雷拉格还未回过神，一名军官又从大门走进，索菲娅望了他一眼，她认识这个人，这名军官隶属于军情处的情报处，而他几乎不敢看雷拉格的眼睛。

“又有什么事？”

“驻扎在城市四周的五千名普罗诺艾步兵在今天下午突然拔营起行向西转移，”军官低头说道，“据说是皇帝陛下的命令。”

“皇帝陛下的命令？！”雷拉格咆哮着，一把揪起军官的衣领把他提离地面，“皇帝陛下还在安条克城中昏迷，皇帝陛下就在我这里，哪来的皇帝陛下的命令？”

“是军情处长塔洛斯和曼西姆斯！前者传递皇帝的命令。”军官叫道，“而后者拥有对全部帝国军队的调动权！”

“你的顶头上司这下可给我好看了，”雷拉格放开军官，转身对索菲娅说道，他转而急促地在议事厅中徘徊着，“曼西姆斯，他是总司令，而我是总督，他能调动我的军队，”他自言自语，“可他进攻科尼亚并不缺少步兵与弓箭手，只是缺少攻城器械而已，为什么要调走我的军队？他就这样借助塔洛斯调动我的人，并没有陛下的亲口命令，这简直是在叛乱！”

说到这个词时突然他怔住了，雷拉格有些紧张地望着索菲娅。

“来人，”雷拉格喊道，一名士兵应声进入房间，“立刻给驻扎在北方的艾里克送信，让他带领北欧卫队与阿拉玛诺战士，立即向南至城市郊外驻扎，还有，让他亲自来见我。”

又一名军官冲进房间，雷拉格看在眼中，转身抱着手臂望着他，直接等待他的坏消息。

“艾里克走了。”那名军官苦涩地说。

“什么？”

“他带领驻军，加入了曼西姆斯的军队。”

“你在说谎！”雷拉格朝他咆哮道。

“他带领着一千人的阿拉玛诺战士与二千人的北欧卫队离开了，拔寨向西。”军官恐惧地望着雷拉格仿佛要爆炸的瞳孔，生怕自己在传达消息后被他当场杀死，着急的补充，“不过剩下的二千人北欧卫队与阿拉玛诺战士都拒绝离开，仍旧驻扎在那里。”

雷拉格整个身体僵在原地，他的手腕在轻轻发抖，禁卫军首领简直不敢相信自己的耳朵。

“剩下的驻军是谁在管事？”索菲娅焦急地询问。

“是阿拉玛诺雇佣军的一个军官，‘黄牙’。”军官说。

雷拉格大吼一声，拎起桌子上安条克工匠刚为他铸造的铜像，狠狠地砸在地板上，屋内所有人都在躲避四处飞溅的粉碎的地板木屑，黑海之龙全身都在发抖。索菲娅有些恐惧地让在一边，一只手轻轻地捂住嘴，他丈夫的样子就仿佛一只发疯的老虎，她从未看见过雷拉格如此愤怒。

“艾里克不可能背叛我！”他声嘶力竭地吼道。

时间一秒一秒在过去，等待他气息慢慢缓和之际，他看见所有人还在望着自己，雷拉格气愤之极的最后却是自嘲的一笑，但细心的索菲娅却发现了北欧人眼角间的一丝湿润。

“我从未想过有一天我要靠他来解决难题，不过这个黄牙确实帮了我大忙，”雷拉格回头望了一眼索菲娅。

“城东还有三千阿拉玛诺雇佣军，这是当前非常重要的力量，”索菲娅提醒雷拉格，“我们不知道他们的意图，但现在是争取他们的时候了。”

“不用了，”雷拉格坚定的一挥手，“他们都是我的人，我调斯塔姆从特拉柏森赶到这里就是为这个，现在他人就在那儿。这三千人将是我们可以依靠的力量。”

索菲娅望了一眼雷拉格，她没想到丈夫对这种事情并不是完全没有准备。

“我们现在要赶紧去‘黄牙’那里，”奥拉多姆提议，“不知道他能不能控制局面。”

“不，没有时间了，”雷拉格吐出了几个字，“我们现在所有人必须赶往曼努埃尔陛下所在的宫殿。”

“宫殿，”奥拉多姆重复道，突然恍然大悟，“该死，宫殿外驻扎着约翰维塔斯的贵族骑兵，他肯定会和曼西姆斯一条心，要把皇帝从宫殿里接出来！”

“我们必须把皇帝陛下留在宫殿内。”雷拉格斩钉截铁地说。

“他们就在宫殿旁边，”罗曼诺夫叫道，“我们不可能抢在他们前面！”

“我们可以，不过要抓紧时间，”雷拉格阴沉的眼中露出坚定的目光，“我已经做了安排。”

安条克的上空阴云密布，一度安静的宫殿四周剑拔弩张，曾经忠实、善意甚至无私的战友今天令人悲哀地兵锋相向。持剑对峙的军人分成了三个阵营，中圈的是萨亚斯与他带领的塞西亚骑兵——自迈克尔·阿斯庇塔斯在曼德尔河谷捐躯后，来自西部的塞西亚骑兵，东部的阿兰骑兵，所有的轻弓骑兵都由萨亚斯统领。

每名轻骑兵都抽出雪亮的弯刀，牢牢把住了宫殿的外墙，最外圈是约翰维塔斯那些身披重铠的贵族骑兵，他们手持长矛，闪亮的矛尖对准了萨亚斯与他的弓骑兵。

最内圈，也是宫殿大门内则是曼努埃尔的皇家铁甲圣骑兵，他们装备最为精良，但刀剑入鞘，钉锤也挂在马鞍的一边，因为骑兵们还不能确定自己的位置——他们是曼努埃尔的亲卫队，应该直接听从皇帝的指示，但皇帝已经昏睡数天，虽然约翰维塔斯拥有军情处长塔洛斯的命令，但要移动重病中的皇帝，事关重大，他们也不敢轻举妄动。

约翰维塔斯有些气恼地望着挡在面前的萨亚斯，他认为自己的速度已经够快，足够快到雷拉格猝不及防，但这个轻骑兵统帅却站在雷拉格一边，以帝国最高速骑兵的迅捷抢在他之前赶到宫殿，但他知道如果真的打起来，对方这种弓骑兵根本无法在这样的城市街道中施展。约翰有意驱马向前慢慢移动，亮出他马鞍侧面四米的长矛与手中锋利的长剑，身后的贵族骑兵也随后跟进。

“停住你的脚步！约翰，”萨亚斯大喝道，“你与你的部下不得擅闯皇宫！”

“你以什么身份命令我，亚美尼亚人？”约翰也毫不客气，“我是帝国卫队长，而这些部下，是先帝阿历克塞遗孤所组成的战士！”

“也正是阿历克塞大帝创立了我们这支骑兵，”萨亚斯吼道，“我们中的瓦达瑞泰人，也是骑兵警备队，你要强行穿越皇帝的警备队吗？①”

①萨亚斯说的是1083年，当时阿历克赛一世在危急关头雇佣了塞西亚人中的瓦达瑞泰人（生活在现在的马其顿共和国），以游击与骚扰战术击败了诺曼骑士的攻击，后来瓦达瑞泰人成为首都的骑兵警备队，除作战还兼负城管的职务。

约翰维塔斯身体微微一颤，勒住战马，他并不想冒这个风险，但他还有其他办法。骑兵卫队长从腰间拿出了一叠卷轴，“军情处长塔洛斯与陆军总司令官曼西姆斯所共同起草的文件，这在陛下不能发布命令时相当于圣喻！”

“谁说陛下不能宣读圣喻！”萨亚斯大声说道，“陛下只是今天不能宣读而已，如果你胆敢穿越这里，我可以以谋反罪逮捕你！”

“既然有曼西姆斯与塔洛斯共同签署文件，”约翰哼了一声，“这表示我们这些军人不用为这行动担负责任，我现在怀疑你图谋不轨，把病重的陛下困在宫殿中伺机谋害！”骑兵卫队长向后挥挥手，“给我前进！”

“不许前进！”战马上的萨亚斯抽出双刀，但他知道抵挡只能拖延部分时间，皇宫内的铁甲圣骑兵如果不出手协助，约翰维塔斯的重骑兵只靠推挤就能把他的轻骑兵驱逐出皇宫大道，甚至不用担负冲突的责任。

约翰维塔斯的重骑兵在慢慢靠近，萨亚斯的额项渗出了汗珠，他的轻骑兵在缓缓后退。

该死的，雷拉格怎么还不到，我快撑不住了。

突然自己的背后出现了呐喊声，绝望的萨亚斯还以为是背后的皇家铁甲骑兵卫队铁了心要帮助约翰维塔斯。

一排弓箭手在一个穿华贵长袍的胖子带领下冲上了宫墙，拉弓瞄准约翰维塔斯的重骑兵，另一些手提着流动之火喷射器的希腊士兵也出现在大门附近，架起了威力强大的发射器。

“好啊！泰勒斯来的正好！”萨亚斯不由得叫道。

“泰勒斯，你是皇帝的表弟，难道要参与叛乱？”约翰维塔斯扫了一眼宫墙上的弓箭手，“他们是特拉柏森人，怎么还有特拉柏森人在这儿？”

“他们是收复了特拉柏森城堡的特拉柏森人，”泰勒斯以熟练的发音把这句拗口的话说完，“约翰，你这个笨蛋，到底是谁在叛乱还说不定呐！”

约翰维塔斯心有余悸地望着泰勒斯的火焰喷射器，在攻克奇里乞亚门的战斗中，他亲眼目睹了这武器的威力，安条克人奇里乞亚门小半个城寨的墙面都毁于它手。但他不是个轻易放弃的人。

“你的武器是用来烧死帝国的敌人，而不是帝国的骑兵！”约翰维塔斯定定神，盯住宫墙上的泰勒斯，希腊胖子听见这句话后脸色大变，并被他目光如炬的眼神看得有些发毛，内心的虚张声势立即被骑兵队长发现，这突然让他意识到了泰勒斯致命的弱点。

这位天才不那么勇敢，甚至比不上一个最普通的士兵，他不会拥有承担火并的勇气。

约翰立即继续挥手命令他的骑兵向前，并给了泰勒斯一个嘲弄的微笑，“继续前进，我们的炼金术士恐怕什么也做不了！”

贵族骑兵们离宫墙越来越近，约翰说的不错，泰勒斯的希腊火确实威力惊人，可是以他的胆量绝做不到用来对付曾经的战友，胖子紧张的求助性望向萨亚斯，对方脸上也是紧张与无奈的表情，泰勒斯觉得自己腿在发软，逃跑的幻想不停在脑中环绕。

但一瞬间科学家与艺术家式的灵感突然在头脑中爆发，泰勒斯一个跟头翻下宫墙，虽然这个动作几乎扭伤了脚，“兄弟们，”胖子大声向他的特种士兵喊道，“发射火焰！”

他的特种兵则用惊慌与不信任的眼神望着他，你不是玩真的吧？

泰勒斯扑向一名士兵的面前，用手掌把他的发射器仰角压低，然后推动了气泵，“就这样发射！”一条粗长的赤焰从发射器口喷出。

“全部给我发射！”泰勒斯声嘶力竭的嚷道。

其他的士兵也纷纷推动气泵，数十条火焰向约翰的骑兵倾泻过去。

这样的胆量与行为可完全出乎约翰的预料，他与骑兵们纷纷惊慌地拨马向后退，正当他准备咒骂并宣布泰勒斯的反叛行为，也同时发现对方的火焰只是倾倒在骑兵们的面前，宫门口形成了巨大的火墙。浓重的黑烟直上云霄，让三方士兵同时感觉到了炙热。

“你可以叫这为‘宫殿门口突然起火事件’，”泰勒斯强忍住喜悦带着孩子般的得意望着约翰惊讶的脸，“如果你强行穿越，它就变成了‘宫殿门口烤肉事件’！”他刚一说完，就不禁为自己的笑话哈哈大笑。

“你的火焰能拦住我多久？”约翰大吼道，“你没有燃料的那一刻！我还会进去！”

“拦住你直到我到来，”浓烟滚滚中传出了低沉而宏亮的声音，直至烟云散去，一身黑色扎甲的雷拉格出现，他的两边是紧握重锤与长斧的罗曼诺夫和奥拉多姆，索菲娅就站在雷拉格身后，军官们的身后则是充满着整个街道，无数披挂整齐、手持锋利巨斧的北欧卫队。萨亚斯不禁发出一声兴奋的低吼。

突然双方的势力对比发生了严重的倾斜，约翰维塔斯可不指望能挤开这些身材高大身披重甲的大汉，更不用说发生冲突，数千北欧卫队在街道上能把他的骑兵在瞬间全部砍翻，他决定改变策略，重新拿出卷轴，“以塔洛斯和曼西姆斯的名义，我命令……”

“塔洛斯的名字在这里不管用，”雷拉格打断他，有意避开了对曼西姆斯的讨论，“我以安条克总督的名义，命令所有人离开，皇帝陛下现在需要的是休息，你们会吵到他。”

“皇帝陛下现在最需要的是安全，”约翰吼道，有意望着雷拉格，“你们当中有人正在策划谋反！”

宫殿内的皇家铁甲圣骑兵们也不免瞟向雷拉格，后者镇定自若，“这个离奇传说的来源呢？”

“军情处长塔洛斯，”约翰得意洋洋地说，他望了一眼雷拉格身后，“恐怕军情处的索菲娅也不能反驳这条消息吧？”

“很好，”雷拉格点点头，同时反问道，“那么如果叛乱者就是塔洛斯本身怎么办？”

约翰吃惊地望着雷拉格。

“你竟然诬陷军情处长！”骑兵队长用马鞭指着雷拉格。

“我只是提出一种可能，如果这种可能出现你刚才说的所有的一切都要被推翻，毕竟，”雷拉格故意停顿一下，回头看了一眼宫门外摇摆不定的皇家铁甲圣骑兵，“又不是我们要把病重的皇帝从宫殿里接走。”

这下轮到皇家骑兵们望着约翰了。

“皇帝不能发布命令期间由军情处长代理发布这是陛下自己所决定的，也是帝国的法律，我们谁也不能违反法律！”约翰看形势不妙强调说。

“可现在与形势矛盾了，”雷拉格望向摇摆不定的皇家骑兵，“那么，我们设法达成一致。”

“我们无法达成一致。”约翰叫道。

“我们可以，”雷拉格突然解下锋利的冰川之刃，双手捧着，然后大踏步地向皇宫门内的铁甲圣骑兵们走去。

“你要做什么？”罗曼诺夫握紧了重锤，有点担心的问。

雷拉格没有回答，而是来到不知所措的皇家铁甲骑兵们身边。把剑交给一个最近的骑兵。

“快两百年了，”雷拉格环视着宫殿，渐渐抬高了声音，“北欧卫队为皇帝服务快两百年了，这些岁月，他们不是替陛下攻城拔寨，就是护卫陛下的安全，你们可有谁看见过北欧卫队的叛乱！”

“我们的名称与旗帜都是陛下赐予的，”雷拉格指着北欧卫队战士的一面盾牌，“红色盾牌上的黑色战鸦，这是帝国赐予我们的！我们是皇帝陛下的禁卫军！”

“北欧卫队确实从未背叛过帝国，”一名皇家铁甲骑兵同意。

“可我仍旧要展示我的清白，”雷拉格冲他点点头，“我要把最珍贵的武器留在你们这里，直到陛下可以重新发布命令，”北欧人栗色的眸子爆发出光芒，“但同时，我们在场的所有人必须都离开宫殿，皇家骑兵可以监视我们，谁敢踏进宫殿半步，就以谋反罪立即处决！”

雷拉格转而望着约翰维塔斯，后者正不安而沮丧地望着他。

“我说过我们可以达成一致。”北欧人平静地说。

约翰维塔斯长长叹了口气，他不可能带走皇帝了，“撤退！”他向贵族骑兵们挥手命令。

“我们也该离开了，”雷拉格对索菲娅说道，这时候约翰突然喊住了他。瓦朗尼亚首领转身望着约翰的眼睛。

“君士坦丁堡民众骚乱之际，多亏了有你，而我还没有向你表示谢意，”约翰黯然地微微摇头，最后望了一眼雷拉格，冲他敬了一个举手礼，“我真心希望塔洛斯是错的，再见。”

“不用客气。”雷拉格还礼，目视贵族骑兵们消失，也随即带着北欧卫队们离开，萨亚斯与泰勒斯紧紧跟在身后。

“你们都回去吧，”雷拉格疲惫地说，“回到自己的岗位，我想与索菲娅一起走走。”

奥拉多姆不放心的望了他一眼，与罗曼诺夫一起离开，永远精力充沛的北欧卫队从未像今天这样沮丧，红色战鸦的旗帜低垂着伴随着这些大汉离开。泰勒斯随即紧紧拥抱着雷拉格，“你是我永远的朋友！”他胖胖的脸上沾着泪花，随即也带领特拉柏森人与希腊人离开了。

雷拉格回首向安条克的宫殿望了一眼，厚重的宫墙突然显得有些模糊，北欧人曾经有力的脚步也似乎有些迟滞。地中海东岸美丽的秋季从未变得这样让人觉得冷漠，他离开了自己的军队向前走着，没有目标，脑子里在盘算着最坏的可能。索菲娅快步赶上了他，挽住了他的手臂，她可以感觉到雷拉格的手掌在微微的颤抖。

突然雷拉格的脚步在一个小树林旁停了下来。

萨亚斯一直跟着他与索菲娅。

“你为什么不离开？”雷拉格有点不耐烦地问，随即换上了一个微笑，“刚才要不是你的话，情况就糟的不可收拾了，谢谢你。”

“我不是要听这些话，”萨亚斯紧紧盯住他，“你有麻烦了，你在担心。”

雷拉格回首，鹰隼式的眼睛紧紧盯住萨亚斯，身体与他保持着距离。索菲娅在一旁同时打量着他俩。

“你在担心塔洛斯真的从皇帝那里拿到了口谕。”萨亚斯鼓足勇气说出来，“但即使这样我也会帮你。”

空气突然凝滞了几分钟，雷拉格依然长久打量着萨亚斯。

“你说要帮我，能帮到什么程度？”雷拉格转移开视线，貌似漫不经心的缓缓说道。

这句话让索菲娅也微微转过头，审视着雷拉格的表情。

“任何程度，”萨亚斯向前一步，压低了声音，“家父为帝国服务了近四十年，但到头来，特拉柏森城堡还是要你来收复，他的仇还要靠你来报，如果按原先的计划，我早就死了，特拉柏森现在可能还在突厥人手中，我与奥多万的性命，以及一切，都是你给予的。我决不允许任何军情处长用什么借口来逮捕你，皇室就是个死亡漩涡，如果卷进去除了激流勇进外别无选择，做那个活着游出来的人吧，求你了，除了我，还会有很多人支持你。”

“先要弄清楚塔洛斯消息的来源。”索菲娅突然插话道。

“等弄清楚就来不及了。”萨亚斯反对，“你怎么想？雷拉格。”

“帮我个忙，萨亚斯，”雷拉格长长吐了一口气，语调缓慢而有力，“把我的信带给驻扎在城外的朱里奥，顺便探探他的口风；让你的骑兵就在城周四处巡逻，查到什么蛛丝马迹就来报告，宫殿大门的护卫工作我会让我的北欧卫队来完成，我还会安排斯塔姆的人在你的骑兵遇到麻烦的时候给予协助。”

“遵命。”萨亚斯说。

“索菲娅，把你的情报人员都放出去，我需要知道他们的动静，特别是那个军情处长塔洛斯，”雷拉格望着自己的妻子，“你现在就进入宫殿，探视皇帝的身体状况，顺便稳住那些皇家铁甲骑兵，他们都与我交情不错，他们也挺喜欢你，”他顿了一顿，“能争取过来更好。”

“眼下最主要的事，就是不能让皇帝陛下离开安条克宫殿。”雷拉格坚决地说道。

“如果，我是说如果，塔洛斯真的拿到了口谕，我们该怎么办？”索菲娅有些担心的说。

“那我们就更不能让皇帝陛下离开安条克。”雷拉格的栗色瞳孔中冒出一闪而逝的凶光。

索菲娅默默地望了自己的丈夫一眼，“好，我马上就去办。”说完她迅速转身离开。

“萨亚斯先跟我走吧，”雷拉格拍了拍亚美尼亚人的肩膀，“我们先一起去拜访一下斯塔姆。”

索菲娅转过身，望着雷拉格与萨亚斯的背影，身体如中了风寒一样不停的颤抖。事情仿佛真的到达了最坏的一步，如果雷拉格回过头，就能看见她满脸的泪水。

她的手不禁触到了衣袋中的小瓶。

对于塔莉亚来说，安条克城是个不能再熟悉的城市了，鱼龙混杂，宗教信仰冲突，街道与建筑过于复杂与凌乱，这都很适合让一些“意外”突然发生，但她也不得不承认，这次的任务比较棘手，对方是个有重兵护卫的将军，甚至他自身的身手就与塔莉亚不相上下。

依然有机可乘，塔莉亚嗅到了城中的不安定因素，特别是谋杀对象失去了最趁手的武器，这些都非常有利，她一定能把握机会。

塔莉亚静静地在小山坡上欣赏着安条克城灯火通明的夜景，刷地一声把眼镜蛇短剑合在了刀鞘中。

Chapter 41

“不但坚韧，而且狡猾，残忍，”曼努埃尔眼中发射出光芒，焕发出兴奋的神色，“只是个 10 岁的孩子！我的天，这是多么的难得！”

“从那个时候起你苦练剑术与体魄，虽然以后你们回到了丹麦，可我都能想象的到，哈！年幼的你被大孩子嫉妒，年长的你竟然会被父亲嫉妒，谁叫你的威望在维京海盗中与日俱增？所以他不会给你王冠，因为他觉得自己无法控制你，你真该为此感到骄傲，一个被哈拉尔德这样英雄嫉妒的儿子！能让菲利普嫉妒的也只有亚历山大！”

朱里奥轻轻撩了一下自己蓝色的披风，跟随两个沉默的北欧卫队战士来到了安条克城议事厅的最高层，两个北欧人轻轻对他欠了身体就静静的离开，把他一个人留在那里。朱里奥打开房间大门，坐在办公桌后的雷拉格把脸埋在自己合拢的手掌后，瓦朗尼亚首领抬起沉重的面孔，栗色的双眸紧紧地盯着他。

拉丁骑士统帅仔细观察着北欧人，他黑色的长发中出现了无数根白发，脸色也非常憔悴，唯一不变的只有坚定的双眼。“据我的消息，”雷拉格难以捉摸地望着朱里奥，声音很低沉，“塔洛斯也调你离开安条克？”

“没错，可我，”朱里奥望着天花板，在房间内踱了两步，“希腊语怎么说？阳奉阴违？呵呵，我的军队在缓慢地向西移动，恐怕以目前的速度来看，明年也没法到得了曼西姆斯的军营。”

“塔洛斯与曼西姆斯都不蠢，”雷拉格面无表情的说，“你这样会惹怒他们的。”

“你派萨亚斯试探我的态度，我就打开天窗说亮话，”拉丁人耸了耸肩膀，“我认为曼西姆斯总司令官是被蒙蔽的，而你是被冤枉的，你在我哥哥安德鲁瓦的事情上帮助过我，可我并不是这个原因才帮你，我是觉得塔洛斯在搞鬼。”

雷拉格向他点点头表示感谢，心里思索着不用把对萨亚斯说过的话对朱里奥再说一遍。那么只能这样了。

“皇帝醒来后就会真相大白，”朱里奥走上前拍拍雷拉格的肩膀，“放心吧。”

“既然如此，你能不能帮我个忙，”雷拉格对他露出一个微笑，“算是半私人性质的。”

“悉听吩咐。”

“曼德尔河谷战役之中你的援助使得皇甲铁甲骑兵不至于损失惨重，我知道你与他们的交情一向不错，”雷拉格露出担心的表情，“我担心在这段时间内塔洛斯再次派人劫持陛下发生新的变故，而那些铁甲骑兵似乎看起来有些摇摆不定。”

“今年酒神节时，索菲娅带到安条克的葡萄酒与樱桃酒都留在了我这里，把这些带给那些骑兵，带上你的人和他们联欢打成一片，我知道你在礼节上是个好手，有你在那儿，塔洛斯他们带不走陛下，”雷拉格显得有些为难，“这些事情本是我应该做的，但现在我必须避嫌。”

“明天拉丁骑士们就将经过市郊，”朱里奥一口答应，“我让他们拐个弯进城，反正有你安条克总督的允许，这一切都不是问题。”

“我真是不知道该怎么感谢你才好。”雷拉格盯着朱里奥的眼睛。

“也让我还你一次情，”朱里奥微微的鞠了一躬，“那么我就早点返回军营安排了，再见。”说完他转身离开。

雷拉格则长久向朱里奥的背影鞠躬，久久不起身。

你可以还我的情，用另一种方式。

瓦朗尼亚首领盯着拉丁人渐渐消失的背影，眉头紧锁，萨亚斯与奥拉多姆出现在门口，他们扫了一眼瓦朗尼亚人的表情快速走进房间。

“他可以信赖吗？”亚美尼亚人着急的询问。

雷拉格阴沉的微微摇了摇头。

萨亚斯长长的叹了口气。

“有个重要的新消息，”黑海之龙用手扶住发烫的前额，“皇帝陛下已经醒了，而他醒来的第一件事，就是召唤泽诺斯大主教。”

“这意味着什么？”奥拉多姆有点不了解。

“这意味着曼努埃尔认为我是威胁而非塔罗斯，”雷拉格眼中露出兽性的目光，“如果是对付塔罗斯，他召见我或者自己的皇家骑兵都可以，根本用不着主教。他认为身边有主教，任何人都不敢动他，因为没有反叛者敢在主教面前伤害皇帝后还能受到祝福登上皇位。”

“曼努埃尔会怎么处置你？”奥拉多姆问道。

“我想，他大概会召见我，给我一个类似君士坦丁堡总督之类的升职调令，夺取我对所有军队的控制权，然后再干掉我。”雷拉格为自己的杯中倒了一满杯葡萄酒，并一饮而尽。

“再谈谈朱里奥的事吧。”雷拉格放下酒杯。

“明天拉丁骑士将得到我的允许入城，并得到皇家铁甲骑兵们的允许进入宫殿，”北欧人停顿了良久才嘱咐萨亚斯，“他们会举行宴会，晚上你注意我议事厅最高点的信号，如果有三支火箭升空，你就带领特拉柏森弓箭手冲进去，每人携带二十支火箭，向宴会厅的厨房发射。”

“事情既然已经到了这一步，我将义无反顾。”萨亚斯坚定的说，但也同时提出他的担心，“我们一帮轻装弓箭手可挡不住重装的拉丁骑士与皇家铁甲骑兵呀！”

“厨房内放置着我送给朱里奥的葡萄酒与樱桃酒，”雷拉格顿了一顿，“不过酒桶被做过手脚，其中一小半桶壁夹层装的是我从泰勒斯那里弄来的燃料，我骗他说是为了防范约翰维塔斯再来接走陛下。当火箭引爆希腊火燃料时，葡萄酒的酒精能发挥出最大的燃烧威力。”

“可怜的朱里奥。”萨亚斯不无惋惜的说。

“我们大家都很可怜，”雷拉格安排，“去做准备吧，萨亚斯，”接着又转过身，“奥拉多姆，所有北欧卫队的将领需要碰个面，别忘了把斯塔姆也叫上，这很重要。”

今天是几个星期以来曼努埃尔感觉最好的一天，难治愈的热病似乎第一次完全游离了身体，沉重的躯体变得轻飘飘的。皇帝的双脚又一次踩在地面上。他披上华贵的紫袍，努力站起身，挪动到巨大的落地窗前，远眺安条克城上空的风云变幻。

曼努埃尔随意而无奈地瞟了一眼身上的紫袍，真是件惹祸的衣物，沉重的紫袍，在这个时代得到他就意味着失眠、惶恐、痛苦甚至是死亡，最幸运的就是忙碌致死忍受着世人的唾骂进入天国或地狱。

皇帝的医生从未诊断过他的病情得以好转，但曼努埃尔就是这么固执的认为，也许是精神力的作用，因为一件最悬而不决的大事终于在心中得到了解决，即使这样会引发混乱也在所不惜。

“来人！”皇帝唤道，仆人应声而来，“叫来自君士坦丁堡的泽诺斯大主教见我。”

该来的一切都会来，了结了吧。

最近斯塔姆可算是安条克议事厅的常客，从外部看来，议事厅与平常没什么不同，守卫人数相同甚至比往常都懒散，当佣兵头子走进第一层大门卫兵甚至懒得多看他一眼。但一进入大厅，气氛迥异，立即就有两个凶神恶煞的瓦朗尼亚人从阴影中冒出并搜走了他的阔剑，斯塔姆不情愿的交出了武器，并庆幸自己靴子里的微型匕首还能在最关键的时候拔出来。

另有两个北欧人像豺狼一样紧盯住着他伴随着前进。斯塔姆边走边环视今天的大厅内部，还是不禁打了个寒颤。武装到牙齿的北欧卫队武士充满了建筑内的各个角落，神情都很紧张与严肃，仿佛正准备一场史无前例的杀戮。

穿过密集如林的双手战斧，最顶层的房间内雷拉格，奥拉多姆，罗曼诺夫，索菲娅都在那里，北欧武士统帅们都带着自己最称手的武器，身披最重的铠甲，雷拉格还是那身黑色重扎甲，只不过手中的武器换成了双手战斧。他们之中只有索菲娅仍是便装。

“欢迎，”雷拉格望着忐忑不安的斯塔姆在打量自己的穿戴，声音透着揶揄，“怎么样，我现在还像书记员吗？”

“不，”斯塔姆咽了口唾沫，“看起来这里只有我与索菲娅穿得不得体。”

“请坐吧。”雷拉格招呼他。

“不，我站着挺好。”斯塔姆勉强冲雷拉格微笑道。

“那就站着吧，”雷拉格不再继续看他，“站着使用靴子里的匕首会更方便。”

“皇帝今天醒了，”瓦朗尼亚头领审视着众人的表情，“陛下醒来后的第一天就召见了从君士坦丁堡赶来的泽诺斯大主教，也就是说，与我料想的完全一样。”

“他只做了这件事？”罗曼诺夫问。

“不，他所做的第二件事，”雷拉格顿了一顿，“就是今天晚上与泽诺斯大主教一起召见我。”

议事厅内的空气越发紧张起来。

“皇帝有了护身符？”斯塔姆插嘴试探道。

“某种意义上的，”雷拉格纠正，“我拒绝了陛下的召见。”

“你拒绝了皇帝陛下的召见，”索菲娅提醒，“这不会引起他的疑心吗？”

“肯定会，但我没有选择，”雷拉格沉吟，“我不能冒险只身再进入安条克宫殿，我的借口是，一部分安条克骑士策划叛乱，在处理完毕之后我就会去见陛下。”

“不错的借口。”罗曼诺夫评价。

“不过看起来皇帝陛下很想早点了结这件事，”雷拉格眯起眼睛，“他想直接与泽诺斯大主教一起来拜访我。”

众人面面相觑。

“当着众人的面解除你的兵权？”奥拉多姆吃惊道，“好大的胆子啊！”

“这是一招昏招，”斯塔姆不屑地说，“很难想象这是皇帝的决定。”

“我相信他前来调离我与安抚你们是同时进行的，很可能给你们所有人提升职位，”雷拉格评价，“他并不希望因为我而失去帝国最好的禁卫步兵的忠诚。”

“提升职位有什么用？”奥拉多姆提高了声音，“他也可以收回，就算是曼努埃尔不收回，他的儿子小阿历克斯也一定会把这一切都收回！他不会信任我们，所以我们还是跟着你干！”

“我们的人都忠诚于你！”罗曼诺夫嚷道，“我们确实发誓要忠于罗马皇室，反对帝国的敌人，你有皇室血统，战功和能力都无人能及！如果你继承皇位，我们就不算违背誓言！”

“泽诺斯主教在场时，他相信自己是安全的。”索菲娅不同意地看了一眼罗曼诺夫，同时也在提醒雷拉格，“当着主教面伤害皇帝会得不到教会的护佑，就不能顺理成章得到皇位，也许会被其他野心家利用。”

“所以我说陛下的护身符是某种意义上的，”雷拉格纠正，“曼努埃尔显然不太了解我们北欧人的胆量与决心。”

“你忘记了你有一半罗马人的血统。”索菲娅仍不放弃的提醒他。

“他召见我时的命令将决定他的命运，”雷拉格没有理睬索菲娅，腔调变得冰冷，“如果他收回我的兵权，无论另给我什么职务，就意味着，皇帝要对我们动手了。到这个时候，我们就没有任何选择，更别说泽诺斯大主教，他那时应该担心自己的命！至于教会的护佑，”瓦朗尼亚首领轻轻咬了下嘴唇，“在死亡威胁与利诱下，选拔一个新的像婚礼上那样祝福我们的主教不会太难。”

斯塔姆偷偷望了雷拉格一眼，他觉得北欧人今天的目光比平常都要疯狂。

“你怎么说，我们就怎么做。”奥拉多姆满不在乎的哼了一声，“咱们的一生就是这么过来的，就是向天神开战也在所不惜。”

“曼努埃尔的铁甲圣骑兵怎么办，”罗曼诺夫担心的说，“这些家伙都有万夫不当之勇。”

“我已经让萨亚斯去料理了，”雷拉格杀气腾腾地说，“他们对我们的计划构不成威胁。当今晚议事厅向空中发射火箭之际，就是他们覆灭之时。”

“那么，就这么定了，其他人稳定城市的四周，”雷拉格面对罗曼诺夫，“从你的人里找最不要命的五十名疯子给我，听我的信号，从地窖与阁楼里杀出！无论我指定目标是谁，都砍成肉酱！”

索菲娅长长的吸了一口气。

“这一切都发生之后，”奥拉多姆问道，“我们该怎么办？”

“我将亲自带领最精锐的军队进攻塞浦路斯岛，”雷拉格向众人宣布，“夺取那里的海军基地，敌人的海军将无法在安条克以西登陆，也就是说，他们只能通过奇里乞亚门进攻我们，那么，我分兵少量精锐防守住这个天险，先带领北欧卫队控制安条克富庶的沿海，然后带领大队人马与新招募的土库曼骑兵打通安条克至北方特拉柏森的交通线，特拉柏森将继续由斯塔姆控制，罗曼诺夫协助，并利用黑海从基辅与诺夫哥罗德调来新的北欧人军队。”

“我们还需要萨拉丁的支持，起码让他别从东部趁火打劫。”雷拉格转向索菲娅，“你与他打过很多次交道，关系融洽，你来办成这件事。顺便敦促他进攻耶路撒冷，这样他就不会来烦我们了。”

“这个策略我觉得可行。”奥拉多姆同意。

“斯塔姆，”雷拉格转向佣兵头子，“最近形势最紧张之际，是你控制了大部分阿拉玛诺战士，使他们站在我的一边，我要感谢你。”

“这句话的意思是你要从我这里拿走更多的东西。”斯塔姆担心的说。

“事成之后，你将是特拉柏森与塞浦路斯二地的总督，而且在三年之内我不会派遣任何税官，觉得怎么样？”雷拉格睨斜着眼睛瞟着斯塔姆。

“你一定会拿走非常多的东西。”斯塔姆表情悲伤地叹了口气。

“你说的没错，”雷拉格冷笑的声音有些刺耳，“我想，阿拉玛诺人也能找出三十名疯子吧，而且我真心希望并祈祷你是那三十名疯子中的一个。”

佣兵头子发现房间里所有人的目光都锁定在他身上。奥拉多姆与罗曼诺夫的右手都按在自己的武器上。

“不！”斯塔姆的额顶冒出冷汗，脸皱成一团，“为什么又是我？”

雷拉格平静地望了一眼众人，面带微笑走近斯塔姆，轻轻抓住斯塔姆的手，把他带到房间的一角，脸凑近，声音凶狠而低沉，“如果尸体上没有你的刀痕，我怎么能确定你是完全站在我这边？”

在这样一个令人神情紧张的时刻，索菲娅已经许久没有去集市了，但她今天终于去了。安条克将至的冬季与君士坦丁堡一样，潮湿多雨并且寒冷。她需要给自己与雷拉格做一件新的毛皮外套，虽然这些工作也可以由女仆完成，但索菲娅坚持要自己来选。

毛皮店老板认出了索菲娅这个尊贵的主顾，招呼得非常殷勤，索菲娅一面随意地询问老板铺面上各种毛皮的样式，一面不经意瞟了一眼身旁另一位在挑选毛皮的妇女，那名妇女不及索菲娅丰满，但身材更高挑，头巾与长裙穿戴都是更典型的安条克人，她似乎注意到索菲娅在看她，也用灰色的眼睛瞟了索菲娅一眼。

“总督夫，夫人，大，大驾光临，”毛皮店老板结结巴巴地说，“敝，敝人不胜荣幸！”他又讨好道，“货物我可以送到您府上去！”

“就今晚吧，”索菲娅漫不经心的说，但随即又连续强调道，“今天晚上，今天晚上，注意，是今天晚上。”

“当然，一定！夫人。”毛皮店老板以为索菲娅很重视这批货物，急忙连连点头答应。

但除了那名身材高挑的妇女，谁也没有发现，索菲娅的话不是对毛皮店老板说的。

滚滚乌云涌过安条克城的上空，却没有雷声与雨点，没有雨水在雷拉格对天气的预测之中，他的计划非常依赖于这一点。雷拉格、奥拉多姆与罗曼诺夫全身披挂，站在安条克市政厅门口迎接皇帝的到来，瓦朗尼亚首领发现自己两名最得力的干将都多多少少有些紧张。

雷拉格祈祷曼努埃尔的铁甲骑兵卫队不要大半出现在随从中，起码也别全部出现，皇家铁甲骑兵卫队即使在城市街道这样难以施展的区域，也是一支非常让人头疼的力量，啃掉这个硬骨头的时间越久，事情就越危险。

一面带有六道金纹的双头鹰紫色旗帜出现在北欧人的视野中，雷拉格简直不敢相信自己的眼睛，曼努埃尔骑乘在黑色克拉斯重战马脊背上，后面紧跟着泽诺斯大主教，他们的两侧总共只有四名铁甲骑兵守卫！这也足以让奥拉多姆与罗曼诺夫面面相觑。

这难道是皇帝的诡计？雷拉格完全猜不出，额头渗出了点点汗珠，禁卫军首领长吸了一口气，箭在弦上，已经不得不发，只能按原定计划继续执行。

曼努埃尔越来越近，他已经来不及思量，待到皇帝的战马不紧不慢踱到面前，北欧卫队们单手致举手礼，“北欧卫队欢迎皇帝陛下的到来！”

皇帝举手向他们还礼，想下马又皱了皱眉头，似乎有些困难。两名铁甲骑兵连忙翻身下马，小心翼翼地扶着皇帝踩住马镫，让后者缓缓踩在地面上。

曼努埃尔走近雷拉格，面带和蔼的微笑，自嘲的摇摇头，“谁会相信我曾经是君士坦丁堡骑枪比赛的冠军？没人会相信，好身体一去不复返喽。”

不知道为什么，雷拉格面对这个又老又病的病人，从内心深处产生恐惧，不仅是对皇帝的恐惧，对自己所要做的事恐惧更加强烈，甚至这种恐惧无关乎失败的惩罚。瓦朗尼亚首领的手在微微发抖，这不禁让他想起了曾经的君士坦丁堡民变，再次审视自己与皇帝陛下的差距，曼努埃尔敢不穿铠甲，不带兵刃面带数万暴民，而自己就没有这样的勇气。

“陛下是个最了不起的男子汉，”雷拉格低声说道，前半句是肺腑之言，“陛下的身体还会恢复的。”

曼努埃尔上下打量着雷拉格，最后目光锁定在他背负的武器上，“你怎么在用战斧，”皇帝皱了皱眉头，“你的冰川之刃呢？”

雷拉格没有回答，而是看了一眼皇帝身边的铁甲骑兵。

“报告陛下，”一名铁甲骑兵忐忑不安的说，“雷拉格将军的剑在我们这里，那是因为……”

“你立即返回，”曼努埃尔打断了那名铁甲骑兵的报告，“把佩剑还给我的安条克总督。”

“大家进议事厅说话，”曼努埃尔冲雷拉格一笑，然后就向内走去，一路上与北欧人谈笑自若，雷拉格他们紧跟在皇帝身后，这个时候瓦朗尼亚首领突然意识到，自己颈部的衬衣已经被汗浸得完全湿透了。

议事厅庭院的路上，曼努埃尔与北欧卫队众将有说有笑，他的表情越是轻松，雷拉格就越紧张，可貌似皇帝还特别喜欢与他交谈，北欧人只能硬着头皮应付。最后皇帝在议事厅内门前停了下来，左右打量着大门两侧的命运女神石像，像是在思考什么，又仿佛有些犹豫，雷拉格心脏的跳动速度骤然加快。

“安条克的骑士完全被控制住了吧？”皇帝突然问道。

雷拉格怔了一下，才想起他不愿意去安条克宫殿见皇帝的借口，“是的，陛下，安条克城及其附近的地域已经完全在帝国军队的掌握之中，”他有意转移话题到皇帝更感兴趣的其他事务，“一旦陛下一声令下最终毁灭罗姆苏丹国，安条克与特拉柏森的驻军就会立即从东部最后毁灭突厥人在小亚细亚上的堡垒。”

“不，雷拉格，一定记住不要操之过急，年轻人喜欢犯的毛病，”曼努埃尔微笑着摇头，语气之中却没有责备之意，“不可能一劳永逸，我们还需要安条克的诺曼人，虽然公国已被我们完全控制，但骑士堡就在安条克的南边，因为这个，西方还会不停地向这里派遣骑士，而我们也不想与整个西方开战，所以，既然已经得以控制，就把乔瑟林伯爵放出来，为了取得小亚细亚，还需要他与西方周旋。”

皇帝向前走了一步，又想到了什么，意味深长的望着雷拉格，“执着是件好事，坚定也是好事，甚至贪婪某些时候也是件好事。不过，不要因此就把注意力集中在一件事情上，他会让你忽视致命的危险。”曼努埃尔顿了一顿，“最后弄得一无所有。”

“陛下说的极是，”雷拉格点点头，模棱两可的说道，“应该只冒两种风险：能把握住和不得不去做的。”

曼努埃尔长久的审视着他。

“你说的一点都不错，”皇帝突然哈哈大笑，“我越来越羡慕我的姐姐了，她有一个好学生和好儿子，雷拉格，”曼努埃尔的表情突然严肃起来，“你的提议我也是思考了许久才做出决定，后来我觉得你说的对，安条克宫殿不是我接见你的好地方，安条克城市议事厅才是，议事厅的一部分房间非常适合我和你单独谈话，这很重要。”

雷拉格貌似漫不经心的望了一眼身后的奥拉多姆与罗曼诺夫，“再次请您原谅陛下，”瓦朗尼亚首领弯下腰，“一星期后我必将来宫殿向您请罪。”

“哦，不，”曼努埃尔轻轻摇了摇手，“是我自己要来议事厅的。”

雷拉格不自然的眨了眨眼睛，“议事厅有什么特别的呢？”

“哈，”皇帝狡黠地望了一眼雷拉格，“确实很特别。”

一阵急促的马蹄声打断了他们的谈话，马背上的铁甲骑兵翻身下马，双手高举一把剑套包裹的双手剑，巨剑露出一段骷髅形状的雕刻剑柄，剑刃闪耀着寒光，“陛下，雷拉格将军的佩剑。”

雷拉格没有接过他的武器，静静地望着皇帝。

“还等什么？快把冰川之刃带上，”曼努埃尔的语气就像是个慈爱的父亲，“我不喜欢看见你背负着战斧，这让我感觉别扭。”

雷拉格重新接过去，这把剑从未这么沉重，这让他回忆起五年前的那个冬天，父亲哈拉尔德将冰川之刃交在他的手中，却悭吝地藏起王冠，而之后的命运没有任何智者所能预料。他凝视着剑柄上精致的骷髅雕刻，把巨大的剑套背负在脊背上，曼努埃尔走上前，上下打量着身背冰川之刃的雷拉格，嘴角不由得露出一丝微笑，皇帝用手重重拍了一下瓦朗尼亚人的肩膀，和他肩并肩走进安条克议事厅的内门，“走吧，现在我感觉好多了。”

索菲娅与身后的女仆迈着拜占庭贵族妇女最闲情逸致的步伐向议事厅走去，但实际上她警觉的双眼一直观察四周的动静，看起来，皇帝与雷拉格已经一起进入议事厅，索菲娅微微点点头，回首不经意的望向身后，一个头裹丝巾、身材高挑的安条克女人就一直在背后不远处。

索菲娅的步伐在安条克议事厅的大门前停住了，一把寒光闪闪的双手战斧挡在了她的面前，“好大的胆子，”索菲娅面带愠色，“安条克的太阳把你的脑子晒昏了吧。”

“对不起，总督夫人，”守卫面有愧色，“是雷拉格总督的命令，从现在起直至今天深夜，任何人不得进入。”

“嗯？”索菲娅嘴角浮起一个有魅力的微笑，“连我能都不能例外？”

“总督还特别嘱咐我们，”守卫恐惧地说，“即使是总督夫人也不例外，否则对我们格杀勿论，”他顿了一顿，“总督还吩咐，过了今夜，他会去亲自去找您。”

索菲娅用最大的毅力保持住眼中的笑意与风度，她飞快的瞟了一眼身后，那名安条克女人已经不见了。

尽管安条克妇女的装束让她感觉牵绊，塔莉亚还是以最快的速度登上了安条克议事厅最西段的围墙，因为那里守卫最少且有针叶树木掩护，她隐藏在房屋与松树之间，观测议事厅里的动静，以她丰富的经验，已经找出了十个左右的暗堡，每个暗堡似乎都隐藏着背负长弓的特拉柏森人，还不算她没有发现的，一旦深入，覆盖整个议事厅庭院的箭雨会把她射成漏血的筛子。

一阵说笑声传入塔莉亚的耳膜，她微微抬起头，露出一只眼睛，看见了远处被重兵保卫的皇帝与雷拉格，她沮丧地看见，雷拉格脊背上竟然背负着寒光闪闪的冰川之刃。

真是个棘手的任务啊。

“安条克的议事厅我没来过几次，”皇帝边走边对雷拉格说道，“而且大多数情况下，是博希蒙德在陪同我参观，以现在这种状态完全是第一次，正因为是你夺取了安条克。”

“是陛下的军队收复了安条克，”雷拉格谦虚地说，“我只是陛下大军中的一员。”

“安条克对于帝国具有极其重要的意义，”曼努埃尔长叹一口气，“他几乎就是帝国兴衰史的写照，六百年前查士丁尼时代，波斯人曾经从帝国手中夺取了安条克，然而……”，他突然停住了，回首望着四名不知所措的铁甲圣骑兵护卫，像是在思索着什么。

“我刚才说特别的地方，就是安条克议事厅一楼的书房，”曼努埃尔环视着大家，“不识字的诺曼人不知道这里的价值，他们关心的是金银珠宝，而不是文字与绘画，安条克人几代的首领：坦克雷德、雷蒙、雷纳德[1]都是如此，他们仅仅是可鄙的破坏与掠夺者，对这个世界的文明毫无建树。也许，博希蒙德会好些？”皇帝不自然的哼一声，“他也许没有之前几位的野狼习性，却是个见钱眼开毫无底限的政客，不算政治家。”

曼努埃尔长长吸了口气，终于做出了决定。

“你们在这里等，”皇帝对铁甲骑兵护卫命令道，几名骑兵的眼神中刚冒出疑虑，就立刻被皇帝严厉而不可置疑的目光所否决，曼努埃尔转而用和蔼的目光面对雷拉格，“就我们俩吧，这应该是只属于我们的时刻。”

“您真的确定不需要我在场？”泽诺斯大主教仿佛无意间向前一步，挡在了雷拉格与皇帝中间，“书房是适合我们三人谈正事的地方。”

“不，”皇帝微笑着摇头，“但我会很快需要你。”

也就是说奥拉多姆与罗曼诺夫不能直接参加行动，雷拉格心中的一个声音在说。有意不去看两名干将。

“这些都是为你准备的。”皇帝突然一把搂住了雷拉格的肩膀，一齐迈进了书房。

他俩的身影消失在书房中，漆黑的大门轰然合起，把心神不宁的一干人隔离在外面。

① 坦克雷德是当年第一次十字军东征的干将之一。雷蒙则是现在公国领袖博希蒙德三世的父亲，利用婚姻获得了安条克公国的统治权，并向拜占庭帝国开战，结果被约翰二世重创。雷纳德则是博希蒙德三世之前的摄政公爵。

夜色逐渐降临，寂静的空气弥漫在灯火灰暗的书房内，除了曼努埃尔偶尔为之移动的脚步声，整个书房一片死寂。雷拉格心神不宁的环顾着整齐的藏书与卷轴，这些没有被诺曼人破坏——这是因为他们相信这里没有金子。但瓦朗尼亚人更关心的是隐藏在二楼幕布中的杀手们能不能顺利冲出来，距离是二十尺，也许是三十尺，这也足够能砍翻一位六十二岁的老人。这看起来并不是件复杂的事情，却足够让雷拉格禁不住全身发抖，北欧人很清楚，这并非仅仅出于恐惧。仿佛是掠食动物的本能，更别提掠食动物也很可能突然死亡，这该有多么的刺激与危险。

“罗马帝国已经延续了多少年？”曼努埃尔望着深色书柜中如星光般堆砌的卷轴与图书，“或者说东部的罗马帝国已经延续了多少年？远东拥有高度发达的文明，唐帝国延续了三百年，而宋帝国则也有二百多年了。”

“随着西罗马帝国的灭亡，理性古典时代结束，文明在欧洲，就像是奢侈品，我们，东罗马帝国，欧洲唯一的文明之地，抵挡数百年来如潮水般从东西两面不停涌入的敌人。无数位皇帝，有英雄，也有蠢蛋，有人被命运女神青睐，有人被唾弃，但最终，我们还是活了下来。”

“科穆宁王朝并非出现在一个理想的时代，”曼努埃尔苦笑一声，“但最终，祖孙三代没有辜负文明的寄托，欧洲唯一拥有大图书馆的帝国活了下来，唯一拥有自来水渠的帝国活了下来，唯一拥有公共浴室与城市公园的帝国活了下来，唯一拥有医院、学校的帝国活了下来。我一辈子几乎也只能做到这个地步，我有成功，也有失败，我不知道命运会怎样，但我可以说，我做了我应该做的。虽然这事业还未完。”

“我喜欢东帝国，也喜欢您的坚强，”雷拉格嘴角划出一丝坚定的笑容，“不客气地说，我和您一样坚强，希望在有生之年为帝国做更多的事，扩大帝国的疆土，延续帝国的文明，”黑海之龙栗色的瞳孔不自然的转动着，尽力想从皇帝的表情中发掘真相，“这需要有一个很长的寿命。当这一切结束，不是别人，我自己会去瓦尔基莉女神那里诉说我的一切。”

“所以我欣赏你在民变之际对我说的那句话，”曼努埃尔望着半张脸隐藏在阴影下的雷拉格，“杀不死我们只能让我们更坚强。”

“这是一个世界文明被野蛮力量压制的时代，”阴影中，黑海之龙轻轻抚摸着自己的下巴，“这实在令人悲哀，”但他的表情中完全没有悲伤的意思，相反却拥有些许自嘲，“再高度发达的文明仍需要野蛮的力量，在这个时代，也只有用野蛮来对抗野蛮，这就是帝国需要我的原因，如果不是这样，公元980年的第一批北欧卫队就不用在文明的东罗马帝国服役，像我这样的人只能在丹麦绝望的等着被国王剿灭。”雷拉格顿了一顿，意味深长地说道，“您坚强的活了下来，您的帝国活了下来，那么，我也会活下来。”

“你拥有野蛮的力量，”曼努埃尔微微一笑，“但这不是你的全部，你拥有的东西多得多。”皇帝招呼着雷拉格靠近，“跟我一起瞧瞧这书房的藏画，描绘了帝国最著名的英雄。”

“英雄们的结局如何？”雷拉格貌似漫不经心地问。

“那就看看我们的英雄，”曼努埃尔指着一幅画像说道，画像中花白胡须，但依然精神矍铄的男人，身披重铠，手握带孔雀羽毛的皇帝权杖，端坐在重装骏马上，在他的面前，胜利的士兵正在打扫战场，“尼尼微之战中的希拉克略②！就是他终结了与强大的萨珊波斯帝国的百年之战，把敌人打入了地狱。虽然帝国也被削弱，他被突然兴起

② 希拉克略：原本为迦太基总督，通过起义与民心获得了危机之时帝国的统治权，他最大的功绩，就是帝国危难之际击败了入侵的波斯萨珊帝国，并深入后者的领土获得全胜，但穆斯林在东方兴起，他之后被阿拉伯军队击败。

的穆罕默德所击败。”

“看那，”皇帝又指着另一幅画，画面上是君士坦丁堡城下的金角湾，东罗马帝国的一艘战舰正用希腊火焚烧接近的阿拉伯帝国战舰。“最兴盛时期的阿拉伯帝国在君士坦丁堡城下，在希腊火面前失败，使形势得以逆转，未来的一百年成为帝国向他们进攻的时代。这是伟大英雄利奥三世③的杰作，但他很谦虚，不肯出现在画作中。”

“黄金时代的巴西尔大帝，”曼努埃尔又指着另一幅画，这次语音中带着颤抖，画中是老年时代的巴西尔二世，骑着骏马，头盔上装饰着绿色孔雀羽毛，正在亲自审问保加利亚的敌人，“他是最伟大的。”

“他们都很了不起。”雷拉格应付道，同时在思考皇帝谈话中的含义。

“血统的延续与文明的延续哪个更重要？嗯？”曼努埃尔问雷拉格道，又像是在自言自语，“希拉克略是亚美尼亚人，利奥三世是叙利亚人，至于巴西尔，勉强算个罗马人，”皇帝微微摇摇头，“实际上他的祖辈巴西尔一世也是亚美尼亚人。他们中没有一个是纯正的罗马人或希腊人。”

“幸而有你的母亲，”曼努埃尔突然转移了话题，“如果只跟你父亲学习剑术与战术，你不会有今天的成绩，恕我直言，你父亲是个典型的北欧人，战略并不太出色，这也是他在北方很难与国王们抗争的原因之一。你的母亲给予了你大量的知识，她是你一生中最应该感谢的人。”

“你的母亲，”曼努埃尔盯着这些书，“我的姐姐，读过很多书，渊博与才学可以令许多学者与诗人羞愧。相貌如女神般美丽，她是一个

③ 利奥三世：原本为安纳托利亚军区将军，在公元717年成为皇帝，他在718年的君士坦丁堡防御战中利用“希腊火”使得阿拉伯海军损失惨重，并同时在陆地上击败后者，挽救了帝国。

极其难得的女人，你应该为有这样的母亲而骄傲，但也许，命运女神也会嫉妒这样的女人吧。”

“也许她唯一做错的事情就是嫁给父亲，”对于母亲的讨论使雷拉格无法抑制把注意力从幕布与杀戮的联想中释放出来，他紧紧盯着曼努埃尔，突然很有兴趣了解母亲在皇帝心中的形象，尽管他俩中的一个很快就会在漫天血雨中被砍成碎肉片。

“这么说你的父亲就有些不公平，甚至是有点大逆不道，他也是个伟大的人，”曼努埃尔纠正道，但很快意识到雷拉格不仅仅是在说母亲与父亲之间的关系，这让他微微一笑，随即又轻轻叹了一口气，“你确实应该得到更多。”

雷拉格冷酷地回味着五年前在北欧所发生的一切，母亲的死依然让他痛苦，对于父亲，甚至记忆都有些模糊，也许危机已过，就不显得有多重要了。真正让他难受的是父亲对他的态度，他至今不能正确判断哈拉尔德对他的爱。

“你10岁之后我就没再见过你，”曼努埃尔走近雷拉格，目光变得慈爱，“你父亲触怒了我的父亲约翰大帝，不得不仓皇出走，哈！但我还记得你10岁之前的样子，外貌是那么的清秀，哈拉尔德总在与我讨论，担心你的未来会不会太脂粉气，你知道，这可是北欧人最讨厌男人所拥有的气质！但我就从来不担心。”

“一个贵族小绅士。”雷拉格微微一笑。

“拥有一个贵族小绅士所有的优点！”曼努埃尔说，“礼貌而和蔼，随和而安静，喜爱读书，一度让哈拉尔德认为你没有北欧战士的气质，差点就让我在宫廷给你找个文书的活。”

“帝国很多绅士都有这个特点。”雷拉格漫不经心的回答。

“切！可他们是装出来的，是在众人面前的伪装，”曼努埃尔哼了一声，“可你是发自骨髓里的，你有一种天生关心别人的气质，有一种天生的贵族气质。”

“这种气质似乎在成年后消失了，在陛下面前的是一个来自野蛮荒地的老兵。”雷拉格自嘲道，“只知道到处打仗，四面征伐，战场为家，冷酷无情。”

“因为绅士气质只是你的一部分，”曼努埃尔突然转头盯着雷拉格的眼睛，“或者说是你表面的一部分。”

雷拉格回应着曼努埃尔的凝视。

“还记得你八岁那年抓野兔的游戏么？”曼努埃尔若有所思，“约翰大帝给了你们一帮孩子每人一根长矛，你们没有经过训练，而兔子又是这么快，所有的孩子包括最勇敢的，最后都放弃了，只有你花了一整天跟踪到兔子的洞穴，最后在兔子出来觅食的时候捅死了它。那可是个冬天，你差点就被冻僵在加拉塔卫城以北的森林里。这可把哈拉尔德震住了，你真应该记起他的表情，从此以后他对你的印象完全改观。”

“也许我只是个死脑筋。”雷拉格谦虚的笑笑。

“噢！那可不尽然，仅仅拥有坚韧可就不像你了，”曼努埃尔用力的摇头，突然对雷拉格狡黠的一笑，“要我说你 10 岁时那件事情吗？”

雷拉格感觉到自己的防御神经在开启。

“我记得一个官员，好像叫日耳曼努斯？对，就是这个名字，他的儿子比你大五岁，哦，又高又壮，经常揍比他小的孩子，有的孩子开始和他对打，但被他痛揍几次就放弃了，以后都像只夹起尾巴的狗一样给他揍，他骂你是北欧小杂种，你也被他揍过二次，从此你就不再还手。”

“不过之后呢，”曼努埃尔紧紧盯着雷拉格越来越紧张的栗色眸子，“你削尖了一根树棍藏在怀里，在他再次揍你的时候，你把树棍深深地插进他的大腿里，我的天，这孩子的哭喊声整个达夫纳宫都听得见，医生们把一根又一根木屑从他的腿里抽出来花了整整两天时间。”

“童年的事。”雷拉格的脸色变得越来越阴沉，“我全忘记了。”

“我并不是想讨论这个，”曼努埃尔冷笑一声，“其实我明白，你并不是想用木棍插他的腿，你缺乏训练，所以刺歪了。”

雷拉格感觉到自己浑身的汗毛竖了起来，栗色的眸子中闪现着危险的光芒。

“你是想刺他的睾丸。”

“你就是想刺他的睾丸，这孩子的睾丸！你想的是杀死他而不是教训他，”曼努埃尔一字一顿的说，“也许，刺错部位对你与他都好。”

雷拉格静了下来，坦然的神态中似乎已经默许了，或许根本就不在意。

“不但坚韧，而且狡猾，残忍，”曼努埃尔眼中发射出光芒，焕发出兴奋的神色，“只是个10岁的孩子！我的天，这是多么的难得！”

“从那个时候起你苦练剑术与体魄，虽然以后你们回到了丹麦，可我都能想象得到，哈！年幼的你被大孩子嫉妒，年长的你竟然会被父亲嫉妒，谁叫你的威望在维京海盗中与日俱增？所以他不会给你王冠，因为他觉得自己无法控制你，你真该为此感到骄傲，一个被哈拉尔德这样英雄嫉妒的儿子！能让菲利普嫉妒的也只有亚历山大④！”

曼努埃尔走开几步，摊开双手。

“收复坚固的特拉柏森，三千人消灭了一万人！劫掠震慑数个行省面积的土库曼人，攻克天险奇里乞亚门，使得安条克公国不战而降！原

④ 曼努埃尔说的是建立古希腊亚历山大帝国的亚历山大大帝和他的父亲菲利普，菲利普是马其顿王国兴起时的国王，但年轻而更有才能的亚历山大对父亲产生了压力，两人的关系曾一度不睦，后来菲利普突然死亡，虽然号称是波斯帝国刺客所为，但真实原因至今仍是谜。

来属于帝国皇帝的步兵禁卫军现在唯你之命顺从！这确实是一个应该令人嫉妒的亚历山大。”

“你真的是一个令所有领袖应该防范的儿子！”皇帝指着雷拉格的脸大声说道，哀伤，狂躁与绝望的声音交织在一起。

“也是个令所有主上应该及时处理的后患。”曼努艾尔的声音渐渐低下去，眼睛眯了起来。

雷拉格手不由自主在向冰川之刃靠近。

背叛，不是我背叛了帝国，不是我背叛了皇帝，而是皇帝背叛了我，所有人，都是叛徒。我的亲生父亲有所保留的藏起王冠，曾经最忠诚的伙伴艾里克视危机于不顾，现在连那个他曾经救过、如慈爱父兄般对待他的曼努埃尔最终也消失的无影无踪，而他亲爱的美丽妻子索菲娅……哈，所有曾经的朋友与亲人都站在了要置自己于死地的队伍中。

背叛我的人都必须死。

安条克议事厅大门的瓦朗尼亚守卫看见索菲娅与他的侍女又向他转了回来，长长叹了口气，他对于把首领夫人晾在门外于心不忍，可这又是出于首领的意愿，他挺了挺胸，最终还是决定按命令行事。

“实在对不起夫人……”瓦朗尼亚守卫满脸抱歉，但索菲娅伸出一只手止住了他的道歉，“你是个好士兵，服从命令，我不能责怪你。”

“不过我也没别的什么地方好去。”索菲娅令人同情的笑笑，翠绿色眸子里的光泽令人心碎，“我就在这里等待他好了。”

雷拉格到底有什么毛病？把这么好的妻子像一只无人收留的猫那样丢在门口等他，守卫不禁心中忿忿不平，“入夜后会很冷。”他关切的说道。

“是啊，”索菲娅下意识抱住光洁的双臂，“就是能在大门内躲避一会冷风也好。”

这就是个守卫所不能拒绝的要求了，“你们都进来吧，”守卫看了一眼她的女仆，“不过只能在大门这里等，我会让人给你们去拿毯子。”

索菲娅与女仆走进了大门，但守卫感觉奇怪，她俩都慢吞吞的。

“快进来吧，”守卫关切道，“我要把大门关上了。”

“你真是太好了，我会告诉我丈夫……诶呀，”索菲娅像是被石阶绊了一跤，北欧守卫连忙把她扶住。

索菲娅十三岁之后就再也没有摔过跤。

瓦朗尼亚人守卫突然感觉一阵莫名其妙的眩晕，他也许不会察觉手腕上那个被索菲娅指环上小刺划出的伤口，索菲娅的女仆用尽力气接住守卫沉重的双手战斧不让它砸落在地面，索菲娅则轻轻扶住守卫倒下。

“乖乖的睡一晚上吧，”索菲娅自言自语道，“明天不会有人责怪你。”

索菲娅与女仆的身后突然闪现出一名男子，他手脚麻利的脱下瓦朗尼亚人的衣甲换上，也学着一模一样的姿势扶住双手战斧站在那里。索菲娅与女仆则把陷入昏睡的守卫藏在大门附近的草丛里。大门随后被慢慢合起。

“然后怎么办？”女仆问，声调就像是个军人般干练。

“你留在这里，我去找塔莉亚。”索菲娅说。

塔莉亚敏锐地发现正有人向她靠近，眼镜蛇短剑已经从刀鞘弹到了手中，她发现来者竟然是索菲娅，他很奇怪这个身手远不如她的女人是怎么进来的。

“进不去对吗？”索菲娅用手背擦了擦额头上的汗珠。

“每个点都有弓箭手狙击，”塔莉亚不由得佩服，“你丈夫可真不简单。”

“跟我来，我知道一条没有狙击手的路。”索菲娅低声说。

特拉柏森游击战的经验使得亚美尼亚人萨亚斯与他的弓箭手都特别懂得隐蔽自己。入夜之后，军营中推杯换盏的嘈杂声传入他们的耳膜。那是朱里奥的拉丁骑士在与曼努埃尔的铁甲骑兵卫队聚会。萨亚斯把能在最远距离射出准确箭矢的特拉柏森人放置在军营四周的屋顶上，他们的火箭可以轻易击中装满了希腊火燃料的葡萄酒桶。

走到这一步已经无法掉头，萨亚斯死死盯着安条克议事厅书房里的一举一动。他等待着最后行动的信号。

塔莉亚与索菲娅现在就在议事厅书房的面前，“要我现在动手吗？”女刺客迫不及待的问道，“我对突然一击还是很有把握，做完这件事，我的主人与你们的交易就该两讫了。”

女哈萨辛回首望了一眼索菲娅的表情，后者的表情很镇定，但额顶依然渗出点点汗珠，飞快思考的双眼中完全看不出悲哀，但胸脯却在不停起伏，这使得塔莉亚不禁哼了一声。

“你爱着他。”塔莉亚肯定地说，随即换上了教训人的口吻，“不过干我们这行的，就得冷酷无情。我杀死我那背叛组织的丈夫，还是我的救命恩人，可没这么费劲。”

“我可没让你停下来，”索菲娅似乎有了新的主意，冰冷的回望了一眼塔莉亚回敬道，“和你宰掉自己丈夫的行动可不一样，今天你的行动中决不能危及皇帝陛下的安危，这是我所重视的。”

“那我们就坐在这里直到被发现？”

“我们从那里绕过去。”索菲娅指着附近一个高高的石台，石台顶端两个巨大的狮身蝎尾兽石像可以挡住她们的身影，“那里地势很高。”

“为什么？”塔莉亚不依不饶，她认为这个女人不可靠，很可能突然反目帮助自己的丈夫，如果索菲娅敢出卖她，她就立刻让这个女人当场鲜血四溅。

“那边是斯塔姆的人隐藏的地方，我相信他在那里。”索菲娅又望了一眼石台，“我需要你把一件东西从高处扔给他，需要扔的准。”

议事厅二楼的一件空房内，斯塔姆与三十名阿拉玛诺战士隐藏在巨大的落地窗前。这样可以通过厚厚的窗帘布空隙观察建筑外的情形，如果情况突变，也可以瞬间利用离落地窗不远的走道更换用来隐藏的房间。但这并不能安慰斯塔姆，阿拉玛诺雇佣军首领现在垂头丧气。

“我们是在玩火，肯定是在玩火，”一名阿拉玛诺战士在低声提醒斯塔姆，“虽然条件优厚，可风险实在太大了，也许我们全会在内战中死在这个国家！”

“地下室里的瓦朗尼亚人愿意为他而送命，我们可不愿意！内战即将爆发，这里可不是享受生活的地方，我还是希望自己能活着满载金币而回到北方。”

“你们都他妈的给我安静点，”斯塔姆低吼道，“你以为那些瓦朗尼亚人信任我们吗？如果被他们听见，这些亡命徒从地下室中冲出，第一个剁的人就是我！我们现在别无选择，先让我观察一下形势！反正我们不会第一个从密室里像傻瓜一样冲出来！”

叮的一声一件东西落在了落地窗的平台边。

“那是什么声音？”斯塔姆问部下，阿拉玛诺人耸耸肩。

“去看看？”斯塔姆用剑柄轻轻捅着一个阿拉玛诺战士的腰。

“为什么是我？”佣兵的脸皱成一团。

“那是我经常说的！”斯塔姆用力把他推向落地窗，“你给我出去看看！”

阿拉玛诺人悄悄的露出半个头，从外面飞快的伸手拽过一个东西，把它交在斯塔姆的手中。

斯塔姆仔细端详，是一枚闪亮的诺米西玛金币。

佣兵头子拨开自己部下，来到落地窗前，他看见远远的高处石台上，巨大的蝎尾狮像后面，似乎隐藏着一个人，而且那个人似乎故意让他看得见，从身形上来看当然知道她是谁。女人的手指冲着他划了个弧线。

斯塔姆长长吸口气，缓缓退了回来，神态中似乎已经拿定了注意。

“怎么？”一个部下问，“是要我们立即行动吗？”

“不！”斯塔姆坚定的一挥手，“计划有变动，从现在起，完全按照我的指示来行事。”

“这可是我斯塔姆立功的好机会，”佣兵头子不安地舔舔嘴唇，考虑着另一种选择带来的风险，“我说过我只会帮助赢的一方。”

Chapter 42

塔莉亚以惊人的速度反扑过来，怒气冲冲的女刺客的左手紧紧扣住了军情处副处长的脖子，力量是如此之强大，使索菲娅窒息的快要爆炸，她猛烈地挣扎着，右手刚抽出腰间的飞刀，就被塔莉亚的眼镜蛇短剑挑下石像，索菲娅怎么也无法逃出刺客的腕力掌握，流入头部的血液越来越少。一时间，她真以为塔莉亚要杀死她。但最终女刺客还是放开了，索菲娅抓住自己的喉咙，大口大口地喘着气，用全身力量制止住自己强烈的咳嗽，当她定神望着塔莉亚，发现对方的灰色眸子在死死盯着她。

没有月光的黑暗完全降临整个安条克城，亚美尼亚人萨亚斯的精神愈加紧张，据可靠情报，曼努埃尔与雷拉格进入议事厅书房已经很久了。无论鹿死谁手，结局早应尘埃落定。无限延长的爆发时间只能对自己越发危险，拉丁骑士与铁甲骑兵们的宴会已经接近尾声——机会正在一分一秒地丧失。

“依然没有信号，”一名阿兰人骑兵军官说道，“要停止整个行动吗？”

萨亚斯的血液顺着血管在慢慢涌入头顶，已进初冬他却丝毫感觉不到任何寒冷，轻骑兵指挥官颤抖的手紧紧握住弯刀的刀鞘。

“开始行动。”亚美尼亚人斩钉截铁地说道。

“可我们没有得到任何……”

“时间越拖延就对我们越不利，”萨亚斯打断了部下的担忧，“曼努埃尔曾经很重视雷拉格，也像父亲般对待他，最后一刻很可能雷拉格心软了。但这将是致命的，狡猾的帝国皇帝不会放过这个机会。”

“所以我们要逼雷拉格行动。”亚美尼亚人挥了挥手，弓箭手们开始准备油火，“骰子一旦掷出就没有任何可以反悔的余地。”

议事厅二楼的斯塔姆忐忑不安地望着那枚诺米西玛金币，回忆着他与索菲娅相处的所有细节，揣摩着它的含义，他希望自己是正确的，他正准备招呼阿拉玛诺人跟随他，突然发现他们也全都在盯着金币。

“怎么？”斯塔姆眉毛挑了挑，“没见过钱？”

“你已经知道女人扔给你金币的含义了吗？”一个阿拉玛诺人怀疑地问道。

“八九不离十，”斯塔姆肯定地说，同时想起了他与索菲娅第一次香艳的会面，现在想来还觉得有点心神荡漾，只可惜她已经是雷拉格的妻子，“与北欧那次会面相似，第一层含义是让我转换阵营，也就是说，她希望我转而帮助皇帝，这样我才能得到利益。”

几个阿拉玛诺人互相对望了一眼，设身处地想到雷拉格的命运，神色有些黯然，“任何男人都应该离军情处的女人远远的。”

“不仅是这样，”斯塔姆瞥了一眼他们的表情，“还有第二层含义，因为以前那枚金币是让我放弃哈格里夫王而帮助雷拉格，那么，这就是说，她希望我既帮助雷拉格，又帮助皇帝。”

“她想得倒好，简直是做梦。”

“我知道她想让我做什么，”斯塔姆说，“但我一个人做不到。”说完他又轻轻地掀开窗帘的一角向高处蝎尾狮像四周观察，突然他的眼神定住了，因为他看见另一个女人也站在那里，应该是故意让他能看见，那女人举起一把剑，而且对着他掀开的缝隙亮了一亮。

“你看见她手上东西吗？”斯塔姆问部下。

“她的剑上好像有条眼镜蛇的标记。”一个眼力好的部下说。

“那就对了，雷拉格跟我说过这个武艺高强的女人，”斯塔姆恍然大悟，“我说过一个人做不到的事情，两个人就可以。”

“到底是什么事呢？”部下实在忍不住问。

“她希望我与这个女人联手，”斯塔姆紧张的舔舔嘴唇，“通过生俘雷拉格来结束这场政变，来吧，让我们离一楼书房再近点。”

塔莉亚望着窗帘布缝隙再度消失，不耐烦地收起眼镜蛇短剑，双手抱臂，“你让我给你的内应发信号，现在，该办正事了。”

“你必须和他联手，我要求你们的是生俘雷拉格。”索菲娅在塔莉亚背后一字一顿地说。

“我与他联手？”塔莉亚怔住了，转身不相信地望着索菲娅的脸，带着毫不掩饰的轻蔑，“你在开玩笑？还是到了这个地步你还希望所有人都不要受到伤害？”

“你必须完成，”索菲娅强调道，“我已经重申过帝国的命令了，雷拉格不仅仅是我的利益，也是帝国的利益。”

“你帝国的利益和我毫无关系，”塔莉亚轻轻摇着头，“萨拉丁与你们原先的协议可并不是这样，不是吗？姑娘，”女刺客再次嘲弄她，“我不会抓捕，只会杀人，你就祈祷我出手的时候手会滑吧。不过那从来就没有过。”她转身准备飞跃向窗台。

“你的妹妹在我手里。”索菲娅一句话制止了她所有的行动。

塔莉亚以惊人的速度反扑过来，怒气冲冲的女刺客的左手紧紧扣住了军情处副处长的脖子，力量是如此之强大，使索菲娅窒息得快要爆炸，她猛烈的挣扎着，右手刚抽出腰间的飞刀，就被塔莉亚的眼镜蛇短剑挑下石像，索菲娅怎么也无法逃出刺客的腕力掌握，流入头部的血液越来越少。一时间，她真以为塔莉亚要杀死她。但最终女刺客还是放开了，索菲娅抓住自己的喉咙，大口大口地喘着气，用全身力量制止住自己强烈的咳嗽，当她定神望着塔莉亚，发现对方的灰色眸子在死死盯着她。

“你刚才说什么？”塔莉亚眼中的杀气丝毫未减。

“你听见了。”索菲娅毫不示弱。

“奈菲尔不是已经跟那个什么圣墓守护者回耶路撒冷了吗？”塔莉亚决定揭破她的谎言。

“是这样，”索菲娅也紧紧盯着塔莉亚的眼睛，“不过你真的确定知道安德鲁瓦与奈菲尔的新邻居是什么人？”

这句话让塔莉亚语塞，那个时候他刺杀了自己曾经的主人：伟大的努尔丁，使得自己丧失了对一切哈萨辛的调度，自己与卡里姆与巴赫都在逃亡，根本无暇他顾，而索菲娅既有时间，也有金钱来安排所有特工在叙利亚的活动，虽然她不能确定，但现在不能冒着这个险。

"我的属下知道我在这里，"索菲娅紧接着说，以免塔莉亚铤而走险，"所以你无法秘密杀掉我，如果我死了，或者雷拉格有什么意外，我会让耶路撒冷的人把你妹妹的住所透露给"山中老人"，哈！努尔丁的死亡，你的背叛早就令你曾经的老师对你恨之入骨，也许就会收到从耶路撒冷寄来的包裹，年轻姑娘的身体器官？"军情处副处长给了塔莉亚一个嘲弄的微笑，"去吧，完成任务，为了妹妹，所以请注意分寸。"

书房中的时间在一分一秒过去，雷拉格相信曼努埃尔已经做好了一切准备，心中反而更加坦然，这是一场不能回头的赌博，也别无选择，而且胜率渺茫，被动的局面反而让他并不那么担心，他甚至已经在考虑二楼的斯塔姆是不是正在谋划自己的头颅以便向皇帝陛下邀功。

"皇帝陛下会如何处置您功名显赫的将军？"雷拉格不紧不慢地问道，栗色的眼中有一丝悲哀，却不是为自己的命运，"恩赐一个终老天年的结局？"他嘲弄皇帝到，右手直接大方地按在了冰川之刃剑柄上。

"不会，你不配得到这样的结局，"皇帝故意忽略了雷拉格的动作，断然否决，"这样幸福的结局不是为你这样的人准备的。"曼努埃尔的脸上突然露出一丝诡异的笑容，"一个处于你这样位置的人你觉得会怎么做呢？"

瓦朗尼亚人看了一眼自己的剑，轻轻一哼，已经没必要做任何掩饰，"您知道它下一个砍下的头颅是谁的吗？我来告诉您处于这个位置他会怎么做。"

雷拉格唰地一声面对皇帝抽出了寒光闪闪的冰川之刃，这个动作使得曼努埃尔的脸都微微变色，"不鸣则已，"瓦朗尼亚首领淡淡低声说道，语气中透露着令人恐惧的果决，"一鸣则威震天下。"

"勇气，"曼努埃尔顿了一顿，"但这并不能改变你的结局。"

“我会去瓦尔基莉女神那里诉说我这一生，”雷拉格嘴角现出淡然的笑容，但随即换上了嘲讽的面孔，“我会尽量延长去见她之前的时间，我会珍惜这段时间，无论是做好事，还是冒天下之大不韪，我都在所不惜。”

空气在两人面前凝滞。

曼努埃尔饶有兴趣地望着雷拉格充满杀气的双眼，皇帝眼角却有什么东西在晃动，“我不知道死在冰川之刃面前的下一个人是谁，反正不是我，但我知道你，不会很快去见你的瓦尔基莉女神，因为我知道结局，雷拉格的结局。”

“你会加冕成为东罗马帝国科穆宁王朝的第四位皇帝，我，曼努埃尔·科穆宁的继承者：雷拉格·科穆宁，当然，如果你不介意跟我姓的话。”

这句话让雷拉格手中的冰川之刃掉在地上，发出清脆的响声。

门外一声巨大的轰响，奥拉多姆、罗曼诺夫同时破门冲进书房，虽然这不是他们约定的信号，满腹狐疑的泽诺斯大主教也带着两名铁甲骑兵随从紧紧跟上，担心他们会对曼努埃尔不利，但他们看见的是曼努埃尔拾起掉落的冰川之刃，拿在灯火前仔细端详，看见武器掌握在皇帝手中，泽诺斯大主教松了口气。

“我在考虑给我们亲爱的雷拉格换一件武器，”曼努埃尔背对着大主教说道，他捉摸不定地望着雷拉格，把冰川之刃放在一边，“虽然它很锋利，但也许这个更适合你。”曼努埃尔抽出腰间华丽的双头鹰之剑，交在身体有些僵硬的雷拉格手中，“也许两把剑以后都属于你，还会有些其他重要的东西。”皇帝的嘴角露出一丝安抚式的笑容，“会比你父亲对待你时公平的多。”

“那么，你们是？”曼努埃尔转身面无表情的望着冲进书房的一行人。

“你们竟敢不经陛下的允许就冲进去？”泽诺斯大主教厉声说道。

罗曼诺夫张口结舌站在那里，幸好见多识广的奥拉多姆反应够快，“我们听见书房内有兵刃响声，担心是还未剿除的安条克骑士爪牙妄图刺杀，”白发巨汉半跪在皇帝的面前，“请陛下恕罪。”

“我原谅你们，”曼努埃尔自我解嘲式地点点头，“不过还请你们立即离开，把这个最重要的独处时间留给我与雷拉格，大主教，”皇帝郑重地喊住了泽诺斯，“当我们结束之际，我会需要你。”

当所有人都退出书房，曼努埃尔找了个舒服的椅子坐了下来，拢起手望着雷拉格，“有什么想说的吗？”

雷拉格能感觉到额顶的冷汗，他庆幸自己在地下室中放置的瓦朗尼亚军是最有纪律性的北欧卫队，不得到他准确的信号绝对不会随意冲出，同时庆幸狡猾的佣兵头子带领的阿拉玛诺人也没给他找什么麻烦，但他大脑中的思绪一直在飞速地旋转，甚至想找出曼努埃尔诡计的痕迹，最终他放弃了。

“我真不知道该说什么。”这是一句实话。

“那就少说，多做，”曼努埃尔盯着他的眼睛，“帝国复兴与生存是一件需要付诸一生来投入，最终甚至不知道有没有回报的事业，一代又一代人，像飞蛾扑火一般，”皇帝无奈地摇摇头。

“我是不是应该做出推脱的姿态？”雷拉格苦笑一声，他感觉自己的感情正被皇帝所操纵，“为什么不确立您的儿子阿历克斯为继承人？”

“我的那个儿子是个安条克人，”曼努埃尔的神色黯淡下去，“他只会和自己的母亲一条心，他俩充满权力欲望，可都完全是自己的私欲。而不会为这个国家做任何真正有益的实事，甚至想都没想过。当哪一天帝国不幸衰败，他们会毫不犹豫地丢开所有的臣民，去安条克或者西欧做个无所牵挂腰缠万贯的贵族。”

“可你不一样，”曼努埃尔声音颤抖地说道，“我知道你不仅仅拥有野蛮的力量，你是战场上优秀的统帅，一个充满团结魅力的军事首领，一个舌颤莲花的演说家，更重要的是你有治国的才华，你非常智慧的安置了土库曼人作为新农兵的基础，而没有随意抢夺与杀戮他们。我也曾经把匈牙利的战俘作为新农兵的基础，农兵是军区制的基础，也是未来一天帝国能够重新真正强大起来的保证①。”

雷拉格的胸膛在不停起伏，这不可能是皇帝的诡计。

“你是我的外甥，雷拉格！”曼努埃尔从椅子上站起身，“你的血管里流淌着科穆宁家族的鲜血，尽管有另一半北欧血统，更重要的是，你会继承我的遗志，继续加强帝国的农兵制度，恢复帝国黄金时代的荣耀！”

翻天覆地的变化几乎让雷拉格不知所以，脑海中回忆和与皇帝相处的每一个细节，从君士坦丁堡民变中他救出皇帝，曼努埃尔称呼他为“孩子。”其实曼努埃尔一直就记得他，但从未向他清晰表露，之后确定他可以担负起这沉重的责任。他记起皇帝每一个慈爱的微笑，不像自己的父亲，曼努埃尔是真的信任他！他竟然真的要将王冠，不，这次是皇冠，是东罗马帝国的皇冠交在自己的手中！他，一个丹麦与希腊人的混血，未来将会左右整个帝国的命运！

① 关于农兵制度，第一章就有过叙述，曼努埃尔一世与其父亲都认为依靠贵族军队并非长久之计，因此在不遗余力的发展农兵，但又不想正在依赖的贵族军队体系瓦解的过快。

“一个亚美尼亚人，一个叙利亚人，再加半个亚美尼亚人，”皇帝轻轻耸耸肩，“现在有一个丹麦人混血？我看这没什么问题。只要是他愿意为这个帝国付出一生，为这个黑暗时代欧洲唯一的文明帝国付出一生，做一个真正的政治家，而不是个过场的政客。”

“帝国万岁，罗马万岁！”雷拉格向皇帝重重地一点头，“我将发誓我会做到这点，将用一生来完成它！”

“我知道你不会让我失望！”曼努埃尔走近雷拉格，想拥抱他但突然不知道手该往哪里放，就轻轻拍了拍后者的肩膀，“也许我该出去让泽诺斯大主教进来，我的嘱托应该需要一个简单而正式的仪式。”

曼努埃尔激动的脚步走近书房大门，忽然又停了下来，“我还有几句话想对你说。”

雷拉格站直了身体，聆听着皇帝的教导。

“记住，通常拥兵自重的将领反叛得以成功是由于特定时期，或者他的皇帝相当麻痹，说真的，你不具备反叛成功的条件，这不是个人能力的原因，是形势，相信我，对于这我还有点经验。

“反叛的成本也相当高，一旦失败，不但家族灭亡而且身败名裂——我相信忠诚与背叛是可以转化的，历史上有很多忠臣，他们无上的忠诚不仅仅说明个人的道德，而是翻盘的风险或成本无法接受，干脆以个人的死亡来成就流芳百世。”

拜占庭帝国新共治皇帝的手在发抖，他猜到曼努埃尔下面要说什么了。

“等我们走后，让二楼埋伏的刀斧手都悄悄离开吧，”皇帝轻描淡写地说，“地下室里的也离开，我猜他们是北欧卫队，可别出什么差错败坏了瓦朗尼亚卫队二百年来的忠诚威名，这是我不欣赏的。我和你说过几遍了，不要过于急躁，”曼努埃尔顿了一顿，“但你那种敢冒天下之大不韪的勇气，是我欣赏的，就像你自己常说的，其实我也喜欢真正的男子汉。”

“陛下，我……”雷拉格整个身体有一种很令人难受的情绪在徘徊，从来都是别人亏欠于他，从未有过这种状态，悔恨与不安在蔓延，他对曼努埃尔敬爱之情所拥有的力量是他原本无法预料的，也许在内心深处，从他们在阿达纳平原上的胜利起，皇帝在他心中就是另一个父亲，也许是第一个。突然雷拉格产生一种强烈的冲动，希望曼努埃尔不是要交给他帝国而是将他直接处死，“对不起。”他最后结结巴巴地说道。

“没关系。”皇帝的背影沉沉地顿了一顿，步履沉重的离开了书房，苍老的身体微微摇晃。他始终背对着雷拉格，所以新共治皇帝并不知道，曼努埃尔眼角间淡淡的泪痕。

书房二楼埋伏许久的阿拉玛诺雇佣军已经焦躁不安，而他们的首领仍在仔细地聆听着楼下的动静，当皇帝离开书房的一刻，斯塔姆把他的头缩了回来，长长的喘了口气。

“我们的目标现在到底是谁？”一个阿拉玛诺人焦急的问道。

“听着，没有目标，没任务，这里什么也没发生，”斯塔姆边打手势边低语道，“我们悄悄离开，就像从未来过这里。”

斯塔姆意味深长地望了一眼自己的部下，轻声自言自语又像是对别人诉说，“索菲娅，你的北欧小疯子如今可要飞黄腾达啦。”

好不容易稳住思绪的雷拉格重新开始谋划自己的新位置，他轻轻走出书房大门，看见皇帝正在与泽诺斯大主教交谈，大主教的脸都涨红了，显然对结果不太满意，但他不能违逆皇帝的意愿，雷拉格赶紧冲门外两个人勾了勾手，罗曼诺夫与奥拉多姆飞快地跑到他的身边。

“罗曼诺夫，你以最快的速度赶去萨亚斯的军营，让他停止行动，我会给你快马，这家伙是个急性子，出了事可就糟了。”

罗曼诺夫红色的大胡子动了动，点了头飞快地离开。

“要我给斯塔姆带个信吗？”奥拉多姆提议，“他与他的人还在二楼呢。”

“不用，”雷拉格微微一笑，“他很会照顾自己，知道什么时候该脱身，你还是想办法把地下室里正在等待的兄弟先接出来。”

“我要给你个非常重要的任务，也非常麻烦，”雷拉格紧紧盯住白发巨汉的眼睛，“从今以后，你要寸步不离带领最精锐的北欧卫队紧紧跟随皇帝陛下保护他的安全，甚至他见他的妻子儿子，哈，特别是他的妻子和儿子，你都要在能立即制止突然事件的位置上，无论在礼节上有多么的违逆。”

奥拉多姆正在疑惑他的意图，雷拉格的嘴已经凑近了他的耳朵，“我现在是皇位的继承人，一旦发生任何谋杀事件，所有的罪名都会嫁接在我的身上。”

在美味葡萄酒的作用下，朱里奥已经满脸通红，他以及其他的拉丁骑士军官与皇家铁甲骑兵卫队挥手告别纷纷翻身上马，他们回营的路上撞上了萨亚斯与他的一些特拉柏森弓箭手，弓箭手们无论装备与情绪似乎都是临战时的状态。

“怎么，有什么大事发生吗？”朱里奥冲着萨亚斯快乐的大声喊道。

“不，亲爱的朱里奥，我只是在例行巡查。”萨亚斯回答道。

“例行检查？”朱里奥又望了一眼萨亚斯手下杀气腾腾的样子，哈哈大笑，“你的治军让我佩服，年轻人，”拉丁骑士统帅冲萨亚斯行了个诙谐的军礼，“你弓箭手的杀气与我的骑士都可以媲美了。”

朱里奥摇晃着望了一眼周围，视线中有一个红色大胡子的步兵军官，他记得在哪里见过他，在酒酣之际却想不起他的名字，只好冲着他点点头，对方嘴角也报以谨慎的友好神色。

“这真让我过意不去，”朱里奥翻身下马把萨亚斯紧紧拥抱，略微有点语无伦次，“我们在痛饮美酒，你却在辛苦的工作，你知道吗？我一直很喜欢你。”

“我也很喜欢你。”萨亚斯默默地说道。

塔莉亚敏捷的几个飞跃，以最快的速度回到了蝎尾狮身像那里，曼努埃尔与雷拉格对话的关键词她一个也没错过。她想欣赏索菲娅为她丈夫紧张的表情，希望有个心如铁石的老练刺客讥讽新手的场面，但她看到的索菲娅，却用一种超乎寻常的安静对望着她。

“你的丈夫……”塔莉亚开口。

“我都知道了，”索菲娅碧绿的眸子中看不到一丝感情，这夺走了女刺客想获得的心理优势，副处长的视线仍锁定在前厅大门，“我看见他与皇帝都走出了大厅，陪同有泽诺斯大主教。我熟悉雷拉格与曼努埃尔的每一个动作，他们从骨子里透出一股全身放松的气息，你不觉得四周特拉柏森狙击手的杀气在消退么？因为他俩都活着，这证明危机解除了，他们都暂时安全了。”

“那你知道你的丈夫被钦定为皇位继承人吗？”塔莉亚仍不放弃，“这总出乎你的预料吧？”

索菲娅望了她一眼，眼神中仍未出现塔莉亚所期待的惊讶或狂喜，前者只是默默地点点头，“难怪，”她自言自语道，轻轻叹了口气，“我向陛下提供所有的消息，提议让雷拉格活着，他总是让我不必担心……唉，我现在总算知道答案了。”

塔莉亚不耐烦地望了索菲娅一眼，“既然你们皆大欢喜，萨拉丁与你们皇帝的协议当然中止，我也厌倦了在这场闹剧中的演出，再见吧，索菲娅。”

“等一下。”索菲娅突然喊住了她，后者则用烦躁的眼神回望着她。

“也许你想给我安排一场告别宴会？”塔莉亚讥讽道，随即换上了严肃的面容，“别忘了把你在我妹妹住所那里安排的狗都撤了，你答应过的。”

“如果你需要，我觉得也许他们在四周防范哈萨辛对你妹妹不利更好，我也想帮你个忙，”索菲娅眸子转了转，“就算还你的人情。”

“我会有什么用得着你的地方呢？”塔莉亚冷笑一声。

“有的，我肯定。”军情副处长红润的嘴角闪现出自信的微笑。

阿达纳城位于安条克城以西，跨赛伊汗河两岸，从古罗马帝国开始就是军事要地与重要港口，也是重要的农产品集散地。城市以西一个不起眼的农庄内，耕牛与驮马的嘶叫声中，军情处处长塔洛斯警惕的从小木屋的门向外张望，又心神不宁地回首看了一眼木屋里的男人。

“快下决定吧，大人，事不宜迟啊。”男人一开口就暴露出满嘴的黄牙。

“这件事没这么快结束，”塔洛斯在木屋中徘徊，“我还有皇后作后盾，还有曼努埃尔唯一的儿子，我没那么容易放弃！”

“大人！”黄牙所罗森提醒他，“当曼努埃尔亲口宣布他的亲身儿子失去继承权之时，你那位亲爱的皇后就没用了！我们应该考虑后路。”

“再等等吧，”塔洛斯仍不想放弃，“那毕竟是皇帝的亲生儿子，他会改变主意的。”

“你在皇帝病重之际使用了假圣旨，还记得吧？”所罗森上前一步，“你用假圣旨命令约翰维塔斯带领贵族骑兵围攻安条克宫殿，还记得吧？

无论曼努埃尔的妻子与儿子今后的命运如何，你留在这里的命运已经注定了！”

“我没想到陛下还能回光返照，”塔洛斯重重叹了口气，“更没想到他还有这么令人匪夷所思的决定，多少帝王的成功伟业，总是千方百计无所不用其极地传递给儿子，无论这是否会造成社稷的衰败。我总以为，替皇帝扫除儿子继承障碍，总不至于站在错误的一边，这下我失算了。”

“你只把雷拉格看成是个简单的北欧人，可你没想过，雷拉格还是陛下的外甥，他也有皇帝的血脉，也许，”所罗森顿了一顿，“对陛下来说，社稷比血脉继承更重要。”

“你说得对，”塔洛斯冲所罗森点点头，“港口的船准备好了吧，应该装载足够的粮食与淡水驶往西西里，诺曼国王与帝国皇帝历来是冤家对头，他需要帝国的情报，我们会得到重用。”

“今晚我们就开船，”所罗森保证，“我已经买通了当地的帝国岗哨。”

夜色降临阿达纳港口，虽然安全转移，但多多少少离去让塔洛斯感觉到凄凉，他敏锐的望了一眼帆船上的船员，除了他就是所罗森的人。年过四十的塔洛斯一个矫健的鱼跃登上了船舷，接着所罗森也跟上来。

船在黑暗中起锚升帆，但所罗森注意到军情处长一直在望着对岸，“处长还有什么放不下的事情么？”他安慰塔洛斯，“西西里诺曼王国还没有自己的军情处，您一定会得到比在帝国更高职位的重用。”

“我不是为这个而担心，”塔洛斯叹了口气，“我本希望我在离开帝国之际，能够杀掉原来哈萨辛的那个女首领，塔莉亚，为我的哥哥尼塞卡报仇。”

“听说现在她为萨拉丁做事，”所罗森眼睛转了转，“诺曼国王与萨拉丁也是对头，我们还可以调动北非繁星般的情报人员，她的命迟早是您的。”

海风吹着塔洛斯的脸，整个港口一片寂静，仿佛夜幕下的地中海只有他们一艘帆船在行驶，没有一艘拜占庭巡逻舰出港拦截。当阿达纳城港口在视线中变得越来越小，塔洛斯的心也慢慢的安定下来。

迪亚斯，他作内应时的名字。毁灭突厥人在君士坦丁堡的间谍网。诱杀爱琴海上无恶不作的西西里海盗罗伯特，这些功绩再想下去他不禁要哑然失笑，他还曾重重帮助了自己现在的敌人雷拉格，消灭了巴夏的整个突厥北方兵团，没有他特拉柏森之战怎么会赢得这么漂亮！但这一切都将是过眼云烟，曾经叱咤风云的军情处长就要逃离帝国。

当来到诺曼王国之后就会掀开他人生新的一章，一个老牌的拜占庭间谍头子现在转而对付他服务了大半生的帝国，是不是很讽刺？其他人也是如此：‘季风’一面为努尔丁在拜占庭皇宫内策划毁灭帝国的阴谋，一面又使出浑身解数滋润着皇后的裸体来安排后路；杀死了他哥哥尼塞卡的哈萨辛首领塔莉亚则背叛了他的主人努尔丁，也背叛了恩师山中老人，转而帮助哈萨辛的目标萨拉丁，还为曾经的仇敌罗马人做事，哈，他们这些谍报人员的立场转换就是这么的无常。

塔洛斯突然想到了他自己的得意门生索菲娅，在这么许多谍报人员中她似乎从未转换过立场，就像自己的哥哥尼塞卡一样，也许只是没有不得已的条件吧。但不知道为什么，他还是觉得，索菲娅不完全一样。

他突然想知道索菲娅的近况，转身询问所罗森，但‘黄牙’已经不见了。

军情处长的神经瞬间绷紧了，两声手下的惨叫传进他的耳朵。

‘黄牙’的手下纷纷出现了甲板上，他们大都是阿拉玛诺人，这些剑客手持双手剑飞快地砍向塔洛斯的随从，塔洛斯的人也都训练有素，以最快的速度拔出武器反击。塔洛斯大吼一声，从褡裢中闪电般的抽出数把飞刀，刷地一声钉进了一名阿拉玛诺战士的喉咙，接着又一名阿拉玛诺人脸部中刀倒下，军情处长拔出腰间细剑冲进人群，把包围他们的阿拉玛诺剑客们逼的直向后退。

“想把我交给曼努埃尔将功赎罪，所罗森？”塔洛斯喊道，“你竟敢背叛我？我要把你的心挖出来！”

塔洛斯两名手下被两把突然高速行进的飞刀从上空插进心窝，痛苦嘶叫着翻倒在甲板上，打斗中的塔洛斯注意到，对方释放飞刀的手法与自己一模一样。

“你提到了背叛？”塔洛斯的头顶传来一声悦耳的女声。

军情处长抬起头，一身黑色夜行装的索菲娅出现在主桅杆下的船舱顶，身上披着与塔洛斯一模一样的褡裢，褡裢中装满飞刀，墨黑发亮的紧身装显露出凹凸有致的身材。在灰暗的船上灯光印照下，绿色的眸子像猫般闪光，“你竟然还提到了背叛！船的目标是哪里？是帝国的敌人西西里诺曼王国吧！”索菲娅哈哈大笑，“你背叛了你为之服务的帝国，竟然是以一名军情处长的身份，你玷污了这个职务，塔洛斯！”

“我得到皇帝陛下的授权解除你的职务！”索菲娅大喊道，“我以帝国军情处副处长的名义逮捕你！”

“你就投降吧，也许会有活路。”黑暗中所罗森讥诮的声音。

“你俩也配跟我说教？”塔洛斯大喊道，“别忘记你们都是谁教出来的？你们两个流着鼻涕的小鬼，当你们还是毫无威胁的小孩子时，我与哥哥尼塞卡已经是帝国炙手可热的间谍与杀手！”塔洛斯的细剑如毒蛇般进击，格开了一把双手剑的攻击，一剑又刺死了一名阿拉玛诺人，“就你们这些三流的刺客还想置我于死地，我会让你们全部葬身鱼腹，索菲娅，你美丽的头颅会被用来装饰我在西西里的新储藏室！”

“我也算三流的刺客吗？”一个女声在黑暗中厉声喊道，一个黑影旋风似的从人群边略过，寒光一闪，两名塔洛斯手下被瞬间结果了性命，黑影转瞬间就杀进了军情处长的防御圈。

塔洛斯急忙挥舞细剑抵挡，火星相撞间细剑被一把剑柄雕饰着眼镜蛇的短剑劈成两截。但军情处长惊人的反应仍用剩下半把断剑卡住了塔莉亚的短剑，另一只手上的飞刀已经闪电般地刺向塔莉亚的眉心。

上空又有两把飞刀袭来，准确刺中了塔洛斯持飞刀的左手。

塔莉亚一秒钟也没耽误，眼镜蛇短剑拨落细剑后继续进击，深深地插进对手的心脏，黑暗中的所罗森也窜了出来，一把长剑刺穿了塔洛斯的后背。

塔洛斯跪倒在地上，大口大口鲜血涌出口腔，他能听见手下人投降的声音，这时，他越来越模糊的视线中出现了一个优美的女人身影，并且越来越近，他能感觉到，对方的悲哀与叹息。

“很遗憾我们站在了不同的位置，”索菲娅的声音并没有过多的喜悦，“我真的很遗憾，”她的声音顿了一顿，“老师。”

“没什么可遗憾的……”塔洛斯用最后的气力冲索菲娅吼道，“你也只是个两面三刀的情报人员，你的忠诚也只是因为形势，你和我没什么不一样……”

“未来会告诉你。”索菲娅扶住塔洛斯逐渐瘫软的身体，轻轻搂住原军情处长慢慢僵硬的脸庞。“我和你有点不一样。”她在塔洛斯的耳边轻声说道。

“他的手很快，我有点轻敌了，”塔莉亚心有余悸地收起眼镜蛇短剑，略带尊敬地冲索菲娅点点头，以后她不能再用自上而下的口气与索菲娅谈话，“你的刀很准，谢谢你。”

“这个，算还你人情吧？”索菲娅扬了扬眉毛，望了一眼甲板上塔洛斯的尸体，“他如果不死，是个拥有超过你想象号召力的间谍头子，你就算是萨拉丁的侍卫官，也将要在永无止境的追杀中度过。不过现在，你可以回埃及睡个好觉了。帝国整个情报部门已经完全被我控制，只要你不与我为敌，就不用担心来自帝国的危险。”

“你是个我所见过最了不起的女人，”塔莉亚微微向她欠身，“不过当你的帝国再次与萨拉丁为敌的话，也要小心我的利刃，”灰眼的女刺客望了一眼甲板上正在清理战场的阿拉玛诺人，“你不会想让我一个人游着回去吧？”

“这艘船与船员已经是你的了，我想你们的目标大概是亚历山大港，不过在此之前要把我和所罗森送回港口，”索菲娅微微一笑，突然想起了一件事，“如果你需要，我可以考虑协助你关注一下耶路撒冷那里的事务，比如，帮助你把妹妹奈菲尔接回亚历山大港什么的，当然，不必客气，我会向你或你的主人提出对帝国有利的报偿用来交换。”

这次塔莉亚看了索菲娅很久。

“希望我们再次相遇的时候不是敌人，”塔莉亚最终还是咽下了‘朋友’这个她从来不用的单词，“合作者，回头再见吧。”

索菲娅与所罗森站立在阿达纳港口边，目送着塔莉亚的船徐徐离开，也许她俩不会再见面了。

“军情处处长，”‘黄牙’所罗森在一旁问道，“下一步你打算干什么？”

索菲娅轻轻眯着眼睛，很坦然接受了这个新的称谓，“看来我们需要一艘新的船，速度要快，装上满载的粮食与淡水，我们不停歇地开向久违的君士坦丁堡。”

“皇帝陛下，大主教，雷拉格都已经出发了，”索菲娅真的无法掩饰内心的得意，她甚至在思考仪式上丈夫的服装样式，“我可不想错过新皇帝继承人的册封仪式。”

Chapter 43

战靴踩在达夫纳宫红色斑岩上的雷拉格总有一种莫名幻想，四周面色阴沉的曼努埃尔卫兵突然出现把自己团团围住，在鲜血飞溅的砍杀中劈成碎片。但今天，他并不恐惧这种结局，仿佛这样自己才罪有应得。共治皇帝几乎在恍惚中穿越了整个长廊，当他经过被铜狮包围但空空如也的皇帝宝座时雷拉格停下来看了好一会然后他头也不回继续向内走去。

德罗蒙快船上的水手正在努力拖拽缆绳将四角形船帆回收，壮丽的圣索菲大教堂上弧状金顶正在反射清晨的第一道阳光。这次返回君士坦丁堡，雷拉格并没有乘坐他从北方带来的龙头战舰。

当他跟随着曼努埃尔，带有安条克泥土的战靴再次踩踏在君士坦丁堡巴切里奥门时，熟悉与陌生感同时附上心头。四年之前，同样是这里，一个不引人瞩目的北欧小子，带着他新加入帝国的雇佣军，凭借着机智与勇气，拯救了一位伟大的皇帝。对于这片土地，他曾无人知晓，也无人为敌。

现在迎接他的是大量臣民、士兵、教士毕恭毕敬的眼神与礼仪，当然，在不少充满虚情假意微笑下也隐藏着阴谋与杀机。短短四年后，他早已不是“北欧的野蛮人”，甚至不再是“雷拉格将军”或是“雷拉格司令官”，而是一位共治皇帝，更别说老皇帝已经进入风烛残年。他将是未来帝国的核心，将是未来帝国的希望。也是阴谋家们的眼中钉。

雷拉格的心并没有被狂喜笼罩，刚过去惊心动魄的一幕仍不时在眼中回放，这比他经历过最惨烈的战斗都要紧张。黑海之龙心中存在一种大难不死的庆幸，而曼努埃尔的话值得自己去思考，去重新规划一种观念：究竟是夺得帝国的最高统治权力更重要，还是让一个文明的国家真正走向希望更重要？去做一个政治家，而不是个政客。政治家会为了希望而放弃权力，而政客只懂得争夺权力，无论后果如何。

他第一次感觉到了内心的孤独，他也许今后不会再有真正的朋友。他们会转变为部下或者敌人，或者兼而有之。雷拉格想起一个老朋友，突然产生强烈的愿望见到他。

当他站在“君士坦丁堡城防司令‘巨人跟随者①’艾里克官邸”的时候，雷拉格几乎因回忆哑然失笑，他很难想象二米以上的巨人穿起拜占庭长袍的样子，一定会比他婚礼上的装束更加让人爆笑。

但他没有等到热情的艾里克熊抱，而是一名严肃的卫兵递给他的一封信。

“你知道我连名字都写不了，我甚至把写字叫做‘画话’，②所以这封信是我让人代写的，从皇帝陛下公布消息起，我就知道你肯定会回到君士坦丁堡，所以一直在等你。

“如果按我的内心，我早就想出去热烈的拥抱你，你是我最好的朋友，我本可以为你付出生命。但我不能，因为我不配做你的朋友。一个北欧人，一个瓦朗尼亚人，竟然背叛了自己的誓言。

“在塔洛斯假传圣旨的时候曼西姆斯找到我，你知道，我也非常信任他，他也是我的朋友兼上级，他让我做出了一个当时看似正确的选择，既不与你为敌，也不去帮助你。因为帮助你等于在对抗帝国，违背我对于帝国的誓言，而与你为敌又违反了你我之间的约定。但我后来才意识到，当你得到我离开的消息后，你对我会多么的伤心与失望，这是任何人（也许不包括你那漂亮的老婆）背叛所不能比拟的。

“不帮助你就等于背叛了你。”

“帝国到底是什么，帝国并不是皇帝一个人，而是所有臣民的，如

① “跟随者”就是北欧卫队总司令的称呼，他们作为高级军官，紧紧跟随在皇帝身边，13世纪之后，这个职位的重要性急剧下降，被排列在第50位之后。

② 12世纪时北欧人的文盲率非常之高，当然雷拉格因为有皇室血统和身为拜占庭公主的母亲教导是个例外。

果你能让帝国更好，忠于你就等于忠于帝国！但谁到底能让帝国活着更好，谁又知道呢？”

“你知道我是一个什么样的人，我希望凭借自己的勇力，带领士兵们到处冲杀，建立功业，让那些雕刻家觉得我够资格刻在帝国的湿壁画上。而不是作为一个默默无闻的阿拉玛诺人，在冰天雪地的北欧等死发臭无人知晓。所以，我很高兴我来到了君士坦丁堡，很高兴这一切，但现在，我感到迷茫。事情超出了我的掌控范围。”

“现在这个职务是我希望的，一个首都卫队的指挥，而非一个战区的将军，或是总督甚至更高官阶，就会像你这样，深陷到除战争以外的各种麻烦而不能自拔，我知道我没有你处理事务的这种能力，所以，作为城市保护者很适合我。”

“保护这个美丽而伟大的城市，除了这个，不需要担心别的，这个我能够掌控。”

“现在总算是皆大欢喜，不然我将在罪责中度过余生，你会是个好皇帝，我看得出来。你的册封仪式我一定会出席，不过是以你部下的身份，皇帝毕竟老了。在未来，当你需要一个大力勇士和一把勇敢的巨剑的时候，我还会在麾下赴汤蹈火在所不辞，但是，也是作为一个部下的身份。”

“请你原谅我，我的朋友，如果我还够资格这么称呼你的话。”

“等我偿还对你的背叛后，我还是希望能成为你的朋友。”

我就知道你不会真的背叛我，雷拉格默默地看着信，真是个可爱而耿直的傻瓜。就像以前一样。他现在可以确定的是，如果发生意外，艾里克还会站在他的一边，一如以往地支持他。册封仪式上可以见到他本人，这个心结解开也许并不那么困难。

新共治皇帝转身离开了艾里克的新家，带着一丝淡淡的伤感。

你永远都是我的朋友，永远。

雷拉格心事重重地走进饰有金星的达夫纳宫大门，他未来的生命很多时候可能就在在这里度过。很多皇帝在新登基前都在担心自己的生命安全，而他丝毫不担心这些，他的护卫，全是跟随他身经百战的北欧卫队战士，奥拉多姆则带领的另一支卫队，寸步不离地保护着老皇帝，也许到了一定时候，他本人还会施展一些手腕争取曼努埃尔的皇家铁甲骑兵卫队，反正老皇帝总是要死的。

他的新家离曼努埃尔的寝宫很近，这是对共治皇帝的要求，雷拉格不禁哼了一声，为了这个，皇后与他的小阿历克塞大概恨自己入骨吧。

女仆为自己打开房门，华贵精美的锦缎地毯进入他的眼帘，精致的雕花象牙与银质器皿装饰着各个房间，晶莹的彩绘玻璃上显示出各种古典神话素材的图案。雷拉格踱步上楼，楼顶的巨大落地窗可以对君士坦丁堡的城区景观一览无余。

“请您看，”女仆一脸崇敬与恭维的表情指着房间里最大的一扇玻璃窗，“这是为您特意制作的。”

雷拉格看毕之后嘴角不禁闪出一丝微笑，玻璃窗上印制着的马赛克图案是黑海中的一条棕红色巨龙，喷吐炙热的烈焰烧向特拉柏森的突厥人大军，“黑海之龙”正是他的象征。

“还有人等您，尊贵的殿下。”女仆突然露出了一丝羞涩的笑容，鞠了一躬之后快速离开。

“殿下”这个词多多少少还是让雷拉格有些不适应，他皱了皱眉头，望了一眼快步离去的女仆，自己推开了卧室的房门。

卧室内索菲娅白皙光滑半裸身体背对着他。即使已经结婚两年，他仍会惊叹于妻子的性感与美丽，仿佛诸多诡计与谋杀都不会削弱她的魅力。军情处长正在衣橱里替自己挑选一件长裙，回头给予丈夫一个容光焕发的微笑，再次审视着衣橱里各式各样的裙装。雷拉格瞟了一眼她的脚下。一件风尘仆仆的漆黑发亮的夜行装正随意扔在一边。

雷拉格向前走了两步，突然他特别想喝两杯。北欧人并没有像往常那样拥抱她，“你的船迟到了”他说。

“为了帮你了结一个敌人，”索菲娅没有回头，拿起一件长裙对着身体比了一下，“我在海上把他干掉了。”

“他也是皇帝的敌人，”雷拉格不紧不慢地向杯中倒着血红色的酒浆，语气稍显冷漠，“曾经的老师，今天的绊脚石，军情处长。”北欧人加重语气说道。

“如果不是你，他不会成为皇帝的敌人。”索菲娅回过头盯着雷拉格思索了一会说道。

“从一开始你就向皇帝告发了我的一切。”雷拉格突然说道。

索菲娅衣橱中的手停在半空中。

“直到计划执行的后期我才发现，他从你这里几乎可以得到任何关于我的消息，”雷拉格放下酒杯，双臂交叉，“他想干掉我几乎是易如反掌，我所有精心设计的计划在他面前就如同放了一个屁。”

“你并不知道……”索菲娅快速着摇着头。

“我现在对有种可能很感兴趣，”北欧人突然举起放置在桌面上的酒杯，将杯中的红酒一饮而尽，并送给索菲娅一个冰冷的微笑，“如果曼努埃尔的最终决定是干掉我，那么你也会帮助他？干掉你的丈夫？哈！为期有限的合作中你确实与女哈萨辛塔莉亚学了不少。”

“雷拉格……”

“但那样才是一个合格的军情处长！”雷拉格继续讽刺道。

“因为这是让你活下来的代价！”索菲娅赤裸着转过身，尽量保持仪态，但雪白的肌肤却因恼怒的情绪而转变成了绯红色，“我向皇帝请求不要杀你！如果我不帮你！你必死无疑，”她握紧了拳头，悦耳的嗓音逐渐变成了低吼，“你这个疯子，天下最疯狂的疯子。你竟然想杀掉曼努埃尔，谋杀一个经历各种大风大浪，应付政变无数的帝国皇帝？你在做梦！做这些事的人早进了地中海喂鱼，尸骨都荡然无存！”

“你在孤注一掷，你的手下，除了奥拉多姆与罗曼诺夫，还有我那个年轻不懂事的弟弟，谁会死心塌地为你冒天下之大不韪？二楼楼梯上的斯塔姆，无时无刻不在想用你的头来换取皇帝的信任！”

索菲娅的泪水逐渐涌出眼眶，“我向皇帝求情，我用塔莉亚妹妹约束着埃及第一刺客，我控制着斯塔姆的行动，我亲手杀掉了我的老师，这都是为了你，都是为了该死的你！”

“可为什么不告诉我呢？”雷拉格沉默了一会，轻抚着下巴盯着索菲娅的眼睛。

“当时你像头受伤的野兽，认定自己会被伤害，一心要孤注一掷，我可劝不了你，”索菲娅瞪了他一眼，转而叹了口气，“当时我也不知道皇帝陛下真正的意图，我被塔洛斯的假圣旨迷惑了。”

“你的求情最终让皇帝改变了注意？”雷拉格轻声问道。

“不，”索菲娅望向别处，声音低沉了下去，“他的决定绝不会因任何人的求情而改变，这是皇帝陛下本身深思熟虑的选择。”

“你得理解陛下，”索菲娅深呼一口气，“这是一个很难的决定。”

一缕幻象出现在雷拉格眼中，仿佛漂浮而来，那是父亲的幻象，犹豫不决的脸，似乎一直在他与小儿子科劳恩面前游移，但最终漂浮的景象幻化成了曼努埃尔坚定的面容，他手中似乎还握着什么，也许就是无数人为之疯狂而铤而走险的拜占庭皇冠。

他的决定绝不会因任何人的求情而改变，一个声音在他耳边说道。

他像一个父亲那样把皇冠交在自己手中。

雷拉格定了定神，努力驱走脑中的幻象，画面清晰起来的是表情悲伤的索菲娅。他望了一阵自己的妻子，叹了口气，想伸出手拥抱索菲娅缓和紧张的空气，但他的手被军情处长挡住，“我相信你，亲爱的索菲娅。”雷拉格缓慢地开了口，“你已经以你的方式尽全力帮我了。但我希望下次我能够提早知情。”

北欧人用自己尽可能的温柔声音继续，“但因为这近乎奇迹，整个事件实在太出乎我的预料，”他扶住酒杯想坐下来，表情中流露出鲜有的忧郁，“你知道吗？我对他很内疚，不是因为他以德报怨，而是，”雷拉格回忆着与皇帝相处的每一个细节，“我觉得他就把我当做了亲生儿子，而我，”他的呼吸突然有些急促，“觉得他像一个真正的父亲。”

“一个礼拜之前你还在谋划把这个真正的父亲剁成肉酱。”索菲娅看起来余怒未消。

“我差点酿成大错，我不该这么对他。”雷拉格第一次痛苦地低下头，把手指插进自己的黑发中。

“听着，雷拉格，”索菲娅款款走向北欧人，把他的脸像自己孩子一样轻轻搂在饱满而柔软的胸膛中，“我爱你，我永远不会背叛你，永远不会放弃你，你是我永远的盟友，你要相信我，还要相信陛下，他把你看成帝国唯一的希望。”她低下头捧起男人的脸，红润的嘴唇与雷拉格的嘴交叠在一起，贪婪地吻着他，“你这个傻瓜，起码今天很傻，你永远不知道你对我会有多么重要。”

雷拉格站起身，伸出右臂搂住索菲娅的腰，使得自己的身体与军情处长紧紧贴在一起，他也热烈地着回吻着她，过了一会儿索菲娅才温柔的松开丈夫的脸，瞥了一眼衣柜，对他绽放了一个灿烂的微笑，“你说对于未来的皇后，什么颜色与款式的长袍能衬托我的皮肤？”

“也许，胸前有玛瑙的这件……”雷拉格望了一眼衣柜后话噎在了嗓子里，因为他发现，军情处长身体上最后一丝遮拦也不知道什么时候轻轻滑落在地，雪白的裸体有些耀眼。

“现在皇后不需要任何长袍，”索菲娅的身体又紧紧贴了上来，她轻轻用牙齿咬着雷拉格的耳朵，“典礼之前我们有充裕的时间做任何事。”

时间一天天过去，典礼近在眼前，出乎雷拉格的预料，这段时间异常平静，支持者们纷纷来访，表达对新共治皇帝的支持，反对者们也闭起了嘴。当然，久经动荡的雷拉格不会让这种表象迷惑自己，他注视着首都内的一举一动。更别说还有奥拉多姆与凯纳斯，都像忠诚的警犬般护卫他。

最令他满意的是曼努埃尔的铁甲圣骑兵卫队暗示了自己的忠诚，这是雷拉格梦寐已久的一支军队。虽然只有寥寥一千人，但他们铁一般的纪律、恐怖的钉头战锤与超重装覆盖铠甲足可以傲视任何骑兵。当然，他们在曼努埃尔活着时必须忠诚于老皇帝。

罗曼诺夫则逐渐控制了首都的其他本国步兵部队。雷拉格对此很满意。但当今天年轻的共治皇帝前来视察他的工作时，红胡子罗斯人似乎显得有些忧心忡忡。

“有些话我想对你说，”罗曼诺夫突然开口，“能去军营外说吗？”

“当然。”雷拉格答应，和他并肩走出军营。

“你今天看起来不怎么高兴。”雷拉格观察了他一会说。

“也许，我也弄不大清楚，”罗曼诺夫也充满疑问的耸耸肩，“可我应该高兴才对，你就快是帝国皇帝了！而我的腰包也越来越鼓，这样下去，我很快就能整天花天酒地而不用再打仗啦！但不知道为什么，我就是有点紧张，也许，还有点不安。”

“也许还有些，寂寞。”雷拉格嘴角露出一丝笑容。

罗曼诺夫冲着雷拉格眨了眨眼睛，轻轻叹了口气，“被你看出来了，”他不好意思地望了一眼地面，“阿里尼娅，就是索菲娅的母亲，我们已经分开很久了。她可是个美人，你知道，美人都是不甘寂寞的，所以……”

“时局一安定我就派人把她接过来。”雷拉格保证道。

但这似乎没有打消罗曼诺夫的不安，“你有没有想过回北方看看？”

“为什么？”雷拉格笑出了声，父亲犹豫的面容又出现在脑海中，这甚至使得笑声都有点刺耳，“这里不是很好吗？”

“这里确实很好，又温暖又富裕，”罗曼诺夫磕磕巴巴地说道，似乎在寻找足够准确的词语，“就是不够‘简单’。我总忍不住想念北方。再说，”他低声嘟囔道，“阿里尼娅也是你妻子的母亲。”

“诺夫哥罗德城邦中，我的势力虽然只占五分之一，”罗斯人的红胡子动了动，“但那也是一笔不小的财产。我不想失去它。现在都靠阿里尼娅在照料与周旋，可她毕竟是个女人！说来惭愧，我只是希望自己能多打仗，把钱包塞得满满的，我其实并不算是个好丈夫。”

“简单地说，你在担心你在北方的领地与你的女人，当然，她也是我的岳母，”雷拉格帮他总结，“你希望我帮你管理遥远的北方土地么？”

“就是这样，有你这样的强人在，任何其他诺夫哥罗德的势力都不敢轻举妄动。”

“这不是一件简单的事情，”雷拉格沉吟道，但脑子里想的则是另一种情况，他在丹麦的海泽比已经被国王瓦尔德玛攻陷，北方基地已经全部丧失，如果需要新的北欧卫队兵员，诺夫哥罗德的罗曼诺夫领地那里到是个好的选择。

“但我答应你。”雷拉格拍了拍他的肩膀，后面半句话让后者脸上重新有了笑容，“而且你的钱包只会比过去更加拥挤。”

一声骏马的长嘶打断了两人的对话，一身戎装的索菲娅翻身下马，她冲向着雷拉格，纤细的双手紧紧按住雷拉格的双肩，似乎只有这样才能找到支撑自己的力量，碧绿的眼中则带着难以名状的悲伤，似乎支撑的信念正在崩塌。

"我到处在找你。"索菲娅的泪水正在眼眶中旋转，"陛下不行了，他说他需要你，只见你一个人。"

战靴踩在达夫纳宫红色斑岩上的雷拉格总有一种莫名幻想，四周面色阴沉的曼努埃尔卫兵突然出现把自己团团围住，在鲜血飞溅的砍杀中劈成碎片。但今天，他并不恐惧这种结局，仿佛这样自己才罪有应得。共治皇帝几乎在恍惚中穿越了整个长廊，当他经过被铜狮包围但空空如也的皇帝宝座时，雷拉格停下来看了好一会，然后他头也不回继续向内走去。

走近皇帝寝室之时他努力让自己的脚步轻下来，他缓缓推开金星装饰的门，出乎预料，曼努埃尔床边一个人都没有，显示了对他的充分信任。雷拉格迟疑了一下，走向床前。

曼努埃尔似乎又睡着了，呼吸均匀。但皇帝面容枯槁，双颊深深地陷在肉里。连续的高热蒸发了老人身上几乎所有的水分。使曾经漂亮的黑发现在干枯而惨白，并被散乱披散在脸上。

雷拉格轻轻跪了下来，深呼一口气，用手指轻轻整理着曼努埃尔脸上的乱发，就像一名男子对待他的恋人那样。老皇帝睁开了双眼，当他看见雷拉格时，眼睛绽放出光芒，就仿佛疾病已经痊愈，他嘴角努力做出一个微笑的形状。

"我们每个人这一天都会到来是么？"曼努埃尔的笑容有些自嘲，"但我不害怕，就像我祖父，我父亲，他们走前都不害怕。"

“未来充满希望，”雷拉格点点头，向天花板仰望了一会，掩饰着一些神情，“你说过：人人都有上了年纪的一天，每个英雄都想抹掉衰老时的历史，我们来抹去它，”雷拉格低下头扫了一眼桌边的药物，“您不需要这些该死的药，我们只需要一瓶酒。”

“帮我拿走这些药！”曼努埃尔努力点点头，几乎要在咳嗽中大笑，“我们都只需要他妈的一瓶酒！

“我保证让它们立即消失，”雷拉格搂住皇帝的脊背，把曼努埃尔扶起身，“我们一起坐在金角湾沙滩，两个男人与一瓶美酒，让海潮冲刷我们的战靴，”他眼中闪耀着些许东西，“还有战马，我答应您再弄一匹克拉斯战马，就像内热外冷的北欧女人，说道女人。”雷拉格嘴角显现着悲伤的笑容，“君士坦丁堡那些丰满，妖冶，放荡的女人，让那些充满肉欲的身体把您像面包包裹酱肉一样紧紧夹住，这是您该得到的！”

曼努埃尔轻轻抓住雷拉格的头发，把他的脸拉近面前，这是一个粗鲁的亲昵动作，“你在骗我，小混蛋，我就要死了，就要变成一摊枯骨烂肉了，嗯？但我就是喜欢你骗我，每次看你，就像看一个年轻的自己，”皇帝的瞳孔打着转，像是在下很大决心，“小子，答应我一件事。”

“您的愿望就是我的意志。”

“别杀小阿历克斯，”曼努埃尔长长的叹了口气，“软禁，关押，看守，什么都行，或把他放逐到爱琴海小岛上的修道院去，就是别杀他，他不成器，可也是我亲生的儿子。”

“我答应你，我发誓。”雷拉格轻轻点了点头。

“谢谢你，”曼努埃尔微微点头，“让索菲娅他们都进来吧。”

索菲娅与一个主教打扮的人走进卧室。眼睛哭得红肿的索菲娅拥抱了曼努埃尔，泪水滴撒在后者的手臂上，皇帝慈爱地回吻了她，像个骄傲的父亲那样上下打量着她，“她真是人间尤物不是么？雷拉格，拥有这样的妻子还有何求？”曼努埃尔轻轻摇着头，“又美丽又能干的尤物，她是你无论怎样奢求上天才能得到的礼物？”

雷拉格点点头，他突然注意到走进来主持最后忏悔仪式的主教不是泽诺斯，他不认识。

“这是前往天堂之路还是地狱？我想是地狱，哈！我可不是什么好人，我犯的罪行太多了，”曼努埃尔喃喃自语，又像是对雷拉格说，“也许，路上我会碰见你的守护者瓦尔基莉女神。我得跟她说什么呢？”

“您什么都不用说，”雷拉格紧紧握住曼努埃尔的手，把额头压在皇帝的手臂上，“妈的！谁也不能带您去地狱，瓦尔基莉能用剑帮助你留在她那里，”瓦朗尼亚人顿了一顿，“那个地方比天堂更适合我们这种人。”

“我想起来该和你的女神说什么，”曼努埃尔的嘴角绽现出最后一丝笑容，望了索菲娅一眼，仍有遗憾的味道，“我要跟她说我有个好女儿，还有个好儿子，妈的！竟然都不是亲生，要是亲生的该有多好……雷拉格，”皇帝僵硬的脸甚至出现了一缕难为情的神色，“我希望……希望你喊我一声父亲，一声也好，也许，这对哈拉尔德不公平，可我现在就是想听……”

“您就是我的父亲，”雷拉格把潮湿的脸紧紧贴在曼努埃尔的手臂上。索菲娅也走上前，紧紧搂住他的身体。

“在儿子和女儿的怀抱中，我没什么可奢求的。”曼努埃尔闭上双眼，发出越来越轻的喃喃自语，“生活是美好的……”

但雷拉格没有听到，他只是抓住老皇帝的手臂，在曼努艾尔渐渐冰冷的怀中不断用嘶哑与低沉的声音重复着“父亲”一词，一遍又一遍，似乎只有这样可以弥补自己内心深处的缺憾，才能让曼努埃尔的离去心无旁骛，才能给予老皇帝最后对抗死亡的勇气，才能提醒冥冥深处瓦尔基莉女神他与曼努埃尔的关系，也许只有这样，才能让这个男人在女神的帮助下永远免遭地狱之火的煎熬。

新主教在默默地等待雷拉格从恍惚中站起身，当共治皇帝转身面对大家时，主教第一次用“陛下”来称呼他，四周的人们也为这个词而召唤，频频弯下自己的腰，就连自己的妻子索菲娅也不例外。

胖子泰勒斯也走了进来，一见到雷拉格就抱住他痛哭，泪如泉涌，“我表兄是个好人，”他哽咽地说，“虽然他不喜欢我的发明，可我还是爱他，我一直也很喜欢你，很高兴你让他走的安心，别无牵挂。”

雷拉格轻轻搂住泰勒斯，就像抱一个孩子，“有的时候我也希望别无牵挂。”他默默地说。

“陛下请这边来，”主教引导道，他小心的提醒雷拉格，“我们还需要一个仪式……”

他们先去了圣索菲大教堂，在那里黑海之龙戴上了雕刻着橡叶状花环和橡树果，象征着东罗马帝国神圣权力的拜占庭皇冠。

雷拉格几乎没有听见主教在加冕仪式上到底在说什么，他们所有人之后回到了达夫纳宫议事厅中，所有的大臣几乎都在那里等待他，称呼他为“陛下”。他木然地坐在了曼努埃尔曾经坐过被金色铜狮包围着的紫色宝座上。也许还未从曼努埃尔离去的悲伤中脱离，雷拉格很奇怪自己并没有太多喜悦之情，内心深处他并不是一个任何权力提升都能欣喜若狂的政客。

仿佛曼努埃尔附体，宝座上的雷拉格弯曲右手肘，用拳头支撑着自己的头颅，品味着老皇帝曾经的压力与责任，在这样一个黑暗的时代，一个不属于拜占庭的时代，重新恢复东罗马帝国，重新恢复理性与文明时代的辉煌与荣光，这恐怕不仅仅是阿历克塞、约翰与曼努埃尔三位大帝再加上他可以完成的。他的后人还必须前仆后继一代代来填充，从他坐在这个宝座上开始，独立的雷拉格已经不见了，他被架在了一辆被称为东罗马帝国的战车上，更不幸的是这辆战车虽然充满光明与智慧，但与时势竟是逆向而行，披荆斩棘，永不停止。

索菲娅一言不发，端坐在雷拉格左侧的皇后宝座上，轻轻抚摸着他的左手，向他表示着支持。

大厅的人群中亚美尼亚人萨亚斯微笑着先向索菲娅点点头，然后正色向雷拉格鞠了一弓，上前一步，大声告诉新皇帝最想听到的消息，显然也是希望众人听见这个消息，“君士坦丁堡城防司令长官，‘巨人跟随者’艾里克已经表示效忠陛下！他正在前来！”

海军上将泰格休斯也从人群中走向前，“您的智慧和勇气我四年前就见识过，”他向雷拉格点了点头，“我想先皇找对了继承人。”

“您是帝国的希望，我们都将服从您。”一名元老向前一步欠下自己的身体。

“我们都将为您而服务。”又有几名元老表态道。

“向我们的新皇帝与新皇后表示祝福吧！”一名大臣说道。

“这还不是祝福的时刻，”索菲娅站起身朗声说道，“我们失去了曼努埃尔，他是帝国最伟大的皇帝，他从不屈服，也从不放弃，如果没有他，帝国将没有未来。现在他所爱的儿子雷拉格，继承了他的事业，所以在表示祝福之前，我们首先应该表示对他的尊重与哀悼。”

“皇后陛下，”一名大臣上前说道，“帝国的军情处长是个重要的职务，现在是否可以考虑委托给其他人来担任？”

“当然，”索菲娅面无表情，“在陛下与我找到合适的人选之后。”

“现在这个阶段，皇后陛下继续担任军情处长才是最稳妥的决定。”几名大臣附和道。

这名大臣知趣地向后退去。

雷拉格向索菲娅抛来肯定的眼神，但大臣们的效忠并未让他心情的沉重减少分毫，有一个人不在这些大臣之中，而他将是未来最大的危险，但这在自己的预料中。

这场对决无法回避，他必须承受这一刻。

踉踉跄跄的奥拉多姆狼狈地出现在达夫纳议事宫饰有金星的大门边，他的动作无一不预示着坏消息。他白发散乱，似乎连他心仪的小辫都忘了扎，有些惊惶的双眼望向宝座上的雷拉格。

“我需要与陛下私下里谈。”他定神后的第一句话。

雷拉格不太满意的望了他一眼，转身对索菲娅点点头，随后，他们来到了议事宫背后的一间休息室中。

“说吧，我的老朋友，就像过去一样，”雷拉格安抚他，轻轻拍着他的肩膀，“而我还会原谅你。”

“小阿历克塞与他的母亲玛丽亚跑了。”奥拉多姆结结巴巴地说道。

“在你的看护下？我很难想象，”雷拉格瞳孔中出现了一丝疑惑，但并不慌张，“这不是你平常的实力。”

“因为他们在大主教泽诺斯的保护下！”奥拉多姆悔恨的低下头，“泽诺斯竟然亲自保护着他们，他穿着黑色的僧袍，站在队伍的最前面向外冲，任何一把再钝的刀剑都可以刺穿他的身体，可我不能这样做，我不能杀死一位大主教！哎，也许我应该不惜一切代价！”

“不！你做的没错，”雷拉格轻轻点点头，“杀死一位主教的罪行很难被饶恕，更何况你还是我的人。这会非常糟糕，我毕竟刚刚登基，至于小阿历克塞，”新皇帝轻轻叹了口气，“你也不应该杀死他，我答应过先皇。”

“但是你应该杀掉他母亲玛丽亚，”雷拉格加重了语气，“小阿历克塞是在她控制之下，这会对我们非常有利，”他又瞟了奥拉多姆一眼，“以你的能力，生俘泽诺斯主教与小阿历克塞，杀死玛丽亚，还是应该可以做到的吧？”

“可不是嘛！”奥拉多姆的脚向地面重重一顿，“我就是想杀掉那个女人，然后抓住主教与小阿历克塞，但是有人突然袭击了我们，让我们首尾不能相顾，在我的面前眼睁睁的劫走了他们！”

“是谁？”雷拉格盯着奥拉多姆。

“重骑兵统帅，约翰维塔斯，”奥拉多姆咬牙切齿的说，“他一反常态地带领着轻骑兵。他们的速度就像风一样，而我们又担心伤着泽诺斯。他们向西边……”

“约翰维塔斯是个优秀的将军，”雷拉格打断了奥拉多姆的话，“但他并没有这么细致的总控全局的谋略，他背后另有其人。”其实他早已知道那个人是谁，“我们不用去追，追也追不上，一起回议事宫吧，奥拉多姆，不用介怀这件事情，我会处理。”

雷拉格回到议事宫，发现刚才还在向他表示效忠的大臣们都在紧张的交头接耳，只是看见他返回才强行表示着安静。新皇帝侧身一瞥，发现议事宫正中站着一个人，他披着脏兮兮的斗篷，带着一股子玩世不恭的微笑望着他。还向新皇后轻佻地眨了眨眼睛。

“首先我要祝贺新皇帝与皇后登基，”斯塔姆夸张的弯腰鞠了一躬，

“帝国在你们的带领下必将走向更加光明与强盛的未来！”

“你与你麾下的阿拉玛诺战士并不是因为恭维话而拿着帝国的津贴的，”索菲娅不屑地哼了一声，“说你的消息吧，斯塔姆。”

“坏消息，陛下，”斯塔姆撇了撇嘴，“曼西姆斯，我是说小曼西姆斯以帝国陆军总司令的身份在西部发动了叛乱。”

他的话引起了议事宫一阵巨大的骚动。

“他拥戴小阿历克塞为帝，泽诺斯大主教与西部的教会支持他，曼西姆斯还污蔑陛下，”佣兵头子清清嗓子，“说您使用阴谋，从一名将军获得了共治皇帝的身份，说您的皇位并不合法，说曼努埃尔是……”他停住了话语，用询问的眼神望着雷拉格。

该来的终究要来，最大的危险已经出现。

“叛乱者造谣说先帝是死于我的谋杀？”雷拉格淡淡一笑，帮他把话说完，“这也许可以欺骗西部省份不明真相的人，毕竟，每个宣称自己为合法的势力都必须举起正义的旗帜，但是最终，”雷拉格眯起眼睛，“话语的后盾是实力，我是想听你说他话语背后的东西。”

“他联合了曾经对匈牙利的战争英雄，老将军兰帕德斯一起叛乱。”斯塔姆大声说道，这句话引起了在场几乎所有大臣的骚动，“兰帕德斯拥有西部军团中一个纵队最精锐的铁甲圣骑兵，约翰维塔斯的贵族骑兵与其他帝国骑兵也在他们的麾下，更别提，曼西姆斯所有的普罗诺艾重步兵，以及超过六个纵队的步兵弓箭手，以及一部分塞西亚骑兵，陛下。”他有意顿了一顿用来观察雷拉格的表情，“迎接您所经历难度最大的一场内战吧。”

Chapter 44

“我会站在你这边，陛下。”艾里克有些犹豫地动了动嘴，脸上并未出现那种雷拉格熟悉的无所畏惧的神情，新皇帝仔细审视着这位老朋友淡蓝色的双眼，品味着与昔日并肩作战，生死与共时的区别，四年的南方的经历造就出另一个艾里克，而这四年间，他最亲密的战友并不是他而是另一个人，雷拉格缓缓转过身，轻轻扶住宝座前金色铜狮的头颅，这种感悟似乎使得自己整个身体都僵住了。

"艾里克大人驾到！"一名卫兵高声传话。

雷拉格舒了一口气，右手指轻轻拨了一下头顶两侧他还未习惯的皇冠珠帘，随即站起身，整理身上的紫色长袍，他要非常郑重的迎接这位老朋友。

艾里克并没有像雷拉格记忆中那样大张旗鼓的出现，巨人用小心翼翼的脚步进入议事厅，这种举止与他身形完全不相称，他似乎紧张的连大气也不敢喘。新皇帝很明白，这并不完全是自己威严所致。

雷拉格热情的拥抱还是或多或少缓解了巨人不安的情绪，"我的老朋友，"无论他俩心中打着这样那样的小算盘，但他们的友谊仍是真挚的，"你的支持会给我最大的勇气。"

"我会站在你这边，陛下。"艾里克有些犹豫的动了动嘴，脸上并未出现那种雷拉格熟悉的无所畏惧的神情，新皇帝仔细审视着这位老朋友淡蓝色的双眼，品味着与昔日并肩作战，生死与共时的区别，四年的南方的经历造就出另一个艾里克，而这四年间，他最亲密的战友并不是他而是另一个人，雷拉格缓缓转过身，轻轻扶住宝座前金色铜狮的头颅，这种感悟似乎使得自己整个身体都僵住了。

时间仿佛凝固，他自己就这样陷入了沉思中，所有人带着疑问静静地望着雷拉格，就像是在期待一尊雕像突然开口，没有人知道他正在想些什么。

如同还魂附体，雷拉格嘴角动了动，当他发现所有人都在望着自己，不禁露出了一个无奈的笑容。

"战争已经爆发，冲突无可避免，"雷拉格突然抬高声音，冷冷向议事厅的众人一挥手，"其他人暂时休息，这是皇帝与他的将军相处时刻。"他向背后的卫兵命令道，"地图。"

大臣们狐疑地望着他的脸，纷纷在低声耳语中退出了议事厅，等待最后一个大臣退出大厅时，几名卫兵把巨大的地图摆在了皇帝紫色宝座的脚下。

“我们来不及进入马其顿地区，”雷拉格抽出腰间的双头鹰之剑指着地图上那个最巨大城市的西边，“但是可以到达亚得里亚堡，这是君士坦丁堡西部最重要的门户，萨亚斯，”皇帝仍望着地图，“你带领所有的阿兰骑兵立即出发，以最快速度到达亚得里亚堡，支援当地守军。”

一旁的亚美尼亚人萨亚斯利落的点点头，转身时雷拉格又叫住了他。

“如果发现曼西姆斯的主力军队，不可硬拼，”皇帝叮嘱道，“用阿兰骑兵一贯的游击战术，骚扰他们无法攻城即可。”

“谨遵吩咐。”萨亚斯披风一甩，迅速离去。

“泰格休斯，”雷拉格转向海军上将，“带领你的爱琴海舰队出发，前往赛萨洛尼基与雅典①，两支舰队都必须携带大量运兵船。”

“我们要在两地登陆作战？”泰格休斯问道，“打击他们的后方？”

“不，我要让曼西姆斯以为我要袭击西南部的沿海大城市，”雷拉格轻声提醒，“运兵船别忘记压仓，让细心人看出端倪。”

“当然。”泰格休斯点点头，随即也转身离开。

“塞西亚骑兵在雅典北部有个重要基地，他们会被你的运兵船迷惑，还可以尽量避免他们拦截萨亚斯的阿兰骑兵，”索菲娅佩服地点点头，但随即提出自己的疑问，“你判断曼西姆斯与兰帕德斯的主攻方向一定是亚得里亚堡？”

① 雅典：希腊最大的城市，以希腊胜利女神雅典娜命名，塞萨洛尼卡的南面，也是现在希腊共和国的首都，位于巴尔干半岛南端，三面傍山，一面傍海，具有3000多年的文明史，从古希腊城邦时代开始，就是最具备古老文化魅力的城市，东罗马帝国时代的雅典也是重要而富裕的城市和贸易海港。

"是的。"雷拉格语气坚定，"如果要是我就会这么做，西部军团没有掌握强大的海军，他们无法在其他要害地段登陆，但他们一定会利用自己的陆上优势，一旦击破了亚得里亚堡后君士坦丁堡西面就一片坦途，非常利于强大的骑兵与重步兵方阵发挥。"

"萨亚斯的士兵再精锐也是轻骑兵，"白发的奥拉多姆提出自己的担心，"他们不可能长时间挡住曼西姆斯。"

"所以我的主力援军会迅速支援他，"雷拉格宣布，"我会动用首都最精锐的皇家铁甲圣骑兵与多达两个纵队的北欧卫队，以及我能收集到的三个纵队希腊重装步兵与弓箭手。"

"擅长指挥重骑兵的统帅几乎都是贵族，他们站在曼西姆斯一边，"索菲娅问，"你准备派遣谁带领皇家铁甲圣骑兵？"

"我自己，"雷拉格迅速说道，随后转向身后的巨人，"那么首都就全靠你，艾里克，给你六百北欧卫队与一千阿拉玛诺战士，这些勇士在你的巨剑带领下在高大的城墙之后保卫首都应该轻而易举。"

"当然，"艾里克点点头，雷拉格敏锐注意到巨人的表情如释重负，这更加证实自己的猜想，新皇帝不禁叹了口气，"各部必须在一天之内出发，朱里奥麾下的拉丁骑兵，斯塔姆麾下的阿拉玛诺战士也一同跟随我出战。"

"等等，亲爱的陛下，"斯塔姆笑嘻嘻的急忙上前，"请允许我指出您调兵遣将的疏漏。"

雷拉格转过头，似笑非笑地盯着他，像是猜透了斯塔姆的心思，"我洗耳恭听，对我最智慧的斯塔姆。"

斯塔姆望了一眼新皇帝身边的索菲娅，不禁咳嗽一声，"您忘了在安条克与特拉柏森的驻军！这是两支强大的兵力，我们拥有舰队，在东地中海与黑海都是畅通无阻，如果现在发出调令，他们会加入西线战局，极大增强我们的，”佣兵头子故作玄虚的停顿，“力量。”

索菲娅疑惑的是雷拉格似乎并不太担心，她甚至听见丈夫发出高声的笑声，声调放肆而嘲讽，“哈！”新皇帝笑声嘎然而止，转向一旁的奥拉多姆，“我们的佣兵王似乎想在亚得里亚堡集中我能掌握的所有东线兵力，来一场与曼西姆斯与兰柏德斯的旷世大战呐，嗯？”

“这会对您有利的，陛下，”斯塔姆倒是突然严肃起来，“如果您的计谋成功，对赛萨洛尼基与雅典的佯攻会极大分散敌人的兵力，再调动东线的兵力将造成我们在亚得里亚堡地区兵力的绝对优势，”佣兵头子舔舔嘴唇，“曼西姆斯可是击败过塞尔柱帝国最了不起的领袖，对付这样的高手，您必须得舍得本钱。”

“也会对你有利，”雷拉格笑笑，“和平时期的固定薪金一向很难让你这样的佣兵领袖满足，即使加上特拉柏森的银矿也欲壑难填呐。不过一旦全面战争开动，那可是财源滚滚，特别还是加入一个地区兵力占优势的一方。”

“对我们,”斯塔姆不自然地嘴角动动,眼神望向别处,“都算有利吧。”

“内乱很快就会被我们的敌人知晓，一旦我们调动特拉柏森与安条克的军队，”雷拉格貌似漫不经心，“黑海沿岸忠诚极差的土库曼人就会叛乱，突厥人就会进攻特拉柏森，而安条克的残余势力则会企图夺取安条克城恢复这个十字军国家，那时候告诉我，斯塔姆，”他目光炯炯地盯着佣兵头子的眼睛,“帝国的东部,数十万平方公里,我们努力了四年,付出数万生命的东线，还给我们剩下什么？”

“打开天窗说亮话，对您来说，”斯塔姆没有放弃，“保证君士坦丁堡与皇位，快速击败曼西姆斯才是真正的当务之急，这个关头顾不了这么许多，东部的土地么，等您的统治稳固后再去夺取吧，”斯塔姆有意瞟了一眼雷拉格的左右,余光瞥见奥拉多姆与索菲娅也在微微点头,“我想其他人也会同意我的意见。”

塞萨洛尼卡这座伯罗奔尼撒半岛上第二大城市与繁盛的贸易港口，现在被无数帝国军人所占据，港口充满了闪亮的盔甲与危险的长矛，来自保加利亚的兰帕德斯军团与曼西姆斯的大军顺利会师，这是后者非常倚仗的力量——两个纵队的贵族重型骑兵与一个纵队的铁甲圣骑兵，他们可供用来压制雷拉格的首都铁甲圣骑兵。当然，他们的步兵人数也相当具有优势，这包括了大批本国的罗马人重步兵，以及来自塞尔维亚与匈牙利的佣兵，对于步兵，曼西姆斯希望能用人数优势抵制君士坦丁堡那边北欧卫队的精锐。

“我们拥有西部港口，可这并没派上太大用场，”身材强壮，微微谢顶的兰帕德斯抱怨道，因为在密列塞奥法隆战役中受伤，老将军错过了之后东线战场上的所有大战，“泰格休斯支持雷拉格，我们没有匹敌的海军，对方的船只却可以在爱琴海上肆无忌惮，据我的可靠情报。”兰帕德斯顿了一顿，“泰格休斯的舰队携带大量运兵船，已经向赛萨洛尼卡与雅典进发，从吃水来看，运兵船上满载士兵与武器，这会直接威胁在我们控制下两个最富裕的城市。”

曼西姆斯皱了皱眉头，满怀心事地望了兰帕德斯一眼，然后不安地踱着步。

“我们必须分兵，”兰帕德斯说，“我们需要至少两个纵队的弓箭手与重装步兵，再加上一个骑兵纵队来保护这两座海港城市。”

“我判断雷拉格对雅典的海上进攻是佯攻。”曼西姆斯说。

“我有可靠情报……”

“比起我们惧怕丢失雅典与塞萨洛尼卡，”曼西姆斯沉默了一会说道，“雷拉格更惧怕丢失君士坦丁堡的西部门户亚得里亚堡，更何况，他们的总兵力少于我们，分兵就更加危险。如果是我，绝不会冒丢失君士坦丁堡的危险来攻击雅典，雷拉格的主力应该现在正在前往亚得里亚堡，至于那些满载运兵船，”陆军总司令呼了一口气，“压舱就可以做得到。”

这下轮到兰帕德斯不安的踱步了，他回头望了曼西姆斯一眼，“我们就这样放弃雅典与塞萨洛尼卡的防御，直捣亚得里亚堡？”

“没错，”曼西姆斯点点头，“我虽然不知道泰格休斯的运兵船上携带有多少军队，但这肯定不是雷拉格的主力，我们留下一个塞西亚弓骑兵纵队在塞萨洛尼卡与雅典之间进行来回袭扰就可以。而我们的主力一旦攻克亚得里亚堡，雷拉格的军队就会全军震慑。”

兰帕德斯点点头，在军事上，他不得不佩服这个小他十岁的上级意见，但与曼西姆斯不同，老将军的政治生涯更长久，会考虑更多的非军事方面，兰帕德斯不自然地咳嗽了一声，“如果泰格休斯船上的军队上岸劫掠怎么办？会给这个地区带来很大震动。”

“这是我们必须承担的代价，”曼西姆斯疑惑地望了后者一眼，似乎不相信这些小问题会困扰这位来自匈牙利战场上的英雄，“一旦我们攻克亚得里亚堡甚至君士坦丁堡，所有一切的不利因素就不复存在。”

“我们的支持者与雷拉格不同，”兰帕德斯无奈地走近了总司令官，压低了声音，“他的支持者主要是首都军队与军情处，而我们的支持者除了西部的军队，有很大一部分是靠着泽诺斯大主教教会的势力，以及巴尔干的大土地贵族，贵族就不必说，雅典与塞萨洛尼卡的财产几乎占据了最富有土地贵族的二分之一，而西部教会最好的地产也大部分安置在这里，”他顿了一顿，“当然，地主与教会让我们占据优势，我们也就必须保护他们的利益。如果一旦因为雷拉格上岸劫掠造成损失，胆怯的教士与地主就会乱喊乱叫，雪片似的攻击信件就会充满议事厅，我们俩就会成为众矢之的，亚得里亚堡的计划也会泡汤。”兰帕德斯最后一句话几乎听不见，“毕竟，你不是以陛下的名义在发布命令。”

“好吧，”曼西姆斯无奈地眯起眼睛微微摇首，“教会与土地贵族既是我们的后勤保障，也是我们的命门，但无论如何，都必须保证前线进攻部队的数量优势，一个纵队的弓箭手与一个联队的重装步兵。以及一个纵队的轻弓骑兵部队将用来保护两座沿海大城市，不能再多了。”总司令下达了最后的决定，“其余各部立即出发。”

与他们的对手很快达成一致不同，君士坦丁堡达夫纳宫的议事厅似乎被低沉的气氛笼罩，大部分将领都同意斯塔姆的意见，而艾里克则沮丧地低着头，一言不发，“也许在大部分时间，斯塔姆的提议是短视与自私的，”索菲娅上前一步，斯塔姆则吃惊而委屈地望着她，“但这次，我佩服他的魄力，”新皇后向佣兵头子微微颔首，“他主动提议放弃了东部战线，就等于放弃了他所经营的特拉柏森银矿。”她温柔地望着雷拉格，“整个的东部战线，是我们所有人，用四年时间的鲜血与汗水浇筑的，没有人愿意放弃，但为了您的胜利，陛下，”索菲娅有意着重着这个称呼，“我们必须这样做，您也明白，必须在亚得里亚堡集中所有兵力才有可能战胜曼西姆斯。”

“我可知道他为什么冒舍弃特拉柏森的危险，”雷拉格哼了一声，不怀好意地望了斯塔姆一眼，“这是我们的佣兵王另一个赌注，舍弃一个城市的银矿来夺取战争的胜利，这会得到更多。”

“这我说过，陛下，为了我们的共同的利益。”斯塔姆抿嘴说道。

“雷拉格，就下令调动军队吧。”奥拉多姆也上前急切说道。

“从军事角度上说，”雷拉格缓缓说道，大家都安静下来，“我非常同意你们的意见。如果不是为了能在亚得里亚堡集中所有兵力，我也不会使用泰格休斯的空船。但我在想另一个问题，”他顿了一顿，“如我们已经集中了东线所有兵力与曼西姆斯对决，是否能以微小的代价战胜他？”

“这恐怕不太可能，陛下，”巨人艾里克插嘴，他看了一眼雷拉格，“他毕竟是曼西姆斯。”

“那我也这么想，”雷拉格又重重叹了口气，“我们先调动东线的所有兵力丢失了东线，然后与曼西姆斯把西线打成一堆瓦砾，匈牙利人，塞尔维亚人，保加利亚人都会反目，如果再加上恢复元气的诺曼人与十字军，哈！”新皇帝自嘲的一击掌，“无论谁是胜利者，之后他就只能是个拥有君士坦丁堡与希腊南部城邦的小皇帝了，更不用说还要应付无穷的内乱，”他眼神中掠过一丝不安，久久望向自己的紫色宝座，就仿佛老皇帝曼努埃尔还端坐在那里，“我就是忘不了他临终前看着我的眼睛。”

“所以我有另一个计划，”雷拉格淡然一笑，随即又换上了严肃的面孔，他望着达夫纳宫饰有金星的殿门，“这也许是我这一辈子最难做出的决定了。当一切都完成之际，”他转向红胡子的军官罗曼诺夫，“也许还能完成你的一个夙愿。”

“我？”罗曼诺夫吃了一惊。

1180年秋，亚得里亚堡

凭借着古罗马帝国时代就完成的宽大石子公路，曼西姆斯的大军终于降临君士坦丁堡的西部门户亚得里亚堡，而在这里，雷拉格的军队也完成最后集结。双方都宣称自己为合法的曼努埃尔·科穆宁的继承者。两边营地都旌旗林立，声浩势大，闪闪发亮的刀剑与长矛剑拔弩张一触即发。

双方的实力大致相当，曼西姆斯的兵力略微占优，特别是骑兵占据绝对优势。而雷拉格的底牌则是帝国最精锐的超重装骑兵与北欧禁军步兵，尽管数量不多。与以往不同，两支东罗马帝国大军的目的，既不是对抗十字军的袭扰，也非打击诺曼海盗，更不是反击突厥人的入侵。最终，胜利者将会为自己的阵营夺取帝国的最高统治权。

也许只是一堆瓦砾与废墟的最高统治权。

曼西姆斯与兰帕德斯在一小队武装到牙齿的重装贵族骑兵保护下，登上了军营东面的一座小土坡，在那里观测着对手的大营。

“你是对的，曼西姆斯，雷拉格这杂种比我们想象的更狡猾，”兰帕德斯在总司令官一旁，显出微微懊悔，“进军雅典与塞萨洛尼卡的泰格休斯舰队全是空船！这连佯攻都不是！这些船只足足牵制了我军一个纵队步兵与骑兵的兵力。特别是当地的塞西亚骑兵，本来，这是我们压制对方萨亚斯麾下阿兰骑兵的好办法。”

“要看见事情好的一面，”曼西姆斯仔细观察着雷拉格精心构筑的军营，他原来以为从军事上说，这个所谓曼努埃尔的继承者只是个擅长突然袭击的北欧蛮人，但显然对方的营地布置很得兵法之要点，“起码两个纵队能安抚伯西部那些自私而胆怯的教士与地主。”

雷拉格军营中一阵号角声响，一名身背复合弓、手持双弯刀的年轻将军，带领一队轻装弓骑兵从寨门纵出。围绕大军军营飞驰，并挑衅似地望了望土坡上的曼西姆斯。

“除了约翰维塔斯，其他的骑兵指挥官都有些惧怕萨亚斯，”兰帕德斯指着对方的弓骑兵指挥官，“我们的塞西亚骑兵都留在后方也许是不智的，这造成了我们轻骑兵的劣势。塞西亚骑兵可以大幅度压制雷拉格那边弓骑兵的战力。”

曼西姆斯回过头郑重地对兰帕德斯说道，“我不想看见两支帝国弓骑兵互相交战，”他默然道，“我只希望这场战争赶紧结束。这毕竟是场内战，他们都是帝国的战士。”

兰帕德斯同意地点点头，望了一眼飞驰着的萨亚斯，他了解对方是个全帝国著名的马上神箭手，稍微有点紧张，“弓箭手！”他命令身后携带复合弓的轻装步兵，“向前点，保护我们的总司令官！”

“不用紧张，”曼西姆斯微笑着朝他摆摆手，但随即皱了皱眉头，“我在想一个问题，雷拉格既然仅用四天时间就让泰格休斯的舰队开近雅典与塞萨洛尼卡，那么，他在塞浦路斯岛与特拉柏森的舰队十八天就可以把不少于四个纵队的军队从东部调往君士坦丁堡，造成地区兵力的绝对优势。而我们从雅典至亚得里亚堡用了二十四天，那么，这二十四天，他东部的舰队干什么去了？”

一名骑着轻战马的哨骑登上山坡，在曼西姆斯面前翻身下马，行了个举手礼，“大人，对方向我们这里派来了使者。”

“使者，”曼西姆斯自言自语，“是想和我约期决战？他倒是有些古风。”

“我不知道，大人，”哨骑的样子显得有些紧张，“这位使者……”

“说吧，恕你无罪。”

“都是她自己说的，”哨骑结结巴巴地说，“她的身份是帝国的合法皇后。”

不像使者，就仿佛一位正在检阅前线将士的皇后。索菲娅一身红黄相间的华丽长袍，气定神闲地面对着曼西姆斯寨门前无数手持锋利长矛与刀剑，武装到牙齿，却对自己满心畏惧的拜占庭士兵。曼西姆斯挥手让他们让开，“不是为了您的皇后身份，”司令官郑重地向索菲娅行礼，并把他引入自己的军帐，

"也是为了您的军情处长身份。"

在司令官的军帐内，索菲娅也见到了兰帕德斯，少女时代的她作为情报人员曾经在与匈牙利的瑟尔米乌姆战役中把匈牙利骑兵人数与调动的大量信息提供给后者，这帮了兰帕德斯大忙，所以这位老将也冲着索菲娅友好地努了努嘴唇。

"这场决战将决定帝国的命运，"曼西姆斯仔细审视着索菲娅冷静的眼神，想从中看出什么端倪，"如果是战书，以您的身份亲自递送给我是我的荣幸，我接受，我们就在亚得里亚堡西边的平原上一决胜负，无论谁胜利，都能最大化避免平民的伤亡。"

他已经知晓东方特拉柏森与安条克的军队并没有调动，索菲娅一丝嘲讽的微笑掠过红润的嘴唇，把依托地形与亚得里亚堡防御的雷拉格军队拖出来，在平原上的决战将发挥曼西姆斯最倚仗的骑兵优势。"我不是来送战书的，"索菲娅不动声色，"而是提供一个对你们非常有利的提议。"

"提议？"曼西姆斯认为自己识破了索菲娅的伎俩，"这所谓的提议，"现在轮到他微笑了，"就是求和书，对吗？"

"雷拉格从不求和，"怒容渐渐上升至索菲娅斩钉截铁的脸部，"如果还能有机会，你可以问问你的朋友艾里克，就知道他是一个什么样的人，早先你们在密列奥赛法隆大败之际，当你还在给屁滚尿流的败兵擦屁股的时候，"军情处长的绿色眼神中现出一丝慑人的光芒，"雷拉格就已经用一千人在遥远的北方全歼他的仇敌哈格里夫五千人，现在他拥有数万大军，你们与他相比什么都不是。"

面对索菲娅挑衅式宣言，曼西姆斯的卫兵纷纷在叫喊中抽出明晃晃的刀剑，但军情处长轻轻抱起手臂，对此毫不在意。

"让你们的人把这些牙签放下，"军情处长轻蔑瞟了一眼周围，"如果不是我的策反与情报，他们起码有一半人要死在西线战场。"

“收起武器，”兰帕德斯挥手命令这些士兵，“无论如何，这位军情处长都帮过我们大忙，在和谈时要尊重她。”

但曼西姆斯看起来并不生气，相反有些好奇，“那么雷拉格的提议将是什么呢？”他拢起双手，“难道是要让我放弃进攻，这是不可能的。”

“雷拉格将自己放弃皇位，”索菲娅深吸一口气说道，随即换上一个自嘲的微笑，“当然，我的皇后身份也自动解除。”

这句话让曼西姆斯与兰帕德斯目瞪口呆，他们面面相觑，良久前者才缓缓开口，“这真令我难以置信。”

“就是连我也不敢相信，”索菲娅轻轻叹了一口气，“但这确实是雷拉格的决定，他忘不了曼努埃尔陛下临终前嘱托的事，西线与东线两支帝国最倚仗的军队，大打出手之后还剩下什么？用胜利者的残余兵力来对抗东西线立即频繁爆发的叛乱与入侵，不，帝国承受不了，就是曼努埃尔再世也承受不了。

因此，我会认为这次放弃是来自一个最伟大政治家的决定，而非投机政客，”索菲娅嘴角动了动，眼中噙着什么东西，“我知道你们背后支持的势力，”她淡然对曼西姆斯一笑，“那些西部的大主教以及土地贵族，他们很明白雷拉格如果一旦长时间当政，会继续加强曼努埃尔晚年实行的农兵政策，力度甚至比先皇更甚，会像战神巴西尔二世那样毫不留情的打击他们这些吞并佃农土地的豪强，削弱教士与土地贵族的力量与财产。

蚕食帝国的土地兼并时代将永远结束，取代他们的则是成千上万的富农，拥有自己的土地、武器甚至是战马的农民，只听皇帝一声令下就加入浩浩荡荡的帝国大军，征讨敌人，恢复拜占庭帝国的黄金时代。

这让他们想到就会恐惧。

“所以他们钟情于玛丽亚与小阿历克塞，曼努埃尔的亲儿子只有十二岁，更别说还是浪荡子，他的母亲也没有掌控全局的能力，所以他们要依赖土地贵族与教士，就必须会对他们做出妥协，”索菲娅嘴角的嘲讽毫不掩饰，“而你出身于军人贵族世家，在他们看来，会保护大贵族的利益，可以倚仗。而玛丽亚与小阿历克塞也必须倚仗你的军事威望。”

“至于那些扯淡用的借口，譬如雷拉格的一半北欧人血统我们就不必讨论了，帝国历史上有外族血统的皇帝如满天繁星。马其顿王朝的利奥六世甚至还有位瑞典亲娘，我只是想让你知道，”索菲娅转过身，昂起头微微闭起眼睛，“雷拉格做出这个决定有一个理由，他相信你能完成一件事。”

“如果不是现在我们的立场，我非常同意你的观点，”曼西姆斯有些敬佩地望着索菲娅。“至于你说的那件事……”

军情处长瞟了一眼一旁的兰柏德斯，款款走近曼西姆斯，并在他耳边附耳几句，末了则紧紧盯住对方的眼睛。

“我可以以我的性命与荣誉来保证，我会答应这个要求，”曼西姆斯后撤一步，非常尊敬地向索菲娅行了个军礼，看的出他对这个提议震动很大，“这使我汗颜，我没有想到这会是如此高尚与无私的要求。”

“那么下面换个卑鄙而自利的，”索菲娅冷冷一笑，“我还没说我们退位的条件呢。”

“请讲。”

“要保证雷拉格，我与所有手下人员的安全，任何跟随我们的人都不得阻拦，至于交通工具你们不必费心，我们会使用带来的那些龙头战舰。舰队从君士坦丁堡北部的圣巴巴拉门离开，驶向黑海，在我们的视线范围内，不得有任何船只跟随。”

“这我可以保证。”

“这些将士服役四年来得到的金币与奖赏，他们可以全部带走，任何地区不得以任何借口加以搜查。”

“这我也可以同意。”

“我还没说完，”索菲娅仍是一幅冰冷的面孔，“您，要充当我们的客人，作为一位主动退位的皇帝，雷拉格希望你能送我们到黑海北部的刻齐小镇。当然，在那里有隆重的欢迎仪式来迎接你这位帝国陆军总司令。宴会之后，会有船送你回君士坦丁堡。”

“陆军总司令做你们的人质？”兰帕德斯上前一步，“在两军即将交战之际？这绝对不可能！”

索菲娅转头望了一眼曼西姆斯的表情，后者也在处于犹豫的沉思中。

“这是你们必须答应的退位条件，”索菲娅不容置疑地说道，“也许你还会把我的这番话当成骗局，那么如果不同意，就开战吧，”她嘴角划过一缕冷笑，“而且我可以告诉你，雷拉格的计划根本不包括与你在平原上决战，他会固守住亚得里亚堡与附近的营寨，与你长年累月地在这里耗下去，别忘了，你们的给养与兵员来自匈牙利与希腊南部，而我们可以从君士坦丁堡调动，或许，”她哼了一声，“泰格休斯的海军还会不时去雅典与塞萨洛尼卡给你们点惊喜。到时候看看这个油尽灯枯的帝国中谁才是胜利者。”说完，索菲娅飞快地转身准备离开。

“等等，”曼西姆斯喊住了索菲娅的背影，“我会答应你的要求。”

“曼西姆斯！”兰帕德斯抗议道。

“如果这能够避免一场帝国内战，”曼西姆斯的神情逐渐坚决起来，“我愿意接受，她说得对，现在的帝国确实经不起任何内耗。”

“为了保住东部将士浴血奋战四年收复的疆土，雷拉格没有从安条克与特拉柏森调动一兵一卒，本来，他可以这样做让亚得里亚堡地区的兵力占据绝对优势，”陆军总司令望着索菲娅停住的背影，“所以我愿意相信您的话。”

“那么，我们一同前往雷拉格的军营吧，”曼西姆斯送给转过身来的索菲娅一个微笑，“能与军情处长同行是我的荣幸。”

“你不能前往！将军！”兰帕德斯不相信地瞪了一眼索菲娅，上前一把抓住曼西姆斯的披风，“她的诡计多端可是出了名的！就算要去，也要派遣重兵保护！”

“就算是我出了什么事，这不还有你嘛，”曼西姆斯格开了兰帕德斯抓住披风的手，肩并肩与索菲娅离开，“我带一个老兵拿行李吧，人多了才会坏事。”

萨亚斯端坐在战马上远眺，当他看见曼西姆斯与索菲娅离开对方大营之际，调转马头，双腿一夹马肚，快速返回位于亚得里亚堡西边的雷拉格大军军营。

将领们正不安地围绕着雷拉格，显然他们已经知道了新皇帝的决定，斯塔姆则在悲哀的不停地转动着眼珠，设想着未来的后路，当然，佣兵头子还不想完全放弃，“也许他们并不会接受索菲娅的提议，因为他们也要冒大风险，”他徒劳地提醒道，“我们应该也考虑第二种可能……”

“我觉得她会成功，”雷拉格默默地说，“因为我知道曼西姆斯是一个什么样的人。”

“索菲娅成功了，”萨亚斯翻身下马进了营寨，打破了僵局，亚美尼亚人环视了一眼雷拉格与众将的表情，“她与曼西姆斯马上就到。”

“我们干脆干掉他！”奥拉多姆提议，“这会极大消弱敌人的力量。”

“我不同意！”艾里克抗议道，“这场内战已经够糟糕的了，你应该对这种提议感到羞愧，曼西姆斯并没有对索菲娅不利。”

“别争执了，”雷拉格打断了他们了争吵，“我已经说过我决定的理由，既然曼西姆斯到了，按计划行事。”

“曼西姆斯在等待你的最后决定，他在外厅休息，”索菲娅走进大厅，望了一眼心思重重的雷拉格，“他已经同意了我们的条件，我想，”她几乎是如释重负的顿了一顿，“我们也许是该走了，但你是否真的已经下定决心？”

“我的决定不会改变，”雷拉格微微一笑，“但前提是我们的罗曼诺夫不改变他的想法，我的高尚是很有限的，一旦没有退路，我的决定会很不一样，曼西姆斯就可以离开这里，准备一场把帝国拖进坟墓的旷世大战。”

“我与索菲娅母亲阿里尼娅都已经算是老人了，我们对付不了诺夫哥罗德其他的军事首领，如果你来管理，我就可以退休了，打了这么多年仗，我只想管理金币，”罗曼诺夫叹了口气，并赶紧拿出一大卷羊皮纸，“通过这份文件，雷拉格将会拥有并管理我的地产与军队，”罗曼诺夫的笑容让红色的胡须动了动，“除了交给我的税金之外，他以后就是我领地的主人了。以后我在诺夫哥罗德的一切都是他的。”

“当然，肯定不包括索菲娅永不凋谢的魅力母亲，”罗曼诺夫大笑道，看到别人都在心事重重就转变为不自然的干笑，索菲娅为这次粗俗的玩笑狠狠瞪了他一眼。

“有一个掌握着一大帮刺客与间谍的继女，再加上一个绝佳的统帅女婿，你的买卖做得真不错。”奥拉多姆撇撇嘴。

“命运的阶梯在向我们每个人招手，”雷拉格缓缓的环视大家，“我与索菲娅选择去诺夫哥罗德，这只是我俩的选择，而你们所有人，都会有不同的未来，告诉我你们的选择，无论如何，我都会尊重，你们也永远都是我，雷拉格的朋友，如果未来有一天，”他的下巴坚定地弓起，用手指向遥远的北方，“你们来北方寻找我，只要我还活着，就会有你们在诺夫哥罗德的位置。”

“你在哪我就跟到哪，只是别忘记我这根放荡的老骨头，”白发巨汉奥拉多姆不在意地哈哈一笑，“哈尔德时代我们几乎是北欧的国王，可他死后我们连海泽比都保不住，直到跟着你大家才在这庞大的帝国重新得到荣誉与金币，你甚至还当上了东罗马帝国的皇帝！哈，不用太介意失去，我们就是雇佣军，哪里都有仗打。”老战士握了握自己手中的长柄战斧，“又回到了久违的北方，不过是换个根据地而已。”

“我就不用表态了，”红胡子罗曼洛夫难以掩饰眼中的笑意，他摊开双手，“一身轻松，并将我心爱的阿里尼娅拥入怀中！”

“我会跟你走，”亚美尼亚人萨亚斯坚定地拍了一下雷拉格的肩膀，“奥多万当然跟着我。”

“你在马其顿有自己的领地，萨亚斯，”雷拉格担心地看着他的脸，但心中的激动仍是难以抑制，“你带领的那些阿兰人……”

“如果玛丽亚与小阿历克塞当政，恐怕那些领地也都名不副实，”萨亚斯冲雷拉格肯定地点点头，“我只想给一个值得我卖命的领袖服务，玛丽亚不配领导我，至于我带领的阿兰人，他们本来就来自北方的高加索，有一些也愿意跟我走，我知道诺夫哥罗德那里有好的马匹。可是罗斯人还不怎么会用，我要把我的弓骑兵技术带给他们。”

“我也会跟你走，也许是因为我喜欢萨亚斯，喜欢和你们这些人在一起，”朱里奥的声音让雷拉格非常意外，年轻的拉丁骑士军官玩世不恭地望了一眼亚美尼亚人，“既然他们有好马，仅有弓骑兵可不行，得有人教他们学习骑枪冲锋！”

“如果你选择与我一同去北方，就离你的哥哥越来越远了，”雷拉格原先的设想是散伙之后，朱里奥有可能去耶路撒冷找他的哥哥安德鲁瓦，“你没有想过回骑士团？”

“他们不会接受我这个不守清规戒律的浪人，我也不再接受他们的教条，在君士坦丁堡的这几年，我已经皈依了东正教，”朱里奥感慨道，“你说得很对，每个人都有自己的生活与命运，我与哥哥不是一种人，只要知道他还安全，这对我就足够了。”他望着雷拉格的眼睛，“在对安条克的战争中，你让我们兄弟不会手足相残，我很感谢你，更何况，我知道在曼努埃尔陛下死后，你是唯一一个值得我去服务的人。”

“我才应该感谢你，”雷拉格拥抱了朱里奥，想起因为不够信任，他曾经在安条克还设计让萨亚斯对付朱里奥，不免觉得有些惭愧。

“你选择离开帝国，就等于放弃君士坦丁堡那些香气扑鼻的名媛呐。”萨亚斯朝他打趣道。

“我想我也很快能适应罗斯女人的高大与性感！”朱里奥毫不在意的哈哈大笑。

“我想，我应该，也许，我很难以组织我的语言，我……”雷拉格的耳边出现了泰勒斯犹豫不决的声音，瓦朗尼亚首领转过身微笑的看着他。

“你是唯一能懂得我希腊火设计价值的人，是我最好的朋友，”泰勒斯皱着脸，两只手不安地交叠在一起，“可我不喜欢北方，我害怕寒冷，放弃不了这里的实验室，这里的生活，这里的……”

“这里的美食。”雷拉格的微笑僵硬在脸上，但眼角竟然有什么东西在闪动，他爱抚着泰勒斯的头顶，“你这个贪吃的小胖子，一想起要很长时间与你分别真让我难过。”

“我希望你还是帝国的皇帝，”泰勒斯紧紧拥抱住他，泪水已经涌出眼眶，“我希望你留下来和我在一起！”

“我也是。”雷拉格紧紧抱住他，闭上了眼睛。

雷拉格把目光转向了他曾经最忠诚的朋友，帝国最高大的勇士。如果说想与谁一起回到北方，第一个人是索菲娅，第二个就应该是艾里克，但时过境迁，就像很多来自丹麦、挪威、瑞典与罗斯的武士一样。艾里克已经不是那个一身散发着野兽味道的北欧蛮人，他是君士坦丁堡的卫士，他的心已经交给了这座伟大的城市，这些都是不可逆转的，也许，作为最好的朋友，应该给予他祝福，雷拉格理解的朝他点点头，“留下来保卫君士坦丁堡，就像我们四年以前保护她那样。”

“我会的，”艾里克回答，“我是为这座伟大的城市服务，而不是任何皇帝，因为，”他痛苦的顿了顿，似乎再继续说下去就会让自己改变主意，“在曼努埃尔死后，除了你，已经没人配当这座城市的皇帝。”

“再见了。”雷拉格与艾里克紧紧拥抱，“照顾好泰勒斯，如果有困难，你俩一定要到北欧来见我，在有生之年，”他又轻轻拍拍泰勒斯的肩膀，“我相信我们一定还会再相见。”

“那么事不宜迟，”罗曼诺夫提醒道，“你们整顿自己的兵马吧，我与奥拉多姆去准备船只，外厅里的曼西姆斯也可以得到满意的答复了。”

“你们还忘了一个。”索菲娅眼光瞟向站在角落的一个瘦子。

“我哪里都不去，”斯塔姆漫不经心地叹了口气，为雷拉格的选择感到痛心，他能感觉到战争带来的金币在从手指缝中溜走，“我要回特拉柏森，我要搂着那里的银矿睡觉。”

“你可是北方人，傻瓜，”奥拉多姆毫不留情地提醒他，“连帝国南方人的选择都比你够朋友！”他突然想到了艾里克，不好意思地清了清嗓子，“艾里克没有野心，无论是曼西姆斯还是玛丽亚，他们都需要他来守卫首都，可他们为什么需要一个他们毫不信任，两面三刀的北方人呢？那些银矿很快就不再是你的。”

“我敢打赌，我会一直拥有特拉柏森，因为很快，他们谁都会需要我，”斯塔姆说这话的时候眼睛却在盯着雷拉格，“我还是认为你犯了个错误，让我们看着吧，如果有一天，你会回来，我是说，如果，”佣兵头子露出一丝诡异的微笑，“记得来找我，我能预感你的再次到来对我来说，会出现一笔大生意，我可不想错过。”

“身边没有你生活的乐趣真会少很多，”雷拉格朝斯塔姆打趣道，转而面对着严肃的索菲娅，“那么，该让客人知道我们的决定了。”

Chapter 45

一阵寒风掠过粉色墙壁的圣尼古拉大教堂，这是诺夫哥罗德曾经的大公所建，但有趣的是，他却已经因为抛弃自己的市民而被驱逐，在诺夫哥罗德，既不缺乏邀请君主前来治理的历史，亦不缺乏驱逐君王的案例，现在，市民们只相信选举出并能保护他们的军事首领与政治家。他们的最高领导者就是“市长”。

“万能的天主与伟大的先帝在上，这是一位伟大的英雄，一位无畏的斗士，他驱逐帝国的敌人，将悠久的古城从异教徒手中重新收复，他的功勋不可磨灭，灵魂的高尚更是无人能及，为了帝国长久的安定，他毅然选择退位，将皇帝之位赋予更温和的仁德之君小阿历克塞，以带来永久的和平，这是帝国之福，也是未来之幸，也许在帝国重新遭遇危难之时，这位伟大的英雄还会挺身而出……”

再也不会有英雄挺身而出了，你们这些杂种，雷拉格不怀好意的自言自语，泽诺斯大主教高亢而富有韵律的声音从赛奥多西广场一直传进雷拉格的耳朵里，但什么“高尚灵魂”之类的演讲只能引发他嘲笑的冲动，瓦朗尼亚首领微微摇了摇头，也许自己缺席这么重要的仪式会让大主教万分尴尬吧，不过这位老手当然懂得怎样编织谎言。

雷拉格决定把注意力集中到更重要的事务上来，他借助粗大的缆绳，迅速登上十米高的桅杆，警觉地盯着海面，审视着马尔马拉海上任何船只的异常动向，他当然不会相信小亚力克塞与玛丽亚，不过好在他们现在还不掌握军权，调动不了军队。

当看见自己麾下最后一艘龙头战舰开始升帆起锚，他总算是松了一口气，当然，作为一种防备措施，殿后的十艘龙头战舰全装备着泰勒斯在临别时送他的希腊火发射器，他现在已经开始想念这个小胖子了。

百余艘龙头战舰全部在海面上集结完毕，巨大的宽边四角帆一时填满了整个金角湾海面，装满了情愿跟他回北方的军人，当然，也装满着这些军人几年征战所得沉甸甸的金币。想到这里，瓦朗尼亚首领才稍感心安，作为这些勇猛战士应得的补偿，他们毕竟不是空手而归。根据曼西姆斯与泽诺斯大主教的协议，这也是雷拉格的舰队最后一次悬挂双头鹰旗帜，当出港之后，他们会全部换成红色战鸦标志，因为“不想给首都人民造成任何恐慌。”

“壮观的退场啊，”一个声音感叹道，“我什么时候能回君士坦丁堡？”

雷拉格借助缆绳滑向甲板，冷冷地望了一眼对这海上场面感慨不已的陆军总司令，“很快。”

“觉得难以放弃吗？”曼西姆斯瞳孔在眼中打着转，上下打量雷拉格阴沉的脸。

“是的，我不能免俗。”雷拉格收着缆绳，声调依然冷淡，语气中却有一种不罢休的气势，“真希望我现在还是帝国的皇帝，其实我非常想和你在亚得里亚堡来对决一次，看看谁才是曼努埃尔时代之后东罗马帝国最优秀的统帅，这样的比赛也算公平，因为我们双方都有半成赢面。”

“那是什么让你放弃？”一阵波涛汹涌之后船身开始左右晃动，曼西姆斯抓紧了船舷，对于不经水性的他来说，龙头战舰的颠簸确实让他有些不适应，“不可能是出于畏惧，因为你从不惧怕战争，也不惧怕流离失所，更不惧怕死亡，从我们罗马人的标准来看是个地地道道的亡命徒。”曼西姆斯望着远处海天相接的平面，眼神中带着怀疑，“除了出于对曼努埃尔陛下遗志的继承，就没有其他原因？”

“怎么会没有？”雷拉格哼了一声，“如果没有前往诺夫哥罗德这条后路，恐怕我就不那么介意是否能够延续曼努埃尔的遗志，在生存这个问题上，所有的人类，甚至是动物都是差不太多的。”

“可这样一来，我们两支大军就会消耗掉帝国所有的兵员，”他斜睨一眼曼西姆斯，这次则带着讽刺的笑容，“西方十字军与突厥人会趁火打劫，对于这你从不担心？我原来还以为你是个爱国者哩。”

“我是个爱国者，”曼西姆斯淡淡说道，面带温色，“我判断最终你一定会输，才会联合兰帕德斯起兵，就算我不主张，兰帕德斯与约翰维塔斯也会来找我。”

雷拉格抱起手臂，倾斜着头显出饶有兴趣的表情，“我麾下的军人与你的一样出色，很多人还曾经与你并肩作战，所以你应该都知道。我没这么好对付。”

“从我们掌握的全部军队数量与质量来看，应该大致相等。但别忘了一点，”曼西姆斯直视着瓦朗尼亚人的眼睛，“金钱才是战争之源。”

“金钱，”雷拉格皱了皱眉头，“万城之女皇，君士坦丁堡的金钱还不够多？还有尼西亚的钱，南方的士麦那与阿拜多斯①的农业都在恢复，”他甚至还冲曼西姆斯眨了眨眼睛，“我还要感谢你，是你在曼德尔河谷击败了努尔丁的突厥大军，保住了我的粮食产地。”

“你还拥有克里特岛，罗德岛②，塞浦路斯，安条克，特拉柏森，阿达纳，西诺普。”曼西姆斯帮他总结。

瓦朗尼亚人送给陆军总司令一个微笑，等待他的下文。

“你的土地很多，城市也不少，可你能收到多少金币？”曼西姆斯反问，“这不是巴西尔二世的时代，皇帝拥有无上的财富。现在帝国的财富大都集中在军事贵族，土地贵族与教士手中，就连你掌握的东部土地情况也一样，他们会对你交纳赋税阳奉阴违，一有机会就会反对你，当然，”陆军总司令的表情中既带着微微嘲讽，也拥有少许敬佩，“你比我更能让他们惧怕，可恐惧并不能让你控制这么大的土地，更何况，你被我留在了亚得里亚堡。”

“为了打败你，西部富得流油的贵族与教士们都会主动把金币交给我，因为对他们来说，比起外族侵略，他们更担心你会恢复农兵制，在

① 阿拜多斯与士麦那位于小亚细亚的西南方沿海平原区，是拜占庭帝国东部最富庶的地区，阿拜多斯还是东部地区的粮食基地。

② 罗德岛：是现代希腊的第四大岛，位于爱琴海东南部和地中海的交界处，，曾经在公元前282年建造过太阳神阿波罗的巨像，公元前227年在地震中损坏，数百年后在阿拉伯征服时期被完全摧毁，但其后拜占庭帝国又重新夺取该岛，以文章的时间来看，当时仍掌握在拜占庭帝国手中。

根本利益面前，对国家的道德水准也只能到此为止了，”他略带无奈的扬了扬眉毛，“而东部的贵族大都会从你的手指缝中溜走，盘算着如何资助我来推翻你。”

“东部广阔的土地刚刚收复，重建还要花钱，突厥人的势力还会不断威胁你的后方，安条克的骑士们也在策划叛乱，你的威望无法压制所有的反对声音，你能切实保证财政收入的只有你所在的君士坦丁堡与尼西亚两地，而这样是养活不了你巨大的军队的。”

“作为一种风险，防止这段时期西方十字军可能会有趁火打劫的举动，这是我需要玛丽亚皇后的原因，她是安条克的公主，当然，很可能要因此出卖一些帝国利益，但权衡利弊后也只能这么做。”

“你忘了我和西方十字军也很有交情，我手刃了他们的军团长，干掉了安条克公国的两位伯爵。”雷拉格用手指搓了搓鼻子，做了个鬼脸，“我跟突厥人交情也不错，我把他们士兵的脖子插在削尖的长矛上。”瓦朗尼亚人饶有兴致地补充道。

曼西姆斯嫌恶地皱了一下眉头，决定把话题回到正事上来，“我之所以选择进攻君士坦丁堡，因为我知道这是你最重要的经济来源，也是最大的弱点，战争会让这个地区的商业收入降至冰点。”陆军总司令不好意思的坦然道，“原来我推测的是最后你会由于在战争中无法支持后勤而与我和谈。我就在设想只要你宣布退位，其他条件都好谈，如果时间不长，帝国的损失不会太大。”

“但你选择放弃还是让我吃惊，”他审视着雷拉格，但看不见后者的表情，因为瓦朗尼亚首领转过身背对着他，“我不知道这种放弃是出于智慧还是美德，但这令我钦佩，大部分人都会自然而然转入这个斗争的漩涡，直到看见自己的棺木才罢休，而你不一样。”

“其实我也看到在未来自己会输掉。”雷拉格望着不停冲上船舷的海浪，停顿了良久，转头对他狡黠的一笑。

“你说的这个未来，是在假设即使能在战争中战胜我之后吧？”曼西姆斯也眯起眼睛笑了，“其实这也是我深思熟虑后依然艰难的选择站在你对立面的最主要原因。”

“你说得一点都不错，”雷拉格对这个对手的心思敏捷感到高兴，“就算我赢得和你的战争，还要打一场更难打，时间漫长得多的与所有土地大贵族与大教士之间的战争，这场战争不能用刀剑、战马与舰队来完成，因为这个帝国现在就倚仗着这些贵族与教士，这场战争足以耗尽我所有的精力与时间，最终我还不会赢，”他的语气极其肯定，“这个时代的东罗马帝国并不那么强大足以藐视外界的影响。我并不拥有这么多的改造时间与条件。”

曼西姆斯对他的话微微点了点头。

“东罗马帝国的时代真的过去了，”雷拉格语气中充满了惋惜，“他的强大伴随着农兵制度的消亡而逝去了，想回到巴西尔大帝的时代，真是个任何人都无法完成的使命。”

“然后你就选择信任我？”曼西姆斯也转过脸去看海景，“军事贵族曾与土地贵族对立，当年先帝阿历克塞大帝正是依靠军事贵族来对抗帝国的官僚与土地贵族，可如果不用制度来约束，只需要一代人，这些军人就会同普通官僚一样逐渐转变为土地大贵族，军区制的恢复就会越来越渺茫。我出身军事贵族，父亲是曾经的君士坦丁堡总督，可现在我继承了父亲大片田产，就是个大土地贵族，这些你都知道，所以，即使你把曼努埃尔的遗志托付给我，我也不能向你保证什么。”

“但我宁可相信你，”雷拉格轻轻眨了眨眼睛，显示他对曼西姆斯的假设毫不在意，“哈！因为我也没有其他选择，你确实是贵族，但你能看到这一点，你与你的孩子也许还能享受财富与荣耀，但继续让贵族与教士的权力无限扩大，未来的帝国只有灭亡一条路，最终，财富必须分配在农民手上，城市的手工业者手上，驻扎边境的士兵手中，那样，帝国也许还有救。”③

“这也是我最希望看到的，可我不知道自己能做到什么程度，”曼西姆斯谨慎地说道，“你说了你的心声，我也开诚布公，我们的计划方向是一致的，只是，”他顿了一顿，“尽管目标伟大，我也绝不会因为这个方向来影响帝国的稳定。”

“这就是我们选择你的原因，”雷拉格坚决的说道，“我与索菲娅之前也争论过，但最后仍得出结论，你是唯一可以继续执行曼努埃尔农兵政策同时还能维护着帝国稳定的人，虽然你现在也算是土地贵族，但我相信你会为了帝国会把目标执行下去，也许会更慢，但毕竟在执行。”

“我不如曼努埃尔，”雷拉格脸上掠过一丝黯淡的神色，“他不停地和我说，不要太急躁，我在安条克与君士坦丁堡的政策，已经摆出了削弱外国贵族与本国大地主的阵势，而作为大地主一份子的教会也会站在我对手的那一边，这会让我腹背受敌，我就像一只巨熊，急于冲来冲去击碎阻挡我的东西。”

“你应该老实承认有些事情是你做不到的，”曼西姆斯笑道，“你的亲信大都不是罗马世袭贵族，他们拥有战功，金币，爵位，可是没有土地，所以他们巴不得你立即恢复军区制与农兵制来重新洗牌，如果你的脚步太缓慢，将怎样平衡他们的利益呢，这是个难题呀，”曼西姆斯叹了一

③ 土地兼并问题是古代中央集权帝国永远的问题。

口气，“还是让我来做这件事吧，一个完全的罗马人，把东罗马帝国的混乱重新纳入稳步前进的正轨。”

“各方势力的矛盾如此尖锐，完全是依赖着对外的军事胜利得以支撑，真希望陛下还能再活十年，”雷拉格黯然说道，“曼努埃尔陛下能构建农兵更坚实的基础，我们需要他的威望来把秩序重新建立而不是像现在这样还在构建雏形，然后我们俩，无论是谁，都能够顺利继承这个事业，未来还有希望。”

“如果陛下真的还能活十年，那么有一种情况可以彻底地解决帝国这一危机，”曼西姆斯坚定的说道，“占领整个小亚细亚，彻底根除突厥人在半岛的势力，这样，整个帝国就会新增大量土地资源来分给新将领与农兵，形成与老贵族与教士对抗的基础，并在一个强力并铁腕的领袖统帅下，老贵族与教士不得不做出让步，”他直视着雷拉格栗色的眼睛，“如果那个时候陛下才撒手人寰，我想，我也会愿意在你的麾下，听从你调遣。”

“那样的状况是有条件的，”雷拉格耸耸肩膀，“我认为你不太喜欢我，而且，我的存在会给你带来牵绊，”瓦朗尼亚首领的话锋又一转，“不过换一个时代，我们大概可以组成联盟，但当帝国重新强大登上顶峰之际，这种联盟终究会破裂。”

曼西姆斯微笑着摇了摇头，但随即又不置可否地望了雷拉格一眼，他轻轻地拍了后者肩膀一下，突然目光锁定在雷拉格的腰间，“冒昧地问，你现在还需要这把剑么？”

杀气忽然凝结在雷拉格栗色的眼中，他按住了腰间双头鹰之剑的剑柄。曼西姆斯的神情依然坦然自若。

“是很冒昧，”雷拉格毫不客气地说，“对我来说，这把剑不是代表着什么帝国统治权，具有特殊意义，对我非常很重要。”

“只是一个象征而已，”曼西姆斯缓缓说道，“论锋利，远不如你的冰川之刃，至于特殊意义，”他小心斟酌着词语，“我想这已经留在心中，不必需要一把剑来替代。”

雷拉格鹰隼似的目光继续紧盯着曼西姆斯，上下打量着他的神情，突然哈哈大笑，“你说地对，这是我自己放弃的，我不该想念它。”他解下双头鹰之剑，爽快的递给曼西姆斯，“你也算是我的托付人，它应该悬挂在够资格拥有它的人腰间，我不喜欢你把剑给小亚历克塞。”

曼西姆斯则小心翼翼收起了剑，“这是皇帝才能佩戴的剑，我不能留着它。”他向瓦朗尼亚首领点了点头，“谢谢你。”然后转身顺着台阶走进船舱，所以他没看见雷拉格突然变得失望的眼神。

“你认为他能比你做的更好？”索菲娅突然出现在雷拉格的背后。

“也许，”瓦朗尼亚人望着曼西姆斯背后关起的舱门，“他有自己的优势，有些优势我无可取代，但是，他缺乏了我身上一样东西，我会看见一些危险，但愿这些不要发生。”

“什么？”

“他应该借我之手放逐小阿历克塞、杀死玛丽亚之后再执掌大权，因为蠢人有时候的举动反而是聪明人无法预知的。”雷拉格看了一眼索菲娅冷冷地说道。

按曼西姆斯的心境，本来对皇宫晚宴这种场合毫无兴趣，帝国的多事之秋已经让他对享受兴致索然，制止一场帝国的内战只是成功的第一步，从现在起，他需要担心的事情更多。

但他不能拒绝泽诺斯主教，这是曼西姆斯已故父亲的好朋友，更何况，他有很多事情需要与主教大人商量。主教能够最大限度地将教会联盟在他的麾下，只有靠教会稳住西部那些大地主，他才能腾出手来对付仍盘踞在科尼亚的凯霍斯鲁。他不禁想起了雷拉格，自己与那个已经离开帝国的北欧人都很清楚，小亚细亚半岛的收复才能解决帝国的根本问题。

但这次晚宴的冷清让他还是感到吃惊，他既没有看见泽诺斯大主教，也没有看见十二岁的新皇帝小亚力克塞，只有玛丽亚皇太后笑嘻嘻地在迎接他。曼西姆斯双手高举起双头鹰之剑，奉献在玛丽亚面前，皇太后看了一眼桌面上的长剑，向他端起高脚酒杯表示祝贺，饮了一口葡萄酒。

“帝国感谢你，将军，这是皇帝陛下才能配备的武器。”玛丽亚微笑着说道。

“皇帝陛下在哪儿？”曼西姆斯端起酒杯同样饮了一口，询问道。

“陛下正在前来。”皇太后的肯定地说道。

“泽诺斯大主教……”

“他也在赶向这里。”

曼西姆斯点了点头，他赶得匆忙，确实很口渴，将杯中的葡萄酒一饮而尽，毕竟这次邀请也是泽诺斯大主教直接通知他，这才是他真正希望见到的人。

“为什么放走雷拉格？”皇太后突然发问道，“为什么放走索菲娅？他们都是帝国的叛逆，都应该被处死。至少应该刺瞎他们的双眼。”

“为了避免一场战争，”曼西姆斯尽最大的耐心解释，“现在的帝国经不起战争。”

“现在的帝国非常强大！”皇太后大声辩驳道，“西部我们拥有整个匈牙利，保加利亚与塞尔维亚地区。东部除了安纳托里亚在突厥人手中的几块荒地外，都是帝国疆土的范围。安条克是我们联系西方的纽带，我们应该抓住并杀死雷拉格，这是与西方和解的最好方式，帝国将永享太平。”

陆军总司令突然感到非常疲惫，“泽诺斯主教什么时候能到？”他再次发问。

“你竟然答应那些叛逆，以人质的身份陪同他们航行了整个黑海，直到刻齐才返回，”玛丽亚的脸渐渐阴沉下来，“看起来你很信任他们。”

“这避免了一场帝国的战争。”曼西姆斯突然感觉到什么东西像是在胃里搅动，他缓缓站起身。

“帝国在先帝四处征战之后疆域广大，四周的小国纷纷匍匐在我的脚下，”皇太后也站起身，眼中露出疯狂与自得的神色，“帝国不怕战争，我们也不用和叛逆们妥协，我会像狄奥多拉皇后④那样去惩罚他们！”

这次曼西姆斯是以轻蔑的眼光扫了皇太后一眼，但腹中的绞痛越来越剧烈，“我需要失陪一下。”他皱着眉头，转身准备离开。

“你恐怕哪里也去不了。”玛丽亚得意地说，“帝国现在不需要你这样的将军，我要把我儿子的权力全部收回。”

四名手持短剑的侍卫出现在大餐桌前，而曼西姆斯腹中的剧痛越来越剧烈，他已经知道发生了什么，只是不相信面前的女人在这个时候会做出这样的选择，“你这个愚蠢的婊子。”他喘着粗气说道。

曼西姆斯颤抖地拔出佩剑，刚才还在狂吼的皇太后立刻惊慌地躲进宴会厅的角落。

一名刺客刚想接近曼西姆斯，就被司令官闪电般出手，剑刃击穿了

④ 她自比的是拜占庭帝国查士丁尼一世的妻子狄奥多拉，是非常有名的皇后，容貌出众出身卑贱，但即位起以较多政绩与勇气而著称。当然，玛丽娅与她相比会非常可笑。

肚腹，他捂着漏出的肠子痛苦地倒了下去，其他侍卫盯着曼西姆斯摇摇晃晃的身躯，壮着胆子纷纷冲上。

曼西姆斯费力地架住一名刺客的捅杀，飞起一脚踢在对方的鼠蹊处。在对方痛苦的弯腰之际，他略带颤抖的长剑已经砍中了后者的脖子。

第三名刺客终于得手，他的匕首插进曼西姆斯的胸腔，但匕首大半的剑刃还是被坚固的扎甲挡住。

曼西姆斯腹中的疼痛让他几乎已经握不住手中的剑，他干脆让剑滑落在地上，借助对方短剑卡在扎甲片上两秒左右时间，右手伸向第三名刺客的双眼，用两根手指在鲜血四溅中抠出了刺客的眼珠。

最后一名刺客此刻杀死曼西姆斯易如反掌，却被对方恐怖的气势所震慑，喉咙中发出惊骇而嘶哑的叫喊，头也不回向宴会厅外跑去，曼西姆斯摇晃地俯下身，拾起自己的长剑，用尽全力向对方抛去。

后心被穿透的侍卫无声无息地趴到在地上，曼西姆斯看都没看他一眼，转身向玛丽亚皇太后踉跄着走去，他举起沾满鲜血的双手，要把这女人活活掐死。

望着越来越近的曼西姆斯，皇太后发出惊恐的尖叫，但她的后背贴上了墙壁，已经无路可退了。

曼西姆斯的双手伸向玛丽亚的脖颈，突然感到一些液体沾在自己的鼻子与嘴唇上。

他伸手去抹，却发现那不是刺客溅在自己身上的血，他面前的女人影像开始恍惚，最终他控制不住身体的僵硬与狂跳的心脏，栽倒在地。

未来是如此黯淡，雷拉格终究不会赢，如果选择加入他，就等于选择对抗整个贵族与教士的时代，面对来自内外的无数危险，帝国也许会因此而毁灭。

荣耀

或者毁灭

这是我不能承受之重。

我经过深思熟虑，最终拒绝了与雷拉格一起冒险，用自己的方式来改变这一切，帝国的改革最终应当通过稳步转变来完成。

但我失败了，我的复国大计毁在一个愚蠢的女人手中，也许还包括一个愚蠢的小皇帝，我原以为他们即使要剔除我这颗碍眼的棋子，也会等到小亚细亚全部收复之后。

这也能让我记起自己的愚蠢，一个摄政将军并不等同于皇帝，那个位置上的愚人会毁灭任何伟大的计划。我应该完全控制住皇后与小皇帝，就我像我最反感的奸雄那样去做。

我讨厌雷拉格，厌恶他的残酷与冰冷无情。他会阴沉地控制或干掉任何对他计划造成威胁的人。他在内心深处不会对任何皇权完全忠诚，他甚至在感到危险之时会启动对曼努埃尔陛下的暗杀计划，这是我无论如何不能苟同的。对他这样的人，我平生都愿意除之而后快。

最令我惊异的是曼努埃尔在知道整个暗杀计划后仍将皇位传给他，现在我才想通此间原因，我只看见了他的残酷无情，皇帝陛下却看见了他的理想。

加入雷拉格的冒险是否会改变这一切？失败的代价是否更加惨重？无论这是不是个错误，我都没有任何可以改变的机会了。

皇太后大口地喘着气，双眼死死盯住躺倒在面前的男人，她离死亡也只有一步之遥，她当然没有听见曼西姆斯临终前的喃喃自语，只把那当做是对自己的诅咒。

玛丽亚像抓住救命稻草一样望着匆忙赶来的老人，而老人的眼神在进入大厅之后就完全凝滞了，“太好了，泽诺斯大人！”她上气不接下气地说，“我正在担心怎么控制城中的局势，我需要你的保护，无论是不是曼西姆斯的亲兵，他们都不敢对付像您这样一位主教！”

“我只是让你解除他的陆军总司令职务，”泽诺斯主教颤抖地说，他悲哀地望着曼西姆斯的遗体，“同时赋予他更多的地产与东线司令官职务，让他和兰帕德斯互相制约，可你都干了些什么，你都干了些什么？”

“你说过！”皇太后叫道，“他最终会成为我们的敌人，他会毁掉贵族与教士的时代。”

“可我说的是以后！”泽诺斯主教吼道，“没有曼西姆斯，谁来约束庞大的军队，谁来帮你对抗帝国的敌人！”

“还有兰帕德斯……”

“兰帕德斯在曼西姆斯死后不会听从你的命令，谁也不会听从你的命令。”

“你说过会站在我这一边，泽诺斯大人！”皇太后绝望地叫道。

“现在不是了。”大主教摇摇晃晃地向外退去，用手无助地指着玛丽亚的脸，“你完蛋了，你儿子也完蛋了。”

“帝国完蛋了。”主教的背影消失在达夫纳宫外的石子路上，留下最后的哀号，“帝国完蛋了。”

“我们的曼西姆斯被杀了！”士兵们的吼叫震响着整个达夫纳宫，领头的兰帕德斯与艾里克连同约翰维塔斯挥舞着兵器冲进皇宫。在华美的斑岩台阶上横冲直撞，一旦有皇后的侍卫胆敢阻挡他们，就立即血溅当场。玛丽亚已经无处可走，决定利用自己的皇太后身份阻挡住他们。

“我是帝国的合法皇太后！”玛丽亚站在达夫纳宫饰满金星的宫门

前向台阶下高声叫道，“是被大主教祝福的！”

兰帕德斯甚至还没有发布命令，愤怒的巨人艾里克就像战车一样冲了上去，巨大的双手剑斩向女人的肩膀，把肩膀至腹部斩开了一条可怕的缺口，血浆与体液随着伤口爆出把粉色的长裙染成鲜红。玛丽亚半张的嘴则凝固在那里。

艾里克单手从皇太后的身体中抽出巨剑，横斩向她的脖子，这次砍断了颈椎，女人血肉模糊的头颅落了下来，“不再是了。”眼中布满血丝的巨人说道。

愤怒至疯狂的士兵们一拥而上，玛丽亚皇太后被乱刀分尸。

艾里克冲进宴会厅，抱着曼西姆斯的遗体大哭，淡蓝色的双眼中全是热泪。老将军兰帕德斯默默地站在他的身旁，良久才开口，“我们需要一个人来主持大局，小亚力克塞已经不适合再做帝国的皇帝。”

“能找到雷拉格吗？他能够对付这一切。”艾里克仍旧抱着曼西姆斯的遗体，泪水滴在陆军总司令已经冰冷的脸上。

“恐怕不行，”兰帕德斯考虑了几秒说道，“他们现在应该已经在诺夫哥罗德了，远水救不得近火，我们等不了他从北欧返回，”他顿了一顿，“而且，我们还不知道他愿不愿意回来。”

“那现在该怎么办？”艾里克突然发现自己对这种事情六神无主。

“让正在担任庞度斯总督的安德罗尼卡斯来担任皇帝吧，”⑤兰帕

⑤ 真实历史的事件：玛丽娅皇太后在曼努埃尔一世死后，宠信了一个皇帝的侄子（有的说法他俩是情人），他们均不得人心，引起曼努埃尔一世的表弟安德罗尼卡斯·科穆宁的叛乱，后者的叛乱得到了诸如兰帕德斯之类元老将领的支持取得了成功，皇帝的侄子被挖去双眼，玛丽娅和她的儿子小阿历克斯被杀。文章因情节需要而改编。

德斯无奈地说，“他是曼努埃尔陛下的表弟，也只能先这样了。”

一阵寒风掠过粉色墙壁的圣尼古拉大教堂⑥，这是诺夫哥罗德曾经的大公所建，但有趣的是，他却已经因为抛弃自己的市民而被驱逐，在诺夫哥罗德，既不缺乏邀请君主前来治理的历史，亦不缺乏驱逐君王的案例，现在，市民们只相信选举出并能保护他们的军事首领与政治家。他们的最高领导者就是“市长”。

虽然气温相近，诺夫哥罗德的建筑与丹麦完全不同，他们圆顶的宫殿与教堂，就仿佛一个寒冷且迷你版的拜占庭，圣尼古拉大教堂（就仿佛君士坦丁堡教堂的迷你版）、尤里涅夫修道院、安东涅夫修道院⑦，都是按拜占庭的建筑风格所建，他们市民们的服装，却又是地道的北欧风格。现在无数皮帽皮衣下的男女市民，都集结在中心大广场上，参加市长的选举。

“经城市议会审核，来自于大多数市民投票的意愿，我们将赋予雷拉格·科穆宁诺夫哥罗德市长的职务。⑧”诺夫哥罗德城市广场中央，大主教面对着雷拉格宣布道，并且瞟了一眼台下欢呼的群众，当然，他也

⑥ 诺夫哥罗德现为俄罗斯北方城市，现在称为大诺夫哥罗德，诺夫哥罗德的圣尼古拉大教堂是罗斯大公姆斯季斯拉夫一世于公元1113至1123年所建（也就是说雷拉格到此地时该建筑建成60多年），是诺夫哥罗德著名的名胜古迹。

⑦ 尤里耶夫修道院和安东涅夫修道院也是诺夫哥罗德的著名古迹，都建成于1119年，均有三个圆顶。可能出自同一设计师。

⑧ 有趣的是，当时的诺夫哥罗德公国实行的既非封建采邑制，也非东罗马或者中国的中央集权制度，而是共和制度。最高的统治者就是“市长”，由市民议会选举。“千人长”相当于部队的首领，如果市民不满意，就会驱逐统治者，当然，在面对强力铁腕统治者时未必能成功，最终沙皇伊凡三世在1478年靠征服终结了这里的民主政治。

知道很多城邦高层对这个新来的暴发户充满了妒意。

雷拉格向诺夫哥罗德大主教鞠躬，并微笑着向群众挥手致意。在四名瓦朗尼亚卫兵的保护下走下台阶。

“你知道吗？你真让我感到惊奇，”红胡子的罗曼诺夫赶到他身边，“我在这里呆了四年多，市民才封了我一个‘千人长’职务，你才到这里来两个星期，就当上了市长！”

“我原以为这些憨厚的罗斯人挺淳朴的，”雷拉格冲罗曼诺夫眨了眨眼睛，“其实他们一点都不傻，诺夫哥罗德人知道选择谁来保护自己的利益，我们带领五千军人到达这里，既有重装步兵，又有萨亚斯与朱里奥的骑兵，士兵们阵容齐整，盔甲闪闪发亮，这正是市民们需要的。”

“南方的基辅公国总在策划进攻诺夫哥罗德，”罗曼诺夫点点头，“诺夫哥罗德人可不愿意被强加意愿的君主所统治，我们的精锐军队能保护他们。”

“还得感谢索菲娅的母亲阿里尼娅，她与诺夫哥罗德大主教是朋友，这使我获得教会的支持。”雷拉格说道，这让他想起了在拜占庭帝国的境遇，“一个市长不能没有教会的支持。”

雷拉格与罗曼诺夫离开人群，看见索菲娅正挽着她的母亲阿里尼娅，年长的女人笑吟吟地望着自己，阿里尼娅拥有一头乌黑的长发，黑色的双目间拥有着一种难以名状的沉静魅力，年过半百身材依然丰满与窈窕，“她曾经是曼努埃尔陛下最心仪的女人，”他对罗曼诺夫低声评价道，“我现在知道索菲娅为什么这么美了。”

“感谢您的帮助，夫人。”雷拉格郑重地吻了吻阿里尼娅的手背。

“这是你自己得到的，”阿里尼娅对瓦朗尼亚首领绽放出一个有魅力的微笑，“这个公国需要你，我的女儿更需要你，我为她有你这样的丈夫感到高兴。”

雷拉格转向自己身后，欢呼的群众依然在继续叫喊，他现在拥有了军队的控制权，群众的拥护与教会的支持，特别是教会的支持这是在拜占庭帝国所没能拥有过的，虽然诺夫哥罗德与伟大的东罗马帝国相比只能算个小城邦，但他还是感觉到一阵惬意。

“雷拉格，”索菲娅的声音在提醒他，“能和你单独谈谈么？”

瓦朗尼亚首领点点头，拉住妻子的手离开正在交谈的阿里尼娅和罗曼诺夫，走向路的一边。

“曼西姆斯死了，”索菲娅望着自己丈夫的双眼，“被玛丽亚皇太后与小亚力克塞谋杀了。”她顿了一顿，“你的托付人死了。”

雷拉格惊愕地望着自己的妻子，半张的嘴始终无法合拢，双目显露出鲜有的悲哀，“这不可能，玛丽亚还需要曼西姆斯，这个女人对时局的愚蠢简直让我难以想象！”

“事实就是如此，”索菲娅长长叹了口气，“仅仅过了几天，玛丽亚就被兰帕德斯与艾里克带领军队攻入皇宫，她被艾里克砍成了肉酱，小亚力克塞也被废黜，现在他们拥戴曼努埃尔的表弟安德罗尼卡斯到君士坦丁堡即位。”

“特拉柏森的斯塔姆有什么动静？”半晌雷拉格开口道。

“斯塔姆果断地选择帮助安德罗尼卡斯，甚至带领阿拉玛诺战士协助他从黑海向君士坦丁堡进军，他现在是新皇帝身边的红人咧。”

“曼努埃尔陛下的遗志就这么完了？”雷拉格自言自语，有些恍惚地望向地面，“战争已经爆发，规模有多大？”

“几乎不能算做战争，泰格休斯也选择帮助安德罗尼卡斯，在他看来，谁比玛丽亚都强。”

“那帝国还有点希望，”雷拉格突然转脸望着索菲娅，“你为什么告诉我这些？”

索菲娅抱起手臂，没有回答他。

“噢，不行，现在不是我回去的好时机，”雷拉格嘴张成了一个“0”型摇摇头，“他们会把我们当作是摧毁他们希望的外来入侵者，没有教会的支持，贵族更是视我为洪水猛兽。”

“而且我们刚刚在这里站稳脚跟，”他坚决地说，“各方面都还算顺利，我可不想再像以前丢掉丹麦海泽比那样丢掉这个北方根据地。”

Chapter 46

泰勒斯胖胖的身影向他靠过来，背部与脸上都有着严重的烧伤，曾经清澈的眼神现在显得非常空洞，似乎不相信眼前令他沮丧的场景，艾里克挣扎走上前，一把搂住泰勒斯的身体，把他扶进最后的防御工事内。

壹名身穿重扎甲的骑士紧紧用手臂夹住三米的长枪后端，在白色柯伯战马①的加速下猛冲向前，在四周众人的惊呼中将另一名骑手猛撞下马，骑士扔掉顶端已经碎裂的长枪，翻身下马走向倒在地上的骑手。

“他妈的，我所有的肋骨都要断了。”骑手呻吟着。

“我的骑枪可是去掉尖锥的，”骑士提醒他，同时摘下自己的头盔，弯腰敲了敲加装在地上那个倒霉蛋胸前的铁板，“还有这个，不然你已经是空心的了。”朱里奥的样子看起来很有耐心，“等你喘口气，重复我的动作。”

“这么干冲锋威力确实惊人，”罗斯口音的骑手想翻身爬起，但疼痛让他仍坐在地上，“只是就不方便使用我的标枪了。”

“谁需要你的标枪？”朱里奥哈哈大笑，“萨亚斯在训练骑兵弓箭手，发射箭矢的这种事情让他们去做好了！”

“你们干的如何？”这声朱里奥背后轻描淡写的询问让罗斯骑兵根本顾不得疼痛翻身爬起立正，郑重向朱里奥身后的人敬了个举手礼。

“很难，”朱里奥向满身尘土与汗水的雷拉格摇了摇头，“让这些习惯于投掷标枪的罗斯骑兵使用骑枪冲锋，真的很难②”他顿了一顿，“罗斯步兵如何？”

“好多了，”雷拉格的表情看起来似乎很有成就感，“诺夫哥罗德

① 柯伯战马：现代德国汉诺威马种的前身，常见于中世纪中期，是一种当时冲刺能力较强的温血战马。

② 12世纪时期罗斯诸城邦均以步兵为主力，而诺夫哥罗德这样四周处于大森林地带的北方城邦就更是如此，罗斯军队的骑兵往往辅助步兵作战，投掷标枪与发射箭矢，冲击型重装骑兵在波耶贵族中则在缓慢形成。

人本来就很擅长使用各种战斧，再过几个月，我就能把这些樵夫训练成纪律严明的重装步兵。”

“萨亚斯那里更容易些，”瓦朗尼亚首领摸着自己的下巴，“他有一种气质，似乎能与一切可以射箭与骑马的人成为朋友，而罗斯人骑射很有天赋。”

“奥拉多姆与罗曼诺夫在做什么？”雷拉格突然问道。

“罗曼诺夫在数钱，而奥拉多姆在灌烈酒，有的时候我担心他们是不是真的老了。”朱里奥叹了口气。

“我们都会老的，”雷拉格这样回答他，“索菲娅那里有些南方的消息，而你知道可以在哪里找到我。”

雷拉格回到自己的“市长”办公室，目光停留在巨大的落地窗前，这扇窗的底端雕满了马赛克的图案，与其他房间的粗糙门窗对照，显得非常的突兀，他就这样盯着落地窗，已经五年了，似乎它已经成为君士坦丁堡唯一的记忆。

“还是更喜欢以前的房间？”索菲娅的话打断了他的思路。

“当然，”雷拉格知道索菲娅的‘以前’是什么意思，“那里华贵典雅，气候温暖宜人，食物精致，酒水醇美，我的胃过了很久才适应这里的烤山羊肉，讽刺的是，我当年在海泽比与哈拉尔德堡就是天天在吃这些东西，”他耸耸肩，做出一副漫不经心的样子，“南方有新情况？”

“全都是坏消息，”索菲娅叹了口气，“安德罗尼卡斯无法控制局面，你离开了，曼西姆斯死了，帝国乱成一团，塞尔维亚叛乱，保加利亚王国独立，匈牙利人也倒向了我们的敌人，他们的借口是安德罗尼卡斯暗杀了小亚力克塞，不是合法的皇帝。

“东线也同时吃紧，在科尼亚曾只剩一口气的凯霍斯鲁带领突厥军队现在从东面攻入帝国，西诺普、多利留姆、阿摩里阿姆、莱迪西亚全部失守，四面八方全是失败的怀消息。”

“最糟糕的是西西里的诺曼人，”军情处长望了一眼窗外，“在曼努埃尔的时代，他们守在意大利半岛上被动挨打，而现在他们攻克了塞萨洛尼卡，帝国的第二大城市，把富饶的城市劫掠一空。”

她望着雷拉格，以为会看见另一张同样因成果被毁灭而痛心疾首的脸，但后者表情却依然冷淡。

“安德罗尼卡斯本人呢？”瓦朗尼亚人懒洋洋的说。

“他在君士坦丁堡街道上被市民们撕成了碎片，二年前他还被看成英雄哩。③”

“艾里克与泰勒斯没事吧。”只有说这句话时雷拉格才终于表现出了关心。

“他们没事，艾里克只管守城，泰勒斯天天忙他的小发明，他们都忙于自己的事情没有政治野心，而哪一派都用得着他们。”索菲娅注意到雷拉格有了如释重负的神情，“诺曼人最终还是被赶出了塞萨洛尼卡，这还是依靠着泰勒斯的希腊火与艾里克的北欧卫队哩。”

“我早跟你说过安德罗尼卡斯长不了，可你不相信我，”雷拉格语气中带着不屑，“屁股还没坐稳，就想大刀阔斧改革，那种心急火燎的态度，我与他相比都只能算个温和派。可他的威望在哪儿？他没有歼灭过突厥人北方军团，他没有打败过安条克军队与骑士团，他也没有占领过天险

③ 安德罗尼卡斯统治前期大力整治腐败，打击军队贵族，但对于军事贵族的大范围杀戮清洗造成了两个战线国防力量的严重削弱，而他自己本身并没有足够的军事才能，帝国的敌人从两线同时攻入帝国，1185 年 9 月 12 日，他在君士坦丁堡的街道上被愤怒的民众撕成了碎片。

奇里乞亚门。”

“本来他就不是帝国的皇帝。”索菲娅瞥了雷拉格一眼。

“他改革遇到阻力后还采取了疯狂的态度，”雷拉格没有注意到妻子的话外音，“把那些反对他的贵族军官都关进了监狱，兰帕德斯与约翰维塔斯都进了监狱，约翰还死在了牢房里④，现在四周敌人都在进攻，把将军们都关进监狱，谁来抵御敌人？”

“我是军情处长，不是大臣，我不负责分析。”索菲娅抗议道。

“那么好吧，我分析，我来告诉你结论，”雷拉格猛地一击掌，“你的罗马帝国已经完蛋了，是真正的完蛋，没有人可以挽救了。”

“你是半个罗马人。”索菲娅的话中包含着责备。

“我现在是诺夫哥罗德的市长，”雷拉格用一种玩世不恭的态度回答他，“我现在用笔的时间比用剑多，我应该对拥护自己的市民们负责。”

“你现在说话越来越像斯塔姆了。”索菲娅冷冷地说道。

“斯塔姆也不错，”雷拉格撇撇嘴，“听说他又支持贵族军官们，解救了兰帕德斯，支持一个叫伊萨克的人的当皇帝，他还是掌握着特拉柏森。⑤”

“可我的男人不应该只是一个无赖，”索菲娅紧盯着他的眼睛，“一个可以管理欧洲大陆上最大国家的男人，宁可缩在冰天雪地的北方统治一个小城邦。”

“我对帝国仁至义尽！”似乎这句话激怒了雷拉格，他提高了声调，

④ 很多曼努埃尔一世的名将在安德罗尼卡斯统治时期被清洗，包括原本支持他，战功最为显著的海军司令康多斯提法诺斯及兰帕德斯，约翰维塔斯在历史上则是发动了起义，但不幸在军营中病死。

⑤ 伊萨克二世：他是安德罗尼卡斯的后继者，在他的统治下，帝国继续衰落。

“就算是缩在冰天雪地的北方小城邦，我还是拿出我的金币，让我的妻子在诺夫哥罗德组建东罗马帝国军情处！”

“你该做的更多！”索菲娅毫不示弱，“你是曼努埃尔临终前的继承人！”

“曼努埃尔已经死了！”雷拉格在咆哮，“帝国已经毫无希望！我是诺夫哥罗德的市长，南方的基辅公国总在筹划吞并这里，我希望妻子的军情处能首先带给我他们的情报，这才是我最想知道的！”

“你的名字是雷拉格·科穆宁。”索菲娅一字一顿说道。

这句话似乎像冰水一样将雷拉格的怒火浇灭，他不安地眨了眨眼睛，然后无力地缓缓坐回办公桌前，似乎是想缓解尴尬的气氛，半晌终于冒出一句，“就没有点好消息告诉我？”

“有，市长大人，”索菲娅欠了一下腰，冷冷说道，“我要告诉我的那个混球丈夫，他就要当爸爸了。”

雷拉格愣在那里，而索菲娅则头也不回的离开了他的市长办公室。被用力关上的门在瓦朗尼亚首领前面发出巨大的响声。

他木然地望着被妻子用力关上的门，甚至没有追出去多问一句，雷拉格沉默了一会儿，弯腰从办公桌脚下抱起一张卷起的羊皮卷地图。

他把地图平摊在办公桌上，用手指轻轻抚摸着上面那些用墨水标注的城市名字，仿佛这些字母是有生命的一样。君士坦丁堡，特拉柏森，西诺普，阿摩里阿姆，阿达纳，奇里乞亚门，安条克。然后，他用手掌托住脸颊，缓缓闭上了眼睛。

1187年 耶路撒冷城

一身黑色长袍的萨拉丁步行穿过破损的耶路撒冷圣墓大教堂，望了一眼因对手惊慌失措而随意丢弃翻倒在地的十字架，思索了一会，弯下腰将它拾起。

“这是穆斯林世界最伟大的胜利，您真是无人能及，”声音来自背后的女声，她低沉的声音显得比平时愉悦很多。毕竟，她人生中最大的心愿今天得以完成。

“我只是做了民心所向的事情。”萨拉丁淡淡说道，依然在端详着手中的十字架，“你的妹妹奈菲尔还好吧？”

“她与安德鲁瓦住在乡村，更别说您还专门派遣了马穆鲁克护卫保护他们，据说她以后会跟随那个骑士回欧洲，这是她的选择，”塔莉亚似乎不太愿意谈这件事，她还是更愿意把注意力转移到眼前的事务上来，“您在大胜之余，依然没有彻底摧毁他们？”

“城里最后的十字军守军曾经放言，”萨拉丁轻轻哼了一声，“如果我不饶恕他们，他们就与城里的穆斯林平民同归于尽。我不希望再损失穆斯林。⑥”

“和无赖没有什么信用可讲，”塔莉亚嘴角露出一丝冰冷的笑容，“现在我们已经夺得了耶路撒冷，完全可以把他们全部杀光。”

“信用与宽容在某些时候是更强大的力量。”萨拉丁轻轻掸了掸十

⑥ 电影《天国王朝》对这段历史中十字军的英勇做了虚构，实际并没有激烈的守城战，该文的记载更符合历史记载，因为之前十字军对耶路撒冷的大屠杀，他们预测到萨拉丁很可能也会报复，就用城市里的穆斯林平民当人质，用来和萨拉丁谈判活命。

字架上的灰尘，将它重新放置在教堂的供桌上，“而且只有强者才可运用。”

女人灰色的眼睛轻轻翻了翻，显然对这句话不置可否。

“夺取耶路撒冷在很多穆斯林眼中，已经是无上的功绩，但在我眼中，这只是一小步，”萨拉丁决定把话说的更明白些，“曾经强大发达的东罗马帝国已经衰落，努尔丁残余的势力则大部归顺在我的麾下⑦，东方十字军国家中最重要的耶路撒冷王国已经被我彻底消灭。人民更认同仁慈与信用，我要以开罗为中心建立一个疆域广大的帝国，富裕而文明，就像曾经的东罗马帝国。”

“曾经的东罗马帝国，”塔莉亚嘲笑道，“他们现在是一个巨大而空心的骨架而已。”

“我们这个曾经强大的盟友近况如何？”萨拉丁回过头。

“不能再糟了，”塔莉亚不屑地摇摇头，“他们东部最强悍的统帅雷拉格与军情处长索菲娅流亡至诺夫哥罗德，另一名强者曼西姆斯死在宫廷斗争之中。皇帝走马灯似的更换。现在统治者是伊萨克二世，不过据可靠情报他也撑不了多久。边界纷纷告急，一个接着一个战争失败，保加利亚与塞尔维亚宣告独立，保加利亚甚至还推举出了自己的沙皇，”女人顿了顿，“也许只差最后一击了。”

“最后一击。”萨拉丁轻轻地重复着这句话。

⑦ 努尔丁死后，绝大部分势力都在萨拉丁打击与安抚下投向萨拉丁一边。

十七年之后　公元1204年　君士坦丁堡

阴云密布在世界上最大的城市上空，整个金角湾现在挤满了以威尼斯人为首的十字军组成的庞大舰队⑧。大型抛石机投射的火球如雨点一般重重的砸在城墙的角楼与碉堡上，被轰开的碎砖纷纷散落在破损的城墙下。而城墙上九十多座防御塔楼，三百多座角楼与碉堡本应挤满手持弓弩，操作弩炮的帝国士兵，现在则空无一人。

这些十字军应该感谢推翻伊萨克二世登上皇帝宝座的阿历克塞三世，他简直就是愚蠢的玛丽亚皇后翻版，能够非常切合的将怯懦与渴求权力溶为一体。他为了稳定自己的皇位，向西方教皇与十字军出卖了帝国最伟大的城市，随后又被十字军出卖，现在他带着国库宝藏与自己的士兵逃之夭夭，把巨大的城市与无数市民扔给敌人惨遭屠戮。

十字军确实应该感谢阿历克塞三世，这位使用伟人姓名的皇帝将罗马领袖之名亵渎到了极致。他制造了一个奇迹：这座多次击败波斯人与阿尔瓦人的城市，这座曾经让北欧海盗俯首称臣的城市，这座让佩切涅格人的侵略彻底粉碎的城市，这座曾经让十五万阿拉伯大军全军覆没的城市，现在只有艾里克的数百名北欧卫队与泰勒斯的一小支希腊火防御部队在坚持保卫。

数万名十字军战士与威尼斯步兵拥挤在金角湾的沙滩边，一座又一

⑧ 第四次十字军本来是要继续前往叙利亚的，威尼斯总督在这次东征中具有举足轻重的力量，他知道如果确保威尼斯在东方的霸主地位，就必须趁东罗马帝国的衰落对其摧毁。因此十字军在到达君士坦丁堡时突然对首都发动进攻，拜占庭的军队大都集中在边界对付保加利亚人和突厥人，对此淬不及防。

座云梯被架设在城墙上，呐喊着的敌人蜂拥冲上，他们很了解城内各怀异心贵族们的猝不及防与窘迫，已经下决心一鼓作气夺取城市，但城墙上喷出浓重的火焰仍让他们吃了一惊，烈焰吞噬了登城士兵的身躯与云梯，一个个变成火球的人体惨叫着跌落城下。

“是希腊火！”十字军前线指挥弗兰德尔的鲍尔温叫道，“让士兵们下来，用投石器把那些喷射火焰的角楼彻底损毁！”

更多如雨点般的火球扔上城墙，不少火球扔进城里，使得整整一个城区都燃起了熊熊大火，市民们的惊叫充满了无数条街道，这使得希腊火喷射器也逐渐停止了反击。

“再架设云梯！”鲍尔温叫道，“占领这座城市！”

疯狂的呐喊声再次充满了城墙。迎接他们的只有城墙上北欧卫队不屈的战吼声。

面色憔悴的艾里克踉踉跄跄地在皇宫内小教堂的花园里穿梭，试图带领最后几名仍紧握战斧的北欧卫队布置一个巷战防御点。几百人无法面对数万人的侵袭，城墙已经被完全攻破，就连巷战也即将进入尾声。艾里克巨大的双手剑已经沾满了三十六名丧命的十字军鲜血，但他也付出了一条左臂的代价，超负荷的右臂几乎无力举起武器。他右眼也被一支威尼斯弩兵射出的箭矢洞穿，但巨人更在意的是脸上的鲜血使他无法看清敌人。

他们勇敢无畏，丝毫无惧死亡，几百名北欧人面对强敌，每个人都拼到了最后一刻，但艾里克依旧感觉孤立无援，现在没有曼努埃尔，没有雷拉格，没有索菲娅，没有曼西姆斯，甚至没有斯塔姆。自己孤零零被遗弃在这座被遗忘的伟大城市等待最后命运的降临。他该有多么想念雷拉格或是曼西姆斯啊，他们总是有办法。

他们总能力挽狂澜。

他模糊的眼神中出现了一个身影。

泰勒斯胖胖的身影向他靠过来，背部与脸上都有着严重的烧伤，曾经清澈的眼神现在显得非常空洞，似乎不相信眼前令他沮丧的场景，艾里克挣扎走上前，一把搂住泰勒斯的身体，把他扶进最后的防御工事内。

“我，我……，”泰勒斯的样子就像是快要昏倒了，“我觉得我的肚子疼……”

艾里克望了一眼泰勒斯的腹部，久经沙场的他也不禁发出低声的叹息，希腊火专家的腹部被一个威尼斯步兵钉锤上的钢钉完全撕开，这样的伤口已经无法阻止汩汩的鲜血向外涌动。

“别向下看，”巨人把泰勒斯单臂抱在怀里，就像是在抱一个孩子，“伤口就不会疼。”

泰勒斯点点头，无力地坐倒在地上，“我烧死了很多敌人，我在他们登上城墙时用希腊火把他们的云梯烧下去，”他面带微笑，“可他们太多了……后来他们的抛石机把我的发射器打坏了……我没办法。”

“我知道，”艾里克的身材对泰勒斯来说太高，因此后者感觉不到巨人脸上的湿润，“我知道。”

“我一直觉得……我就是北欧海盗留里克的后裔……他一定是有个希腊情人……这才生下了我的祖父，”泰勒斯的话突然多起来，“雷拉格……这么告诉我。”

“雷拉格说的是真话。”艾里克望向几个沉默的瓦朗尼亚人，他们正在搬运一些金属柜子。他们把柜子堆砌在自己与艾里克的脚边。

“这是我的燃料柜。”泰勒斯发现了这一点，他神情恍惚地望了望巨人的脸，明白了朋友的用意，“咱们都会死……对吗？”

“我们不会死，我们会去瓦尔基莉女神那里做客。”艾里克努力用剩下的一只完好的眼睛挤出一个微笑，“能邀请你一起唱支歌吗？留里克的后代？”

“她那里有龙虾沙拉么？”泰勒斯决定满足自己最后一个幻想，“或是碎肉茄子蛋。”

“当然，她那里什么好吃的都有。”

“我非常荣幸。”泰勒斯轻轻闭上眼睛，“能与你一同面对最后的时刻，我非常荣幸。”

“挽起我的手，我的兄弟，不要害怕，莫要叹息。”

艾里克紧握着泰勒斯的手唱到，几名瓦朗尼亚战士也跟着高声唱，“哪怕前方有黑色的暴风，哪怕前方有泰坦的怒吼。你的父兄，你的同族都与你同在！”

一面威尼斯人的军旗出现在瓦朗尼亚人面前，三十多名十字军步兵慢慢围了上来，他们挥舞着武器，距离教堂只有几步之遥，但艾里克他们毫不在意，依然沉静在自己的歌声中。

“挽起我的手，我的兄弟，不要害怕，莫要叹息。奥丁之光辉，雷神之威武，祖先之荣耀，与你同在，与我同在。我们必能冲破黑暗！”

玛丽亚，伊萨克，再加上这个讨好西方十字军的狗娘养的叛徒，我甚至不愿意提他的名字。太多占据皇位的虫子，就该用战靴用力踩在他们身上，看着他们体浆崩裂而死，而不是让他们从内部摧毁这个由三代君王力挽狂澜复兴的帝国。

可惜形势已经无法逆转，毁灭终将到来。只有雷拉格，也只有我的兄弟，我最好的挚友，才配得上这座伟大的城市，这个文明而伟大的帝国。

我是为你守卫着这个城市。直到今天我才真正了解自己的内心所向。

我没有保护好泰勒斯，愧对你的嘱托。我向北方遥望，知道你还活着，兄弟，而你终将回来，你才是这个国家在曼努埃尔之后我唯一认可的皇帝。

回来吧，当你回来之时，为泰勒斯复仇，为所有保卫君士坦丁堡的北欧卫队复仇，也为我复仇，当胜利之际，别忘记埋葬我们的尸骨，所有守卫城市的忠骨。

再见，我最亲爱的朋友。

突然暴起的熊熊火焰瞬间吞噬了皇宫教堂，只留下十字军步兵的惨叫与瓦朗尼亚人的歌声⑨。

1204 年秋　诺夫哥罗德议事厅

已年过五十的雷拉格端坐在公爵宝座上，忘情地撕扯着油腻山羊腿，饮下一杯又一杯高度烈酒。二十三年的诺夫哥罗德生活似乎把他又重新变成了一个像父亲般野蛮的部落首领。奥拉多姆、罗曼诺夫、萨亚斯与

⑨ 历史上十字军的突然攻击让拜占庭守城部队淬不及防，而皇帝阿列克斯三世的突然逃走也让军队士气全无，但北欧卫队依然严守誓言，殊死保护城市，给予十字军攻城部队以重大杀伤，但无奈寡不敌众。

朱里奥仍围绕在自己的身边。他还自得地望了一眼自己的两个儿子撕扯羊肉的样子，弗拉基米尔与约翰。他们正在极力的模仿父亲，他们一个十六岁，一个十二岁。以后，自己在诺夫哥罗德的一切都会是他们的。

“我们又打胜仗了，雷拉格，哈哈哈！”已经白发苍苍的奥拉多姆高声边笑边将杯中酒一饮而尽，“我们让基辅公国的军队屁滚尿流，缴获他们的战马、武器与盔甲足以再装备一个军团！他们的公爵向我们俯首称臣，我们还同时获得了军事通行权。我从来没想过我这把一只脚迈进棺材的年纪还能有这么爽快的胜利！”

“要懂得策略！”雷拉格得意地昂起头挥舞着手臂，“我用金币收买了基辅南方的钦察骑兵们⑩为我效力，他们奇袭了基辅罗斯的背后使得他们首尾不能相顾，这些，”瓦朗尼亚首领摇摇晃晃地说，“都是和罗马人皇帝，我的养父，曼努埃尔·科穆宁学的。”

瓦朗尼亚首领打了个酒嗝，突然安静下来，提到这个名字每次都让雷拉格瞬间感觉一阵悲伤，他整个人怔在那里。而众将们则不解地望着他的情感变化。

而且这也让他想到了另一个人，索菲娅今天迟到得太久了。

“你们谁知道公爵夫人在哪？”雷拉格醉眼环顾着四周大声喊道。

众人都面面相觑并小心地摇了摇头。

“她是军情处长，所以总是神龙见首不见尾，”雷拉格眯着眼睛点点头，“但是我爱我的妻子，”他的眼神突然变得慈爱起来，他望向了

⑩ 钦察人：12~13 世纪初活跃在南俄草原上的游牧民族，以擅长弓马而著称，这些人为各方势力所雇佣，13 世纪蒙古帝国兴起后，他们被蒙古所灭。

小弗拉基米尔与约翰，“她给我带来了两个最出色的儿子！”

“来人！”雷拉格高声叫道，他的眼睛一直紧盯着十二岁的约翰，这是他最爱的儿子，聪明而稳重，“给我们的小公爵也来杯甜酒！”

“停止胡闹吧，雷拉格，”索菲娅的声音在他耳边响起，军情处长出现在盛宴的大门边，丈夫与众将得意尽欢的模样让她轻轻叹了口气，“我有事情要宣布。”

雷拉格摇晃着头，站起身望着突然出现的妻子，索菲娅的长相越来越像她的母亲阿里尼娅了，碧绿色的双眸比过去更加冷静干练，而身材则更加丰腴。“在小公爵之前，”瓦朗尼亚首领环顾众人，“我们所有人得先为我们才华卓绝的公爵夫人敬上一杯！”

但索菲娅没有回应面前无数高高举起的酒杯，“君士坦丁堡失守了。”

就像是一个陌生的名词，雷拉格努力了半天才回想起这个城市的名字，一开始他还以为这是他诺夫哥罗德的领地，他先陷入沉思，突然又叫出声，“不可能，你弄错了，君士坦丁堡不可能失守。”

“东罗马帝国现在是虚弱不堪，但就像以前，君士坦丁堡不可能失守。”雷拉格边踱步边自言自语，“这座城市本身就是个巨大的军营和堡垒，能够保证数万大军的给养，任何人都不能攻破这种坚固的防御。”

“如果皇帝自己出卖了首都呢？”索菲娅冷笑一声。

“君士坦丁堡真的失守了？”雷拉格上前一步，胜利后的醉意突然荡然无存，“艾里克与泰勒斯呢？”

“他们都死了，烧死在皇宫的教堂中，尸骨到现在都无人埋葬。”泪水渐渐渗出索菲娅的眼眶。

胜利后的喜悦荡然无存，雷拉格颓然地坐回在公爵的宝座上。

“延续了千年以上的罗马帝国就这么灭亡了？”瓦朗尼亚首领栗色

的眼珠在失神的打转，又像是问妻子，又仿佛自言自语。

“几乎，”索菲娅昂起头紧盯着丈夫的眼睛，“一个叫赛奥多西的贵族在尼西亚组织了流亡政府，十字军们已经在被他们攻克的君士坦丁堡上建立了拉丁帝国，鲍尔温⑪被推选为皇帝，他们正在组织大军，继续追击赛奥多西，如果没有外援，这个流亡政府会很快轻易覆灭。”

“你打算怎么办？”索菲娅审视着丈夫的脸。

雷拉格望了她一眼，满怀心事地沉默着。

“我知道，你早已把这里当作你的家，”索菲娅理解地点点头，“你觉得在这里如鱼得水，君士坦丁堡，东罗马帝国，艾里克，泰勒斯，就像另一个世界的事情。”她尽全力送给丈夫一个冷淡的笑容，转过身离开了议事厅，“好好继续享受自己的胜利晚宴吧。”

雷拉格的小儿子约翰突然走上前，用稚嫩的声音问道，“爸爸，妈妈说你当过东罗马帝国的皇帝？”

瓦朗尼亚首领惊奇地看了一眼自己的儿子，似乎刚从妻子的话中回过神，“是的，我曾经是。”

“您是一位伟大的皇帝的儿子吗？”

“我是一位伟大皇帝的义子，”雷拉格回忆道，“但那对我确实意义重大。”

“妈妈刚才说的艾里克与泰勒斯，他们是你的好朋友吗？”小约翰继续问道。

“是的，他们是我很好的朋友，”雷拉格点点头，把儿子搂在怀中，望向索菲娅离开的背影，“是很好的朋友。”

⑪ 十字军占领君士坦丁堡后，建立了一个拉丁帝国，攻城的功臣之一鲍尔温被选举为皇帝。

帝国军情处长没有回到她与雷拉格的府邸，她带领两个护卫，连夜离开了诺夫哥罗德，纵马来到诺夫哥罗德以南一个叫莫斯科的小镇⑫，然后再转西南方向，到达位于第聂伯河河口一所属于军情处的小木屋，这个河口也是曾经无数丹麦人、挪威人、瑞典人前往拜占庭帝国充当禁卫军出发的河口。也不知道是出于纪念还是实用价值，索菲娅当年与雷拉格一同前往南方前买下了这块地。

她现在需要雇佣一条船，然后沿第聂伯河前往遥远的南方，与在南方流亡着的所罗森联络，发动军情处最后的力量，收买足够出色的刺客——或者她就干脆自己出马，刺杀现任拉丁帝国的皇帝鲍尔温。这也是这个可怜机构最后的法子了。

索菲娅也很清楚这最后的计划更不如说是一个仪式，它的成功率甚微，而代价则是死亡。甚至即使成功，也不过是在拉丁帝国的权力机构中再更换一名皇帝。但她依然希望，这会给占领君士坦丁堡的十字军制造混乱，为帝国唯一的希望——尼西亚的赛奥多西争取足够多的时间。

无论成功与否，都是解散帝国军情处的时候了，虽然雷拉格一直在为这个机构提供资金，但这个情报部门已经不会再有所作为，忘记南方那个充满着文艺、知识，学术的帝国吧。他已经注定灭亡，这个时代理当被狂热、偏执、野蛮与蒙昧所覆盖。

现在这里成了她的伤心之地，雷拉格的冷淡态度让她理解但依旧悲伤。这个夜晚，她为千年帝国而哭泣，为伟大的君士坦丁堡而哭泣，为已经逝去的曼努埃尔·科穆宁而哭泣。

⑫ 莫斯科：今俄罗斯的首都，当时就是一个小镇。

拜占庭英雄血脉

The blood of Byzantine hero

Chapter 47

"呜———呜——"的一声来自海上传来的悠扬号角打破了他的意气风发。

鲍尔温与路易望向海上，但雾气笼罩了海岸，他们什么都没看见。但号角声源处，他们能感觉海面正回荡着有节奏的声响与震动，仿佛上千只猛虎与巨熊的怒吼正在接近，回响声越来越接近，就越来越浑厚。

壹星期过去了，清晨的阳光透过松树茂盛的针叶洒在索菲娅脸上，但她确信自己不是被这弄醒，户外充满着巨大的噪杂声。索菲娅揉着惺忪睡眼，缓缓打开小屋的木门，她穿上皮靴披上一件上衣，脚步迈向河口方向，因为那里的声响最为巨大。

军情处长睡意全消，快步登上一个高地。她惊讶地看见第聂伯河河口现在成了一个真正的军港：士兵，战马，武器，物资正在叫喊声中源源不断登向停在港内的一艘艘龙头战舰，部分龙头战舰已经离港驶向南方。在河中心一艘最大的战舰悬挂着的旗帜图案则是一只在海洋上喷吐烈焰的巨龙，这图样使得索菲娅心跳加快。

索菲娅回到小屋边，翻身上马来到大路上。她看见一队队背负寒光闪闪双手战斧的重装步兵正在口号声中列队前进，一面面红色战鸦的旗帜随风飘扬。军情处长注意到他们中有很多并不是诺夫哥罗德人，而是曾经从东罗马帝国北上的老兵，二十年的岁月在他们脸上写下不可磨灭的痕迹，当年正值壮年的士兵已经白发苍苍，但不变的是他们紧握的武器与闪亮的铠甲。

一队骑枪上悬挂彩旗，马匹不披挂铠甲的重骑兵从她的身边掠过，向港口飞奔，领头的朱里奥甚至撩了一下自己漂亮的胡须，挥手向她打了个招呼。

“雷拉格已经在船上了！”身穿亮银色鳞甲，身背复合弓的萨亚斯拨马赶到她身边翻身下马，“他说在这里能找到你！”

“他是聪明的男人，”索菲娅一语双关，平静地望着萨亚斯身后的弓骑兵部队，他们中不仅有阿兰人，更多的是诺夫哥罗德人，现在他们全都穿戴着罗斯样式的轻鳞甲与尖顶头盔，有的弓骑兵脸上还戴着铁质面具，确实，萨亚斯的气质在所有擅长弓马的民族中都很有号召力，“出动这么多军队，雷拉格是想彻底占领基辅罗斯公国？”

“姐姐，公爵大人让我告诉您，”年过四十的萨亚斯已经满脸络腮胡，眼中却依然焕发着光彩与笑意，他向索菲娅伸出一只手，“他诚恳道歉，并邀请您参加这次远征。我们所有人都需要您的谋略，这次出征只有罗曼诺夫留守诺夫哥罗德，而其他人都一起同行，”弓骑兵统帅顿了一顿，“我们这是去拯救千年帝国。”

索菲娅目不转睛地盯着萨亚斯的眼睛，半响之后终于开口，声音坚决而果断，“给我速度最快的船，我需要先走。”

“给我点吃的吧，先生，行行好吧，女士……”乞丐的哀号声充满了君士坦丁堡的梅塞大道，一个抱着不停哭泣孩子的妇女拦住了一位身穿斗篷，身材高挑的女人，不停地向她哀求行礼。

高挑的女人沉默了一会儿，当她观察到妇女身上破碎却质地良好的上衣时，不禁叹了口气，把几枚硬币递到了妇人手上，“给孩子买点吃的。”女人以最快的语速说道，并在妇人惊喜的感激声中快步离开。

女人扣紧了斗篷的领结，掩藏了黯然的面容，她不知道已经有多少平时安居乐业的市民现在变成了悲伤的乞丐。

尽管她曾对这里的一切了如指掌，但现在巨大的变化已经让这个城市面目全非，能逃走的人都全逃到农村去了，人口比繁华时期少了二十倍。破败的街道，因投石器轰炸而倒塌的房屋无人修缮，流离失所的市民们在哀号，所有的街道都挤满了乞丐。

女人到达坐落在君士坦丁广场中心巨型花岗岩石柱顶的太阳神阿波罗神像时，只看见了太阳神的残骸，阿波罗精雕细琢的精美头颅就残缺不全地横在路上，鼻子与一只眼睛已经不翼而飞，她当然知道这是怎么回事，在十字军眼中，这些“异端物品，”理应全部应该毁灭。

当他经过大赛车竞技场时，她不禁感到一阵阵揪心，中心的大方尖碑已经被推倒在地。十字军们已经把这里变成了充满绞刑架的刑场，一个个因反抗他们罪名被处死的市民特别是民兵悬挂在随风悠悠荡荡的绳索上，被喜欢腐食的乌鸦啄食。

女人悲哀地想到这还不算是最坏的结局，因为他知道大教堂附近有一口鼎沸的大锅，那里正在将一些帝国学者，医生在惨叫声中活生生扔在其中煮成肉糜，而十字军士兵们就在一旁哈哈大笑，这是因为散播“异端”思想比反抗十字军统治罪行更为严重。①

她终于来到了距离“锅匠区”沙尔克普拉特最近的“芳香区”，这里讽刺地充满着堆砌尸体的恶臭，再不可能有一个窈窕淑女敢来这里造访购买胭脂或者耳环。她年轻时这儿姑娘们扎堆窃窃私语与暗笑着的场景仿佛就是一场梦。最终她还是深深吸了一口气，走进“锅匠区”。

女人小心躲开巡逻的十字军步兵，来到了一家商店，这商店比记忆中更残破了，它的名字叫“锅沿。”

“女士，铸锅还是补锅？”这次接待来客的是一个瘦子。

“西边的补好了，我现在要补东面的两口锅。”女人头都没抬。

瘦子突然笔直的一个立正，并向女人致举手礼，“向您致敬，军情处长，所罗森就在里面等您。”

索菲娅熟练推开补锅店地下室的小木门，热情拥抱了‘黄牙’所罗森，

① 1204年十字军占领君士坦丁堡后，对这座富裕的“万城之女皇”进行了大规模的屠杀与劫掠。无数财宝和珍贵的文物，书卷消失与被破坏。这是拜占庭帝国历史上最为耻辱的一次。

后者就坐在曾经的突厥间谍头目哈吉大叔曾经坐的绒毯上，他的样子似乎比过去更加邋遢，但索菲娅毫不在意，她只是盯着这位老下属已经发白的鬓角，“我们都已经老了。”军情处长轻叹道。

“可不是嘛。”所罗森叹了口气。

“保加利亚沙皇那里，我已经处理完毕了。”索菲娅决定先带给他一个好消息。

“您真是巧舌如簧，保加利亚沙皇卡罗赞②，那个老狐狸，竟然答应帮助曾经的仇敌罗马人？”所罗森惊喜地说，“您能确定他肯定会动用军队？”

“他想要的是被十字军控制的整个希腊半岛，还有君士坦丁堡，对他来说，十字军建立的拉丁帝国才是最大的威胁，而不是苟延残喘的罗马人。”索菲娅皱了皱眉头，“但你说的对，他确实是个老狐狸，所以一切意外都有可能发生。”

“我需要十字军的消息。”索菲娅盯着所罗森的眼睛。

“现在十字军的主力全部集中在亚得里亚堡，君士坦丁堡一线，据可靠情报，他们的皇帝鲍尔温拥有十字军中最精锐的主帅卫队，装备着来自法国南部最好的战马，冲起锋来简直地动山腰；他的副手路易伯爵则带领着最出色的数千名诺曼骑士。

“即使下马作战，十字军骑士也是最精英的步兵，其他威尼斯重装步兵，重装剑士，重装长矛手，弩手也铺天盖地，不计其数，绝对不少于十个纵队，”所罗森担心地问，“雷拉格从诺夫哥罗德到底带来多少人？”

② 保加利亚地区曾经被拜占庭帝国长期统治，但随着帝国的衰落而再次独立，当时的保加利亚沙皇卡罗赞，残暴而凶猛，麾下有一支强大的军队。

“尼西亚的新皇帝赛奥多西，手上有多少军队？”索菲娅没有回答他的问题。

“不到一百人的铁甲圣骑兵，连楔形队都组不了，③只能当卫队使用，曾一度统治重骑兵历史的精锐就这么多了，还有一个纵队的持剑步兵与二个纵队长矛兵。而且刀剑与长矛都不足。”所罗森沮丧地说。

“弓箭手与骑兵弓箭手在哪儿？”索菲娅的声音因急躁变得尖利。

“几乎没有，”所罗森低下头不去看军情处长的眼睛，“斯塔姆还掌握着一批驻扎在他们自己家乡的特拉柏森人，其他都已经不再为帝国服务了。至于骑兵弓箭手，赛奥多西散光了自己所有的金币，已经没钱再雇佣擅长弓马的塞西亚人或是阿兰人了。”

“一旦交锋，东罗马人将第一次被十字军的远程火力所压制。”索菲娅想起曼努艾尔一世对十字军国家的压倒性优势，自嘲而无奈地叹了口气。

“恕我直言，军情处长，”所罗森仍低着头，现在他不停转动的眼珠表示出他知道索菲娅在回避一些问题，“如果雷拉格军队不够多，这并不是复仇的最好时机。现在仍是分赃阶段，大量十字军最精锐的军队都留在这里等着分君士坦丁堡与尼西亚一笔羹。如果再等上半年，这些金币充满腰包的十字军们会大批离开，这个时候他们就会好对付许多。”

“但那个时候赛奥多西与尼西亚的帝国早就死了，对吗？”索菲娅给了他一个冰冷的微笑。

“那倒是。”所罗森点点头。

“所以我们别无选择，”索菲娅昂起下巴，“相信雷拉格吧。”

③ 拜占庭铁甲圣骑兵充满纪律和配合的楔形队攻击在几个世纪都发挥着决定性作用，一般一个楔形队有两种配比，308 人和 508 人，现在百余人，连队形都无法完成。

1205年4月14日　亚得里亚堡

位于马里查河与登萨河的亚得里亚堡，君士坦丁堡西面最重要的门户再一次成为战场。这片土地盛产粮食与棉花，可从来都不是罗马人的福地。八百多年前，罗马帝国皇帝瓦伦斯的数个军团不敌哥特重骑兵的反复冲锋，在这里全军覆没，残破的鹰旗包裹着皇帝被砍成数段的尸体，宣告了古罗马帝国走向衰落④。

保加利亚沙皇卡罗赞喜欢这段历史，因为他感觉到历史正在重演，集中在这个地区的三支军队：保加利亚人，十字军，拜占庭人，他具有最突出的优势。沙皇麾下有一支庞大的骑兵队伍，六个纵队的库曼人与佩切涅格弓骑兵⑤，他们射出的箭矢能够遮天蔽日，这还不算，他的精锐部队包括四个纵队身穿重鳞甲的保加利亚重装骑兵与步兵。并拥有两派都无法企及的大量精锐步兵弓箭手。

但这还不是他最突出的优势，因为他从未打算真心帮助临时盟友拜占庭人。他很清楚，亚得里亚堡的东北方向已经喊杀声大起，战尘弥漫，十字军与赛奥多西的拜占庭军队已经在拼力厮杀。而他的保加利亚军队只是小心的占领高地在观战，他的希望是，注定灭亡的赛奥多西在覆灭前能给十字军多造成些损失，以便他的保加利亚军队消灭所有人带来最完美的收场。

④ 这说的是公元378年8月9日，罗马皇帝瓦伦斯的军团被哥特骑兵击败，他自己也死在战场上。

⑤ 库曼人和佩切涅格人都是活跃在保加利亚和南俄地区的游牧部落，擅长弓马，12世纪末至13世纪初，他们无法建立自己的国家，投靠各方势力充当雇佣军。

“瞄准！发射！”随着十字军阵地上的叫喊，十字军弩手的箭矢如雨点般袭向赛奥多西徒劳的重骑兵冲锋，被弩矢扎成筛子的重装战马气力放尽摔倒在战场上。

百名铁甲圣骑兵用反冲锋击退了一次十字军重装剑士的攻击，骑兵的人数也急剧降为五十人。现在他们所能做的只是保护着他们的新皇帝赛奥多西撤退，铁甲圣骑兵们纷纷向右侧掉头，用他们战马身披的重甲与左臂绑缚的小圆盾组成一道金属墙，围绕着赛奥多西向东北方继续撤退，尽管有不少战马看起来已经如同狼狈的刺猬一般。

“我们顶不住了！撤退！撤退！”惊慌的叫喊声弥漫在拜占庭人的阵地上空，士兵们纷纷离开自己的岗位沿着平原跑向东北方向，而担任后卫任务的一个纵队拜占庭重装剑士在千余十字军骑士雷霆般的反复冲锋中完全崩溃。

“应该向南边撤！那里还有船，我们要活命！”一个帝国军官绝望地大喊道，“我们要逃命！”

作为尼西亚帝国的新拜占庭皇帝，赛奥多西是一名身材高大，器宇轩昂的贵族，也是一个用剑与长矛的好手，但这些都不能阻止厄运的降临，他在十字军弩手的猛烈射击中已经中箭受伤，内心的痛苦早已使箭伤毫无知觉。

在全军崩溃之际，坚强的他也即将丧失信心，他强行压制着内心的恐惧望了这名军官一眼，差一点就点头同意，新皇帝已经对战局不抱任何希望，尽管他知道，即使逃到尼西亚，自己也只有覆灭一条路可以走。

“陛下！您一定要听我的！”一身红色戎装的索菲娅手持飞刀出现在这里，她冲着赛奥多西大声叫道，“我说过，我们到达北方的海岸才会有希望！”

“去他妈的北方海岸，我们要去南方！”那名帝国军官继续吼道。

索菲娅猛的一抬手，一把飞刀刺穿了军官的咽喉，甚至赛奥多西都来不及阻止，“陛下！”她用坚决的目光望着拜占庭新皇帝，“我们现在去尼西亚是死路一条，追击的十字军骑兵会把我们的败兵全部杀光！只有去北方海岸，我们才可能真正有活路！”

赛奥多西紧紧抓住军情处长的手臂，“我只有相信你了，索菲娅，别让我失望！”尼西亚皇帝转身对着惊惶不定的士兵们吼道，“谁再说去南方一律就地正法！全部向北方海岸进发！”

“您不担心保加利亚人会从我们的背后攻击？”路易伯爵在奔驰的战马上对已经是拉丁帝国的皇帝鲍尔温说道，十字军皇帝身披一个骑士所能拥有最重的铠甲，他们的诺曼骑士正在尽情追杀拜占庭人的步兵败兵，“他们显然是想收渔翁之利！”

“我已经派遣了一个纵队的弩手，二个纵队的十字军矛兵与我们最强大的下马骑士在西面高地上防范他们。”鲍尔温肯定地说道，“而且我知道怎样能防止保加利亚人的攻击，”一丝自信的微笑掠过拉丁帝国皇帝的嘴角，“如果我们以微小代价干掉罗马人，卡罗赞就不会出手，而且这个目标很快就要达成。”

拜占庭人已经能看见北方的海岸，而十字军中速度最快的骑马军士⑥已经追上了拜占庭人，赛奥多西大吼一声，带领几名铁甲圣骑兵反身杀

⑥ 骑马军士一般都是骑士的侍从，虽然军事训练和武装远逊于骑士，但因为轻装快马，更适合进行骚扰，侦查、追击、抓获俘虏等工作。

进追得最近的几名骑马军士队列中，尼西亚皇帝在最后时刻爆发出惊人的力量，借助重骑兵的马力将对方大队指挥官用长矛刺于马下，他的亲身鼓舞使得奔走逃命的拜占庭长矛手又返回支援他们的皇帝，但士兵们的意志已经到达极限。

“不要放弃，不要放弃！”赛奥多西与索菲娅挥舞着武器，大声鼓舞着士兵做最后的抵抗，“天父将于我们同在，帝国的双头鹰旗帜将与我们同在！”

鲍尔温与路易在阵后看得很清楚，拜占庭人撤到了北方海岸，可浓雾包裹的海岸四周什么都没有，他们势单力孤，被团团包围，虽然赛奥多西本人还奋力拼杀，但根本无济于事。

十字军剑士与矛兵也已经赶到，拉丁帝国大军的战线在不断推进，包围圈越来越小，拉丁帝国皇帝招呼着自己最精锐的十字军主帅卫队，他们即将从左翼绕过拜占庭人的军阵，从东罗马军队的背后在海滩上发起冲锋给予最后一击。

“勇敢前进，十字军的勇士们！我要用尼西亚闪闪发光的珠宝来装饰我们的卧室！”鲍尔温挥舞长剑高声吼道，“罗马帝国的千年历史即将在此地终结！”

“呜——呜——”的一声来自海上传来的悠扬号角打破了他的意气风发。

鲍尔温与路易望向海上，但雾气笼罩了海岸，他们什么都没看见。但号角声源处，他们能感觉海面正回荡着有节奏的声响与震动，仿佛上千只猛虎与巨熊的怒吼正在接近，回响声越来越接近，就越来越浑厚。

第一艘龙头战舰划破迷雾和海面出现在十字军面前，一艘又一艘，接着更多，最后则是整支庞大的舰队。现在十字军士兵可以看清龙头战舰上坐满了身背大圆盾，身材高大的瓦朗尼亚人划桨手，老战士们目光如炬，鼓起强壮的臂部肌肉，在整齐地与其他舰只一同“吼！”“吼！”“吼！”的高声呼喊中用力划动着桨叶，这就是浓雾中让十字军士兵们恐惧的回响，而战舰风帆也高高鼓起，在东北风的作用下让船身高速接近海岸。

“他们是什么人？”路易伯爵不解地问道。

舰上的旗手很快回答了他的问题，所有的战舰主桅上的海盗旗帜纷纷落下，红色的战鸦旗帜与紫色的双头鹰军旗很快升起挂满了一百多艘战舰的桅杆，并随着海风飘舞。

“是罗马人的援军！”一名十字军斥候尖声喊道。

“这面旗帜是……”鲍尔温死死盯住越来越近的龙头战舰，最大的一艘战舰悬挂的旗帜图案是一只在海洋上喷吐火焰的巨龙，拉丁皇帝冰冷的汗水在额顶凝结，他记得在君士坦丁堡被三百名恐怖北欧铁卫砍成两段的两千名士兵，他们惨不忍睹的尸体影像浮现在脑海中，“他们是北欧卫队！安条克的征服者，‘黑海之龙’雷拉格的军队！”

“那些最残酷，最无情，也最无惧的杀人机器，从北方回来了！”十字军士兵们面带恐惧，交头接耳。

索菲娅静静凝望着越来越近的龙头战舰，碧绿色的瞳孔中凝结着淡淡的泪水。

“是雷拉格！索菲娅！你是对的！”赛奥多西语无伦次地大声吼道，再次鼓舞着拼命厮杀着的士兵，“帝国的士兵们，我们的援军到了！”

最大的一艘龙头战舰上笔直站立着身穿黑色重扎甲的雷拉格，他一只手掌舵，身背锋利的冰川之刃，一旁站立着武装到牙齿的奥拉多姆，萨亚斯与朱里奥。瓦朗尼亚首领冷冷望了一眼一望无际的十字军军阵，再次吹响了胸前悬挂着的进攻号角，由一百一十艘龙头战舰组成的舰队正飘扬着战旗高速接近海滩。

是的，我们是北欧卫队，二十三年之后，我们回来了。

“这些魔鬼难道是从第九层地狱中冒出来的吗？看起来他们至少有一万人！”拉丁帝国皇帝鲍尔温受挫地大声叫喊道。他知道，现在无论自己能否击败援军，只要加重自己的损失，都是给坐山观虎斗的保加利亚沙皇卡罗赞消灭自己的时机，“路易伯爵！”他命令道，“威尼斯步兵、侍从步兵、弩兵都由你率领，你带领麾下所有的诺曼骑士，一定要阻止敌人的援军登陆！我亲自继续猛攻赛奥多西！”拉丁皇帝重重地顿了一顿，“如果你能消灭雷拉格，尼西亚就是你的！”

“如你所愿，我的陛下！”路易伯爵的惊喜毫不掩饰，他飞快地向鲍尔温行了个礼，并挥手指挥自己的军队，“出击！”

数千携带重型骑枪与利剑的诺曼骑士离开旗帜如林的军阵向前，在路易伯爵带领下排列成三列横队狂奔，伯爵在阵中大声鼓舞着自己的重装骑兵，“神的旨意！”

“神的旨意！”

“敌人想把我们挡在海上。”朱里奥观测十字军的动向后说道，“隔断我军对赛奥多西的支援！”

“发信号！”雷拉格在海风中高声叫道，“所有战舰向右顺风转向，排列一字横队，辎重压向右舷，投石器与弩炮全部推向左舷！”

龙头战舰在顺风下疾驶转向列开阵势，甲板上的士兵们以最快速度在轰隆隆的滚轮摩擦声中将弩炮与投石器移到了射击位置。而诺曼骑士们的马蹄踩得海滩隆隆震响，在路易伯爵的指挥下正在高速前进。

“瞄准他们的骑兵！开火！”雷拉格吼道。

“放！”

北方士兵用铁锤敲击被绷紧的弩炮扳机，黑压压的二米长重弩箭随着绳索的弹力瞬间发射出去，掷矛般的箭矢划破海岸上空并倾泻向猛冲的十字军诺曼骑兵。

在一片人仰马翻的惨叫声中，诺曼骑士纷纷翻倒在地，有的甚至被弩炮连人带马全部贯穿。其他骑士依然挥舞着骑枪前进。这时，抛石器扔出的一枚枚火球也雨点般砸在他们的队列中。几名骑兵连同他们的战马同时被烧成了焦炭，而这些人就在惊魂未定的路易伯爵身边。前方惊慌失措的战马挡住了后列，一些战马在惊叫中撞在一起翻到在地，整个队形大乱。

“骑兵们撤下来！”路易伯爵叫道，“威尼斯步兵前进！”

超过二个纵队近一万人的威尼斯重装步兵与侍从步兵挥舞着钉锤与长剑，另一手持大盾，以跑步速度黑压压向海岸逼来，尽管大盾也不能完全防御弩炮的射击，大量步兵在抛石机的火力下倒毙。

但十字军拥有足够的兵力优势，他们冒着龙头战舰上的炮火还是靠近了登陆的舰只。当接近之际，弩炮与投石器失去了作用——北欧人并没有相应的弓箭手，火力越来越弱。路易伯爵放心指挥步兵继续前进，有的步兵已经进入了齐腰身的海水中，看起来他们想直接登船夺取接近海滩的战舰。

“他们的步兵太近了！我的投石器与弩炮没用了，而我们又没有足够的弓箭手！”白发巨汉奥拉多姆紧紧握住战斧，“打开船舱让我带人下去把他们赶回岸上去！”

“别着急，等他们再靠近点！”雷拉格死盯着越来越近的十字军步兵低吼道。

大片大片黑压压的威尼斯步兵泡在海水中靠近了最接近海滩的战舰，有的士兵甚至已经用手抓住了船舷，他们就要登舰了。

“开火！”雷拉格突然叫道。

最靠近海岸的十艘战舰前舱门忽然打开，但并没有任何战士从中杀出，只听见其中士兵们推动气泵的声音。

“放！”

每艘战舰都喷出了数十条宽达数米的火龙缠绕向十字军队形密集的步兵。随着不停的哀号与惨叫，无数十字军步兵在海岸上被火红的烈焰烧成了焦炭，泡在海水中的则更加“幸运”，水只能让这“流动之火”蔓延的更快。海中成片士兵在绝望中连人带甲如繁星般燃烧，然后残骸沉没在水底，曾经在君士坦丁堡中的跋扈荡然无存。

“这是你给我的最后一点燃料！向你致敬！泰勒斯的英灵！”雷拉格向东南方向的君士坦丁堡大吼一声，转身向等待多时的白发巨汉挥手，“奥拉多姆，带领我们的步兵强行登陆！”

“把我们的步兵也撤下来吧！”一名惊恐未定的十字军骑士叫道。

“去你妈的，你这个胆小鬼！”路易伯爵叫道，“更多的步兵压上去，压住他们，让他们的后续步兵无法顺利下船与我们交战！”

“孩子们！跟我来！”奥拉多姆带领着北欧卫队与年轻的罗斯刀斧手集中在船舷上，老战士挥舞着长柄战斧，从船舷上跃下，一斧从上至下将一名妄想登舰而来不及举起盾牌的威尼斯步兵当场在血雨中劈成两截。战吼声中，其他北欧卫队战士从打开的船仓里不停冲向岸边，第一列手持大盾与单手战斧，后几列挥舞着双手战斧，他们咆哮着杀向被希腊火重创而惊魂未定的十字军步兵们。

借助迅猛的冲击，瓦朗尼亚人很快就在沙滩上建立起一个小小的滩头阵地，更多的十字军步兵压了上来，十字军借助人数的优势，仍坚持战斗并不撤退。战斧、战锤、长剑在鲜血与脑浆横飞中交织在一起，污血与体液侵染了战士们的铠甲与披风，整个海滩战事形成了胶着场面。

“雷拉格，我的骑兵可以下船了吗？”朱里奥焦急的问道，“我要支援北欧卫队！”

“还不行，那会让我们的骑兵与步兵挤在一起！”瓦朗尼亚首领观察战局后回答，“我们的滩头阵地不够大！”

“重步兵继续向前推进！”

威尼斯重装步兵是十字军的步兵主力，也是当年攻克君士坦丁堡最精锐的步兵力量，倚仗航海共和国的金钱支持，虽然他们没有骑士们超卓的战斗意志与勇气，却也训练有素，并有着当时一个重装步兵最好的装备：精密的锁子甲可以很好的保护全身，精钢钉锤则能击穿对手厚重头盔下的脑浆与骨髓。

北欧卫队拥有比威尼斯人更强悍的战力，但有限的滩头阵地只能容纳半个纵队一千六百名步兵，其他的步兵仍焦急地等待在战舰上。路易伯爵的战术在付出重大代价后颇为有效。四千名威尼斯步兵与六千名侍从步兵紧紧压制在海滩上以多打少，使得瓦朗尼亚人并不占据足够的优势。

赛奥多西与索菲娅那里的形势越来越严峻，北欧卫队们必须冒险，后阵的双手战斧阵列在奥拉多姆的带领下发动了一轮又一轮猛烈的波浪式攻击。斧刃在威尼斯人阵中挥出漫天血雨，前列的部分十字军步兵甚至在大力挥砍下被斩成两截。但威尼斯人使用大盾良好减少了更多的伤亡，并在北欧卫队冲刺之际使用钉锤挥砸，敏锐的锤钉透过重扎甲穿进了北方战士们的头颅与胸腔，特别是年轻气盛的罗斯北方刀斧手则遭到了更大的损失，双方都伤亡惨重。

“每击倒三个威尼斯人我们就有一个战士倒下，”朱里奥焦急地凝望着瓦朗尼亚首领，“我们没有足够的士兵经得起这样的消耗战！”

“可重要的是滩头阵地仍在扩大，”雷拉格冷冷的望着战局，其实每一个亲手精心训练的步兵倒下，他的心都在流血，“当滩头阵地再次扩大时，我将亲自带领步兵下船支援奥拉多姆。”

“让我先下船吧，你是总指挥，你需要……”朱里奥徒劳的抗议。

“听着朱里奥，”雷拉格转过身，语气斩钉截铁，“就算所有的北欧卫队都倒在沙滩上，也要保证你的冲击骑兵与萨亚斯的弓骑兵安全下船列阵，海滩上的骑兵冲锋能瞬间毁灭敌人步兵的防御，这样我们才有希望让索菲娅与赛奥多西活下来，这个任务必须完成，包括我自己也是如此。”

“现在该看我的了，”瓦朗尼亚首领扣上沉重的铁盔，从背上抽出寒光闪闪的冰川之刃，并把剑与左臂上的绑缚的精钢圆盾猛的一击，发出响亮的撞击声，他甚至还冲朱里奥咧嘴一笑，“如果我和奥拉多姆阵亡，你代替我作为总指挥。”

“左舷发现不明船只！”登在主桅杆上的萨亚斯叫道。

“是威尼斯人的舰队吗？”朱里奥冲出船舱向左边望去。

“不可能，”雷拉格跟着朱里奥走出船舱，“根据索菲娅的情报，他们的舰队在克里特岛一带活动。”

“他们有五十艘战舰！”

瓦朗尼亚首领紧紧抓住一条粗大的缆绳，以自身盔甲负重不相称的惊人速度登上桅杆，来到了萨亚斯的身边。他仔细眺望，尽可能辨识着船只型号，但在迷雾中很难看清楚。

但最终还是一缕微笑出现在雷拉格的嘴角，他还是看不清船的型号，但是他看清了其中一艘战舰悬挂的旗帜。

一条左顾右盼的绿色双头蛇。

“那是我们的援军舰队吗？”一名十字军斥候喊道，“我辨认不出他们的军旗！”

“别傻了！”路易伯爵冲手下吼道，“不可能是我们的朋友，他们在接近北方佬的龙头战舰队的时候甚至没有更换战斗队形！这些狗娘养的一定想在我们的右翼登陆，把我们的重弩手都派上去，我要用乱箭把他们船上的士兵射成刺猬！”

“斯塔姆！”萨亚斯惊奇地望着越来越近来自特拉柏森的五十艘德罗蒙快船，怒容很快浮现在脸上，“去年这个时候为什么不增援君士坦丁堡？让艾里克与泰勒斯孤立无援。”

“再好的朋友也不会使他加入必输的战争。”雷拉格轻描淡写地说道，观察着斯塔姆舰队的动向。

斯塔姆的舰队眼看就要接近海岸，突然所有船只向右方一个飞快的调转，又从雷拉格舰队的背后向西开了过去。这杂耍式的行进路线使得朱里奥摸不着头脑。

“他到底在干什么？”

“狡猾，”雷拉格发出由衷的赞美，他用手指着自己左翼涌上来的大批十字军弩手，“他的假动作避开了敌人弓弩手的狙击，实际他登陆的地点不是我们的左翼而是右翼，弩手与弩机们可跑不过他的快船。”

“那么这个两面三刀的家伙为什么要来帮助我们？”萨亚斯哼了一声。

“因为他觉得我们可以赢，”雷拉格回头望了一眼弓骑兵指挥，“恕我直言，如果是我也会这么做。”

斯塔姆舰队灵活的转向使得整整两个纵队的十字军弩手们扑了个空，德罗蒙快船们平稳地在西海岸登陆，佣兵头子看起来这次孤注一掷，直接将快船冲上了海岸。而最先冲出船舱的不是身背双手剑的阿拉玛诺人，而是轻装身背弓箭的特拉柏森人，他们迅速移动到十字军步兵的侧翼位置。并拉开了复合长弓。

“我正需要弓箭手！”雷拉格叫道，“他还真会雪中送炭！”

“斯塔姆的弓箭手也会误伤我们的人！”朱里奥提出自己的担心，“他们正在与威尼斯人缠斗！”

随着一阵弓弦惊响，一阵雨点般的箭矢采用短距平射的方式，从背后扎进十字军步兵没有大盾保护的后背，这也避免了对北欧卫队的误伤，特拉柏森人的射速非常惊人，转瞬之间就进行了第二次与第三次齐射，威尼斯步兵纷纷惨叫着在箭雨中翻倒在地。他们想要对近在咫尺的弓箭手进行攻击，却又被狂吼冲杀的北欧卫队死死缠住，陷入困境。

“斯塔姆把弓箭手们训练的不错。”弓箭好手萨亚斯赞许的点点头。

“如果不是他反复无常的个性，他绝对算得上一个出色的统帅！”雷拉格转身命令掌旗手挥舞旗帜，“第二波突击队准备跟随我登陆！”

这个时候带着玩世不恭微笑的斯塔姆才出现在船舱外，他似乎是当年所有英雄中保养最好的一个，与二十年前并没有太大的不同，这归功于惬意的私生活。

佣兵头子一手持阔剑，一手持圆盾，招呼着自己的阿拉玛诺战士们发起冲击，寒光闪闪的双手剑们在呐喊声中冲出船舱，杀向已经动摇的十字军步兵侧翼，双手巨剑在剑柄尾端配重球的帮助下深深插进敌人精美的锁子甲，有的十字军步兵则被剑砍断了肩膀与脖子翻倒在地上哀号。

已被特拉柏森人箭矢与北欧卫队战斧同时重创的十字军步兵，再也无法顶住这样的多面冲击，并不特别出色的战斗意志与勇气在这一刻成为命门。从侧翼开始，十字军步兵开始了多米多骨牌式的连锁式崩溃。而在他们身后是紧追不舍猛向前冲的北欧卫队。他们把那些来不及逃命的敌人挥起战斧拦腰斩成两断。

雷拉格一只战靴踏在船舷上，他注意到斯塔姆的阿拉玛诺战士已不再穿着廉价的皮环甲，而是全部身披与威尼斯人不相上下的精美锁子甲。

“看来那些银矿让你发了财！”雷拉格从背后的传令官手中接过一面军旗，从龙头战舰上一跃而下，“我以为这辈子再也看不到你这个令人讨厌的两面派！”

“银矿还远远不够！北欧小疯子”斯塔姆快乐地大声喊道，“也许该喊你北欧老疯子，我就知道你这个疯子会疯狂到从诺夫哥罗德发动这次远征，我还说过，你的到来一定会给我带来一笔我想都不敢想的大生意！”

“斯塔姆，让你的人从侧翼跟随北欧卫队前进！我们的滩头阵地已经扩大了！”雷拉格紧跟奥拉多姆踩着十字军步兵成片的尸体向前猛冲，并向后高频摇动着旗帜，“奥拉多姆继续前进！朱里奥与萨亚斯的骑兵准备下船！全军出击！”

奥拉多姆挥舞着长柄战斧奋勇追杀，他与年轻的罗斯刀斧手身后留下了无数十字军步兵的碎肉片，老战士发出令敌军肝胆俱裂的战吼，“孩子们，让我们踢着他们的屁股，把他们全都剁成肉糜！”

“嗖”的一声，一支弩箭不偏不倚正中白发巨汉的胸口。

奥拉多姆低低为自己的大意吼了一声，右手赶紧扔掉长柄战斧，另一只手去摸背负着的圆盾，但另几支弩箭也接二连三的射穿了他的躯体。这些弩箭都具备有最好的穿甲性能，即使北欧卫队的双层重甲⑦也不例外。

败退的威尼斯人挡住了追击者们的视线，后者并没有发现已经返回中央阵线多达两个纵队的十字军弩手摆开了标准的三列射击阵势。十字军这一刻发挥了他们惊人的远程杀伤力，遮天蔽日的弩箭飞行而来，威尼斯步兵，罗斯刀斧手与北欧卫队纷纷在惨叫声中中箭倒地。

“那也会杀死我们撤退的步兵！”一个弩手军官抗议道。

“继续发射！他们的胆怯已经让自己判了死刑！”路易伯爵咬牙切齿地叫道，并让掌旗官向后招呼之前因伤亡而退却的十字军诺曼骑士，“骑兵重新整队！”

⑦ 拜占庭拥有最优质装备的骑兵与步兵一般是双层甲，即一件重扎甲胸甲，里面还有一件贴身锁子甲，这种穿着的好处是防护超群，并且不会显得过分沉重，也能保证全身肢体动作的灵活。但在拥有强大穿透能力的强弩面前，双层甲也会被穿透。

更多的漫天弩箭袭来，在威尼斯人的咒骂声中，六千十字军弩兵射来一阵又一阵致命的箭矢，这些穿甲的武器透过威尼斯步兵与北欧卫队闪亮的铠甲，把他们一个又一个钉死在地。眼疾手快的斯塔姆立即命令自己不带盾牌的阿拉玛诺战士停止前进，自己则几个箭步缩在了雷拉格身旁的盾墙内。

奥拉多姆坐倒在地用力咳着一口又一口鲜血，血泡从鼻子中冒出来，他知道这是因为自己的肺被弩箭扎穿了，巨汉用力抓住扎进自己胸口最深的一支弩箭，将它用力拔出，老战士眼前的世界开始摇晃，他淡蓝色的双眼中现出一个无可奈何的微笑，巨大的身体向后摔倒在海砂飞扬的战场上。

“该死的！不！奥拉多姆，看着我！”飞奔而来的雷拉格紧紧抓住巨汉的肩膀，喉咙中发出挫折的呐喊，他紧紧拥抱着奥拉多姆渐渐瘫软的身体，“你这个永远打不死的老混蛋，看着我，奥拉多姆，我还要和你一起收复君士坦丁堡！”

“黑发美人，”气若游丝的奥拉多姆紧紧抓住雷拉格的的手掌，“我不知道一个六十岁的老混蛋能不能撑到那个时候……”

“停止前进！盾墙！盾墙！建立盾墙！”雷拉格放开奥拉多姆的身体，转身疯狂地命令道，使用大盾的北欧卫队以最快的速度跑步前进，挡在使用双手战斧的北欧卫队与罗斯刀斧手身前，第二排盾牌就架在第一排步兵的肩膀上，所有步兵分散展开，在海滩上建立了一个巨大的环形。

十字军弩手从未停止射击，密集的箭雨把北欧卫队们的盾牌钉得如同刺猬一般，仍有北欧战士们中箭阵亡。雷拉格的右腿也中了一箭，他闷哼一声立即把箭矢携带着血雾拔出，这时斯塔姆飞快地缩进他高举着的精钢圆盾下。

“能让你的特拉柏森弓箭手火力压制他们的弩手吗？”雷拉格向斯塔姆叫道。

“他们的人数太多！这样不行，”斯塔姆小心翼翼地站起身，在盾墙里偷偷露出双眼，观察着敌军的阵列，“见鬼，敌人的骑兵正在集结，他们要用诺曼骑士冲击我们的盾墙了！你得让朱里奥与萨亚斯他们再快点！”

雷拉格向后望了一眼，朱里奥与萨亚斯的骑兵们已经从船舱中牵出了战马，马匹在嘶叫声中踩着齐小腿深，不断涨潮的海浪登上陆地，动作快的骑兵已经上马并抓紧了缰绳与骑枪，但毕竟还未完成队形的集结。

虽然北欧卫队用环形的多层盾墙与自己伟岸的身躯保护了后阵骑兵不被弩箭所攻击，但瓦朗尼亚首领感觉这还不够。对方的骑兵也正在集结，如果让诺曼骑士全速冲向自己的步兵盾墙，北欧步兵一样是血肉横飞。现在胜利取决于哪一方先将自己的骑兵发起有效冲锋。

“帮我个忙吧。”雷拉格从盾墙之后观察敌阵，突然用尽可能温和的语气问道。但依然可以感觉在压制自己心中的能量。

“你的语气让我很不安，你从来就没这么礼貌跟我说过话，”斯塔姆眼珠微微转动，像是一眼看出了瓦朗尼亚首领的企图，“这个忙一定会让我损失巨大！”

“让你的弓箭手向前靠，”雷拉格一字一顿地说，并赶紧补充“我的步兵会用盾墙保护他们向前！”

“你疯了？”斯塔姆斜睨了一眼瓦朗尼亚首领，似乎对这个请求不屑一顾，“我这点弓箭手怎么能与六千弩手对射！更何况他们每一名弩手都背负着大盾！”

“奥拉多姆已经倒了下去，很可能已经死了，我不会让我的人那样身中乱箭死掉！”

斯塔姆突然后悔说了这句话。

“如果奥拉多姆死了，”佣兵头子听见身旁一声低吼，“我就更不会让他毫无意义的死掉！”

雷拉格猛地起身，将淬不及防的佣兵头子撞翻在地，并紧紧扣住他的喉咙，“更不会让索菲娅死在这里！照我说的做！”瓦朗尼亚首领狰狞的面孔能让任何生物胆颤心惊，“我说，你他妈的得听老子的！不然我就把你的眼珠掐出来！”

“好吧好吧，你这该死的疯子，损失我的弓箭手根本于事无补！”斯塔姆挣扎着诅咒道，用力挣脱开雷拉格的铁腕，他心有余悸的摸着喉咙，一时间以为对方真想杀死他，“那就照你说的干！你他妈的满意了？”他极不情愿地向弓箭手们挥舞自己的令旗，“但我警告你，就算你真的掐死我，我也不会用阿拉玛诺战士做同样疯狂的事！那可是我最后的本钱！”

雷拉格却似乎平静下来，他没理睬佣兵头子，而是命令第一列携带大圆盾的北欧卫队紧锁队形掩护弓箭手们前进。

第一列北欧卫队头顶大盾冒着箭雨前进，特拉柏森人就紧紧跟在后面，当他们又前进了数十步时，弓箭手们在盾牌背后一起拉开了长弓的弓弦。

“我们的骑兵已经集结完毕，大人！”一个诺曼骑兵望向路易伯爵，“等候您的指示！”

“骑兵向前，发动攻击！”路易伯爵端坐在战马上高举长剑，“我听见北方佬的盾牌背后有大量马匹的嘶叫声，他们一定也在准备骑兵冲锋，谁能先发制人就能掌握胜利，现在机会是我们的了！”

Chapter 48

怒火渐渐蒸腾着南方士兵的躯体，这一刻，失败的绝望、沮丧与恐惧被仇恨与勇者的力量所覆盖，他们努力托起疲惫的身躯，握紧长矛与刀剑，纷纷站在北方战士们的一边。

“都来吧，勇士们！”老战士奥拉多姆吼道，“英烈祠里只接纳勇者，女武神可不管他来自南方还是北方！”

“那就干吧！我越来越觉得我的最后一票依然正确！”斯塔姆大喊道。

天空中突然压下一排黑压压的箭矢。

在毫无准备的情况下，几名诺曼骑士中箭翻身落马，其实实际损失并不大，但这造成了新一轮的混乱。一发箭矢则差一点就击中路易伯爵本人。诺曼骑士们控制战马左右闪躲倾斜而下的箭矢，使得骑士们不得不重新列队。

“傻瓜，”雷拉格长长的吐了口气，决定小小地嘲笑一下佣兵头子，“我让你的弓箭手瞄准的是他们后阵的骑兵！”

“见鬼！他们怎么会有与英格兰人相仿，射得这么远的弓箭手？”路易伯爵大声责骂，“我们的弩手足有六千人！就不能给敌人正在集结的骑兵一点教训吗？”

“我们弩箭是平射才有杀伤力的！”一名弩手军官哀叹，“我们不能使用抛射式射击！我们伤不了他们躲在盾墙后面的骑兵！”①

“干得漂亮！”雷拉格向特拉柏森弓箭手们赞叹道，并对愤愤不平斜视自己的斯塔姆竖起了大拇指。瓦朗尼亚首领转过头，望向已经端坐上战马，提起四米彩色骑枪的朱里奥与身背双刀与长弓的萨亚斯，“你们准备好了吗？”

“骑兵集结完毕！”朱里奥大声回复道。

“步兵打开盾墙！”瓦朗尼亚首领高声吼道，“为了罗马！骑兵出击！”

① 相比较优质的弓箭，弩的优势是穿透盔甲的威力，但较慢的射速是一个弱点，而且弓箭可以使用远程的抛射（即可以打击敌方阵后的军队），但弩箭的抛射则是没有太大威力的（请注意，这里的弩不包括那种多人使用的重型弩机）

一列列盾墙突然变阵，整个环形盾阵在十字军的箭雨中从中间向两边分开，尽管变阵之际十字军弩手万弩齐发，无数北欧战士中箭，但他们的队形丝毫不乱，其铁一般的纪律让对手胆寒。

四千骑兵从盾墙中杀出，位于前列的是朱里奥的重骑兵，而萨亚斯的弓骑兵紧紧跟在背后及两翼。骑兵们一冲出盾墙就立即急加速。战马们义无反顾疯狂地向前奔跑。

“为罗马而战！”高速飞奔的白色柯伯战马上，朱里奥高举起四米长悬挂着彩色双头鹰旗帜的骑枪，“为罗马帝国的复生而战！”

“以帝国复生的名义！”骑兵们吼道。

四千铁骑的高速奔跑使得整个亚得里亚堡北部海滩都在颤抖，造成面前六千十字军弩兵军心动摇，他们中有的人开始向后退却与逃命，结果与正在混乱中集结的诺曼骑士挤成一团，路易伯爵一连砍杀了几个逃跑的弩兵都不能挽救阵型的混乱，而拜占庭人的骑兵越冲越近。

“你们这些胆小鬼，别挡路！别挡路！”路易伯爵对着后退的弩兵挥剑乱砍，并孤注一掷地指挥着剩下的弩兵，“向敌人的骑兵发射！把他们挡住！把他们挡住！”

冲下海滩的朱里奥骑兵们展开三列宽正面阵型，这是最好的冲击轻步兵队形，坐骑们的速度在疯狂的奔跑震动中达到了极致，朱里奥感到在肾上腺素作用下，沸腾的血液一阵阵冲击着头顶。虽然剩下的十字军弩手们纷乱射来箭矢，不停有骑兵的马匹中箭而落马，但这种狙击已经完全阻挡不了狂奔骑兵们一往无前的决心。

随着震耳欲聋的呐喊声，朱里奥麾下的骑兵长枪一齐平举。他们甚至能看清来不及躲避的十字军弩兵脸上无比惊恐的神色。

“罗马万岁！”朱里奥狂吼道。

随着震天的撞击声，骑兵们犹如利剑一样深深插入弩兵的阵型，天空中到处是在惊人冲击力作用下飞舞的弩机零件与盔甲碎裂片。前列的大批敌军甚至被直接撞飞了出去，有的弩手甚至连腰间的长剑都未拔出，整个血淋淋的肩膀就被锋利而高速的骑枪击飞。朱里奥的柯伯战马义无反顾奔跑着，踩倒了无数十字军弩兵。

萨亚斯则带领着弓骑兵紧随其后，弯刀砍向四散奔逃的弩兵头顶，十字军的强大远程火力在瞬间丧失了所有的战斗力。

“全军攻击！”阵后的雷拉格抓住时机高举冰川之刃向全军大喊，“冲啊！”

“冲啊！弟兄们！”斯塔姆也大喊道。

成千上万的北欧卫队、阿拉玛诺剑士、罗斯刀斧手在吼叫声中向十字军阵地发起冲锋，就连特拉柏森弓箭手也拔出短刀紧跟上前。

最终路易伯爵还是成功地集结了他的诺曼骑士，诺曼骑士是十字军重骑兵中除主帅卫队外装备最精良，战斗意志最强悍的骑兵。他们在路易伯爵的带领下发起反击。十字军骑兵们挥舞着利剑，对在十字军军阵中乱冲的朱里奥骑兵进行砍杀。

朱里奥的骑兵并非特别擅长肉搏战。在一阵乱冲乱撞之际，自己的队形也变得混乱，纷纷在诺曼骑士长剑的挥砍下落马。朱里奥大吼一声。丢弃已经破损的骑枪，抽出长剑，一勒胯下战马，就要冲上前拼杀。

“朱里奥，把你的骑兵撤下来，再换支骑枪！”赶上来的雷拉格冲他大声吼道，“把诺曼骑士留给我与萨亚斯对付！”

朱里奥回头望了一眼雷拉格，犹豫了一秒钟，最终在后者坚决的眼神面前点了点头，然后挥手招呼自己的骑兵撤退，他知道只要撤退进紧密队形的北欧卫队中，诺曼骑士就对他们毫无办法。

就在这时他看见了迂回至诺曼骑士背后的萨亚斯。

路易伯爵也看见了萨亚斯的弓骑兵，开始并不引以为意，因为一般弓骑兵的弓箭对重装诺曼骑士的威胁并不特别大。所以他仍在准备绕开迎上来的北欧卫队继续追赶朱里奥撤退的骑兵。但还是有些情况令他诧异，因为萨亚斯的弓骑兵并不在远距离射击，而是飞快的靠了过来。

他并不知道，萨亚斯改动了弓骑兵们使用的箭矢，这些箭矢的箭头要比普通的重上一倍，也更加锋利，这些重箭在复合短弓的作用下可以在五十米内打穿任何重骑兵的铠甲。当然，缺点就是如果超过这个距离。箭矢就毫无威胁。

而且萨亚斯灵活地迂回到了诺曼骑士的背后，在这个角度，对手左臂的盾牌不能起到任何作用。

“放箭！放箭！”萨亚斯在奔驰地战马上命令道，他身后的弓骑兵们纷纷拉弓射击。

出乎路易伯爵的预料，他的重骑兵在对方弓骑兵的急速射击下成片人仰马翻，破坏力要比他的估计大得多。他这才命令诺曼骑士们转向对萨亚斯的弓骑兵发起冲锋，但经验丰富的萨亚斯在对方骑士冲锋的最后一刻率军躲开了冲刺，同时又迂回到了诺曼骑士的背后再次开弓射击，又使得敌人重骑兵成片翻倒。

1083年在拉里萨，塞西亚弓骑兵对诺曼骑士的屠杀场景在一百二十二年之后再次重现②。弓骑兵们以迅捷的速度绕着敌军重骑兵来回奔跑。犹如围绕巨大野牛猎杀的狡猾狼群，创造了以五十米为半径的绝对死亡区域。

路易绝望的望了一眼自己的军阵，希望有步兵或者弓弩手能帮助他缠住敌人的弓骑兵，只可惜他们都在逃跑。他让传令官挥舞旗帜向远方正在猛攻赛奥多西的拉丁帝国皇帝鲍尔温求救，但他知道援助来不了这么快。“撤退！撤退！”这是他唯一可以发布的命令。

更糟的是朱里奥的重骑兵又反冲过来。

路易伯爵刚抬起紧握长剑的手，朱里奥新换的骑枪就撞穿了他的前胸。透过盔甲的碎裂处鲜血向空中喷涌，巨大的冲击力使得身体倒撞下马，并在疯狂的朱里奥坐骑冲击下在骑枪尖端上推行。伯爵在地面高速推行的尸体在沙地上鼓起一条长蛇般的烟尘。朱里奥的坐骑根本停不下脚步，骑枪尖串着尸体越过一百多米才真正停下③。

这一幕使得其他本来就惊慌不定的诺曼骑士士气完全崩溃。开始四散奔逃。而立即被速度更快的萨亚斯弓骑兵追上，在弯刀的砍杀下纷纷落马。

“把敌人全部杀光！”杀气凝结在朱里奥沾满鲜血的英俊面容上。

“不！”雷拉格带领步兵大队赶到了他的身边，“把追击的任务交

② 1083年的拉里萨战役是拜占庭帝国战胜诺曼人的胜利，之前拜占庭遭到了狄拉乌姆战役的大败，核心军队几乎全军覆没，拜占庭皇帝阿历克塞一世在马其顿地区大量雇佣擅长弓马的塞西亚人，以游击战的方式大量杀伤诺曼骑士的有生力量、战马及毁坏补给，迫使后者不得不撤退。

③ 历史上这位希望得到尼西亚的路易伯爵确实在亚得里亚堡会战中命丧黄泉。

给萨亚斯，我们得赶紧支援赛奥多西与索菲娅，他们在鲍尔温的攻击下就快顶不住了！”

一名十字军骑马军士在正在督战围攻赛奥多西的鲍尔温面前翻身下马，“陛下，路易伯爵战死了！”

“那么，他挡住罗马人援军登陆了吗？”鲍尔温从怀中拿出一张雪白的手绢，擦了擦额前的汗水。

“雷拉格与斯塔姆的军队全部登陆，正在向这里逼近，”斥候绝望地看了拉丁皇帝一眼，“请下达命令，陛下！路易伯爵……”

“他的死无足轻重！”鲍尔温向斥候大吼道，“我只记得他统帅了成千上万的诺曼骑士，步兵与弩手。而他还答应我挡住这些北方佬！”

“雷拉格的登陆军队不仅拥有北欧卫队，”斥候不敢看鲍尔温的眼睛，“他还拥有为数不少的重骑兵与弓骑兵，特拉柏森的斯塔姆则支援了相应的弓箭手与步兵。”

“路易伯爵的军团，还拥有多少战力？”鲍尔温死死盯住斥候的眼睛。

“全军覆没，”斥候声音中带着颤抖，“全军覆没。”

“名不虚传，”鲍尔温转过脸，喃喃自语，去年十字军攻克君士坦丁堡的战役，面对世界上最坚固的城墙依然轻松之至，与其说是一场进攻不如说是劫掠，除了几百名北欧卫队，其他的民兵没有给十字军的进攻造成任何威胁。他曾经轻松的认定老牌帝国气数已尽，在亚得里亚堡歼灭赛奥多西残余的拜占庭军队更是易如反掌。但如今形势竟然因雷拉格的加入变得如此不利。

拜占庭，东罗马帝国，到底有种什么样的魔力？怎能吸引这些已经退居北方多年的英雄千里迢迢回来为它效力？

鲍尔温默默地想到，也许在这次惊天动地的大战中，他，拉丁帝国的皇帝也被当做了棋子，威尼斯总督通过劫掠君士坦丁堡得到的最多，而教皇则趁机沉重打击了东正教会的势力，现在最终面对敌人疯狂报复的则是他本人。

拉丁帝国皇帝拨马转向阵地后方，在几名主帅卫队的保护下观察着后方的情况，一片平静，保加利亚人阵地上方的旗帜岿然不动，丝毫没有从十字军背后进攻的迹象。鲍尔温又很仔细地望了一眼保加利亚人右翼高地上的景象，决断之心出现在皇帝心中。

“我们该怎样对付黑海之龙呢？”一名十字军将领的声音带着惊恐。

“别慌，别慌！”鲍尔温转身向这名部下扬起马鞭斥责，“罗马人即使加上雷拉格的援军，实力仍逊色于我们，他们现在没有铁甲圣骑兵那种超重装骑兵，步兵也就这几千人而已。我们拥有强大的主帅卫队，对于北欧卫队，下马骑士可以与之对抗。”

“撤下所有警戒保加利亚人的军队，特别是十字军骑士，”鲍尔温向他的将领发布命令，“加入对赛奥多西的进攻，而我将亲自带领主帅卫队前往保护步兵免遭雷拉格的骑兵突袭。”

“保加利亚人数万大军面对着我们的后背，一旦他们的骑兵从高地上冲下……”一名十字军将领对他的命令大惊失色。

“你们看，”鲍尔温用手指着保加利亚人的阵地，“他们毫无动静，特别是他们的右翼，那是沙皇卡罗赞最爱的小儿子西蒙统领的阵地，则更为松懈，有的骑兵甚至已经下马休息，我不相信保加利亚军队会现在发动攻击。”

“我相信沙皇也一定看见雷拉格的军队了，”鲍尔温决定下一个重注，“如果他够聪明就不会现在从背后袭击我们。”

在歼灭了路易统帅的十字军之后，整个帝国援军再向东移动，鏖战使得步兵们都气喘吁吁，特别是当年的老兵，几乎已经气力放尽，但他们依然坚定地跟随着雷拉格同样疲惫的脚步，因为他们知道，赛奥多西与索菲娅的生命取决于他们的速度。斯塔姆则注意到一个奇怪的现象，雷拉格并未让他精神抖擞的骑兵部队去冲击鲍尔温的侧翼，而是在步兵两侧跟随整支军队前进。

“为什么不让骑兵从侧翼攻击鲍尔温的军队？”斯塔姆大口喘着气向在正急速奔跑的雷拉格大声问道，“我们都老了，不适合长途行军！”

“鲍尔温不是傻瓜，”雷拉格的胸膛也不停起伏，“他的步兵一定被主帅卫队保护着，我们现在没有铁甲圣骑兵，没有任何一种骑兵可以与十字军主帅卫队对抗，萨亚斯的弓骑兵又惧怕敌人的弩箭，所以我们得先和索菲娅回合。”

鲍尔温的十字军矛兵继续猛攻赛奥多西，拜占庭人整个防线趋于崩溃。尼西亚皇帝与索菲娅跨下战马都流血过多倒毙在战场上，他们不得不步行作战。几名十字军矛兵冲破了拜占庭矛兵的防御杀进阵中，他们的矛尖直刺向索菲娅的身体，军情处长抓住机会，弯刀横扫抹过了一个士兵的脖颈，但她的大腿也被一柄长矛刺穿站立不稳翻倒，弯刀也滑落在地。

赛奥多西大吼一声赶上来，举起金光闪闪的双头鹰之剑，猛地砍在离索菲娅最近的一个士兵脖子上。

“够锋利！”索菲娅喘息着向赛奥多西感激，“我原本以为双头鹰之剑只是件艺术品！”

没等血溅如注的敌人倒下，其他十字军矛兵就蜂拥而来，他们当然知道击毙皇帝会有什么样的结果与奖赏。尼西亚皇帝勇敢的举剑东砍西杀，却被更多的敌人围住，形势更加危险。

索菲娅翻倒在地，几名十字军矛兵围了上来，军情处长来不及拾起弯刀，便抽出藏在胸前的匕首，以最快的速度掷了出去，精准地插进一名目瞪口呆的十字军步兵喉前，但她也已经没有任何武器了，几柄长矛再次插来，军情处长轻轻闭上眼睛，只能引颈就戮。

一名向索菲娅刺去的十字军士兵被一个突然从背后冲来的强壮肩膀撞得直飞出去。而刚支起半个身体，后心就被利刃捅穿。他身旁的另一名十字军士兵则在惨叫声中被一把快速锋利的阔剑卸掉了大腿。第三名士兵刚转过身，面前双手剑寒光一闪，躯体已经在一个狂吼着冲杀的北欧人面前被血雨包裹，从头至裆劈成两半。

现在她睁开眼睛，能看见北欧卫队与阿拉玛诺战士在朱里奥骑兵的掩护下冲杀而来，赛奥多西身边的包围也得以解除。他们使得十字军矛兵的阵型爆出一个缺口，这使得拜占庭矛兵趁机涌入。在战斧，长矛，巨剑的挥舞下，东罗马军队曾几近崩溃的阵地终于又暂时稳定了。

索菲娅能感觉到一只强壮的手臂搂住了自己的肩膀，接着一张沾满鲜血，湿漉漉的脸凑了过来，这张略带狰狞却对她来说依然英俊的脸狠狠给了她一个吻，她甚至能感觉到对方嘴唇和胡须上覆盖的血腥气，“我敬佩我这位信仰坚定的夫人，”雷拉格的鼻尖顶住她的脸，嘴角带着一丝自嘲，“虽然我们会为你的信仰送命！”

军情处长舔了舔嘴唇，迅速给了丈夫一个赞许的回吻，“小弗拉基米尔与约翰都会为你骄傲。”这时，她突然想到赛奥多西皇帝就在一旁，觉得有些不好意思。

雷拉格与赛奥多西互相微微点头示意，后者的眼神中更多是敬佩与感激，瓦朗尼亚首领则快速地瞟了皇帝手中的双头鹰之剑一眼。

索菲娅随后转身上下打量着雷拉格身旁手持阔剑笑眯眯的斯塔姆，突然从后者的腰间抽出一把短剑。

“我们已经竭尽全力，做了我们所有该做的与不该做的。”索菲娅收起斯塔姆的短剑，撕下衣裳的下摆，咬着牙包扎自己受伤的腿，幸好没有伤及筋骨，“你觉得我们还有机会吗，雷拉格？”

“嗨，女士，”斯塔姆不满的叫道，“我想你忘了说谢谢！”

“即使歼灭了路易伯爵的军队，鲍尔温依然占据优势，”雷拉格坦诚说道，“我们是否能活下来，完全取决于保加利亚沙皇的骑兵什么时候袭击鲍尔温的后方，”雷拉格回望了一眼赛奥多西的掌旗手，后者正冒着箭矢击中的危险，在高地上向十字军背后的保加利亚阵地不停挥舞着求援的旗帜。

就在这个时候所有拜占庭人都听见了十字军的震天战鼓声，十字军骑士们翻身下马，簇拥着巨大的十字架，白色战袍包裹下的长靴在战场上踩出令人生畏的整齐脚步声，十字军步行骑士们手持巨大塔盾与长剑，带领着浩浩荡荡的十字军矛兵与弩兵在不断逼近，骑士们下马是为了直接支援当前中央阵线十字军步兵，他们下马之后就是最优秀的步兵，步行骑士两翼还有杀气腾腾的主帅卫队骑兵掩护。

“东罗马帝国的援军击溃了路易伯爵的军队！”一名库曼人斥候向保加利亚沙皇卡罗赞报告，“现在他们正与赛奥多西的部队回合！”

“鲍尔温孤注一掷！”另一名斥候说道，“他撤离了所有对我们的防御去对付罗马人！”

卡罗赞用手捋着下巴上坚硬的胡须，阴沉地思索着。

“这是赛奥多西第七次用旗帜召唤我们出击，现在是让我们骑兵出击的时候吗？”一名保加利亚军官问道，“现在向十字军背后出击可以大获全胜！”

“黑海之龙雷拉格是个在我父亲登基前就成名的英雄，”卡罗赞缓缓说道，“他恐怖的名声甚至可以影响到远在西部的保加利亚。这个北欧人差一点就成为东罗马帝国的铁腕皇帝，这样恐怕当初我们连国家都建立不了，我不喜欢公平面对这样的对手，”沙皇最终下定了决心，“所有部队原地待命，我要让他们继续消耗殆尽。”

雷拉格冒着十字军弩兵射击的危险，三步并作两步登上了高地最顶点，他抢过拜占庭掌旗官的旗帜，向空中疯狂的舞动，保加利亚阵地上的消声无息却无情嘲笑着他的求援。在他的面前，只有铺天盖地惨白色的十字军方阵在不停逼近。瓦朗尼亚首领向后瞥了一眼众人，不仅仅是赛奥多西或是斯塔姆，就连朱里奥也露出了恐惧的表情。

他们不可能再有机会了。

箭伤与体力的透支使雷拉格身心俱疲，他已绞尽脑汁，他已竭尽全力，但现在却不知道该怎样赢得这场战争。罗马的时代过去了，英雄时代过去了，我的时代过去了。

他无力的怀抱着双头鹰军旗，坐倒在被鲜血染红的草地上，大口大口喘着气。他突然想放弃一切，全身瘫倒在战场的草丛中，也许冥冥之中，未来早就注定，‘黑海之龙’最终也只是个凡人，听从命运的摆布吧。

“雷拉格，我想，”斯塔姆急忙走近他身边，先仔细观察了众人的表情，再小心提出自己的意见，“现在恐怕是发挥我们北方维京人最传统，最灵活，最具智慧战术的时候了……”

“想逃走，对吧？”雷拉格看都没看斯塔姆的脸。

“瞧你说的那么难听，”佣兵头子急忙纠正他，“我们现在只是暂时撤退，船就停在海岸边，我们只要……”

几乎他话音刚落的同时，阿拉玛诺雇佣军首领的屁股上就挨了重重的一脚，没防备的他差点被踢得翻了个跟头。

佣兵头子咒骂着站起身，抽出阔剑向身后胆大包天的家伙发难，“就是雷拉格也不敢这么对我，你这……”最终佣兵头子的诅咒却卡在了嗓子眼，他睁圆双眼，以不敢相信的神情望着这个人，“奥拉多姆？！”

所有人都盯着这个顽强的老骨头，雷拉格更是目不转睛地望着他。

“小东西，我的心脏比你厚两倍，”浑身是血的奥拉多姆身躯上还有未被拔出的箭矢，巨汉不满地瞥了斯塔姆一眼，他的声音很低，似乎每一句话都要用尽全力。他踉踉跄跄转向雷拉格，昂起下巴，沾满鲜血的脸还闪出一股子倔强的微笑，“跟上你们的脚步真不容易。”

“什么也不能杀死你，”雷拉格眼中闪现出敬佩的神色，这位老部下仿佛就是北方冰原的象征，瓦朗尼亚首领一把抱住白发巨汉，招呼身边的士兵，“你们护送奥拉多姆去船上休息！船上有医生，你在那里……”

“无路可退了？”奥拉多姆喘了一口气，打断了雷拉格的话。

“是的。”雷拉格望了一眼背后的海滩。

“你不会离开，对吗？我从你的表情就能看得出，那我哪都不会去，”白发巨汉推开雷拉格的亲兵，“我就在这儿。”

“该死，奥拉多姆，”雷拉格低低的警告，“你的箭伤太深，会流血过多……”

“听着，雷拉格！”奥拉多姆紧紧抓住他的肩膀，“我的肺是被穿透了，可是还举得动战斧！从丹麦海泽比开始，我已经为你打了三十五年的仗，竟然还活得到现在，今天，你得听次我的！”白发巨汉将长柄战斧向地上重重一顿，“请你给这个打不死的老混蛋与你一起战死沙场的权利！”

雷拉格紧紧握住手掌中的军旗，凝望着老战士湛蓝的眼睛。

四周的北欧士兵渐渐围了上来，南方的罗马人也纷纷盯着这个不屈的老骨头。

“我服务于哈拉尔德与雷拉格两位伟大的领袖！”奥拉多姆喘了口气，环视四周大声叫道，“我服务于东罗马帝国皇帝，我们是北欧卫队，最伟大的禁卫军。永不背弃誓言，永不妥协，也不永不放弃！”

“皇帝陛下！”白发巨汉向雷拉格一只手艰难行着举手礼，因为每一次牵动肌肉就会引发剧痛，但奥拉多姆一如既往极度蔑视这种疼痛，“你的卫队就在这里！”

尼西亚皇帝赛奥多西手持双头鹰之剑神情复杂地望了巨汉一眼。

雷拉格凝望着奥拉多姆的眼睛心潮澎湃，感受到一股不可战胜的力量在人群中凝结，并不只是奥拉多姆，或者是那些北欧老兵，是整支北方援军的气势。老战士的不屈激发起所有年轻北方士兵炙热的情感。

“妈的，豁出去了，这场仗算我一个，把我从特拉柏森带来的那点家底全算上！”斯塔姆右脚向地上重重一踏，他给了雷拉格一个肯定的表情，“老疯子，这也许是一次亏本的生意，但人一生中总要有次不顾一切的豪赌，如果有，我愿意是今天！”

白发巨汉则转过身望着斯塔姆，第一次郑重地握了握他的手。

“雷拉格！”尼西亚皇帝赛奥多西挤进人群，“我任命你为东罗马帝国全军总司令，在场都所有人，包括我，都听从你的调遣！”

“十字军实在太多了！我们该怎样打败他们？”一名拜占庭士兵焦急地问道。

“我们没有保加利亚人的援助无法胜利！”又一名士兵喊道。

“你们说的对。”雷拉格点点头，放下旗帜，指着远方，“在敌人的身后，是我们的盟友，背信弃义的保加利亚沙皇，他们拒绝向敌人背后发起进攻取得胜利，因为他们想要把我们和十字军一起消灭。”

“我们现在确实势单力孤，疲惫不堪，”黑海之龙深吸一口气，“所以除了我与斯塔姆统领的北方军团，其他人都可以离开，如果因为求生而投降，”他轻轻闭上双眼良久，“我也不会阻止。”

拜占庭士兵们面面相觑。只有索菲娅仍冷静地盯着自己的丈夫。

“该死，雷拉格！”赛奥多西大声斥责道，他可没想到自己任命的总司令官第一次演讲的内容是这些，他激烈的反驳雷拉格，“如果我们这些罗马人都会离开或投降，那么你和你来自遥远北方的士兵还为谁而战？”

“他们就是为自己而战！这些北方士兵，他们自己，或是前辈，都是帝国最出色的勇士，”雷拉格回首望盯着赛奥多西的眼睛，“他们来自冰天雪地的蛮荒冻土，却为南方的文明帝国一直在战斗。永不放弃，在我看来，”雷拉格提高了声音，“这些北方士兵才是帝国最宝贵的财富！他们就是罗马人！”

“我不会撤退，”雷拉格环视着整个军阵，“因为在我的面前，是烧毁了伟大的东罗马帝国首都——君士坦丁堡——这座曾经保护了帝国八百年城市的凶手！是蹂躏家乡的凶手！帝国公民的妻儿被侮辱，兄弟被残杀，家园被践踏，罗马帝国悠久的文化被蒙昧与野蛮所蔑视！”

“这片土地曾经是我的责任，我会继续承担，”雷拉格的嘴角甚至掠过一丝嘲讽的微笑，“而懦夫们可以自行离开，让北欧卫队，来自北方的勇士，来捍卫罗马帝国最后的文明与尊严！”

“司令官！请不要侮辱我们！”一名拜占庭士兵叫道，“也许我们是缺乏北欧卫队无畏的勇气，可我深知一点，我是君士坦丁堡人，家园已经被十字军焚毁，我的妻子葬身于熊熊大火，女儿不知去向，我对他们只有仇恨，如果向敌人投降，苟活直到寿终正寝，我无法面对天堂中已经逝去的家人！”

“我的家人全都被十字军杀了，我愿意追随司令官，直至死亡！”又一名罗马人士兵叫道。

“我们不会投降，我们会战斗到最后一刻！”赛奥多西大声叫道。

“我们愿意追随黑海之龙！”一大批南方士兵们吼道。

怒火渐渐蒸腾着南方士兵的躯体，这一刻，失败的绝望、沮丧与恐惧被仇恨与勇者的力量所覆盖，他们努力托起疲惫的身躯，握紧长矛与刀剑，纷纷站在北方战士们的一边。

“都来吧，勇士们！”老战士奥拉多姆吼道，“英烈祠里只接纳勇者，女武神可不管他来自南方还是北方！”

“那就干吧！我越来越觉得我的最后一票依然正确！”斯塔姆大喊道。

十字军浩浩荡荡的军阵在战鼓声中越来越近，战马们在骑士们的马刺作用下已经开始加速，如密林般的长矛平举架在骑兵们的手臂上，但出于劣势的帝国军阵依然如群山般坚定。

“神会加入这场伟大的战斗中来吗？”朱里奥翻身上马，抽出长剑，端在胸前默默祈祷。

“神？”雷拉格回望着战友，眼神中流露出疯狂的神色，“不，他们只会在半空中看着！但当我们死亡之际，所有人都会以勇者的身份得到进入英烈祠或是天堂的资格！”

“敬勇者！”黑海之龙弓起下巴，高举起冰川之刃。

“敬勇者！”

“跟我来吧！”雷拉格高举冰川之刃从高地冲下，在他身后，赛奥多西，奥拉多姆，斯塔姆以及所有的士兵，纷纷狂吼着向黑压压的十字军大军扑去。

十字军两肋处的矛兵无法抵御这些疯狂的帝国步兵猛扑，在长剑刺杀与盾击中纷纷倒地，拜占庭矛兵与剑士踩踏着十字军步兵的尸体向前冲击，却被中央阵线强大的下马骑士们挡住。虽然拜占庭人在下马骑士的砍杀下伤亡惨重，但依然舍命冲杀。在此之前，鲍尔温从未预料到赛奥多西的军队会在最后时刻焕发出如此强悍与疯狂的决心。

北欧卫队与阿拉玛诺剑士咆哮着冲杀支援拜占庭步兵，却又被不停补上的十字军矛兵抵住。鲍尔温指挥十字军最精锐的主帅卫队骑兵企图支援中央陷入困境的阵线，他们向拜占庭人的两翼高速迂回，又被朱里奥的骑兵挡住。

双方士兵在拥挤的战场上紧紧贴在一起，长矛，长剑，战斧，弯刀在空中挥舞。骑兵的坐骑也挤在一起，不停有流血过多的士兵与战马倒下。一名拜占庭剑士刚用弯刀砍翻两名十字军矛兵，就被三四名矛兵冲上，数把长矛扎透了前胸，鲜血如注倒了下去。

“继续冲杀，十字军的勇士们！”鲍尔温瞟了一眼保加利亚人的阵地，依旧没有动静，“我们的人数占据绝对优势，胜利还会是我们的！”

北欧卫队与十字军下马骑士这一刻都碰上了最让彼此头疼的对手，

瓦朗尼亚人努力寻找步行骑士盾牌格挡的空隙猛力砍杀，有的北方战士则用长柄战斧勾倒敌人不够灵活的下盘再猛力剁成两截。步行骑士则依仗同样厚重的锁甲，用塔盾隔开巨斧，再用长剑刺杀北欧人盔甲相对薄弱的腋下。虽然整体战力似乎北欧卫队更胜一筹，但步行骑士人数优势弥补了这一切。更不用说其他拜占庭步兵面对着潮水般的十字军矛兵，已经有多处阵线被撕开。

现在包括主帅雷拉格，都必须面对数名步行骑士的围攻，一名骑士向他猛冲，盾牌的空隙很快被冷静的瓦朗尼亚首领捕捉，后者双手紧握冰川之刃的剑柄后部，透过对手长剑的防御，猛地刺穿了步行骑士整个铠甲与身体。黑海之龙赶紧从尸体中抽出武器，对付下一个扑上来的敌人。

北欧人化双手变单手，强壮的右臂挥起剑，猛向敌人砸去，步行骑士举起塔盾抵挡，却不防被贴近身的雷拉格左臂上盾牌一记重击击晕，虽然步行骑士从小就开始经历最严格的训练，这种眩晕也只持续了一秒，但对雷拉格来说已经足够了。

雷拉格右臂的冰川之刃穿过了他的咽喉，步行骑士最后时刻恐惧地张开嘴，身体则被钉牢在地面上。

“哈！你们也不过如此！”瓦朗尼亚首领嘲笑道，寻找其他的步行骑士交战。

一名十字军弩兵在混乱中冒了出来，显然，他对自己发现了这么一个大人物而感到欣喜，急忙架起了自己手中的弩机。

弩箭嗖了一声穿进了雷拉格的腹部，如果不是黑色重扎甲和贴身锁甲的保护，他的肠子至后背将会完全被射穿。

世界开始旋转。

“我的天！真他妈的该死，”从背后冲来的斯塔姆挥起阔剑，把这名弩兵连头带肩膀斩成两截，并赶紧扶住雷拉格的肩膀，“你现在这个时候可不能受伤！”

满脸血污的赛奥多西皇帝也赶到雷拉格身边，“雷拉格，我的步兵越打越少，就快顶不住了！”

“把我扶起来。”雷拉格咬着牙对斯塔姆说道。

雷拉格缓缓站起身，恍惚地望了一眼两翼骑兵交战的情况，那里显然更糟，朱里奥的骑兵完全不是十字军主帅卫队的对手，在贴身交战中被砍得纷纷落马，虽然依仗超卓的勇气在支撑，但崩溃也只是迟早的事。如果两翼的骑兵覆没，十字军重骑兵就可以肆无忌惮的冲击拜占庭步兵阵线的背面，任何人类的勇气都无法抵御这种血肉横飞。他们将败局已定。

“萨亚斯的弓骑兵到了！”亚美尼亚人的大吼使得紧锁眉头的斯塔姆略微感觉轻松了点，一阵轻快的马蹄声出现在佣兵头子的耳边，每名弓骑兵的马刀都沾满血迹，显然，他们刚刚追击路易军团的残兵败卒而来，亚美尼亚人担心地望了一眼雷拉格的神色，“他没事吧？”

“他中了一箭，”斯塔姆嚷道，“我代替北欧疯子指挥，你们的骑兵，立即迂回至十字军步兵阵线的右翼进行突击！”

“不，”雷拉格皱着眉头，制止了斯塔姆的计划，“弓骑兵太少，从他们两翼的任何一处，都必须面对长枪如林的矛兵，杯水车薪，你没有机会。”

“那我们该怎么办？”赛奥多西皇帝绝望地望着雷拉格。

“我们该怎么办？”这句话一直回荡在雷拉格的耳边，他眼前开始出现幻觉。整个战场上的厮杀声惨叫声听起来就像是一场梦境中的幻影。

“命运的阶梯在向我们招手，”皇帝在白色的灯光下站起身，“特别是你的命运，冒险就要开始了。”

曼努埃尔皇帝的幻象出现在半空中，他看待雷拉格时还是那么的慈祥，仿佛在打量自己的儿子，他的神情并不悲伤，貌似还期待着什么，期待着自己最好的学生去验证最后一次机会。

“也许命运并不完全掌握在自己手中。”去世的老皇帝轻轻说道，“但如果不去尽力就连掌握的机会都没有。”

“自助者天助。”

曼努埃尔的幻象缓缓消失，战场上的厮杀又渐渐变得清晰起来。

“保加利亚人仍没有动静是吗？”雷拉格平静地问赛奥多西。

“是的，”赛奥多西沮丧地说，“保加利亚沙皇按兵不动，他们的右翼中，骑兵们甚至都下了马，看来，他们想眼睁睁看着我们全军覆没。”

雷拉格在斯塔姆的搀扶下，登上拜占庭人控制着的一个高地，瓦朗尼亚首领仔细观察着保加利亚的阵地右翼，确实十分松懈，很多骑兵都在下马休息。

“保加利亚右翼的指挥是谁？”雷拉格问。

“卡罗赞的小儿子西蒙，也是他最宠爱的孩子，一个纨绔子弟。”赛奥多西叹道。

“那是他最宠爱的孩子？”雷拉格突然声音提高了。

“没错。”赛奥多西沮丧地看了他一眼，不知道北欧人为什么突然对这个问题感兴趣，“我们已经尽到全力，披肝沥胆做到了最好，但如果我们毁灭不可避免，我将平静地接受命运安排。”

“我的命运只掌握在我自己手中。”雷拉格咬牙切齿地说道，脑中浮现出一个大胆的计划。

“雷拉格，下命令吧！我的骑兵该向哪个方向发动反击？”萨亚斯为瓦朗尼亚首领坚定的气质所震撼，高声叫道。

“你的骑兵全部交给我率领，”雷拉格盯着亚美尼亚人的眼睛，努力掩饰眼神中的些许不舍，“我需要你一个人去帮我做件事，而且得快。我们的性命全取决与你。”

“当然，”萨亚斯担心地望着雷拉格捉摸不定的栗色双眼，显然对这个不寻常的命令有些不安，但他依旧选择信任他们的首领。

“你想让他一个人去做什么？”斯塔姆很担心那支箭破坏了雷拉格的神经。

雷拉格没有回答他，他的眼睛正死死盯住那个被斯塔姆砍死的弩兵。

Chapter 49

索菲娅双手接过沉重的冰川之刃，轻轻闭上眼睛，这一刻，仿佛雷拉格坚强的意志力量与自己的身体合二为一，“突厥罗姆苏丹国的凯霍斯鲁，正在谋划集结大军进攻尼西亚帝国，赛奥多西需要敌人的准确主攻地点，兵力、装备、后勤、士气等等所有情报，从今往后，帝国军情处总部迁往尼西亚，我们要做的事情还很多，”军情处长坚决的顿了一顿，“复兴帝国的工作永远不会停止。”

萨亚斯的三百名轻骑兵在战场右翼高速奔跑，这也是当前战场上拜占庭人唯一可以自由运动的军队，他们飞驰向北方海滩，并向护卫船只的北欧卫队与罗斯人焦急地招着手。

龙头战舰上的北欧卫队小头目怀疑地望着他们，他现在手中只有百余士兵，其他都是随从人员。雷拉格给他的命令是看守住船只，他不肯冒险。可那些轻骑兵中，有很多是熟脸色的罗斯人。考虑再三，他还是派遣一只小船靠岸去看个究竟。

“雷拉格大人的命令，非常紧急，”一名罗斯骑兵对小头目急促说道，“他要我们来带走船上的东西。”

从一场正在进行的生死血战中撤离返回船只取货物这确实太不寻常，“什么东西？”

罗斯骑兵下马走向小头目，在他的耳边附耳。

“你疯了，”小头目摇晃着脑袋，“我不能把这些交给你。”

罗斯骑兵不安地望了望周围，从怀中掏出两件东西展现在小头目的面前，一件是雷拉格曾经在特拉柏森被授予的北方司令官戒指，另一件是索菲娅从不离身的佩戴：放大镜的项坠盒。

“好吧，”小头目终于下了决定，“你们跟我来，希望你们能搬得动。”

烟尘中，十字军皇帝鲍尔温发现似乎有一些轻装弓骑兵从他们的右翼接近，这也许是罗马人最后的一招了，他几乎想都没想，派遣十字军最快的骑兵来拦截拜占庭人最快的骑兵，“传我的命令，弩骑兵①上马，

① 轻装弓骑兵在绝大多数场合可以利用灵活的“回马箭”战术自保，但这不包括对阵对方射程与火力均较为强大的单位。比如被良好保护的大量弓箭手，或是穿甲能力较为强悍的弩箭，但弩骑兵自然也有他们的弱点，由于在马匹上操作弩不便，导致原本就射速偏低的弩射速更低。

列队拦击！”

弩箭是罗斯弓骑兵们的克星，再见了，雷拉格、赛奥多西，最后挣扎之后等待你们的只能是死亡。

一千多名弩骑兵向罗斯弓骑兵飞驰而去。

罗斯弓骑兵却似乎对十字军弩骑兵的反击显得比较慌乱，他们眼看人数占绝对优势的弩骑兵，调转马头撤退，但他们回归拜占庭人阵地的路线很快被后者堵住，只得向保加利亚阵地狂奔。

但他们的速度显然比平时慢很多，一名慌乱的罗斯骑兵包袱不慎掉落在地，几枚珍珠与数包金币从中翻落，发出叮当作响。

“这是雷拉格的辎重队，也许用来奖赏部下用的！”弩骑兵们的眼睛中闪烁着光芒，十字军东征难道还真是为了信仰？金币，更多的金币！“别让他们跑了！”

为了躲避追兵，罗斯弓骑兵不得不抛下更多的金银珠宝以提高速度，他们的位置离保加利亚右翼阵地越来越近。高地下，为了提高撤退速度，罗斯弓骑兵干脆将大批珠宝扔在地上，这使得弩骑兵们干脆下马来争抢，而保加利亚阵地上的佩切涅格骑兵与库曼骑兵也在紧紧盯着高地下方的动静。

“不能让这帮狗娘养的十字军在我们面前带走宝贝！”佩切涅格人贪婪地舔着舌头，“雇佣军是为了什么才打仗的呢？”

“和西蒙说说，”一名库曼骑兵瞟了一眼身穿红色长袍的小王子，“他和我们一样热爱金币。”

“但沙皇还没有进军的命令！”一名骑兵担心。

“西蒙是他最喜欢的孩子，”骑兵们达成了共识，“只要西蒙参与就毫无问题。”

十字军弩骑兵们为争抢珠宝乱作一团，全然没有注意保加利亚右翼高地上飞驰而来的骑兵，骑兵们因面前的财宝而双眼放光，密集的马刀砍得十字军弩骑兵鬼哭狼嚎。剩下的弩骑兵纷纷上马，为了自卫拔出刀剑，抵挡着保加利亚人的攻击。

战局实在有些出乎保加利亚沙皇的预料，即使十字军孤注一掷全军出动，甚至完全放弃了对自己的防御，势单力孤的拜占庭人依然在顽强拼杀，“他们的意志可以让任何军人肃然起敬，”卡罗赞对部下感叹道，“但是政治就是政治，正是因为他们的勇敢，我将继续延缓进攻时间。”

但右翼的吵闹声还是让他很困惑，传令兵的报告则让他愤怒，“谁让西蒙擅自出击？哪怕他抢到黄金与蓝宝石制成的主福音书献给我也不能逃避惩罚，传我的命令立即回来！不然他就别想要色雷斯的领地了！”

保加利亚人最安全的右翼，这是离战场最远的地方，也是最松懈的区域，连同身穿深红色长袍的卡罗赞小儿子西蒙，他们的注意力都集中在为财宝出击的保加利亚骑兵身上，盘算着未来的收获。

一名卫兵无聊地打着哈欠，一柄长途潜行而来的锋利弯刀却抹上了自己的喉咙，弯刀刀刃小心地锯着保加利亚人的脖子，让他无法发出任何声音，白底红字的十字军长袍包裹了潜入者全身与头脸，只露出炯炯有神的双眼。

弯刀主人收起武器，庆幸自己运气还算不错，干掉两个卫兵而没有造成任何动静，这不仅让他想到了二十九年前自己在黑海参与的传奇突袭。

潜行者机警的目光扫射着保加利亚人营地外围的动静，迟疑了一下，将卫兵的尸体拖进长长的草丛，他不想留下任何痕迹。

他的身手在疲惫之际依然轻盈敏捷，快速登上一座临时哨塔，从这个位置可以看见整个保加利亚右翼的全貌，但他的时间不多，很快他们就会察觉这里失踪的卫兵。

潜行者在哨塔上架起了一柄弩。

他擅长用远程武器与轻武器，最出色的就是长弓与短弓，已经达到了出神入化的程度，弩并不算是他最称手的武器，但这次他必须使用这个。

而且必须成功。

潜行者架起了弩，找到了他唯一的目标，卡罗赞的小儿子西蒙——那个在营地中间手捧水袋，紧盯着高地下劫掠场景的纨绔子弟。他也很清楚，自己的机会只有一次。

他默默向天父祈祷着，然后扣动了扳机。

一柄弩箭从上空划破了宁静的空气，嗖的一声穿过西蒙的右颈，小王子正在饮水，淡水混合着鲜血从被打穿的食管中爆出。任何卫兵都无法做出反应。西蒙翻到在地，双目圆睁，似乎不相信在如此安全地带会遭此厄运。

“王子被杀了！有刺客！”保加利亚卫兵惊慌地大喊。

潜行者从哨塔上跃下，但动作并不特别快，似乎有意让人看见自己，他轻轻的吹了口哨，一匹身披白底红十字战袍的黑色良驹出现在面前。

“是十字军的刺客！一名弩骑兵，上马抓住他！”刚才还悠闲万分的保加利亚骑兵纷纷上马，“快去报告沙皇！还愣着干什么，快去！”

保加利亚人中的库曼轻骑兵立即从两侧飞奔向刺客，库曼骑兵一向自得于自己的坐骑速度，但没想到杀手的坐骑竟是一匹更佳的良马，刺客驾驭坐骑转瞬间就冲出了营地。

“放箭！放箭！别让他跑了！”库曼骑兵纷纷边奔驰边射来箭矢。

库曼人都是名不虚传的神箭手，一发箭矢射进了潜行者的后背，他浑身颤抖了一下，几乎要撒脱缰绳落马，但他用极强的意志力牢牢抓住缰绳末端，整个人斜挂在马鞍上，继续向前飞奔。

又有几发箭矢射进了坐骑的身体，但它显然是一匹久经沙场的战马，受伤之际速度依然不减，渐渐拉远了与库曼骑兵们的距离。

“该死！再追就是十字军的阵地了，”库曼骑兵大喊道，“如果要报仇，跟随大军的脚步向他们的鲍尔温皇帝讨还血债吧！”

在摆脱追兵之后，潜行者的坐骑渐渐慢了下来，随着一声嘶叫，气力放尽，流血过多的坐骑翻到在战场上，永远的躺下。潜行者被掀翻在草地上，看起来箭伤也不轻，起码无法站立。他现在离拉丁帝国的军队很近了。虽然身穿十字军的战袍，但他毫不怀疑，一旦赶来的十字军发现他的真实身份，会毫不犹豫地将他杀死。

他趴在战场上，紧紧搂抱着坐骑的头颅，流着眼泪狂笑着。这是陪伴他多年的亚美尼亚良驹，是难寻的战马，他失去了坐骑，也许还有自己的命。但他毫无遗憾，他完成了一生中最重要的一次任务。

一名来自右翼的保加利亚传令官半跪在地，回避着沙皇因噩耗而呆滞的眼神。

“就算是西蒙袭击了你的军队，但是这次我要诅咒你，鲍尔温，你真的惹怒我了！”卡罗赞先是痛哭流涕，继而发出声嘶力竭的狂吼，“所有骑兵上马，准备出击！”

漫山遍野的保加利亚重骑兵，库曼骑兵与佩切涅格弓骑兵从高地上冲下，挥舞着弯刀与长剑，并向十字军背后射出漫天箭雨，数万骑兵狂吼着向鲍尔温大军的背后袭来。

“为什么保加利亚人会在这个时候出击！”鲍尔温大吼，“为什么？”

“我不知道，我不知道！”一名十字军军官绝望地叫道。

“现在只有舍命猛攻罗马人的高地才有生路！”鲍尔温喊道，“全部弩兵向高地射击！骑士与主帅卫队跟我来！”

而在身后，来不及转身的十字军步兵几乎在瞬间被保加利亚的骑兵海洋冲垮。

斯塔姆惊奇地望着全军出动的保加利亚大军，潮水般的冲锋已经让十字军后卫尽墨，战场的局势在瞬间扭转，他转身望着嘴角带着一丝诡异微笑的雷拉格，“一定是你派萨亚斯干了什么！”

“因为我了解保加利亚阵营中库曼人与佩切涅格人的个性，他们不会放过眼前任何值钱的东西！就让萨亚斯的弓骑兵假意在保加利亚人面前丢弃辎重，引发十字军与保加利亚人互相抢夺，”雷拉格还在因腹部的箭伤而喘息，眼中却闪现着疯狂的神色，“他本人则化装成弩骑兵，趁乱干掉卡罗赞的小儿子！萨亚斯是最出色的！现在让鲍尔温领略保加利亚沙皇的愤怒吧！就算他们未来弄清楚真正的凶手是谁，今天的战局已定了！”

“干掉盟友的儿子，你真是又狡猾又卑鄙！”

“我现在感觉到自己是个罗马人了，”雷拉格狂笑，“我的信仰也许是雅典娜而不是瓦尔基莉②，因为女神是如此厚爱我这个无比卑鄙、狡猾、难以干掉的杂种！哈哈哈！”

“我们的援军到了！”黑海之龙站起身，向士兵们高举起冰川之刃，“冲啊！”

“冲啊！”

已到意志与体力极限的拜占庭士兵，被面前的形势所鼓舞，挥舞着长剑、弯刀与长矛拼命厮杀，他们的狂呼乱冲使得面前的十字军矛兵开始成片崩溃。北欧卫队的双手斧则在这一刻完全瓦解了步行骑士的防御，在惊慌不定的后者阵型中挥砍出由下马骑士残肢断臂组成的恐怖血雨。骑士们只是依仗着过人的战斗意志在勉力支撑。

十字军剑士也开始跟随矛兵逃命，骑兵则丢开自己的步兵，像绝望的苍蝇一样四散逃窜。而在军阵背后，殿后护卫教廷旗帜的士兵已经在飞驰而来的保加利亚骑兵马刀的密集挥砍下被杀的一个不剩。代表着可以任意宗教裁判不可撼动权力的红底白十字旗帜翻倒在地，被无数败兵践踏。

“他们的军旗倒了！”斯塔姆大呼道，“他们完蛋了！”

“鲍尔温在哪？”雷拉格突然意识到敌人接下来必然的意图，他焦急地大喊，“鲍尔温在哪里？！”

一阵密集的弩箭射向拜占庭人的东北方向高地，直接回答了他的问题，这是十字军最后的疯狂，密密麻麻的弩箭把高地上双头鹰军旗的掌旗手射得如同刺猬一般，双头鹰军旗也轰然倒地。

② 从北欧女武神瓦尔基莉和希腊胜利女神雅典娜的神话对比来说，瓦尔基莉仿佛更直率，喜欢用力量的碰撞和面对面的战斗来解决对手，而雅典娜更崇尚军事诡计与谋略，这点在《奥德赛》中多有表述，因此雷拉格认为这是雅典娜在庇佑自己。

“就是那里！”雷拉格死死盯住拜占庭人右翼，“鲍尔温突围的方向就是那里！他们要从那儿向君士坦丁堡撤退！”

拉丁帝国皇帝鲍尔温带领所有的主帅卫队与残余的骑士，在弩兵猛烈的火力射击下向拜占庭最薄弱的右翼发起疯狂的进攻。这是十字军最后的突围之路，他们使出了浑身解数。

罗马人的右翼只有一个纵队重装矛兵实施防御，而在之前的战斗中已经损失惨重，士兵大都疲惫不堪，只是因为形势的转机而竭力拼杀，现在双头鹰旗帜倒下，乱箭中不停有矛兵被射翻，眼见即将崩溃。

“不能让他跑了！”雷拉格很清楚一旦鲍尔温撤退到君士坦丁堡坚固的城墙附近，他就没有任何办法。作为这座伟大城市曾经的主人，黑海之龙很了解城墙上的角楼与弩炮塔的威力，没有任何士兵可以活着接近。而鲍尔温这个屠戮市民的凶手，践踏文明的罪犯，就可以继续回到皇宫中做他的皇帝，等待教廷新的援军。

但场景实在太过混乱，拜占庭中央阵线的士兵围绕着逃跑的十字军士兵乱砍乱杀，大家拥挤在一起，已经无法调度。只能靠右翼士兵自己来支撑敌军的最后突围，“跟我来！”雷拉格不顾背部的箭伤，招呼着斯塔姆与身旁最近的几个亲兵，“我们把旗帜重新竖起来！指出封堵的位置！”

瓦朗尼亚首领与斯塔姆抢过两匹失去主人的十字军战马，穿过层层阻拦死战不退的败兵，向右翼阵地猛攻，不善骑马作战的他们只能拼命向内猛冲。在那里，十字军主帅卫队与步行骑士正在拼死突围，喊杀声震天。雷拉格刚冲到倒下的双头鹰旗帜边，几发弩箭就洞穿了他坐骑的身体。将他掀翻在地。

被摔得头昏脑胀的他睁开眼睛，却发现倒下的旗帜就在自己的手边，惊喜过望的雷拉格赶紧拾起了旗帜，将双头鹰标志高高举起，“斯塔姆，”

即使眼神有些模糊，他还是非常兴奋，“旗帜就在我的手中！”

“当心！雷拉格！”斯塔姆在身后大喊道。

一名十字军主帅卫队骑兵驱马从背后向雷拉格冲来，因眩晕与兴奋的雷拉格在这一刻放松了自己的反应神经，长剑插进了他的后背。

斯塔姆猛地向这名骑兵抛出他的阔剑，剑身刺进了敌人的脖子，骑兵翻身落马。

雷拉格大吼一声，抽出背上沾染着自己鲜血的冰川之刃，将落马的骑兵钉死在地上。

瓦朗尼亚首领仍努力去举双头鹰军旗，但沾满了血迹的双手在颤抖。

“把旗帜交给我！”斯塔姆冲来，但又有一名步行骑士高举长剑杀来，斯塔姆只得拾起阔剑前去抵挡。

雷拉格摇晃着回头望了一眼右翼高地上的情景，拜占庭矛兵在主帅卫队与步行骑士的猛攻下就要崩溃。

一只粗壮的手臂从雷拉格手中接过了双头鹰旗帜。

遍体鳞伤的白发巨汉冲上了高地，他放弃了武器，双手高高举起双头鹰战旗，以最后的气力踉跄着跑向高地，拼命挥舞，向所有的拜占庭士兵展示十字军们最后的撤退位置。

“奥拉多姆！”雷拉格发出声嘶力竭的狂吼。

巨汉来到了高地的最高处，这也是处于敌人弓弩射击最危险的位置。当他看见大批拜占庭士兵已向自己的位置涌来，深吸一口气，大吼一声，用尽全力把军旗深深插进高地上的泥土中。

十字军弩兵发射出最后的疯狂，漫天弩箭袭来，奥拉多姆的身体连续中箭，巨汉已经支撑不住了，他跪倒在地，用生命中最后的力量将军旗厚重的旗杆紧紧拥抱在怀中，而弩箭仍然一支又一支钉入他的身体，他的头耷拉下来，但脸上仍带着一丝淡淡的笑容。

双头鹰旗帜在右翼的阵地上坚定的飘扬。

右翼的拜占庭矛兵在这一刻被坚定的老战士激发出最后战力，他们拼死冲向重装的主帅卫队，用长矛将对方猛刺下马，并死死掐住这些重骑兵的脖子，短刀、拳头、牙齿在这一刻全都成为致命的兵器，而斯塔姆的阿拉玛诺剑士在这一刻已经赶到，十字军撤退的路线被全部封堵了。

雷拉格望着像山神一样定立在高地上，纹丝不动的奥拉多姆，胸膛在不停起伏。瓦朗尼亚首领发出野兽般嘶哑的长啸，挥舞着冰川之刃杀向鲍尔温皇帝的最后防御。

“杀光他们！”

两名步行骑士为保护皇帝前来抵挡，被黑海之龙掀翻在地。瓦朗尼亚首领斩断了第一个骑士的腿，并剁开了头盔中的脑浆。他甚至没有去看第二个人，因为余光的一瞥是斯塔姆切开翻到在地敌人的喉咙。

鲍尔温徒劳地指挥着剩下的军队，但弩兵在保加利亚骑兵的冲杀中已经完全崩溃。眼前到处都是胡乱奔跑的士兵。这个时候，一个疯狂的身影冲杀而来，高举起寒光闪闪的冰川之刃。

拉丁皇帝高举起长剑抵挡，却被虽然丧失平衡却如天神般的力量将武器击飞。

鲍尔温向后退去，但对手的武器来得更快。一把巨大的双手剑斜着劈下，北地最锋利的剑身切开十字军最好的铠甲，透过了锁骨与数根肋骨，鲜血如泉涌一般喷射四溅。

“这一下是为了艾里克！”雷拉格疯狂地吼道。

拉丁皇帝徒劳地举起左手，冰川之刃的横斩又削掉了他带着护腕的手腕。并在腹部造成一个巨大的创口。

“这一下是为了泰勒斯！”

鲍尔温跪倒在地。雷拉格毫不放松，紧握骷髅雕饰剑柄的后部。把剑锋插进前者厚重铠甲保护下的胸口，并从后背穿出。

“这是为了奥拉多姆！”

十字军帝国皇帝呆滞的眼神僵直在脸上，只能从喉咙中发出含混不清的声音，“我并不认识他们。”

他的头颅被一个横扫干净利落地卸掉，带着颈部脊椎的碎片与漫天的鲜血飞向空中。

“我认识。”雷拉格咬着牙齿喘着气默默说道。

赛奥多西皇帝正挥舞着双头鹰之剑，鼓舞士兵们全线发动反击，包围圈中的十字军残兵的覆灭已成定局。就在这时一只坚定的手掌紧紧抓住了他的肩膀。

“陛下，”雷拉格的声调因为受伤而低沉，“将我们的人全部撤向高地。所有倒下的军旗与长矛让人全部竖起插在高地的背面，所有士兵拿起武器，列队整齐。”

“我们需要多一些战利品，士兵们需要金钱，我们……”赛奥多西解释道。

“我们需要的是活命，”雷拉格打断了皇帝的话，用手指着带领保加利亚骑兵仍在十字军残兵中乱踏乱砍的卡罗赞，“看见我们的盟友了么？”

“是的。”

“那么，现在就该是防范我们盟友的时候了。”瓦朗尼亚首领冷冷说道。

战场上的喊杀声渐渐停滞，烟尘逐渐散去。这场位于亚得里亚堡的大会战终于以十字军的全军覆没而告终，拉丁皇帝鲍尔温与他的助手路易伯爵均战死沙场③。作为损失微乎其微的其中一位胜利者，保加利亚沙皇端坐在战马上，来回踱步观察着东罗马帝国军队的高地，盘算着最佳的背盟时机。

但罗马人阵地后方无数旌旗招展，长矛林立，士兵们虽然全部浑身血迹，疲惫不堪，但依然紧握着武器，排列着整齐的队形。位于阵型中的北欧卫队更是如群山般直立。坚定而毫无畏惧的眼神紧紧盯着他的一举一动，特别是他们的指挥雷拉格，他兽性的栗色眼神让人不寒而栗，卡罗赞最终放弃了与他的对视。

沙皇带领几名保加利亚亲卫骑兵，登上了高地，当他更加接近罗马人时，两名神态冷淡的矛兵矛尖阻止了他的继续前行。而雷拉格则抱住妻子索菲娅的腰肢，平静地望着他。

其实沙皇并不知道，仿佛斜靠在丈夫身上的索菲娅正用全力支撑住北欧人的身体，只要一放松，遍体鳞伤的雷拉格就会倒下。

雷拉格望了一眼同样浑身是血的朱里奥，后者将一个头颅扔给了卡罗赞，“我想沙皇会需要这个。”

“当然，”卡罗赞带着恨意盯着鲍尔温的头颅，“我把他做成酒杯来祭奠我的孩子。④”

③ 1205 年 4 月 14 日，在这场亚得里亚堡战役中，保加利亚和拜占庭联军击败了拉丁帝国的十字军部队，拉丁帝国皇帝鲍尔温和副手路易伯爵均战死，这场战役主要依靠保加利亚沙皇的力量，但标志着拜占庭尼西亚的流亡政府度过了最大的一劫，不然，拜占庭帝国就不是千年帝国了。

④ 如果有人愿意了解中世纪保加利亚历史的话，会发现这是他们一项非常有趣的传统。

“我代表整个罗马军队对盟友的这次不幸事件表示最痛心的哀悼。”雷拉格深深鞠了一躬，表情真挚。但鹰隼似的目光仍死死盯着卡罗赞的脸。

“拉丁皇帝的头颅，我想可以值一半战利品。”沙皇面无表情的说，“我要拿走另一半。”

雷拉格与赛奥多西互相交换了一下眼神。

“您出击确实很晚，”瓦朗尼亚首领直言不讳地责备道，但又耸耸肩，摆出满不在乎的表情，“但您投入最大，所以，得到一半也不算太不公平，毕竟，您有一大堆雇佣军要养活。”

卡罗赞轻轻一点头，接受了雷拉格的恭维，“和你谈话真让人高兴，”他又看了一眼拜占庭人队形严整，旌旗如林的阵地，缓缓拨马转身离开，醒目的巨龙喷吐火焰的标志给他留下了深刻印象。

“与一个传奇交谈，”离去沙皇的语气中带着无奈的敬佩，“是我的荣幸。”

“鲍尔温的头颅是将士们拼死作战才得到的战利品，”赛奥多西目视卡罗赞离开，语气中略带不满，“你将荣誉轻易地送给了他。”

“我是将灾祸送给了他，”雷拉格嘴角间闪过一丝淡然的微笑，“教皇将会知道十字军皇帝的主帅头颅在谁手中，让保加利亚人来面对西方教廷的报复吧。我们还有更重要的事情要去对付，据索菲娅的可靠情报，现任突厥罗姆苏丹国的凯霍斯鲁正在筹划组织大军彻底地毁灭帝国，元气未复的帝国不能同时面对两个敌人。”

东罗马帝国将士们依然警惕地列阵在高地上，目视着保加利亚军队打扫战场。等待沙皇收兵的号角声吹响，数万满载而归的骑兵离开了亚德里亚堡，雷拉格才松了一口气。原地休息的命令刚刚下达，几乎所有士兵都疲惫地翻倒在战场上，有的甚至晕倒在地，刀剑与长矛落地的声音充斥着整个军队。

但雷拉格不顾腹部与腰部的伤势，猛扑向高地最顶端。鲜血早已流干，面色安详的奥拉多姆身中数十箭，仍旧跪倒在地紧紧将双头鹰旗帜抱在怀中。瓦朗尼亚首领用力抓住白发巨汉的肩膀，额头顶住老部下的胸膛，开始仰天痛哭，哭声撕心裂肺，令四周的帝国将士无不落泪。

“奥拉多姆！”雷拉格仰天喊道，“我还要和你去收复君士坦丁堡！”

赛奥多西也不禁流下了眼泪，他尝试着去劝解雷拉格，但后者已经哭得浑身发抖。

“泰勒斯，艾里克！”瓦朗尼亚首领单膝跪倒在奥拉多姆的身边向天空吼叫，“我是雷拉格！我是你们的朋友，我没有违背誓言，二十三年之后，我回来为你们复仇，用成千上万十字军的头颅为你们送葬！”

“向所有保护帝国的勇士们致敬！”

“所有勇敢的人将在英烈祠和天堂中得到永生。”朱里奥在一旁默默地念叨。

浑身尘土与鲜血的索菲娅就在一旁静静地观察着丈夫，陪伴着他默默落泪，她的视线中，一瘸一拐但捡了条性命的萨亚斯的出现了，这让她惊喜不已，她急忙去搀扶这次会战中最力挽狂澜的勇士。

“也许只有你的劝解才有作用，”萨亚斯望向雷拉格，心中一阵酸楚，“他最需要的是你的感情。”

“就让他尽情痛哭吧，”索菲娅哽咽着说，“他已经忍了二十三年，他是雷拉格，他只有在胜利之后才会痛哭。”

“雷拉格，”赛奥多西皇帝小心地拍着黑海之龙的肩膀，“可我们毕竟胜利了！我们活下来了！你看，索菲娅，朱里奥，萨亚斯，他们都活着，罗马帝国还活着！”

黑海之龙恍惚地回过头，模糊的视线中，朱里奥与萨亚斯都站立在士兵的队列中，接着他又看见了索菲娅：二十三年中承受着比他更大痛苦与忍耐的妻子，她将自己的一生都奉献给帝国，在帝国濒临崩溃之际仍坚持不懈。

“索菲娅，萨亚斯，朱里奥，”雷拉格的声音渐渐舒展开，“你们都活着！”

“帝国还活着！”赛奥多西皇帝在他耳边再次强调。

“我们都还活着！啊？”雷拉格陡然一把抱住尼西亚皇帝，似乎刚从梦境中惊醒过来。

“是的！”

黑海之龙突然发出狂笑，直到笑出眼泪。

“这场传奇的战斗将载入史册，而我们竟然活着！”

这个时候身旁的传令官才如梦初醒，吹响了胜利的号角。

“胜利！胜利！胜利！”士兵们狂吼道。

赛奥多西皇帝转身微笑向士兵们致意，接受战士们的祝福，冷不防雷拉格突然从他的剑鞘中抽出了双头鹰之剑。

尼西亚皇帝的卫兵对这突如其来的变故不知所措，只得纷纷拔出刀剑，对准了雷拉格。而北欧卫队的战斧们则全都指向赛奥多西。

“你要做什么？”索菲娅赶紧上前一步，她担心雷拉格真的疯了。

雷拉格却显得很平静，他右手握着剑，旁若无人推开阻拦他的士兵，摇晃着伤痕累累的身体走下高地。

“你不能拿走那把剑，”一名帝国军官鼓足勇气喊道，“那是皇帝才能佩戴的武器。”

“哦，谁是东罗马帝国的皇帝？”雷拉格回过头反问，面色中带着一丝嘲讽，“那么请问，帝国的皇帝，您的首都，君士坦丁堡在哪里？”

赛奥多西在默然中低下头。

“陛下，”一个军官小声地提醒赛奥多西，“您不能让他拿走那把剑！”

“不，我认为他可以，”赛奥多西突然抬起头，“他曾经就是帝国当之无愧的皇帝，是君士坦丁堡——这座世界上最伟大城市的主人，而一个没有拥有这座城市的领袖，不配称为帝国皇帝！”

“但是我答应你，传奇的黑海之龙，”尼西亚皇帝扔给了雷拉格双头鹰之剑的剑鞘，“我会以我的一生来夺取君士坦丁堡，如果我不能成功，还有你的后代来完成！”

雷拉格停住了脚步，转身望着面色平静的索菲娅，“这么说他同意了？”

索菲娅没有回答，而是望了一眼尼西亚皇帝。

“如果这就是对您拯救帝国的回报，我想，那还远远不够，”赛奥多西谦虚地说，“您的小儿子约翰，我已经将他收为义子，我没有儿子，在未来，我希望他能与我的女儿艾琳结婚，我要以你与索菲娅为榜样来培养他们。”

“约翰将继承这个帝国。”赛奥多西一字一顿地说道。

“他们会有自己的生活，”雷拉格终于露出了一丝微笑，“但是我还是会因此感谢你。”

“不过，”赛奥多西迟疑道，“他不能再用科穆宁这个姓，您知道……这个姓在这个混乱的时局很可能带来麻烦，他可以用杜卡斯，我可以先给他另一个贵族姓……⑤”

⑤ 历史上赛奥多西一世确实没有儿子，他的继承者是女婿，也叫约翰，是约翰·杜卡斯·瓦塔基斯。不过他的身世父亲方还未确定，母亲也是拜占庭皇帝伊萨克二世一位不知名的女儿，本文中约翰是雷拉格与索菲娅的小儿子，此为情节虚构。

“没关系，我理解，”雷拉格想到了自己的父亲哈拉尔德以及另一个父亲，轻轻摇了摇头，“我不在乎。”过了一会儿又轻声补充道，“希望他也不在乎。”

“那么，该说再见了，陛下，”雷拉格被索菲娅搀扶着向海岸上的龙头战舰走去。

“传奇的黑海之龙，”赛奥多西还想劝他留下来，“是否考虑过与我一起收复君士坦丁堡？”

“我已经太老了，你需要的是我的儿子而不是我，如果，”黑海之龙看了一眼自己剑鞘中的宝剑，回过头，给了赛奥多西一个灿烂的笑容，“您能夺回君士坦丁堡，我在任何时候都会立即赶到您身边，奉献上珍贵的双头鹰之剑，并永远侍立于您的麾下。”

赛奥多西皇帝向他挥了挥手，郑重地点点头。

“你们未来是什么打算？”雷拉格问着朋友们。

“我将为赛奥多西服务，”朱里奥说，“回到帝国我感到很高兴，我认为他有复兴帝国的能力，帝国也需要我的骑兵。”

“我跟你回诺夫哥罗德，我还要继续训练罗斯人的弓骑兵，”萨亚斯看了一眼他的姐姐，“在未来，你在北方的领地会交给弗拉基米尔，而他需要一个百步穿杨的舅舅来辅佐。”

“你呢？”雷拉格用手捅了捅阿拉玛诺雇佣兵的腰。

“就在刚才，”斯塔姆挺直了胸膛清了清嗓子，“赛奥多西皇帝任命我为帝国陆军步兵总指挥。看来我要在这个南方帝国逗留很久了。我说过，雷拉格，你的回归将会给我带来一笔我想都不敢想的大生意，”佣兵头子得意地向瓦朗尼亚首领敬了一个诙谐的举手礼，“东线陆军司令官阁下，我想我要代替您曾经的位置了。”

“只要你在索菲娅的床上不代替我的位置就行。”雷拉格咧开嘴，开了一个不雅的玩笑，这个玩笑使得自己挨了羞红了脸的军情处长一拳，“我们走吧，”他搂住了妻子的腰，轻轻闭了一下眼睛，“我有点累，该回家了。”

索菲娅很奇怪雷拉格选择了一艘小型的龙头战舰而不是他的旗舰作为休息场所，在他整个人仰天躺在甲板上之后，战舰们开始了回家的路程，很多老兵表示愿意在尼西亚帝国叶落归根留了下来，因此大量龙头战舰都是空载，对于一群刚取得传奇胜利的人来说，海上的场景确实有些异样的冷清。

军情处长在雷拉格的额头上轻轻一吻，将瓦朗尼亚首领的头抱在自己的胸前，“我希望可以一直这样到诺夫哥罗德。”

“我想我最多能到黑海对岸的科齐小镇。”雷拉格仍闭着眼睛轻轻地说。

索菲娅浑身一震，弯下身体，再次检查北欧人脊背与腹部的伤势，她突然明白过来，对于一位超过五十岁的英雄来说。这些伤势也许比她想象中重得多。

“我本可以作为一位诺夫哥罗德领主安逸的活下去，说不定未来还能统一整个北地，可是觉得就是亏欠曼努埃尔，”雷拉格苍白的脸上露出无奈的微笑，“我很少做蠢事，远征亚得里亚堡是不是我一生中最愚蠢的事？”

“不，”索菲娅的眼泪在碧绿的眸子中打着转，“你的人生已经充满传奇，而挽救帝国，是你一生中最伟大的事，谁都比不上，我爱你，为你而骄傲，弗拉基米尔与约翰也会为你骄傲。”

“你才是传奇的女人，”雷拉格嘴角突然掠过一丝顽皮的微笑，“有的时候我在想，对于你来说，你是最爱我，还是更爱帝国？”

索菲娅用手轻抚他的脸庞，没有回答他。

“就像你以前说的，我不知道的还多着呐……”雷拉格一只手紧紧握住冰川之刃的剑鞘，另一只手紧紧握住妻子的手，安详地闭上了眼睛，“我很累，要睡一会了，到了科齐别忘记把我喊醒。”

“我会叫醒你一起肩并肩登上科齐的陆地，”索菲娅紧紧拥抱着雷拉格，泪水沾湿了黑海之龙的额头。“我将永远和你在一起。”

哈拉尔德堡的山顶上

“我们是最强壮的民族，我们对着危险与困难大笑。”生父哈拉尔德将冰川之刃交在自己的手中。

北地冰岩洞中

巨人艾里克猛抓住自己的衣领，“你这个混蛋！我艾里克说过的话从不反悔，我说过由你统领，就是你来统领！除非你死掉！”

丹麦海泽比港口附近

“前往君士坦丁堡是明智的选择，”妻子的脸似乎变成了年轻时的模样，“你会得到比想象中的更多。”

君士坦丁堡赛奥多西广场上

“你叫什么名字？”曼努埃尔虚弱地望着他，“我叫雷拉格，前北欧卫队司令官哈拉尔德的长子！”他回答。“果然是英雄之子！”皇帝赞许道。

君士坦丁堡黄金议事宫

“我觉得这是个疯子才会想出来的计划，”曼西穆斯坚决的语气，“但现在也只有疯子的计划才能让我们成功！”

金角湾海滩边

“命运的阶梯在向我们招手，”曼努埃尔皇帝指着灯塔上金黄色灯光站起身，“特别是你的命运，冒险就要开始了，我要谢谢你，孩子。”

特拉柏森城中

突厥北方军团司令官巴夏凝望着自己，表情中没有敌视与仇恨，他们同时仿佛看见了另一个自己，他向突厥对手怜惜地点了点头，巴夏则微笑着转身走向不断升腾的火焰中。

小城阿摩里阿姆中。

努尔丁惊慌地望着他愉快的脸，“我叫雷拉格！”他向突厥领袖宣布。

阿达纳城外的战场上

“你现在已经把安条克城的钥匙交在我手中了！”曼努埃尔皇帝激动的一把紧紧地抱住他。

安条克的图书馆中

“你将成为我的继承者，东罗马帝国的皇帝——雷拉格·科穆宁，当然，如果你不介意跟我姓的话。”曼努埃尔端坐在长椅上对他慈祥地说道。

科齐小镇郊外的黑海海面，载着雷拉格的小船被点燃，熊熊火焰吞噬了整个船体，在海滩附近一闪一闪的跳动着，就像他的亲生父亲一样远去。黑海就应该是黑海之龙的归宿，倔强的雷拉格在最后一刻也没有皈依他帝国的宗教，而是选择火葬这种方式去瓦尔基莉那里述说他的一生，也许，他在那里还能碰上暂时停留的曼努埃尔。

索菲娅凝望着海面，准备用一件雕刻着精致细密画的方盒子收回骨灰，在未来的某一天，她会永远抱着它和他在一起。

军情处长从怀中掏出一个小瓶，将它用力掷向汹涌的浪花中，伟大的英雄已经逝去，军情处对于雷拉格的监视在今天也宣告终结。这时，她眼角瞥见一个人影，人影深深地向海面鞠了一躬，并双手高举奉献上一把拥有精致骷髅雕刻的双头剑。

“军情处长节哀顺变，”所罗森毕恭毕敬地说道，“我们还需要您的指示。”

索菲娅双手接过沉重的冰川之刃，轻轻闭上眼睛，这一刻，仿佛雷拉格坚强的意志力量与自己的身体合二为一，“突厥罗姆苏丹国的凯霍斯鲁，正在谋划集结大军进攻尼西亚帝国，赛奥多西需要敌人的准确主攻地点、兵力，装备，后勤，士气等等所有情报，从今往后，帝国军情处总部迁往尼西亚，我们要做的事情还很多，”军情处长坚决的顿了一顿，“复兴帝国的工作永远不会停止。”

拜占庭

The blood of Byzantine hero

英雄血脉

Postscript

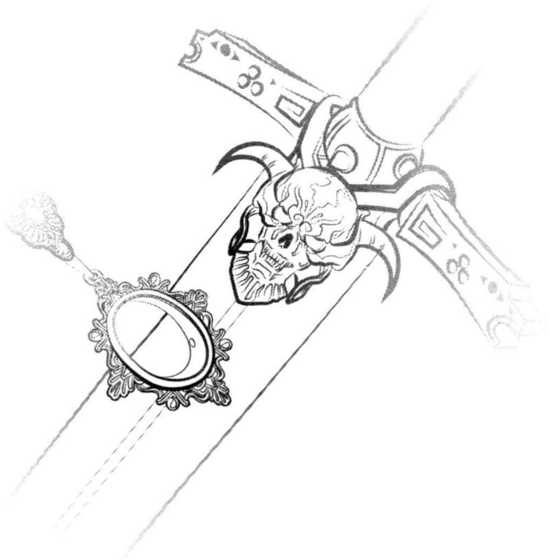

亚得里亚堡战役使得拜占庭尼西亚帝国艰难地生存了下来，尽管战役取得了完胜。但微薄的兵力让他们不能立即收复君士坦丁堡，最终赛奥多西还是与拉丁帝国新选出的皇帝签订了和平条约，因为尼西亚帝国有更大的麻烦对付。

公元1211年，突厥罗姆苏丹国的凯霍斯鲁一世，集结了数万大军，从东部向尼西亚帝国发起全面进攻，意在一举消灭东罗马帝国。赛奥多西则集结军队，在一个很具备戏剧性的战场曼德尔河谷迎击凯霍斯鲁，当年突厥人的数万大军曾在这个河谷被曼希姆斯全部歼灭。

战役开始时进行的并不顺利，近一半军队都抵敌不住向后撤退，但朱里奥的一千名拉丁骑兵在这场战役中发挥了极其重要的作用，他们的自杀式冲锋破坏了突厥大军的阵型，并将后者骑兵与步兵的联系切断。尽管这一千名骑兵几乎全部阵亡，但赛奥多西则趁机发动反击，为数不多的铁甲圣骑兵卫队毁灭了突厥宫廷卫队的防御，而赛奥多西则在单挑中用长矛将凯霍斯鲁一世刺杀于马下。混乱的突厥大军遭到惨败。年过五十的朱里奥也在战场上倒下，但是所有的战友都知道他是微笑着死去的。

赛奥多西的尼西亚拜占庭帝国与曾经那个叱咤风云的大帝国不同，他的军队组成不那么庞大，富有进攻性，但也却颇为精悍实效。

精锐雇佣军的成分则大大较少。铁甲圣骑兵与北欧卫队的编制被大幅度缩减，科穆宁王朝时代动辄数千北欧卫队一齐出击的壮观场面成为历史，他们仅作为卫队而不再作为军队的主要打击力量。

最具讽刺意味的是，亚得里亚堡战役后雷拉格的不雅玩笑竟然成为现实，年过半百的索菲娅魅力依然不容小觑，佣兵头子成为了军情处长索菲娅的情人，代价就是从此以后他就一直被军情处所控制。一名毫无政治信仰，最为反复无常的佣兵头目现在成为帝国步兵的中流砥柱，不得不说实在太富戏剧性。但索菲娅对于他的情人感情上还算是忠诚，当年过七十的佣兵头子自然死亡之际，军情处长依然在枕边照顾他。

斯塔姆与麾下的阿拉玛诺剑士成为了帝国最炙手可热的雇佣军重步兵，他们还一如既往地携带从萨克森家乡带来的巨剑，并拥有比过去好的多的盔甲，而他更想不到的是，他的阿拉玛诺雇佣军直至十四世纪都是拜占庭帝国最重要的雇佣步兵，并在未来一些重大战役中发挥决定性作用。

北方诺夫哥罗德的雷拉格势力因黑海之龙的死亡而少许衰落，但幸得已故的瓦朗尼亚首领留下了依照北欧卫队样式亲自训练的重装罗斯刀斧手与萨亚斯训练的重装弓骑兵。才免遭基辅公国的入侵，但接下来局势变化之快让所有人都无法预料。

来自远东的毁灭性势力降临，蒙古大军自东方来袭，在与基辅公国的会战中轻易击溃了后者集结起来的军队，从此整个罗斯南部都屈服于蒙古势力的统治下，但当蒙古军队试图同样吞并诺夫哥罗德时，他们遇到了头痛的问题，他们庞大的精锐弓骑兵部队并不适合在一望无际的森林与大片的沼泽中作战，擅长林中隐蔽的罗斯刀斧手都是樵夫出身，会给骑兵带来意想不到的损失，最终，萨亚斯辅佐小弗拉基米尔联合其他公爵与蒙古人签订了停战协定，诺夫哥罗德在这场浩劫中生存下来。

在弗拉基米尔独自掌权之后，他将自己的势力合并进雷拉格的朋友——亚历山大·涅夫斯基大公的阵营中，勇敢善战的弗拉基米尔继承了父亲的勇猛，成为亚历山大大公最重要的将军之一，击败过瑞典军队的入侵。

1242 年在立陶宛与波兰战无不胜的德意志条顿骑士团进攻诺夫哥罗

德公国。弗拉基米尔辅佐大公，在楚德湖上全歼了德意志骑士团的重装骑兵。此后诺夫哥罗德的领土不断扩大，为日后的俄罗斯帝国的出现打下了基础。

埃及的萨拉丁在死后留下了一个庞大而富裕的阿尤布王朝。在成功抵挡了接下来的数次十字军东征后，已经成为西亚北非最强大的国家，早年从曼努埃尔购买的盔甲现在已经可以在开罗与亚历山大成批生产，萨拉丁创造的马穆鲁克骑兵军团成为最令人畏惧的骑兵，也为自己的王朝打下了隐患。

公元 1249 年阿尤布苏丹谢利赫去世，他的那位美得被人称为“得到她的拥抱就会更年轻”的宠妃珊札成为摄政女王，这名传奇女性被封为穆斯林女王，并与马穆鲁克军团首领伊兹丁结婚，变阿尤布王朝为马穆鲁克王朝，在同为优秀将领的苏丹古突兹，拜巴尔的建设下，埃及王朝的军队空前强大。

公元 1256 年，蒙古第三次西征开始，蒙古大汗的四弟旭烈兀率领大军首先捣毁了群山中阿拉木图城堡的哈萨辛总部鹰巢，传奇的刺客们不抵地狱军团，被尽数杀死。接着，旭烈兀攻克了西亚最大的都市巴格达，并展开了惨绝人寰的大屠杀与破坏，无数文献毁于一旦。

马穆鲁克王朝则集结了庞大的军队对抗蒙古入侵，1260 年，古突兹与拜巴尔指挥的马穆鲁克骑兵在艾因扎鲁特战役中击败了蒙古将军怯的不花指挥的蒙古军团，这是整个世界在大规模野战中第一次击败蒙古人，马穆鲁克军团从此名声大振，王朝的强大则一直延续到十五世纪的奥斯曼帝国时代。

雷拉格死后，赛奥多西皇帝遵守了诺言，让他与索菲娅的小儿子约翰和自己的女儿艾琳公主结婚，并成为他的继承者。如果说尼西亚帝国的赛奥多西皇帝通过亚得里亚堡战役与曼德尔河谷战役使得东罗马帝国存活下来，他的继承者，雷拉格与索菲娅的小儿子约翰则使得帝国重新复兴。

约翰无疑是尼西亚帝国最重要的政治家和东罗马帝国历史上最杰出的君主之一，而她的妻子艾琳公主，也将成为聪明而有修养的贤后。他终于完成了父亲与父亲养父一直想做而无法成功的事情，曼努埃尔、曼希姆斯与雷拉格一直在努力恢复的军区制与农兵制终于在大灾变之后恢复了。被摧毁的大贵族系统使得这种制度的实行成为可能，罗马义务骑兵、农兵重装步兵重新出现在军队的阵容中，库曼人也纷纷被安置成为屯田的帝国骑兵，海军被重新恢复。这些军人则构成了尼西亚帝国军队的基础。使得拜占庭军队重新焕发了坚强的战斗力。

公元1225年，约翰率领的东罗马军队再次击败了君士坦丁堡十字军占领军的部队，从此将小亚细亚的十字军全部消灭，接着他的舰队袭击了威尼斯人控制的罗德岛，爱琴海的大部分又重新被罗马人控制。当约翰企图收复君士坦丁堡时，保加利亚沙皇与十字军同时意识到了他是最危险的对手，联合的阻挠使他不能成功。

远东的毁灭性势力是如此的强大，成吉思汗的孙子拔都击败基辅公国之后，在东欧建立起强大的金帐汗国。而在保加利亚人，十字军与他三者之间，约翰拥有最先进的拜占庭军情处，母亲留下的机构给他带来了蒙古人最详细的情报。

尼西亚皇帝敏锐意识到不能愚蠢地对抗一个疆域直达太平洋的超庞大帝国。他与金帐汗国建立友好关系，此后约翰在西北部与东部的敌人则遭到蒙古大军的沉重打击，罗姆苏丹国在战败后交纳贡金，而保加利亚人的势力则被瓦解。

约翰可以腾出手来收复西部的势力，十字军在希腊建立的小公国们已经无法再依靠他们在君士坦丁堡的主人，被约翰逐步歼灭。罗马人重新成为雅典与塞萨洛尼卡的主人。最终，约翰将尼西亚帝国疆域扩大了两倍，他的敌手，保加利亚沙皇，十字军希腊公国都不复存在，而拜占庭人最大的仇敌十字军拉丁帝国窘迫到只剩下了君士坦丁堡。

约翰与艾琳的美德也被臣民津津乐道，他与妻子以身作则，亲事农耕，他现身说法，向臣民证明只要在农耕、园艺与畜牧养殖中开动脑筋，诚心经营，就一定会得到丰硕的收成，艾琳皇后的皇冠则是皇帝用自己的养鸡场卖的鸡蛋换来的，他也被人称为“鸡蛋皇帝”。

虽然他的姓氏已经叫做杜卡斯,但约翰不会忘记他传奇的生身父母，他每年都会在尼西亚大教堂附近的墓地凭吊他的亲生母亲，而他很清楚母亲是抱着他亲生父亲的骨灰下葬的，而且这个墓穴中还埋葬着传奇的冰川之刃。

约翰晚年死于间歇性癫痫。死后他被封为东罗马帝国的圣人。直到现代，马格奈西雅教堂都会每年为这位皇帝举行“纪念日仪式。”

约翰强有力的继承者是被西方人称为“八臂蜘蛛”的迈克尔八世，他是一名优秀的军事统帅与外交家。他继承约翰的遗志，下决心收复君士坦丁堡，罗马教皇终于意识到收复君士坦丁堡的拜占庭帝国将会成为心腹大患，来自西方的十字军骑士与君士坦丁堡的拉丁帝国以及反对迈克尔的希腊人叛徒组成联盟。对抗尼西亚帝国。

公元 1256 年，迈克尔八世带领拜占庭军队发起反击，狡猾的皇帝在战前策反了希腊叛军，并在佩拉格尼亚战役中沉重打击了联军。所有十字军骑士全部战死沙场。他们的指挥官曼弗雷德则被一名阿拉玛诺勇士的双手剑斩于马下，至此，再也没有任何力量能阻止君士坦丁堡被收复。

公元 1261 年，迈克尔八世在没有遇到任何抵抗的情况下进入了君士坦丁堡，并举行了盛大的入城仪式。历经传奇且腥风血雨的 57 年之后，伟大的城市——君士坦丁堡，终于又回到了东罗马帝国的怀抱。

全文完

The End

Illustration by Lion7